BELICE
HONDURAS
NICARAGUA
Lago de Nicaragua
EL SALVADOR
GUATEMALA
COSTA RICA
PANAMÁ

MAR CARIBE

Barranquilla
Cartagena
Maracaibo
Lago de Maracaibo
San Cristóbal
Medellín
☆ Bogotá
Cali
Caracas
Río Orinoco
VENEZUELA
Georgetown
☆ Paramaribo
☆ Cayena
GUAYANA
SURINAM
Boa Vista
GUAYANA FRANCESA
Río Magdalena

COLOMBIA

☆ Quito
ECUADOR
Guayaquil
Cuenca
Iquitos
ISLAS GALÁPAGOS (Ecuador)

ECUADOR

0

Río Amazonas

AMAZONAS

BRASIL

PERÚ

LOS ANDES

Machu Picchu
Cuzco
Ayacucho
★ Lima
BOLIVIA
★ La Paz
Santa Cruz
Lago Titicaca
Sucre
Potosí
★ Brasilia

OCÉANO PACÍFICO

PARAGUAY
Asunción
Río Paraná
Río de Janeiro
São Paulo

CHILE

LOS ANDES

TRÓPICO DE CAPRICORNIO

Iguazú
Río Uruguay

OCÉANO ATLÁNTICO

URUGUAY

Córdoba
☆ Montevideo
Viña del Mar
Valparaíso
★ Santiago
Buenos Aires
Río de la Plata
Concepción
ARGENTINA
Bahía Blanca
Viedma

Elevación en metros
4.000+
2.000–4.000
500–2.000
200–500
0–200
Nivel del mar

0   250   500   750 MILLAS
0   500   1.000 KILÓMETROS

AMÉRICA
DEL SUR

ISLAS MALVINAS (Br.)

Estrecho de Magallanes
TIERRA DEL FUEGO

0

ÁFRICA

NIGERIA
CAMERÚN
Malabo ☆
GUINEA ECUATORIAL
GABÓN

0   MILLAS   250
0 KILÓMETROS 500

ÁFRICA

MÉXICO

80   70   40   10   0   10   20   30

110   100   90   80   70   60   50   40   30

MÉXICO,
AMÉRICA CENTRAL
Y EL CARIBE

LOS HISPANOHABLANTES EN LOS ESTADOS UNIDOS

ESPAÑA

Elevación en metros

2.000+
500–2.000
200–500
0–200

Nivel del mar

200 MILLAS
300 KILÓMETROS

200 MILLAS

150

200

100

100

50

50

0

0

FRANCIA

ANDORRA

OCÉANO ATLÁNTICO

MAR CANTÁBRICO

Santander

Santiago de Compostela

Bilbao

PRINCIPADO DE ASTURIAS

CANTABRIA

PAÍS VASCO

GALICIA

CORDILLERA CANTÁBRICA

CASTILLA-LEÓN

NAVARRA

Pamplona

PIRINEOS

Lérida

CATALUÑA

Gerona

Barcelona

Costa Brava

Zaragoza

Río Ebro

LA RIOJA

ARAGÓN

Valladolid

Salamanca

Segovia

SIERRA DE GUADARRAMA

Madrid

MADRID

Toledo

Río Tajo

CASTILLA-LA MANCHA

Ciudad Real

COMUNIDAD VALENCIANA

Valencia

Alicante

MURCIA

Murcia

Cartagena

SIERRA NEVADA

EXTREMADURA

PORTUGAL

Lisboa

ANDALUCÍA

Río Guadalquivir

Córdoba

Granada

Sevilla

Málaga

Costa del Sol

Cádiz

Estrecho de Gibraltar

Tánger

GIBRALTAR (Br.)

CEUTA (Sp.)

MELILLA (Sp.)

MARRUECOS

MENORCA

MALLORCA

Palma

ISLAS BALEARES

IBIZA

MAR MEDITERRÁNEO

ISLAS CANARIAS

LA PALMA

GOMERA

HIERRO

TENERIFE

GRAN CANARIA

Las Palmas

FUERTEVENTURA

LANZAROTE

MILLAS

KILÓMETROS

ÁFRICA

SEVENTH EDITION

INTERACCIONES

Emily Spinelli
University of Michigan–Dearborn, Emerita

Carmen García
Arizona State University

Carol E. Galvin Flood
Bloomfield Hills (Michigan) Schools (Retired)

HEINLE
CENGAGE Learning

Australia • Brazil • Japan • Korea • Mexico • Singapore • Spain • United Kingdom • United States

HEINLE
CENGAGE Learning™

Interacciones, Seventh Edition
Spinelli | García | Galvin Flood

Vice President, Editorial Director:
P. J. Boardman

Publisher: Beth Kramer

Executive Editor: Lara Semones

Senior Content Project Manager:
Esther Marshall

Assistant Editor: Patrick D. Brand

Editorial Assistant: Laura Kramer

Senior Media Editor: Morgen Murphy

Marketing Manager: Daphne Allanore

Marketing Coordinator: Claire Fleming

Marketing Communications Manager:
Glenn McGibbon

Manufacturing Planner: Betsy Donaghey

Senior Art Director: Linda Jurras

Text Permissions Editor: Melissa Flamson

Production Service: PreMediaGlobal

Text Designer: Anne Dauchy/Hetch Design

Illustrator: Hermann Mejia

Image Research and Permissions:
PreMediaGlobal

Cover Designer: Anne Dauchy/Hetch Design

Cover Image: ©Eddy Joaquim/Getty Images

Credits for images used in background:
istockphoto.com/Sanjee W
istockphoto.com/gmutlu
istockphoto.com/mseidelch
istockphoto.com/webphotographer
istockphoto.com/stevenallan
istockphoto.com/frentusha
istockphoto.com/tupangato
istockphoto.com/MagnusJohaansson
istockphoto.com/axstokes
istockphoto.com/LaurentDavoust

For product information and technology assistance, contact us at
Cengage Learning Customer & Sales Support, 1-800-354-9706

For permission to use material from this text or product,
submit all requests online at **www.cengage.com/permissions**
Further permissions questions can be emailed to
permissionrequest@cengage.com

Library of Congress Control Number: 2011933981

Student Edition:
ISBN-13: 978-1-111-82741-0
ISBN-10: 1-111-82741-9

Loose Leaf Edition:
ISBN-13: 978-1-111-83020-5
ISBN-10: 1-111-83020-7

Heinle
20 Channel Center Street
Boston, MA 02210
USA

Cengage Learning is a leading provider of customized learning solutions with office locations around the globe, including Singapore, the United Kingdom, Australia, Mexico, Brazil and Japan. Locate your local office at:
international.cengage.com/region

Cengage Learning products are represented in Canada by Nelson Education, Ltd.

For your course and learning solutions, visit **www.cengage.com**.

Purchase any of our products at your local college store or at our preferred online store **www.cengagebrain.com**.

Printed in Canada
1 2 3 4 5 6 7 15 14 13 12 11

For our families

whose love and support through the years have helped us create *Interacciones*.

Emily Spinelli   Carmen García   Carol E. Galvin Flood

UNIDAD 1

BIENVENIDOS A ESPAÑA

CAPÍTULO 1 La vida de todos los días

CAPÍTULO 2 De vacaciones

2

BIENVENIDOS A MÉXICO

CAPÍTULO 3 En familia

CAPÍTULO 4 En el restaurante

México

3 BIENVENIDOS A CENTROAMERICA, COLOMBIA Y VENEZUELA

CAPÍTULO 5 En la universidad

CAPÍTULO 6 En casa

Centroamérica, Colombia y Venezuela

CAPÍTULO 7 De compras

CAPÍTULO 8 En la ciudad

Bolivia, Ecuador y Perú

BIENVENIDOS A LA COMUNIDAD HISPANA EN LOS ESTADOS UNIDOS

CAPÍTULO 9 En la agencia de empleos

CAPÍTULO 10 En la empresa multinacional

La comunidad hispana

UNIDAD 6

BIENVENIDOS AL CONO SUR: ARGENTINA, CHILE, PARAGUAY Y URUGUAY

CAPÍTULO 11 De viaje

CAPÍTULO 12 Los deportes

APPENDIXES

TO THE STUDENT

¡BIENVENIDOS!

Welcome to the *Interacciones* program and the world of the Spanish language and Hispanic culture. With the *Interacciones* program you will develop your Spanish-language proficiency as you explore the 21 countries where Spanish is spoken and become acquainted with the variety and diversity of Hispanic culture. As authors of the *Interacciones* program, we hope that these *interacciones* with the Spanish language and Hispanic culture will be interesting and personally rewarding for you.

BECOMING A SUCCESSFUL LANGUAGE LEARNER

As you continue your study of Spanish, here is a list of general hints and pointers for helping you study and become a successful language learner.

→ Keep in mind that you are developing a skill—communicating in another language. As a result, your language class will be very different from classes where the focus is on content such as history, psychology, or economics. In your intermediate Spanish class the focus is on skill development; you will learn to listen, speak, read, and write in Spanish with greater accuracy and in more situations. To develop those skills, you will engage in many different types of exercises, activities, and role plays in your language class; you will need to be actively involved. Learning another language is like learning to play a musical instrument or sport—the more you practice, the better you become.

→ Set aside time to study Spanish on a regular, preferably daily, basis. It is far more effective to study for shorter, frequent periods of time than it is to study for one marathon session.

→ To develop the conversational skills, practice aloud and preferably with a partner, such as a classmate, a friend who speaks or studies Spanish, or a family member.

→ We know that successful language learners have a common personality trait—they are risk takers. They actively participate in class, they volunteer for classroom exercises and activities, and they take advantage of every opportunity to speak and practice. They make intelligent guesses about what words or phrases mean. Most importantly, they are not afraid of making mistakes—even in front of others. People who become proficient in another language make lots of errors but, nonetheless, they communicate and that, after all, is the goal.

→ Remember that vocabulary and grammar structures are the building blocks of language. Learn the vocabulary and grammar as soon as they are presented in class and practice them in the context of exercises and activities.

→ As you develop your ability to read and listen, focus on the general meaning. Don't panic or shut down mentally if you don't understand a specific word or phrase. Continue listening or reading and attempt to understand the main idea. If you understand the main idea, the details will fall into place.

→ Find opportunities outside the classroom to speak and use Spanish. Read Spanish-language newspapers on the Internet, listen to radio and TV broadcasts in Spanish, watch Spanish-language videos and films, listen to music in Spanish, or speak Spanish with a native speaker. Even if you do not understand every word, the exposure to the language is important and over time it will help improve your pronunciation and build vocabulary.

→ Get to know the textbook and its various components. Every chapter in *Interacciones* has different sections, each designed for a specific purpose or to develop a specific skill. Become familiar with the various sections and keep the purpose of the section in mind as you do the activities.

→ The *Interacciones* textbook will provide you with many additional strategies or tips on how and what to study. Pay particular attention to the following sections of *Interacciones*.

Así se habla provides strategies for developing the speaking skill, that is your ability to engage in conversation with others in Spanish.

Para comprender lo que ve provides strategies for developing the viewing skill, that is your ability to watch film, video, and television and interpret the cultural information that you see.

Para comprender lo que escucha provides strategies for developing the listening skill, that is your ability to comprehend and interpret spoken Spanish.

Para leer bien provides strategies for developing the reading skill, that is your ability to comprehend and interpret written Spanish.

Para escribir bien provides strategies for developing the writing skill, that is your ability to present your ideas in written Spanish.

→ Remember that the principal goal of your Spanish instruction is for you to be able to communicate with Spanish speakers and to function in Spanish-speaking culture. Learning vocabulary and grammar is not the end goal; it is a means to develop your ability to communicate. Keeping the goal in mind will help you see the purpose behind the exercises you do and will ultimately help make you a successful language learner.

→ Last, and perhaps most important, enjoy your language learning experience and use your developing Spanish language and culture skills for personal satisfaction. Interact with a Spanish-speaking community for entertainment—eat in a Mexican, Spanish, or Latin American restaurant, listen to Latin music or go dancing, attend festivals or concerts. Have fun!

¡Buena suerte!

ACKNOWLEDGMENTS

The publication of this seventh edition of *Interacciones* could not have been accomplished without the contributions of many people. We would first like to thank Heinle Cengage Learning and P.J. Boardman, Editorial Director, and Publisher, Beth Kramer for the continued support of the *Interacciones* program. We would also like to acknowledge Lara Semones, Executive Editor, for her guidance, support, and vision that led to the conceptualization of this seventh edition and Karin Fajardo, Developmental Editor and Assistant Editor, Patrick Brand for their helpful suggestions throughout the writing process of the text and supplements. We are especially grateful to the ever-patient Esther Marshall, Senior Content Project Manager, who has been extremely supportive and helpful throughout this project. Without her attention to detail and her extraordinary ability to listen and negotiate solutions, this edition could never have been completed on time. Our thanks to Linda Jurras, Art Director, for an outstanding design. We also acknowledge the fine work and contribution of the Marketing and Technology department, and in particular Lindsey Richardson, Daphne Allanore, Morgen Murphy, and Katie Latour; the compositor PreMediaGlobal and their Project Manager Melissa Sacco.

Last, we would like to acknowledge the work of the many reviewers who provided us with insightful comments and constructive criticism for improving our textbook:

Linda W. Ables, Gadsden State Community College, McClellan Campus

Luz-Maria Acosta-Knutson, Waubonsee Community College

Rosalind Arthur, Clark Atlanta University

Juan A. Baldor, Dallas Baptist University

Jeffrey C. Barnett, Washington & Lee University

Nancy Broughton, Wright State University

Julia Bussade, University of Mississippi

Bonnie Butler, Lafayette University

Connie Cody, Jackson Community College

Ava Conley, Harding University

Carolyn Crocker, Samford University

James Davis, Howard University

Kit Decker, Piedmont Virginia Community College

Octavio DelaSuaree, William Paterson University

Ronna Feit, Nassau Community College, SUNY

Diane Forbes, Rochester Institute of Technology

Rebecca García, Brookhaven College

Marisol Garrido, Western Illinois University

Amy George-Hirons, Tulane University

Laura Gordon, Trinity School

Shannon Hahn, Durham Technical Community College

Billie Hulke, Baylor University

Marilyn Harper, Pellissippi State Community College

Janet Horton-Payne, Southwest Oregon Community College

Frederick Langhorst, Spelman College

Paul Larson, Baylor University

Lance Lee, Durham Technical Community College

Elizabeth Lewis, University of Mary Washington

Katherine Lincoln, Tarleton State University

José López-Marrón, Bronx Community College, CUNY

Nilsa Maldonado-Méndez, Cornell University

Manuel Medina, University of Louisville

Adriana Merino, Villanova University

Sylvia Morin, University of Houston-Downtown

Antxon Olarrea, University of Arizona

Sara Ortega, Lee University

Claudia Ospina, Wake Forest University

Deborah Paprocki, University of Wisconsin, Waukesha

Lea Ramsdell, Towson University

Alegría Ribadeneira, Colorado State University, Pueblo

Fernando Rubio, University of Utah

José Salvador Ruiz, Imperial Valley College

Laura Ruiz-Scott, Scottsdale Community College

José Sainz, University of Mary Washington

Rosa Salinas Samuelson, Palo Alto College

Daniela Schuvaks Katz, Indiana University–Purdue University Indianapolis

Virginia Shen, Chicago State University

Yamile Silva, University of Scranton

Natalie Wagener, University of Texas, Arlington

Gillian Lord Ward, University of Florida

Nancy Whitman, Los Medanos College

Tim Woolsey, Pennsylvania State University

Theresa Zmurkewycz, St. Joseph's University

Ancillary Contributors:

Luz-María Acosta-Knutson, Waubonsee Community College, web quizzes

Alejandra Karina Carballo, University of Arkansas at Little Rock, hybrid syllabi for online classes

Kit Decker, Piedmont Virginia Community College, testing program

Max Ehrsam, testing program

Denise Hatcher, Aurora University, revisions to the diagnostic tests

Victor Segura, University of Tennessee Chattanooga, web search activities

© Digital Vision/Getty

IN THIS UNIT YOU WILL LEARN ABOUT THE FOLLOWING CULTURAL THEMES...

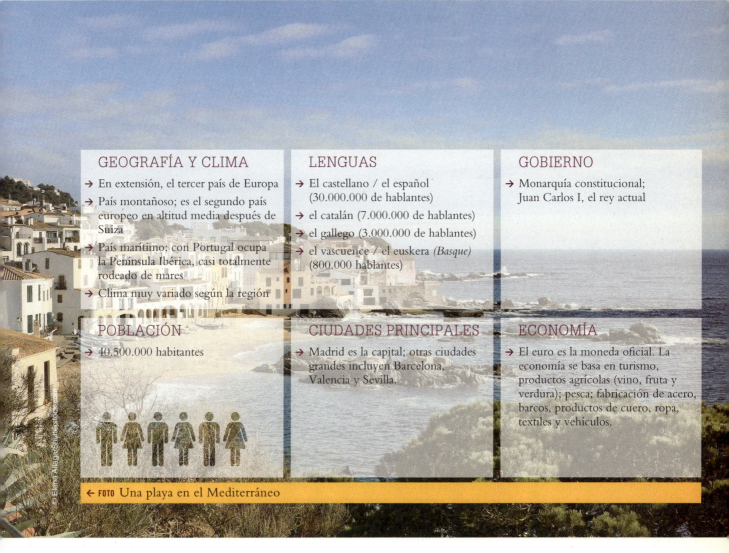

GEOGRAFÍA Y CLIMA
→ En extensión, el tercer país de Europa
→ País montañoso; es el segundo país europeo en altitud media después de Suiza
→ País marítimo; con Portugal ocupa la Península Ibérica, casi totalmente rodeado de mares
→ Clima muy variado según la región

LENGUAS
→ El castellano / el español (30.000.000 de hablantes)
→ el catalán (7.000.000 de hablantes)
→ el gallego (3.000.000 de hablantes)
→ el vascuence / el euskera *(Basque)* (800.000 hablantes)

GOBIERNO
→ Monarquía constitucional; Juan Carlos I, el rey actual

POBLACIÓN
→ 40.500.000 habitantes

CIUDADES PRINCIPALES
→ Madrid es la capital; otras ciudades grandes incluyen Barcelona, Valencia y Sevilla.

ECONOMÍA
→ El euro es la moneda oficial. La economía se basa en turismo, productos agrícolas (vino, fruta y verdura); pesca; fabricación de acero, barcos, productos de cuero, ropa, textiles y vehículos.

← FOTO Una playa en el Mediterráneo

© Elena Aliaga/Shutterstock.com

INTRODUCCIÓN GEOGRÁFICA

Conteste las siguientes preguntas usando un mapa de España.

1. ¿Cuáles son las ciudades principales de España?
2. ¿Cuáles son los rasgos *(characteristics)* geográficos más importantes?
3. ¿Qué ventajas *(advantages)* y desventajas *(disadvantages)* ofrece la geografía de España?

CORTOMETRAJES

BOOK, used by premission of Enrique Collado Peralta.

UN PRODUCTO REVOLUCIONARIO

Este vídeo producido en España es un anuncio *(advertisement)* de televisión. Utiliza vocabulario tecnológico para describir un producto tradicional en una manera satírica.

Cortometrajes are short films that deal with a topic that is related to the geographic region, theme, or culture of a particular unit of **Interacciones**. The *cortometrajes* are accompanied by **Antes de ver** and **Después de ver** activities that will help you better comprehend what you have seen and heard.

To view the short film, visit www.cengagebrain.com

Antes de ver

A. La foto. Examine la foto que acompaña esta sección y descríbala. ¿Qué hace la persona dentro de la foto? ¿Qué producto utiliza?

B. La tecnología. Con un(a) compañero(a) de clase, hagan una lista de la nueva tecnología que Uds. utilizan con frecuencia. ¿Cuáles son las ventajas y las desventajas de estos productos?

Después de ver

C. El propósito *(purpose)*. ¿Cuál es el propósito del anuncio «Un producto revolucionario»?

a. vender más equipo tecnológico
b. denunciar los libros
c. fomentar *(encourage)* la compra y el uso de libros

D. Unas características del Book. Complete las oraciones utilizando las frases de abajo para describir el Book.

> **el atril / baterías / la carpeta / el índice / el marcapáginas / hojas de papel numeradas consecutivamente / el lapicero**

1. El Book está hecho de _____.

2. _____ es un accesorio opcional para el Book.

3. Para buscar información dentro del Book se puede utilizar _____.

4. Para tomar notas personales dentro del Book, se puede utilizar _____.

5. El Book no necesita _____.

E. La defensa de una opinión. ¿Le pareció efectivo el uso de la sátira en este vídeo? Justifique su opinión.

CAPÍTULO 1

La vida de todos los días

Cultural Themes
→ España
→ El horario español

Topics and Situations
→ Un día típico
→ La rutina diaria

Communicative Goals
→ Discussing daily activities
→ Expressing sequence and frequency of actions
→ Describing daily routine
→ Expressing lack of comprehension
→ Asking questions

© Travelshots.com/Alamy

↑ **FOTO** Los españoles van al trabajo y hacen las diligencias diarias.

PRIMERA SITUACIÓN

PRESENTACIÓN

Un día típico

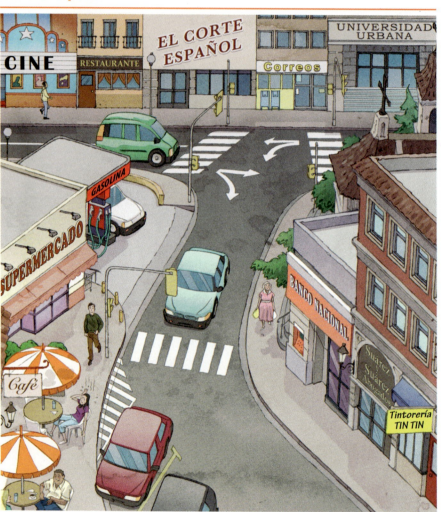

- -

PRÁCTICA Y CONVERSACIÓN

1.1 **¿Qué ve Ud. en el dibujo?** Utilizando el **Vocabulario** en la página 8, nombre los sitios comerciales que se ven en el dibujo. ¿Cuáles son algunas diligencias que lo/la llevan a Ud. a estos sitios?

1.2 **Hay que trabajar.** ¿Qué habilidades profesionales necesita Ud. para conseguir empleo en los siguientes lugares?

> un banco / una tienda / una escuela primaria / una oficina /
> una estación de servicio / un supermercado / una biblioteca /
> una agencia de viajes

 1.3 **¿Qué me dices?** Mire otra vez el dibujo de la **Presentación** en la página 6. Hay una chica cansada que está sentada sola en el café al aire libre. Ud. quiere saber lo que ella hace en un día típico. Su compañero(a) va a mirar otro dibujo que tiene la información que Ud. necesita. Pregúntele a su compañero(a) qué hace la chica primero, luego qué hace más tarde, y por fin, qué hace la chica al final del día. Su compañero(a) va a contestarle utilizando la información en el segundo dibujo que está en el **Apéndice A.** Uds. conversan para descubrir la información que falta.

1.4 **El lunes.** Usando la información a continuación, conteste las siguientes preguntas. ¿Qué hace esta persona primero? ¿Después? ¿Y por último? ¿Es un día típico para un(a) estudiante? ¿Es un día típico para Ud.?

1.3. The alternate drawing that corresponds to this activity can be found in **Appendix A.**

Lunes, 18 de febrero

8.00
9.00 **9.00 reunión con Pepe, Susana y Javier**
10.00 **10.00 ir a clase**
11.00
12.00 **12.15 almorzar con Pablo**
13.00 **13.00 estudiar para los exámenes**
14.00
15.00
16.00
16.45 **16.45 llevar los paquetes al correo**
17.00 **17.00 pasar por el supermercado**
18.00
18.30 **18.30 cenar con la familia**
19.00
19.30 **19.30 terminar el proyecto para el viernes**
20.00
21.00
22.00 **22.00 descansar un poco**
23.00
24.00

© Heinle / Cengage Learning

 1.5 **Entrevista personal.** Pregúntele a un(a) compañero(a) de clase lo que hace en un día típico.

Pregúntele lo que hace…

1. a las 7.30 de la mañana.
2. a las 9.00 de la mañana.
3. a las 10.15 de la mañana.
4. al mediodía.
5. a las 2.00 de la tarde.
6. a las 4.45 de la tarde.
7. a las 8.00 de la noche.
8. a las 11.05 de la noche.

1.6 Creación. En una narración, cuente lo que pasa en el dibujo de la **Presentación** contestando todas las siguientes preguntas.

- ¿Qué día de la semana es?
- ¿Por qué está cansada la chica?
- ¿Qué va a hacer ahora?
- ¿Cómo lo sabe Ud.?
- ¿Qué acaba de hacer?

vocabulario

Relajarse *To relax*

echar una siesta *to take a nap*

mirar *to watch*
  una telenovela *a soap opera*
  las noticias *the news*
  los deportes *sports*

reunirse con amigos *to get together with friends*

Hacer diligencias *To run errands*

comprar estampillas *to buy stamps*

enviar (mandar) *to send*
  una carta *a letter*
  un paquete *a package*

hacer compras en *to shop in a*
  un gran almacén *department store*
  un supermercado *supermarket*
  una tienda *store, shop*

ir al centro comercial *to go to the shopping center / mall*
  al correo *to the post office*
  a la estación de servicio *to the gas station*
  a la tintorería *to the dry cleaner*

llenar el tanque *to fill the (gas) tank*

llevar (recoger) ropa *to drop off (pick up) clothing*

Estudiar *To study*

hacer la tarea *to do homework*

prepararse para los exámenes *to prepare for exams*

Trabajar *To work*

llevarse bien con los clientes *to get along well with customers*

tener empleo en *to have a job in*
  una agencia *an agency*
  un banco *a bank*
  una compañía *a company*
  una fábrica *a factory*
  una oficina *an office*

tener habilidades profesionales *to have job skills*

trabajar *to work*
  horas extra *overtime*
  medio tiempo *part-time*
  tiempo completo *full-time*

usar *to use*
  una computadora *a computer*
  un escáner *a scanner*
  una fotocopiadora *a copier*
  una impresora *a printer*
  una máquina de fax *a fax machine*
  el correo electrónico *e-mail*

ASÍ SE HABLA

© Catchlight Visual Services / Alamy

Track 1-2

Expressing Sequence and Frequency of Actions

PATRICIA   Hola, Raquel, ¿cómo estás? ¡Tienes una cara de cansada! ¿Qué te pasa?

RAQUEL   No, nada. Lo único es que tengo mi madre enferma y todas las mañanas tengo que hacer muchas cosas en la casa. En las noches tengo que cuidar a mis hermanitos, cocinar y todo eso. Encima de eso estoy en época de exámenes. ¡Imagínate! ¡Como si fuera poco!

PATRICIA   Pero mira, ¿estás durmiendo bien por lo menos? Porque si no, te vas a enfermar. Nadie puede trabajar del amanecer al anochecer sin un descanso.

RAQUEL   Sí, lo sé. A veces no tengo tiempo ni de comer. Generalmente como algo mientras estudio y todos los días me acuesto tardísimo, a medianoche, más o menos.

PATRICIA   ¡Pero, Raquel, es que te vas a enfermar si sigues así!

RAQUEL   No te preocupes, que ya termino los exámenes esta semana.

PATRICIA   ¡Menos mal! ¡Pero bueno, amiga, cuídate, por favor!

RAQUEL   Vale, vale, no te preocupes.

PATRICIA   Mira, dale un beso a tu mamá y dile que espero que se mejore pronto.

RAQUEL   Gracias. Nos vemos.

PERSPECTIVAS LINGÜÍSTICAS

As you can hear in the dialogue, Raquel is providing Patricia with detailed information about her very busy daily routine and family situation. Patricia listens to her and feels comfortable enough to advise her to make changes or warn her about the negative consequences that such routine may have on her (*nadie puede trabajar del amanecer al anochecer, te vas a enfermar si sigues así*, etcétera). This disclosure of personal information and suggestions for change is not unusual among close friends in the Spanish-speaking world and is an expression of caring and interconnection.

Phrases to express frequency of actions

a veces / a menudo / algunas veces	sometimes / often
siempre	always
nunca / jamás	never
ya	already
(casi) todos los días / todas las mañanas / las noches	(almost) every day / morning / night
una vez / dos veces al día / al mes / al año / a la semana	once / twice a day / month / year / week
cada dos días	every other day
cada / todos los lunes / martes	every Monday / Tuesday
frecuentemente	frequently / often
de vez en cuando	from time to time
del amanecer al anochecer	from dawn to dusk
la mayor parte de las veces	most of the time
generalmente / por lo general	generally

Phrases to describe when actions take place in relation to other actions

primero	first
luego / después	then / afterward(s)
más tarde	later
finalmente / por último	finally
en primer (segundo, tercer) lugar	in the first (second, third) place

PRÁCTICA Y CONVERSACIÓN

1.7 Vidas diferentes. Ud. es un(a) estudiante a tiempo completo en la universidad y está en el equipo de natación. Su hermano(a) lo/la llama por teléfono y quiere saber cómo está. Él/Ella está casado(a) y tiene tres hijos. Uds. hablan de sus actividades diarias, la frecuencia con la que hacen las diferentes cosas, cómo se sienten, etcétera.

Modelo　**ESTUDIANTE 1**　*Todas las mañanas me levanto muy temprano, voy a la piscina y nado durante hora y media. Luego, voy a clase, a la biblioteca y…*

　　　　ESTUDIANTE 2　*Yo también me levanto temprano pero me voy a trabajar. Voy al supermercado una vez a la semana, algunas veces cocino,…*

1.8 Hablando de sus ocupaciones. Ud. está muy cansado(a) porque tiene muchas responsabilidades con su trabajo y su familia. Hable con dos compañeros(as) de clase y cuénteles lo que tiene que hacer todos los días.

Modelo　**ESTUDIANTE 1**　*¿Qué te pasa…?*

　　　　ESTUDIANTE 2　*¡Estoy muy cansado(a)! ¡Tengo mucho que hacer! Todos los días tengo que… Dos veces por semana tengo que…*

　　　　ESTUDIANTE 3　*Te comprendo. ¡Yo también tengo que… dos veces por semana y… !*

　　　　ESTUDIANTE 1　*Yo también. ¡Trabajo del amanecer al anochecer!*

Temas de conversación: estudiar / prepararse para las clases / participar en deportes / reunirse con amigos / ayudar a su familia / ¿?

ESTRUCTURAS

Discussing Daily Activities

PRESENT TENSE OF REGULAR AND IRREGULAR VERBS

In order to discuss daily activities and provide basic information about yourself and other people, you need to be able to conjugate and use many verbs in the present tense. The following shows the conjugation of regular **-ar, -er,** and **-ir** verbs in the present tense.

	Verbos en **–AR** trabajar	Verbos en **–ER** aprender	Verbos en **–IR** escribir
yo	trabajo	aprendo	escribo
tú	trabajas	aprendes	escribes
él ella Ud.	trabaja	aprende	escribe
nosotros nosotras	trabajamos	aprendemos	escribimos
vosotros vosotras	trabajáis	aprendéis	escribís
ellos ellas Uds.	trabajan	aprenden	escriben

a. To conjugate a regular verb in the present tense, first obtain the stem by dropping the **-ar, -er,** or **-ir** from the infinitive. The endings that correspond to the subject noun or pronoun are then added to this stem.

b. When the verb ending corresponds to only one subject pronoun, that pronoun is usually omitted: **trabajo** = *I work;* **trabajas** = *you work;* **trabajamos** = *we work.* **Yo, tú,** and **nosotros** are not used because the verb ending indicates the subject. When the pronouns **yo, tú,** or **nosotros** are used with the verb, the pronoun subject is given extra emphasis.

Yo estudio muchísimo, pero mi compañero de cuarto no.   *I study a lot but my roommate doesn't.*

c. It is often necessary to use the third-person pronouns for clarification since the third-person verb endings refer to three different subject pronouns.

d. Spanish verbs in the present tense may be translated in three different ways: **escribo** = *I write, I am writing, I do write.*

e. Verbs are made negative by placing **no** directly before the verb. In such cases **no** = *not.*

—¿Tocas la guitarra?   *Do you play the guitar?*

—Sí, pero **no toco** bien porque **no practico** mucho.   *Yes, but I don't play well because I don't practice a lot.*

COMMON VERBS WITH IRREGULAR *YO* FORMS

hacer	*(to do, make)*	**hago**		**traer**	*(to bring)*	**traigo**
poner	*(to put, place)*	**pongo**		**saber**	*(to know)*	**sé**
salir	*(to leave)*	**salgo**		**ver**	*(to see)*	**veo**

Verbs ending in **-cer** like **conocer** *(to know):* **conozco**
Verbs ending in **-cir** like **conducir** *(to drive):* **conduzco**

COMMON IRREGULAR VERBS

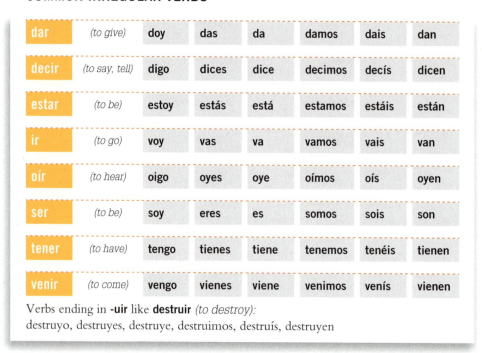

dar	*(to give)*	doy	das	da	damos	dais	dan
decir	*(to say, tell)*	digo	dices	dice	decimos	decís	dicen
estar	*(to be)*	estoy	estás	está	estamos	estáis	están
ir	*(to go)*	voy	vas	va	vamos	vais	van
oír	*(to hear)*	oigo	oyes	oye	oímos	oís	oyen
ser	*(to be)*	soy	eres	es	somos	sois	son
tener	*(to have)*	tengo	tienes	tiene	tenemos	tenéis	tienen
venir	*(to come)*	vengo	vienes	viene	venimos	venís	vienen

Verbs ending in **-uir** like **destruir** *(to destroy):*
destruyo, destruyes, destruye, destruimos, destruís, destruyen

f. Common verbs ending in **-cer** include **aparecer** = *to appear;* **conocer** = *to know, be acquainted with;* **merecer** = *to merit, deserve;* **obedecer** = *to obey;* **ofrecer** = *to offer;* **parecer** = *to seem;* **reconocer** = *to recognize.*

g. Common verbs ending in **-cir** include **conducir** = *to drive;* **producir** = *to produce;* **traducir** = *to translate.*

h. Common verbs ending in **-uir** include **construir** = *to construct;* **contribuir** = *to contribute;* **destruir** = *to destroy.*

PRÁCTICA Y CONVERSACIÓN

Antes de empezar las siguientes actividades, busque ejemplos de las formas gramaticales de esta sección en el diálogo escrito de **Así se habla.**

1.9 Un día típico. Compare las actividades de un día típico en la vida de Manuel con un día típico de Ud. y sus amigos.

Modelo   **MANUEL**   *Conduzco a clase.*

         USTED   *Mis amigos y yo conducimos a clase también.*

                 Mis amigos y yo no conducimos a clase.

1. Soy estudiante y escucho música en un iPod en clase.
2. Aprendo y practico el español.
3. Escribo mensajes de texto.
4. Estudio para exámenes cada noche.
5. Tengo mucha tarea que hacer.
6. Hago compras en el centro comercial.
7. Voy a la tintorería una vez a la semana.
8. Traduzco mucho en la clase de español.
9. Pongo la televisión y oigo las noticias cada mañana.
10. Veo a los profesores en el café.

1.10 ¿Con qué frecuencia? Complete las siguientes oraciones con una de las frases dadas, explicando con qué frecuencia Ud. hace las siguientes actividades.

> decir la verdad / salir de casa a tiempo / venir a clase / poner la radio o la televisión / hacer la tarea / ver a mis amigos / estudiar en la biblioteca / leer novelas / ir al cine / traer libros a clase / conducir rápidamente / ofrecer a ayudar a mis amigos

1. _____ a menudo.

2. Nunca _____.

3. _____ (casi) todos los días.

4. Una vez al mes _____.

5. _____ frecuentemente.

6. Siempre _____.

7. Del amanecer al anochecer _____.

8. La mayor parte de las veces _____.

1.11 Entrevista. Usando las siguientes frases, pregúntele a un(a) compañero(a) de clase cuándo o con qué frecuencia hace diferentes actividades. Su compañero(a) debe contestar de una manera lógica.

Modelo   **USTED**   *¿Con qué frecuencia ves a tus amigos?*

     COMPAÑERO(A)   *Veo a mis amigos todos los días.*

1. echar una siesta
2. usar un escáner
3. ir al centro comercial
4. prepararse para los exámenes

5. mirar las noticias
6. leer el correo electrónico
7. reunirse con amigos
8. enviar mensajes de texto

Talking About Other Activities

PRESENT TENSE OF STEM-CHANGING VERBS

To discuss other daily activities such as sleeping or having lunch and activities such as requesting, recommending, preferring, wanting, and remembering, you will need to learn to conjugate and use stem-changing verbs. There are three categories of stem-changing verbs.

e → e	o → e	e → i
querer	**almorzar**	**pedir**
to wish, want	*to have lunch*	*to ask for, request*
quiero	almuerzo	pido
quieres	almuerzas	pides
quiere	almuerza	pide
queremos	almorzamos	pedimos
queréis	almorzáis	pedís
quieren	almuerzan	piden

a. Certain Spanish verbs change the last vowel of the stem from **e → ie, o → ue,** or **e → i** when that vowel is stressed. These verbs may have infinitives ending in **-ar, -er,** or **-ir.** There is no way to predict which verbs are stem-changing; these verbs must be learned through practice. In many vocabulary lists or dictionaries the stem-changing verbs may be listed in the following manner: **querer (ie); volver (ue); servir (i).**

b. Some common stem-changing verbs **e → ie** are:

cerrar	*to close*		**perder**	*to lose, to waste (time), to miss (e.g., the bus)*
comenzar	*to begin*		**preferir**	*to prefer*
empezar	*to begin*		**querer**	*to want, to wish*
entender	*to understand*		**recomendar**	*to recommend*
pensar	*to think*			

c. Some common stem-changing verbs **o → e** are:

almorzar	*to eat lunch, to have lunch*		**poder**	*to be able*
contar	*to count*		**probar**	*to try, taste*
dormir	*to sleep*		**recordar**	*to remember*
encontrar	*to find, to meet*		**soñar**	*to dream*
morir	*to die*		**soler**	*to be accustomed to*
mostrar	*to show*		**volver**	*to return*

d. Some common stem-changing verbs **e → i** are:

pedir	*to ask for, request*		**seguir**	*to follow*
repetir	*to repeat*		**servir**	*to serve*

PRÁCTICA Y CONVERSACIÓN

Antes de empezar las siguientes actividades, busque ejemplos de las formas gramaticales de esta sección en el diálogo escrito de **Así se habla.**

 1.12 Preferencias. Las siguientes personas no quieren hacer ciertas cosas; prefieren hacer otras. Dígale a un(a) compañero(a) de clase lo que prefieren hacer.

> *Modelo*   Miguel: prepararse para los exámenes / practicar deportes
> *Miguel no quiere prepararse para los exámenes. Prefiere practicar deportes.*

1. tú: trabajar / echar una siesta
2. nosotros: mirar una telenovela / reunirnos con amigos
3. María: hacer la tarea / hacer compras
4. yo: ir a la tintorería / ir a la tienda
5. José y yo: trabajar horas extra / estar de vacaciones
6. Uds.: trabajar en un banco / tener empleo en una oficina
7. Paco: estudiar para el examen / escuchar su iPod
8. Ud.: hacer compras en el supermercado / ir al centro comercial

 1.13 ¡Siempre hay mucho que hacer! Cada estudiante les hace preguntas a tres de sus compañeros(as) de clase para saber cuántas personas hacen las siguientes actividades. Luego, la clase va a decidir cuáles son las actividades que se hacen con más frecuencia.

> *Modelo*   comenzar a estudiar una semana antes del examen
> *¿Comienzas a estudiar una semana antes del examen?*
> *Sí, (No) comienzo a estudiar una semana antes del examen.*

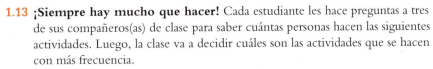

despertarse a las seis / jugar al tenis / estudiar en la biblioteca / volver a casa temprano / empezar a leer una novela cada semana / acostarse antes de la medianoche / pedirle ayuda a su amigo / soler trabajar los fines de semana / almorzar con amigos a las once

1.14 Entrevista personal. Hágale preguntas a un(a) compañero(a) de clase sobre las actividades que tienen él/ella y sus amigos(as) para hoy y su compañero(a) contesta.

> *Pregúntele...*

1. dónde almuerzan.
2. qué piensan hacer esta noche.
3. si recomiendan una buena película.
4. cuándo vuelven a casa.
5. si quieren jugar al tenis.
6. ¿?

PRESENTACIÓN

La rutina diaria

- -

PRÁCTICA Y CONVERSACIÓN

1.15 **¿Qué ve Ud. en el dibujo?** Utilizando el **Vocabulario** en la página 17, nombre los ejemplos de actividades de arreglo personal que se ven en el dibujo.

1.16 **Mi arreglo personal.** ¿Qué productos usa Ud. para hacer lo siguiente?

> **despertarse a tiempo / bañarse / lavarse el pelo / lavarse los dientes / afeitarse / secarse el pelo / peinarse / ducharse**

1.17 **Las rutinas diarias.** Dígale a su compañero(a) de clase lo que Ud. hace para arreglarse en un día típico. Él/Ella escribirá lo que Ud. dice. Luego, le toca a Ud. *(it's your turn)* escribir lo que su compañero(a) dice. Cuando terminen, le dirán a su profesor(a) lo que cada uno(a) hace para arreglarse.

↑ FOTO ¿Usaría Ud. estos productos? ¿Para qué? ¿Cuándo?

1.18 **Creación.** Cuente en una narración lo que pasa en el dibujo de la **Presentación,** contestando las siguientes preguntas: ¿Está de buen humor el hombre que Ud. ve en el dibujo? ¿Por qué se levanta tan temprano? ¿Para qué se arreglan los chicos? ¿Y las chicas? ¿Qué hace la mujer?

vocabulario

El arreglo personal *Personal care*

la afeitadora eléctrica *electric shaver*

el agua *(f.)* **caliente** *hot water*

el cepillo de dientes *toothbrush*

la crema de afeitar *shaving cream*

el champú *shampoo*

el desodorante *deodorant*

el espejo *mirror*

el jabón *soap*

la laca *hair spray*

el lápiz de labios *lipstick*

el maquillaje *make-up*

la pasta de dientes *toothpaste*

el peine *comb*

el rímel *mascara*

el secador *hair dryer*

la sombra de ojos *eye shadow*

las tenacillas de rizar *curling iron*

la toalla *towel*

afeitarse *to shave*

arreglarse *to get ready*

bañarse *to bathe, take a bath*

cambiarse de ropa *to change clothes*

cepillarse el pelo *to brush one´s hair*

despertarse (ie) *to wake up*

desvestirse (i, i) *to get undressed*

ducharse *to shower*

lavarse los dientes *to brush one's teeth*

lavarse el pelo *to wash one's hair*

levantarse temprano *to get up early*
tarde *late*

maquillarse *to put on make-up*

peinarse *to comb one´s hair*

perfumarse *to put on perfume*

poner el despertador *to set the alarm clock*

ponerse *to put on*
la camisa *one's shirt*
los pantalones *one's pants*
el vestido *one's dress*

quitarse la camisa *to take off one's shirt*

rizarse el pelo *to curl one's hair*

secarse *to dry off*

secarse el pelo *to dry one's hair*

ser madrugador(a) *to be an early riser*
dormilón (dormilona) *a heavy sleeper*

vestirse (i, i) *to get dressed*

Vocabulario regional.
In Spain the word for *toothpaste* is **el dentífrico**; in the Americas *toothpaste* is **la pasta de dientes, la crema dental, la pasta dental, la pasta dentífrica.** In Spain **el pintalabios** is also used for *lipstick*; in the Americas **el lápiz labial** is also used for *lipstick.*

© Inspirestock/Corbis

Track 1-3

Expressing Lack of Comprehension

CAMILA Ana, ¿qué pasa con Linda que no se levanta? Ya son las once de la mañana y tiene que ir a clases. Incluso, creo que tiene un examen hoy.

ANA ¿Qué dices? ¿Puedes repetir, por favor? No puedo oír nada con este secador de pelo.

CAMILA Te preguntaba qué pasaba con Linda que sigue en cama. Ya es tarde.

ANA Mira, francamente no tengo la menor idea. Hace ya más de una semana que se acuesta a las cinco de la madrugada y se levanta a las once o doce del día. No se viste, no se peina, no se arregla, ni siquiera se baña. No sé lo que le está pasando. Desde que peleó con Jorge, solo llora, ve televisión, duerme y nada más. No dice nada.

CAMILA No comprendo, no comprendo nada. ¿Y por qué han peleado?

ANA No sé. Yo tampoco comprendo nada pero no quiero preguntarle. Tú sabes cómo es ella.

CAMILA Sí, pero estoy preocupada.

ANA Yo también.

PERSPECTIVAS LINGÜÍSTICAS

When you don't understand a given situation you are observing (like the one presented in the dialogue) or information given to you, you can ask for an explanation using the phrases presented on the next page. Remember though to use the formal form when addressing a person you don't know, a person of authority or an older person. The expression *¡No entiendo ni pizca!* is very informal and can be used only with someone you are very close to. *¿Mande?*, on the other hand, is mainly used in Mexico and may not be understood when used with people from other Spanish-speaking countries.

Phrases you can use if you do not understand what is being said to you

¿Cómo dijo / dijiste?	*What did you say?*
¿Puede(s) repetir, por favor?	*Can you repeat, please?*
No comprendo / entiendo nada (de nada).	*I don't understand anything.*
¡No entiendo ni pizca!	*I don't understand one bit!*
¡Estoy perdido(a)!	*I'm lost!*
¡Ya me confundí!	*I'm confused!*
No sé si comprendo bien…	*I don't know if I understand correctly . . .*
A ver si comprendo bien…	*Let's see if I understand . . .*
¿Quiere(s) decir que… ?	*Do you mean that . . . ?*
¿Mande? *(México)*	*What?*

PRÁCTICA Y CONVERSACIÓN

1.19 **No comprendo.** ¿Qué diría Ud. en las siguientes situaciones?

1. Su profesor(a) le explica un tema de cálculo pero Ud. no entiende nada.
2. Su novio(a) le está hablando pero hay mucho ruido y Ud. no puede oír bien.
3. Ud. estudió muchas horas pero no sabe nada. Su compañero(a) le pregunta si está preparado(a) para el examen.
4. Su profesor(a) de español le hace una pregunta que Ud. no entiende.
5. Su jefe le dice que Ud. está despedido(a) y Ud. no sabe por qué.
6. Su compañero(a) de cuarto le hace una pregunta pero Ud. no estaba prestando atención.

1.20 **¿Por qué necesitas tanto tiempo?** Su compañero(a) de cuarto ocupa el baño dos horas todas las mañanas antes de ir a clases. Ud. no entiende por qué tiene que tomar tanto tiempo. Hable con él (ella).

Modelo	**ESTUDIANTE 1**	*¿Qué haces tanto tiempo en el baño? ¡No entiendo por qué te demoras tanto!*
	ESTUDIANTE 2	*Es que tengo que maquillarme y además tengo que rizarme el pelo y…*

© Serg Zastavkin/Shutterstock.com

↑ **FOTO** ¿Qué hace esta persona? En su opinión, ¿adónde va a ir después?

ESTRUCTURAS

Describing Daily Routine

REFLEXIVE VERBS

Many of the Spanish verbs used to describe and discuss daily routine are reflexive verbs, that is, verbs that use a reflexive pronoun throughout the conjugation. The reflexive pronouns indicate that the subject does the action to or for himself or herself; **me levanto** = *I get (myself) up;* **nos arreglamos** = *we get (ourselves) ready.* In Spanish these reflexive verbs can be identified by the infinitive form, which has the reflexive pronoun **se** attached to it: **levantarse** = *to get up.*

Present Indicative Reflexive Verbs			Reflexive Pronouns	
me arreglo	*I get ready*		**me**	*myself*
te arreglas	*you get ready*		**te**	*yourself*
se arregla	*he gets ready* / *she gets ready* / *you get ready*		**se**	*himself* / *herself* / *yourself*
nos arreglamos	*we get ready*		**nos**	*ourselves*
os arregláis	*you get ready*		**os**	*yourselves*
se arreglan	*they get ready* / *you get ready*		**se**	*themselves* / *yourselves*

a. In English the reflexive pronouns end in *-self / -selves.* However, the reflexive pronoun will not always appear in the English translation, for it is often understood that the subject is doing the action to himself or herself.

Silvia siempre **se ducha** y **se lava** el pelo por la mañana.	*Silvia always takes a shower and washes her hair in the morning.*

Note that with reflexive verbs, the definite article (rather than a possessive adjective) is used with parts of the body or with clothing.

b. The reflexive pronoun precedes an affirmative or negative conjugated verb.

Eduardo **se dedica** a sus estudios y **no se queja** nunca.	*Eduardo devotes himself to his studies and never complains.*

c. Reflexive pronouns attach to the end of an infinitive. When both a conjugated verb and an infinitive are used, the reflexive pronoun may precede the conjugated verb or attach to the end of the infinitive. Note that the reflexive pronoun always agrees with the subject even when attached to the infinitive.

¿Cuándo vas a **acostarte?**	
¿Cuándo **te** vas a **acostar?**	*When are you going to bed?*

d. The following list contains common reflexive verbs; others are listed in the **Presentación.**

acordarse (ue) de	to remember	**hacerse**	to become
acostarse (ue)	to go to bed	**irse**	to go away, to leave
dedicarse a	to devote oneself to	**llamarse**	to be called
despedirse (i) de	to say good-bye to	**preocuparse (por)**	to worry (about)
divertirse (ie)	to have a good time	**quejarse (de)**	to complain (about)
dormirse (ue)	to go to sleep	**sentirse (ie)**	to feel

PRÁCTICA Y CONVERSACIÓN

Antes de empezar las siguientes actividades, busque ejemplos de las formas gramaticales de esta sección en el diálogo escrito de **Así se habla.**

1.21 **Su rutina diaria.** Usando las frases dadas, describa su rutina diaria en orden lógico.

Modelo   *Primero me despierto.*
primero / luego / más tarde / por último / finalmente

1.22 **Consejos.** Explique por lo menos tres cosas que estas personas hacen para arreglarse.

1. Ud. toma un examen de matemáticas.
2. Manolo y Pepe van a la escuela primaria.
3. Isabel sale con su novio.
4. Tú vas a una fiesta.
5. Nosotros jugamos al tenis.
6. La Sra. Ruiz habla con unos clientes importantes.

1.23 **Por lo general.** Trabajando en parejas, diga lo que generalmente hace Ud. y lo que hizo diferente ayer.

Modelo   ducharse
Por lo general me ducho con agua caliente pero ayer me duché con agua fría.

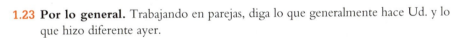

despertarse / levantarse / vestirse / sentirse / preocuparse por / quejarse de / acostarse / dormirse / ¿?

Asking Questions

QUESTION FORMATION

Since most conversation consists of a series of questions and answers, it is important to learn to form questions in a variety of ways.

Questions Requiring a Yes / No Answer

a. A statement can become a question by adding the tag words **¿no?** or **¿verdad?** to the end of that statement.

Raúl se levanta temprano, **¿no?**	*Raúl gets up early, doesn't he?*
Uds. se divierten en clase, **¿verdad?**	*You have a good time in class, don't you?*

b. A statement can also become a question by inversion, that is, placing the subject after the verb. When using inversion to form a question that contains more than just a subject and verb, the word order is generally:

VERB	+	REMAINDER	+	SUBJECT
¿Se levantan		temprano		Uds.?

However, when the remainder of the sentence contains more words than the subject, then the word order is generally:

VERB	+	SUBJECT	+	REMAINDER
¿Se levantan		Uds.		temprano todos los días?

Questions Requesting Information

a. Questions requesting information contain an interrogative word such as those in the following list.

¿cómo?	*how?*	**¿dónde?**	*where?*
¿cuál(es)?	*which?*	**¿qué?**	*what?*
¿cuándo?	*when?*	**¿quién(es)?**	*who?*
¿cuánto(a)?	*how much?*	**¿por qué?**	*why?*
¿cuántos(as)?	*how many?*		

Note that the question word **dónde** has the form **adónde** when used with **ir, viajar,** and other verbs of motion. The form **de dónde** is used with **ser** to express origin.

Jorge, **¿adónde** vas?	*Jorge, where are you going?*
¿De dónde son Uds.?	*Where are you from?*

b. Most information questions are formed by inverting the subject and verb. Note that the interrogative word is generally the first word of the question.

¿Qué se ponen los estudiantes para ir a clase?	*What do the students put on in order to go to class?*

c. **Por qué,** meaning *why,* is written as two words. The word **porque** means *because* and is often used in answers.

—**¿Por qué** te quitas la chaqueta?	*Why are you taking off your jacket?*
—**Porque** hace calor.	*Because it's hot.*

PRÁCTICA Y CONVERSACIÓN

Antes de hacer las siguientes actividades, busque ejemplos de las formas gramaticales de esta sección en el diálogo escrito de **Así se habla.**

1.24 Barcelona. Haga preguntas para las siguientes respuestas.

1. Barcelona es la capital de Cataluña, una región de importancia comercial e industrial.
2. La ciudad está situada entre dos montañas: el Tibidabo y Montjuïc.
3. Hay playas a pocos kilómetros de la ciudad.
4. Las Ramblas es un paseo que va desde el centro de la ciudad hasta el mar Mediterráneo.
5. Al final de Las Ramblas está el monumento a Colón, uno de los monumentos más conocidos de la ciudad.
6. Al este de Las Ramblas está la Sagrada Familia, el famoso templo modernista diseñado por el arquitecto Antoni Gaudí.

© Veniamin Kraskov/Shutterstock.com

← **FOTO** El Templo Expiatorio de la Sagrada Familia. ¿Quíen fue el arquitecto de este famoso edificio en Barcelona? ¿Dónde se encuentra el edificio? ¿Cuál es el estilo del templo?

1.25 Las fiestas de Pamplona. ¿Qué sabe Ud. sobre estas fiestas españolas? En parejas, hagan todas las preguntas necesarias para las siguientes respuestas.

1. Todos los años en el mes de julio se celebran fiestas regionales en Pamplona.
2. Estas fiestas duran varios días.
3. Se celebran en honor a San Fermín.
4. Hay muchas actividades todos los días de las fiestas.
5. La actividad más famosa es el encierro.

1.26 Entrevista personal. Pregúntele a un(a) compañero(a) de clase acerca de su rutina diaria. Su compañero(a) debe contestar.

Temas de conversación

la hora de levantarse / acostarse
la hora de desayunar / almorzar / cenar
el lugar donde vive / trabaja / estudia
la frecuencia de cambiarse de ropa / lavarse el pelo / peinarse
con quién(es) vive / estudia / va al cine
las cosas y las personas de que se queja

TERCERA SITUACIÓN

DIÁLOGOS EN VÍDEO

To view the video, visit
www.cengagebrain.com

© Anna Pérez

Para comprender lo que ve

PAYING ATTENTION TO GESTURES AND BODY LANGUAGE

Comprehending a video requires you to combine what you hear with what you see. In other words, you must develop your visual literacy as well as your listening skills in order to understand the conversation. By paying close attention to gestures and body language, you will be better able to interpret what you are viewing and get the gist or general idea of what the video segment is all about.

Para comprender lo que escucha

THE GIST OF A CONVERSATION

When you are talking to someone in English or are listening to a narration or description, you can often understand what is being said by paying attention to a person's intonation, the topic being discussed, and the situation in which it occurs. Even when you don't understand every word being said, you can still get the gist of what the speaker is saying.

Antes de ver y escuchar

 1.27 La foto y el vídeo. Con un(a) compañero(a) de clase, hagan las siguientes actividades.

1. Describan a las personas en la foto, el lugar donde se encuentran y los gestos que hacen. Incluyan el mayor número de detalles posibles.
2. Ahora, vean el vídeo sin sonido *(without sound)*. Describan a las personas y digan qué gestos hacen que le indican de qué están hablando.
3. ¿Creen Uds. que las personas están preocupadas? Justifiquen su respuesta.

Al ver y escuchar

1.28 Los apuntes. Mientras ve el vídeo y escucha la conversación entre Tania y Amaya, tome los apuntes que considere necesarios y luego complete la siguiente tabla con la información correcta.

	Tania	Amaya
Estilo de vida		
Responsabilidades estudiantiles		
Otras responsabilidades		
Distracciones		

Después de ver y escuchar

1.29 Resumen. Con un(a) compañero(a) de clase, resuma la conversación entre Tania y Amaya.

1.30 Análisis. Ahora conteste las siguientes preguntas.

1. ¿Qué tipo de relación tienen estas dos personas? Justifique su respuesta.
2. ¿Qué gestos hace Tania con las manos y cara cuando critica a Amaya?
3. Dentro de la cultura americana, ¿es aceptable criticar el estilo de vida de un(a) compañero(a) y decirle cómo debe cambiar? ¿Y dentro de la cultura hispana? Justifique su opinión.
4. ¿Cree Ud. que Amaya se molesta con los consejos que le da Tania? Justifique su respuesta.

PERSPECTIVAS

El horario español

Si uno quiere viajar, trabajar o vivir en otra cultura es necesario saber algo de la rutina diaria y el típico horario *(schedule)* para funcionar en una manera respetuosa. Como mínimo, uno necesita saber las horas del día laboral y las horas de las comidas para acostumbrarse y evitar problemas.

En el pasado, el horario español consistía en un día laboral de ocho horas dividido en dos partes. Por lo general, las oficinas, las tiendas y los negocios se abrían a las diez de la mañana y se cerraban a las dos de la tarde. Después, se abrían de nuevo entre las cuatro y las ocho. Entre las dos y las cuatro de la tarde los españoles comían su comida principal en casa y después se quedaban un rato allá hablando con la familia o descansando. Este descanso entre las dos y las cuatro de la tarde se llama **la siesta.**

En la España contemporánea, la tradición de la siesta está cambiando, especialmente en las grandes ciudades como Madrid y Barcelona. Para mantener un horario semejante *(similar)* al horario de los otros países de la Unión Europea, muchos negocios y lugares turísticos no cierran durante el día. Los españoles siguen comiendo entre las dos y las cuatro de la tarde, pero hay pocos que vuelven a casa para esta comida. Es mucho más fácil comer cerca del trabajo. A pesar de este cambio en las ciudades grandes, es importante notar que dentro de los pueblos rurales muchos siguen observando la siesta tradicional.

El paseo *(stroll)* es otra tradición española que forma parte de la rutina diaria para muchos. Alrededor de las ocho de la noche, se cierra la mayoría de las tiendas y los negocios. En vez de ir directamente a casa después de trabajar, muchas personas se quedan en la ciudad para pasar un rato con la familia o con amigos. Allá caminan por el centro y durante su paseo a veces se sientan en un parque o una plaza para hablar del día o van a un café para tomar una copa o comer algo ligero. Después, van a un restaurante o vuelven a casa para cenar.

En general, se cena mucho más tarde en España que en los Estados Unidos. Es normal cenar entre las diez o las once de la noche y en realidad es difícil encontrar un restaurante abierto antes de las ocho o las nueve de la noche. Para muchos, especialmente los jóvenes, la vida nocturna dura hasta la madrugada *(dawn)*. Es común que los cines, las discotecas y los clubes no se cierran hasta las cuatro de la mañana y durante los fines de semana muchos están abiertos hasta las seis de la mañana. Después de pasar la noche en un club o una discoteca, muchos jóvenes van a desayunar antes de volver a casa.

El horario de los países de las Américas es distinto del horario español y tiene muchas variaciones. En algunos países los negocios están abiertos continuamente entre las nueve o las diez de la mañana y se cierran a las cinco o las seis de la tarde. En estos países se suele comer entre el mediodía y las dos de la tarde y otra vez entre las siete y las nueve de la noche.

© Chris Howes/Wild Places Photography/Alamy

← FOTO Al final del día laboral, una familia se pasea por la ciudad.

PRÁCTICA Y CONVERSACIÓN

 1.31 Práctica intercultural. Pregúntele a un(a) compañero(a) de clase acerca de su horario diario. Después, compare el horario de su compañero(a) con el horario suyo.

Pregúntele...

1. a qué hora sale para la universidad.
2. si tiene problemas con el tráfico. ¿Por qué?
3. a qué hora almuerza; dónde almuerza; cuándo sale de la universidad para regresar a casa.
4. lo que hace entre las ocho y las once de la noche.

1.32 El horario español. Con un(a) compañero(a) de clase, comparen su horario personal con el horario español. ¿Cuáles son las diferencias más notables entre el horario estadounidense y el horario español? ¿Cuáles son las ventajas y las desventajas de cada horario?

1.33 Una visita a Madrid. Ud. y su familia están en Madrid por dos días y medio. Durante estos días quieren ver lo máximo posible pero también necesitan comer, descansar y obtener dinero. Prepare un horario con la información de abajo.

BANCO NACIONAL
10.00–13.30

CAFÉ PLAZA SANTA ANA
martes a sábado: 1.30–12.00; domingos y días festivos: 1.30–5.00; lunes: cerrado

CINE MADRILEÑO
16.00; 18.30; 21.00; 23.30; 1.30

CLUB ELEGANTE
Espectáculos a las 23.30; 1.30

CORRIDA DE TOROS
17.00

EXCURSIÓN AL ESCORIAL
Palacio y monasterio real a unos 35 kilómetros de Madrid. martes a domingo: 10.00–18.00; días festivos: cerrado

PISCINA MUNICIPAL
10.00–13.30; 16.00–20.30

EL PALACIO REAL
lunes a sábado: 9.00–18.00; domingos y días festivos: 9.00–14.00

EL PRADO
Museo de arte de fama internacional. lunes a sábado: 9.00–19.00; domingos y días festivos: 9.00–14.00

Museo del Prado

RESTAURANTE GRAN VÍA
martes a sábado: 1.30–12.00; domingos y días festivos: 1.30–5.00; lunes: cerrado

CONEXIONES. Utilizando una página web española, haga una investigación de uno de los siguientes sitios de interés mencionado en Actividad 1.33: El Prado / El Palacio Real / El Escorial. Después, haga un resumen escrito del sitio.

ASÍ SE ESCRIBE

Para escribir bien

WRITING PERSONAL LETTERS AND E-MAIL MESSAGES
In Spanish, there is a great deal of difference between the salutations and closings in a personal letter and those in a business letter. Business letters tend to be formal and respectful, but personal letters are warm and caring. Here are some ways to begin and end a personal letter or an e-mail message.

Salutations

Querido(a) Ricardo / Anita:	*Dear Ricardo / Anita,*
Queridos amigos / padres / tíos:	*Dear friends / parents / aunts and uncles,*
Mi querido(a) Luis(a):	*Dear Luis(a),*
Mis queridas primas:	*My dear cousins,*

Pre-closings

¡Hasta pronto / la próxima semana!	*See you soon / next week.*
Bueno, te / los / las dejo. Prometo escribirte(les) pronto.	*Well, I've got to go. I promise to write to you soon.*
Bueno, es la hora de comer, así que tengo que dejarte(los/las).	*Well, it's time to eat so I have to go.*
Voy a escribirte(les) de nuevo mañana / la semana próxima.	*I'm going to write you again tomorrow / next week.*

Closings

Abrazos,	*Hugs,*
Un saludo afectuoso de...	*A warm greeting from . . .*
Cariños,	*Much love,*
Tu amigo(a) Juan / María,	*Your friend Juan / María,*

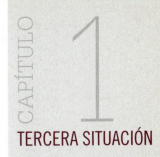

Antes de escribir

A **El formato de una carta.** Ud. piensa escribirle una carta a un(a) amigo(a). Prepare el formato o el diseño *(layout)* de la carta. Incluya la fecha, el saludo *(salutation),* la predespedida *(pre-closing)* y la despedida *(closing).* Deje el espacio para el texto *(body)* de la carta pero no lo escriba en este momento.

B **El texto de una carta.** Ud. piensa en el contenido o el texto de la carta para su amigo(a). Haga una lista de nueve o diez actividades de su rutina diaria en la universidad que quiere describir en el texto de su carta.

Al escribir

C Primero, escoja uno de los dos temas dados a continuación. Después, escriba su composición, utilizando sus respuestas de las actividades de **Antes de escribir.** Trate de incorporar el nuevo vocabulario y las nuevas estructuras gramaticales de este capítulo.

Tema 1:

Un estudiante de intercambio. Luis(a) Argüello vive en Santiago, Chile, pero el semestre que viene va a estudiar en la universidad donde Ud. estudia. Escríbale una carta (o un mensaje de correo electrónico), explicándole la rutina universitaria. Incluya información sobre los estudios y también los pasatiempos.

Tema 2:

Sus actividades Su mejor amigo(a) asiste a otra universidad. Escríbale una carta o un mensaje de correo electrónico, describiendo sus actividades del fin de semana en su universidad.

Después de escribir

D Antes de entregarle *(hand in)* su composición a su profesor(a), Ud. debe leerla de nuevo y corregir los errores.

- ☐ ¿Tiene su composición el formato de una carta o un mensaje de correo electrónico?

- ☐ ¿Contiene su composición toda la información que Ud. quiere incluir?

- ☐ ¿Están las actividades en orden cronológico?

- ☐ ¿Están correctas todas las terminaciones de los verbos reflexivos?

INTERACCIONES

The communicative tasks of the **Interacciones** section recombine and review the vocabulary, grammar, culture, and communicative goals presented within this chapter. To help you prepare the tasks, review the specific items listed next to each activity. This section will also help you assess your progress and help you determine the items that need additional study.

To help you prepare «**Los pasatiempos**», review the following: **Topics:** leisure-time activities; **Estructuras:** present tense verbs, question formation.

To help you prepare «**¿Quién soy yo?**», review the following: **Topics:** daily routine, leisure-time activities; **Estructuras:** present tense verbs, reflexive verbs, question formation.

To help you prepare «**Así son las otras culturas**», review the following: **Topics:** daily routine, leisure-time activities; **Estructuras:** present tense verbs, question formation.

To help you prepare «**Las diligencias**», review the following: **Topics:** errands, daily routine; **Estructuras:** present tense verbs, reflexive verbs, question formation.

A. Los pasatiempos

Communicative Tasks: Discussing daily activities, expressing sequence and frequency of actions, asking questions.

Survey and Oral Presentation: You are a reporter for a Hispanic radio station in Miami, Florida, and are preparing a feature on leisure-time activities in your city. Prepare at least five questions about the frequency of typical leisure-time activities; then interview four of your classmates. Report your general findings to the class.

B. ¿Quién soy yo?

Communicative Tasks: Discussing daily activities, describing daily routine, expressing sequence and frequency of actions.

Game: In groups of three or four, each person will pretend to be a famous person. Do not tell one another your identity. Describe your daily routine, including details about your job and leisure activities, so the group can guess who you are. If necessary, you can include a brief description of your person.

C. Así son las otras culturas

Communicative Tasks: Discussing daily activities, describing daily routine, expressing sequence and frequency of actions, asking questions.

Oral Presentation: You are the host of a Spanish TV talk show that examines the lifestyle of other cultures; the show is entitled *Así son las otras culturas.* Today's topic is daily routine in the United States compared with that in Spain. Your classmates will play the roles of two guests on the show—Antonio(a) Guzmán, a Spanish university student, and Julio(a) Rivera, a Spanish-speaking resident of Los Angeles. Ask each guest about his/her daily routine and the advantages and disadvantages of it so that you can compare the two lifestyles.

D. Las diligencias

Communicative Tasks: Discussing daily activities, describing daily routine, expressing sequence and frequency of actions, asking questions.

Game: Make a mental list of six errands you must do in the next few days. Your partner must then guess four errands on your list by asking you questions. You must then guess four of the items on your partner's list.

De vacaciones

Cultural Themes
→ España
→ Las vacaciones

Topics and Situations
→ En el complejo turístico
→ Diversiones nocturnas

Communicative Goals
→ Making a personal phone call
→ Talking about past activities
→ Expressing dates
→ Circumlocuting
→ Avoiding repetition of nouns

↑ FOTO España: Unas vacaciones en familia en la costa

PRIMERA SITUACIÓN

PRESENTACIÓN

En el complejo turístico

PRÁCTICA Y CONVERSACIÓN

2.1 Definiciones. Ud. está ayudando a un amigo a completar un crucigrama. Para cada pista, identifique la palabra correcta.

1. el movimiento del agua en el mar
2. unos zapatos que se llevan en la playa
3. lo que se pone uno para nadar
4. un producto que protege la piel del sol
5. algo que protege los ojos del sol
6. un barco de lujo
7. algo que cubre y protege la cabeza
8. pasarlo bien

2.2 ¡Me divertí! Ud. acaba de regresar de un fin de semana maravilloso en Marbella, una de las playas famosas de la Costa del Sol en el sur de España. Se quedó en el complejo «Costa del Sol» y disfrutó de todas las actividades. Diga lo que hizo para divertirse.

Modelo   *Jugué al tenis.*

2.3 ¿Qué me dices? Aquí hay una serie incompleta de dibujos que explican las actividades que hacen Susana, Mario y Juan. Su compañero(a) de clase utiliza otra serie de dibujos que está en el **Apéndice A.** Uds. conversan para descubrir la información que falta.

The alternate drawing that corresponds to this activity can be found in **Appendix A.**

	Susana	Mario y Juan
el viernes por la noche		
el sábado por la mañana		
el sábado por la noche		
el domingo		

2.4 Vacaciones en Marbella. En grupos, hagan planes para pasar unas vacaciones en el Hotel San Marcos de Marbella. ¿Cuánto tiempo pasan Uds. allí? ¿En qué actividades participan Uds.?

San Marcos
Hotel Exclusive de Marbella

Restaurantes
Bares
Salas de Conferencias
Piscinas
Gimnasio
Pistas de tenis
Campos de Golf
Campos de Fútbol
Escuelas de Golf
Club Infantil
Playa

Hotel San Marcos ★★★★★
Avenida Las Brisas s/n
Marbella 29600

RESERVAS
Tel. 34 687 03 70 00
Fax 34 687 03 01
www.sanmarcos.net

2.5 Creación. Imagínese que el dibujo de esta **Presentación** es una foto que Ud. sacó durante sus últimas vacaciones. Cuente en una narración lo que pasa en el dibujo contestando las siguientes preguntas. ¿Cómo se llaman las chicas que están tomando el sol? ¿De qué hablan? ¿De dónde viene el yate que se ve cerca de la costa?

CONEXIONES. Utilizando un sitio web español, busque más información sobre las playas españolas. Haga una comparación entre tres o cuatro playas y las atracciones que ofrezcan. Después, convenza a un(a) compañero(a) de clase de que Uds. deban pasar las vacaciones en una de estas playas.

vocabulario

En la playa *At the beach*

la arena *sand*

las chanclas *flip-flops*

las gafas de sol *sunglasses*

la lancha *motorboat*

el mar *sea*

la ola *wave*

el sombrero *hat*

la sombrilla *beach umbrella*

la tabla de windsurf *windsurfing board*

el traje de baño *bathing suit*

la tumbona *lounge chair, beach chair*

el yate *yacht*

broncearse *to tan, get tan*

estar *to be*
  al sol *in the sun*
  a la sombra *in the shade*

nadar *to swim*

navegar en un velero *to sail in a sailboat*

pescar *to fish*

ponerse (echarse) *to put on*
  protector solar *sunscreen*
  la crema antisolar *sun block lotion*

practicar esquí acuático *to water-ski*

quemarse *to burn*

tomar el sol *to sunbathe*

En el complejo turístico *In the tourist resort*

el campo de golf *golf course*

la cancha de tenis *tennis court*

las vacaciones *vacation*

correr *to run*

estar de vacaciones *to be on vacation*

montar a caballo *to ride horseback*

montar en bicicleta *to ride a bicycle*

En el hotel *In the hotel*

el gimnasio *gymnasium*

la piscina *swimming pool*

disfrutar de *to enjoy*

divertirse (ie, i) *to have a good time*

gozar de *to enjoy*

hacer Pilates *to do Pilates*

levantar pesas *to lift weights*

pasarlo bien *to have a good time*

practicar yoga *to practice yoga*

usar la caminadora *to use a treadmill*

Las vacaciones is generally plural in Spanish, while *vacation* is singular in English.

Vocabulario suplementario.
el aparato de gimnasio *(exercise machine);* **el bañador** *(one-piece bathing suit);* **la bicicleta estacionaria** *(stationary bike);* **el biquini** *(two-piece bathing suit);* **la elíptica** *(elliptical machine);* **el envejecimiento prematuro de la piel** *(premature aging of skin);* **la escaladora** *(stairclimber);* **el Factor Protección Solar FPS** *(Sun Protection Factor SPF);* **las pesas libres** *(free weights).*

TODO BAJO EL SOL EVERY THING UNDER THE SUN

← ¿Cuáles son los colores de este logo del turismo español? ¿Cuáles son los dos sentidos *(meanings)* del lema *(slogan)* ESPAÑA: TODO BAJO EL SOL? En su opinión, ¿representa bien el país de España?

© Kevin Dodge/Masterfile

Track 1-4

Making a Personal Phone Call

MAITE ¿Diga?

NORMA Hola. Por favor, ¿está Silvana?

MAITE ¿De parte de quién?

NORMA De Norma, por favor.

MAITE Un momentito. Voy a ver si está.

NORMA Muchas gracias.

Después de un momento.

MAITE Lo siento, pero Silvana no está. Salió hace media hora.

NORMA Por favor, dile que me llame.

MAITE Muy bien. Se lo diré.

NORMA Muchas gracias.

Maite is the shortened form or nickname for **María Teresa.**

PERSPECTIVAS LINGÜÍSTICAS

When making a call in a Spanish-speaking country, the caller does not identify himself/ herself until asked by the responder (*¿de parte de quién?*). As you can observe in the dialogue above, a diminutive *(un momentito)* and a number of polite formulae are used (*por favor, muchas gracias, lo siento*) to make the interaction more polite and less imposing.

Phrases to answer the telephone

Diga / Dígame. *(Spain)*	*Hello.*
Bueno. *(Mexico)*	*Hello.*
¿Aló? *(Most other countries)*	*Hello.*

Phrases to initiate a conversation

Por favor, ¿está…?	*Is . . . home, please?*
¿Hablo con…?	*Is this . . . ?*
¿De parte de quién, por favor?	*May I ask who is calling, please?*
Lo siento, pero no está.	*I'm sorry but he / she is not home.*
Un momentito, por favor.	*One moment, please.*
Voy a ver si está.	*I'll see if he / she is in.*
Está equivocado.	*You have the wrong number.*

Phrases to leave a message

Quisiera dejar un recado / mensaje.	*I would like to leave a message.*
Por favor, dígale (dile) que me llame / que lo (la) volveré a llamar.	*Please, tell him/her to call me / that I'll call him/her back.*
Si fuera(s) tan amable de decirle que me llame.	*If you would be kind enough to tell him/her to call me.*

Phrases to explain problems with the connection

La línea / El teléfono está ocupada(o).	*The line / the phone is busy.*
No se oye bien.	*I can't hear very well.*
Hay mucha interferencia.	*There's a lot of interference.*
Tienes que colgar.	*You have to hang up.*

Phrases to close the conversation

Disculpe(a), pero me tengo que ir / tengo que colgar.	*Excuse me, but I have to go / I have to hang up.*

Phrases to say good-bye

Chao.	*Bye.*
Nos hablamos.	*I'll talk to you later.*
Lo / La / Te llamo.	*I'll call you.*

PRÁCTICA Y CONVERSACIÓN

2.6 ¿Qué dirían Uds.? Con un(a) compañero(a), dramatice la siguiente situación. Ud. llama a un(a) amigo(a) por teléfono. El padre de su amigo(a) contesta y le dice que no está. Ud. quiere dejar un recado: este sábado es su cumpleaños, Ud. va a hacer una fiesta y quiere invitar a su amigo(a). El padre apunta lo que Ud. dice y le hace preguntas. Al final, Ud. se despide.

Modelo

ESTUDIANTE 1	*¿Aló?*
ESTUDIANTE 2	*¿Aló? Por favor, ¿se encuentra Josefina?*
ESTUDIANTE 3	*Un momentito. ¿De parte de quién?*

2.7 ¿Como estás? En grupos, dos personas hablan por teléfono y la tercera toma apuntes de las expresiones utilizadas y el tema de la conversación.

Temas de conversación: actividades diarias / estudios / trabajo / fiestas / nuevos amigos / padres / novios(as) / planes para el fin de semana / ¿?

ESTRUCTURAS

Talking About Past Activities

PRETERITE OF REGULAR VERBS

Spanish, like English, has several past tenses that are used to talk about past activities. The Spanish preterite tense corresponds to the simple past tense in English: **El verano pasado lo pasé muy bien; tomé el sol, nadé y jugué al golf.** = *Last summer I had a good time; I sunbathed, swam, and played golf.*

Verbos en **–AR**		Verbos en **–ER**		Verbos en **–IR**	
tomar		**correr**		**salir**	
tomé	*I took*	**corrí**	*I ran*	**salí**	*I left*
tomaste	*you took*	**corriste**	*you ran*	**saliste**	*you left*
tomó	*he took* *she took* *you took*	**corrió**	*he ran* *she ran* *you ran*	**salió**	*he left* *she left* *you left*
tomamos	*we took*	**corrimos**	*we ran*	**salimos**	*we left*
tomasteis	*you took*	**corristeis**	*you ran*	**salisteis**	*you left*
tomaron	*they took* *you took*	**corrieron**	*they ran* *you ran*	**salieron**	*they left* *you left*

The preterite tense will often translate as the simple past in English: **hablé** = *I talked.* In English the simple past tense is generally identified by the *-ed* ending, but there are many irregular forms as well. Regular preterite forms in Spanish will often translate as irregular verbs in English: **tomé** = *I took* (not *I taked*); **corrí** = *I ran* (not *I runned*); **salí** = *I left* (not *I leaved*). Likewise, irregular preterite forms in Spanish will often translate as regular verbs in English: There is no predictable pattern.

a. Some verbs like **salir** that are irregular in the present tense follow a regular pattern in the preterite.

b. Most **–ar** and **–er** verbs that stem-change in the present tense follow a regular pattern in the preterite.

> Siempre me acuesto a las once, pero anoche bailé mucho y **me acosté** a las 3 de la manaña.
>
> *I always go to bed at 11:00, but last night I danced a lot and went to bed at 3:00 A.M.*

c. Certain **-ar** verbs have spelling changes in the first-person singular of the preterite. The other forms follow a regular pattern.

   1. Verbs whose infinitives end in **-car** change the **c** to **qu** in the first-person singular: **pescar → pesqué.** Some common verbs of this type are **buscar, explicar, pescar, practicar, sacar, tocar.**

   2. Verbs whose infinitives end in **-gar** change the **g** to **gu** in the first-person singular: **jugar → jugué.** Some common verbs of this type are **llegar, jugar, navegar, pagar.**

   3. Verbs whose infinitives end in **-zar** change the **z** to **c** in the first-person singular: **gozar → gocé.** Some common verbs of this type are **almorzar, comenzar, empezar, gozar.**

d. The following words and expressions are often used with the preterite to indicate past time.

ayer	*yesterday*
anteayer	*day before yesterday*
anoche	*last night*
el mes / año pasado	*last month / year*
la semana / Navidad pasada	*last week / Christmas*
el jueves / verano pasado	*last Thursday / summer*
en 1990 / en el 90	*in 1990 / in '90*
en abril	*in April*
hace un minuto / mes / año	*a minute / month / year ago*
hace una hora / semana	*an hour / a week ago*
hace un rato	*a while ago*

PRÁCTICA Y CONVERSACIÓN

Antes de empezar las siguientes actividades, busque ejemplos de las formas gramaticales de esta sección en el diálogo de **Así se habla.**

2.8 **El verano pasado.** Explique si Ud. hizo o no hizo las siguientes actividades el verano pasado.

Modelo   caminar en la playa
            (No) Caminé en la playa.

> **jugar al tenis / descubrir lugares interesantes / broncearse / tomar un curso / comer muchas frutas / pasarlo bien / pescar / gozar de las vacaciones**

2.9 **En el complejo turístico.** ¿Qué hicieron estas personas ayer en el complejo turístico?

Modelo   los García / nadar
            Los García nadaron ayer.

1. los Valero / jugar al golf
2. Elena y yo / navegar
3. yo / almorzar en el café
4. Mariana / aprender a pescar
5. tú / quemarse
6. Uds. / sacar fotos

2.10 **¿Qué hiciste ayer?** Un(a) estudiante llama a un(a) amigo(a) y ambos(as) hablan de lo que hicieron la noche anterior. Trabajando en parejas, completen el siguiente diálogo.

ESTUDIANTE 1

1. ¿Aló?
3. Sí, habla _____. ¿ _____ ?
5. Ahí, pasándola. ¿Qué cuentas?

7. ¡Ay, sí! Anoche salí con _____ y fuimos a _____.
9. Sí, muchísimo. Regresé a medianoche cansado(a) de bailar tanto. Y tú, ¿ _____ ?
13. Por supuesto.
15. Nos vemos.

ESTUDIANTE 2

2. ¿Aló? ¿_____?
4. Muy bien, ¿y tú, ¿cómo estás?
6. Ahí, también. Mira, te llamé anoche pero no te encontré.
8. ¿_____?

10. Yo _____.

14. Muy bien. _____.
16. ¡Perfecto!

The article **los** + **García** (*a last name*) = *Mr. and Mrs. García* or *the Garcías*. Last names in Spanish cannot become plural by adding the letter -s as they can in English: *the Smiths* / **los García.**

2.11 ¡Un fin de semana estupendo! Ud. llama por teléfono a unos amigos a quienes no ve desde el jueves pasado. Pregúnteles qué hicieron el fin de semana pasado y luego cuénteles lo que Ud. hizo.

Discussing Other Past Activities

PRETERITE OF IRREGULAR VERBS

Many common verbs used to discuss activities have irregular preterite forms; these irregular forms can be grouped into several categories to help you learn them.

IRREGULAR VERBS IN THE PRETERITE TENSE

*Verbs with **-U-** Stem*

andar	anduv-		
estar	estuv-	tuve	tuvimos
poder	pud-	tuviste	tuvisteis
poner	pus-	tuvo	tuvieron
saber	sup-		
tener	tuv-		

*Verbs with **-I-** Stem*

querer	quis-	vine	vinimos
venir	vin-	viniste	vinisteis
		vino	vinieron

*Verbs with **-J-** Stem*

decir	dij-	dije	dijimos
traer	traj-	dijiste	dijisteis
Verbs ending in **-cir** like **traducir**		dijo	dijeron

*Verbs with Stems Ending in a Vowel (**-Y-** Stem)*

oír		oí	oímos
Verbs ending in **-eer** like **leer**		oíste	oísteis
Verbs ending in **-uir** like **construir**		oyó	oyeron

a. In the preterite, these verbs use a special set of endings.

1. **-u-** and **-i-** stem endings: -e, -iste, -o, -imos, -isteis, -ieron
2. **-j-** stem endings: -e, -iste, -o, -imos, -isteis, -eron
3. **-y-** stem endings: -í, -íste, -yó, -ímos, -ísteis, -yeron

b. There is no written accent on these irregular preterite forms except for **-y-** stem verbs.

NOTE: Verbs ending in **-uir** like **construir** have an accent only in the first-person and third-person singular.

c. The irregular preterite of **hay (haber)** is **hubo.**

Ayer **hubo** un accidente muy grave en la playa.	*Yesterday there was a very serious accident at the beach.*

d. In the preterite, **saber** = *to find out.*

Esta mañana **supimos** que hay una piscina en este hotel.	*This morning we found out that there's a swimming pool in this hotel.*

e. Since the forms of **ir** and **ser** are the same in the preterite, context will determine the meaning.

IR:	Ayer **fue** a la playa.	*Yesterday he went to the beach.*
SER:	**Fue** muy interesante.	*It was very interesting.*

PRÁCTICA Y CONVERSACIÓN

2.12 **En la playa.** ¿Qué hizo Ud. la última vez que pasó un día en la playa?

Modelo   *leer una novela*
     Leí una novela.

andar por la playa / estar todo el día al sol / ponerse bloqueador / hacer esquí acuático / oír música / construir un castillo de arena / ¿?

2.13 **Y tú, ¿qué hiciste?** Al regresar de sus vacaciones Ud. se encuentra con un(a) amigo(a). Salúdelo(a) y pregúntele acerca de sus vacaciones. Cuéntele también acerca de las vacaciones suyas.

Modelo

USTED	*¡Hola! ¿Cómo estás?*
AMIGO(A)	*Muy bien, ¿y tú?*
USTED	*¡Bien, también! Y dime por fin, ¿adónde fuiste de vacaciones?*
AMIGO/A	*A la playa. Fui a…*
USTED	*¡Qué maravilla! ¿Y esquiaste mucho?*

Actividades	Lugares
ir a la playa	la playa
andar por la playa	el campo
tomar el sol	las montañas
nadar	un campamento
esquiar	en casa
montar a caballo	¿?
jugar al golf	
navegar en un velero	
correr	
¿?	

2.14 Una anécdota. Cuéntele a un(a) compañero(a) una anécdota de algo especial que le pasó durante sus vacaciones. Su compañero(a) va a reaccionar según lo que Ud. diga y narrará algo que le pasó a él/ella.

Modelo   *El verano pasado fui de vacaciones a Marbella y ahí conocí a un(a) muchacho(a) muy guapo(a). Un día…*

Temas de conversación: tener un accidente / perder el pasaporte / quedarse sin dinero / perderse en la ciudad / ¿?

Discussing When Things Happened

EXPRESSING DATES

In order to explain when an action took place or will take place, you will need to be able to express dates in Spanish.

a. To inquire about the date, the following questions are used.

¿Cuál es la fecha?

¿A cuánto estamos?

}   *What is the date?*

b. The date is expressed using the following formula:

ARTICLE	+	DATE	+	**DE**	+	MONTH	+	**DE**	+	YEAR
el		doce		de		octubre		de		1492

The first day of the month is called **el primero;** the other days use cardinal numbers.

Hoy es **el treinta y uno** de enero; mañana es **el primero** de febrero.   *Today is January 31; tomorrow is February 1.*

c. When the day of the week is mentioned along with the date, the following formula is used:

ARTICLE	+	DAY OF WEEK	+	DATE	+	**DE**	+	MONTH
el		jueves		catorce		de		abril

d. The article **el +** *date = on + date.*

—¿Cuándo llegó tu hermano de Caracas?   *When did your brother arrive from Caracas?*

—Llegó **el viernes 4 de agosto.**   *He arrived on Friday, August 4.*

e. When talking about the year of an event, the expression is **en** + *year.*

Construyeron la catedral **en 1659.**   *The cathedral was built in 1659.*

The formulas for expressing dates in Spanish are fixed and cannot be varied. In general the Spanish formulas are not the equivalent of the English formulas.

In the Spanish formula for expressing dates, the day is the first item mentioned, while in English the month is the first item mentioned. As a result, the abbreviation for dates using numbers is different in Spanish than in English:

4 / 6 / 12 = el cuatro de junio de 2012 (not April 6, 2012, as in English).

PRÁCTICA Y CONVERSACIÓN

2.15 **El árbol genealógico.** ¿En qué fecha nacieron estas personas?

> su padre / su madre / su mejor amigo(a) / Ud. / su hermano(a)

2.16 **Un poco de historia.** Dígale a un(a) compañero(a) cuándo ocurrieron los siguientes hechos de la historia contemporánea de España.

1. la Guerra Civil española / empezar / 1936
2. Francisco Franco / hacerse dictador de España / 1939
3. el general Franco / morir / 1975
4. Juan Carlos I / llegar a ser rey de España / 1975
5. España / entrar en la Unión Europea / 1986
6. los españoles /comenzar a usar el euro / 2002
7. Felipe, el heredero de la corona española / casarse con Doña Letizia / 2004
8. España / ganar la Copa Mundial de Fútbol por primera vez / 2010

© Christophe Simon/AFP/Getty Images

↑ FOTO El rey Juan Carlos I y la reina Sofía

2.17 **Entrevista personal.** Pregúntele a un(a) compañero(a) de clase algunas fechas de su vida personal.

Pregúntele…

1. cuándo nació.
2. cuándo recibió su permiso de conducir.
3. cuándo se graduó de la escuela secundaria.
4. cuándo empezó sus estudios universitarios.
5. cuándo piensa graduarse de la universidad.
6. ¿?

SEGUNDA SITUACIÓN

PRESENTACIÓN

Diversiones nocturnas

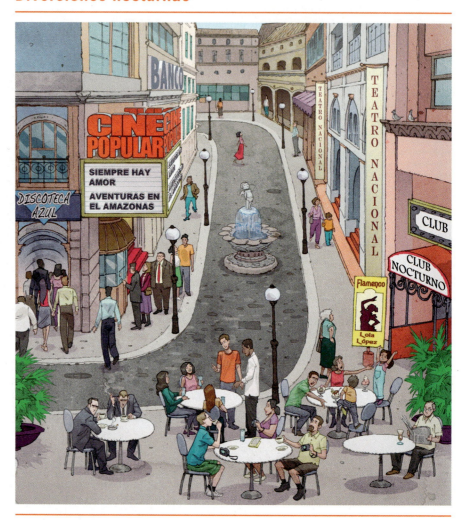

PRÁCTICA Y CONVERSACIÓN

2.18 Recomendaciones. Sus amigos quieren disfrutar de las diversiones nocturnas. ¿Adónde les recomienda Ud. que vayan para hacer lo siguiente?

> escuchar música rock / ver una película policíaca / tomar una copa / bailar / ver un drama / escuchar música clásica / ver un espectáculo / pasarlo bien

2.19 Entrevista personal. Cada estudiante les hace preguntas a seis de sus compañeros de clase sobre lo que hicieron para divertirse el sábado por la noche. Comparen las respuestas para ver qué actividad es la más popular y cuál es la menos popular.

2.20 ¡Diviértanse! Ud. y un(a) compañero(a) de clase están en Madrid y buscan un club adonde ir para divertirse el fin de semana que viene. Lean los anuncios a continuación y contesten las siguientes preguntas.

¿A qué club, bar, o discoteca se va para...

1. comer comida mexicana?
2. ver a gente guapa?
3. mirar un partido de fútbol?
4. escuchar música soul y funky?
5. ver auténticas obras de arte?
6. jugar a dardos?
7. ver un espectáculo?
8. ver una fiesta flamenca?
9. tomar una copa a las 6 de la mañana?
10. encontrar un ambiente cosmopolita?

Después de contestar las preguntas, Ud. y su compañero(a) necesitan escoger uno o dos lugares donde quieren pasar un rato este fin de semana.

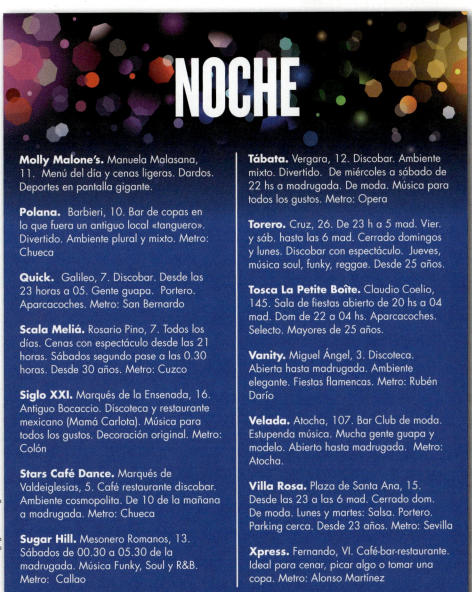

NOCHE

Molly Malone's. Manuela Malasana, 11. Menú del día y cenas ligeras. Dardos. Deportes en pantalla gigante.

Polana. Barbieri, 10. Bar de copas en lo que fuera un antiguo local «tanguero». Divertido. Ambiente plural y mixto. Metro: Chueca

Quick. Galileo, 7. Discobar. Desde las 23 horas a 05. Gente guapa. Portero. Aparcacoches. Metro: San Bernardo

Scala Meliá. Rosario Pino, 7. Todos los días. Cenas con espectáculo desde las 21 horas. Sábados segundo pase a las 0.30 horas. Desde 30 años. Metro: Cuzco

Siglo XXI. Marqués de la Ensenada, 16. Antiguo Bocaccio. Discoteca y restaurante mexicano (Mamá Carlota). Música para todos los gustos. Decoración original. Metro: Colón

Stars Café Dance. Marqués de Valdeiglesias, 5. Café restaurante discobar. Ambiente cosmopolita. De 10 de la mañana a madrugada. Metro: Chueca

Sugar Hill. Mesonero Romanos, 13. Sábados de 00.30 a 05.30 de la madrugada. Música Funky, Soul y R&B. Metro: Callao

Tábata. Vergara, 12. Discobar. Ambiente mixto. Divertido. De miércoles a sábado de 22 hs a madrugada. De moda. Música para todos los gustos. Metro: Opera

Torero. Cruz, 26. De 23 h a 5 mad. Vier. y sáb. hasta las 6 mad. Cerrado domingos y lunes. Discobar con espectáculo. Jueves, música soul, funky, reggae. Desde 25 años.

Tosca La Petite Boîte. Claudio Coelio, 145. Sala de fiestas abierto de 20 hs a 04 mad. Dom de 22 a 04 hs. Aparcacoches. Selecto. Mayores de 25 años.

Vanity. Miguel Ángel, 3. Discoteca. Abierta hasta madrugada. Ambiente elegante. Fiestas flamencas. Metro: Rubén Darío

Velada. Atocha, 107. Bar Club de moda. Estupenda música. Mucha gente guapa y modelo. Abierto hasta madrugada. Metro: Atocha.

Villa Rosa. Plaza de Santa Ana, 15. Desde las 23 a las 6 mad. Cerrado dom. De moda. Lunes y martes: Salsa. Portero. Parking cerca. Desde 23 años. Metro: Sevilla

Xpress. Fernando, VI. Café-bar-restaurante. Ideal para cenar, picar algo o tomar una copa. Metro: Alonso Martínez

© Heinle/Cengage Learning. Photo: © xalex/Shutterstock

CAPÍTULO
SEGUNDA SITUACIÓN

CAPÍTULO 2   45

2.21 Creación. Cuente en una narración lo que pasa en el dibujo de la **Presentación,** contestando las siguientes preguntas. Ud. está sentado(a) en una de las mesas en el café. ¿Qué puede decir Ud. de las personas que están en el café? Describa la personalidad, la profesión y el modo de vivir de estas personas. ¿Adónde piensa Ud. que van a ir después?

CONEXIONES. Con un(a) compañero(a) de clase, escojan una de las ciudades españolas mencionadas en **Bienvenidos a España.** Utilizando Internet, busquen información sobre las diversiones en esta ciudad y planeen actividades por tres noches. Entonces preséntenles a sus compañeros de clase sus planes.

vocabulario

Vocabulario suplementario. una película cómica / trágica / romántica / policíaca *a funny / sad / romantic / mystery movie;* una película documental *documentary;* una película de terror *horror movie;* una película de vaqueros *Western;* la primera sesión *first showing of the day;* la sesión continua *continuous showing;* la sesión de noche *last showing of the night.*

Vocabulario suplementario. la música alternativa *indie music;* la música clásica *classical music;* la música country *country music;* la música hip hop *hip-hop;* la música jazz *jazz;* la música rap *rap;* la música reggaeton *reggaeton;* la música rock *rock.*

Ir al cine *To go to the movies*

comprar entradas para la sesión de tarde *to buy tickets for the late afternoon showing*

ir al multicine *to go to the multiscreen movie complex*

mirar la cartelera *to look at the listings*

poner películas de estreno *to show newly released movies*

ver una película de acción *to see an action movie*

Salir con amigos *To go out with friends*

asistir *to go*
  a un concierto *to a concert*
  a la ópera *to the opera*

cenar en un café al aire libre *to dine in an outdoor café*

escuchar a una banda emergente *to listen to an up-and-coming band*

ir de tapas *to go out for some tapas*

ver *to see*
  un espectáculo *a show, a floorshow*
  una obra de teatro *a play*

Ir a una discoteca *To go to a club*

bailar *to dance*

charlar *to chat*

conocer a nuevas personas *to meet new people*

escuchar música tecno *to listen to electronic music*

tomar *to have*
  una copa en el bar *a drink at the bar*
  un refresco *a soft drink*
  un vino *wine*
  una gaseosa *a mineral (soda) water*

ASÍ SE HABLA

↑ FOTO En un restaurante de mariscos

Track 1-5

Circumlocuting

JOAQUÍN   Hola, Mauricio, ¿qué hubo?

MAURICIO   Ahí, pasándola.

JOAQUÍN   ¿Has visto a Manolo? Necesito hablar con él.

MAURICIO   Lo vi esta mañana en la cancha de tenis. Se veía muy mal. Según me dijo, anoche no durmió nada. Parece que fue a ese restaurante nuevo que abrieron cerca de su casa y comió este… ¿cómo se llama? Es un tipo de marisco… este…

JOAQUÍN   ¿Cangrejos? ¿Langosta? ¿Camarones?

MAURICIO   Eso, camarones, y parece que tuvo una reacción alérgica y lo tuvieron que llevar al hospital.

PERSPECTIVAS LINGÜÍSTICAS

As you can see in the dialogue above, you can use the phrase *¿qué hubo?* (what's up?) to greet a close friend but never to a person of authority or a person you don't know well. Your friend, in turn, might respond saying *ahí* or *ahí, pasándola* (hanging in there). Now, when you are searching for a word as Mauricio was doing, you can paraphrase it using one of the phrases on page 48. To pause while you are looking for a word instead of saying uh as you do in English, you can say *este* or *e, e, e*.

Phrases to make yourself understood

Es un tipo de bebida / alimento / animal / vehículo.	*It's a kind of beverage / food / animal / vehicle.*
Se usa para jugar al tenis / cortar la carne / servir el café.	*It's used for playing tennis / cutting meat / serving coffee.*
Es un lugar donde se baila / se nada / se estudia.	*It's a place where one dances / one swims / one studies.*
Es como una silla / un lápiz / una mesa.	*It's like a chair / a pencil / a table.*
Se parece a un perro / una bicicleta.	*It's like a dog / a bicycle.*
Es parte de una casa / un carro.	*It's part of a house / a car.*
Es algo redondo / cuadrado / duro / blando / áspero.	*It's something round / square / hard / soft / rough.*
Es un artículo de ropa / de cocina / de oficina / de metal / de madera / de vidrio.	*It's a clothing / kitchen / office / metal / wooden / glass object.*
Es algo así como un(a)…	*It's something like a . . .*
Es uno de esos sitios donde…	*It's one of those places where . . .*
Suena / Huele / Sabe como…	*It sounds / smells / tastes like . . .*

PRÁCTICA Y CONVERSACIÓN

2.22 Circunlocuciones. Mientras su compañero(a) tiene el libro cerrado, Ud. lee las siguientes descripciones. Su compañero(a) le dirá la palabra que falta.

1. Necesito un líquido para protegerme del sol. No quiero quemarme cuando vaya a la playa la próxima vez. ¿Sabes lo que necesito?
2. Es un lugar de forma rectangular, generalmente lleno de agua. La gente va allí a nadar. No recuerdo bien la palabra. ¿Cuál es?
3. Es un artículo de ropa que nos ponemos cuando queremos nadar. Es de una pieza para los hombres y a veces de dos para las mujeres. ¿Cómo se llama?
4. Es un lugar adonde la gente va a hacer ejercicio o a levantar pesas. ¿Cómo se llama?
5. Es un objeto redondo y pequeño. Golpeamos este objeto con una raqueta cuando jugamos al tenis. ¿Sabes a qué me refiero?
6. Es un ave que se parece a un pollo pero es más grande y generalmente se come en las Navidades o en la fiesta de Acción de Gracias. ¿Cómo se llama?

2.23 De compras en España. Ud. está en Madrid y necesita algunas cosas, pero no sabe su nombre en español. Vaya a la tienda y descríbale estos objetos al (a la) vendedor(a), y este (esta) tratará de ayudarlo(la). (No es necesario que sepa la palabra exacta.)

Temas de conversación: headband / running shoes / watch band / bedspread / posters / reading lamp / detergent / envelopes / paper clips / ¿?

Modelo   nail polish remover

ESTUDIANTE 1 *Señor(ita), por favor, ¿tiene eso que sirve para quitar la pintura de las uñas?*

ESTUDIANTE 2 *¡Ah sí! ¡Cómo no! Aquí tiene acetona.*

ESTRUCTURAS

Discussing Past Actions

PRETERITE OF STEM-CHANGING VERBS

Many verbs that are needed to talk about past actions and activities are stem-changing verbs. You have already learned that **-ar** and **-er** verbs that stem-change in the present tense follow a normal pattern in the preterite. However, **-ir** verbs that stem-change in the present tense also stem-change in the preterite but in a different way.

	e → i			o → u	
	pedir			**dormir**	
pedí		pedimos	dormí		dormimos
pediste		pedisteis	dormiste		dormisteis
pidió		pidieron	durmió		durmieron

a. In the preterite there are two types of stem changes: **e → i** and **o → u.** These stem changes occur only in the third-person singular and plural forms. These stem changes are often indicated in parentheses next to the infinitive: **pedir (i, i); divertirse (ie, i); dormir (ue, u).** The first set of vowels refers to stem changes in the present tense; the second set of vowels refers to stem changes in the preterite.

b. Only **-ir** verbs that are stem-changing in the present tense are also stem-changing in the preterite. Here are some common verbs of this type:

1. **ie, i** verbs: **divertirse, preferir, sentirse**
2. **i, i** verbs: **despedirse, pedir, repetir, seguir, servir, vestirse**
3. **ue, u** verbs: **dormir, dormirse, morir**

PRÁCTICA Y CONVERSACIÓN

2.24 **En la discoteca.** Explique lo que pasó anoche en la discoteca.

1. el conjunto / seguir tocando música rock
2. Julio / pedir un refresco
3. tú / preferir tomar vino
4. el camarero / servir rápidamente
5. Paco y María / despedirse temprano
6. yo / divertirme
7. nosotros / dormirnos muy tarde

2.25 ¡Qué aburrido! Un(a) estudiante le pregunta a su compañero(a) qué hizo el fin de semana. Él (Ella) le responde.

> **aburrirse mucho / dormirse temprano / divertirse / sentirse enfermo(a) / preferir ver televisión / ¿?**

2.26 Y tú, ¿te divertiste? En grupos, dos estudiantes intercambian información acerca de sus actividades durante las últimas vacaciones. El/La tercer(a) estudiante toma apuntes y luego informa al resto de la clase sobre lo que dijeron sus dos compañeros(as).

Distinguishing Between People and Things

PERSONAL *a*

In Spanish it is necessary to distinguish between direct objects referring to people and direct objects referring to things.

a. In Spanish the word **a** is placed before a direct object noun that refers to a person or persons. It is not translated into English. Compare the following:

Anoche vi **a Ramón** en el hotel.	*Last night I saw Ramón in the hotel.*
Anoche vi una película en el hotel.	*Last night I saw a movie in the hotel.*

b. The personal **a** is used whenever the direct object noun refers to specific human beings and is generally repeated when they appear in a series.

Vimos **a Luis, a Miguel y a Pepe** en la discoteca.	*We saw Luis, Miguel and Pepe in the discotheque.*

c. The personal **a** is not generally used after the verb **tener.**

Tengo una amiga que vive en Madrid.	*I have a friend who lives in Madrid.*

d. Often the personal **a** is also used before nouns referring to family in general or to pets.

Visito mucho **a mi familia.**	*I visit my family a lot.*
José busca **a su perro.**	*José is looking for his dog.*

PRÁCTICA Y CONVERSACIÓN

2.27 ¿Qué vieron en Madrid? Explique lo que Raúl y Federico vieron en Madrid durante sus vacaciones.

Modelo mucha gente
> *Raúl y Federico vieron a mucha gente.*

> **el Museo del Prado / turistas italianos / un espectáculo / una bailarina de flamenco / una obra de teatro / un concierto rock / sus abuelos / el Palacio Real**

2.28 ¿Adónde fuiste en el verano? Pregúntele a su compañero(a) adónde fue en el verano y a qué personas o qué cosas vio.

Avoiding Repetition of Nouns

DIRECT OBJECT PRONOUNS

Direct object pronouns are frequently used to replace direct object nouns as in the following exchange:

NOUN	¿Viste **a Silvia** en la discoteca?	*Did you see Silvia in the discotheque?*
PRONOUN	Sí, **la** vi.	*Yes, I saw her.*

DIRECT OBJECT PRONOUNS REFERRING TO THINGS

Al llegar a la playa, la madre de Pepe quiere saber si tienen todas las cosas que necesitan.

¿El traje de baño?	Sí, **lo** traje.	*Yes, I brought it.*
¿La loción?	Sí, **la** traje.	*Yes, I brought it.*
¿Los sombreros?	Sí, **los** traje.	*Yes, I brought them.*
¿Las toallas?	Sí, **las** traje.	*Yes, I brought them.*

DIRECT OBJECTS REFERRING TO PEOPLE

Jorge vio a muchas personas en el club nocturno anoche.

Jorge **me** vio.	*Jorge saw me.*
Jorge **te** vio.	*Jorge saw you (fam. sing.).*
Jorge **lo** vio.	*Jorge saw him / you (form. m. sing.).*
Jorge **la** vio.	*Jorge saw her / you (form. f. sing.).*
Jorge **nos** vio.	*Jorge saw us.*
Jorge **os** vio.	*Jorge saw you (fam. pl.).*
Jorge **los** vio.	*Jorge saw them / you (form. m. pl.).*
Jorge **las** vio.	*Jorge saw them / you (form. f. pl.).*

a. Direct object pronouns have the same gender, number, and person as the nouns they replace.

—¿Oíste mis nuevos discos?   *Did you listen to my new CDs?*

—Sí, **los** oí anoche.   *Yes, I heard them last night.*

b. The direct object pronoun is placed directly before a conjugated verb.

—¿Por fin viste la nueva película de Almodóvar?   *Did you finally see the new Almodóvar film?*

—No, no **la** vi.   *No, I didn't see it.*

c. When a conjugated verb is followed by an infinitive, the direct object pronoun can precede the conjugated verb or be attached to the end of an infinitive.

—¿Quieres ver el espectáculo esta noche?   *Do you want to see the show tonight?*

—No, **lo** voy a ver mañana.   }
—No, voy a ver**lo** mañana.   } *No, I m going to see it tomorrow.*

In English the direct object pronoun generally follows a conjugated verb, while in Spanish the direct object pronoun generally precedes a conjugated verb.

In negative sentences the direct object pronoun is placed immediately before the conjugated verb and the negative word (**no**) is placed before the direct object pronoun: **No la vi.**

d. Direct object pronouns must be attached to the end of affirmative commands. If the affirmative command has more than one syllable, an accent mark is placed over the stressed vowel. Direct object pronouns must be placed directly before negative commands.

—¿Quieres probar la sangría?   *Do you want to taste the sangría?*

—Sí, **tráela** a la fiesta.   *Yes, bring it to the party. And don't*
¡Y **no la olvides**!   *forget it!*

PRÁCTICA Y CONVERSACIÓN

2.29 ¿Y trajiste… ? Ud. y su compañero(a) de cuarto están en un complejo turístico. Su compañero(a) preparó todo pero Ud. no está seguro(a) si él/ella trajo algunas cosas que Ud. necesita. Pregúntele a ver qué le dice.

Modelo	USTED	*¿Y trajiste jabón?*
	COMPAÑERO(A)	*Sí, lo traje.*
		No, lo olvidé.

> **sombrero / protector solar / gafas de sol / dinero / sandalias / desodorante / pasta de dientes / despertador / sombrilla / trajes de baño / ¿?**

2.30 ¿Dónde pusiste mi… ? Ud. le prestó algunas cosas a su compañero(a) de cuarto y las necesita. Pregúntele dónde están.

Modelo	USTED	*¿Dónde están mis libros?*
	COMPAÑERO(A)	*No, sé. No los tengo. Los perdí.*

> **máquina de afeitar / loción de afeitar / cuadernos / lápices / sandalias / secador / ¿?**

2.31 ¿Qué película viste? Pregúntele a su compañero(a) qué películas, programas de televisión u obras de teatro ha visto últimamente.

Modelo	USTED	*¿Viste las noticias anoche?*
	COMPAÑERO(A)	*Sí, las vi.*
		No, no las vi.

2.32 De regreso a casa. Su compañero(a) acaba de regresar de su viaje por toda Europa. Ud. quiere saber qué hizo, con quién fue, a quién(es) vio, qué lugares visitó, qué comida exótica comió, qué compró, etcétera. Él/Ella le contesta con todos los detalles posibles.

TERCERA SITUACIÓN

DIÁLOGOS EN VÍDEO

To view the video, visit
www.cengagebrain.com

Para comprender lo que ve

PAYING ATTENTION TO CONTEXT

By paying attention to the context (room, furniture, appliances, etc.) in which the conversation takes place, you will be better able to anticipate what type of conversation is taking place and get a general idea of what the video segment and the conversation that takes place is all about.

Para comprender lo que escucha

USING VISUAL AIDS

You can use visual aids to help you understand what is being said. These visual aids can be concrete objects you see around you or mental images formed from previous experiences. When you hear someone speak about a particular object, person, or activity, your mind conjures up an image of that object, person, or activity. If your friend, for example, tells you she went swimming, your mind immediately supplies the image of a swimming pool or the ocean and the activity of swimming itself.

Antes de ver y escuchar

2.33 Las fotos y el vídeo. Con un(a) compañero(a) de clase, miren las fotos que se presentan en la página 53 y hagan las siguientes actividades.

1. Describa a las personas en los dibujos, el lugar donde se encuentran y las actividades que hacen.
2. Ahora, vea el vídeo sin sonido. Describa a las personas en el vídeo y diga dónde se encuentran y qué actividades hacen o pueden hacer.
3. ¿Cree Ud. que las personas en las fotos se están divirtiendo?

Al ver y escuchar

2.34 Los apuntes. Mire el vídeo y escuche la conversación entre Ximena y Susana. Tome los apuntes que considere necesarios. Luego, decida quiénes son las personas en cada photo: Miguel, Susana, Ximena o Pepe.

Foto 1 _____

Foto 2 _____

Foto 3 _____

Foto 4 _____

Después de ver y escuchar

2.35 Resumen. Ahora, con un(a) compañero(a) de clase, resuma la conversación entre Ximena y Susana.

2.36 Algunos detalles. Escoja la respuesta correcta entre las alternativas que se presentan.

1. La persona que contestó primero el teléfono fue…
   a. Ximena.
   b. la madre de Ximena.
   c. la hermana de Ximena.
2. Según la conversación, la expresión de su cara y sus gestos, parece que Susana estuvo…
   a. divirtiéndose todo el día.
   b. sola y muy aburrida.
   c. tomando el sol y hablando por teléfono.
3. Miguel y Susana…
   a. tomaron el sol y levantaron pesas en la mañana.
   b. no hicieron nada juntos.
   c. almorzaron en la playa y practicaron windsurf.
4. Al día siguiente Ximena y Susana van a…
   a. ir de compras.
   b. navegar en velero.
   c. nadar en el mar.

2.37 Más detalles. Complete las siguientes oraciones usando la información que Ud. escuchó.

1. Según la conversación podemos decir que Susana reconoció la voz de la persona que contestó el teléfono porque dijo: _____.

2. Algunas frases que Susana usó que demuestran cortesía con la primera persona que contesta el teléfono fueron: _____.

3. Algunas frases que Susana y Ximena usaron que demuestran amistad y cercanía son: _____.

PERSPECTIVAS

Celebrando las fiestas de verano

Durante el verano muchos pueblos y ciudades españoles tienen sus fiestas locales. Algunas coinciden con el día del nacimiento de un santo patrón *(patron saint)* local o con el Día de la Asunción (15 de agosto), fecha en que los españoles católicos celebran el ascenso al cielo de la Virgen María. Durante estas fiestas hay diversas actividades para gente de todas las edades. Estas actividades incluyen desfiles y pasacalles *(parades)*, concursos y competiciones *(contests)* de toda categoría, carreras *(races)*, bailes, exposiciones, fuegos artificiales *(fireworks)* y corridas de toros o de vaquillas *(amateur bullfights with young and small cows)*.

Cada julio se celebran **los Sanfermines,** una fiesta en honor a San Fermín, el santo patrón de Pamplona, una ciudad en Navarra al norte de España. La fiesta empieza al mediodía del 6 de julio y termina a la medianoche del 14 de julio. El encierro *(running of the bulls)* es la actividad más conocida de los Sanfermines. Durante los encierros los participantes corren con los toros en una carrera de 849 metros que empieza en un corral en las afueras de Pamplona y termina en la plaza de toros en el centro de la ciudad. Cada día de los Sanfermines hay un encierro que empieza a las ocho de la mañana; generalmente el encierro dura solo dos o tres minutos. Durante el resto de la fiesta hay otras actividades típicas de las fiestas de verano.

Aunque la corrida de toros juega un papel *(role)* importante en muchas fiestas de verano, no es así en todas partes de España. El Parlamento de la región de Cataluña votó a favor de prohibir las corridas empezando en 2012. Según ellos, la corrida representa una crueldad hacia los animales. Así en Cataluña se encuentran otros deportes y actividades dentro de las fiestas veraniegas.

Ⓒjbor/Shutterstock.com

↑ FOTO Pamplona, España: el encierro

Una de las fiestas más extrañas es **La Tomatina,** que se celebra el último miércoles del mes de agosto en el pueblo de Buñol en la provincia de Valencia. A las once de la mañana varios camiones traen miles de tomates a la Plaza del Pueblo y los participantes empiezan a arrojarse *(throw)* tomates los unos a los otros. Todos se ríen y se divierten mucho durante la pelea *(scuffle)* que dura solamente una hora. Al final los participantes y la plaza quedan rojos y se puede ver ríos de jugo de tomate por todas partes. La fiesta es muy popular en España y ha inspirado imitaciones en otros sitios del mundo. En 2002 fue declarada Fiesta de Interés Turístico Internacional.

El siguiente programa de las fiestas de verano de Benicasim, un pueblo en la Costa del Azahar cerca de Valencia, en el Mediterráneo, consiste en actividades típicas de las fiestas en pueblos por todas partes de España.

BENICASIM
PROGRAMA FIESTAS DE VERANO
DEL 19 AL 26 DE AGOSTO

XIII CERTAMEN INTERNACIONAL DE GUITARRA
"FRANCISCO TARREGA"

Fiestas de Benicasim

Lunes, 20 de agosto	
A las 16 horas	Campeonato de fútbol en el campo del Pedrol, entre equipos Santa Agueda y Roda.
A las 16.30	Concursos y competiciones infantiles de Hulla Hoop, castillas en la arena, etc., con premios a los vencedores.
A las 19.30	Maratón popular con salida de la Plaza del Ayuntamiento.
A las 22.30	Gran espectáculo en la Plaza de Toros con la actuación de Victoria Abril y su famosa ballet de programas de Televisión Española.

Martes, 21 de agosto	
A las 11 horas	Competición de natación en la Piscina Municipal.
A las 18	Exhibición de vaquillas en la Plaza de Toros.
A las 20.30	Certamen Internacional de Guitarra en el Hotel Orange.
A las 21	Bailes populares gratis en la Plaza de Toros.
A las 24	Gran castillo de fuegos artificiales por la famosa Pirotecnia Caballer.

Vocabulario suplementario.
fireworks = los fuegos
artificiales;
freedom = la libertad;
independence =
la independencia; *parade* =
el desfile; *patriotic* =
patriótico(a); *picnic* =
el picnic; *to go on a picnic* =
hacer un picnic.

PRÁCTICA Y CONVERSACIÓN

2.38 **Práctica intercultural.** Pregúntele a un(a) compañero(a) de clase acerca de celebraciones y fiestas de verano. Después compare las celebraciones en los Estados Unidos con los de España.

1. ¿Por qué es el 4 de julio una celebración importante?
2. ¿Cuáles son otras fiestas de verano?
3. ¿Cómo se celebra el 4 de julio en los Estados Unidos?
4. ¿Cómo celebra Ud. el 4 de julio?

2.39 Diversiones apropiadas. Escoja del programa de las fiestas de Benicasim una actividad para las siguientes personas. Indique también cuándo tiene lugar la actividad.

1. una niña de cuatro años
2. un joven de catorce años a quien le encanta nadar
3. un muchacho de siete años a quien le gusta la playa
4. una guitarrista profesional
5. una mujer de treinta años a quien le gusta correr
6. unos novios a quienes les gusta bailar
7. un aficionado al fútbol
8. toda la familia

 2.40 Sus preferencias. Ud. y un(a) amigo(a) están en Benicasim durante las fiestas de verano. Trabajando en parejas, Uds. hablan de las ventajas y las desventajas de las varias actividades para escoger sus actividades preferidas. Escojan por lo menos una actividad en la que pueden participar y una para observar.

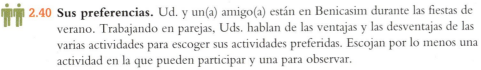
CONEXIONES. Utilizando un sitio web español, haga una investigación de una celebración típica en un pueblo o una ciudad pequeña en España. Después, preséntele la información sobre la celebración a su clase de español.

ASÍ SE ESCRIBE

Para escribir bien

SEQUENCING EVENTS

When writing about events that took place in the past, you often need to tell in what order or when the various activities took place. The following expressions can be used to indicate the proper sequence of activities.

primero	*first*
el primer día / mes / año	*the first day / month / year*
la primera semana	*the first week*
la segunda semana	*the second week*
el tercer día / mes / año	*the third day / month / year*
entonces	*then, at that time*
luego / después	*then, later, afterward(s), next*
más tarde	*later*
a la(s)...	*at ... o'clock*
era(n) la(s)... cuando	*it was ... o'clock when*
por fin / finalmente	*finally*

Antes de escribir

A **Unas actividades.** Escriba una lista de actividades que le gusta hacer los fines de semana o durante las vacaciones. Incluya por lo menos diez actividades. Empiece su lista con la siguiente frase: *Los fines de semana / Durante las vacaciones me gusta…*

B **Unas vacaciones estupendas.** Utilizando su lista de **Antes de escribir,** escriba una lista de lo que Ud. hizo durante unas estupendas vacaciones imaginarias o reales. Ponga las actividades en orden cronológico, usando las frases de **Para escribir bien.** Empiece su lista con la siguiente frase: *El primer día de mis vacaciones… (nadé en el mar / tomé el sol en la playa).*

Al escribir

C Primero, escoja una de las composiciones de la lista a continuación. Después, escriba su composición utilizando las listas que Ud. hizo para las actividades de **Antes de escribir.** Trate de incorporar el nuevo vocabulario y las nuevas estructuras gramaticales de este capítulo.

Tema 1:

Mis vacaciones. Escriba una composición breve sobre unas vacaciones reales o imaginarias que Ud. tomó.

Tema 2:

Una tarjeta postal. Ud. acaba de terminar el quinto día de una semana de vacaciones en una playa en España. Escríbales una tarjeta postal a sus padres explicándoles lo que Ud. hizo durante los primeros días allí. También escríbale una tarjeta a su mejor amigo(a) explicándole lo que hizo por la noche.

Tema 3:

Las vacaciones norteamericanas. Escriba un artículo breve, explicando lo que hicieron unas familias típicas durante sus vacaciones de verano en los Estados Unidos.

Después de escribir

D Antes de entregarle su composición a su profesor(a), Ud. debe leerla de nuevo y corregir los errores.

☐ ¿Contiene su composición toda la información que Ud. quiere incluir?

☐ ¿Utiliza vocabulario de la playa, las vacaciones y las actividades nocturnas?

☐ ¿Incluye las frases apropiadas para indicar el orden cronológico de las actividades?

☐ ¿Están correctas las terminaciones de los verbos del pretérito?

INTERACCIONES

The communicative tasks of the **Interacciones** section recombine and review the vocabulary, grammar, culture, and communicative goals presented within this chapter. To help you prepare the tasks, review the specific items listed next to each activity.

A. Las fiestas de Benicasim

Communicative Tasks: Talking about past activities, expressing dates

Oral Presentation: Part of your weeklong vacation in Benicasim last August coincided with the summer festival. Using the festival program in **Perspectivas** on p. 56 as well as your imagination, explain to a classmate what you did each day. Include activities you watched and those in which you participated.

B. El fin de semana pasado

Communicative Tasks: Talking about past activities, expressing dates

Survey and Oral Presentation: You and a partner will each think of seven activities you participated in last weekend, but do not tell each other what you did. Then, ask each other questions to find out what the other person did. After learning about each other's activities, tell your instructor what your partner did last weekend.

C. Mis vacaciones favoritas

Communicative Tasks: Making a personal phone call, talking about past activities, expressing dates

Oral Presentation: Call a classmate and talk to him/her about a real or imagined vacation trip you once took. Explain where and with whom you went, how you traveled, where you stayed, what you ate, saw, and did.

D. Una encuesta *(A survey)*

Communicative Tasks: Talking about past activities, expressing dates, circumlocuting

Survey: In groups of four to five students, take a survey about your families' summer vacations. Find out the following information about one another's families: The date they left; how many days the vacation lasted; where they went; how they traveled; who made the arrangements; where they stayed; what they did. Compare your group's results with those of the other groups.

To help you prepare «Las fiestas de Benicasim», review the following: **Topics:** resort and beach activities, vacations, nighttime activities, dates; **Estructuras:** preterite tense, expressing dates, personal **a.**

To help you prepare «El fin de semana pasado», review the following: **Topics:** resort and beach activities, vacations, nighttime activities; **Estructuras:** preterite tense, personal **a.**

To help you prepare «Mis vacaciones favoritas», review the following: **Topics:** vacations, nighttime activities; **Estructuras:** preterite tense, personal **a.**

To help you prepare «Una encuesta», review the following: **Topics:** vacations, nighttime activities; **Estructuras:** preterite tense, personal **a.**

España

HERENCIA CULTURAL

PERSONALIDADES

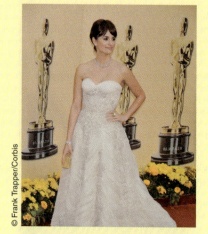

© Frank Trapper/Corbis

The abbreviation n. followed
by a date = **nació** (he/she
was born).

Cine y televisión

Durante los últimos 25 años el cine español ha llegado
a ser uno de los más importantes del mundo. Muchos
de los directores como Pedro Almodóvar, Carlos Saura y
Fernando Trueba y los actores como Antonio Banderas
y Javier Bardem tienen fama internacional. Pero la
personalidad del cine español más célebre es la actriz
Penélope Cruz (n. 1974) que ganó el éxito internacional
por primera vez con su participación en *Todo sobre mi
madre* (1999) de Almodóvar. Hoy en día trabaja tanto
en el cine estadounidense como en el cine español y
también ha participado en películas francesas e italia-
nas. Fue la primera actriz española en ganar un Óscar
por su papel en *Vicky Cristina Barcelona* (2009).

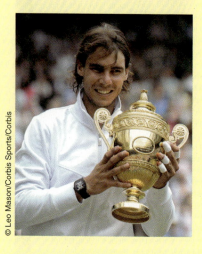

© Leo Mason/Corbis Sports/Corbis

Deportes

Uno de los atletas españoles más conocidos es el tenista
Rafael «Rafa» Nadal Parera (n. 1986). Como niño
practicaba muchos deportes pero sobresalió *(excelled)* en
el tenis y ganó su primera competición a los nueve años.
A la edad de 15 años llegó a ser el jugador más joven de
la historia en ganar un partido en un torneo oficial de la
Asociación de Tenistas Profesionales. Es el tenista español
con mayor número de títulos individuales incluyendo el
Abierto de Australia (2009), el Campeonato de Wimbledon
(2008, 2010) y una medalla de oro en los Juegos
Olímpicos (2008).

© Virgin Records Spain 2003

Música

Las Niñas es un grupo musical de Sevilla formado en 2002 por Alba Molina, Vicky G. Luna y Aurora Power. Su sonido es conocido como «R & B andaluz», un ritmo que combina varios estilos musicales, incluso flamenco, *hip-hop* y *soul*. Su primer álbum *Ojú* tuvo un gran éxito comercial gracias en parte a las letras *(lyrics)* que denuncian la guerra, la explotación de la tierra y las desigualdades sociales. El segundo trabajo de Las Niñas fue *Savia negra (Black Sap)* que salió a finales de 2005 y trata el tema de los problemas medioambientales *(environmental)* y sociopolíticos de España.

COMPRENSIÓN

A. Notas musicales. Escuche la canción «Savia negra» en el sitio web. Después de escuchar la canción, conteste las siguientes preguntas.

1. ¿Cuál es el tema de la canción?

2. ¿De quiénes se canta en «Savia negra»?

3. ¿Qué simbolizan el «oro negro» y la «savia negra»?

B. Personalidades. Conteste las siguientes preguntas sobre las personalidades españolas.

1. ¿Quién fue la primera actriz española en ganar un Óscar? ¿En qué año lo hizo?

2. ¿Qué director del cine español le dio a Penélope Cruz el éxito internacional?

3. ¿Qué logró *(accomplished)* Rafael Nadal a los nueve años? ¿Y a los 15 años?

4. ¿Cuáles son algunos títulos que ha ganado Rafael Nadal?

5. ¿De dónde es el grupo musical Las Niñas?

6. ¿De qué temas tratan sus canciones?

CONEXIONES. Primero, escoja a una de las personalidades presentadas en esta sección que le interese. Después, haga una investigación sobre la personalidad utilizando un sitio web español. Finalmente, preséntele a la clase un informe *(report)* oral sobre la personalidad incluyendo la nueva información que Ud. encontró.

ARTE Y ARQUITECTURA

Dos grandes maestros del Prado: Velázquez y Goya

El Prado, uno de los grandes museos de arte del mundo, se encuentra en el centro de Madrid. Allí se puede ver cuadros *(paintings)*, dibujos *(drawings)* y esculturas *(sculptures)* desde la época clásica de los griegos y romanos hasta la época contemporánea. Pero sobre todo se puede ver las obras *(works)* de dos grandes artistas españoles: Velázquez y Goya.

↑ **FOTO** Diego Rodríguez de Silva y Velázquez, *Las Meninas*. Madrid: Museo del Prado.

Diego Rodríguez de Silva y Velázquez (1599–1660) fue el pintor de la corte de Felipe IV y muchas de sus obras son retratos de la familia real o de otras personas de la corte. Su obra maestra *(masterpiece)* es *Las Meninas (Ladies-in-waiting)*, que según los críticos es uno de los mejores cuadros del mundo.

Las Meninas (1656) representa una escena en el taller *(workshop)* del palacio real. Velázquez está pintando al rey Felipe IV y a la reina Mariana, quienes se reflejan en el espejo *(mirror)*. La hija de los reyes es la infanta Margarita, y ella y sus meninas miran la escena.

Francisco de Goya y Lucientes (1746–1828) fue pintor de gran originalidad y de muchos estilos. Generalmente sus obras reflejan las costumbres típicas o los hechos *(happenings)* históricos de España. *El tres de mayo* representa una escena de la guerra *(war)* entre España y la Francia de Napoleón. El dos de mayo de 1808 hubo una batalla muy sangrienta *(bloody)* en Madrid. A pesar de que lucharon valientemente, los españoles perdieron la batalla. Al día siguiente, el tres de mayo, las tropas francesas ejecutaron *(executed)* a muchos soldados españoles.

↑ **FOTO** Francisco de Goya y Lucientes, *El tres de mayo*. Madrid: Museo del Prado.

COMPRENSIÓN

A. Unos detalles *(details)*. Complete la siguiente tabla con información acerca de las obras de Velázquez y Goya.

	Velázquez	Goya
	Las Meninas	*El tres de mayo*
Escena representada		
Personas representadas		
Colores predominantes		
Emociones predominantes		
Objetos y artículos		

B. La historia. Trabajando en parejas, cuenten lo que pasa en cada cuadro.

CONEXIONES. Utilizando un sitio web español, busque información sobre uno de los artistas presentados aquí. Después, presénteles un informe oral a sus compañeros(as) de clase explicándoles lo que aprendió.

LECTURA LITERARIA

Rimas de Gustavo Adolfo Bécquer

Para leer bien

Figurative Language and Symbols In works of literature, authors often do not express their ideas directly, but rather suggest them through the use of vocabulary or symbols that evoke many ideas and feelings. As a result, literature can generally be read on two levels: one level is the presentation of concrete ideas, and the other is a higher, more abstract level that uses figurative language and symbols.

A **symbol** is a word or object that can be used to signify or represent something else. For example, a star is a heavenly body appearing in the sky at night. However, a star can be used to represent a variety of things according to its use and location. On an assignment returned to a first-grader, a star means a job well done; on a door inside a theater, it signifies the dressing room of the leading actress; on a holiday card, it symbolizes the birth of Jesus Christ. Many symbols are universal; others are culturally specific. Authors use symbols to suggest multiple meanings or to present a point of view in a more subtle manner.

Práctica

A. Algunos cognados. Los cognados son palabras similares en dos lenguas, como por ejemplo, **poeta** y *poet*. ¿Qué significan los siguientes cognados que se encuentran en la lectura literaria que sigue?

la cuestión / el diccionario / la dignidad / la rima / la poesía / la pupila

 B. Algunos símbolos. Trabajando en parejas, expliquen lo que las siguientes palabras pueden simbolizar o representar.

1. las estaciones: la primavera / el otoño / el invierno
2. los animales: un león / un águila *(eagle)* / una serpiente
3. los colores: el blanco / el negro / el rojo / el verde / el amarillo
4. el agua: el mar / un río / un lago

Antes de leer

Bécquer nació en Sevilla y luego se trasladó a Madrid, donde se murió pobre y solo a los 34 años. A pesar de que escribió muy poco, es reconocido como uno de los grandes poetas líricos de la literatura española. Sus *Rimas* (una colección de 76 poemas) reflejan su sensibilidad romántica y su angustia *(anguish)*.

C. El autor. Conteste las siguientes preguntas acerca del autor de *Rimas*.

1. ¿Quién es el autor   2. ¿Qué escribió?
   de *Rimas* y dónde nació?   3. ¿Cómo es reconocido?

↑ **FOTO** Gustavo Adolfo Bécquer (1836–1870)

D. Las etapas *(stages)* del amor. Ponga en orden cronológico las siguientes cinco etapas de una relación amorosa.

_____ el amor correspondido
_____ falta de comprensión mutua
_____ la ruptura
_____ el primer encuentro
_____ el (la) amado(a) como fuente *(source)* de alegría

E. El orden de las palabras. En la lengua hablada, el orden de las palabras de una oración es generalmente *el sujeto + el verbo + los objetos*. Pero dentro de la poesía, el orden tradicional cambia y el poeta puede empezar con cualquier parte de la oración. Por eso a veces es difícil encontrar el sujeto de la oración poética. Para comprender mejor la poesía de Bécquer, identifique el sujeto de las siguientes frases y póngalo enfrente de las frases.

Sujetos Posibles:

yo / tú / él / ella / el sol / mi alma / el fondo / un diccionario / el amor

1. _____ la he visto
2. _____ me ha mirado
3. _____ dices mientras clavas en mí
4. _____ hoy llega al fondo de mi alma el sol
5. _____ (Es) Lástima que el amor un diccionario no tenga

F. La poesía de Bécquer. Al leer las siguientes selecciones de Bécquer, utilice las estrategias para leer bien y trate de identificar los símbolos.

Rimas

RIMA XVII

smile   Hoy la tierra y los cielos me sonríenº

bottom / soul   hoy llega al fondoº de mi almaº el sol;

saw   hoy la he vistoº…, la he visto y me ha mirado

¡Hoy creo en Dios!

RIMA XXI

«¿Qué es poesía?» dices mientras clavas

gaze at   enº mí tu pupila azul.

«¿Qué es poesía? ¿Y tú me lo preguntas?

Poesía eres tú.»

RIMA XXXIII

Es cuestión de palabras y, no obstante,

never   ni tú ni yo jamásº

will agree   después de lo pasado, convendremosº

blame   en quién la culpaº está.

¡Lástima que el amor un diccionario

to find   no tenga dónde hallarº

pride   cuándo el orgulloº es simplemente orgullo

y cuándo es dignidad!

Después de leer

G. **Los temas.** Utilice la lista de las etapas de una relación amorosa en **Práctica D** de **Antes de leer.** Busque las etapas que correspondan a estas *Rimas*.

Rima XVII   _____

Rima XXI   _____

Rima XXXIII   _____

H. **Las circunstancias.** Conteste las siguientes preguntas acerca de las tres *Rimas*.

Rima XVII   ¿Cómo se siente Bécquer en este poema? ¿Por qué dice Bécquer que hoy cree en Dios?

Rima XXI   ¿Qué quiere decir Bécquer cuando dice: «poesía eres tú»? ¿Qué representa la mujer en este poema?

Rima XXXIII   ¿Cuál es el problema entre Bécquer y su amada? ¿Cómo se siente Bécquer en este poema? ¿Por qué necesita Bécquer un diccionario? ¿Cuál es la diferencia entre el orgullo y la dignidad?

© Randy Faris/Corbis

MEXICO	EATING IN HISPANIC CAFÉS AND RESTAURANTS	FAMOUS PEOPLE OF MEXICO
FAMILY LIFE IN THE HISPANIC WORLD		FAMOUS ARTISTS OF MEXICO
NAMES, NICKNAMES, AND SURNAMES	TYPICAL FOOD IN SPANISH-SPEAKING COUNTRIES	MEXICAN SHORT STORY

GEOGRAFÍA Y CLIMA

→ El país se divide en varias regiones.

→ El altiplano (tierras altas entre las montañas) ocupa el 40% del territorio y tiene la mayor parte de la población.

→ El clima varía según la altitud.

LENGUAS

→ El español (92%) y varios idiomas indígenas (8%).

GOBIERNO

→ Los Estados Unidos Mexicanos es una república federal compuesta de 31 estados. Se elige un nuevo presidente cada seis años.

POBLACIÓN

→ 111.000.000 de habitantes; 60% mestizos (personas con una mezcla de sangre europea e indígena), 30% amerindios y 10% europeos y otros.

CIUDADES PRINCIPALES

→ México, D.F. = el Distrito Federal = la Ciudad de México es la capital; otras ciudades grandes incluyen Guadalajara, Monterrey, Puebla, León, Acapulco, Cancún, Veracruz, Tijuana y Ciudad Juárez.

ECONOMÍA

→ El peso, cuyo símbolo es N$, es la moneda oficial. La economía se basa en turismo, petróleo, productos agrícolas, fabricación de vehículos, piezas de recambio y maquinaria, materias primas y artesanía.

← FOTO México, D.F.: Monumento a la Independencia

© Tom Sanchez Poy/Shutterstock.com

INTRODUCCIÓN GEOGRÁFICA

Conteste las siguientes preguntas, usando un mapa de México.

1. ¿Cuáles son las ciudades principales de México?

2. ¿Cuáles son los rasgos *(characteristics)* geográficos más importantes?

3. ¿Qué ventajas y desventajas ofrece la geografía de México?

Ana y Manuel directed by Manuel Calvo, Encanta Films S.L.

CORTOMETRAJES

ANA Y MANUEL

Este cortometraje es una comedia romántica en la cual Ana es abandonada por su novio Manuel y decide sustituirle por «un perro con mucho pelo y una boca enorme».

To view the film, visit www.cengagebrain.com

Antes de ver

A. El título y la foto. Utilizando el título del cortometraje y la foto que acompaña esta sección, conteste las siguientes preguntas.

1. ¿Cómo se llaman las dos personas dentro de la foto? ¿Cómo son?
2. ¿Qué animal se ve? ¿Cómo es?
3. ¿Cómo están todos en este momento?

 B. Las mascotas *(pets)*. Con un(a) compañero(a) de clase, hagan una lista de las razones para comprar una mascota. ¿Cuáles son las ventajas y las desventajas de las mascotas?

Después de ver

C. Un resumen del cortometraje. Complete las oraciones utilizando las frases de abajo para dar un resumen del cortometraje.

> el barrio / bolsa / carteles / cenar / coche / comprar / jugar / un mercadillo / novio / un perro / regalos / una tortuga

1. Ana decidió comprar _____ después que su novio la dejó.
2. Todos los domingos Ana y su perro solían ir a _____.
3. El día 24 de diciembre fue a _____ en casa de sus padres.
4. A Ana le robaron su _____.
5. Ana puso la foto de su perro por todo _____.
6. Al final, el _____ volvió a la casa de Ana con un perro.

D. Los nombres. Con un(a) compañero(a) de clase, contesten la siguiente pregunta: ¿Por qué le puso Ana el nombre «Man» a su perro?

E. La defensa de una opinión. ¿Es triste o cómico este cortometraje? Justifique su opinión.

En familia

Cultural Themes

→ México
→ La familia y la vida familiar

Topics and Situations

→ Los domingos en familia
→ La boda de Luisa María

Communicative Goals

→ Greetings and leave-takings
→ Describing what life used to be like
→ Describing people
→ Expressing endearment
→ Extending, accepting, and declining invitations
→ Discussing conditions, characteristics, and existence
→ Indicating ownership

↑ **FOTO** Toda la familia se reúne para celebrar un cumpleaños.

PRIMERA SITUACIÓN

PRESENTACIÓN

Los domingos en familia

PRÁCTICA Y CONVERSACIÓN

3.1 El árbol genealógico. ¿Quiénes son estos parientes suyos?

1. El hermano de mi madre es mi _____.
2. Soy el/la _____ de mis abuelos.
3. La esposa del padre de mi padre es mi _____.
4. El hijo del hermano de mi madre es el _____ de mi padre.
5. La hija de la hermana de mi padre es mi _____.
6. El hijo de mi padre es mi _____.
7. El marido de mi madre es mi _____.
8. La hija de mi madre es mi _____.
9. El marido de la madre de mi madre es mi _____.
10. La hermana de mi padre es mi _____.

3.2 Una reunión familiar. Cada estudiante les hace preguntas a tres de sus compañeros(as) de clase sobre lo que hacen cuando se reúnen con sus parientes. Luego, le dirá a su profesor(a) lo que escuchó.

 3.3 Xcaret, un parque ecológico. Xcaret es un parque ecológico en la Riviera Maya de México. Trabajando en parejas, lean la información a continuación y contesten las siguientes preguntas. ¿Qué tipo de atracciones hay en Xcaret? ¿Qué atracciones hay para los niños, los padres y los abuelos? ¿Por qué es un buen lugar para familias? ¿Cuáles son las atracciones que les va a interesar a los varios miembros de su familia?

PARAISO SAGRADO DE LA NATURALEZA

XCARET

RIVIERA MAYA CANCUN

Xcaret es una experiencia para todos los sentidos. Este parque, cuyo nombre significa "pequeña caleta" en maya antiguo, fue un venerado centro ceremonial y uno de los puertos más importantes de esta civilización. Hoy, invita a descubrir tradiciones ancestrales y maravillas naturales. Asómbrese frente a la extraordinaria belleza y explore un hermoso parque, único en el mundo.

ATRACTIVOS INCLUÍDOS EN SU BOLETO

Agua
Río Subterráneo y Río Maya
Playa, Caleta, Pozas
Laguna de Manaties
Acuario de Arrecife de Coral
Tortugas Marinas
Flora & Fauna
Apiario (Cultivo Tradicional de Abejas)
Cueva de Murciélagos
Mariposario
Recorrido Ecológico
(reservaciones a un costado de la entrada de ríos)
Islas de los Pumas y Jaguares
Granja de Hongos
Orquideario
Caminata por la Selva Tropical
Aviario
Venados y Monos
Espectáculos & Presentaciones
Presentaciones diarias en el Museo
Teatro
Espectáculo Ecuestre
Xcaret Noche Espectacular
Zonas Arqueológicas
Museo Arqueológico y
Cultural de Xcaret

Xcaret Noche Espectacular

El nado con delfines

3.4 Creación. En una narración cuente lo que pasa en el dibujo de la **Presentación** en la página 70. ¿Qué consejos le da la abuela a su nieta? ¿Por qué riñen los dos chicos? ¿De qué hablan las personas que están sentadas en la mesa? ¿?

La familia *The family*

el abuelo *grandfather*
la abuela *grandmother*
los abuelos *grandparents*
el bisabuelo *great-grandfather*
la bisabuela *great-grandmother*
los bisabuelos *great-grandparents*
los/las gemelos(as) *twins*
el hermano *brother*
la hermana *sister*
el hijo *son*
la hija *daughter*
los hijos *children*
la madre *mother*
la madrina *godmother*
el muchacho *boy*
la muchacha *girl*
el nieto *grandson*
la nieta *granddaughter*
el padre *father*
los padres *parents*
el padrino *godfather*
los padrinos *godparents*
los parientes *relatives*
el/la primo(a) *cousin*
el sobrino *nephew*
la sobrina *niece*
el tío *uncle*
la tía *aunt*
los tíos *uncle(s) and aunt(s)*

Las costumbres del domingo *Sunday customs*

aconsejar *to advise, to give advice*
almorzar (ue) *to eat lunch*
cenar *to eat dinner*
dar consejos *to give advice*
hacer la sobremesa *to hold after-dinner conversation*

ir de excursión al campo *to go on an outing to the country*
  al museo *to the museum*
  a la playa *to the beach*
jugar (ue) con *to play with*
  juguetes *toys*
  una muñeca *a doll*
visitar a los parientes *to visit relatives*

El trato familiar *Family relations*

amar *to love*
comportarse bien (mal) *to behave well (poorly)*
confiar en *to trust, to confide in*
estar bien (mal) educado *to be well (poorly) brought up*
llevar una vida feliz *to lead a happy life*
llorar *to cry*
querer *to love*
regañar *to scold*
reír (i) *to laugh*
reñir (i) *to quarrel*
respetar *to respect*
sonreír (i) *to smile*
tener cariño a *to be fond of*

Las descripciones *Descriptions*

alegre / feliz *happy, cheerful*
cariñoso(a) *affectionate*
enojado(a) *angry*
infeliz *unhappy*
íntimo(a) *close*
joven *young*
mimado(a) *spoiled*
molesto(a) *annoyed*
mono(a) *cute*
travieso(a) *naughty, mischievous*
triste *sad*
unido(a) *close-knit, united*
viejo(a) *old*

ASÍ SE HABLA

↑ **FOTO** Dos mujeres se saludan.

Greetings and Leave-takings

Track 1-6

SONIA	Hola, Teresita, ¿dónde has estado? ¡Tanto tiempo sin verte!
TERESITA	Sí, tienes razón. Sabes que con los niños tan pequeños no tengo tiempo para nada.
SONIA	Comprendo, todo cambia. Antes, cuando tú y yo vivíamos cerca, nos veíamos siempre, pero ahora solo nos vemos muy de vez en cuando.
TERESITA	Así es. Me acuerdo que nos visitábamos y salíamos juntas, pero ahora mi vida se ha complicado, tú sabes.
SONIA	Y la mía también. Antes de que nacieran mis hijos, mi esposo y yo salíamos con amigos, nos visitábamos, nos reuníamos en la noche, jugábamos a las cartas, íbamos a bailar. En fin, esos tiempos se han acabado.
TERESITA	Bueno, pero tenemos que hacer algo y reunirnos otra vez. No podemos dejar de vernos tanto tiempo. ¿Qué te parece si salimos uno de estos fines de semana?
SONIA	¡Eso! Llámame para concretar los planes. Llámame a mi celular. Apunta.
TERESITA	A ver, dámelo.

PERSPECTIVAS LINGÜÍSTICAS

When greeting each other in a Spanish-speaking country, women usually exchange a kiss on the cheek with friends (one kiss in Latin America and two in Spain), as you can see in the photo in this section. Female and male friends also greet each other with a kiss. Male friends, however, usually greet each other with a pat on the back or on the arm. When greeting a person you don't know well, or a person in a position of authority, a handshake is usually used.

Phrases to greet someone informally

¿Qué hay / tal / hubo?	
¿Cómo andan las cosas?	How are things?
¿Qué hay de nuevo?	
¿Qué me cuentas?	What's new?
¿Cómo estás?	How are you?
¿Cómo te va?	How's it going?
¿Cómo están por tu casa?	How are things at home?
¡Encantado(a)!	Glad to meet you!
¡Cuánto gusto (en) verte!	How nice to see you!

Phrases to greet someone formally

Buenos días.	Good morning.
Buenas tardes / noches.	Good afternoon / evening.
¿Cómo está Ud.?	How are you?
¡Qué / Cuánto gusto (en) verlo(la)!	How nice (What a pleasure) to see you!
¡Tanto tiempo sin verlo(la)!	It's been so long since I saw you!

Phrases to say good-bye

¡Chao!	Bye!
Hasta luego / pronto.	See you later / soon.
Nos vemos.	See you.
Nos hablamos / llamamos.	We'll talk / call each other.
Que le (te) vaya bien.	(I) Hope all goes well.
Saludos a todos por su (tu) casa.	Say hello to your family.

PRÁCTICA Y CONVERSACIÓN

3.5 ¿Cómo los saluda? Ud. se encuentra con las siguientes personas en la calle. ¿Qué les dice?

1. una tía a quien no ha visto hace mucho tiempo
2. un(a) compañero(a) de clase a quien ve todos los días
3. su profesor de economía
4. la madre de uno(a) de sus compañeros(as)
5. su abuelo
6. la secretaria del departamento de español

3.6 ¡Nos vemos pronto! En grupos, cuatro estudiantes hacen el papel de diversos familiares y amigos, y un(a) estudiante hace el papel de la persona que se despide.

Situación: Ud. pasó todo la tarde en la casa de sus abuelos que celebraban su aniversario, pero ahora tiene que irse porque tiene que estudiar. Despídase de todos.

ESTRUCTURAS

Describing What Life Used to Be Like

IMPERFECT TENSE

The preterite and the imperfect are the two simple past tenses in Spanish. The imperfect is used to talk about repetitive past action and to describe how life used to be. The imperfect tense has two forms; there is one set of endings for regular **-ar** verbs and another set for regular **-er** and **-ir** verbs.

Verbos en **–AR**	*Verbos en* **–ER**	*Verbos en* **–IR**
visitar	**comer**	**asistir**
visit**aba**	com**ía**	asist**ía**
visit**abas**	com**ías**	asist**ías**
visit**aba**	com**ía**	asist**ía**
visit**ábamos**	com**íamos**	asist**íamos**
visit**abais**	com**íais**	asist**íais**
visit**aban**	com**ían**	asist**ían**

a. To form the imperfect tense of a regular **-ar** verb, obtain the stem by dropping the infinitive ending: **visitar → visit-.** To this stem add the endings that correspond to the subject: **-aba, -abas, -aba, -ábamos, -abais, -aban.**

b. To form the imperfect tense of a regular **-er** or **-ir** verb, obtain the stem by dropping the infinitive ending: **asistir → asist-.** To this stem add the endings that correspond to the subject: **-ía, -ías, -ía, -íamos, -íais, -ían.** Note the use of a written accent mark on these endings.

c. The first- and third-person singular forms use the same endings: **-aba / -ía.** It will frequently be necessary to include a noun or pronoun to clarify the subject of the verb.

Los domingos mamá siempre **preparaba** la comida mientras yo **leía** el periódico.

On Sundays Mom always prepared dinner while I read the paper.

d. There are no stem-changing verbs in the imperfect. Verbs that stem-change in the present or preterite tenses are regular in the imperfect.

De niña **jugaba** en el parque. Allí **me divertía** mucho.

As a little girl, I used to play in the park. I always had a good time there.

e. There are only three verbs that are irregular in the imperfect tense: **ir, ser,** and **ver.**

IR:	iba, ibas, iba, íbamos, ibais, iban
SER:	era, eras, era, éramos, erais, eran
VER:	veía, veías, veía, veíamos, veíais, veían

f. There are several possible English equivalents for the imperfect. Context will determine the best translation.

Luis trabajaba.
{
Luis was working.
Luis used to work.
Luis worked.
}

g. The preterite is used to express an action or state of being that took place in a definite, limited time period in the past. In contrast, the imperfect is used to express an ongoing or repetitive past action or state of being that has no specific beginning and/or ending.

h. The imperfect tense is used:

1. as an equivalent of the English *used to, was / were* + present participle (-*ing* form), as well as simple English past (-*ed* form).

2. to describe how life used to be in the past.

3. to express interrupted action in the past.

Cenábamos cuando llegó mi prima. | *We were eating dinner when my cousin arrived.*

4. to express habitual or repeated past action. The words and phrases of the following list are often associated with the imperfect because they indicate habitual or repeated past actions.

cada día / semana / mes /año	*every day / week / month / year*
todos los días / meses / años	*every day / month / year*
todas las horas / semanas	*every hour / week*
todos los (domingos)	*every + day of week (every Sunday)*
los (domingos)	*on + day of week (on Sundays)*
generalmente / por lo general	*generally*
frecuentemente	*frequently*
siempre	*always*
a veces / algunas veces	*sometimes*
a menudo / muchas veces	*often*

PRÁCTICA Y CONVERSACIÓN

3.7 Durante el verano pasado. Explique lo que hacían las siguientes personas cada día, cada semana y cada mes del verano pasado: yo / mi mejor amigo(a) / mi hermano(a) / mis padres.

Modelo yo
Cada día yo nadaba en nuestra piscina. Cada semana iba al cine.
Cada mes visitaba a mis primos.

3.8 ¿Cómo era Ud.? Explique cómo era Ud. cuando estaba en su primer año de la escuela secundaria. ¿Qué estudiaba? ¿En qué actividades o deportes participaba? ¿Qué hacía después de las clases? ¿Qué hacía los fines de semana? ¿Cómo eran sus amigos(as)? ¿?

3.9 Antes y hoy en día. Trabajando en parejas, lean la siguiente información acerca del papel *(role)* de los abuelos y los padres en la crianza *(raising)* de los niños. Después, contesten las siguientes preguntas.

1. En el pasado, ¿quiénes ayudaban a los padres a criar a los niños?
2. ¿Dónde vivían los abuelos? ¿Cuál era el papel de los abuelos?
3. Hoy en día, ¿cómo aprenden los padres a criar a los niños?
4. ¿Qué requiere ser madre o padre?

¿Qué significa ser madre o padre?

Significa

CRIAR A LOS NIÑOS

• es probable que sea la tarea más GOZOSA que Ud. tenga en su vida
• ¡pero también la más EXIGENTE!
• Ser madre o padre requiere tiempo, atención, paciencia y fuerza. Pero ante todo, requiere AMOR.

ANTES

Frecuentemente los abuelos y parientes vivían cerca. Ellos ayudaban a enseñar a los padres a criar a los hijos y los padres dependían de ellos para proveer apoyo.

HOY EN DÍA

Más que nunca, hay recursos disponibles a los padres, incluyendo: clases y cursos de instrucción práctica, libros y revistas así como también consejos ofrecidos por amigos y miembros de la familia.

© Heinle/Cengage Learning.
Photos: © iStockphoto.com

3.10 De niño(a). Explíquele a un(a) compañero(a) de clase lo que Ud. y su familia hacían los fines de semana cuando Ud. era niño(a). Después compare su lista con la lista de un(a) compañero(a) de clase. ¿Qué actividades tienen Uds. en común?

Describing People

FORMATION AND AGREEMENT OF ADJECTIVES

In order to describe family members and friends as well as their belongings, you need to use a wide variety of adjectives.

In Spanish, adjectives change form in order to agree in gender and number with the person or thing being described. There are four basic categories of descriptive adjectives.

a. Adjectives ending in **-o** have four forms: **viejo, vieja, viejos, viejas.**

b. Adjectives ending in a vowel other than **-o** have two forms and add **-s** to become plural: **alegre, alegres.**

c. Adjectives ending in a consonant have two forms and add **-es** to become plural: **azul, azules.**

d. Adjectives of nationality have four forms and have special endings:

   1. Adjectives of nationality ending in a consonant such as **español: español, española, españoles, españolas.**
   2. Adjectives of nationality ending in **-és** such as **francés: francés, francesa, franceses, francesas.** Note that the accent mark is used on the masculine singular form only.
   3. Adjectives of nationality ending in **-án** such as **alemán: alemán, alemana, alemanes, alemanas.** Note that the accent mark is used on the masculine singular form only.

e. Descriptive adjectives usually follow the nouns they modify.

| Mi familia vive en una casa **grande y vieja.** | *My family lives in a big, old house.* |

f. Descriptive adjectives may follow a form of **ser** or **estar.** In general, adjectives denoting a characteristic are used with **ser** while adjectives of condition are used with **estar.**

| Generalmente mi prima Antonia **es** muy alegre y divertida, pero hoy **está** muy cansada y deprimida. | *Generally my cousin Antonia is cheerful and fun-loving, but today she's very tired and depressed.* |

PRÁCTICA Y CONVERSACIÓN

 3.11 La familia Aguilar. Los Aguilar acaban de comer y ahora están en la sala haciendo diferentes actividades. En parejas, describan a los miembros de la familia con diversos adjetivos.

The alternate drawing that corresponds to activity **3.12** can be found in **Appendix A.**

 3.12 ¿Qué me dices? En el dibujo de **Práctica 3.11,** Ud. ve algunas de las actividades de la familia Aguilar. Su compañero(a) va a mirar otro dibujo de la misma familia que muestra otras actividades y está en el **Apéndice A.** Conversen sobre las descripciones y las actividades de la familia Aguilar para descubrir las cinco diferencias.

 3.13 Lo ideal. Utilizando por lo menos tres adjetivos, exprese cuál es para Ud. la versión ideal de las siguientes cosas y personas. Después, compare sus respuestas con las de su compañero(a) de clase. ¿Están Uds. de acuerdo? ¿Por qué sí o por qué no?

> **las vacaciones / el coche / el (la) novio(a) / el empleo /**
> **el (la) profesor(a) / el viaje / la película / la fiesta**

3.14 ¿Quién es? Trabajen en grupos de tres. Piense en alguien que está en la clase, pero no les diga a sus compañeros(as) quién es. Para adivinar quién es, ellos(as) deben hacerle a Ud. siete preguntas sobre su descripción física.

Expressing Endearment

DIMINUTIVES

To express endearment, smallness, or cuteness in English you frequently add the suffix -*y* or -*ie* to the ends of proper names and nouns: *Billy, Jackie, sonny, birdie.* Spanish uses a similar suffix to express endearment.

To make a nickname of endearment or to indicate smallness or cuteness, the suffix **-ito(a)** can be attached to many words, but especially to nouns and adjectives. The gender of the noun generally remains the same.

a. Feminine nouns ending in **-a** drop the **-a** ending and add **-ita: Ana → Anita; casa → casita.** Masculine nouns ending in **-o** drop the **-o** ending and add **-ito: Pedro → Pedrito; libro → librito.**

b. Most nouns ending in a consonant add the suffix onto the end of the noun: **Juan → Juanito; papel → papelito.**

c. Some words will undergo minor spelling changes before the suffix **–ito(a)** is added.

Words ending in **-co / -ca** change the **c** to **qu: Paco → Paquito; chica → chiquita.** Words ending in -**go / -ga** change the **g** to **gu: amiga → amiguita; lago → laguito.** Stem of words ending in **-z** change the **z** to **c: lápiz → lapicito; taza → tacita.**

d. Alternate forms of this suffix are **-cito** and **-ecito: café → cafecito; mujer → mujercita; nuevo → nuevecito.**

e. Certain regions of the Spanish-speaking world prefer their own diminutive suffixes such as the suffix **-ico(a)** used in Costa Rica.

PRÁCTICA Y CONVERSACIÓN

3.15 Unos nombres populares. Dé el diminutivo de estos nombres.

> **Juan / Juana / Ana / Pepe / Paco / Luis / Marta / Manolo / Teresa / Carmen / Miguel / Elena**

3.16 ¿Qué es esto? Dé una definición o una descripción de cada palabra.

> **un regalito / una casita / un librito / una jovencita / un perrito / un papelito / una abuelita / un chiquito / una cosita / un gatito**

SEGUNDA SITUACIÓN

PRESENTACIÓN

La boda de Luisa María

- -

PRÁCTICA Y CONVERSACIÓN

3.17 Más parientes. ¿Quiénes son los siguientes parientes políticos?

1. Luisa María se casó con Marcos; por eso, ella es la _____ de Marcos.

2. El padre de Marcos es el _____ de Luisa María.

3. La hermana de Luisa María es la _____ de Marcos.

4. Luisa María es la _____ de los padres de Marcos.

5. La madre de Luisa María es la _____ de Marcos.

6. El hijo de un matrimonio anterior de Marcos es el _____ de Luisa María.

7. Marcos es el _____ de los padres de Luisa María.

8. Luisa María es la _____ del hijo del matrimonio anterior de Marcos.

9. Marcos es el _____ de Luisa María

10. La madre de Marcos es la _____ de Luisa María.

3.18 **El hombre (La mujer) de mis sueños.** Haga una lista de siete cualidades que debe tener su hombre (mujer) ideal. Sin mirar esta lista, su compañero(a) de clase le va a hacer preguntas hasta que adivine cinco de las cualidades que Ud. puso en su lista. Luego le toca a Ud. adivinar cinco cualidades que tiene el hombre (la mujer) ideal de su compañero(a).

3.19 **SUEÑOS.** SUEÑOS es una empresa que planifica, organiza y coordina el día más importante de su vida. Trabajando en parejas, contesten las siguientes preguntas. ¿Qué día especial describe este anuncio? ¿A quiénes les interesa este anuncio? ¿Qué son algunos de los símbolos que se puede ver?

sueños

"SUEÑOS es una empresa que planifica, organiza y coordina el día más importante de su vida."

Contamos con más de 10 años de experiencia.

Escríbenos al info@sueños.com.mx

3.20 **Creación.** En una narración cuente lo que pasa en el dibujo de la **Presentación** en la página 81.

vocabulario

Los novios *Engaged couple*

el anillo de boda *wedding ring*
  de compromiso *engagement ring*

el cariño *affection*

los esponsales *engagement*

el/la novio(a) *financé(e)*

el noviazgo *engagement period*

la pareja *couple*

la petición de mano *marriage proposal*

comprometerse con *to become engaged to*

enamorarse de *to fall in love with*

salir con *to date*

tener celos *to be jealous*

La boda *Wedding*

la ceremonia de enlace *wedding*

la cena *wedding reception*

el cura / el padre *priest*

la dama de honor *bridesmaid*

el día de la boda *wedding day*

el esposo *husband*

la esposa *wife*

la iglesia *church*

el/la invitado(a) *guest*

la luna de miel *honeymoon*

la madrina *godmother / maid of honor*

el marido *husband*

el novio *groom*

la novia *bride*

el padrino *godfather / best man*

el regalo de bodas *wedding gift*

los recién casados *newlyweds*

la torta de bodas *wedding cake*

el traje de novia *wedding gown*

casarse con *to marry*

Los parientes políticos *In-laws*

el cuñado *brother-in-law*

la cuñada *sister-in-law*

el hermanastro *stepbrother*

la hermanastra *stepsister*

el hijastro *stepson*

la hijastra *stepdaughter*

la madrastra *stepmother*

la nuera *daughter-in-law*

el padrastro *stepfather*

el suegro *father-in-law*

la suegra *mother-in-law*

el yerno *son-in-law*

Vocabulario regional. In Mexico the word for *fiancé(e)* is **el/la prometido(a)**.

Vocabulario suplementario. la boda, el casamiento, la ceremonia de enlace matrimonial *(wedding ceremony);* **la media naranja** *(match, better half);* **el príncipe azul** *(knight in shining armor);* **celebrar la boda** *(to officiate at a wedding);* **echarles flores y arroz** *(to throw flowers and rice);* **estar colado(a) por alguien** *(to be crazy about someone);* **estarse enamorando de alguien** *(to be falling in love with someone);* **lucir traje de novia y velo** *(to wear a wedding gown and veil);* **ser un encanto** *(to be charming, lovely, or delightful).*

CONEXIONES. Utilizando Internet, busque más información sobre las bodas mexicanas. Pensando en generalidades, con un(a) compañero(a) de clase describa las semejanzas y las diferencias entre una boda mexicana y una boda estadounidense.

© Paul Barton/Corbis

↑ **FOTO** La celebración de un aniversario

Track 1-7

Extending, Accepting, and Declining an Invitation

CRISTINA Hola, Ana María, ¡qué gusto de verte!

ANA MARÍA ¡Hola! ¡Qué milagro es este!

CRISTINA Así es. Mira, aprovecho que te veo para decirte que la próxima semana, el sábado, vamos a tener una reunión en la casa y quiero que vayas con Ramiro. Tú sabes que Juancho estuvo muy enfermo.

ANA MARÍA ¡No me digas! ¡Cuánto lo siento! ¡Yo no sabía nada!

CRISTINA Sí, fue muy feo. Tuvo un virus y no sabían qué era. Hemos pasado unas semanas… , pero bueno… ahora ya está bien. Por eso queremos reunirnos con los amigos. No es nada formal, ni mucho menos, sino solo para estar juntos y pasar un rato agradable, nada más.

ANA MARÍA Oye, con mucho gusto. ¿A qué hora quieres que vayamos?

CRISTINA Como a las siete u ocho, ¿te parece?

ANA MARÍA Perfecto. Ahí estaremos. Muchas gracias y me alegro mucho que Juancho esté bien ya. Dale un saludo de mi parte.

CRISTINA Ay sí, francamente… Gracias. ¡Estoy feliz!

PERSPECTIVAS LINGÜÍSTICAS

When extending an invitation in the Spanish-speaking world, the person making an invitation will usually insist until the invitee accepts. Not insisting might give the invitee the impression that his/her presence is not important. By the same token, in some Spanish-speaking countries, it is not unusual to accept an invitation to an informal gathering and then not attend without notifying the host/hostess ahead of time. In this type of gatherings, it is also acceptable to attend accompanied by a close friend or relative even if you have not told your host/hostess.

Phrases to extend an invitation

¿Cree(s) que podría(s) venir a... este... ?	*Do you think you could come to . . . this . . . ?*
Estoy preparando un(a)... , y me gustaría que Ud. (tú) viniera(s).	*I am preparing a (an) . . . , and I'd like you to come.*
El próximo viernes / sábado vamos a tener una reunión en casa.	*Next Friday / Saturday we are going to have a party at home.*

Phrases to accept an invitation

Con mucho gusto. ¿A qué hora?	*I'd be glad to. At what time?*
Ahí estaré / estaremos.	*I / We will be there.*
Muchísimas gracias. Ud. es (Tú eres) muy amable.	*Thank you very much. You are very kind.*
Será un placer.	*It'll be a pleasure.*

Phrases to decline an invitation

Me encantaría, pero...	*I'd love to, but . . .*
Qué lástima, pero...	*What a shame (pity), but . . .*
Cuánto lo lamento / lo siento, pero...	*I'm sorry but . . .*
En otra ocasión será.	*Some other time.*
Quizás la próxima vez.	*Maybe next time.*

Phrases to use after someone declines your invitation

¡Qué pena que no pueda(s) venir!	*What a shame that you can't come!*
Lo (La) / Te voy a echar de menos.	*I am going to miss you.*

PRÁCTICA Y CONVERSACIÓN

3.21 ¿Quieres venir? Trabajando en parejas, dramaticen estas situaciones.

1. Este sábado hay un almuerzo familiar en casa de su abuela y Ud. quiere llevar a su novio(a). Invítelo(la). Él/Ella no puede ir.
2. La próxima semana es el aniversario de sus padres y Ud. está preparando una fiesta para ellos. Llame a su tío(a) e invítelo(la) con toda su familia. Él/Ella acepta.
3. Ud. está haciendo los preparativos para su fiesta de graduación. Llame a su abuelo(a) e invítelo(la). Él/Ella acepta.
4. Ud. está preparando una fiesta en su casa e invita a su profesor(a) de español. Él/Ella no acepta.

3.22 Lo siento, pero... Con un compañero(a) de clase, sostenga *(sustain)* la siguiente conversación.

ESTUDIANTE 1	ESTUDIANTE 2
1. Invite your friend to your birthday party.	2. Say you would like to go, but you have a family gathering that same day.
3. Say you are disappointed.	4. Make arrangements for a future date.
5. Agree.	6. Congratulate your friend on his/her birthday.
7. Thank your friend and say good-bye.	8. Respond.

ESTRUCTURAS

Discussing Conditions, Characteristics, and Existence

USES OF *SER, ESTAR,* AND *HABER*

In English, the verb *to be* is used for a variety of functions and situations. In Spanish, there are several words that are used as the equivalent of *to be*. You will need to learn to distinguish and use **ser**, **estar**, and **haber** in order to discuss and describe characteristics and conditions.

Compare the uses of **ser** and **estar** in the following chart.

Uses of ESTAR	Uses of SER
1. With adjectives to express emotional or physical states including health: 　¿Cómo **está**... ? 　Anita **está** enojada. 　**Estoy** muy bien pero mi esposo **está** enfermo.	1. With adjectives to express traits or characteristics: 　¿Cómo **es**... ? 　Anita **es** linda y muy coqueta. 　**Soy** baja pero mi esposo **es** alto.
2. To express location: 　¿Dónde **está**... ? 　Taxco **está** en México. 　Mis suegros **están** en una fiesta hoy.	2. To express time and location of an event: 　¿Dónde y cuándo **será** la boda? 　**Será** en la Iglesia San Vicente a las dos.
3. With **de** in certain idiomatic expressions denoting a condition or state of being. 　estar de acuerdo 　estar de buen / mal humor 　estar de huelga 　estar de pie 　estar de vacaciones 　estar de + *profession* 　Manolo **está** de vacaciones. 　**Está** de camarero en un café en la playa.	3. With **de** to express origin: 　¿**De** dónde **es**... ? 　Felipe **es de** Guadalajara. 4. With **de** to show possession: 　¿**De** quién **es** esa casa? 　**Es de** mi madrastra. 5. With nouns to express who or what someone is: 　¿Quién **es**... ? 　**Es** mi prima Carolina. **Es** abogada.
4. With the present participle in progressive tenses: 　¿Qué **estás** haciendo? 　**Estoy** hablando con mi nuera.	6. To express time and season: 　¿Qué hora **es**? 　**Son** las cuatro en punto. 　**Era** verano. 7. To express nationality: 　Manuel **es** mexicano.

a. Normal speech patterns favor the use of certain adjectives with **ser** or with **estar**.

estar casado(a)	*to be married*	ser alegre	*to be happy*
estar contento(a)	*to be happy*	ser feliz	*to be happy*
estar muerto(a)	*to be dead*	ser soltero(a)	*to be single, unmarried*

b. Hay and its equivalent in other tenses, such as **había, hubo,** or **habrá,** are used to indicate existence. **Hay** means both *there is* and *there are*.

Este año **hay** muchos novios en nuestra familia y por eso **habrá** dos bodas este verano.

This year there are many engaged people in our family and for that reason there will be two weddings this summer.

Hay stresses the existence of people and things; it will be followed by a singular or plural noun or an indefinite article, number, or adjective indicating quantity such as **muchos, varios, otros** + *noun*.

¿**Hay** un restaurante mexicano por aquí?

Is there a Mexican restaurant around here?

¿**Hay** (muchos) restaurantes mexicanos por aquí?

Are there (many) Mexican restaurants around here?

Estar stresses location and will be followed by a *definite article* + *noun*.

¿Dónde **está** el restaurante mexicano?

Where is the Mexican restaurant?

PRÁCTICA Y CONVERSACIÓN

3.23 La boda de Luisa María. Haga oraciones con la forma adecuada de **ser** o **estar** para describir la boda de Luisa María.

Modelo   la boda / a las siete
          La boda es a las siete.

1. los padres / contentos
2. las madres / un poco tristes
3. la ceremonia / en la iglesia nueva
4. el novio / abogado
5. Luisa María / linda y coqueta
6. la madrina / cubana
7. el padrino / de vacaciones
8. los novios / nerviosos
9. los amigos / de buen humor
10. las fotos / magníficas

3.24 Un autorretrato. Descríbase a sí mismo(a), usando las siguientes palabras.

Modelo   triste / de Nueva York
          (No) Estoy triste.
          (No) Soy de Nueva York.

> joven / casado(a) / estudiante / preocupado(a) / en casa / inteligente / en Acapulco / cubano(a) / ¿?

3.25 Así era. Complete las oraciones de una manera lógica para describir su juventud.

1. Mis amigos(as) eran / estaban _____.
2. Mi novio(a) era / estaba _____.
3. Mi familia era / estaba _____.
4. Mis profesores(as) eran / estaban _____.
5. Yo era / estaba _____.
6. Mi casa o apartamento era / estaba _____.

3.26 Su boda. En parejas, describan el día de su boda ideal. Expliquen qué y cuántas cosas hay en el lugar de la boda y en la recepción. Después expliquen dónde están y cómo son estas cosas.

> la torta de bodas / la persona que celebra la boda / las sillas / los invitados / los regalos / las flores / los parientes políticos / la música

3.27 Entrevista. Pregúntele a un(a) compañero(a) de clase qué cosas tiene en los siguientes lugares, dónde están estas cosas y cómo son. Su compañero(a) debe contestar en una manera lógica.

> en su coche / en su dormitorio / en su mochila / en su casa o apartamento / en su clase de español

Indicating Ownership

POSSESSIVE ADJECTIVES AND PRONOUNS

Possessive adjectives and pronouns are used in order to avoid repeating the name of the person who owns the item in question.

> Is that Ricardo's fiancée?
>
> No, *his* fiancée couldn't come to the party.

Spanish has two sets of possessive adjectives: the simple, unstressed forms and the longer, stressed forms.

POSSESSIVE ADJECTIVES

	Unstressed Forms	Stressed Forms
my	**mi(s)**	**mío(a, os, as)**
your	**tu(s)**	**tuyo(a, os, as)**
his, her, your	**su(s)**	**suyo(a, os, as)**
our	**nuestro(a, os, as)**	**nuestro(a, os, as)**
your	**vuestro(a, os, as)**	**vuestro(a, os, as)**
their, your	**su(s)**	**suyo(a, os, as)**

a. The possessive adjective refers to the owner/possessor while the ending agrees with the person or thing possessed: *his brothers* = **sus hermanos / los hermanos suyos;** *our wedding* = **nuestra boda / la boda nuestra.**

b. Unstressed possessive adjectives precede the noun they modify.

> Mañana es **mi** cumpleaños.   *Tomorrow is **my** birthday.*

c. Stressed possessive adjectives are used less frequently than the unstressed forms. They follow the noun they modify, and the noun is usually preceded by the definite article, indefinite article, or a demonstrative adjective.

un			a		
el	}	primo **nuestro**	the	}	cousin of ours
este			this		

d. Since **su / sus** and **suyo / suyos** have a variety of meanings, the phrase *article + noun + de + pronoun* is often used to avoid ambiguity. While **su regalo** could have several meanings, **el regalo de Ud.** can only mean *your gift.* Likewise, **el regalo de ellos** can only mean *their gift.*

e. Possessive pronouns preceded by the definite article are used in place of the *stressed possessive adjective + noun:* **la hija mía** → **la mía** = *my daughter* → *mine.* Both the article and the possessive pronoun ending agree in number and gender with the item possessed.

¿Cuándo es la boda de Tomás?	*When is Tomas's wedding?*
No sé, pero **la mía** es el 27.	*I don't know, but mine is the 27th.*

f. The possessive pronoun is always preceded by the definite article. The stressed possessive without the article is used after forms of **ser.**

¿De quién es este coche?	*Whose car is this?*
No es **mío. El mío** es rojo.	*It isn't mine. Mine is red.*

PRÁCTICA Y CONVERSACIÓN

3.28 ¿Dónde está... ? Ud. no puede encontrar varias cosas suyas. Pregúntele a su compañero(a) si él/ella las tiene.

Modelo	lapiz
USTED	*¿Tienes mi lápiz?*
COMPAÑERO(A)	*¿El tuyo? No, no lo tengo.*

libros / cartas / cuaderno / invitación / apuntes / revista / ¿?

3.29 Después de la recepción. Después de la recepción varias personas han olvidado algunas cosas. Pregúntele a un(a) compañero(a) de clase de quién son las cosas olvidadas.

Modelo	suéter / Martín / nuevo
USTED	*¿De quién es este suéter? ¿De Martín?*
COMPAÑERO(A)	*No, no es suyo. El suyo es nuevo.*

1. chaqueta / Federico / azul
2. sombrero / Héctor / gris
3. discos / Gloria / mexicanos
4. vídeo / Elena / de Francia
5. zapatos / Ernesto / más viejos
6. abrigo / Rita / negro

3.30 Una boda ideal. Ud. y su compañero(a) de clase hablan de cómo quieren que sean sus bodas y comparan sus planes con las bodas de sus padres. Comparen los anillos de compromiso y de matrimonio, la ceremonia de enlace, la cena, la torta, los padrinos, los invitados, la luna de miel y otras cosas. Luego, informen a la clase sus planes.

TERCERA SITUACIÓN

DIÁLOGOS EN VÍDEO

▶ To view the video, visit www.cengagebrain.com

© Anna Pérez

Para comprender lo que ve

PAYING ATTENTION TO LOCATION

By paying attention to the location where a conversation is taking place, you will be better able to anticipate what type of event is taking place, what the people involved might be talking about, and the type of relationship existing between them.

Para comprender lo que escucha

FOCUSING ON SPECIFIC INFORMATION

When you listen to a passage, conversation, or announcement, you do not always need to understand every single word that is being said. Sometimes you just focus on certain details or specific information. For example, if you are at the airport and you want to know what gate your flight leaves from, you do not listen attentively to everything the announcer has to say. Instead, you just focus on your flight number and gate number.

Antes de ver y escuchar

 3.31 La foto y el vídeo. Con un(a) compañero(a) de clase hagan las siguientes actividades.

1. Describan en detalle la imagen que se a ve al principio del vídeo
2. Describan a las personas en el vídeo, la ropa que llevan (¿elegante o informal?) y lo que hacen.
3. Describan ahora el lugar donde se encuentran estas personas.

Al ver y escuchar

3.32 Los apuntes. Mire el vídeo y escuche la conversación entre Manuela y Jade. Tome los apuntes que considere necesarios.

Motivo de la reunión	
Tipo de reunión	
Día de la reunión	
Hora de la reunión	
Invitados	

Después de ver y escuchar

3.33 Resumen. Con un(a) compañero(a) de clase, resuma la conversación entre Manuela y Jade.

3.34 Algunos detalles. Escoja la respuesta correcta entre las alternativas que se presentan.

1. Para celebrar el compromiso de Manuela y Santiago va a haber una reunión…
   a. grande y con una gran fiesta.
   b. íntima con solo los padres de Manuela.
   c. familiar y con unos cuantos amigos.
2. Según la conversación, parece que Jade…
   a. tiene novio.
   b. va a casarse pronto también.
   c. tiene envidia de su amiga.
3. Manuela y Santiago…
   a. han estado saliendo juntos varios años.
   b. no quieren formalizar la relación.
   c. van a casarse muy pronto.
4. Jade va a ir a la reunión con…
   a. sus padres y hermanos.
   b. sus amigas más cercanas.
   c. su novio, Miguel.

PERSPECTIVAS

Nombres, apodos y apellidos

En el mundo hispano el sistema de nombrar a los individuos se caracteriza por el uso de dos nombres seguidos por los apellidos *(surnames)*. En el caso de Fernanda Dolores Sánchez García, Fernanda es el nombre de pila *(first name)* o primer nombre y Dolores es el segundo nombre mientras Sánchez García son los apellidos. A veces el nombre de pila puede ser simple como Daniel o Laura mientras otras veces ponen un nombre compuesto como Juan Carlos o María Teresa. Tradicionalmente, los nombres están relacionados con la religión católica y el uso de los nombres de los santos o las santas es común: Ana, Antonio, Diego, Francisco, Isabel, José, Juan, Teresa. Por otro lado, en la sociedad contemporánea hay una tendencia de llamar a los niños utilizando nombres fuera de la tradición católica como Víctor o Penélope.

Los apodos *(nicknames)*

Como en muchas culturas, los hispanos utilizan apodos para los miembros de la familia y los amigos íntimos. Muchas veces expresan su cariño *(affection)* y familiaridad con diminutivos. Así dentro de la familia, Juan es conocido como Juanito y Eva como Evita. En otros casos los nombres cambian a una forma más corta: Gilberto → Gil o Esperanza → Espe. Y finalmente hay apodos que son muy distintos del nombre original: Francisco → Paco.

Aquí tienen una lista de unos nombres y apodos comunes.

Nombres y apodos femeninos		Nombres y apodos masculinos	
Alicia	*Ali*	Eduardo	*Edu*
Catalina	*Cata*	Ignacio	*Nacho*
Cristina	*Tina*	José	*Pepe*
Guadalupe	*Lupe*	Juan	*Juancho*
Isabel	*Chabela, Isa*	Manuel	*Lolo*
María Luisa	*Marisa*	Nicolás	*Nico*
María Teresa	*Maite, Mayte*	Rafael	*Rafa*
Mónica	*Moni*	Roberto	*Beto*

Los apellidos

Los hispanos acostumbran llevar tanto el apellido paterno, como el apellido materno, en ese orden. Por ejemplo, en el nombre Luis Felipe Loyola Chávez, Loyola es el apellido paterno y Chávez, el materno. Sin embargo, es necesario destacar que normalmente la persona será identificada por el apellido paterno.

Algunos apellidos (paternos o maternos) son compuestos y se utiliza un guión *(hyphen)* para unirlos; por ejemplo, Ruiz-Fernández. Las personas que llevan un apellido compuesto también llevan el otro apellido; por ejemplo, Mariano Ruiz-Fernández Salas. En este caso, Ruiz-Fernández es el apellido paterno y Salas el apellido materno. En el caso de María Cecilia Chocano Pérez-Sosa, Chocano es el apellido paterno y Pérez-Sosa, el apellido materno.

Al casarse, la mujer añade el apellido paterno de su esposo a su apellido de soltera. En el pasado era normal utilizar la partícula **de** enfrente del apellido de su esposo pero esta costumbre está pasando de moda. Por ejemplo, si Carmela Vásquez Mendoza se casa con Francisco Ortega Reyes, su nombre de casada será Carmela Vásquez (de) Ortega y sus hijos se apellidarán Ortega Vásquez.

PRÁCTICA Y CONVERSACIÓN

3.35 Práctica intercultural. Con un(a) compañero(a) de clase, ponga en orden alfabético los siguientes nombres de individuos estadounidenses. Después, explique las diferencias entre el sistema de los Estados Unidos y el sistema hispano.

> Betsy Ellen Johnson / Kevin Robert O'Dell / Paul Robert Montgomery, Jr. /
> Howard Brian Kim / Kim Bryan-Howard / Elizabeth Ann Hunter

3.36 Nombres, apodos y apellidos. Complete las siguientes oraciones con información acerca de los nombres, apodos y apellidos del individuo Roberto Gonzalo Pérez Marín.

1. Roberto es su _____.
2. Gonzalo es su _____.
3. Pérez es su _____.
4. Marín es su _____.
5. Un apodo para Roberto es _____.

Eduardo García Olmos   Javier Figueroa Meléndez
Ana Estrada de García   Irma Lado de Figueroa

tienen el agrado de participar a usted
al próximo matrimonio de sus hijos

LUISA MARÍA   y   JOSÉ ALBERTO

e invitarlo a la ceremonia religiosa que se realizará
el miércoles 2 de marzo, a las siete horas de la noche
en la Iglesia San José de Miraflores
(Avenida Dos de Mayo, 259)

A continuación se celebrará en el Hotel Estrella del Mar
con un aperitivo y posterior cena a partir de las 20:00

SE RUEGA CONFIRMACIÓN

© Heinle/Cengage Learning
Photo: © Jack Z Young/Shutterstock.com

3.37 Una invitación de boda. Con un(a) compañero(a) de clase, indiquen los nombres y apellidos de las siguientes personas mencionadas en la invitación de boda.

1. el nombre de los padres de la novia
2. el nombre de los padres del novio
3. el nombre del novio
4. el nombre de la novia antes de casarse
5. el nombre de la novia después de casarse
6. los apellidos que tendrá su futuro hijo, Carlos

3.38 El orden alfabético. Ponga en orden alfabético los nombres de los padres dados en la invitación.

3.39 La boda de Luisa y José. Pregúntele a un(a) compañero(a) de clase acerca de los detalles de la boda de Luisa y José.

1. ¿Qué día de la semana es la boda?
2. ¿Cuál es la fecha y la hora de la boda?
3. ¿En qué iglesia es la boda?
4. ¿Dónde está la iglesia?
5. ¿Dónde y cuándo es la recepción?

ASÍ SE ESCRIBE

Para escribir bien

EXTENDING AND REPLYING TO A WRITTEN INVITATION

You have already learned to extend, accept, and decline an oral invitation. The major difference in performing these functions in written form is that the person(s) involved is (are) present to ask questions or to offer an immediate reply to your invitation. When extending a written invitation, you will need to include all the details such as date, time, location, and purpose of the invitation. When replying, you will need to thank the person for the invitation and then graciously accept or decline. While in conversation a simple **"Con mucho gusto."** might be an appropriate acceptance, it sounds abrupt in written form. It is usually better to add more information in written invitations and replies. You can use phrases similar to those below or adapt the phrases of the previous **Así se habla** section.

To Extend a Written Invitation

Mi familia / novio(a) / amigo(a) y yo vamos a tener una fiesta para el cumpleaños de... Te (Lo/La) invitamos (a Ud.) a celebrar con nosotros el sábado 21 de julio a las ocho de la noche en nuestra casa.

To Accept a Written Invitation

Muchas gracias por su invitación a la fiesta / cena / comida. Me (Nos) encantaría ir y acepto (aceptamos) con mucho gusto.

To Decline a Written Invitation

Muchas gracias por su invitación para cenar con Uds. Desgraciadamente no me es posible ir el viernes 16 porque tengo que trabajar. Lo siento mucho. Posiblemente podamos reunirnos otro día.

Antes de escribir

A **Una fiesta.** Ud. piensa dar una fiesta para unos amigos. Escriba una lista de los detalles acerca de la fiesta incluyendo el motivo de la fiesta, el tipo de fiesta, el día, la hora, el lugar y los invitados. Después, escriba una oración *(sentence)* para invitar a alguien a su fiesta.

B **Las invitaciones.** Haga el formato de una carta, incluyendo el saludo, la predespedida y la despedida. Después, escriba unas oraciones para aceptar y no aceptar una invitación a una fiesta estudiantil.

Al escribir

C Escoja **una** de las composiciones de los temas a continuación. Después, escriba su composición, utilizando sus respuestas para las actividades de **Antes de escribir.** Trate de incorporar el nuevo vocabulario y las nuevas estructuras gramaticales de este capítulo.

Tema 1:

Su tío(a) favorito(a). Su tío(a) favorito(a) vive muy lejos del resto de la familia. Escríbale una carta diciéndole que su hermano mayor va a casarse en junio. Como su tío(a) no conoce ni a la novia de su hermano ni a la familia de ella, descríbaselas a su tío(a). Cuéntele cómo es la familia y añada algunos detalles de la boda. Invítelo(la) a alojarse con Uds. el fin de semana de la boda.

Tema 2:

Una reunión escolar. Ud. era el/la presidente de su clase de la escuela secundaria. Su clase va a celebrar el décimo aniversario de su graduación. Escríbales una carta a los miembros de su clase invitándolos a la fiesta; deles todos los detalles. Para que ellos recuerden su vida de entonces y para que tengan ganas de asistir a la fiesta, describa cómo era un día típico en su escuela. También describa cómo eran algunos estudiantes y lo que hacían los fines de semana.

Después de escribir

D Antes de entregarle su composición a su profesor(a), Ud. debe leerla de nuevo y corregir los errores.

☐ ¿Contiene su composición todos los detalles acerca de la invitación?

☐ ¿Utiliza vocabulario de la familia y una boda o de la universidad y las clases?

☐ ¿Incluye las frases apropiadas para ofrecer, aceptar o no aceptar una invitación?

☐ ¿Está correcto el uso de los verbos **ser** y **estar**?

INTERACCIONES

To help you prepare «**Una fiesta**», review the following: **Topics:** expressions for extending, accepting, and declining invitations; greetings and leave-takings; **Estructuras:** possessive adjectives and pronouns; **ser** vs. **estar**

To help you prepare «**Celebraciones familiares**», review the following: **Topics:** family members; family activities; **Estructuras:** imperfect tense; formation and agreement of adjectives

To help you prepare «**La quinceañera**», review the following: **Topics:** family members; family activities; **Estructuras:** formation and agreement of adjectives; possessive adjectives and pronouns; **ser** vs. **estar**

To help with your decisions, you may want to research *quinceañera* parties on the Internet to see what such parties are typically like.

To help you prepare «**La boda del año**», review the following: **Topics:** wedding vocabulary, family members; **Estructuras:** formation and agreement of adjectives; possessive adjectives and pronouns; **ser** vs. **estar**

A. Una fiesta

Communicative Tasks: Extending, accepting, and declining invitations; greetings and leave-takings

Telephone Conversation: Call a classmate to invite him/her to a party you are giving this weekend. Chat for a few minutes and then extend your invitation. Your classmate should inquire about the details of the party—who will be there, when it will start, where your house is located, if he/she can bring something to eat or drink. After your friend accepts your invitation, repeat the time, date, place, and address.

B. Celebraciones familiares

Communicative Tasks: Describing what life used to be like, describing people, expressing endearment

Oral Presentation: As a grandparent you often remember your youth with great nostalgia. Tell your grandchildren (played by your classmates) what a typical family celebration was like in your family. Explain what family members were present and what you used to do. Describe what various family members used to be like as well.

C. La quinceañera *(special fifteenth birthday party)*

Communicative Tasks: Discussing conditions, characteristics, and existence; expressing endearment

Discussion: You are the mother/father of a 15-year-old daughter and you are planning her **quinceañera.** You hold a family meeting with your spouse, daughter and two other children to make decisions about the celebration. First, decide on the location for the event: home, a hotel, a party house, cruise ship. Then decide on the date, the food, her attendants, the number of guests, and other details.

D. La boda del año

Communicative Tasks: Describing people; discussing conditions, characteristics, and existence

Oral Presentation: You are a reporter for a local radio station and have been assigned to cover the wedding of the only daughter of a wealthy and prominent local citizen. As the guests and wedding party approach the church, describe them for your radio audience. Tell what the bride, groom, parents, and other relatives are like and how they look or are feeling today. Explain how many people are present, who they are, etc. As the bride and groom approach, ask them how they feel on this important day.

En el restaurante

Cultural Themes
→ México
→ La comida y bebida
→ Los restaurantes

Topics and Situations
→ Me encantan las enchiladas
→ Fuimos a un buen restaurante

Communicative Goals
→ Reading a menu and ordering in a restaurant
→ Indicating to whom and for whom actions are done
→ Expressing likes and dislikes
→ Refusing, finding out, and meeting
→ Making introductions
→ Narrating in the past
→ Talking about people and events in a series

© Macduff Everton/Terra/Corbis

↑ FOTO Un lindo restaurante mexicano

PRESENTACIÓN

Me encantan las enchiladas

Las **enchiladas suizas** are enchiladas prepared with a sour cream and Swiss cheese sauce with many typical Mexican spices.

El mole is a sauce prepared with chili peppers and various spices. Bitter chocolate is generally one of the ingredients.

El tamal is made from corn dough, which is spread in cornhusks. It is usually filled with meat and sauce and then steamed.

El almendrado is a molded almond pudding that is served with a custard sauce.

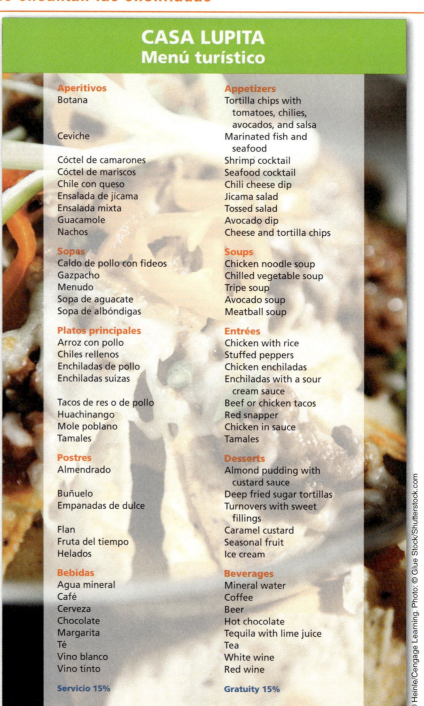

CASA LUPITA
Menú turístico

Aperitivos	**Appetizers**
Botana	Tortilla chips with tomatoes, chilies, avocados, and salsa
Ceviche	Marinated fish and seafood
Cóctel de camarones	Shrimp cocktail
Cóctel de mariscos	Seafood cocktail
Chile con queso	Chili cheese dip
Ensalada de jícama	Jicama salad
Ensalada mixta	Tossed salad
Guacamole	Avocado dip
Nachos	Cheese and tortilla chips

Sopas	**Soups**
Caldo de pollo con fideos	Chicken noodle soup
Gazpacho	Chilled vegetable soup
Menudo	Tripe soup
Sopa de aguacate	Avocado soup
Sopa de albóndigas	Meatball soup

Platos principales	**Entrées**
Arroz con pollo	Chicken with rice
Chiles rellenos	Stuffed peppers
Enchiladas de pollo	Chicken enchiladas
Enchiladas suizas	Enchiladas with a sour cream sauce
Tacos de res o de pollo	Beef or chicken tacos
Huachinango	Red snapper
Mole poblano	Chicken in sauce
Tamales	Tamales

Postres	**Desserts**
Almendrado	Almond pudding with custard sauce
Buñuelo	Deep fried sugar tortillas
Empanadas de dulce	Turnovers with sweet fillings
Flan	Caramel custard
Fruta del tiempo	Seasonal fruit
Helados	Ice cream

Bebidas	**Beverages**
Agua mineral	Mineral water
Café	Coffee
Cerveza	Beer
Chocolate	Hot chocolate
Margarita	Tequila with lime juice
Té	Tea
Vino blanco	White wine
Vino tinto	Red wine

Servicio 15%	**Gratuity 15%**

PRÁCTICA Y CONVERSACIÓN

4.1 ¿Qué pide Ud.? En el restaurante Casa Lupita, ¿qué va a pedir Ud. …?

> de aperitivo / de sopa / de plato principal / de postre / de bebida

4.2 ¡Tengo mucha hambre! Diga a qué categoría pertenecen los platos de las fotos: bebida / carne / postre / plato principal / aperitivo / ¿? ¿Cuáles son los ingredientes principales de estos platos? ¿Qué plato(s) preferiría pedir? ¿Por qué?

© Image 100/Royalty-Free/Corbis

Ceviche

© Heinle/Cengage Learning

Enchiladas

© John James Wood/Index Stock Imagery/Photolibrary

Gazpacho

© Heinle/Cengage Learning

Flan

El gazpacho is a soup made with tomatoes, cucumbers, green peppers, onions, garlic, and olive oil. The ingredients are blended into a thick liquid and chilled before serving.

4.3 Creación. Trabajen en grupos de tres. Un(a) compañero(a) de clase va a hacer el papel de mesero(a) *(waiter, waitress)* del restaurante Casa Lupita y los otros dos son los clientes. Antes de pedir, los clientes deben hacerle preguntas al/a la mesero(a) sobre los platos. Luego, pidan lo que quieren comer y beber.

Modelo   **ESTUDIANTE 1**   *Buenos días, bienvenidos a Casa Lupita. ¿Qué prefieren beber?*

  ESTUDIANTE 2   *Yo quiero un agua mineral.*

  ESTUDIANTE 3   *Y yo un té.*

4.4 ¿Qué me dices? Aquí hay una serie incompleta de dibujos que explican qué platos piden unos amigos en un restaurante. Su compañero(a) de clase va a utilizar una serie diferente de dibujos que está en el **Apéndice A.** Conversen para descubrir la información que falta de los platos pedidos.

Paco

María

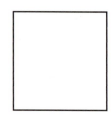
Fernando

Teresa

José

Isabel

> The alternate drawing that corresponds to this activity can be found in **Appendix A.**

CONEXIONES. Utilizando Internet, busque información sobre la comida mexicana. ¿Hay influencias de otras cultures? ¿Cuáles? ¿Hay diferencias regionales en la comida? ¿Cuáles? ¿Por qué existen estas influencias y diferencias?

vocabulario

Los platos *Courses*

el aperitivo *appetizer*
la bebida *beverage*
la carne *meat*
los mariscos *seafood*
el pescado *fish*
el plato principal *entrée, main course*
el postre *dessert*
la sopa *soup*

La comida *Food*

el aguacate *avocado*
la albóndiga *meatball*
la almeja *clam*
el arroz *rice*
el atún *tuna*
el caldo *soup, broth*
el camarón *shrimp*
la carne de cerdo *pork*
el ceviche *marinated fish and seafood*
el chile *red or green pepper*
el cóctel *cocktail*
la empanada *turnover*

la enchilada *cheese- or meat-filled tortilla*
la ensalada *salad*
el fideo *noodle*
el flan *caramel custard*
la fruta *fruit*
el gazpacho *chilled vegetable soup*
el guacamole *avocado dip*
el helado *ice cream*
el huachinango *red snapper*
la jícama *jicama*
el lenguado *sole*
el lomo de res *beef tenderloin*
el mejillón *mussel*
el menudo *tripe soup*
el pollo *chicken*
el taco *tortilla filled with meat, beans, tomatoes, and cheese*

Las bebidas *Beverages*

el café *coffee*
la cerveza *beer*
el chocolate *hot chocolate*
el té *tea*

> **Vocabulario regional.** In several countries of South America **la palta** = *avocado*. In Spain **la gamba** = *shrimp*.
>
> **La jícama** is a root vegetable, which is usually peeled and eaten raw. It is sometimes called the Mexican potato.

↑ FOTO Una comida al aire libre

Track 1-8

Ordering in a Restaurant

MESERO Buenas tardes, ¿les puedo ofrecer algo para beber?

MANUEL ¿Qué quisieras tomar, María Luisa?

MARÍA LUISA Un agua mineral sin hielo, por favor.

MANUEL *(Dirigiéndose al mesero)* Y yo una cerveza helada.

MESERO Muy bien. Ahora mismo se las traigo.

[Al poco rato]

MESERO ¿Están listos para pedir?

MANUEL ¿Qué dices, María Luisa?

MARÍA LUISA Yo quisiera un ceviche y un arroz con pollo, pero una porción pequeña, por favor.

MESERO Muy bien.

MANUEL Y yo un cóctel de mariscos y un lomo de res. Espero que la comida esté tan buena hoy como lo estuvo la semana pasada.

MESERO No se preocupe, señor. Le aseguro que le gustará mucho. Nuestros cocineros son de primera.

PERSPECTIVAS LINGÜÍSTICAS

When eating at a restaurant in the Spanish-speaking world, the waiter/waitress does not identify him/herself to the customers, but rather asks them if they want to order something to drink before ordering. Customers might choose water, a soft drink, a cocktail, a glass of wine or a beer, depending on the time of day, the type of restaurant, and/or the time of the year. As you can observe in the dialogue above, the waiter starts the interaction by asking Manuel and María Luisa: *¿Les puedo ofrecer algo para beber?*

Phrases a waiter or waitress may use

¿Cuántas personas son?	*How many are in your party?*
¿Qué desearía(n) comer / tomar hoy?	*What would you like to eat / drink today?*
¿Le(s) apetecería un(a)... ?	*Would you like a . . . ?*
¿Desearía(n) probar... ?	*Would you like to try . . . ?*
Le(s) recomiendo...	*I recommend . . .*
¿Qué le(s) parecería... ?	*How would you like . . . ?*

Phrases to place an order

Tráigame/nos el menú, por favor.	*Bring me/us the menu, please.*
De aperitivo / plato principal / postre, quisiera / me gustaría...	*For an appetizer / entrée / dessert, I would like . . .*
No sé qué pedir / comer / tomar.	*I don't know what to order / eat / drink.*
¿Qué me / nos recomienda?	*What do you recommend (to me / us)?*
¿Podría regresar dentro de un momento, por favor?	*Could you come back in a minute, please?*
¿Cuál es la especialidad de la casa?	*What's the restaurant's speciality?*
¿Es picante / muy condimentado(a) / pesado(a)?	*Is it hot / very spicy / heavy?*

PRÁCTICA Y CONVERSACIÓN

4.5 ¡Hoy no estoy a dieta! Trabajando en parejas, dramaticen la siguiente situación. Una persona hará el papel de cliente y la otra el de mesero(a).

MESERO(A)	CLIENTE
1. Se acerca y ofrece su ayuda.	2. Pide algo para beber.
3. Responde.	4. No sabe qué pedir y pide ayuda al (a la) mesero(a).
5. Da información acerca de los platos del día, la especialidad de la casa, etcétera.	6. Quiere saber cómo es uno de los platos del día.
7. Explica.	8. Ordena lo que quiere.
9. Responde.	

4.6 En Casa Lupita. Ud. y dos compañeros(as) de clase se reúnen después de mucho tiempo y van a comer a un restaurante hispano muy elegante. Uno(a) de sus compañeros(as) está a dieta y de mal humor. Ud. tiene mucha hambre y quiere comer muchas cosas diferentes. El/La mesero(a) está muy ocupado(a) y no les presta mucha atención. Dramaticen la situación y pidan su cena.

Modelo   **ESTUDIANTE 1**   *Buenos días. ¿Qué les parecería un aperitivo?*

           ESTUDIANTE 2   *¡No sé qué pedir! ¿Qué nos recomienda?*

           ESTUDIANTE 3   *Tráiganos el menú, por favor.*

           ...

ESTRUCTURAS

Indicating To Whom and For Whom Actions Are Done

INDIRECT OBJECT PRONOUNS

Indirect object nouns and pronouns indicate to whom or for whom actions are done: *Elena sent* **us** *a wedding invitation so we sent* **her** *a gift.*

—¿A quiénes **les** vas a dar esos regalos?
—**Le** doy este suéter **a mi novio** y **les** doy el juego **a mis hermanitas.**

INDIRECT OBJECT PRONOUNS

Luis **me** dio un regalo.	*Luis gave a gift to me.*
Luis **te** dio un regalo.	*Luis gave a gift to you.* (fam. sing.)
Luis **le** dio un regalo.	*Luis gave a gift to him, her, you.* (form. sing.)
Luis **nos** dio un regalo.	*Luis gave a gift to us.*
Luis **os** dio un regalo.	*Luis gave a gift to you.* (fam. pl.)
Luis **les** dio un regalo.	*Luis gave a gift to them, you.* (form. pl.)

a. Indirect object pronouns are placed before a conjugated verb.

Les traigo las ensaladas ahora mismo.   *I'll bring you the salads right away.*

b. When a conjugated verb and an infinitive or present participle are used together, the object pronoun may attach to the end of an infinitive or present participle or precede the conjugated verb.

Luis va a explicar**me** el menú.
Luis **me** va a explicar el menú.   *Luis is going to explain the menu to me.*

Supplemental Grammar. Sometimes indirect objects in English are preceded by the preposition *to* and sometimes the word *to* is omitted: *We sent her a gift = We sent a gift to her.* Even though the phrase "to her" is a prepositional phrase, phrases like "to her" are referred to as indirect objects since that is how they function in Spanish.

c. The indirect object pronoun must be attached to the end of an affirmative command and must precede a negative command.

Cómpra**le** un lindo regalo a Laura pero no **le** des el regalo todavía.   *Buy a nice gift for Laura but don't give the gift to her yet.*

d. Indirect object pronouns can be clarified or emphasized by using **a** + *prepositional pronouns.*

Le doy el café **a él** y **a ti** te doy el vino.   *I'm giving the coffee to him and I'm giving the wine to you.*

e. In Spanish, sentences that contain an indirect object noun must also contain the corresponding indirect object pronoun.

Le regalé un suéter **a mi hermano.**   *I gave a sweater to my brother.*

Once the identity of the indirect object noun has been made clear, the indirect object pronoun can be used alone.

Le preparé un sándwich **a Miguel** y después **le** di una cerveza.   *I prepared a sandwich for Miguel and then I gave him a beer.*

PRÁCTICA Y CONVERSACIÓN

4.7 **Comida para llevar.** Ud. va a llevarles comida del restaurante Casa Lupita a sus amigos que no quieren salir a comer. Explique lo que Ud. escoge para cada persona. Use pronombres de complemento indirecto en sus respuestas.

Modelo   *una botana: a Susana*
       Le llevo una botana a Susana.

1. una ensalada mixta: a Raquel
2. nachos: a los gemelos Sánchez
3. arroz con pollo: a ti
4. gazpacho: a Juana y a Lupe
5. tacos de res: a Camilo

4.8 **Entrevista.** Pídale favores a su compañero(a) de clase. Su compañero(a) va a contestar.

Modelo   mandar un correo electrónico

USTED   *Mándame un correo electrónico, por favor.*

COMPAÑERO(A)   *Sí, te mando un correo electrónico esta tarde.*

prestar el coche / mostrar las fotos / dar los apuntes de la clase de historia / dar el número de teléfono a Érica / prestar cincuenta dólares / explicar los verbos / ¿?

4.9 **¡Qué trabajo!** Ud. hace el papel de asistente ejecutivo(a) en una oficina y un(a) compañero(a) hace el papel de jefe(a). Explíquele a su jefe(a) lo que Ud. hizo esta mañana para ayudarlo(a) con el trabajo. Incluya actividades como las siguientes: hablar con el cliente; resolver el problema con los contratos; poner al día a los miembros del equipo de desarrollo; contestar los emails.

Modelo   ESTUDIANTE 1   *Señor, esta mañana le reservé el salón de conferencias para la reunión de esta tarde.*

ESTUDIANTE 2   *Muchas gracias, señorita.*

Expressing Likes and Dislikes

VERBS LIKE *GUSTAR*

To express likes, dislikes, and interests, Spanish uses a group of verbs that function very differently from their English equivalents. The verb **gustar,** meaning *to like* or *to be pleasing,* is one of a number of common English verbs that use an indirect object where English uses a subject.

Me gustan estas empanadas.		I like these empanadas.	
↓	↓	↓	↓
Indirect Object	Subject	Subject	Direct Object

a. With verbs like **gustar,** the subject generally follows the verb; it is this subject that determines a singular or plural verb.

Me **gusta** esta ensalada pero no me **gustan** estas albóndigas.
I like this salad, but I don't like these meatballs.

b. The use of **a** + *prepositional pronoun* is often necessary to clarify or emphasize the indirect object.

A mí no me gusta este restaurante pero **a ellos** les gusta muchísimo.
I don't like this restaurant but they like it a lot.

c. The phrase **a** + *noun* can also be used with the indirect object pronouns **le/les.**

A Rita le gustan los postres.
Rita likes desserts.

A muchos niños no **les** gusta el pescado.
Many children don't like fish.

d. The following verbs function like **gustar.**

caer bien / mal	*to suit / to not suit*
disgustar	*to annoy, upset, displease*
encantar	*to adore, love, delight*
faltar	*to be missing, lacking; to need*
fascinar	*to fascinate*
importar	*to be important, to matter*
interesar	*to be interesting; to interest*
molestar	*to bother*
parecer	*to seem*
quedar	*to remain, have left*

PRÁCTICA Y CONVERSACIÓN

4.10 **Los gustos.** Ponga las siguientes cosas en la categoría apropiada de la tabla a continuación para indicar sus preferencias. ¿Puede explicar por qué Ud. pone cada cosa en esa categoría?

la comida mexicana / el arte moderno / las bodas / la política / la música rap / los exámenes / las vacaciones

Me gusta(n)	Me fascina(n)	Me molesta(n)

4.11 **Entrevista.** Pregúnteles a tres compañeros(as) de la clase sobre sus gustos y preferencias con respecto a la lista de la **Práctica 4.10.** ¿Tienen Uds. los mismos gustos y preferencias?

Modelo las bodas

USTED *¿Te gustan las bodas?*

COMPAÑERO(A) *Me gustan muchísimo.*

4.12 **¿Te gusta?** Ud. quiere saber si su compañero(a) tiene los mismos gustos que Ud. tiene con respecto a la comida y otras cosas. Pregúntele y vea cuál es su reacción a lo siguiente. Después dígale a la clase si Ud. y su compañero(a) son compatibles o no y explique por qué.

Modelo los frijoles / el arroz con pollo

USTED *¿Te gustan los frijoles?*

COMPAÑERO(A) *No, no me gustan. ¿Y a ti?*

USTED *A mí me encantan. ¿Te gusta el arroz con pollo?*

COMPAÑERO(A) *¡Me encanta el arroz con pollo!*

el queso / el flan / los chiles / las sopas / los postres / las ensaladas / la cerveza / el café / el chocolate / el vino tinto / la comida mexicana / ¿?

4.13 **Me acuerdo que...** Con un(a) compañero(a) de clase, discutan lo que a Uds. les gustaba o no les gustaba cuando eran niños(as).

Modelo USTED *Cuando era niño(a) a mí me gustaba ir al parque con mis amigos todos los fines de semana. ¿Y a ti?*

COMPAÑERO(A) *A mí me gustaba montar en bicicleta por mi barrio. Yo salía todos los días…*

jugar con mis amigos / practicar deportes / tocar el piano / sacar a pasear a mi perro / conversar con los amigos de mis padres / comer muchos vegetales / comer helados

CONEXIONES. Con un(a) compañero(a) de clase, utilicen Internet para encontrar un menú de un restaurante mexicano. Después, lean la carta y hablen de la comida. Expliquen si les gustan o no las cosas en el menú.

Refusing, Finding Out, and Meeting

VERBS THAT CHANGE ENGLISH MEANING IN THE PRETERITE

Several common Spanish verbs have an English meaning in the preterite that is different from the meaning of the infinitive or the imperfect. These changes in English meaning reflect the fact that the Spanish preterite focuses on the completion of the action while the imperfect stresses continuing or habitual action.

a. conocer = *to know, be acquainted with*
Imperfect = *knew, was acquainted with*
Preterite = *met*

Conocemos bien al señor Ochoa.
Lo **conocimos** en un restaurante el año pasado.

We know Sr. Ochoa well.
We met him in a restaurant last year.

b. poder = *to be able*
Imperfect = *was able*
Preterite affirmative = *managed*
Preterite negative = *failed*

Aunque **no pudimos** obtener reservaciones en Casa Lupita para el sábado, **pudimos** conseguir reservaciones para el viernes. Así **podemos** comer allí este fin de semana.

Although we failed to get reservations at Casa Lupita for Saturday, we managed to get reservations for Friday. So we are able to eat there this weekend.

c. querer = *to want, wish*
Preterite affirmative = *tried*
Imperfect = *wanted, wished*
Preterite negative = *refused*

¡Pobre Ángela! **Quería** hacerse cocinera. **Quiso** trabajar en un restaurante famoso pero el gerente **no quiso** darle un puesto.

Poor Angela! She wanted to become a chef. She tried to work in a famous restaurant but the manager refused to give her a job.

d. saber = *to know information; to know how to*
Imperfect = *knew*
Preterite = *found out*

Anoche **supimos** que Carlos es cocinero. Finalmente **sabemos** lo que hace.

Last night we found out that Carlos is a chef. We finally know what he does.

e. tener = *to have*
Imperfect = *had*
Preterite = *received, got*

Ayer Silvia me dijo que **tuvo** un buen puesto como gerente de un restaurante de lujo.

Yesterday Silvia told me that she got a good job as a manager of a luxury restaurant.

PRÁCTICA Y CONVERSACIÓN

4.14 **¿Qué pasó ayer?** Explique lo que les pasó a las siguientes personas en el restaurante ayer. Use el imperfecto o el pretérito de los verbos según el caso.

1. Paco / conocer a María

2. yo / saber que unos amigos iban a ir a Acapulco durante las vacaciones

3. nosotros / tener una buena noticia de nuestra compañera de cuarto

4. el mesero / no querer servirnos a causa de problemas con su jefe

5. tú / querer pedir las enchiladas suizas pero el restaurante no las tenía

6. Uds. / no poder comer todo el plato principal porque les sirvieron demasiado

4.15 **¿Qué sucede?** Describa el siguiente dibujo utilizando los verbos **conocer, poder, querer, saber** y **tener** en el pretérito o el imperfecto, según el caso.

1. En la escuela secundaria Elena siempre _____.

2. Ayer Marianela _____.

3. La semana pasada Roberto _____.

4. Antes de la clase Eduardo _____.

5. Teresa _____.

SEGUNDA SITUACIÓN

PRESENTACIÓN

Fuimos a un buen restaurante

PRÁCTICA Y CONVERSACIÓN

4.16 Tengo hambre. ¿A qué restaurante va Ud. si quiere… ?

> el almuerzo / la cena / una comida completa / una comida ligera /
> el desayuno / la merienda / comida mexicana

4.17 Consejos. ¿Qué debe comer o beber una persona que… ?

> quiere engordar / está a dieta / quiere una comida sabrosa /
> está muriéndose de hambre / tiene mucha sed / no tiene mucha
> hambre / no come carne / celebra una ocasión especial / no
> tiene mucho dinero

4.18 Vamos al Restaurante Solís. Hágale preguntas a un(a) compañero(a) de clase sobre lo que va a pedir en el Restaurante Solís, un restaurante de comida rápida. Utilice el anuncio del Restaurante Solís a continuación.

Pregúntele…

1. por qué le gusta comer en el Restaurante Solís.
2. qué quiere para el almuerzo.
3. qué pide si no tiene mucha hambre.
4. qué va a tomar si no le gusta la carne.
5. qué prefiere pedir si está a dieta.

RESTAURANTE SOLÍS

La comida… ¡como tú quieras!

PASEO DE LA REFORMA 250   06500 MÉXICO, D.F.

© Heinle/Cengage Learning
Photo: © Hannamariah/Shutterstock.com

4.19 Creación. En una narración cuente lo que pasa en el dibujo de la **Presentación.**

Modelo   *Hay una familia en un restaurante. Los niños están jugando y los padres están molestos…*

vocabulario

Las preferencias *Preferences*

estar loco por *to be crazy about*

soportar *to tolerate*

Las comidas *Meals*

el almuerzo *lunch*

la cena *dinner*

la comida chatarra *junk food*

la comida completa *complete meal*
  rápida *fast food*
  para llevar *carry out (food)*
  criolla *native or regional food*
  ligera *light meal*
  típica *typical meal*

el desayuno *breakfast*

la merienda *snack*

El apetito *Appetite*

rico / sabroso *delicious*

engordar *to gain weight*

estar a dieta *to be on a diet*

morirse (ue, u) de hambre *to be starving*

perder peso *to lose weight*

tener hambre *to be hungry*

La nutrición *Nutrition*

la caloría *calorie*

el carbohidrato *carbohydrate*

el colesterol *cholesterol*

la grasa *dietary fat*

la proteína *protein*

En el restaurante *In the restaurant*

el/la camarero(a) / el/la mesero(a) *waiter (waitress)*

---

una mesa afuera *a table outside*
  cerca de la ventana *near the window*
  en el patio *on the patio*
  en el rincón *in the corner*

un restaurante caro *an expensive restaurant*
  económico *an inexpensive restaurant*
  de lujo *a first-class restaurant*

tener una reservación a nombre de ___ *to have a reservation in the name of ___*

El menú *Menu*

la lista de vinos *wine list*

el menú del día *special menu of the day*
  turístico *tourist menu*

el plato principal *main course, entrée*

pedir (i, i) *to order*

recomendar (ie) *to recommend*

sugerir (ie, i) *to suggest*

El cubierto *Place setting*

el bol *bowl*

la copa *goblet, glass with stem*

la cuchara *soup spoon*

la cucharita *teaspoon*

el cuchillo *knife*

el pimentero *pepper shaker*

el platillo *saucer*

el salero *salt shaker*

la servilleta *napkin*

la taza *cup*

el tenedor *fork*

el vaso *glass*

The word **la comida** can mean *meal or food*; context will determine the meaning: **la comida mexicana** is *Mexican food*; **una comida ligera** is *a light meal*. In some contexts, **la comida** means *main meal*.

La comida basura is also used for junk food.

Vocabulario regional: In Spain the word for *waiter, waitress* is **el/la camarero(a)**; in Mexico and many Latin American countries *waiter, waitress* is **el/la mesero(a)**, **el/la mozo(a)**.

In Spain, **la reserva** is *reservation*.

Vocabulario suplementario. **La grasa saturada** (*saturated fat*), **la grasa no saturada** (*unsaturated fat*), **la grasa poliinsaturada** (*polyunsaturated fat*), **los ácidos grasos trans** (*trans fatty acids*), **una dieta baja en calorías, en grasa, en sal, en carbohidratos** (*a low calorie / fat / salt / carb diet*), **una dieta alta en proteínas** (*a high protein diet*).

Vocabulario suplementario. **El tazón** (*bowl*), **el frutero** (*fruit bowl*), **la ensaladera** (*salad bowl*), **la azucarera** (*sugar bowl*).

© Juice Images/Corbis

Track 1-9

Making Introductions

SR. ROBLES	¿Cómo está Ud., doctora Cabrera? ¡Qué gusto verla después de tanto tiempo!
DRA. CABRERA	Sí, hacía tiempo que no lo veía. No me diga que también le gusta la comida criolla.
SR. ROBLES	¡Por supuesto! ¡Siempre!
DRA. CABRERA	*(Dirigiéndose a su esposo)* Esteban, mi amor, te presento al señor Robles. Él trabajó en la Oficina de Personal el año pasado pero ahora trabaja en el gobierno local, ¿verdad?
SR. ROBLES	Sí, así es.
DR. CABRERA	¡Ah, qué bien! Es un placer conocerlo.
SR. ROBLES	El gusto es mío.
DR. CABRERA	¿Viene Ud. aquí seguido?
SR. ROBLES	La verdad es que es la segunda vez que vengo. Vine hace un año más o menos cuando trabajaba con su esposa.
DR. CABRERA	Nosotros veníamos antes muy seguido, pero la última vez que vinimos fue hace como cuatro meses. La verdad es que la comida es deliciosa aunque algo cara.
SR. ROBLES	Sí, lo es. Bueno, los dejo. ¡Que disfruten!
DR. Y DRA. CABRERA	De igual manera.

PERSPECTIVAS LINGÜÍSTICAS

As you can see in the dialogue on page 112, in some Spanish-speaking countries you use the *Ud.* pronoun (*¿Cómo está Ud., doctora Cabrera? ¡Qué gusto verla después de tanto tiempo!*), when meeting someone you know well but do not have a close relationship with, such as a former colleague, boss, an older neighbor. On the other hand, when talking to your spouse or fiancé, you can use a term of endearment like *mi amor.* To break the ice when you find yourself in an awkward or unexpected situation, you can start small talk (*No me diga que también le gusta la comida criolla*) trying to relate it to the place or situation you are in.

Phrases to introduce someone

Sr. Llosa, le presento al Sr. Paniagua.	*Mr. Llosa, this is Mr. Paniagua.*
Valentín, te presento / quiero que conozcas a Alberto.	*Valentín, this is / I want you to meet Alberto.*
Ramón, esta es Mariela, de quien tanto te he hablado.	*Ramón, this is Mariela, whom I've told you so much about.*

Phrases to introduce yourself

Permítame / Permíteme que me presente. Yo soy Mónica Belaúnde.	*Let me introduce myself. I'm Mónica Belaúnde.*

Phrases to respond to an introduction

Mucho / Cuánto gusto.	*Nice to meet you.*
Es un placer.	*It's a pleasure.*
Encantado(a) de conocerlo(la).	*Delighted to meet you.*
El gusto es mío.	*My pleasure.*

PRÁCTICA Y CONVERSACIÓN

4.20 **Quiero presentarte a…** En grupos de tres, un(a) estudiante presenta a los/las otros(as) dos. Estos(as) se saludan e intercambian información personal (ciudad / país de origen, ocupación / lugar de estudios, pasatiempo favorito, etcétera).

4.21 **En una fiesta familiar.** En grupos, dramaticen la siguiente situación. Ud. ha invitado a su novio(a) a una fiesta familiar. Preséntelo(a) a sus padres, a su hermano(a) mayor, a su abuelo(a), a sus padrinos.

Modelo	**ESTUDIANTE 1**	*Papá, mamá, quiero presentarles a mi novio.*
	ESTUDIANTE 2	*Mucho gusto, José.*
	ESTUDIANTE 3	*Es un placer, señor Mendoza.*

ESTRUCTURAS

Narrating in the Past

IMPERFECT VERSUS PRETERITE

You have studied the formation and general uses of the imperfect and preterite, but you need to learn to distinguish between the two tenses so you can discuss, relate, and narrate past events.

In past narration, the preterite is generally used to relate what happened; it tells the story or provides the plot. The imperfect gives background information and describes conditions or continuing events.

The following sentences form a brief narration. Note the use of the imperfect for describing conditions or continuing events and the preterite for relating what happened.

IMPERFECT	**Estaba** nerviosa porque **tenía** que organizar una fiesta para unos clientes y mi jefe. **Era** una comida para celebrar un contrato importante.
PRETERITE	La semana pasada **llamé** al restaurante Brisamar para hacer las reservaciones. También le **hablé** al cocinero para decirle el menú. Anoche todos **fueron** al restaurante para comer. **Me alegré** mucho porque todos **comieron** muy bien y **se divirtieron** mucho.

The following is a list of the uses of the preterite and imperfect.

THE PRETERITE . . .

1. expresses an action or state of being that took place in a definite limited time period.

   La semana pasada **fuimos** a un famoso restaurante mexicano.

   Last week we went to a famous Mexican restaurant.

2. is used when the beginning and/or end of the action is stated or implied.

   Llegamos a las ocho y **pedimos** unos aperitivos inmediatamente.

   We arrived at 8:00 and ordered some appetizers immediately.

3. expresses a series of successive actions or events in the past.

   Nos **sirvieron** un arroz con pollo excelente. **Comimos** bien y **nos divertimos** mucho.

   They served us an excellent chicken with rice. We ate well and had a very good time.

4. expresses a past fact.

   Tenochtitlán **fue** la capital del imperio azteca.

   Tenochtitlán was the capital of the Aztec empire.

5. is generally translated as the simple past in English: **llamó** = *he called, he did call.*

4

SEGUNDA SITUACIÓN

THE IMPERFECT . . .

1. expresses an ongoing past action or state of being with an indefinite beginning and/or ending.

Rosa **era** la segunda hija en una familia grande.	*Rosa was the second daughter in a large family.*

2. describes how life used to be.

Cuando Rosa **era** pequeña, **vivía** en Guadalajara.	*When Rosa was little, she lived in Guadalajara.*

3. expresses habitual or repetitive past actions.

Su madre **preparaba** tacos y enchiladas a menudo.	*Her mother frequently prepared tacos and enchiladas.*

4. describes emotional or mental activity.

Creía que su madre era la mejor cocinera del mundo.	*She thought that her mother was the best cook in the whole world.*

5. expresses conditions or states of being.

Cuando supo que la familia iba a vivir en los EE.UU., **estaba** nerviosa y **se sentía** triste.	*When she found out that the family was going to move to the U.S., she was nervous and felt sad.*

6. expresses time in the past

Eran las cinco de la mañana cuando Rosa salió de Guadalajara.	*It was 5:00 a.m. when Rosa left Guadalajara.*

7. has several English equivalents: **llamaba** = *he was calling, he used to call, he called.*

a. Sometimes the preterite and the imperfect will occur together within the same sentence.

Cuando Enrique y yo **entramos** en el restaurante, nuestros amigos **comían**.	*When Enrique and I entered the restaurant, our friends were eating.*

Here the imperfect is used to express the ongoing action: **comían.** The preterite is used to express the action that interrupts the other one: **entramos.**

b. The imperfect is also used to express two simultaneous past actions.

Mientras la cocinera **preparaba** el postre, los meseros **servían** la entrada.	*While the chef was preparing dessert, the waiters were serving the main course.*

c. You may have learned that certain words and phrases are generally associated with a particular tense; however, these phrases do not automatically determine which tense is used. The use of the imperfect or preterite is determined by the entire sentence, not by one word or phrase. Study the following examples.

Ayer **almorcé** en mi restaurante favorito.	*Yesterday I had lunch in my favorite restaurant.*

Ayer **almorzaba** en mi restaurante favorito cuando me llamó mi mamá.	*Yesterday I was having lunch in my favorite restaurant when my mother called.*

In these sentences the use of the imperfect with **ayer** stresses an action in progress while the use of the preterite with **ayer** emphasizes a completed event.

d. It is the speaker's intended meaning that determines the tense. When the speaker wants to emphasize a time-limited action or call attention to the beginning or end of an action, the preterite is used. When the speaker wants to emphasize an ongoing or habitual condition or an action in progress, the imperfect is used.

Anoche Marcos **estuvo** enfermo. *Marcos was sick last night.* (But he is no longer sick.)

Anoche Marcos **estaba** enfermo. *Marcos was sick last night.* (He may or may not still be sick.)

The preterite emphasizes a change in thoughts, emotions, or conditions; the imperfect describes thoughts, emotions, or conditions without emphasizing their beginning or ending.

PRÁCTICA Y CONVERSACIÓN

4.22 El sábado pasado. Cuente lo que le pasó a Ud. el sábado pasado y cómo se sentía. Use las siguientes frases en una forma afirmativa o negativa.

> levantarme tarde / poder dormir más / estar muy cansado(a) / hacer buen tiempo / desayunar en un restaurante / ir a trabajar por la tarde / ir a una fiesta por la noche / conocer a mucha gente / salir tarde / sentirme muy contento(a) / ¿?

4.23 Siempre a dieta. Complete las siguientes oraciones usando el pretérito o el imperfecto.

—Cuando yo era más joven nunca (estar a dieta) _____.Yo (comer) _____ muchísmo más de lo que como ahora y no (engordar) _____. Sin embargo, ahora todo es diferente. Ayer, por ejemplo, (ir) _____ a cenar con una amiga en un restaurante muy lindo pero caro. Como yo (tener) _____ hambre pero no (querer) _____ engordar, (pedir) _____ una ensalada pequeña y agua mineral aunque (estar) _____ loca por pedir un gazpacho, arroz con pollo y una copa de vino. Mi amiga, que es más joven que yo, (pedir) _____ una enchilada de queso, menudo, arroz con pollo, y de postre, un flan.

—Sí, te comprendo. Sé exactamente lo que dices. Yo hago ejercicio todos los días y no como mucho, antes no (ir) _____ al gimnasio ni nada de eso. Ayer en la noche, por ejemplo, (morirse) _____ de hambre y (comer) _____ muy poco, solamente una empanada de queso, un huachinango a la parrilla con arroz, una cerveza y una ensalada de fruta con helado.

—¡Qué! ¿Tú (comer) _____ todo eso en la noche?

—¡Sí! La comida (estar) _____ muy sabrosa. ¿Quieres ir a cenar conmigo esta noche?

4.24 Un restaurante excelente. Ud. y un(a) compañero(a) comieron en El Patio el fin de semana pasado. Lea el anuncio *(ad)* a continuación y describa su experiencia en este típico restaurante mexicano. Explique lo que Uds. comieron y bebieron, qué les gustó y cómo era el restaurante.

Modelo   ESTUDIANTE 1   *El fin de semana pasado fuimos a El Patio. Había mucha gente y comimos una comida mexicana deliciosa.*

              ESTUDIANTE 2   *Sí, vimos a muchos de nuestros amigos también...*

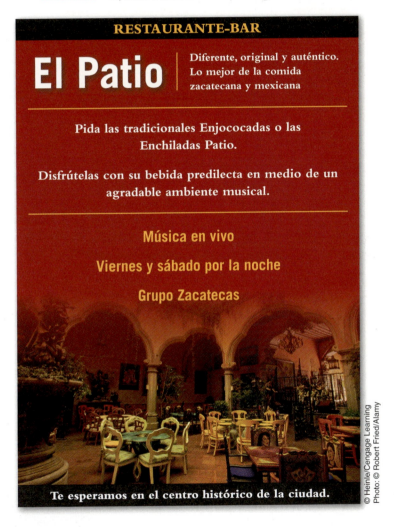

RESTAURANTE-BAR

El Patio | Diferente, original y auténtico. Lo mejor de la comida zacatecana y mexicana

Pida las tradicionales Enjococadas o las Enchiladas Patio.

Disfrútelas con su bebida predilecta en medio de un agradable ambiente musical.

Música en vivo

Viernes y sábado por la noche

Grupo Zacatecas

Te esperamos en el centro histórico de la ciudad.

© Heinle/Cengage Learning
Photo: © Robert Fried/Alamy

El Patio es un restaurante en Zacatecas, la capital del estado de Zacatecas, México. Zacatecas es una ciudad colonial con una población de 123.000 habitantes.

Las tradicionales enjococadas son frijoles cocinados en una salsa de jocoque *(sour cream)*, tomates, cebollas y chiles y servidos con tortillas. Es un típico plato de Zacatecas.

4.25 ¡Qué comida tan deliciosa! Ud. fue a cenar anoche con sus amigos a un restaurante de lujo y comió mucho. Ahora Ud. se siente muy mal. Su compañero(a) de cuarto no sabe qué le pasa y está preocupado(a). Dígale dónde y con quién fue, cómo era el lugar (descríbalo en detalle), qué comieron y bebieron, cómo estaba la comida, si le gustó o no. Su compañero(a) le escucha con interés y le cuenta una experiencia similar. Luego, le da algo para que Ud. se sienta mejor.

4.26 Recuerdo que... Cuente una anécdota de algo desagradable que le haya pasado al cenar en un restaurante, en casa de un amigo o familiar o en un país extranjero.

Sugerencias: la comida estaba mala / Ud. pidió algo y no le gustó / Ud. no tenía dinero para pagar / Ud. estaba enfermo y no tenía hambre

Modelo   ESTUDIANTE 1   *La semana pasada estaba con mis amigos en un restaurante y me sentí muy mal.*

              ESTUDIANTE 2   *¿Sí? ¿Qué te pasó?*

Talking About People and Events in a Series

ORDINAL NUMBERS

Ordinal numbers such as *first, second, third* are used to discuss people, things, or events in a series.

primer/primero	first	**sexto**	sixth
segundo	second	**séptimo**	seventh
tercer/tercero	third	**octavo**	eighth
cuarto	fourth	**noveno**	ninth
quinto	fifth	**décimo**	tenth

a. Ordinal numbers generally precede the noun they modify or replace and agree with that noun in number and gender. They may also be used as nouns.

Carolina es **la quinta** mesera que contrataron; Rita es **la sexta.**

Carolina is the fifth waitress they hired; Rita is the sixth.

El primer plato fue excelente; también **el segundo**. Pero **el tercero** fue absolutamente estupendo.

The first dish was excellent; so was the second. But the third dish was absolutely stupendous.

Note that **primero** and **tercero** drop the **-o** before a masculine, singular noun.

b. When ordinal numbers refer to sovereigns, the ordinal number follows the noun.

Carlos V (Quinto)   *Charles the Fifth*
Isabel II (Segunda)   *Isabel the Second*

c. Cardinal numbers are generally used to express numbers higher than ten: **el siglo XVIII (dieciocho)** = *the eighteenth century;* **Luis XIV (Catorce)** = *Louis the Fourteenth.*

PRÁCTICA Y CONVERSACIÓN

4.27 **¿Qué hay?** Describa lo que hay en cada piso del edificio.

4.28 **Una comida estupenda.** Trabajando en parejas, describan una comida estupenda que Uds. comieron en un restaurante lujoso recientemente. Digan lo que les sirvieron de primer plato, de segundo plato, etcétera.

Modelo   **ESTUDIANTE 1**   *Quisiera regresar al restaurante donde fuimos el otro día, ¿te acuerdas? Era muy lujoso y la comida era deliciosa.*

         ESTUDIANTE 2   *Sí, me acuerdo. De primer plato, yo pedí un gazpacho delicioso y tú un cóctel de mariscos…*

TERCERA SITUACIÓN

DIÁLOGOS EN VÍDEO

© Anna Pérez

To view the video, visit
www.cengagebrain.com

Para comprender lo que ve

REACTIVATING BACKGROUND KNOWLEDGE

When you are talking with someone in English, listening to a narration or description, or watching a video, you anticipate or predict what you are going to hear because of previous experiences you have had in similar situations. For example, when you go to a restaurant, you don't expect the waiter or waitress to ask you about your hobbies or your parents' health. Instead, you expect the person to ask you what you would like to order to eat or drink, and probably to explain the house specials. This is because your knowledge of the world and your previous experiences in similar situations help you to predict what you are going to hear. Similarly, you should use your knowledge of the world to anticipate what is going to be said when viewing the development of a dialogue in Spanish.

Para comprender lo que escucha

REMEMBERING KEY DETAILS AND PARAPHRASING

When you listen to a conversation, lecture, announcement, or any other type of speech, you don't always need to remember the exact words that were spoken. Instead you can paraphrase, that is, use different words or phrases to report what you heard. Other times, however, you do need to remember factual information, so you filter out what you don't need, and select only the important points the speaker is making. If you take notes, written or mental, you will be able to recall the valuable information you need.

Antes de ver y escuchar

4.29 **La foto y el vídeo.** Con un(a) compañero(a) de clase, haga las siguientes actividades.

1. Describan a las personas en la foto y en el vídeo, el lugar donde se encuentran y lo que hacen.
2. ¿Han estado Uds. alguna vez en un lugar similar? ¿Con quién fueron y qué hicieron? ¿Era un lugar agradable y con mucho ambiente?

Al ver y escuchar

4.30 **Los apuntes.** Escuche la conversación entre Mariela, Javier y Fernando. Tome los apuntes que considere necesarios en la siguiente tabla.

Nombre del restaurante	
Menú del día	
Lo que van a beber	Mariela
	Fernando
	Javier
Lo que van a comer	Mariela
	Fernando
	Javier

Después de ver y escuchar

4.31 **Resumen.** Con un(a) compañero(a) de clase, resuma la conversación entre Mariela, Fernando y Javier.

4.32 **Algunos detalles.** Marque SÍ si las oraciones a continuación resumen apropiadamente lo que Ud. oyó, o NO si no lo hacen.

SÍ   NO   **1.** La camarera es muy amable pero no sabe cuál es el menú del día.

SÍ   NO   **2.** La camarera les sugirió a todos lo que debían comer.

SÍ   NO   **3.** Javier y Fernando tienen mucho apetito.

SÍ   NO   **4.** Mariela prefiere comer arroz con pollo.

SÍ   NO   **5.** Fernando comió mucho el día anterior y se enfermó.

PERSPECTIVAS

Los menús en el mundo hispano

Existen muchas diferencias en las comidas típicas de los países hispanos y no es raro que un peruano o un chileno no entienda el menú de un restaurante mexicano, por ejemplo, y viceversa.

En el menú de un restaurante peruano, Ud. puede encontrar los siguientes platos.

RESTAURANTE EL RAYMONDI
MENÚ TURÍSTICO

CEVICHE
Marinated fish or seafood

ESCABECHE
Fried fish with onions

PAPAS A LA HUANCAÍNA
Potatoes with cheese and hot pepper sauce

AJÍ DE GALLINA
Shredded chicken with hot sauce

ARROZ CON PATO
Duck with rice

LOMO A LA CHORRILLANA
Tenderloin with onions and hot peppers

Miraflores, Perú

© Heinle/Cengage Learning
Photo: © Stephen Aaron Rees

> **Reminder:** The menu for a Mexican restaurant appears in the **Presentación** of the **Primera situación** for this chapter.

En el menú de un restaurante venezolano no encontrará ninguno de los platos peruanos. En su lugar, Ud. podrá encontrar lo siguiente:

Restaurante La Estancia
CARACAS, VENEZUELA

Menú Turístico

Parrillada mixta
GRILLED MEAT

Parrillada a la criolla
GRILLED BEEF AND SAUSAGE

Pabellón criollo
SHREDDED BEEF SERVED WITH BLACK BEANS, BAKED PLANTAIN, RICE

Arroz con coco
RICE WITH COCONUT SAUCE

Canasta de arepas
BASKET OF CORNMEAL BREAD

© Heinle/Cengage Learning
Photo: © iStockphoto.com/SanjeeW

A continuación se presenta el menú de un restaurante español donde no verá ninguno de los platos anteriores.

EL RINCÓN VIEJO
TOLEDO, ESPAÑA

Menú Turístico

Entremeses	**Appetizers**
JAMÓN SERRANO	CURED MOUNTAIN HAM
TORTILLA A LA ESPAÑOLA	EGG AND POTATO OMELETTE
CALAMARES EN SU TINTA	SQUID IN ITS OWN LIQUID

Entradas	**Entrées**
COCIDO A LA MADRILEÑA	STEWED CHICKEN, PORK, POTATOES, AND BEANS
CORDERO LECHAL ASADO	ROAST LAMB
PAELLA A LA VALENCIANA	RICE, SEAFOOD, CHICKEN, AND VEGETABLE CASSEROLE
COCHINILLO ASADO	ROAST SUCKLING PIG

© Heinle/Cengage Learning
Photo: © Coprid/Shutterstock.com

Los postres varían mucho también de país a país, pero generalmente Ud. podrá pedir helado o flan en cualquier restaurante del mundo hispano. Con respecto a las bebidas, también hay mayor uniformidad y Ud. podrá pedir agua mineral, jugo de frutas, vino, cerveza, café o té.

PRÁCTICA Y CONVERSACIÓN

 4.33 Práctica intercultural. Pregúntele a un(a) compañero(a) de clase acerca de la comida. Después compare sus respuestas con las de Ud.

1. ¿Cuáles son unos platos típicos que se asocian con la comida estadounidense?
2. ¿Cuáles son unos platos que se sirven a menudo en su familia? ¿Son típicos de la comida estadounidense? ¿Por qué sí o no?
3. ¿Varía la comida estadounidense de una región a otra? ¿En qué manera?
4. ¿Qué platos de otras culturas le gustan?

 4.34 ¿Qué voy a comer? Ud. y un(a) compañero(a) de clase están en un restaurante español. Otro(a) compañero(a) hace el papel de camarero(a). Pidan una comida completa incluyendo un entremés, un plato principal, un postre y una bebida.

 4.35 Comparaciones. Trabajando en parejas, comparen los platos principales en un menú típico de España, México, Perú y Venezuela. ¿Qué ingredientes son más comunes en cada país? ¿Cuáles son las semejanzas y las diferencias?

ASÍ SE ESCRIBE

Para escribir bien

IMPROVING ACCURACY

Writing is different from speaking in that the writer has more time to think about word choice, sentence and paragraph construction, and the general message than does a speaker. As a result, the writer is expected to produce material that is more error free than normal speech. In addition, as an intermediate language student you will need to improve your accuracy so that your language becomes more and more comprehensible and acceptable to native speakers. The following techniques should help you.

A. Plan your written compositions.
   1. Choose a topic consistent with your ability level. A topic that is too difficult will produce frustrations and errors. A topic that is too easy will not allow you to be judged in the most favorable manner since you will use overly simplified constructions and vocabulary.
   2. Prior to writing, make a mental or written outline of what you plan to say.

B. As you write the first draft, try to avoid errors.
   1. Check spelling and meaning of vocabulary items you are unsure of.
   2. Check the agreement of each subject and verb.
   3. Check the tense and form of each verb.
   4. Check for agreement of all nouns and their articles or adjectives.
   5. Be extra cautious with items such as **ser / estar; por / para; saber / conocer.**

C. Re-read your composition for accuracy.
   1. Upon completing your first draft, put it aside for some time.
   2. Later, re-read your first draft for content. Ask yourself if it says what you want it to.
   3. Re-read it again for accuracy using the "checks" of item **B.**

D. Revise your composition.
   1. Pay attention to capitalization, punctuation, and overall layout.
   2. Proofread your composition, correcting any errors.

Antes de escribir

A **Composiciones.** Lea las descripciones de las composiciones dadas en la sección **Al escribir.** ¿Cuál es más compatible con sus intereses y habilidades?

B **Ideas generales.** Después de escoger una de las composiciones, haga una lista de las ideas generales que Ud. quiere incluir. Si Ud. ha escogido una composición en forma de una carta o mensaje por correo electrónico, cree el formato.

Al escribir

C Escriba su composición utilizando la lista de ideas y el formato que Ud. hizo en **Antes de escribir B Ideas generales.** Preste atención particular a las recomendaciones dadas en **B** de **Para escribir bien.**

Tema 1:

El/La crítico(a) culinario(a). Ud. es el/la crítico(a) culinario(a) de un periódico local. Escriba un artículo sobre una comida que tuvo recientemente en un restaurante. Describa el restaurante, la comida y el servicio. Explique lo que le gustó y no le gustó.

Tema 2:

La comida universitaria. Escríbale un mensaje por correo electrónico o una carta a Julio(a) Montoya, un(a) estudiante de intercambio que va a venir a estudiar en su universidad. Dígale dónde, cuándo y qué se come en la universidad; también dígale cómo es la comida. Explique lo que Ud. comió ayer para darle un ejemplo de la comida universitaria. Compare la comida norteamericana con la comida de un país hispano, para prepararlo(la) para su visita aquí.

Después de escribir

D Antes de entregarle su composición a su profesor(a), Ud. debe leerla de nuevo y corregir los errores.

☐ ¿Contiene su composición todos los detalles necesarios?

☐ ¿Utiliza vocabulario acerca de la comida estadounidense o hispana?

☐ ¿Está correcto el uso de las formas de **gustar** y los verbos del imperfecto y pretérito?

☐ ¿Prestó atención a las recomendaciones de **B** y **C** de **Para escribir bien?**

INTERACCIONES

The communicative tasks of the **Interacciones** section recombine and review the vocabulary, grammar, culture, and communicative goals presented within this chapter. To help you prepare the tasks, review the specific items listed next to each activity.

A. Un restaurante estupendo

Communicative Tasks: Narrating in the past; expressing likes and dislikes

Oral Presentation: Tell your classmates about the best restaurant meal you ever ate. Provide the name of the restaurant, its location, and a description of it. Say whom you went with and what you ate and drank. Explain why this restaurant meal was so special.

B. Preferencias

Communicative Tasks: Making introductions; expressing likes and dislikes

Survey and Discussion: You must work in a group of three or four people to plan the menu [Entremes / Ensaladas / Platos principales / Postres / Bebidas] for a party for the International Club. Introduce the members of the group to one another. Then interview each member of your group to find out what food or drink they adore, like, or dislike in each category. Then, with the aid of your survey [Me encanta(n) / Me gusta(n) / Me disgusta(n)], prepare a menu with two or three items in each category.

C. El Restaurante Pacífico

Communicative Tasks: Ordering in a restaurant; expressing likes and dislikes

Role Play: You are the waiter/waitress in El Restaurante Pacífico. Two tourists from the United States (played by your classmates) come to your restaurant for dinner. They are not familiar with the food and they ask you many questions about the food items. You answer their questions and make recommendations. Finally, you take their order for a complete meal with beverages.

D. Un experimento

Communicative Tasks: Expressing likes and dislikes; indicating to whom and for whom actions are done

Discussion: The psychology department is conducting a series of experiments on dormitory living conditions. You and a classmate have been assigned to spend a week together in quarters resembling a college dormitory room. The experiment team will observe you constantly. You will be allowed to bring with you food, books, music, your computer, a smart phone, games, and clothing for the weeklong experiment. Prior to packing, get together with your classmate. Ask and answer questions about what kinds of games, movies, music, and books interest you; what foods you love and hate, and what items are important to you. Establish a list of at least two items per category to bring with you for the week.

To help you prepare **«Un restaurante estupendo»**, review the following: **Topics:** foods and drinks; **Estructuras:** preterite tense

To help you prepare **«Preferencias»**, review the following: **Topics:** foods and drinks; **Estructuras:** indirect object pronouns; verbs like **gustar**

To help you prepare **«El Restaurante Pacífico»**, review the following: **Topics:** foods and drinks; expressions for ordering in a restaurant; **Estructuras:** indirect object pronouns; verbs like **gustar**

To help you prepare **«Un experimento»**, review the following: **Topics:** foods and drinks; **Estructuras:** indirect object pronouns; verbs like **gustar**

HERENCIA CULTURAL

PERSONALIDADES

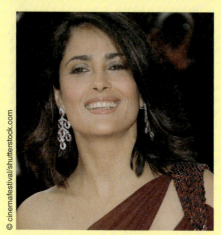

© cinemafestival/shutterstock.com

Cine y televisión

Después de unos años como estrella de telenovelas mexicanas, **Salma Hayek** (n. 1966) se trasladó a Hollywood, estudió la actuación y aprendió inglés. Al principio solo obtuvo pequeños papeles en películas menores y programas de televisión pero en 1995 ganó la atención en la película *Desperado* con Antonio Banderas. Por su papel *(role)* principal en la película *Frida* (2002) llegó a ser una de las tres actrices mexicanas nominadas al Premio Óscar. Además de ser una actriz muy popular, también es productora de programas de televisión y de películas y es considerada una de las personalidades mexicanas más prominentes de Hollywood.

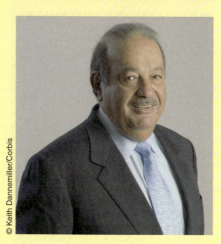

© Keith Dannemiller/Corbis

Economía y finanzas

Según la revista financiera *Forbes,* **Carlos Slim Helú** (n. 1940) es el hombre más rico del mundo. Desde muy joven comenzó a comprar negocios y los hizo prosperar. Se hizo rico durante la crisis económica del año 1982 cuando Slim y su grupo Carso adquirieron varias empresas *(firms)* mexicanas que especializaban en comunicaciones y computadoras. En 1990 adquirió Telmex, una empresa enorme que provee servicios de teléfonos e Internet por toda Latinoamérica. Hoy en día realiza labores filantrópicas por su Fundación Telmex y contribuye dinero para la educación y la salud de los pobres.

Música

La canción «Se me olvidó otra vez» *("I Forgot Again")* fue escrita por el famoso cantante y compositor mexicano **Juan Gabriel** (n. 1950). Juan Gabriel es creador de más de 1.000 canciones y es el compositor hispano más cantado a nivel mundial. La banda mexicana **Maná** grabó *(recorded)* esta canción en su álbum *Maná Unplugged* que tuvo un éxito profundo en la radio. La canción narra la historia de un amor no correspondido.

© Reuters/Landov

↑ **FOTO** Maná, la famosa banda de rock mexicana

COMPRENSIÓN

A. Notas musicales. Escuche la canción «Se me olvidó otra vez» en el sitio web. Después de escuchar la canción, conteste las siguientes preguntas.

1. ¿Cuál es el tema de la canción?

2. ¿Qué hizo la persona querida?

3. ¿A quién espera el narrador? ¿Por qué cree Ud. que espera el narrador?

4. ¿Qué emociones evocan estos versos de la canción?

B. Personalidades. Conteste las siguientes preguntas sobre las personalidades mexicanas.

1. ¿Cómo ganó Salma Hayek la atención del público?

2. ¿Qué llegó a ser Salma Hayek por su papel en *Frida*?

3. ¿Cómo y cuándo se hizo rico Carlos Slim Helú?

4. Hoy en día, ¿qué hace Slim con su dinero?

5. ¿Cómo se llama el compositor de la canción «Se me olvidó otra vez»? ¿Por qué es famoso?

6. ¿Cómo se llama la banda que interpreta la canción «Se me olvidó otra vez»? ¿De dónde es?

CONEXIONES. Primero, escoja a una de las personalidades presentadas en esta sección que le interese. Después, haga una investigación sobre la personalidad utilizando un sitio web en español. Finalmente, preséntele a la clase un informe oral sobre la personalidad incluyendo la nueva información que Ud. encontró. Incluya una descripción de la personalidad y una breve biografía.

ARTE Y ARQUITECTURA

Dos artistas mexicanos del siglo XX: Diego Rivera y Frida Kahlo

Entre los artistas mexicanos más famosos del siglo XX están los muralistas Diego Rivera, José Clemente Orozco y David Alfaro Siqueiros. Los tres crearon pinturas y murales enormes que representan temas universales como la dignidad de las razas minoritarias o la justicia social y temas nacionales como la historia de México. Se puede encontrar este arte del pueblo (como lo llaman muchos) en los edificios públicos de varias ciudades mexicanas. De esa manera aun la gente más humilde y pobre puede verlo y apreciarlo. A menudo los muralistas usaban **la pintura al fresco,** una técnica que consiste en pintar sobre el yeso mojado *(wet plaster)* para que la pintura forme parte de la construcción del edificio.

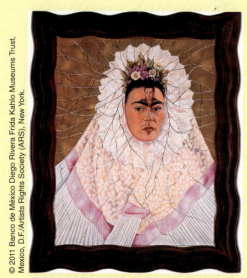

© 2011 Banco de México Diego Rivera Frida Kahlo Museums Trust, Mexico, D.F./Artists Rights Society (ARS), New York. Photo © Robert Frerck/Odyssey/Chicago

↑ **FOTO** Diego Rivera, detalle de *Tenochtitlán*. México, D.F.: Palacio Nacional

Diego Rivera (1886–1957) fue activista político y en muchas de sus obras trata de mostrar la importancia de los indígenas *(native peoples)* en el desarrollo *(development)* de México. En el Palacio Nacional de la capital pintó una serie de murales representando la historia de México, entre ellos una representación de Tenochtitlán, la antigua capital de los aztecas. También hay obras suyas en los Estados Unidos: en San Francisco y Detroit.

© 2011 Banco de México Diego Rivera Frida Kahlo Museums Trust, Mexico, D.F./Artists Rights Society (ARS), New York.

↑ **FOTO** Frida Kahlo, *Autorretrato Pensando en Diego*

Frida Kahlo (1907–1954), una artista de fama internacional, tuvo una vida llena de enfermedades y dolores. En 1925 sufrió un accidente de autobús que la dejó semi-inválida; pasó mucho tiempo en el hospital y allí empezó su interés en la pintura. En 1929 se casó con Diego Rivera y juntos participaron en la vida política de su país. Es conocida por sus pinturas pequeñas e íntimas especialmente sus autorretratos *(self-portraits)* que reflejan su sufrimiento físico y su gran amor por su esposo.

Durante toda la vida Diego Rivera y Frida Kahlo mostraban su interés en las culturas indígenas de México. Frida solía vestirse en ropa tradicional y Diego incluía a los indígenas en sus murales pintándolos con ternura y cariño; los dos coleccionaban arte pre-colombina. Hoy en día son famosos dentro y fuera de México. Desde 2010 aparecen en el billete mexicano de 500 pesos.

COMPRENSIÓN

A. ¿Quién es? Llene el espacio en blanco con la letra que representa el nombre del artista.

A = Diego Rivera   **B = Frida Kahlo**

1. _____ Sus obras reflejan su sufrimiento físico.

2. _____ Pintó una serie de murales en el Palacio Nacional de México.

3. _____ Pintó un mural de la capital de los aztecas.

4. _____ Pintó muchos autorretratos.

5. _____ Siempre trató de mostrar la importancia de los indígenas en el desarrollo de México.

B. Las obras. Complete la siguiente tabla con información acerca de las obras de Rivera y Kahlo.

	Escena representada	Colores predominantes	Tamaño *(size)*	El tema o la idea central
Rivera: *Tenochtitlán*				
Kahlo: *Pensando en Diego*				

CONEXIONES. Utilizando un sitio web en español, busque información sobre uno de los artistas presentados aquí. Después, presénteles un informe oral a sus compañeros(as) de clase explicándoles lo que aprendió.

LECTURA LITERARIA

«*El recado*» de Elena Poniatowska

Para leer bien

Elements of a Short Story Prior to reading a literary selection, it is necessary to determine its genre, that is, the literary category to which it belongs. The major genres include **la novela, el drama, la poesía** *(poetry),* **el cuento** *(short story),* and **el ensayo** *(essay).* A quick glance at the following selection will show that it is a prose narration of relatively short length. It could be an essay or a short story. However, by skimming the first paragraph it can be quickly determined that the author is not attempting to analyze or interpret a particular topic as in an essay. Rather, the author takes care to introduce characters and describe a setting, elements typically found in short stories.

As you read the following short story, you should attempt to analyze the following elements of the story.

Los personajes = *characters.* The characters can include human beings, animals, and even things and objects. Sometimes the characters play an important role throughout the entire story; sometimes the characters are not even present but are simply talked about or alluded to.

El escenario = *setting.* The setting includes the geography, weather, environment, and living conditions, as well as the year and time in which the story takes place. The setting can be real or virtual; often the setting exists only in the mind of a character.

La estructura = *structure.* A traditional short story or novel is generally structured chronologically, that is, the author begins with the earliest incident in the plot and proceeds to tell the story as the events happened. However, in more modern fiction the structure often breaks with tradition. Chronological order may not be important and at times there is no tale or plot. Many short stories simply paint a moment in time, describe an emotion or feeling, or portray a scene. **La estructura** can also refer to the form of a short story. The forms for a short story can include a narration, a dialogue, a letter, a diary entry, or journal, or a combination of several forms.

El punto de vista = *point of view.* Each literary selection has a particular point of view. We, the readers, see the characters and the action of the story through the eyes of someone else, generally a character in the story or possibly the author. Thus, we read and react to the story based on the mentality and personality of that other person. Sometimes the point of view is very biased and we must try to find the truth in the situation.

El tema = *theme.* The theme of a literary work is its main idea. The theme frequently represents an author's philosophy or view of life.

El tono = *tone.* The tone is the emotional state of the literary work. The tone is generally expressed using adjectives such as *happy, sad, melancholy, angry, mysterious,* or *satirical.*

Práctica

A. **Los elementos de un cuento.** Llene el espacio en blanco con la letra del elemento de un cuento que pertenece a las siguientes frases.

1. _____ un hombre de 50 años
2. _____ la biblioteca de la universidad
3. _____ triste y misterioso
4. _____ Hace frío y nieva.
5. _____ La vida es breve y difícil.
6. _____ una carta
7. _____ una chica alta y rubia
8. _____ un parque

a. el personaje
b. el escenario
c. la estructura
d. el tema
e. el tono

B. **«El recado» de Poniatowska.** Al leer la siguiente selección de Poniatowska, utilice las estrategias para leer bien y trate de identificar los elementos del cuento.

Antes de leer

Susana Gonzalez/dpa/Corbis

Elena Poniatowska (n. 1933) está considerada entre los mejores escritores mexicanos. Se inició como periodista y fue la primera mujer en recibir el Premio Nacional de Periodismo (1978). Sus obras incluyen ensayos, crónicas, cuentos y novelas. Sus temas principales son los problemas de México y la nueva mujer mexicana que examina y a veces desconfía de los valores del pasado, como el machismo y el papel tradicional de la mujer.

C. **La autora.** Conteste las siguientes preguntas acerca de la autora de «El recado».

1. ¿Quién es la autora de «El recado»?
2. ¿Cómo empezó su carrera?
3. ¿Qué premio recibió?
4. ¿Qué tipo de obras escribe?
5. ¿Cuáles son sus temas principales?

D. **El título.** Dé un vistazo al título de la siguiente lectura: **El recado = el mensaje.** ¿En qué situaciones escribe Ud. recados? ¿A quién(es) le(s) escribe Ud. recados a menudo? ¿Escribe Ud. recados por correo electrónico?

E. **El escenario.** Utilizando el dibujo del escenario del cuento, describa a la joven y el ambiente. En su opinión, ¿qué está escribiendo la joven? ¿Por qué?

F. **La estructura.** Este cuento no tiene una estructura tradicional. Es una narración acerca de una joven enamorada que espera a su novio afuera de la casa de él, en México, D.F. Mientras espera, le escribe un recado a su novio. En el recado describe el jardín de la casa y lo que está pasando en la calle enfrente de la casa. También revela sus pensamientos *(thoughts)* y sentimientos hacia el novio. Así, el recado de la joven es el cuento que leemos. En su opinión, ¿qué le va a escribir a su novio?

G. **Los personajes.** Lea las dos primeras oraciones del cuento.

> Vine Martín, y no estás. Me he sentado en el peldaño *(step of a stairway)* de tu casa, recargada en *(leaning against)* tu puerta y pienso que en algún lugar de la ciudad, por una onda *(wave)* que cruza el aire, debes intuir *(guess)* que aquí estoy.

Según estas dos oraciones, ¿quiénes son los dos personajes principales del cuento? ¿Están presentes los dos? ¿Dónde están los dos? ¿Quién narra el cuento?

El recado

Vine Martín, y no estás. Me he sentado en el peldaño de tu casa, recargada en tu puerta y pienso que en algún lugar de la ciudad, por una onda que cruza el aire, debes intuir que aquí estoy.

Es éste tu pedacito° de jardín; tu mimosa° se inclina hacia afuera y los niños al pasar le arrancan° las ramas más accesibles… En la tierra, sembradas° alrededor del muro°, muy muy rectilíneas y serias veo unas flores que tienen hojas° como espadas°.

small piece / un tipo de árbol / quitan / sown / wall / leaves / swords

Son azul marino, parecen soldados. Son muy graves, muy honestas. Tú también eres un soldado. Marchas por la vida, uno, dos, uno, dos… Todo tu jardín es sólido, es como tú, tiene una reciedumbre° que inspira confianza.

strength

LA JOVEN DESCRIBE EL ATARDECER° Y LO QUE HACE UNA VECINA

late afternoon

Aquí estoy contra el muro de tu casa, así como estoy a veces contra el muro de tu espalda. El sol da también contra el vidrio° de tus ventanas y poco a poco se debilita porque ya es tarde. El cielo enrojecido ha calentado tu madreselva° y su olor se vuelve aún más penetrante. Es el atardecer. El día va a decaer. Tu vecina pasa. No sé si me habrá visto. Va a regar° su pedazo de jardín. Recuerdo que ella te trae una sopa de pasta cuando estás enfermo y que su hija te pone inyecciones…

glass
honeysuckle
to water

Pienso en ti muy despacito, como si te dibujara° dentro de mí y quedaras allí grabado. Quisiera tener la certeza de que te voy a ver mañana y pasado mañana y siempre en una cadena ininterrumpida de días; que podré mirarte lentamente aunque ya me sé cada rinconcito° de tu rostro°; que nada entre nosotros ha sido provisional o un accidente.

were drawing
little corner
cara

LA JOVEN IMAGINA LO QUE HACE MARTÍN Y DESCRIBE LA CALLE ENFRENTE DE LA CASA

Estoy inclinada ante una hoja de papel° y te escribo todo esto y pienso que ahora, en alguna cuadra° donde camines apresurado, decidido como sueles hacerlo, en alguna de esas calles por donde te imagino siempre: Donceles y Cinco de Febrero o Venustiano Carranza°, en alguna de esas banquetas° grises y monocordes rotas sólo por el remolino de gente° que va a tomar el camión°,

sheet of paper
block

names of streets in D.F.
sidewalks
crowd / autobús

has de saber dentro de ti que te espero. Vine nada más a decirte que te quiero° y como no estás, te lo escribo. Ya casi no puedo escribir porque ya se fue el sol y no sé bien a bien lo que te pongo. Afuera pasan más niños, corriendo. Y una señora con una olla° advierte irritada: «No me sacudas la mano° porque voy a tirar la leche… » Y dejo este lápiz, Martín, y dejo la hoja rayada° y dejo que mis brazos cuelguen inútilmente a lo largo de mi cuerpo y te espero. Pienso que te hubiera querido abrazar. A veces quisiera ser más vieja porque la juventud lleva en sí, la imperiosa, la implacable necesidad de relacionarlo todo al amor.

I love you

pan, kettle / don't bump my hand / lined piece of paper

LA JOVEN DESCRIBE LAS ESPERANZAS DE LAS MUJERES

barks   Ladra° un perro; ladra agresivamente. Creo que es hora de irme. Dentro de poco vendrá la vecina

turn on the lights   a prender la luz° de tu casa; ella tiene llave y encenderá la lámpara del dormitorio que da afuera

barrio   porque en esta colonia° asaltan mucho, roban mucho. A los pobres les roban mucho; los pobres se

roban entre sí… Sabes, desde mi infancia me he sentado así a esperar, siempre fui dócil, porque

wait   te esperaba. Te esperaba a ti. Sé que todas las mujeres aguardan°. Aguardan la vida futura, todas

forged   esas imágenes forjadas° en la soledad, toda esa inmensa promesa que es el hombre. Más tarde esas

horas vividas en la imaginación, hechas horas reales, tendrán que cobrar peso y tamaño y crudeza.

Todos estamos —oh mi amor— tan llenos de retratos interiores, tan llenos de paisajes no vividos.

LA JOVEN TRATA DE DECIDIR LO QUE VA A HACER CON EL RECADO

Ha caído la noche y ya casi no veo lo que estoy escribiendo en la hoja rayada. Ya no percibo las letras. Allí donde no le entiendas en los espacios blancos, en los huecos, pon: «Te quiero»… No sé si voy a echar esta hoja debajo de la puerta, no sé. Me has dado un tal respeto de ti mismo… quizás ahora que me vaya, sólo pase a pedirle a la vecina que te dé el recado; que te diga que vine.

"El recado" by Elena Poniatowska, author of *The Skin of the Sky, Tunisima,* and *Dear Diego.* Used with permission.

Después de leer

H. Análisis del cuento. Conteste las siguientes preguntas para analizar los elementos del cuento.

1. ¿Qué hora es al principio del cuento? ¿Y al final? ¿Qué representa esta hora del día y el paso del tiempo?
2. ¿Qué hace la narradora al principio del cuento? ¿Y al final? ¿Hay un cambio en la actitud de la narradora al final? Explique.
3. ¿Hay acción en el cuento? Explique por qué.
4. ¿Qué representa el jardín de la casa?
5. ¿Cómo es el tono del cuento? ¿Qué palabra (adjetivo o sustantivo) mejor expresa la emoción central del cuento?

I. Un tema. Uno de los temas del cuento es el papel de la mujer. Lea las siguientes oraciones del cuento que hablan del papel de la mujer.

> Sé que todas las mujeres aguardan. Aguardan la vida futura, todas esas imágenes forjadas en la soledad…

¿Qué esperan las mujeres tradicionales? ¿Y las mujeres más feministas? En su opinión, ¿cuáles son algunas de «esas imágenes forjadas en la soledad»? ¿Qué espera la joven del cuento? ¿Es tradicional o feminista ella?

J. El final. El final del cuento es un poco ambiguo; no sabemos lo que va a hacer la joven. ¿Cuáles son las posibilidades mencionadas por la joven? En su opinión, ¿qué va a hacer ella al final?

K. Otro punto de vista. El cuento «El recado» está escrito desde el punto de vista de la joven. Con un(a) compañero(a) de clase, escriba un párrafo acerca de la relación entre la joven y Martín. Pero, escriba su párrafo desde el punto de vista del novio Martín.

BIENVENIDOS A CENTROAMÉRICA, COLOMBIA Y VENEZUELA

© Image Source/Photolibrary

IN THIS UNIT YOU WILL LEARN ABOUT THE FOLLOWING CULTURAL THEMES...

CENTRAL AMERICA, COLOMBIA, AND VENEZUELA	HOME LIFE	FAMOUS ARTISTS OF CENTRAL AMERICA, COLOMBIA, AND VENEZUELA
UNIVERSITIES IN THE SPANISH-SPEAKING WORLD	HOUSING	
THE EDUCATION SYSTEM	FAMOUS PEOPLE OF CENTRAL AMERICA, COLOMBIA, AND VENEZUELA	COLOMBIAN SHORT STORY

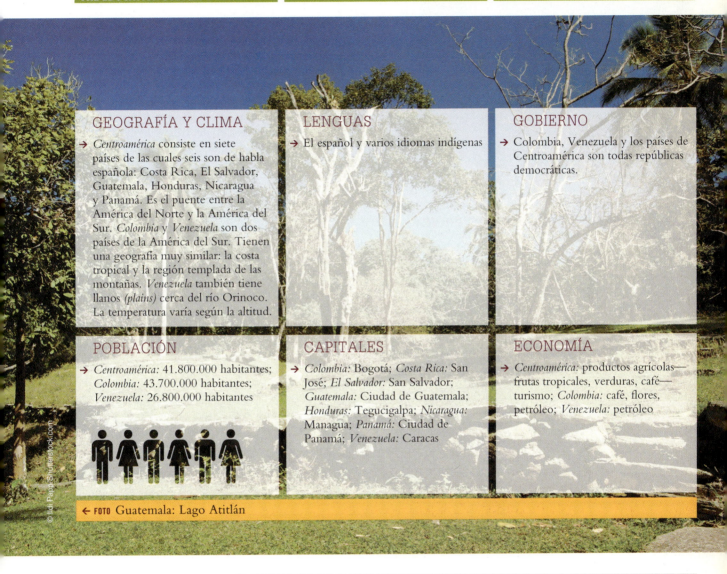

GEOGRAFÍA Y CLIMA

→ *Centroamérica* consiste en siete países de las cuales seis son de habla española: Costa Rica, El Salvador, Guatemala, Honduras, Nicaragua y Panamá. Es el puente entre la América del Norte y la América del Sur. *Colombia* y *Venezuela* son dos países de la América del Sur. Tienen una geografía muy similar: la costa tropical y la región templada de las montañas. *Venezuela* también tiene llanos (*plains*) cerca del río Orinoco. La temperatura varía según la altitud.

LENGUAS

→ El español y varios idiomas indígenas

GOBIERNO

→ Colombia, Venezuela y los países de Centroamérica son todas repúblicas democráticas.

POBLACIÓN

→ *Centroamérica:* 41.800.000 habitantes; *Colombia:* 43.700.000 habitantes; *Venezuela:* 26.800.000 habitantes

CAPITALES

→ *Colombia:* Bogotá; *Costa Rica:* San José; *El Salvador:* San Salvador; *Guatemala:* Ciudad de Guatemala; *Honduras:* Tegucigalpa; *Nicaragua:* Managua; *Panamá:* Ciudad de Panamá; *Venezuela:* Caracas

ECONOMÍA

→ *Centroamérica:* productos agrícolas—frutas tropicales, verduras, café—turismo; *Colombia:* café, flores, petróleo; *Venezuela:* petróleo

← FOTO Guatemala: Lago Atitlán

© Ildi Papp/Shutterstock.com

INTRODUCCIÓN GEOGRÁFICA

Conteste las siguientes preguntas, usando mapas de Centroamérica, Colombia y Venezuela.

1. ¿Cuáles son los países de Centroamérica donde el español es la lengua oficial? ¿Cuáles son las capitales de estos países?
2. ¿Cuáles son las capitales y otras ciudades importantes de Colombia y Venezuela?
3. ¿Qué rasgos geográficos tienen en común Colombia, Venezuela y los países de Centroamérica?
4. ¿Qué ventajas y desventajas ofrece la geografía de estos países?

CORTOMETRAJES

Juanito bajo el naranjo directed by Juan Carlos Villamizar, Lola Amapola Producciones.

JUANITO BAJO EL NARANJO *(ORANGE TREE)*

Según una tradición colombiana, si uno se come las semillas *(seeds)* de una naranja, un naranjo va a crecer dentro del cuerpo. Este cortometraje por un director colombiano se trata de este mito y los temores *(fears)* que utilizan los mayores para influir en el comportamiento de los niños.

---
la naranja = *la fruta;*
el naranjo = *el árbol*

To view the short film, visit www.cengagebrain.com

Antes de ver

A. El título y la foto. Pensando en el título del cortometraje y la foto que acompaña esta sección, conteste las siguientes preguntas.

1. ¿Qué piensa Ud. que le dijo el padre a Juanito para influir en su conducta?
2. ¿Cree Ud. que lo que le dijo tiene el resultado deseado por el padre? ¿Por qué?

Después de ver

B. Un resumen del cortometraje. Complete las oraciones utilizando las frases de abajo para dar un resumen del cortometraje.

> un árbol / el antojo / comió / el embarazo / embarazada / su hermanita / un sueño / un hombre desconocido / la mamá / las naranjas / las orejas / las semillas

1. Al principio del cortometraje los niños le tienen miedo a _____.

2. El papá de Juanito trajo las naranjas a casa para _____.

3. La mamá de Juanito estaba _____.

4. Juanito comió una de _____.

5. El castigo por esto es que un naranjo empezó a crecer en su estómago y a salir por _____.

6. En realidad, lo del naranjo fue solo _____.

7. Al final, Juanito confesó que _____ una naranja.

C. La defensa de una opinión. ¿Deben los mayores darles miedo a los jóvenes con el próposito de influir en su conducta? ¿Hay otra cosa que pueden hacer los mayores para conseguir el mismo resultado? Justifique su opinión.

En la universidad

CAPÍTULO

5

Cultural Themes

→ Centroamérica

→ El sistema de enseñanza

Topics and Situations

→ ¿Dónde está la Facultad de Ingeniería?

→ Mis clases del semestre pasado

Communicative Goals

→ Functioning in the classroom

→ Indicating location, purpose, and time

→ Indicating the recipient of something

→ Talking about the weather

→ Expressing hopes, desires, and requests

→ Making comparisons

© Beryl Goldberg

↑ FOTO Algunos estudiantes en la Universidad de Costa Rica

PRESENTACIÓN

¿Dónde está la Facultad de Ingeniería?

PRÁCTICA Y CONVERSACIÓN

5.1 **Situaciones.** ¿Adónde va Ud. en las siguientes ocasiones?

1. Necesita comprar libros para su clase de historia.

2. Quiere pagar la matrícula.

3. Tiene un examen oral de español y necesita practicar.

4. Va a encontrarse con su compañero(a) de cuarto para jugar al tenis.

5. Acaba de tomar un examen de matemáticas y tiene sueño.

6. La librería no tiene la novela que Ud. tiene que leer para su clase de literatura.

7. Tiene hambre.

8. Necesita ver la nueva obra teatral.

9. Quiere ver la práctica del equipo de béisbol.

10. Va a descansar con amigos.

5.2 Maestría en Comunicación. Hágale a un(a) compañero(a) de clase preguntas sobre este programa de Maestría en Comunicación.

Maestría en Ciencias con especialidad en Comunicación

Materias optativas: Hay que escoger 3 en una de estas 4 áreas de especialidad.

Área de concentración en comunicación internacional y nuevas tecnologías

- Flujos de comunicación en el Continente Americano
- Comunicación, cultura y globalización
- Implicaciones e impacto de las tecnologías de la información y la comunicación

Área de concentración en comunicación política y periodismo

- Periodismo político
- Periodismo científico y cultural
- Mercadotecnia política

Área de concentración en comunicación organizacional

- Seminario de comunicación organizacional
- Teorías de la organización en un contexto global
- Seminario de psicología organizacional

Área de concentración en producción audiovisual

- Estética de medios
- Producción de documentales
- Edición digital

© Heinle/Cengage Learning

Pregúntele...

1. qué título van a recibir los graduados del programa.
2. cuáles son las cuatro áreas de especialización en la Maestría de Comunicación.
3. si se puede especializarse en las ciencias políticas. ¿En la producción audiovisual?
4. qué tipo de empleo pueden obtener los graduados.
5. si el programa ofrece la preparación necesaria para trabajar en una compañía multinacional.
6. si hay un programa semejante en su universidad.

5.3 Creación. Cuente en una narración lo que pasa en el dibujo de la **Presentación.**

 CONEXIONES. Utilizando Internet, busque información sobre universidades en América Latina. Con un(a) compañero(a) de clase, describa las diferencias y las semejanzas entre las universidades latinoamericanas y su universidad. ¿Les sorprenden estas diferencias y semejanzas? ¿Por qué?

CAPÍTULO

5

PRIMERA SITUACIÓN

El ingreso *Admission*

la beca *scholarship*

el examen de ingreso *entrance exam*

la matrícula *tuition*

el requisito *requirement*

estar en el primer año *to be a freshman*

estar en la universidad *to be at the university*

inscribirse *to enroll in a class*

matricularse *to register*

La ciudad universitaria / El campus *Campus*

la biblioteca *library*

el campo deportivo *sports field*

el centro estudiantil *student center*

el estadio *stadium*

el gimnasio *gymnasium*

el laboratorio de lenguas *language lab*

la librería *bookstore*

las oficinas administrativas *administrative offices*

la residencia estudiantil *dormitory*

el teatro *theater*

Los cursos *Courses*

la apertura de clases *beginning of the term*

el campo de estudio *field of study*

el/la catedrático(a) *university professor*

el curso electivo *elective class*
  obligatorio *required class*

La Facultad de *School of*
Administración de empresas
  Business and Management
Arquitectura *Architecture*
Bellas artes *Fine Arts*
Ciencias de la
  educación *Education*
Ciencias económicas *Economics*
Ciencias políticas *Political Science*
Derecho *Law*
Farmacia *Pharmacy*
Filosofía y letras *Liberal Arts*
  (Philosophy and Literature)
Ingeniería *Engineering*
Medicina *Medicine*
Periodismo *Journalism*

la materia *subject matter*

la pasantía *internship*

el profesorado *faculty*

especializarse en *to major in*

estudiar en el extranjero *to study abroad*

seguir (i, i) un curso *to take a course*
  tomar un curso

ser oyente *to audit a course*

Los títulos *Degrees*

el bachillerato *high school diploma*

el doctorado *doctorate*

la licenciatura *bachelor's degree*

la maestría *master's degree*

graduarse *to graduate*

licenciarse en *to receive a bachelor's degree in*

ASÍ SE HABLA

© Stockbrokerxtra Images/PhotoLibrary

Track 1-10

Classroom Expressions

PROFESORA Muy bien, Miguel. Tu presentación acerca de las universidades en el mundo hispano estuvo muy interesante. Por favor, toma asiento. Ahora, por favor, todos Uds. saquen lápiz y papel y empiecen a escribir un resumen de la presentación oral de Miguel.

MARIO ¿De cuántas páginas tiene que ser el resumen?

PROFESORA Una página como mínimo.

MARIO ¿Y para cuándo es?

PROFESORA Para mañana por la mañana.

MARIO *(Murmurando):* ¡Y yo que no presté atención! ¡Ahora sí que estoy metido en un lío! ¡Eso me pasa por distraído! Oye, José, ¿puedo trabajar contigo?

JOSÉ ¿Qué? ¡Ni hablar!

PERSPECTIVAS LINGÜÍSTICAS

The university student population in the Spanish-speaking world is more heterogeneous in terms of age and sociocultural background than the student population in the United States. When addressing a professor, students generally use his/her title *Doctor(a),* or *Profesor(a)* and the *usted* form. The way that professors address their students varies from country to country but often the professor addresses the student by their first name and with the *tú* pronoun *(Muy bien, Miguel. Tu presentación acerca de las universidades en el mundo hispano estuvo muy interesante).* Students address each other using first names and the *tú* form unless there are age differences that require the younger student to express respect.

Phrases used by an instructor

Escuchen.	*Listen.*
Abran / Cierren sus libros.	*Open / Close your books.*
Lean en voz alta / en silencio.	*Read out loud / silently.*
Hablen más alto.	*Speak louder.*
Saquen un lápiz y una hoja de papel.	*Take out a pencil and a sheet of paper.*
Guarden todas sus cosas.	*Put all your things away.*
Contesten, por favor.	*Please answer.*
Escriban una composición de (500) palabras / (tres) páginas.	*Write a composition of (500) words / (three) pages.*
Trabajen con su compañero(a).	*Work with your partner.*

Phrases to request help or clarification

No comprendo.	*I don't understand.*
No sé.	*I don't know.*
¿Puede repetir, por favor?	*Could you repeat (it), please?*
Tengo una pregunta.	*I have a question.*
¿Cómo se dice… ?	*How do you say . . . ?*
¿Podría hablar más despacio?	*Could you speak more slowly?*
¿Podría explicar… otra vez?	*Could you explain . . . again?*
¿Para cuándo es?	*When is it due?*
¿De cuántas páginas?	*How many pages long?*

PRÁCTICA Y CONVERSACIÓN

5.4 Situaciones. ¿Qué dice un profesor cuando… ?

1. le hace una pregunta a un estudiante
2. un estudiante responde y nadie lo oye
3. los estudiantes van a tomar un examen
4. los estudiantes tienen que leer en clase

¿Qué dicen los estudiantes cuando… ?

5. no entienden lo que el profesor dice
6. no saben una palabra
7. no saben una respuesta
8. el profesor habla muy rápido

5.5 ¡Presten atención! En grupos de tres, una persona hará el papel del/de la profesor(a) de español y las otras dos harán el papel de estudiantes. El/La profesor(a) les dirá a los estudiantes varias actividades que tienen que hacer. Los estudiantes no comprenderán algunas instrucciones y pedirán más información.

ESTRUCTURAS

Indicating Location, Purpose, and Time

SOME PREPOSITIONS; *POR* VERSUS *PARA*

In order to indicate purpose, destination, location, direction, and time, you will need to learn to use prepositions and to distinguish the prepositions **por** and **para**.

SOME COMMON PREPOSITIONS

a	*to, at*	**hasta**	*until, as far as*
con	*with*	**menos**	*except*
de	*of, from, about*	**para**	*for, in order to*
desde	*from, since*	**por**	*for, by, in, through*
durante	*during*	**según**	*according to*
en	*in, on, at*	**sin**	*without*

SOME PREPOSITIONS OF LOCATION

al lado de	*beside, next to*	**detrás de**	*behind, in back of*
alrededor de	*around*	**encima de**	*on top of, over*
cerca de	*near*	**enfrente de**	*in front of*
contra	*against*	**entre**	*between, among*
debajo de	*under, underneath*	**lejos de**	*far (from)*
delante de	*in front of*	**sobre**	*on top of, over*
dentro de	*in, inside of*		

a. When the masculine singular article **el** follows the preposition **a**, the contraction **al** is used.

> Joaquín va **al** laboratorio de química; no va a la oficina.
>
> *Joaquín is going to the chemistry lab; he's not going to the office.*

b. When the masculine singular article **el** follows the preposition **de** or a compound preposition containing **de**, the contraction **del** is used.

> La Facultad de Farmacia está al lado **del** edificio de química.
>
> *The School of Pharmacy is next to the chemistry building.*

c. The prepositions containing **de** can be used as adverbs when **de** is eliminated. Note that prepositions are followed by an object but adverbs are not. Compare the following examples.

> La Facultad de Derecho está **lejos de** la biblioteca, ¿verdad?
>
> *The Law School is far from the library, isn't it?*

> Sí, está muy **lejos**.
>
> *Yes, it's very far.*

d. Even though both **por** and **para** can mean *for*, these two prepositions have separate uses. Study the following explanation on page 144.

Supplemental Grammar. The Spanish contraction **al** must be used whenever **a** is followed by the masculine singular article **el**. A + **él** (meaning *he*) does not contract. **¿Le das este libro al profesor García? Sí, le doy el libro a él.**

Supplemental Grammar. The Spanish contraction **del** must be used whenever **de** is followed by the masculine singular article **el**. De + **él** (meaning *he*) does not contract: **¿De quién es este libro? ¿Es del señor Lado? Sí, es de él.**

PARA is used to indicate:

1. destination

Salgo **para mis clases** a las ocho.	*I leave for my classes at 8:00.*
Esta carta **es para mi compañero de cuarto.**	*This letter is for my roommate.*

2. purpose

Ricardo estudia **para ser abogado.**	*Ricardo is studying to be a lawyer.*
Tomo seis cursos este semestre **para graduarme pronto.**	*I am taking six courses this semester in order to graduate soon.*

3. deadline

Tengo que escribir un informe **para el jueves.**	*I have to write a paper by Thursday.*

4. comparison

Para un estudiante nuevo, Raúl sabe mucho de medicina.	*For a new student, Raúl knows a lot about medicine.*

POR is used to express:

1. length of time

Ayer practiqué en el laboratorio **por dos horas.**	*Yesterday I practiced in the laboratory for two hours.*

2. *for, in exchange for* to express sales or gratitude

Pagué $100.00 **por este libro de física.**	*I paid $100.00 for this physics book.*
Muchas gracias **por toda tu ayuda.**	*Thank you very much for all your help.*

3. means of transportation or communication

Francisca me llamó **por teléfono** anoche para decirme que vamos a Managua **por avión.**	*Francisca called me on the phone last night to tell me that we're going to Managua by plane.*

4. cause or reason

No podemos ir al partido de fútbol **por el mal tiempo.**	*We can't go to the soccer game because of the bad weather.*

5. *through, along, by*

Anoche caminamos **por el parque.**	*Last night we walked through the park.*

6. Por is also used in many common expressions such as the following:

por aquí / allí	*around here / there*	**por favor**	*please*
por desgracia	*unfortunately*	**por fin**	*finally*
por ejemplo	*for example*	**¿por qué?**	*why?*
por eso	*therefore, for that reason*	**por supuesto**	*of course*

Reminder. ¿Por qué? = *why* is used in questions; **porque** = *because* is used in answers.

PRÁCTICA Y CONVERSACIÓN

5.6 ¡Por favor, ayúdame! Ud. es un(a) nuevo(a) estudiante en su universidad y está totalmente perdido(a). Complete las oraciones con **por** o **para** para pedirle ayuda a un(a) compañero(a).

USTED

1. Disculpa, pero me podrías decir, _____ favor, ¿adónde tengo que ir _____ matricularme para en un curso de ruso?
3. ¿Y cómo llego? ¿Están _____ aquí?

5. No, en realidad, no. ¿Queda _____ el Centro Estudiantil?
7. Mi especialidad es ruso. ¿_____ qué me preguntas?

9. Tienes razón. Muchas gracias _____ todo y disculpa la molestia.

COMPAÑERO(A)

2. _____ desgracia, también soy nuevo(a), pero creo que tienes que ir _____ las oficinas administrativas.
4. No, están _____ el otro lado de la universidad. Tienes que pasar _____ el edificio de Educación. ¿Sabes dónde queda?
6. No, no está _____ ahí. Pero, ¿_____ qué tienes que matricularte en ese curso?
8. Es una lengua muy difícil. _____ ser un(a) estudiante nuevo(a) sabes lo que estás haciendo, ¿no? Pienso que debes hablar con tu consejero _____ que te ayude.
10. No, ¡qué ocurrencia!

5.7 ¿Qué clases vas a tomar? Hable con un(a) compañero(a) sobre las clases que Uds. piensan tomar y los deportes que piensan practicar el próximo semestre o trimestre.

1. ¿En qué edificios van a tener clases? ¿Dónde van a practicar deportes?
2. ¿Dónde quedan esos sitios? ¿Quedan cerca o lejos de su residencia estudiantil? Expliquen.
3. ¿Cuándo van a tener clases? ¿Cuándo van a practicar deportes?
4. ¿Por qué prefieren esas clases? ¿Esos deportes?
5. ¿A qué hora van a salir de su residencia para llegar a clase?
6. ¿?

5.8 ¿Dónde está… ? Un(a) compañero(a) de clase hace el papel de su madre/padre y lo/la llama a Ud. por teléfono para preguntarle acerca de su universidad. Dígale dónde queda su residencia estudiantil, el centro estudiantil, la librería, el laboratorio de lenguas, la biblioteca, el hospital universitario, etcétera.

Indicating the Recipient of Something

PREPOSITIONAL PRONOUNS

To indicate the recipient of an action, the donor of a gift, or to express with whom you are doing certain activities, you use a preposition followed by a noun or a prepositional pronoun. These prepositional pronouns replace nouns and agree with the nouns in gender and number.

ALICIA ¡Qué bonitas flores! ¿Para quién son?
JUANA Son para **ti.**
ALICIA ¡Qué bien! ¿Son de Eduardo?
JUANA Por supuesto que son de **él.**

PREPOSITIONAL PRONOUNS

¿Para quién son las flores?

Son para **mí.**	They're for me.	Son para **nosotros(as).**	They're for us.
Son para **ti.**	They're for you.	Son para **vosotros(as).**	They're for you.
Son para **él.**	They're for him.	Son para **ellos.**	They're for them.
Son para **ella.**	They're for her.	Son para **ellas.**	They're for them.
Son para **Ud.**	They're for you.	Son para **Uds.**	They're for you.

a. Prepositional pronouns have the same form as subject pronouns except for the first- and second-person singular forms: **mí / ti.**

b. The first- and second-person singular pronouns combine with the preposition **con** to form **conmigo** (with me) and **contigo** (with you). The forms **conmigo** and **contigo** are both masculine and feminine.

PRÁCTICA Y CONVERSACIÓN

5.9 **¿Qué es esto?** Ud. tuvo una pequeña fiesta en su cuarto de la residencia estudiantil y ahora hay mucho desorden. Su compañero(a) de cuarto entra y le hace algunas preguntas.

Modelo   cuaderno / José

COMPAÑERO(A)   *¿De quién es este cuaderno? ¿De José?*

USTED   *Sí, es de él.*

1. chocolates / tus amigos
2. regalo / Ángela y Elena
3. fotos / Jacinto
4. libros / tu novio(a)
5. chaqueta / Paco
6. platos / Susana
7. sillas / Óscar y Enrique
8. suéter / Pilar

5.10 **¡Estamos en Twitter!** Con un(a) compañero(a) de clase, hable de los mensajes que Ud. recibe en Twitter.

Modelo   **ESTUDIANTE 1**   *¡Ay! Noticias. Recibí un tweet de Shakira.*

ESTUDIANTE 2   *¿De Shakira?*

ESTUDIANTE 1   *¡Sí, de ella!*

5.11 **Adivina a quién vi hoy.** Usando el dibujo, explíquele a un(a) compañero(a) a quiénes vio en la biblioteca hoy y qué estaban haciendo. Él/Ella querrá saber todos los detalles.

SEGUNDA SITUACIÓN

PRESENTACIÓN

Mis clases del semestre pasado

5.12 Las asignaturas. ¿Qué cursos debe escoger un(a) estudiante si se prepara para ser… ?

> periodista / arquitecto(a) / científico(a) / farmacéutico(a) / sicólogo(a) / maestro(a) / hombre
> o mujer de negocios / abogado(a) / médico(a) / enfermero(a) / matemático(a) / político(a)

5.13 Entrevista personal. Hágale preguntas a un(a) compañero(a) de clase sobre sus estudios; su compañero(a) debe contestar.

Pregúntele…

1. lo que hace cuando falta a clase.
2. cómo se puede sacar prestado un libro.
3. lo que debe hacer si sale mal en un examen.
4. cómo se puede dejar una clase.
5. lo que tiene que hacer para sacar buenas notas.
6. cuándo es necesario aprender de memoria.
7. lo que hace para aprobar un examen.

5.14 ¡Sobresaliente! Mire la hoja de evaluación que recibió Richard Lotero (en la página 149) y conteste las siguientes preguntas.

1. ¿Dónde estudió Richard?
2. ¿Qué estudió? ¿Cuándo?
3. ¿Cómo salió en el curso?

4. ¿Qué opinión tiene el profesor del trabajo de Richard?
5. ¿Dónde está la Fundación José Ortega y Gasset?
6. ¿Qué tipo de estudios ofrece la Fundación José Ortega y Gasset?
7. ¿Cuáles son las semejanzas y diferencias entre una hoja de evaluación de su universidad y la de Richard?

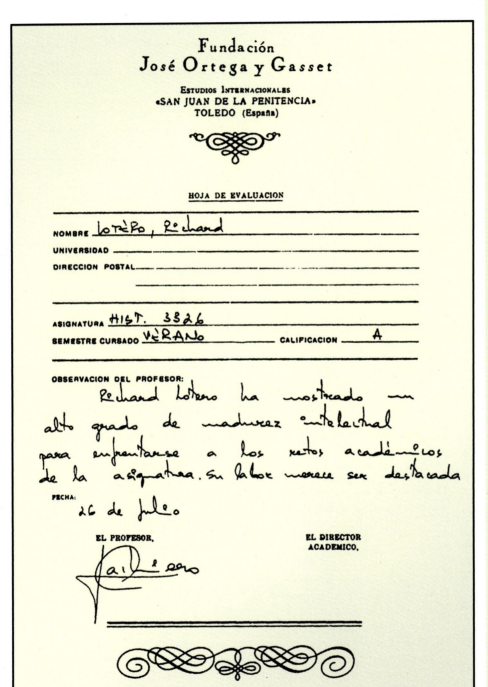

Fundación
José Ortega y Gasset

ESTUDIOS INTERNACIONALES
«SAN JUAN DE LA PENITENCIA»
TOLEDO (España)

HOJA DE EVALUACIÓN

NOMBRE _Lotero, Richard_

UNIVERSIDAD _____

DIRECCIÓN POSTAL_____

_____

ASIGNATURA _HIST. 3326_

SEMESTRE CURSADO _VERANO_   CALIFICACIÓN _____ A

OBSERVACIÓN DEL PROFESOR:

Richard Lotero ha mostrado un alto grado de madurez intelectual para enfrentarse a los retos académicos de la asignatura. Su labor merece ser destacada

FECHA:

26 de julio

EL PROFESOR,   EL DIRECTOR ACADÉMICO,

The alternate drawing that corresponds to activity **5.15** can be found in **Appendix A.**

5.15 ¿Qué me dices? Ud. y su compañero(a) quieren estudiar con Juan para el próximo examen y tratan de encontrar una hora conveniente. Aquí hay una página de algunas actividades de Juan. Su compañero(a) va a utilizar otra página que está en el **Apéndice A.** Conversen para descubrir la información que falta. Después, tienen que decidir cuándo pueden estudiar con Juan.

8:00	ir al gimnasio
9:00	
9:30	tomar café con Susana
10:00	
11:00	clase de matemáticas
12:30	
2:00	
3:00	
4:00	
5:00	
8:00	cenar con María

5.16 Creación. En una narración cuente lo que pasa en el dibujo de la **Presentación.** Después, cree una página de agenda para uno(a) de los estudiantes de la clase utilizando la página de agenda de actividad **5.15** como modelo.

vocabulario

Las asignaturas *Subjects*

el arte *art*

la biología *biology*

las ciencias exactas *natural science*
  sociales *social sciences*

la contabilidad *accounting*

la física *physics*

la historia *history*

el idioma extranjero *foreign language*

la informática *computer science*

las matemáticas *mathematics*

la música *music*

la química *chemistry*

la sicología *psychology*

la sociología *sociology*

En la clase *In class*

la enseñanza *teaching*

el horario *schedule*

la investigación *research*

el libro de texto *textbook*

el semestre *semester*

aplicado(a) *studious*

flojo(a) *lax, weak*

perezoso(a) *lazy*

sobresaliente *outstanding*

trabajador(a) *hardworking*

asistir a clase *to attend class*
  una conferencia *a lecture*

comprender lo más básico *to have a fundamental understanding*

cumplir con los requisitos *to fulfill requirements*

dar una conferencia *to give a lecture*

dejar una clase *to drop a class*

dejarse la piel en *to put a lot of effort in something*

elegir (i, i) *to elect*

entregar la tarea *to hand in homework*

esforzarse (ue) *to make an effort*

estar flojo(a) en *to be weak in*
  fuerte en *good at*

estar muy puesto(a) en *to know a lot about*

faltar a clase *to miss class*

hacer una presentación *to make a presentation*

pasar lista *to take attendance*

prestar atención *to pay attention*

quemarse las pestañas *to burn the midnight oil*

requerir (ie, i) *to require*

sacar prestado un libro *to check out a book*

trasnochar *to stay up all night*

La temporada de exámenes
Examination period

aprender de memoria *to memorize*

aprobar (ue) un examen *to pass an exam*

repasar *to review*

sacar buenas / malas notas *to get good / bad grades*

salir mal en un examen *to fail an exam*

sobresalir *to excel*

tomar un examen *to take an exam*

Talking About the Weather

Track 1-11

RENATA ¿Cómo estás, Hilda?

HILDA ¡Ay!, hija, aquí un poco resfriada. Tú sabes que ayer tuve que salir muy temprano de la casa porque tenía que hacer una serie de diligencias y como estaba apurada me olvidé de llevar el paraguas.

RENATA ¡Ay, Dios mío! ¡Y con el aguacero que cayó ayer!

HILDA Sí, ¡imagínate! Y además hizo más frío que nunca. Ahora me siento un poco mal.

RENATA Cuídate mucho, Hilda, espero que no te enfermes más y te pongas peor.

HILDA Ni me digas que ya me están doliendo todos los huesos.

RENATA Es necesario que te quedes en casa y no te enfríes. La temporada de lluvias recién está empezando y parece que este año va a llover más que de costumbre.

HILDA Eso oí. Pero bueno, ¡qué se va a hacer!

PERSPECTIVAS LINGÜÍSTICAS

As you can hear in the dialogue, Renata responds to Hilda's comment about her having left home without an umbrella with the expression, *¡Ay, Dios mío!* Despite having a literal religious meaning, it is a common and frequently used exclamation that denotes surprise or despair; as such, it has lost its religious connotations within the context of conversations, and consequently its possible offensive effects. Another important aspect to highlight is what appears as Renata's unsolicited advice to Hilda (*Cuídate mucho, Hilda,… Es necesario que te quedes en casa y no te enfríes.*). However, rather than imposing or inappropriate, these phrases are to be understood as niceties exchanged by close friends to express caring and concern for each other.

Phrases to talk about the weather

¿Qué tiempo hace?	What's the weather like?
¿Cómo está el día?	
¿Hace sol / viento / frío / calor?	Is it sunny / windy / cold / hot?
¿Está lloviendo / nevando?	Is it raining / snowing?
Está nublado / húmedo.	It's cloudy / humid.
Hay neblina.	It's foggy.
¡Qué día tan bonito / feo!	What a pretty / an ugly day!
¡Qué bonito / feo está el día!	
Parece que va a llover / nevar.	It seems it's going to rain / snow.
¡Va a caer un aguacero!	It's going to rain cats and dogs!
Espera a que despeje.	Wait till it clears up.
¡Me muero de frío / calor!	I'm freezing / burning up!

PRÁCTICA Y CONVERSACIÓN

5.17 ¿Qué le parece este clima? Mire el termómetro. ¿Qué dice Ud. cuando… ?

1. hace una temperatura de 10 grados (centígrados) y hay 100% de humedad
2. la temperatura está a 20 grados (centígrados) y hay 70% de humedad
3. llueve mucho
4. hace una temperatura de 41 grados (centígrados)
5. el sol brilla mucho y la temperatura está a 34 grados (centígrados)
6. hay mucha neblina

 5.18 Nos vamos de viaje. Trabajen en parejas. Ud. y un(a) compañero(a) de clase están planificando un viaje para las próximas vacaciones. El lugar adonde irán dependerá del clima. A Ud. le gusta el clima cálido pero él/ella prefiere el clima frío. Escojan un sitio que les guste a los/las dos.

ESTRUCTURAS

Expressing Hopes, Desires, and Requests

PRESENT SUBJUNCTIVE AFTER VERBS OF WISHING, HOPING, COMMANDING, AND REQUESTING

Verbs in the indicative mood express statements or questions that are objective or factual.

Carolina **estudia** química.   *Carolina studies chemistry.*

Verbs in the subjunctive mood are used for subjective or doubtful statements or questions.

Espero que Carolina **estudie** química.   *I hope that Carolina studies chemistry.*

My hope that Carolina studies chemistry does not mean that she will do it; this action is not an observable fact and therefore the subjunctive is used.

FORMATION OF THE PRESENT SUBJUNCTIVE

a. To form the present subjunctive:

1. Obtain the stem by dropping the **-o** from the first-person singular of the present tense.
2. To the stem, add present indicative **-er** endings to **-ar** verbs and **-ar** endings to **-er** and **-ir** verbs.

Verbos en **–AR**	Verbos en **–ER**	Verbos en **–IR**
repasar	**aprender**	**escribir**
repas**e**	aprend**a**	escrib**a**
repas**es**	aprend**as**	escrib**as**
repas**e**	aprend**a**	escrib**a**
repas**emos**	aprend**amos**	escrib**amos**
repas**éis**	aprend**áis**	escrib**áis**
repas**en**	aprend**an**	escrib**an**

Supplemental Grammar.
Common verbs ending in **-car** include **buscar, dedicar, explicar, practicar, sacar, tocar;** common verbs ending in **-gar** include **jugar (ue), llegar, pagar;** common verbs ending in **-zar** include **comenzar (ie), cruzar, empezar (ie);** common verbs ending in **-ger** include **coger, escoger.**

b. Verbs that are irregular in the first-person singular of the present indicative will show the same irregularity in all forms of the present subjunctive.

HACER   haga, hagas, haga, hagamos, hagáis, hagan

CONOCER   conozca, conozcas, conozca, conozcamos, conozcáis, conozcan

c. Certain verbs will show spelling changes in the present subjunctive: Verbs ending in . . .

1. **-car** change the **c → qu:**   buscar   **busque**
2. **-gar** change the **g → gu:**   pagar   **pague**
3. **-zar** change the **z → c:**   organizar   **organice**
4. **-ger** change the **g → j:**   escoger   **escoja**

d. Stem-changing **-ar** and **-er** verbs follow the pattern of change of the present indicative: all forms stem-change except **nosotros** and **vosotros.**

e → ie	o → ue	e → ie	o → ue
recomendar	**mostrar**	**perder**	**devolver**
recomiende	muestre	pierda	devuelva
recomiendes	muestres	pierdas	devuelvas
recomiende	muestre	pierda	devuelva
recomendemos	mostremos	perdamos	devolvamos
recomendéis	mostréis	perdáis	devolváis
recomienden	muestren	pierdan	devuelvan

e. Stem-changing **-ir** verbs follow the pattern of change of the present indicative and show an additional stem change in the **nosotros** and **vosotros** forms.

e → ie, i	e → i, i	o → ue, u
divertirse	**pedir**	**dormir**
me divierta	pida	duerma
te diviertas	pidas	duermas
se divierta	pida	duerma
nos divirtamos	pidamos	durmamos
os divirtáis	pidáis	durmáis
se diviertan	pidan	duerman

f. Verbs whose present indicative **yo** form does not end in **-o** have irregular subjunctive stems. The endings of such verbs are regular.

DAR	dé, des, dé, demos, deis, den
ESTAR	esté, estés, esté, estemos, estéis, estén
IR	vaya, vayas, vaya, vayamos, vayáis, vayan
SABER	sepa, sepas, sepa, sepamos, sepáis, sepan
SER	sea, seas, sea, seamos, seáis, sean

The present subjunctive of **hay** = **haya.**

USES OF THE SUBJUNCTIVE

a. The subjunctive in Spanish is used to express subjectivity or that which is unknown. Expressions of desire, hope, command, or request are among many Spanish verbs and phrases that create a doubtful or unknown situation and require the use of the subjunctive.

DESIRE	desear, querer
HOPE	esperar, ojalá (que)
COMMAND	decir, dejar, es necesario, es preciso, exigir, insistir en, mandar, ordenar, permitir, prohibir
ADVICE / REQUEST	aconsejar, pedir, proponer, recomendar, rogar, sugerir

Supplemental Grammar. Some common **-ar** and **-er** verbs that stem-change e → **ie** include **cerrar, empezar, pensar, querer, recomendar;** o → **ue** include **almorzar, aprobar, contar, esforzarse, poder, probar, volver.** Some common **-ir** verbs that stem-change e → **ie** include **divertirse, sentirse, preferir, requerir;** o → **ie** include **dormir(se), morir(se);** e → **i** include **conseguir, despedirse, elegir, pedir, repetir, servir, vestirse.**

b. **Decir** is followed by the subjunctive when someone is told or ordered to do something. **Decir** is followed by the indicative when information is given.

La profesora les **dice** a los estudiantes que **entreguen** la tarea.	*The professor tells her students to hand in the homework.*
La profesora **dice** que los estudiantes **entregan** la tarea.	*The professor says that the students are handing in the homework.*

c. Many of the expressions of command or advice/request will use indirect objects. In such cases the indirect object pronoun and the subjunctive verb ending refer to the same person.

Te aconsejo que **asistas** a todas las clases.	*I advise you to attend every class.*

d. Generally the subjunctive occurs in sentences with two clauses. The main or independent clause contains an expression that will require the use of the subjunctive in the second or subordinate clause when the subject is different from that of the main clause. If there is no change of subject, the infinitive is used.

Change of Subject: Subjunctive

Bárbara quiere que **salgamos** para la universidad a las ocho.	*Bárbara wants us to leave for the university at 8:00.*

Same Subject: Infinitive

Bárbara quiere **salir** para la universidad a las ocho.	*Bárbara wants to leave for the university at 8:00.*

e. There is little direct correspondence between the use of the subjunctive in Spanish and English. As a result, the Spanish subjunctive may translate into English with a subjunctive but will more likely translate with the present or future indicative or an infinitive. Compare the following translations of similar Spanish sentences.

Espero que estudien para el examen.	*I hope (that) they study for the exam.*
Ojalá que estudien para el examen.	*Hopefully they will study for the exam.*
Quiero que estudien para el examen.	*I want them to study for the exam.*
Insisto en que estudien para el examen.	*I insist (that) they study for the exam.*

PRÁCTICA Y CONVERSACIÓN

5.19 **Para sobresalir.** Ud. es un(a) consejero(a) para la universidad y está hablando con un grupo de estudiantes nuevos. Explíqueles lo que es preciso hacer para sobresalir en sus estudios.

Modelo estudiar mucho

Es preciso que Uds. estudien mucho.

> **asistir a clase todos los días / esforzarse / cumplir con los requisitos / hacer la tarea / prestar atención en clase / ser aplicados**

5.20 **La temporada de los exámenes.** Es la temporada de los exámenes. Exprese su opinión sobre lo que los estudiantes necesitan hacer para sobresalir. Empiece cada oración con una de las siguientes expresiones.

> **No quiero que… / Espero que… / Ojalá… / Insisto en que… / Es necesario que… / Recomiendo que…**

5.21 **Un examen muy difícil.** Ud. tiene un examen de español la próxima semana y está muy preocupado(a). Hable con su compañero(a) y dígale qué es lo que Ud. quiere y espera. Luego, complete las siguientes oraciones y compare sus respuestas con las de su compañero(a).

1. Ojalá que _____.
2. Es necesario que _____.
3. Mis padres insisten en que yo _____.
4. Mi amigo(a) recomienda que _____.
5. Quiero que _____.
6. Yo les aconsejo a mis amigos(as) que _____.
7. Es bueno que yo _____.
8. Mis padres esperan que yo _____.

5.22 **Después de graduarse.** Ud. y un(a) compañero(a) hablan del futuro. Explíquele a su compañero(a) lo que Ud. espera y quiere que él/ella haga después de graduarse. Incluya información sobre el trabajo, los estudios, la familia y otra información.

Making Comparisons

COMPARISONS OF INEQUALITY

In conversation, we frequently compare persons or things that are not equal in certain qualities or characteristics such as age, size, or appearance.

a. When comparing the qualities of two or more unequal persons or things the following structure is used:

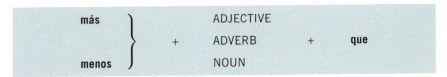

Adjective

Las clases de sicología son **más grandes que** las clases de matemáticas.

Psychology classes are larger than math classes.

Adverb

Antonio hace la tarea **más rápidamente que** Juan.

Antonio does his homework more rapidly than Juan.

Noun

La residencia nueva tiene **más cuartos que** la residencia vieja.

The new dorm has more rooms than the old dorm.

b. When comparing the unequal manner in which persons or things act or function, the following structure is used:

VERB + **más / menos que** + PERSON or THING

Manolo siempre **estudia más que** tú.

Manolo always studies more than you.

c. A few adjectives do not follow the regular pattern of **más** + *adjective* + **que** but use a special comparative form + **que.**

Adjectives		Comparative Forms	
bueno	*good*	**mejor(es)**	*better*
malo	*bad*	**peor(es)**	*worse*
joven	*young*	**menor(es)**	*younger*
viejo	*old*	**mayor(es)**	*older*
mucho	*many, much*	**más**	*more*
poco	*few, little*	**menos**	*less*

Esta composición es buena pero la tuya es **mejor.**	*This composition is good but yours is better.*
¡Pobre Julio! Sus notas este semestre son **peores que** las del semestre pasado.	*Poor Julio! His grades this semester are worse than last semester.*

d. The age of persons is compared with **mayor / menor.**

Todos mis primos son **menores que** yo.	*All of my cousins are younger than I.*

The age of things is compared with **más / menos nuevo** and **más / menos viejo.**

La biblioteca es **más vieja que** el centro estudiantil.	*The library is older than the student center.*

e. Some adverbs also have irregular comparative forms.

Adverbs		Comparative Forms	
bien	*well*	**mejor**	*better*
mal	*bad, sick*	**peor**	*worse*
mucho	*a lot*	**más**	*more*
poco	*a little*	**menos**	*less*

Antonio estuvo mal ayer pero hoy está mucho **mejor.**	*Antonio was sick yesterday but today he's much better.*

f. When comparisons are followed by numbers, the form is **más de** + *number.*

Hay **más de cien** estudiantes en la clase.	*There are more than one hundred students in the class.*

PRÁCTICA Y CONVERSACIÓN

5.23 ¿Qué es mejor? Trabaje con un(a) compañero(a) de clase. Cada persona debe indicar sus preferencias según el modelo.

Modelo salir mal en un examen / aprobar un examen

¿Qué es mejor, salir mal en un examen o aprobar un examen?

En mi opinión, es mejor aprobar un examen.

1. asistir a clase / faltar a clase

2. comprar un libro / sacar prestado un libro

3. ser aplicado / ser perezoso
4. aprender de memoria / repasar sin aprender de memoria
5. dejar una clase / esforzarse
6. estudiar cada día / solo repasar antes de un examen

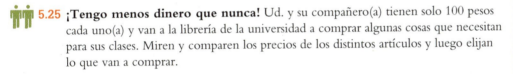 **5.24** **¿Qué piensas de… ?** Trabajando en parejas, decidan cuál de las siguientes personas parece estar en mejor situación económica. Comparen también sus características físicas.

Datos personales					
	Edad	Estatura	Peso	Sueldo mensual	Propiedades
Víctor	37	1,78 m	78 kg	$2.850	1 apartamento
Jesús	34	1,90 m	93 kg	$4.200	2 apartamentos
Violeta	36	1,67 m	54 kg	$5.800	1 casa y 2 apartamentos
Gustavo	28	1,82 m	82 kg	$6.800	2 casas y 1 apartamento
Federico	43	1,76 m	87 kg	$3.600	1 casa
Ángela	55	1,56 m	50 kg	$1.815	_____

5.25 **¡Tengo menos dinero que nunca!** Ud. y su compañero(a) tienen solo 100 pesos cada uno(a) y van a la librería de la universidad a comprar algunas cosas que necesitan para sus clases. Miren y comparen los precios de los distintos artículos y luego elijan lo que van a comprar.

Librería Cervantes	
Lápices Faber	0.50 centavos c/u
Lápices Mongol	5.00 pesos la docena
Bolígrafos Castell	6.00 pesos c/u
Bolígrafos Faber	7.50 pesos c/u
Cuadernos sencillos	4.50 pesos c/u
Cuadernos con espiral	5.25 pesos c/u
Agenda de plástico	8.80 pesos c/u
Agenda de cuero	20.00 pesos c/u
Papel económico para impresora	10.00 pesos el ciento
Papel para impresora láser	18.00 pesos el ciento
Lámpara de mesa	25.00 pesos
Lámpara de pie	38.00 pesos

Reminder: The abbreviation c/u = **cada uno(a).**

TERCERA SITUACIÓN

DIÁLOGOS EN VÍDEO

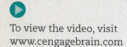

To view the video, visit
www.cengagebrain.com

© Anna Pérez

Para comprender lo que ve

OBSERVING PROXEMICS

By paying attention to the physical distance between people as they interact, you will be better able to understand what type of relationship there is between them (i.e., whether they are friends, relatives, acquaintances, or strangers), and what type of conversation is taking place (friendly, aggressive, or business).

Para comprender lo que escucha

THE SETTING OF A CONVERSATION

The setting of a conversation includes not only the physical place, but also the time of day. Knowing where and when a given conversation or announcement takes place will help you understand the speaker. For example, in a history class you would expect to hear a professor lecturing on famous historical personalities or events. In the registrar's office of a university, you would expect to hear people talking about schedules and the classes they want to take. In other words, the setting helps you to anticipate what the speaker will say.

Antes de ver y escuchar

5.26 La foto y el vídeo. Con un(a) compañero(a) de clase, hagan las siguientes actividades.

1. Describan a las personas en la foto, el lugar donde se encuentran, el clima y la ropa que llevan.

2. Vean ahora el vídeo sin sonido y describan la distancia física que existe entre las personas mientras conversan. ¿Qué tipo de relación existe entre estas personas? Justifiquen su respuesta.

3. ¿Sobre qué creen Uds. que hablan estas dos personas? Justifiquen su respuesta.

Al ver y escuchar

5.27 Los apuntes. Mire el vídeo y escuche la conversación entre Guillermo y Gerardo. Tome los apuntes que considere necesarios y complete las siguientes oraciones.

1. El día está _____ y se ve _____.

2. Guillermo está preocupado porque _____.

3. Guillermo quiere saber _____ porque _____.

Después de ver y escuchar

5.28 Resumen. Trabajando en parejas, resuman la conversación entre Guillermo y Gerardo.

5.29 Algunos detalles. Complete las siguientes oraciones con la mejor respuesta.

1. Guillermo y Gerardo conversan…
   a. por teléfono desde sus casas.
   b. en la calle camino a la universidad.
   c. en el autobús cuando van a la biblioteca.

2. Sabemos que Guillermo…
   a. conoce el clima de esta ciudad.
   b. no está acostumbrado al clima de San José.
   c. prefiere el frío y la lluvia.

3. Según la conversación, se sabe que Guillermo y Gerardo…
   a. no se ven todos los días.
   b. no son muy amigables.
   c. son personas muy pesimistas.

4. El dicho «Al mal tiempo, buena cara» quiere decir que hay que…
   a. arreglarse cuando el clima está malo.
   b. tener paciencia con el clima.
   c. ser optimista aun cuando las cosas no van bien.

PERSPECTIVAS

El sistema de enseñanza

Es difícil describir el sistema de enseñanza en el mundo hispano porque hay mucha diversidad de un país a otro. Pero dentro de esta diversidad hay características básicas que todos los países tienen en común. Al igual que en los Estados Unidos, hay escuelas y universidades públicas y privadas. También hay tres niveles de enseñanza: el primario, el secundario y el universitario.

↑ FOTO Unas estudiantes de la escuela primaria caminan a clase.

El nivel primario

La primera etapa obligatoria es el nivel primario, donde los estudiantes de seis a doce años aprenden materias básicas como aritmética, español y otras lenguas, estudios sociales y ciencias naturales. Algunas escuelas del nivel primario son separadas por género; así las niñas van a una escuela y los niños a otra. Generalmente los estudiantes llevan un uniforme que consiste en una blusa y falda para las chicas y una camisa y pantalones para los chicos. Al salir de la escuela primaria, reciben un certificado de sexto grado.

El nivel secundario

Los estudiantes que pueden continuar pasan al nivel secundario y asisten al colegio, al instituto o al liceo, según el país. Por lo general, esta etapa consiste en cinco o seis años de estudios divididos en dos partes. El primer ciclo termina en el bachillerato elemental y el segundo en el bachillerato clásico. Solamente los estudiantes que quieren asistir a la universidad completan los dos ciclos. En el colegio o liceo los estudiantes no pueden escoger ni sus clases ni su horario. El Ministerio *(Department)* de Educación de cada país determina qué materias deben estudiar en cada año. Así, en la mayoría de los casos, todos los estudiantes de primer año de secundaria estudian exactamente las mismas materias.

Las universidades

Las universidades están divididas en facultades, como la Facultad de Administración de Empresas, la Facultad de Filosofía y Letras o la Facultad de Farmacia. Los estudiantes empiezan a especializarse en cuanto entran en la universidad. Por ejemplo, una estudiante que quiere hacerse médica entra directamente en la Facultad de Medicina en su primer año de universidad. Generalmente, la licenciatura lleva cinco o seis años de estudio. Al graduarse los estudiantes reciben la licenciatura y los llaman licenciados. Los que se gradúan de las facultades profesionales reciben un título

↑ FOTO Algunos estudiantes universitarios en un salón de clase.

profesional cuyo nombre varía según la facultad; por ejemplo, los que se gradúan de la Facultad de Medicina son médicos, mientras que los de la Facultad de Farmacia son farmacéuticos.

Las relaciones entre los estudiantes y los profesores

Las relaciones entre los estudiantes y los profesores son mucho más formales en la cultura hispana que en los Estados Unidos. Los profesores son corteses y amables con los estudiantes pero mantienen cierta distancia emocional. Los estudiantes tratan a los profesores con respeto; generalmente emplean Ud. y un título seguido por el apellido. En clase los profesores son una autoridad que no se cuestiona mucho. Los profesores dictan una conferencia y los estudiantes toman apuntes; no hay mucha interacción o discusión de la materia. Tampoco hay mucha oportunidad o tiempo para la atención individual porque las clases son grandes. Después de clase no es normal pasar tiempo con un(a) profesor(a) en su oficina o en una situación social.

PRÁCTICA Y CONVERSACIÓN

5.30 Práctica intercultural. Con un(a) compañero(a) de clase, contesten las siguientes preguntas acerca del sistema de enseñanza de los Estados Unidos.

1. ¿Cuántos niveles hay en el sistema de enseñanza en los Estados Unidos?
2. ¿Cuáles son los títulos que se reciben al salir de cada nivel?
3. ¿Cuáles son algunos de los requisitos para cada nivel?
4. ¿Hay variaciones entre los sistemas de una escuela a otra? ¿de una ciudad a otra? ¿de un estado a otro?

5.31 Los títulos. Ponga al lado de cada título la letra correspondiente al nivel de enseñanza o la facultad.

_____ una licenciatura   a. la Facultad de Ingeniería

_____ un ingeniero   b. la escuela primaria

_____ un certificado   c. la Facultad de Farmacia

_____ un médico   d. el liceo

_____ un abogado   e. la Facultad de Medicina

_____ un bachillerato   f. la universidad

_____ un farmacéutico   g. la Facultad de Derecho

5.32 Comparaciones. Trabajando en parejas, preparen una lista de las semejanzas y diferencias entre el sistema de enseñanza en los Estados Unidos y el mundo hispano. También preparen una lista de las ventajas y desventajas de cada sistema.

ASÍ SE ESCRIBE

Para escribir bien

SUMMARIZING

In the academic as well as the business world, summarizing is an important skill. People frequently need to summarize what they have read or listened to in order to use the information in the future. A summary is a brief version of a reading selection or oral presentation. A good summary is basically a restatement of the main idea of the reading or oral passage followed and supported by the topic sentences of major paragraphs.

1. The first step in preparing a summary is to identify the main idea and supporting elements that help develop the main idea. When reading or listening to a text, it is important to locate the main idea quickly and to separate it from the supporting details. In articles such as those found in newspapers and magazines, the main idea is often expressed in the title and again in the first paragraph. The paragraphs that follow develop the main idea by providing details and examples.

2. The second step in preparing a summary is to arrange the main idea and supporting elements into a cohesive unit. During this step you may need to rearrange supporting elements so they follow each other more logically.

3. The final step is to write the summary. During the actual writing you will probably need to add words and phrases that will join the ideas together in a cohesive manner.

Antes de escribir

A **Los temas principales.** Utilizando la lectura «El sistema de enseñanza» de **Perspectivas** de este capítulo, haga una lista de los temas principales poniendo los temas en un orden lógico. Después, escriba un detalle para cada tema.

B **Las universidades de los Estados Unidos.** Escriba una lista de los principales conceptos e ideas acerca de las universidades de los Estados Unidos. Incluya información sobre las clases, las facultades, los edificios, los profesores, el clima y la vida estudiantil. Después, añada unos detalles para cada concepto.

Al escribir

C **Selección.** Escoja una de las composiciones de la lista a continuación. Después, escriba su composición, utilizando sus respuestas para los ejercicios de **Antes de escribir**. Trate de incorporar el nuevo vocabulario y las nuevas estructuras gramaticales de este capítulo.

Tema 1:

Un resumen. Escriba un resumen de la lectura «El sistema de enseñanza». Incluya sus reacciones y opiniones sobre la lectura: ¿Qué le interesa del sistema? ¿Qué le gusta y no le gusta? ¿Qué recomendaciones tiene para cambiar el sistema?

Tema 2:

Unos consejos. El director de una escuela secundaria de Costa Rica le pide a Ud. que escriba un artículo en español para los estudiantes que asistirán a su universidad el próximo año. Como ellos no conocen bien el sistema educativo de los Estados Unidos, Ud. tiene que describir la vida universitaria. Deles consejos y recomendaciones a los estudiantes para que tengan éxito en la universidad.

Después de escribir

D Antes de entregarle su composición a su profesor(a), Ud. debe leerla de nuevo y corregir los errores.

- ☐ ¿Hay una idea principal en cada párrafo?

- ☐ ¿Hay suficientes detalles para apoyar las ideas principales?

- ☐ ¿Utiliza vocabulario relacionado a las clases y los estudios?

- ☐ ¿Están correctas las formas de los verbos y las frases para comparar?

- ☐ ¿Está correcto el uso del subjuntivo?

INTERACCIONES

The communicative tasks of the **Interacciones** section recombine and review the vocabulary, grammar, culture, and communicative goals presented within the chapter. To help you prepare the tasks, review the specific items listed next to each activity.

To help you prepare «**El Programa de Orientación**», review the following: **Topics:** courses, buildings, departments and programs of the university; **Estructuras:** prepositions, **por** vs. **para**

To help you prepare «**El/La meteorólogo(a)**», review the following: **Topics:** weather expressions, university vocabulary; **Estructuras:** comparisons of inequality

To help you prepare «**Temas de la actualidad**», review the following: **Topics:** courses, buildings, departments and programs of the university; **Estructuras:** present subjunctive, subjunctive after expressions of wishing, hoping, commanding, and requesting, comparisons of inequality

To help you prepare «**El primer año de universidad**», review the following: **Topics:** courses, buildings, departments and programs of the university; **Estructuras:** present subjunctive, subjunctive after expressions of wishing, hoping, commanding, and requesting

A. El Programa de Orientación

Communicative Tasks: Indicating location, purpose, and time; making comparisons

Oral Presentation: You are a student guide for Orientation Week at your university. Prepare a brief introductory speech about your school including its history, number and type of students, outstanding features and programs, a description of the campus, where important buildings are located, and other information you think would interest new Hispanic students.

B. El/La meteorólogo(a)

Communicative Tasks: Talking about the weather; making comparisons

Oral Presentation: You are the weather announcer for the morning news show on a Hispanic network. Each fall one of your most popular features is to provide the weather forecast for football weekends at universities around the United States. In addition to the weather forecast, provide your audience with comparisons of the football teams and other features of the universities.

C. «Temas de la actualidad»

Communicative Tasks: Expressing hopes, desires, and requests; indicating location, purpose, and time

Panel Discussion: You are the moderator of «Temas de la actualidad,» a popular Los Angeles radio show that examines contemporary and often controversial issues. The topic for this week's show is «Las universidades: ¿buenas o malas?» The guests (played by classmates) are three typical university students. As moderator you must ask each university student about his/her university experience including information on classes, assignments, exams, instructors, and social life. The student guests should explain what they hope and want the university to be like and offer advice and recommendations for improving the campus.

D. El primer año de universidad

Communicative Tasks: Expressing hopes, desires, and requests; indicating location, purpose, and time

Oral Presentation: You are the parent of an eighteen-year-old son/daughter who is leaving home for his/her first year in the university. Explain what you want and hope that your son/daughter will do during the freshman year. Offer advice and recommendations so that he/she will be successful. Specify any activities that you insist that they should or should not engage in.

En casa

CAPÍTULO 6

Cultural Themes

→ Colombia y Venezuela
→ La vivienda en el mundo hispano

Topics and Situations

→ Lava los platos y saca la basura
→ Los programas de la tele

Communicative Goals

→ Enlisting help
→ Telling others what to do
→ Comparing people and things with equal qualities
→ Pointing out people and things
→ Expressing polite dismissal
→ Expressing judgments, doubt, and uncertainty
→ Talking about things and people

© David Young-Wolff/PhotoEdit

↑ FOTO Los padres comparten los quehaceres domésticos.

PRIMERA SITUACIÓN

PRESENTACIÓN

Lava los platos y saca la basura

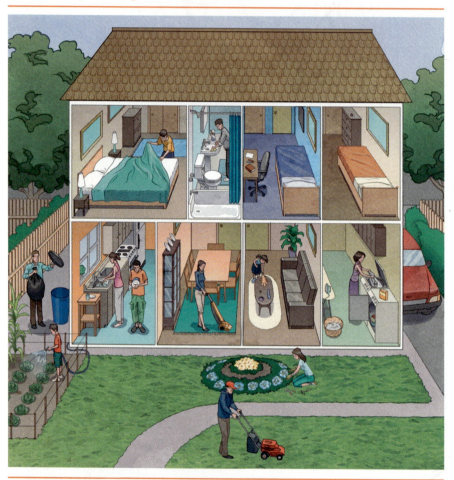

PRÁCTICA Y CONVERSACIÓN

6.1 ¡Manos a la obra! ¿Con qué frecuencia necesita Ud. hacer estos quehaceres domésticos?

1. sacudir los muebles
2. lavar los platos
3. barrer el piso
4. planchar la ropa
5. cortar el césped
6. lavar la ropa
7. limpiar el fregadero
8. sacar la basura
9. poner la mesa
10. hacer la cama

6.2 **Le toca a Ud.** Explíquele a su compañero(a) de clase lo que él/ella debe hacer para ayudar a arreglar la casa. Dígale por lo menos tres quehaceres para cada lugar.

> en la sala / en la cocina / en la lavandería / en el comedor /
> en el dormitorio / en el jardín

6.3 **Tareas que los hombres no realizan.** Según un sondeo *(survey)* hecho en España, hay ciertos quehaceres domésticos que los hombres españoles no hacen nunca. Utilizando el gráfico, conteste las preguntas a continuación.

Vocabulario:
fregar = lavar / limpiar; hacer chapuzas = *to do odd jobs around the house;*
tender la ropa = *to hang clothes out to dry.*

POR AHI NO PASO
Tareas que los hombres no realizan

	%
Hacer las camas	40
Limpiar el polvo	56
Cocinar	40
Lavar la ropa	77
Tender la ropa	47
Fregar el suelo	57
Recoger la casa	45
Hacer chapuzas	14
Fregar los platos	45
Planchar	87
Ir de compras	34
Cuidar a los niños	40
Fregar el cuarto de baño	66
Regar las plantas	44
Sacar la basura	16
Limpiar ventanas	72

Teoría y práctica del macho. Arriba, la opinión «progre» de los hombres españoles, según una encuesta del CIS. A la izquierda, las actividades domésticas que los varones no realizan «nunca», según un sondeo del Instituto de la Mujer.

ARTURO JUEZ

1. ¿Cuáles son los dos quehaceres domésticos que los hombres españoles hacen con más frecuencia?

2. ¿Cuáles son los cuatro quehaceres domésticos que los hombres españoles hacen con menos frecuencia?

3. ¿Qué tareas hacen los hombres españoles en la cocina?

4. ¿Qué porcentaje de los hombres españoles hace las siguientes tareas?
   hacer las camas / recoger la casa / fregar los platos / cuidar a los niños /
   regar las plantas

6.4 Un sondeo. Haga un sondeo en su clase de español para determinar qué porcentaje de sus compañeros(as) de clase nunca hace las tareas en la lista del gráfico de la actividad **6.3.**

6.5 Creación. En una narración cuente lo que pasa en el dibujo de la **Presentación.**

Vocabulario regional.
In Mexico and Central America, the word for *lawn mower* is **la podadora**. Other words used for *grass* are **la grama, el pasto, el zacate.**

Vocabulario suplementario.
el cubo *(bucket, pail),* **el desinfectante** *(disinfectant),* **el detergente** *(detergent),* **la escoba** *(broom),* **la esponja** *(sponge),* **el producto de limpieza** *(cleanser, cleaning product),* **el trapeador, la fregona** *(mop),* **trapear el suelo, pasarle la fregona al suelo** *(to mop),* **el trapo** *(rag),* **hacer los trabajos de bricolaje** *(to complete do-it-yourself chores)*

Vocabulario suplementario.
el carro cortacésped *(riding lawn mower),* **el cortacésped de motor** *(power lawn motor),* **el rastrillo** *(lawn rake),* **la regadera** *(watering can),* **el regador giratorio** *(sprinkler)*

---

vocabulario

Compartir los quehaceres domésticos *To share the housework*

En la cocina *In the kitchen*

fregar (ie) *to clean, scrub, wash*

limpiar la cocina *to clean the stove*
  el fregadero *sink*
  el horno *oven*
  el microondas *microwave*
  el refrigerador *refrigerator*

poner los platos en el lavaplatos *to put dishes in the dishwasher*

sacar la basura *to take out the trash*

En el comedor *In the dining room*

poner la mesa *to set the table*

recoger la mesa *to clear the table*

En el cuarto de baño *In the bathroom*

limpiar la bañera *to clean the bathtub*
  el lavabo *sink*
  el inodoro *toilet*

En el dormitorio *In the bedroom*

arreglar *to straighten up*

barrer el piso *to sweep the floor*

colgar (ue) la ropa *to hang up clothes*

hacer la cama *to make the bed*

En el jardín *In the yard*

el cortacésped *lawn mower*

la manguera *hose*

cortar el césped *to cut the grass*

sacar la mala hierba *to weed*

plantar los árboles *to plant trees*

regar (ie) las flores *to water flowers*

En la lavandería *In the laundry room*

la lavadora *washing machine*

la plancha *iron*

la secadora *clothes dryer*

la tabla de planchar *ironing board*

planchar la ropa *to iron clothes*

En la sala *In the living room*

pasar la aspiradora por la alfombra *to vacuum the carpet*

sacudir los muebles *to dust the furniture*

recoger *to pick up, put away*

vaciar la papelera *to empty the wastebasket*

© michaeljung/Shutterstock.com

Track 1-12

Enlisting Help

ROCÍO   Joaquín, por favor, no seas malito, saca la basura. Los Núñez están por venir y yo todavía no he terminado de preparar la cena.

JOAQUÍN   Mira, no te preocupes tanto. Ellos son tan sencillos como nosotros. Estoy seguro que su casa está siempre tan sucia o tan limpia como la nuestra, ni más ni menos.

ROCÍO   Lo sé, pero tú sabes cómo soy yo. Guarda esa escoba y pon esas botellas de vino en el refrigerador, por favor. ¡Ah! Y si pudieras, diles a los niños que se acuesten, cuéntales un cuento y que se vayan a dormir.

JOAQUÍN   Muy bien, pero sube tú también para que te despidas de ellos.

ROCÍO   Sí, sí, por supuesto.

Rocío is a female name even though it ends in **-o.**

PERSPECTIVAS LINGÜÍSTICAS

As you can observe in the dialogue, the wife is giving a series of commands to her husband. However, she is mitigating their strength by using phrases like *no seas malito* and *si pudieras* that make her request sound more like a plea. She is also using phrases like *por favor* that serve to differentiate a request from a command.

Two different cultural aspects worth pointing out are the growing male participation in household chores and child caring, something that in the past was only the wife's / mother's responsibility, and the concern for *el qué dirán* (what other people might think) showed in Rocíos's phrase *No quiero que digan que nuestra casa está sucia y desordenada*.

Phrases to ask for a favor or enlist someone's help

Si fuera(s) tan amable...	*Could you be so kind as to . . . ?*
Si me pudiera(s) hacer el favor...	*If you could do me the favor of . . .*
Disculpe(a), ¿pero sería(s) tan amable de...?	*Excuse me, but would you be so kind as to . . . ?*
Disculpe(a) la molestia, pero ¿podría(s)...?	*Excuse me for disturbing you, but could you . . . ?*
Quiero pedirle/te un favor.	*I want to ask you a favor.*
¿Cree(s) que sería posible...?	*Do you think it would be possible to . . . ?*

Phrases to accept a request for help

¡Cómo no!	
¡Por supuesto!	*Of course!*
¡No faltaba más!	
¡Con mucho gusto!	*My pleasure!*
¡Qué ocurrencia!	*No problem!*
Está bien.	*Fine.*

Phrases to refuse a request

¡Ay, qué pena! Pero...	*Oh, what a shame! But . . .*
Creo que me va a ser difícil porque...	*I think it's going to be difficult because . . .*
Cuánto lo lamento, pero creo que no voy a poder... porque...	*I'm very sorry, but I think I won't be able to . . . because . . .*
A ver si puedo.	*I'll see if I can.*

PRÁCTICA Y CONVERSACIÓN

6.6 En la residencia estudiantil. ¿Qué dicen Uds. en las siguientes situaciones?

ESTUDIANTE 1

1. Ud. quiere que su compañero(a) de cuarto limpie la habitación.
3. Ud. quiere que su compañero(a) de cuarto baje el volumen de la música.
5. Ud. no acepta.

ESTUDIANTE 2

2. Ud. no quiere limpiar la habitación.
4. Ud. acepta, pero le pide a su compañero(a) de cuarto que no deje ropa sucia en el piso.
6. Ud. se queja.

6.7 ¡Vamos a tener una fiesta! Con algunos compañeros(as), dramaticen la siguiente situación. Ud. está organizando una fiesta sorpresa para el aniversario de sus padres y necesita la cooperación de muchas personas: de su hermano(a) mayor para que mueva los muebles y pase la aspiradora, de sus dos hermanos(as) menores para que limpien los baños y la cocina, de sus primos(as) para que compren los adornos para la fiesta, de su tío(a) para que compre la comida y cocine. Algunas personas no quieren cooperar.

ESTRUCTURAS

Telling Others What to Do

FAMILIAR COMMANDS

When telling others what to do, the familiar commands are used with relatives, friends, small children, pets, or persons with whom you use a first name or the **tú** form.

REGULAR FAMILIAR COMMANDS

	Verbos en **–AR**	Verbos en **–ER**	Verbos en **–IR**
Affirmative	limpia	barre	sacude
Negative	no limpies	no barras	no sacudas

a. The affirmative familiar command of regular and stem–changing verbs has the same form as the third-person singular of the present indicative tense.

b. The negative familiar command has the same form as the second-person singular **(tú)** form of the present subjunctive.

Arregla tu cuarto pero **no arregles** el de Ramón; él debe hacerlo.

Straighten up your room but don't straighten up Ramón's; he ought to do it.

c. The affirmative familiar command of several common Spanish verbs is irregular. However, the corresponding negative **tú** command is regular. Compare the following:

IRREGULAR FAMILIAR COMMANDS

Infinitive	Affirmative Command	Negative Command
decir	di	no digas
hacer	haz	no hagas
ir	ve	no vayas
poner	pon	no pongas
salir	sal	no salgas
ser	sé	no seas
tener	ten	no tengas
venir	ven	no vengas

d. As is the case with all commands, reflexive and object pronouns are attached to the end of affirmative familiar commands and precede the negative forms.

—Mamá, ¿tengo que lavar el vestido de Teresa?

Mom, do I have to wash Teresa's dress?

—Claro. Láva**lo** y séca**lo** ahora mismo pero **no lo planches.** Yo **lo** plancharé mañana.

Of course. Wash it and dry it right now but don't iron it. I'll iron it tomorrow.

PRÁCTICA Y CONVERSACIÓN

6.8 Los quehaceres. Su compañero(a) le pregunta qué puede hacer para ayudarlo/la a Ud. a arreglar el apartamento. Dígale lo que debe hacer.

Modelo   *¿Debo pasar la aspiradora?*
            Sí, pásala.

1. ¿Debo recoger la mesa?
2. ¿Debo limpiar el cuarto de baño?
3. ¿Debo fregar los platos?
4. ¿Debo hacer la cama?
5. ¿Debo sacudir los muebles?
6. ¿Debo sacar la basura?
7. ¿Debo colgar la ropa?

6.9 Consejos. Dele consejos a su hermano(a) menor.

Modelo   llegar a clase a tiempo / llegar tarde
            Llega a clase a tiempo. No llegues tarde.

1. decir la verdad / decir mentiras
2. ser amable / ser antipático(a)
3. venir a casa temprano / venir a casa tarde
4. salir con amigos / salir con personas desconocidas
5. tener cuidado / ser distraído(a)
6. ir al parque / ir al centro solo(a)
7. hacer la tarea / hacer otras cosas
8. ponerse los zapatos / ponerse las sandalias

6.10 Ayúdame, por favor. Esta noche Ud. y su compañero(a) de cuarto van a dar una fiesta y los/las dos están muy nerviosos(as) y preocupados(as). Ud. le dice a su compañero(a) por lo menos tres cosas que él/ella debe hacer y dos cosas que no necesita hacer. Él/Ella hace lo mismo con Ud.

6.11 ¿Qué me dices? Ud., su compañero(a) de clase y Paco tienen que hacer los siguientes quehaceres: limpiar el horno / sacar los platos del lavaplatos / pasar la aspiradora por la alfombra de la sala / limpiar la bañera y el lavabo / hacer las camas / colgar la ropa / cortar el césped / sacudir los muebles de la sala / planchar la ropa / regar las flores / sacar la basura / desherbar.

Es la hora de empezar pero a Paco se le perdió la lista. A continuación está su lista, la de su compañero(a) de clase está en el **Apéndice A**. Conversen de los quehaceres que Uds. dos tienen que hacer, para escribir de nuevo la lista que Paco perdió.

> fregar el horno
> sacudir los muebles
> hacer las camas
> colgar la ropa

The alternate drawing that corresponds to this activity can be found in **Appendix A.**

Comparing People and Things with Equal Qualities

COMPARISONS OF EQUALITY

Spanish uses a slightly different construction from that of English to compare people or things with equal qualities.

a. For making comparisons of equality with adjectives or adverbs, the following formula is used.

> **tan** + ADJECTIVE ADVERB + **como** = *as* + ADJECTIVE ADVERB + *as*

—Este cuarto no está **tan limpio como** el tuyo.	*This room isn't as clean as yours.*
—Sí, porque Eduardo no lo barre **tan regularmente como** yo.	*Yes, because Eduardo doesn't sweep it as regularly as I.*

Note that the subject pronouns are used after **como**.

b. For making comparisons of equality with nouns, the following formula is used. Note that **tanto** agrees with the noun in number and gender.

> **(no)** + **tanto(a/os/as)** + NOUN + **como** = *(not)* + *as much / many . . . as*

Mamá, no es justo. Roberto no tiene que lavar **tantos platos como** yo.	*Mom, it's not fair. Roberto doesn't have to wash as many dishes as I.*

c. For making comparisons with verbs, the phrase **tanto como** is used.

En mi opinión, nadie limpia **tanto como** tu mamá.	*In my opinion, no one cleans as much as your mother.*

d. In addition to their use in expressions of equality, **tan** and **tanto** can also be used to express quantity: **tan** = *so;* **tanto** = *so much / so many.*

No limpies **tan** despacio.	*Don't clean so slowly.*
Elena tiene **tanta** ropa.	*Elena has so many clothes.*
¡No bebas **tanto**!	*Don't drink so much!*

PRÁCTICA Y CONVERSACIÓN

6.12 Una casa nueva. Sus amigos hispanos acaban de comprar una casa. Descríbala comparando las habitaciones.

> *Modelo* los dormitorios / la sala / bonito
> *Los dormitorios son tan bonitos como la sala.*

1. los cuartos de baño / la cocina / moderno
2. el comedor / la sala / elegante
3. la lavandería / la cocina / pequeño
4. la sala / los dormitorios / cómodo
5. el jardín / la casa / grande

© Dave G. Houser/Corbis

6.13 Más quehaceres. Haga oraciones, indicando que Ud. trabaja tanto como su compañero(a) de cuarto.

Modelo lavar platos
Yo lavo tantos platos como él/ella.

> **plantar flores / lavar ropa / secar platos / planchar camisas /**
> **limpiar ventanas / sacar basura / cortar el césped**

6.14 Comparaciones. Complete de una manera lógica.

1. Espero tener tanto(a) _____ como mi mejor amigo(a).

2. En esta clase yo _____ tanto como mis compañeros(as).

3. No debo _____ tanto.

4. Quiero ser tan _____ como mis compañeros(as).

5. Yo _____ tanto como los otros.

6.15 ¡Tú no trabajas tanto como yo! En grupos, un(a) estudiante hace el papel de padre/madre y dos hacen el papel de hijos(as).

Situación: Sus hijos(as) no hacen nada en la casa; solo ven televisión, escuchan música, comen y duermen. Ud. los/las llama y les dice que tienen que hacer algunas labores en la casa. Cada uno(a) de ellos(as) cree que trabaja mucho o por lo menos tanto como los(as) otros(as).

Pointing Out People and Things

DEMONSTRATIVE ADJECTIVES AND PRONOUNS

Demonstrative adjectives and pronouns are used to point out or indicate people, places, and objects that you are discussing: *this house; that apartment.*

DEMONSTRATIVE ADJECTIVES

este	*cuarto*	**ese**	*cuarto*	**aquel**	*cuarto*
esta	*casa*	**esa**	*casa*	**aquella**	*casa*
estos	*cuartos*	**esos**	*cuartos*	**aquellos**	*cuartos*
estas	*casas*	**esas**	*casas*	**aquellas**	*casas*

a. Demonstrative adjectives are placed before the noun they modify and agree with that noun in person and number.

1. **este, esta / estos, estas** = *this / these*
   The forms of **este** are used to point out persons or objects near the speaker and are often associated with the adverb **aquí** = *here.*

   Tu libro está **aquí** en **esta** mesa.   *Your book is here on this table.*

2. **ese, esa / esos, esas** = *that / those*
   The forms of **ese** are used to point out persons or objects near the person spoken to and are often associated with the adverb **ahí** = *there.*

   Tu sándwich está **ahí** en **ese** plato.   *Your sandwich is there on that plate.*

3. **aquel, aquella / aquellos, aquellas** = *that / those (over there, in the distance)*
The forms of **aquel** are used to point out persons or objects away from both
the speaker and person spoken to and are often associated with the adverb
allí = *there, over there*.

Prefiero **aquella** casa **allí** en la esquina.	*I prefer that house over there on the corner.*

DEMONSTRATIVE PRONOUNS

este / esta	} this (one)	ese / esa	} that (one)	aquel / aquella	} that (one)
estos / estas	} these	esos / esas	} those	aquellos / aquellas	} those
esto	this	eso	that	aquello	that

b. Demonstrative pronouns are used to replace the indicated person(s) or object(s).
They occur alone and agree in gender and number with the nouns they replace.
Note that demonstrative pronouns have the same forms as demonstrative adjectives. In older publications, however, demonstrative pronouns have written
accent marks.

Ana prefiere **esta** mesa pero yo prefiero **aquella** (*formerly,* aquélla).	*Ana prefers this table but I prefer that one.*

c. The neuter demonstrative pronouns are **esto** = *this*, **eso** = *that*, and **aquello** = *that*.
They exist only in the singular. The neuter forms point out an item whose identity
is unknown or they replace an entire idea, situation, or previous statement.

¿Qué es **esto / eso**?	*What is this / that?*
Eso no es verdad.	*That isn't true.*

d. The forms of **este** can be used to express *the latter*. The forms of **aquel** can be
used to express *the former*.

Colombia y Venezuela son dos países de Sudamérica; **este** (Venezuela) produce mucho petróleo y **aquel** (Colombia) produce mucho café.	*Colombia and Venezuela are two South American countries; the former (Colombia) produces a lot of coffee and the latter (Venezuela) produces a lot of oil.*

Note that in Spanish *the latter* (**este**) is expressed first, followed by *the former* (**aquel**).

PRÁCTICA Y CONVERSACIÓN

6.16 Los quehaceres. Un(a) amigo(a) está ayudándolo/la a Ud. a hacer los quehaceres domésticos. Indique lo que Ud. necesita.

Modelo　la aspiradora que está aquí
　　　　　Necesito esta.

1. la escoba que está aquí
2. los trapos que están ahí
3. las esponjas que están allí
4. el detergente que está ahí
5. la plancha que está aquí
6. la manguera que está allí

6.17 En el supermercado. Un(a) compañero(a) está ayudándolo/la a Ud. a comprar comida para una cena especial. Conteste sus preguntas sobre lo que Ud. quiere comprar.

> *Modelo*   los tomates
>
> COMPAÑERO(A)   *¿Quieres comprar estos tomates?*
>
> USTED   *Sí, quiero comprar esos.*

1. las naranjas	5. el vino italiano
2. los mariscos	6. los vegetales
3. el queso francés	7. la cerveza alemana
4. la torta	8. las papas

6.18 ¿Qué dicen? Mire los siguientes dibujos y diga qué dicen las personas. Luego diga cómo son las personas y qué cree Ud. que va a pasar.

> *Modelo*   NIÑO   *Mami, quiero ir a esta tienda.*
>
> MADRE   *¿A esa? ¡No!*

6.19 ¿Qué es esto? Ud. es el/la vendedor(a) en una tienda de electrodomésticos *(appliances)* muy modernos y sofisticados. Un(a) cliente entra, ve los objetos y le hace una serie de preguntas. Conteste sus preguntas explicándole qué son.

> *Modelo*   CLIENTE   *¿Qué es esto?*
>
> EMPLEADO(A)   *Esta es una aspiradora muy moderna. Sirve para aspirar el polvo y también para lavar las alfombras.*

SEGUNDA SITUACIÓN

PRESENTACIÓN

Los programas de la tele

PRÁCTICA Y CONVERSACIÓN

6.20 Definiciones. Dé las palabras que corresponden a las siguientes definiciones.

1. la persona que mata a alguien
2. una máquina que sirve para poner los DVD
3. la persona que da las noticias
4. lo que uno lee para informarse de los programas que dan en la televisión
5. la persona que lee los anuncios en la televisión
6. la persona que ve un crimen
7. dar noticia de algo
8. un mensaje publicitario
9. un programa de televisión que da las noticias
10. tener una conversación con una o varias personas para informar al público de sus respuestas

6.21 Más definiciones. Explíquele las siguientes palabras a su compañero(a) de clase.

la víctima / el/la diputado(a) / la guerra / el juez / la cárcel / la ley / el terremoto

6.22 ¿Qué van a ver? Usando la guía de televisión a continuación, escoja programas para las siguientes personas.

1. una pareja que quiere aprender a cocinar
2. una estudiante que se especializa en cine
3. un profesor a quien le encantan las noticias
4. un joven loco por los deportes
5. una mujer a quien le gustan las telenovelas
6. unos jóvenes a quienes les encantan los programas de los Estados Unidos
7. Ud. y sus amigos

mi guia **TV**

Buscar

Ver programación de...

| Programación | ¿Qué hay ahora? | Personalizar | Clasificados |

Programación de televisión

TVE-1
Miércoles 29

07.00	Telediario matinal
10.00	Saber vivir
11.30	Por la mañana
14.00	Informativo territorial
14.30	Corazón de verano
15.00	Telediario 1
16.00	La tormenta
17.00	Corazón partido
18.00	España directo
20.00	Gente
21.00	Telediario 2
22.00	Mujeres desesperadas
00.00	Urgencias
01.00	Telediario 3
01.30	Ley y orden: Acción criminal
03.00	Canal 24 horas

TVE-2
Miércoles 29

07.30	Los lunnis
09.30	Aquí hay trabajo
10.00	TV Educativa
11.00	Cine
12.45	Padres en apuros
13.00	Los lunnis
14.30	Programación territorial
15.15	Saber y ganar
15.40	Grandes documentales
19.00	Meridianos
20.00	Informativo territorial
20.30	Deporte 2
21.00	La 2 noticias
21.30	Europa
22.30	Redes
01.00	Enfoque

Tele-5
Miércoles 29

07.15	No sabe, no contesta
08.35	Un país de chiste
09.30	El show de Flo
10.00	Juicio de parejas
11.20	Surf girls
13.10	Hoy cocinas tú
15.00	Padre de familia
15.55	Traffic TV
16.50	Profesores en Boston
18.25	Todo el mundo quiere a Raymond
18.50	El mundo según Jim
19.35	El rey de Queens
20.00	Traffic TV
21.00	SMS
21.30	A pelo
22.30	Navy

© Heinle/Cengage Learning

6.23 Creación. Trabajando en parejas, preparen un noticiero breve, usando los siguientes titulares. Luego, presenten su noticiero a la clase.

1. Terremoto en Bogotá
2. Huelga de maestros en las escuelas primarias de Barranquilla
3. Robo en el Banco Nacional de Medellín
4. Manifestación estudiantil en Caracas
5. Tres días de inundaciones en Cali

CONEXIONES. Utilizando Internet, busque un noticiero de Colombia o Venezuela. Compare este noticiero con uno que está dirigido a su comunidad. ¿Cuáles diferencias o semejanzas nota Ud.?

vocabulario

La tele *TV*

el anuncio comercial *commercial*

el canal *channel*

la guía de televisión *TV guide*

el/la locutor(a) *announcer*

el programa de concursos *game show*

el reproductor de DVD/CD *DVD/CD player*

el televisor *television set*

quemar un DVD/CD *to burn a DVD/CD*

poner un DVD/CD *to play a DVD/CD*

El noticiero *News program*

las noticias locales *local news*
nacionales *national news*
internacionales *international news*

el/la reportero(a) *reporter*

los titulares *headlines*

anunciar *to announce*

entrevistar *to interview*

informar *to inform*

El crimen *Crime*

el/la acusado(a) *accused person*

el asesinato *murder*

el/la asesino(a) *murderer*

el atentado terrorista *terrorist attack*

la banda terrorista *terrorist organization*

la cárcel *jail*

el delito *crime, offense*

el/la juez(a) *judge*

el/la ladrón/ladrona *thief*

---

la ley *law*

el robo *robbery*

el/la sospechoso(a) *suspect*

el terrorismo *terrorism*

el/la testigo *witness*

arrestar *to arrest*

rendirse (i, i) *to give oneself up*

rescatar *to rescue*

robar *to rob*

culpable *guilty*

El desastre *Disaster*

el incendio *fire*

la inundación *flood*

el terremoto *earthquake*

ahogarse *to drown*

quemar *to burn*

La política *Politics*

la campaña electoral *electoral campaign*

el/la diputado(a) *representative*

el discurso *speech*

las elecciones *elections*

la huelga *strike*

la manifestación *demonstration*

el/la político(a) *politician*

elegir (i, i) *to elect*

evitar la guerra *to avoid war*

mantener la paz *to maintain peace*

protestar contra *to protest against*

ser indulgente con *to be soft on*

Vocabulario suplementario.
la cadena *(network)*,
el control remoto *(remote control)*, **emitir** *(to broadcast)*,
el mando a distancia *(remote control in Spain)*,
el/la presentador(a) *(show host)*, **la telepromoción** *(infomercial)*, **el/la televidente** *(television viewer)*

Vocabulario suplementario.
el avance rápido *(fast forward on a CD/DVD player)*,
la pista anterior *(back)*,
la pista siguiente *(forward)*,
detener *(to stop)*, **expulsar** *(to eject)*, **reproducir** *(to play)*,
pausar *(to pause)*

© Imageegami/iStockphoto.com

Expressing Polite Dismissal

Track 1-13

ISABELLA ¡Chica! Cuánto me alegro que estés aquí de regreso. Te hemos extrañado mucho todos estos meses.

AURELIA Sí, yo también los he extrañado muchísimo. Mira, aquí les traje algunas cosas. Estos cosméticos te los traje a ti. Espero que te gusten. Dicen que son muy buenos.

ISABELLA Ay, Aurelia, gracias, pero no te hubieras molestado.

AURELIA No, si no fue ninguna molestia. Mira, estos juguetes son para los hijos de Ani.

ISABELLA Van a estar felices, aunque no has debido comprar tantos regalos. Debes haber gastado una fortuna, chica.

AURELIA ¡No, qué va! ¡Ah!… me olvidaba. Esta caña de pescar es para Rafael, por supuesto.

ISABELLA ¡Con lo que le gusta pescar a ese hombre! No me sorprendería que se fuera este mismo sábado. Y ¡yo no puedo protestar contra eso!

AURELIA ¡Claro que no, chica! ¡No faltaba más!

PERSPECTIVAS LINGÜÍSTICAS

When receiving a present from a friend it is not unusual to express concern for the expense that the person giving the present might have incurred (*pero no te hubieras molestado. Debes haber gastado una fortuna*) and for the person giving the present to dismiss this (*No, si no fue ninguna molestia, al contrario*). Not expressing concern might be interpreted as arrogance or lack of empathy with the present giver; lack of dismissal, on the other hand, might send the message that it was indeed a big imposition or expense that the person would have preferred not to incur.

In some countries, the words *chico(a)* or *mi'jo(a)* (short form of *mi hijo[a]*) are used as appealers, similar to *dude* or *you guys* in English when talking in an informal context.

Phrases to dismiss something to be polite or to reassure someone

No se hubiera / te hubieras molestado.	*You shouldn't have (bothered).*
Gracias. No se / te moleste(s).	*Thank you. Don't trouble yourself (Don't bother).*
No es necesario, gracias.	*It's not necessary, thank you.*
No se / te preocupe(s) (por eso).	*Don't worry (about that).*
No ha(s) debido hacer eso.	*You shouldn't have done that.*

PRÁCTICA Y CONVERSACIÓN

6.24 Eres muy amable. ¿Qué dice Ud. en las siguientes situaciones?

1. Un(a) amigo(a) le trae un ramo de rosas el día de su cumpleaños.
2. Un(a) amigo(a) quiere llevarlo/la a su trabajo porque su carro no funciona, pero Ud. no quiere causarle ninguna molestia *(impose on him / her)*.
3. Unos amigos insisten en ayudarlo/la con su tarea de español, pero Ud. no quiere que lo hagan.
4. Sus padres le traen los libros y discos compactos que Ud. olvidó en casa.
5. Su madre insiste en comprarle una computadora mejor, pero Ud. no quiere que gaste.
6. Su novio(a) le compró sus revistas favoritas.

6.25 ¡Qué buen(a) amigo(a) eres! Ud. visita a un compañero(a) de trabajo que ha estado enfermo(a) un par de semanas y no ha ido a trabajar. Cuando lo/la visita, Ud. le ofrece ayuda con diferentes cosas.

ESTUDIANTE 1	Hola,_____, sabía que estabas enfermo(a) y por eso vine a visitarte.
ESTUDIANTE 2	Ay, _____, qué bueno. Pero _____.
ESTUDIANTE 1	No, si no es ninguna molestia. Al contrario. ¿Te puedo ayudar en algo?
ESTUDIANTE 2	_____.
ESTUDIANTE 1	Quizás necesitas _____.
ESTUDIANTE 2	_____.
ESTUDIANTE 1	Bueno, ya me voy. Chao. Llámame si necesitas algo.
ESTUDIANTE 2	_____.

ESTRUCTURAS

Expressing Judgment, Doubt, and Uncertainty

SUBJUNCTIVE AFTER EXPRESSIONS OF EMOTION, JUDGMENT, AND DOUBT

a. Spanish verbs and phrases that express an emotion or judgment about another action require the use of the subjunctive when the subject of the first verb is different from the second.

Roberto prefiere que **compremos** una casa nueva, pero es mejor que **nos quedemos** en un apartamento por el momento.

Robert prefers that we buy a new house, but it's better that we stay in an apartment for the time being.

1. Expressions of emotion or judgment include many impersonal expressions.

es bueno	es (in)útil	es preferible
es conveniente	es (una) lástima	es ridículo
es importante	es malo	es sorprendente
es (im)posible	es mejor	es terrible

Impersonal expressions that state a fact require the indicative. Such expressions include **es cierto, es evidente, es obvio, es verdad,** and **no es dudoso.**

Como nieva mucho **es obvio que no salimos** esta noche. **Es posible que miremos** una película.

Since it is snowing a lot, it's obvious we're not going out tonight. It's possible that we will watch a movie.

2. Other expressions of judgment include the following:

alegrarse de	lamentar	sorprender
enfadarse con	preferir	temer
enojarse de	sentir	tener miedo de
estar contento(a)		

Siento mucho que **Uds. no puedan** cenar con nosotros.

I'm very sorry that you can't have dinner with us.

b. The subjunctive is used after the following expressions of doubt or denial when the speaker expresses uncertainty or negation about the situation he/she is discussing.

dudar	acaso	es dudoso
negar	quizá(s)	
no creer	tal vez	
no pensar		
¿creer?		
¿pensar?		

1. The subjunctive is used after **dudar, negar, no creer, no pensar,** and **es dudoso** when there is a change of subject.

No creo que esta casa **sea** muy cara.	*I don't think that this house is very expensive.*

2. Interrogative forms of **creer** and **pensar** require the subjunctive when the speaker is uncertain about the outcome of the action. The indicative is preferred in questions when the speaker does not express an opinion.

Subjunctive: Speaker Expresses Doubt

¿Crees que **haya** algo bueno en la tele?	*Do you really think that there is something good on TV?*

Indicative: Speaker Expresses No Opinion

¿Crees que **hay** algo bueno en la tele?	*Do you think that there is something good on TV?*

3. Verbs following the expressions **acaso, quizá(s), tal vez,** meaning *maybe* or *perhaps,* will be in the subjunctive when the speaker doubts that the situation will take place.

Quizás nuestro candidato **gane** las elecciones, pero es dudoso.	*Perhaps our candidate will win the election, but it's doubtful.*

When the speaker wishes to indicate more certainty, the indicative is used with **acaso, quizá(s), tal vez.**

Tal vez vamos a mirar las noticias.	*Perhaps we will watch the news.*

PRÁCTICA Y CONVERSACIÓN

6.26 La televisión. Exprese su opinión sobre la televisión, utilizando las siguientes expresiones: **(no) es + conveniente / ridículo / terrible / mejor / sorprendente / verdad / posible / malo.**

1. Hay demasiada violencia en la televisión.
2. Algunos niños miran más de cuatro horas de televisión diariamente.
3. Los anuncios siempre son interesantes y divertidos.
4. Pagamos para mirar algunos deportes en la tele.
5. Muchas personas no leen el periódico; solo ven las noticias en la tele.
6. Generalmente puedo encontrar algún programa bueno en la tele.

6.27 ¿Qué le parece? Exprese su opinión sobre los siguientes temas. Use las siguientes expresiones: **me sorprende, estoy contento(a) de, no creo, siento, tengo miedo de.**

el clima / la cafetería estudiantil / la universidad / la economía / las vacaciones / la política / ¿?

6.28 Mis opiniones. Complete las siguientes oraciones de una manera lógica.

1. Me sorprende que _____.

2. Tal vez el/la profesor(a) _____.

3. Es ridículo que _____.

4. Dudo que _____.

5. Me alegro que _____.

6. Es necesario que _____.

6.29 ¿Qué vamos a ver? Ud. y un(a) compañero(a) están leyendo la guía de televisión en la página 180. Desgraciadamente no pueden ponerse de acuerdo sobre lo que quieren ver en la televisión. Cada uno(a) critica lo que el/la otro(a) dice y trata de imponer su opinión.

Modelo   **COMPAÑERO(A)**   *Quiero ver* Hoy cocinas tú.

               USTED   *Dudo que ese programa sea muy bueno. Prefiero que miremos* Ley y orden.

Talking about Things and People

MORE ABOUT GENDER AND NUMBER OF NOUNS

In order to talk about people, places, objects, and ideas, you will need to know how to use nouns in Spanish. It is particularly important to be able to predict and learn the gender of nouns since that gender determines the endings of other words such as definite and indefinite articles and adjectives.

GENDER OF NOUNS

a. Masculine nouns include

1. nouns that refer to males, regardless of ending.

el policía	*policeman*
el hombre	*man*
el abuelo	*grandfather*

2. most nouns that end in **-o.**

el piso	*floor*
el robo	*robbery*

Exceptions: la mano, la radio, la moto(cicleta), la foto(grafia)

3. some nouns that end in **-ma, -pa,** and **-ta.**

el problema	*problem*
el mapa	*map*
el cometa	*comet*

4. most nouns that end with the letters **-l, -n, -r,** and **-s.**

el canal	*channel*
el rincón	*corner*
el comedor	*dining room*
el interés	*interest*

5. days, months, and seasons.

el viernes	*Friday*
el febrero pasado	*last February*
el invierno	*winter*

Exception: la primavera

b. Feminine nouns include

1. nouns that refer to females, regardless of the ending.

la madre	*mother*
la mujer	*woman*
la enfermera	*nurse*

2. most nouns that end in **-a.**

| **la comida** | *meal* |
| **la cucharita** | *teaspoon* |

Exception: el día

3. most nouns that end in **-ión, -d, -umbre, -ie,** and **-sis.**

la reservación	*reservation*
la especialidad	*specialty*
la costumbre	*custom*
la serie	*series*
la crisis	*crisis*

Exceptions: el paréntesis, el análisis

c. Nouns ending in **-e** can be either masculine or feminine.

la clase	*class*
la gente	*people*
el diente	*tooth*
el restaurante	*restaurant*

d. Masculine nouns that refer to people and end with **-or, -n,** or **-és** become feminine by adding **-a.**

el profesor	**la profesora**	*professor*
el bailarín	**la bailarina**	*dancer*
el francés	**la francesa**	*French man/woman*

Note that the accents are deleted in the feminine forms.

e. The gender of some nouns that refer to people is determined by the article, not the ending.

| **el artista** | **la artista** | *artist* |
| **el estudiante** | **la estudiante** | *student* |

f. Some nouns have only one form and gender to refer to both males and females: **el ángel, el individuo, la persona, la víctima.**

PLURAL OF NOUNS

a. Nouns that end in a vowel add **-s** to become plural.

el hombre	los hombres	*men*
el plato	los platos	*plates*
la ensalada	las ensaladas	*salads*

b. Nouns that end in a consonant add **-es** to become plural. Sometimes written accent marks must be added or deleted in the plural form to maintain the original stress.

la mujer	las mujeres	*women*
la reservación	las reservaciones	*reservations*
el joven	los jóvenes	*young people*
el francés	los franceses	*French persons*

c. Nouns ending in **-z** change the **z** to **c** before adding **-es: el lápiz → los lápices; una vez → unas veces.**

d. Nouns of more than one syllable ending in an unstressed vowel + **-s** have identical singular and plural forms: **el martes → los martes; la crisis → las crisis.**

PRÁCTICA Y CONVERSACIÓN

6.30 Los quehaceres. Explíquele a un(a) compañero(a) lo que Ud. quiere que él/ella limpie en su casa.

Modelo   sala
         Limpia la sala, por favor.

> cuartos de baño / cocina / muebles / comedor / jardín / microondas / ¿?

6.31 En casa. Trabaje con un(a) compañero(a) para completar la siguiente conversación telefónica utilizando los artículos definidos en singular o en plural, según corresponda.

MARIELA   Hola, Chela. ¿Cómo están por tu casa?

CHELA   Toda _____ familia está bien, gracias.

MARIELA   Te llamo para ver si salimos más tarde. ¿Qué vas a hacer hoy?

CHELA   Me encantaría salir contigo, pero hoy tengo que hacer muchas cosas en _____ casa. Empecé con _____ comedor y eso fue un desastre. Después limpié _____ cocina y lavé _____ platos. Ahora estoy por salir a comprar _____ comida para _____ semana pero estoy muy preocupada. _____ precios son cada día más altos. Parece que cada día _____ inflación se pone peor.

MARIELA   Sí, así es. _____ televisor de _____ sala de mi casa no funciona. Necesitamos comprar otro y no quiero ni pensar en eso.

CHELA   Ayer salí a comprar pollo. ¿Sabes cuánto cuesta? Veinte bolívares fuertes _____ kilo. ¡Imagínate!

MARIELA   Sí, es igual con _____ ropa y _____ zapatos. No sé lo que va a pasar. Pero tal vez en _____ elecciones de diciembre podamos cambiar de gobierno.

CHELA   Lo dudo, tú sabes cómo son _____ cosas aquí.

TERCERA SITUACIÓN

DIÁLOGOS EN VÍDEO

© Anna Pérez

▶ To view the video, visit
www.cengagebrain.com

Para comprender lo que ve

INFERRING SOCIAL CUSTOMS AND PRACTICES

By paying attention to what people do, how they behave and react in different
contexts or situations, you will be able to understand their social customs and
practices better, and consequently, understand what they say, how they say it,
and why they say it.

Para comprender lo que escucha

THE MAIN IDEA AND SUPPORTING DETAILS

You have already learned that you don't need to understand every single word of
what is being said and that you can listen for the general idea of a conversation. It
is also important to learn how to listen for the main idea of what is being said and
the supporting details. For example, if somebody asks you what your occupation
is, you might respond, "I'm a student." That would be the main idea you want to
communicate. You might also add, "I study Political Science at George Washington
University." Those would be the supporting details that expand the scope of your
preliminary statement and add to the listener's knowledge about you.

Antes de ver y escuchar

6.32 Las fotos y el vídeo. Con un(a) compañero(a) de clase, hagan las siguientes actividades.

1. Describan a las personas en la foto, el lugar donde se encuentran, qué están haciendo, cómo están vestidas y cómo se sienten.
2. Describan ahora en detalle lo que las personas en el vídeo están haciendo y cómo reacciona cada una de ellas al comportamiento de la otra.
3. ¿Qué pueden aprender Uds. de las costumbres de este grupo cultural y cómo se parecen a / diferencian de las costumbres de los Estados Unidos? Justifiquen su respuesta.

Al ver y escuchar

6.33 Los apuntes. Mire el vídeo y escuche la conversación entre Rosaluz y Mariana. Tome los apuntes que considere necesarios y complete las siguientes oraciones.

1. Mariana se siente _____. Tiene _____.

2. Rosaluz le trae _____ y _____.

3. Rosaluz le dice a Mariana que debe _____, tomar _____ y _____.

4. Mariana está viendo televisión, pero cuando se mejore _____.

Después de ver y escuchar

6.34 Resumen. Con un(a) compañero(a) de clase, resuma la conversación entre Mariana y Rosaluz.

6.35 Algunos detalles. Complete las siguientes oraciones con la mejor respuesta.

1. Rosaluz le lleva a Mariana…
   a. muchas revistas nuevas y vitamina C.
   b. naranjas y frutas frescas.
   c. su revista favorita y jugo natural.

2. Sabemos que a Mariana le gusta…
   a. ver televisión, sobre todo los programas de acción.
   b. ir al teatro o ver una buena película en el cine.
   c. estar metida en la casa todo el tiempo.

3. Según la conversación, se sabe que Rosaluz y Mariana son…
   a. hermanas, pero no se ven mucho.
   b. vecinas que no se llevan bien.
   c. muy buenas amigas.

4. Mariana sabe que si necesita algo puede llamar a…
   a. Rosaluz.
   b. Gustavo.
   c. la farmacia.

PERSPECTIVAS

La vivienda° en el mundo hispano   *housing*

Los hispanos que viven en una ciudad generalmente prefieren tener su vivienda cerca del centro, puesto que el trabajo, las tiendas, las escuelas y las diversiones se concentran allí. Como no hay mucho espacio en el centro, la vivienda urbana más típica es el apartamento.

Hay mucha variedad en el estilo, el tamaño y el precio de los apartamentos, pero casi todos tienen los servicios y facilidades modernos, incluso los apartamentos en edificios antiguos. En la planta baja de los edificios de apartamentos muchas veces hay boutiques, farmacias o tiendas donde venden pan, leche, café y otros alimentos básicos. Aunque muchos hispanos tienen apartamento propio, otros lo alquilan.

En algunos barrios de la ciudad hay casas privadas con jardín. A causa del problema de espacio, los terrenos *(lots)* no suelen ser tan grandes como en los Estados Unidos. Algunas familias tienen más de una vivienda; compran un apartamento en la playa, o una casa en el campo o en las montañas adonde van para pasar los fines de semana y las vacaciones.

La casa más típica del mundo hispano es la casa colonial que se data del siglo XVII o XVIII. La casa colonial se caracteriza por su fachada *(façade)* de estuco pintado de blanco o amarillo, una gran puerta de madera, un techo de tejas *(tiles)* y sus balcones y ventanas con rejas *(iron grill work)* negras. La casa está construida alrededor de un patio interior donde se puede encontrar plantas y flores y a veces una fuente *(fountain)*. Todos los cuartos de la casa colonial se abren al patio y allí la familia se sienta para charlar, tomar una copa o descansar. Todavía se puede encontrar ejemplos de casas coloniales en España y en las Américas. También existen casas nuevas al estilo colonial.

© Michael Cramer/Shutterstock.com

↑ **FOTO** El hermoso patio interior de una casa colonial

Al contrario de los Estados Unidos, la mayoría de la gente pobre del mundo hispano vive en las afueras de las ciudades. Algunos viven allí en edificios de apartamentos nuevos construidos por el gobierno; desgraciadamente otros viven en viviendas pequeñas con pocas comodidades.

PRÁCTICA Y CONVERSACIÓN

6.36 Práctica intercultural. Con un(a) compañero(a) de clase, contesten las siguientes preguntas acerca de la vivienda en los Estados Unidos.

1. ¿Qué tipos de vivienda hay en los Estados Unidos?
2. ¿Hay una vivienda típica en los Estados Unidos? ¿Cómo es?
3. ¿Cuáles son las características de una típica casa colonial en los Estados Unidos?
4. ¿Hay diferencias entre la vivienda urbana y la vivienda rural? Explique.
5. En relación con el centro de una ciudad, ¿dónde se encuentra la vivienda más costosa generalmente?

6.37 Comparaciones. Trabajando en parejas, comparen las características de la vivienda en el mundo hispano con las de los Estados Unidos. Incluyan información sobre la ubicación *(location)*, el tamaño, las comodidades y los servicios.

6.38 Busco apartamento. Trabajando en parejas, dramaticen la siguiente situación. Ud. vive en los Estados Unidos pero tiene que viajar mucho a Bogotá, Colombia, por su trabajo. Por eso Ud. piensa comprar un condominio en Bogotá para su familia: Ud., su esposo(a) y sus dos hijos. Utilizando los dos anuncios para apartamentos, discuta con su esposo(a) las ventajas y desventajas de comprar un apartamento en Bogotá. Después, explíquenle a la clase su decisión.

Consideraciones: ¿Son bastante grandes los apartamentos? ¿Son demasiado costosos? ¿Hay diversiones para los niños y para los mayores? ¿Está cerca de su trabajo?

> Prices are given in Colombian pesos whose symbol is $. Use an online currency converter to find out the current value of the Colombian peso and to convert the price to US dollars.

Apartamentos SANTA MARGARITA

Santa Margarita le ofrece las ventajas de la cercanía a los centros comerciales, colegios, clínicas, supermercados y vías principales que le facilitan el desplazamiento desde y hasta cualquier punto de la ciudad de una forma fácil y rápida.

DESCRIPCIÓN

Apartamentos de 1, 2 y 3 alcobas, 2 baños, excelente ubicación, ascensor, parqueadero cubierto y descubierto, salas de negocios y estudio, gimnasio, salón de juegos. Tipo de construcción tradicional.

ZONAS COMUNES

El Conjunto cuenta con cómodos parqueaderos, salas de estudio y negocios, gimnasio, salón de juegos, mini golfito y salón de reuniones. Los niños podrán disfrutar de un alegre parque infantil al interior del Conjunto que les brinda seguridad y tranquilidad.

Desde $163.000.000

Desde $186.000.000

CLUB RESIDENCIAL LA COLINA DENTRO DE LA CIUDAD PARQUE

La Ciudad Parque es un megaproyecto constituido por 17.000 viviendas en 108 hectáreas. Es un lugar único en la ciudad—cerca de todo y con todo lo que se necesita para vivir mejor.

- Parque de 7 hectáreas
- Club empresarial, social y deportivo
- Centro histórico y cultural
- Colegio
- Clínica

- Supermercado
- Biblioteca
- Transporte masivo
- A pocos minutos del aeropuerto y del Terminal de Transportes.

Zonas Comunes

CLUB HOUSE con piscina climatizada, salón de juegos con mesa de billar, gimnasio, minimarket, juegos infantiles, salón comunal, teatrino, oficina de administración

ASÍ SE ESCRIBE

Para escribir bien

PREPARING TO WRITE

Careful preparation is the most important phase of the writing process. The following suggestions should help you plan and organize beforehand so the actual writing is done more quickly and produces a more readable, interesting composition.

1. Choose a topic that interests you and one for which you have some background knowledge.

2. Brainstorm ideas that might possibly fit into the composition topic. Write down these ideas in Spanish.

3. Make a list of the best ideas obtained from your brainstorming.

4. Make a list of key vocabulary items for the composition. Look up words in the dictionary at this point.

5. Organize your key ideas into a logical sequence. These key ideas will form a basic outline for your composition.

6. Fill in your outline with the details and supporting elements for your key ideas. You are now ready to write your composition.

Antes de escribir

A **La selección de las ideas principales.** Lea las descripciones de los temas dados en la sección **Al escribir.** Escoja la composición que sea más compatible con sus intereses y habilidades. Después, haga una lista de las ideas principales que Ud. quiere incluir en su composición.

B **La selección del vocabulario.** Utilizando su lista de ideas de la **Actividad A,** haga una lista de vocabulario útil para su composición. Si Ud. ha escogido Tema 2 «Una casa vieja», incluya frases de **Así se habla: Enlisting Help.**

Al escribir

C Escriba su composición, utilizando la lista de ideas y vocabulario que Ud. hizo en las actividades de **Antes de escribir.**

Tema 1:

Criados contentos. Ud. es el/la dueño(a) de una compañía de limpieza doméstica que se llama *Criados contentos*. Escriba un anuncio para un periódico local, explicando sus servicios. Incluya información sobre los quehaceres domésticos que hacen, su horario y sus precios. Compare sus servicios con los de otras compañías de limpieza doméstica.

Tema 2:

Una casa vieja. Ud. y su esposo(a) acaban de comprar una casa vieja que tiene muchos problemas: todas las ventanas están muy sucias, una ventana está rota, las paredes están sucias y necesitan pintura, el lavabo en un cuarto de baño no funciona, el lavaplatos no funciona, no hay luz en dos de los dormitorios, no se puede cerrar fácilmente la puerta principal, la alfombra de la sala huele mal. Escríbale una nota a la persona que viene para reparar la casa. Explíquele los problemas y lo que debe hacer para resolverlos.

© Davei 5957/iStockphoto.com

Después de escribir

D Antes de entregarle su composición a su profesor(a), Ud. debe leerla de nuevo y corregir los errores.

☐ ¿Hay una idea principal en cada párrafo?

☐ ¿Hay suficientes detalles para apoyar las ideas principales?

☐ ¿Están en orden lógico las ideas y los detalles?

☐ ¿Utiliza vocabulario relacionado a la casa y los quehaceres domésticos?

☐ ¿Están correctas las formas de los verbos y las frases para comparar?

☐ ¿Está correcto el uso del subjuntivo?

INTERACCIONES

The communicative tasks of the **Interacciones** section recombine and review the vocabulary, grammar, culture, and communicative goals presented within the chapter. To help you prepare the tasks, review the specific items listed next to each activity.

A. Sus compañeros(as) de cuarto

Communicative Tasks: Enlisting help; telling others what to do

Oral Instructions: You live in an apartment with two roommates. It's Parents' Weekend at school, and you must clean up the place before your parents arrive. Enlist your roommates' help and tell each of them what to do to prepare the apartment and some refreshments for your parents.

B. Un(a) nuevo(a) criado(a)

Communicative Tasks: Comparing people and things with equal qualities; telling others what to do; expressing judgment, doubts, and uncertainty

Interview: As a wealthy and busy professional, you are trying to find a replacement for your live-in domestic helper, who is about to retire. Interview a candidate (played by a classmate). Find out if he/she has qualities equal to or better than your present employee. Explain what you want him/her to do on the job. You are quite demanding and the prospective employee is not certain that he/she wants the job.

C. Telediario

Communicative Tasks: Pointing out people and things; talking about things and people; expressing judgments, doubt, and uncertainty

Oral Presentation: You and a classmate are the newscasters on «Telediario,» a brief news broadcast that occurs each evening from 8:58 to 9:00. Provide the highlights of the day's news for your audience. Include local, national, and international news as well as sports and a brief weather forecast.

D. Los candidatos

Communicative Tasks: Comparing people and things with equal qualities; talking about things and people; expressing judgments, doubt, and uncertainty

Debate: You are Víctor/Victoria Romero, the host/hostess of a Hispanic television talk show geared to 18- to 25-year-olds. This week's guests are three candidates for president of the United States. You hold a brief debate with the candidates, asking them questions about items of concern to the viewers of your show. Each candidate should compare himself/herself to the others and explain what he/she wants the voters and Congress to do. Each candidate should express judgment or doubt about what the other candidates say.

To help you prepare «**Sus compañeros(as) de cuarto**», review the following: **Topics:** rooms of the house, furniture, household chores; **Estructuras:** familiar commands, demonstrative adjectives and pronouns

To help you prepare «**Un(a) nuevo(a) criado(a)**», review the following: **Topics:** rooms of the house, furniture, household chores, expressions for enlisting help; **Estructuras:** comparisons of equality, comparisons of inequality, present subjunctive for expressing judgment, doubt, and uncertainty.

To help you prepare «**Telediario**», review the following: **Topics:** crime, disaster, news program, weather, sports vocabulary; **Estructuras:** gender and number of nouns, preterite tense

To help you prepare «**Los candidatos**», review the following: **Topics:** political vocabulary; **Estructuras:** present subjunctive for expressing emotion, judgment and doubt; comparisons

---

HERENCIA CULTURAL

PERSONALIDADES

© AP/Jenniefer Graylock

Moda

Carolina Herrera (n. 1939), la famosa diseñadora de alta costura, nació en Caracas, Venezuela. En 1981 se trasladó a Nueva York con su familia e inauguró su primera colección de ropa femenina. Actualmente sus elegantes diseños atraen a celebridades y a personas de alta sociedad internacional y ella misma es conocida como una de las mujeres mejor vestidas del mundo. Además de su línea de ropa, vende perfumes, cosméticos y accesorios en sus boutiques. Ha recibido varios premios por sus diseños como la Medalla de Oro de las Bellas Artes de España (2005) y actualmente es la Embajadora de Buena Voluntad de las Naciones Unidas.

© AP Photo/Roberto Candia

Entretenimiento y política

El panameño **Rubén Blades** (n. 1948) es un hombre de muchos talentos. Además de ser un célebre músico, compositor de salsa y actor de cine y de televisión en los Estados Unidos, es abogado y político. Fue candidato a la presidencia de su país en 1994. Después fue Embajador de Buena Voluntad de las Naciones Unidas y sirvió como el Ministro de Turismo en su país natal entre 2004 y 2009. Desde 1970 ha grabado más de veinte álbumes y ha recibido seis premios Grammy. Todavía participa en giras mundiales tocando y cantando su «salsa intelectual».

© David Atlas/Retna Ltd./Corbis

Música

El colombiano **Juanes** (n. 1972) es un cantante, compositor y arreglista de pop rock en español. Sus álbumes son muy populares y ha ganado varios premios incluyendo diecisiete premios Grammy Latino. Muchas de sus canciones tratan el tema del amor pero como es activista político, su música también refleja su interés en causas sociales y humanitarias. Recientemente recibió el Premio Nacional de Paz de Colombia. En su canción «A Dios le pido», hace una petición *(plea)* a Dios por su alma, su corazón, el pueblo colombiano y más. Es una canción introspectiva y emocional que evoca sentimientos profundos.

COMPRENSIÓN

A. Notas musicales. Escuche la canción «A Dios le pido» en el sitio www.cengagebrain.com. Después de escuchar la canción, conteste las siguientes preguntas.

1. ¿Qué tipo de música canta Juanes?

2. ¿Quiénes son las personas que menciona Juanes en la canción?

3. Según la canción «A Dios le pido», ¿qué esperanzas y deseos tiene Juanes?

B. Personalidades. Conteste las siguientes preguntas sobre las personalidades de Centroamérica, Colombia y Venezuela.

1. ¿Dónde nació Carolina Herrera y adónde se trasladó en 1981?

2. ¿Qué vende ella en sus boutiques?

3. ¿De dónde es Rubén Blades y en qué campos trabaja?

4. ¿A qué puesto político fue candidato? ¿Qué otros puestos políticos ocupó?

5. ¿Cómo se llama el artista que canta «A Dios le pido»? ¿De dónde es?

6. ¿De qué temas tratan sus canciones?

CONEXIONES. Primero, escoja a una de las personalidades presentadas en esta sección que le interese. Después, haga una investigación sobre la personalidad utilizando un sitio web en español. Finalmente, preséntele a la clase un informe oral sobre la personalidad incluyendo la nueva información que Ud. encontró.

ARTE Y ARQUITECTURA

Unos artistas modernos: Botero y Soto

La mayoría de los artistas modernos de Latinoamérica forman parte de una tendencia internacional. Aunque usan temas latinos también tratan de representar temas universales del hombre contemporáneo y sus problemas como miembro de una sociedad urbana. Los artistas viajan mucho por el mundo, se conocen e intercambian ideas y técnicas. Tienen exposiciones de sus obras en sus propios países y en las grandes capitales de Europa y las Américas.

Fernando Botero (n. 1932) nació en Medellín, Colombia, pero se trasladó a Bogotá donde presentó sus primeras obras. Después, viajó a Madrid y allá estudió los cuadros de Goya y Velázquez. De este aprendió la técnica realista y de aquel su punto de vista crítico.

Muchas de las obras de Botero son sátiras de otras obras famosas o de la vida colombiana; sus personajes representan las instituciones del país, como la Iglesia, el gobierno o el ejército. Una de sus obras famosas es *La familia presidencial* (1967), una sátira de la familia presidencial colombiana.

↑ FOTO Fernando Botero, *La familia presidencial*, 1967. Oil on canvas.

Jesús Rafael Soto (1923–2005) nació en Ciudad Bolívar, Venezuela. Es un escultor conocido y miembro del movimiento de arte geométrico y kinético. Sus obras están en una universidad de Caracas, en Alemania y los Estados Unidos, entre otros lugares. Su obra *Vibraciones* (1965) es una escultura de alambres *(wires)* y cuadrados *(squares)* suspendidos sobre una superficie rayada; el efecto es una ilusión óptica. Cree en la participación del espectador en la creación artística. Por eso creó *Penetrable* (1971), que consiste en una serie de tubos de aluminio que cambian cuando el público camina entre ellos.

↑ **FOTO** Jesús Rafael Soto dentro de su obra *Penetrable,* Museum of Modern Art of Latin America, Washington, DC. Courtesy of OAS.

COMPRENSIÓN

A. Botero. Conteste las siguientes preguntas sobre *La familia presidencial.*

1. ¿Qué personaje de la obra representa la Iglesia? ¿el ejército? ¿la familia? ¿el gobierno?
2. ¿Qué animales se ven en la obra? ¿Qué otras cosas se ven?
3. ¿Quién es el hombre de bigote y barba a la izquierda y qué hace?
4. ¿De qué manera están relacionados todos los personajes de la obra?
5. ¿Qué está diciendo el artista sobre el gobierno y las otras instituciones de su país?

B. La creación artística. Según el artista Soto, el público debe participar en la creación artística. ¿De qué manera participa el público en la creación de la escultura *Penetrable*?

LECTURA LITERARIA

«*Un día de éstos*» de Gabriel García Márquez

Para leer bien

Applying Journalistic Reading Techniques to Literature During your study of
the Spanish language, you have learned to apply reading strategies such as predicting
and guessing content, scanning, skimming, locating the main and supporting ideas,
and using background knowledge to the reading of journalistic articles and essays.
These same strategies can also be effectively applied to the reading of literature.
However, certain adaptations need to be made.

Prior to reading you will need to scan the overall layout of the selection to determine
its genre **(el cuento, el drama, el ensayo, la novela, la poesía).** Scanning a literary
title may not prove to be as helpful in establishing the main idea as scanning the title of
a journalistic article. Literary titles are frequently imprecise in order to establish a tone or
suggest feelings rather than provide a detailed summary of what is to follow. Skimming
the opening paragraph of a short story will often provide further clues as to content and
main theme. In the opening paragraph, look for the main ideas and supporting details.
The tone of the first paragraph will often carry over throughout the entire story.

Using and expanding background knowledge will help in predicting and guessing
content as well as decoding for deeper and more specific meaning. Identifying the
verb core is particularly useful when decoding poetry, for poetic language often does
not follow normal word order. You can also use your background knowledge of
literary terminology taught in previous **Herencia cultural** sections.

In order to fully comprehend a literary selection, it is often necessary to read it more
than one time. A second reading will often clarify the central theme and the various
elements of the genre.

When approaching the following literary selection, remember to take advantage of
the prereading and decoding techniques you have learned.

Antes de leer

Gabriel García Márquez (n. 1928) es un célebre escritor de cuentos y novelas y
ganador del Premio Nobel de Literatura en 1982. Nació en Aracataca, Colombia, una
pequeña aldea en la costa del Caribe. Más tarde García Márquez transformó esta aldea
en Macondo, el escenario mítico de su ficción. Su novela más famosa, *Cien años de
soledad,* se publicó en 1967; probablemente es la novela más leída y más traducida del
siglo XX.

Sus cuentos y novelas tratan los mismos temas: la soledad, la violencia, la corrupción,
la pobreza y la injusticia. «Un día de éstos» tiene lugar en un país sin nombre en la
América del Sur.

Los antecedentes históricos del cuento son «La Violencia», el conflicto que empezó en
Colombia en 1948 y duró más de diez años. Unas 200.000 personas murieron en ese
conflicto entre liberales y conservadores. «Un día de éstos» presenta La Violencia en
un microcosmo.

© Piero Pomponi/Liaison/Getty Images

A. **El autor y sus obras.** Conteste las siguientes preguntas acerca del autor de «Un día de éstos».

1. ¿Quién es el autor de «Un día de éstos» y de dónde es?
2. ¿Qué premio importante recibió?
3. ¿Cuáles son sus temas principales?
4. ¿Qué es «La Violencia»? ¿Cuál es la relación entre «La Violencia» y el cuento «Un día de éstos»?

B. **«Un día de éstos».** ¿Qué significa el título «Un día de éstos»? ¿En cuál(es) de las siguientes situaciones se puede usar la frase *un día de éstos*?

1. Hace mucho tiempo que Ud. necesita un coche nuevo. Finalmente Ud. encuentra el coche de sus sueños a un precio muy barato.
2. Un(a) compañero(a) de clase lo/la insulta a Ud. a menudo y Ud. nunca le dice nada porque tiene miedo. Ud. piensa que en el futuro va a encontrar el insulto perfecto para su compañero(a).
3. Su profesor(a) de matemáticas siempre les da mucha tarea a los estudiantes pero también les da muy buenas notas a todos.

C. **El consultorio del dentista.** ¿Quiénes trabajan en un consultorio de dentista? ¿Quiénes van a ver al dentista? ¿Cuáles son algunas de las razones para ir a ver al dentista?

D. **El escenario.** El cuento «Un día de éstos» tiene lugar *(takes place)* en el consultorio de un dentista en un lugar rural y pobre. Mire el dibujo que acompaña el cuento «Un día de éstos». Utilizando el vocabulario de los dos primeros párrafos del cuento, describa el escenario. ¿Cuáles son algunas diferencias entre el consultorio del cuento y un consultorio moderno?

E. **Los personajes.** Hay tres personajes en el cuento: el dentista, el hijo del dentista y el paciente, que además es el alcalde *(mayor)* del pueblo y teniente *(lieutenant)* del ejército. El dentista y el alcalde/teniente representan los dos puntos de vista de La Violencia en Colombia. Describa al dentista utilizando el vocabulario del primer párrafo del cuento.

Un día de éstos

LA DESCRIPCIÓN DEL DENTISTA Y SU GABINETE°

El lunes amaneció tibio° y sin lluvia. Don Aurelio Escovar, dentista sin título y buen madrugador°, abrió su gabinete a las seis. Sacó de la vidriera una dentadura postiza° montada aún en el molde de yeso° y puso sobre la mesa un puñado° de instrumentos que ordenó de mayor a menor, como en una exposición. Llevaba una camisa a rayas sin cuello, cerrada arriba con un botón dorado, y los pantalones sostenidos con cargadores° elásticos. Era rígido, enjuto°, con una mirada que raras veces correspondía a la situación, como la mirada de los sordos.

Cuando tuvo las cosas dispuestas sobre la mesa rodó la fresa° hacia el sillón de resortes° y se sentó a pulir la dentadura postiza. Parecía no pensar en lo que hacía, pero trabajaba con obstinación, pedaleando en la fresa incluso cuando no se servía de ella.

Después de las ocho hizo una pausa para mirar el cielo por la ventana y vio dos gallinazos° pensativos que se secaban al sol en el caballete° de la casa vecina. Siguió trabajando con la idea de que antes del almuerzo volvería a llover. La voz destemplada° de su hijo de once años lo sacó de su abstracción.

—Papá.

—Qué.

—Dice el alcalde que si le sacas una muela°.

—Dile que no estoy aquí.

Estaba puliendo un diente de oro. Lo retiró a la distancia del brazo y lo examinó con los ojos a medio cerrar°. En la salita de espera volvió a gritar su hijo.

—Dice que sí estás porque te está oyendo.

El dentista siguió examinando el diente. Sólo cuando lo puso en la mesa con los trabajos terminados, dijo:

—Mejor.

Glosses (left margin):
- dentist's office
- warm
- early riser
- set of false teeth
- plaster
- handful
- suspenders
- lean
- he rolled the drill / dental chair
- buzzards
- ridge of roof
- loud
- you'll pull his tooth
- half-closed

small cardboard box / dental bridge

Volvió a operar la fresa. De una cajita de cartón° donde guardaba las cosas por hacer, sacó un puente° de varias piezas y empezó a pulir el oro.

—Papá.

—Qué.

Aún no había cambiado de expresión.

he will shoot you

—Dice que si no le sacas la muela te pega un tiro°.

lower drawer

Sin apresurarse, con un movimiento extremadamente tranquilo, dejó de pedalear en la fresa, la retiró del sillón y abrió por completo la gaveta inferior° de la mesa. Allí estaba el revólver.

—Bueno —dijo—. Dile que venga a pegármelo.

EL ALCALDE Y SU PROBLEMA DENTAL

he turned / edge

doorway / cheek

swollen / tired

Hizo girar° el sillón hasta quedar de frente de la puerta, la mano apoyada en el borde° de la gaveta. El alcalde apareció en el umbral°. Se había afeitado la mejilla° izquierda, pero la otra, hinchada° y dolorida, tenía una barba de cinco días. El dentista vio en sus ojos marchitos° muchas noches de desesperación. Cerró la gaveta con la punta de los dedos y dijo suavemente:

—Siéntese.

—Buenos días —dijo el alcalde.

—Buenos —dijo el dentista.

he boiled / leaned the back of his head on the headrest / porcelain bottles / cloth curtains

dug in his heels

Mientras hervía° los instrumentos, el alcalde apoyó el cráneo en el cabezal° de la silla y se sintió mejor. Respiraba un olor glacial. Era un gabinete pobre: una vieja silla de madera, la fresa de pedal, y una vidriera con pomos de loza°. Frente a la silla, una ventana con un cancel de tela° hasta la altura de un hombre. Cuando sintió que el dentista se acercaba, el alcalde afirmó los talones° y abrió la boca.

rotten

jaw

Don Aurelio Escovar le movió la cara hacia la luz. Después de observar la muela dañada°, ajustó la mandíbula° con una cautelosa presión de los dedos.

—Tiene que ser sin anestesia. —dijo.

—¿Por qué?

—Porque tiene un absceso.

El alcalde lo miró en los ojos.

pot

moved the spittoon

washstand

—Está bien —dijo, y trató de sonreír. El dentista no le correspondió. Llevó a la mesa de trabajo la cacerola° con los instrumentos hervidos y los sacó del agua con unas pinzas frías, todavía sin apresurarse. Después rodó la escupidera° con la punta del zapato y fue a lavarse las manos en el aguamanil°. Hizo todo sin mirar al alcalde. Pero el alcalde no lo perdió de vista.

LA EXTRACCIÓN DE LA MUELA

Era un cordal inferior°. El dentista abrió las piernas y apretó° la muela con el gatillo° caliente. El alcalde se aferró a las barras° de la silla, descargó toda su fuerza en los pies y sintió un vacío helado en los riñones°, pero no soltó un suspiro. El dentista sólo movió la muñeca°. Sin rencor, más bien con una amarga ternura, dijo:

—Aquí nos paga veinte muertos, teniente°.

El alcalde sintió un crujido° de huesos en la mandíbula y sus ojos se llenaron de lágrimas. Pero no suspiró hasta que no sintió salir la muela. Entonces la vio a través de las lágrimas. Le pareció tan extraña a su dolor, que no pudo entender la tortura de sus cinco noches anteriores. Inclinado sobre la escupidera, sudoroso°, jadeante°, se desabotonó la guerrera° y buscó a tientas° el pañuelo° en el bolsillo del pantalón. El dentista le dio un trapo° limpio.

—Séquese las lágrimas —dijo.

El alcalde lo hizo. Estaba temblando. Mientras el dentista se lavaba las manos, vio el cielo raso desfondado° y una telaraña polvorienta° con huevos de araña e insectos muertos. El dentista regresó secándose las manos.

—Acuéstese —dijo—, y haga buches de° agua de sal. El alcalde se puso de pie, se despidió con un displicente° saludo militar, y se dirigió a la puerta estirando° las piernas, sin abotonarse la guerrera.

—Me pasa la cuenta —dijo.

—¿A usted o al municipio?

El alcalde no lo miró. Cerró la puerta, y dijo, a través de la red metálica°:

—Es la misma vaina°.

Gabriel García Márquez. "Un día de éstos", *Los funerales de la Mamá Grande*. © Gabriel García Márquez, 1962. Used with permission.

Marginal glosses:
- lower wisdom tooth / gripped / forceps / grabbed the arms / kidneys / wrist
- Here you're paying us for 20 deaths (you caused), lieutenant / crunch
- sweaty / panting / military jacket / blindly / handkerchief / rag
- cracked ceiling / dusty spiderweb
- gargle with
- disdainful / stretching
- screen
- It's one and the same.

Después de leer

F. Comprensión. Conteste las siguientes preguntas acerca del cuento.

1. ¿Qué está haciendo el dentista al principio del cuento? ¿Por cuánto tiempo lo sigue haciendo?
2. ¿Qué le anuncia su hijo?
3. ¿Por qué dice el dentista «Dile que no estoy aquí» cuando sí está en su consultorio?
4. ¿Cuál es el problema físico del alcalde?
5. ¿Cómo se comporta el alcalde cuando el dentista le saca la muela?
6. ¿A quién debe pasarle la cuenta el dentista?

G. El contenido. Complete la tabla con información del cuento.

la hora	
el clima	
los objetos importantes	
las acciones importantes	

H. El diálogo. Hay poco diálogo en el cuento; por eso todas las palabras son muy importantes. Conteste las siguientes preguntas acerca del diálogo del cuento.

1. ¿Es verdad lo que dice el dentista en la conversación que sigue? Justifique su respuesta.
   —Tiene que ser sin anestesia —dijo.
   —¿Por qué?
   —Porque tiene un absceso.
   ¿Por qué hace sufrir al alcalde?
2. ¿Qué implica el dentista con la afirmación: «Aquí nos paga veinte muertos, teniente.»?
3. Explique la oración final: —Es la misma vaina.

I. La interpretación. Conteste las siguientes preguntas que tienen que ver con su interpretación del cuento.

1. **La acción.** ¿Qué predomina en el cuento: la acción, el diálogo o la descripción? ¿Por qué? ¿Qué implican las acciones frías y casi mecánicas del dentista? La acción culminante es cuando el dentista le da un trapo limpio al alcalde para secarse las lágrimas. ¿Qué simboliza esta acción?
2. **El tono.** ¿Cómo es el tono del cuento? ¿Qué adjetivo(s) mejor expresa(n) la emoción principal del cuento?
3. **Las actitudes.** Compare las siguientes oraciones (a) del principio y (b) del final del cuento.
   a. El hijo le repite las palabras del alcalde a su papá: —Dice que si no le sacas la muela te pega un tiro.
   b. El dentista le dice al alcalde: —Séquese las lágrimas.
   ¿Quién tiene el control al principio y al final del cuento? ¿Hay un cambio en la actitud del alcalde? Explique.

Prior to completing activity **I. La interpretación,** you may want to review **Para leer bien: Elements of a Short Story,** p. 130.

© Angelo Cavalli/SuperStock

IN THIS UNIT YOU WILL LEARN ABOUT THE FOLLOWING CULTURAL THEMES...

GEOGRAFÍA Y CLIMA

→ *Bolivia, Ecuador y Perú* son países andinos; la cordillera de los Andes ocupa gran parte de su territorio. *Bolivia:* Uno de los dos países de la América del Sur sin costa marítima (el otro país es Paraguay). La zona de los Andes se llama el Altiplano, una región alta y árida. El lago Titicaca (compartido con Perú) es el lago navegable más alto del mundo. *Ecuador:* Hay dos regiones distintas: el oeste, la costa; el este, las montañas. La línea del ecuador pasa al norte de la ciudad de Quito. *Perú:* En extensión, el tercer país más grande de Sudamérica. Hay tres regiones distintas: el oeste, la costa; el centro, las montañas; el este, la selva que ocupa más de la mitad del territorio y por donde cruza el río Amazonas.

POBLACIÓN

→ *Bolivia:* 9.947.000 habitantes: 55% indígenas (30% quechuas y 25% aymaras), 30% mestizos, 15% europeos *Ecuador:* 14.800.000 habitantes: 65% mestizos, 25% indígenas, 7% europeos, 3% negros *Perú:* 29.900.000 habitantes: 45% indígenas, 37% mestizos, 15% europeos, 3% otros grupos étnicos.

ECONOMÍA

→ *Bolivia:* El boliviano es la moneda oficial. La economía se basa en los productos agrícolas y la industria minera (estaño *[tin],* plata, plomo y otros metales). *Ecuador:* El dólar estadounidense es la moneda oficial desde el año 2000. La economía se basa en el petróleo, los productos agrícolas (banana, café, cacao) y la pesca. *Perú:* El (nuevo) sol es la moneda oficial. La economía se basa en la industria minera (cobre, plata, plomo y otros metales), la pesca y el petróleo.

© Botond Horvath/Shutterstock.com

← **FOTO** Una indígena del Altiplano de Bolivia con el lago Titicaca al fondo

INTRODUCCIÓN GEOGRÁFICA

Conteste las siguientes preguntas, usando mapas de Bolivia, Ecuador y Perú.

1. ¿Cuáles son las capitales y otras ciudades importantes de Bolivia, Ecuador y Perú?
2. ¿Qué rasgos geográficos tienen en común estos tres países? ¿Cuáles son otros rasgos geográficos importantes en cada país?
3. ¿Qué ventajas y desventajas ofrece la geografía de estos países?

CORTOMETRAJES

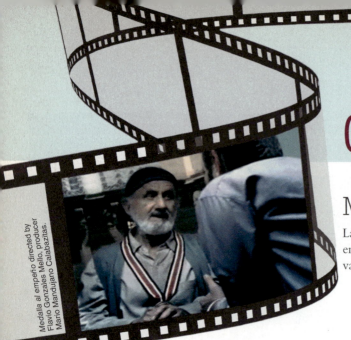

Medalla al empeño directed by Flavio Gonzales Mello, producer Mario Mandujano Calabazitas.

MEDALLA AL EMPEÑO

La acción de este cortometraje se desarrolla en una casa de empeño, local donde se entregan posesiones que tienen valor comercial a cambio de dinero en préstamo.

To view the film, visit www.cengagebrain.com

Antes de ver

A. La foto. Examine la foto que acompaña esta sección y descríbala. ¿Cuántas personas hay? ¿Cómo son? En su opinión, ¿dónde están?

B. La casa de empeño. Conteste las siguientes preguntas.

1. Describa Ud. una situación tan desesperada en la que Ud. dejaría sus objetos de valor en una casa de empeño a cambio de dinero.
2. ¿Conoce Ud. a un individuo que haya ido una vez a una casa de empeño? ¿Para qué?

Después de ver

C. Un resumen del cortometraje. Complete las oraciones utilizando las frases de abajo para dar un resumen del cortometraje. Algunas frases se utilizan más de una vez.

> la batidora / ciclista / D.F. / electrodoméstico / Helsinki / medalla de oro / nada / parque deportivo / rey / presidente / televisor

1. El viejo quiere dejar su _____ para conseguir algo de dinero.
2. Según el viejo, la ganó en los Juegos Olímpicos de '52 en _____.
3. Le decían «_____» al ciclista Lars Blinktmann por su forma de pedalear.
4. El viejo dice que el _____ le puso la medalla.
5. El empleado siente lástima por el viejo porque el gobierno no le dio _____.
6. El viejo recibe cinco mil pesos sin tener que dejar su _____.
7. En realidad, Blinktmann no es nombre de un ciclista, sino de un _____.
8. Y, Finlandia no tiene _____.

D. La defensa de una opinión. ¿Es irónico el desenlace de este cortometraje? Justifique su opinión.

De compras

CAPÍTULO 7

Cultural Themes
→ Bolivia and Ecuador
→ Shopping in the Spanish-speaking world

Topics and Situations
→ En un centro comercial
→ En la tienda de ropa de mujeres
→ En la tienda de ropa de hombres

Communicative Goals
→ Making routine purchases
→ Expressing actions in progress
→ Making comparisons
→ Talking to and about people and things
→ Complaining
→ Denying and contradicting
→ Avoiding repetition of previously mentioned people and things
→ Linking ideas

© Pablo Corral/Corbis

↑ FOTO Quito, Ecuador: el centro comercial Quicentro

PRIMERA SITUACIÓN

PRESENTACIÓN

En un centro comercial

- -

PRÁCTICA Y CONVERSACIÓN

7.1 ¿Qué me dices? Ud. y su compañero(a) de clase necesitan ir de compras, pero cada persona tiene solamente una lista parcial de los artículos que debe comprar y de las tiendas. Uds. tienen que averiguar lo que hay en las dos listas para saber qué necesitan comprar y adónde deben ir para hacer cada compra. A continuación está su lista; la de su compañero(a) de clase está en el **Apéndice A.** Conversen para descubrir la información que falta.

La Boutique de Moda	los jeans
La Joyería Orense	un vestido elegante
	unos discos compactos
	unas gafas de sol

The alternate drawing that corresponds to this activity can be found in **Appendix A.**

7.2 Mirasol. Trabajando en parejas, utilicen la siguiente información sobre el centro comercial Mirasol para explicar en qué sección del directorio se puede buscar una tienda que venda las siguientes cosas.

jeans / un reloj de pulsera / un sofá / un vestido elegante / un paraguas / una novela / una cadena de oro / pantuflas / toallas / un iPod

ALMACÉN MIRASOL

DISFRUTA DE LAS COSAS BUENAS DE LA VIDA

Directorio Locales
- MODA HOMBRES
- MODA MUJERES
- MODA HOMBRES-MUJERES
- MODA NIÑOS
- ZAPATOS Y ARTÍCULOS DE CUERO
- JOYAS Y ACCESORIOS
- RELOJES, LENTES Y GAFAS
- EQUIPO DE DEPORTES
- SALUD Y BELLEZA
- JUGUETES Y PASATIEMPOS
- REGALOS, LIBROS Y ARTE
- DECORACIÓN HOGAR
- MÚSICA - ARTÍCULOS ELECTRÓNICOS
- ENTRETENIMIENTO
- PATIO DE COMIDAS
- COMIDA RÁPIDA
- GOURMET Y DELICATESSEN
- RESTAURANTES Y CAFETERÍAS
- VARIOS SERVICIOS

© Heinle/Cengage Learning

 7.3 ¡Gangas para todos! Ud. y un(a) compañero(a) de clase van a abrir una tienda en el centro estudiantil de la universidad. ¿Cómo será la tienda? ¿la mercancía? ¿los precios? ¿los empleados? ¿?

7.4 Creación. En una narración cuente lo que pasa en el dibujo de la **Presentación**.

Modelo *Hay muchas personas en un centro comercial. En el centro del dibujo hay un hombre con muchos paquetes…*

CONEXIONES. Utilizando Internet, busque una página web de un centro comercial en Bolivia o el Ecuador. Compare este centro comercial con uno que está en su comunidad. ¿Qué diferencias o semejanzas nota Ud.?

vocabulario

El centro comercial *Shopping mall*

la boutique *boutique*

el/la cajero(a) *cashier*

el/la dependiente(a) *salesclerk*

el escaparate *display case*

la etiqueta *label*

la ganga *bargain*

los (grandes) almacenes *department store*

la liquidación *clearance sale*

la marca *brand*

la mercancía *merchandise*

el precio *price*

la rebaja *reduction, sale*

la tienda *store*
  de compras por Internet *Internet store*
  de liquidaciones *discount store*
  de lujo *luxury boutique*
  de música *music store*
  de regalos *gift store*
  de ropa de hombres *men's clothing store*
  de ropa de mujeres *women's clothing store*
  en línea *online store*

la vitrina *store window*

comparar precios *to comparison shop*

estar en liquidación *to be on sale*

hacer compras por Internet *to shop online*

La joyería *Jewelry shop*

los aretes *earrings*

la bisutería *costume jewelry*

la cadena de oro *gold chain*

el collar de brillantes *diamond necklace*

las joyas *jewels*

la perla *pearl*

la piedra preciosa *precious stone*

la pulsera *bracelet*

el reloj (de pulsera) *(wrist)watch*

asegurar *to insure*

regalar *to give (a present)*

valorar *to appraise*

La zapatería *Shoe store*

las botas *boots*

el calzado *footwear*

las chanclas *flip-flops*

el número *size*

las pantuflas *slippers*

el par *pair*

las sandalias *sandals*

el tacón *heel*

los zapatos bajos *low-heeled shoes*
  deportivos *athletic shoes*
  de tacón *high heels*
  de tenis *tennis shoes*

apretarle (ie) *to pinch, be too tight*

calzar *to wear shoes*

quedar *to fit*

Vocabulario suplementario. **Las alpargatas** *(espadrilles);* **los mocasines** *(loafers);* **los zapatos de plataforma** *(platform shoes);* **los zapatos de punta descubierta** *(open-toed shoes);* **los zapatos con el talón descubierto** *(mules).*

Vocabulario regional. In Spain the word for *store window* = **el escaparate** and the word for *display case* = **la vitrina.** To *window shop* in Spain is **ir a mirar escaparates** and **vitrinear** in the Americas.

ASÍ SE HABLA

© David Butow/CORBIS SABA

Track 2-2

Making Routine Purchases

VENDEDORA Buenas tardes, señorita. ¿En qué puedo servirle?

GIULIANA Estoy buscando un regalo para mi novio y francamente no sé qué comprarle.

VENDEDORA ¿Qué le parece una corbata de seda? Tenemos de toda clase. Unas son más finas que otras, por supuesto, pero en general todas son de muy buena calidad.

GIULIANA ¿Me las podría enseñar, por favor?

VENDEDORA Sí, cómo no. Venga por acá. Aquí están.

GIULIANA Sí, se ven muy finas. Tiene razón. Y, ¿cuánto cuestan? Esta me gusta mucho.

VENDEDORA Bueno, esa es una de las más finas y cuesta 150 bolivianos.

GIULIANA ¡Ay, no! ¡Eso es mucho para mí! ¡No, no, no, no!

VENDEDORA Bueno, mire, aquí tengo las más baratas. ¿Qué le parece esta? Solo cuesta 100 bolivianos. Y esta otra cuesta 75.

GIULIANA Bueno, esta no está tan mal. Me la llevo. Espero que le guste.

PERSPECTIVAS LINGÜÍSTICAS

When going shopping in most Spanish-speaking countries it is not unusual to ask for a discount although this practice is more frequent in small stores than in stores in the malls. As you can observe in the dialogue, it is also not unusual to offer personal help to the customer (*¿En qué puedo servirle?*) and/or for the customer to request it (*¿Me las podría enseñar, por favor?*).

Phrases used to sell something or to make a purchase

Vendedor(a):

¿Qué desearía ver?	*What would you like to see?*
¿En qué puedo servirle?	*How may I help you?*
¿Qué le parece... ?	*What do you think of . . . ?*
¿Qué número / talla necesita?	*What size do you need?*
¿Quisiera probarse / llevar / ver... ?	*Would you like to try on / take / see . . . ?*
No nos queda(n) más.	*We don't have any left.*
¿Desearía algo más?	*Would you like anything else?*
Aquí lo/la/los/las tiene.	*Here you are.*
Pase por la caja, por favor.	*Please step over to the cashier's.*
... está en oferta.	*. . . is on sale.*

Cliente:

Hágame el favor de mostrarme...	*Please show me . . .*
Me encanta(n)...	*I love . . .*
No me gusta.	*I don't like it.*
No me parece mal / feo / apropiado.	*I don't think it's bad / ugly / appropriate.*
(No) Me queda bien.	*It (does not) fit(s) me.*
Lo encuentro barato / muy caro / ordinario / fino / delicado.	*I find it inexpensive / very expensive / ordinary / of good quality / delicate.*
Quisiera probarme...	*I would like to try . . . on.*
¿Cuánto cuesta, por favor?	*How much is it, please?*
¿Me lo podría dejar en... ?	*Could you lower the price to . . . ?*
¡Ay, no! Eso es mucho.	*Oh, no! That's too much.*
Quisiera algo más barato.	*I'd like something cheaper.*
Está bien.	*That's fine.*
Me lo/la/los/las llevo.	*I'll take it (them).*
¿Me lo/la/los/las podría envolver?	*Could you wrap it (them) for me?*

7.5 En la tienda. ¿Qué dice Ud. cuando va a la tienda y... ?

1. quiere saber si venden ropa deportiva
2. no le gusta lo que el/la vendedor(a) le enseña
3. quiere probarse unos pantalones
4. los pantalones le quedan muy bien
5. quiere saber el precio
6. quiere comprárselos

7.6 ¡Necesito ropa! Ud. y su amigo(a) hablan sobre la ropa que necesitan comprar para la fiesta de este fin de semana. Primero, hagan la lista de las cosas que necesitan. Luego, vayan a la tienda y compren lo que quieren. Otro(a) estudiante que hace el papel de vendedor(a) los/las ayudará.

↑ **FOTO** Quito, Ecuador: una boutique

© RF/Medio Images/SuperStock

Modelo	ESTUDIANTE 1	*Mira, Fernando, necesito comprar ropa para la fiesta. Necesito un vestido, zapatos y un bolso.*
	ESTUDIANTE 2	*Yo también. Vamos a la tienda.*
	ESTUDIANTE 3	*Buenas tardes. ¿En qué puedo servirles?*

ESTRUCTURAS

Expressing Actions in Progress

PROGRESSIVE TENSES

The progressive tenses emphasize actions that are taking place at a particular moment in time. In English the present progressive tense is composed of *to be* + *present participle: I am buying a jacket; John is returning a sweater.*

a. In Spanish the present progressive tense is composed of **estar** + *the present participle.*

ESTAR + PRESENT PARTICIPLE

estoy	comprando	*I am buying*
estás	escogiendo	*you are choosing*
está	decidiendo	*he / she is, you are deciding*
estamos	leyendo	*we are reading*
estáis	pidiendo	*you are ordering*
están	durmiendo	*they / you are sleeping*

b. To form the present participle

1. add **-ando** to the stem of **-ar** verbs: **esperar → esper– → esperando.**

2. add **-iendo** to the stem of **-er** and **-ir** verbs: **comer → com– → comiendo; asistir → asist– → asistiendo.** When the stem ends in a vowel, add the ending **-yendo: oír → o– → oyendo; traer → tra– → trayendo.**

3. **-ir** verbs whose stem changes **e → i** or **o → u** in the third-person of the preterite have this stem change in the present participle also: **pedir → pid– → pidiendo; dormir → durm– → durmiendo.**

c. With verbs in the progressive tenses, direct, indirect, and reflexive pronouns may precede the conjugated verb or be attached to the end of the present participle.

Están probándo**se** ropa nueva.

Se están probando ropa nueva.
} *They are trying on new clothes.*

d. The Spanish present progressive is used only to emphasize an action that is currently in progress. Contrary to English, the Spanish present progressive is not used to refer to present actions that take place over an extended period of time or to an action that will take place in the future. Compare the following.

Este año Iliana **trabaja** en el centro comercial.

This year Iliana is working in the mall.

Ahora mismo **está trabajando** de cajera.

Right now she is working as a cashier.

Carlos **está llegando** en este momento.

Carlos is arriving at this very moment.

Sofía **llega** más tarde.

Sofía is arriving later.

Reminder: Three verbs have irregular present participles: ir → yendo; poder → pudiendo; venir → viniendo. These verbs are rarely used in progressive tenses.

Reminder: With double object pronouns, both pronouns are in the same position: they both precede the conjugated verb, or they are both attached to the end of the present participle.

e. To describe or express an action that was in progress at a particular moment in the past, the imperfect of **estar** + *the present participle* is used.

Anoche a esta hora **estábamos buscando** muebles en el gran almacén.

Last night at this time we were looking for furniture in the department store.

f. The verbs **andar, continuar, ir, seguir,** and **venir** can also be used with the present participle to form progressive tenses.

En el centro comercial Roberto **anda probándose** ropa nueva y **mirando** a la gente.

At the mall Roberto goes around trying on new clothes and watching people.

PRÁCTICA Y CONVERSACIÓN

7.7 En el centro comercial. Explique lo que estas personas están haciendo ahora en el centro comercial.

Modelo   Maite / comer en un café
Maite está comiendo en un café.

1. mi hija / probarse los zapatos
2. tú y yo / hacer compras
3. Emilio / tomar un refresco
4. Uds. / divertirse
5. Carolina / buscar rebajas
6. yo / leer las etiquetas
7. los jóvenes / oír música
8. tú / almorzar en el café

7.8 Ahora mismo. ¿Qué piensa Ud. que estas personas están haciendo ahora mismo? Después, diga lo que ellos estaban haciendo anoche a las ocho.

mi mejor amigo(a) / mi vecino(a) / mi compañero(a) de cuarto / mi profesor(a) de español / mi abuelo(a) / mi novio(a) / mis padres / mi hermano(a)

7.9 ¡Estoy comprando de todo! Ud. va de compras a su centro comercial favorito con su mejor amigo(a) y cuando está en la tienda suena su teléfono celular. Es su padre (madre) / esposo(a) que quiere saber dónde está y qué está haciendo. Cuéntele dónde está, con quién está, qué están haciendo, qué quieren comprar, etcétera. Él/Ella está muy preocupado(a), ya que no quiere que Ud. gaste mucho dinero.

Modelo   **ESTUDIANTE 1**   *Aló, ¿mamá? Estoy en el centro comercial con Juliana.*
ESTUDIANTE 2   *¿Qué estás comprando, hija? Ten cuidado, no quiero que gastes mucho dinero.*

Making Comparisons

SUPERLATIVE FORMS OF ADJECTIVES

In certain situations, such as shopping or discussion of family or friends, we often want to compare objects or persons and set them apart from all others: *This is the largest mall in the state*. To make these statements that compare one item to many others in its category, the superlative form of the adjective is used. The English superlative is composed of *the most* or *the least* + adjective or the adjective + the ending *-est*.

a. In Spanish the superlative of adjectives is formed using the following construction.

> DEFINITE ARTICLE (+ NOUN) + **más / menos** + ADJECTIVE + **de**

Antonio compró la cadena de oro **más cara de** la joyería.

Antonio bought the most expensive gold chain in the jewelry store.

Note that in these superlative constructions **de** = *in*.

b. In superlative constructions the irregular forms **mejor** and **peor** usually precede the noun.

Tienen los **mejores** precios del pueblo.

They have the best prices in town.

The irregular forms **mayor** and **menor** follow the noun.

Carolina es la hija **mayor** de la familia.

Carolina is the oldest daughter in the family.

c. After forms of **ser** the noun is frequently omitted from superlative constructions.

Esta zapatería es **la más grande de** Quito, pero aquella es **la mejor**.

This shoe store is the largest in Quito, but that one is the best.

Remember: The definite article agrees in number and gender with its noun.

De can also mean *on*: **La zapatería es la tienda más grande de la calle.** = *The shoe store is the largest shop on the street.*

Mejor, peor, mayor, and **menor** become plural to agree with a plural noun: **los mejores precios / las peores tiendas / mis parientes mayores / mis primos menores.**

Mayor can also mean *major, main,* or *principal*: **la plaza mayor** = *the main square.*

PRÁCTICA Y CONVERSACIÓN

7.10 Yo solo quiero lo mejor. Ud. va de compras a una tienda muy elegante. Explíquele al/a la vendedor(a) lo que quisiera comprar.

> *Modelo* vestido / elegante
> *Quisiera el vestido más elegante de la tienda.*

1. zapatos / cómodo
2. cadena de oro / hermoso
3. aretes / fino
4. perlas / caro
5. regalos / lindo
6. botas / grande
7. sandalias / bueno
8. pantuflas / barato

7.11 Lo mejor de su categoría. Describa a estas personas y cosas comparándolas con otras de la misma categoría.

> *Modelo* mi hermano
> *Mi hermano es el más alto de la familia.*

> Bill Gates / Target / Rolex / Lady Gaga / el presidente de los Estados Unidos / mis padres / las cataratas del Niágara / el lago Titicaca / mi novio(a)

7.12 ¿Adónde vamos de compras? Ud. y sus compañeros(as) tienen que ir de compras, pero antes comparan los precios de los artículos que necesitan en los anuncios de los almacenes. Luego deciden qué van a comprar, dónde y por qué.

Modelo	ESTUDIANTE 1	*Necesito comprar zapatos, pero los zapatos de ante son muy caros.*
	ESTUDIANTE 2	*Sí, las sandalias de cuero son menos caras. ¿Por qué no las compras?*
	ESTUDIANTE 3	*Bueno, vamos a Saga entonces y compremos los zapatos que necesitamos.*

In the following ads **Bs. = bolivianos,** the currency of Bolivia.

© Heinle/Cengage Learning

Talking About People and Things

USES OF THE DEFINITE ARTICLE

The definite article in English and Spanish is used to indicate a specific noun:
La zapatería está cerca de la joyería. *The shoe store is near the jewelry store.*

a. The forms of the definite article precede the nouns they modify and agree with them in gender and number: **el precio; la perla; los zapatos; las botas.**

b. The masculine singular article **el** is used with feminine nouns that begin with a stressed **a-** or **ha-**. However, the plural forms of these nouns use **las: el agua / las aguas.**

c. In Spanish the definite article is used…

1. before abstract nouns and before nouns used in a general sense.

En mi opinión, **la paz** mundial es muy importante.	*In my opinion, world peace is very important.*
No me gustan **los zapatos de tacón.**	*I don't like high-heeled shoes.*

2. with the names of languages except when they follow **de, en,** or forms of **hablar.** The article is often omitted after **aprender, enseñar, escribir, estudiar, leer,** and **saber.**

Se dice que **el chino** es una lengua muy difícil.

They say that Chinese is a very difficult language.

Susana es bilingüe. Habla inglés y español y estudia japonés.

Susana is bilingual. She speaks English and Spanish and is studying Japanese.

3. before a title (except **don / doña; san / santo / santa**) when speaking about a person, but omitted when speaking directly to the person.

—Miguel, este es nuestro vecino, **el doctor** Casona.

Miguel, this is our neighbor, Dr. Casona.

—Mucho gusto, doctor Casona.

Pleased to meet you, Dr. Casona.

4. instead of a possessive pronoun with articles of clothing and parts of the body when preceded by a reflexive verb.

Al entrar en casa, se quitó **la chaqueta**.

When he got home, he took off his jacket.

5. with days of the week to mean *on.*

La liquidación empieza **el viernes** 25 de mayo.

The clearance sale begins on Friday, May 25.

El centro comercial no está abierto **los domingos**.

The (shopping) mall is not open on Sundays.

6. in telling time, generally meaning *o'clock.*

Se abre la Joyería Orense **a las diez** de la mañana.

The Orense Jewelry Store opens at ten (o'clock) A.M.

7. with the names of certain countries and geographical areas.

el África	la Florida
la América del Sur	la India
la Argentina	el Japón
el Brasil	el Paraguay
el Canadá	el Perú
el Ecuador	la República Dominicana
los Estados Unidos	el Uruguay

The use of the definite article with certain countries and geographical regions is decreasing over time.

8. to refer to a quantity or weight.

Estas bananas cuestan ocho bolivianos **el kilo / la libra**.

These bananas cost eight bolivianos a kilo / a pound.

d. The neuter article **lo** + the masculine singular form of an adjective can be used to describe general qualities and characteristics: **lo bueno** = *the good thing, the good part.*

Lo bueno de este centro comercial es la variedad de tiendas.

The good thing about this shopping center is the variety of stores.

1. The words **más** or **menos** can precede the adjective.

Lo más importante es comprar zapatos nuevos.

The most important thing is to buy new shoes.

2. The following are some common expressions with **lo.**

lo bueno	*the good thing*	lo peor	*the worst thing*
lo malo	*the bad thing*	lo mismo	*the same thing*
lo mejor	*the best thing*		

PRÁCTICA Y CONVERSACIÓN

7.13. **¿Qué se pone o se quita Ud.?** ¿Qué se pone o se quita Ud. en las siguientes situaciones?

cuando se levanta / cuando va a la piscina / si empieza a llover / antes de acostarse / si hace mucho frío / antes de ir a una boda / cuando va a la clase de español

Modelo   *Cuando voy a clase me pongo los jeans.*

7.14 **La liquidación.** Complete el siguiente diálogo con un(a) compañero(a) de clase, usando la forma apropiada del artículo definido cuando sea necesario.

1. Hola, *[nombre de su compañero(a)]*. ¿Por qué no fuiste a _____ liquidación de los Almacenes Guayaquil? Te estuvimos esperando.

2. ¿Cuándo fue? ¿ _____ viernes?

3. No, _____ sábado por _____ noche; empezó a _____ siete.

4. Me olvidé por completo. Fui a _____ casa de mi hermana y ni me acordé. Pero dime, ¿fue Guillermo?

5. Desgraciadamente sí. Él me dijo que no tenía ni un centavo para comprar, pero se gastó todo _____ dinero que le mandaron sus padres _____ mes pasado para _____ matrícula.

6. ¿Y qué va a hacer para pagar _____ universidad, _____ libros y _____ alquiler?

7. No sé, pero de todas maneras quiere ir a _____ Chile y a _____ Argentina en _____ próximas vacaciones.

8. ¡Está loco! Bueno, qué se va a hacer. ¿Quién más fue de compras con Uds.?

9. _____ misma gente de siempre. Todos me preguntaron por ti y por eso les dije que te habías ido a casa de tu hermana por _____ fin de semana.

10. Gracias. En realidad se me olvidó por completo.

7.15 **Entrevista personal.** Hágale preguntas a un(a) compañero(a) de clase sobre su vida. Su compañero(a) debe contestar.

Pregúntele...

1. qué es lo bueno de sus amigos / de su familia.
2. qué es lo malo de sus estudios / de su trabajo.
3. qué es lo difícil de sus estudios / de su trabajo.
4. qué es lo más interesante de su vida universitaria.
5. qué es lo mejor de ir de compras.
6. qué es lo más importante en su vida.

7.16 **El centro comercial.** Ud. y un(a) compañero(a) están hablando de un viaje reciente al centro comercial. Comenten los aspectos positivos y negativos de su experiencia. Digan qué fue lo más interesante / divertido / agradable / desagradable / ¿?

Modelo   *A mí me parece que lo más agradable fue el almuerzo en el restaurante que tienen ahí.*

SEGUNDA SITUACIÓN

PRESENTACIÓN

En la tienda de ropa de mujeres

PRÁCTICA Y CONVERSACIÓN

7.17 ¡De buen gusto! ¿Qué cambios deben hacer las siguientes personas para vestirse bien?

1. María lleva una falda a cuadros, una blusa estampada y unas pantuflas rosadas.
2. José lleva un traje azul marino, una camiseta anaranjada y unos zapatos deportivos grises.
3. Susana lleva un vestido de seda negro, unos zapatos de tacón negros y unos calcetines de lana rojos.
4. Tomás lleva un pijama azul, un sombrero de paja y unas botas rojas.
5. Isabel lleva un traje de baño de lunares, un abrigo de piel y unas botas de cuero.
6. Paco lleva unos pantalones azules, una camisa de seda morada y una chaqueta a rayas.

En la tienda de ropa de hombres

7.18 Entrevista. Pregúntele a un(a) compañero(a) de clase qué debe ponerse para las siguientes situaciones.

Pregúntele qué se pone para...

1. una entrevista importante.
2. esquiar.
3. una fiesta elegante.
4. un día en la playa.
5. lavar el coche.
6. un fin de semana en el campo.
7. ir a clase.
8. ir a una discoteca.

7.19 Creación. En una narración cuente lo que pasa en los dibujos de la **Presentación.**

Modelo   *Varias personas están en una tienda probándose ropa. Una mujer se está probando un abrigo de piel, otra tiene varios vestidos en la mano.*

vocabulario

Prendas de vestir *Articles of clothing*

el abrigo *coat*

la bata *(bath)robe*

el bolso (E) *purse*
  la cartera (A)

la bufanda *scarf*

los calcetines *socks*

el calentador (A) *jogging suit*

el chandal (E) *warm-up suit*

la camisa de noche *nightgown*

la camiseta *T-shirt*

el chaleco *vest*

los guantes *gloves*

el impermeable *raincoat*

las medias *stockings*

el paraguas *umbrella*

el pijama *pajamas*

el sobretodo *overcoat*

la sudadera *sweatshirt*

la sudadera con capucha *hoodie*

el traje de baño *bathing suit*

El diseño *Design*

a cuadros *plaid, checkered*

a rayas *striped*

de flores *flowered*

de lunares *polka dot*

de un solo color *solid color*

estampado(a) *printed*

La tela *Fabric, material*

el algodón *cotton*

el cuero *leather*

el encaje *lace*

la lana *wool*

el lino *linen*

la piel *fur*

la seda *silk*

Algunos problemas *Some problems*

el probador *dressing room*

acortar *to shorten*

devolver (ue) *to return something*

envolver (ue) *to wrap up*

estar de moda *to be in style*

estar pasado de moda *to be out of style*

hacer juego con *to match*
  combinar con

ir a la moda *to be fashionable*

mostrar (ue) *to show*

probarse (ue) *to try on*

quedarle bien *to fit*

quedarle *to be*
  un poco ancho *a little wide*
  apretado *tight*
  corto *short*
  chico *small*
  estrecho *narrow*
  flojo *loose*
  grande *big*
  largo *long*

ser de buen gusto *to be in good taste*
  elegante *elegant, dressy*
  feo *ugly*
  lindo *pretty*
  vistoso *flashy*

usar talla _____ *to wear size* _____

Additional common articles of clothing are listed in **Appendix B: Vocabulary at a Glance.**

Track 2-3

Complaining

En el departamento de quejas…

DEPENDIENTA ¿En qué puedo servirle?

NOEMÍ Señorita, ayer compré este vestido aquí y hoy cuando me lo iba a poner me di cuenta que tenía esta enorme mancha. Quisiera que me lo cambiaran, por favor.

DEPENDIENTA Bueno, pero ¿no cree que Ud. debió examinarlo cuidadosamente antes de llevárselo?

NOEMÍ Bueno, sí, pero lo que pasó fue que me probé otro de otro color y después escogí este rojo sin probármelo.

DEPENDIENTA Desafortunadamente, no podemos hacer nada, señora. No aceptamos cambios. Lo siento.

NOEMÍ ¿Cómo dice? Y ahora, ¿qué voy a hacer? ¡Este vestido no sirve para nada!

DEPENDIENTA Lo siento mucho, señora, pero esa es la orden que nosotros tenemos.

NOEMÍ ¡Esto no puede ser! Uds. tienen que cambiármelo. Llame a su jefe, por favor.

PERSPECTIVAS LINGÜÍSTICAS

In most Spanish-speaking countries, sales are final and exchanges or returns are seldom accepted. As you can observe in the dialogue on page 224, to politely refuse the request for an exchange the salesperson says *Desafortunadamente, no podemos hacer nada, señora. No aceptamos cambios. Lo siento mucho, señora, pero esa es la orden que nosotros tenemos.* Customers can demand to speak to a manager and have their request accepted, as observed in the dialogue, when the customer says *¡Esto no puede ser! Uds. tienen que cambiármelo. Llame a su jefe, por favor.* However, most small stores have a no return policy.

Phrases to complain

Siento decirle que…	*I'm sorry to tell you that . . .*
Disculpe, pero la verdad es que…	*Excuse me, but the truth is that . . .*
Me parece que aquí hay un error.	*I think there is a mistake here.*
Creo que se ha equivocado.	*I think you have made a mistake.*
¡No puedo seguir esperando!	*I can't keep (on) waiting!*
¡Esto no puede ser!	*It can't be!*
Pero, ¡qué se ha creído!	*But who do you think you are!*
¡Por quién me ha tomado!	*Who do you think I am!*
¡Qué falta de responsabilidad!	*How irresponsible!*
Y ahora, ¿qué voy a hacer?	*And now, what am I going to do?*
¡Ya me cansé de tantos problemas!	*I'm tired of so many problems!*

PRÁCTICA Y CONVERSACIÓN

7.20 Perdón, pero… ¿Qué dice Ud. en las siguientes situaciones?

1. Ud. está en un restaurante y el mesero le sirve un helado de vainilla en vez de uno de chocolate.
2. Ud. está en el aeropuerto y le dicen que no puede viajar porque no hizo ninguna reservación.
3. Ud. tenía una cita con el dentista para las dos de la tarde. Ya son las cuatro y media y todavía no lo/la atienden.
4. Ud. está en un restaurante y le traen la cuenta de otra persona.
5. Ud. se inscribió en la clase de español pero su nombre no aparece en la lista del /de la profesor(a).

7.21 Pero, ¿qué es esto? Trabajando con dos compañeros(as) de clase, dramaticen la siguiente situación. Ud. y su amigo(a) van de compras porque necesitan ropa. Le piden ayuda a un(a) vendedor(a) pero tienen muchos problemas: se demora mucho en atenderlos/las, les da las tallas equivocadas, les cobra más de lo que cuestan las cosas y al final no les acepta ni sus cheques ni sus tarjetas de crédito.

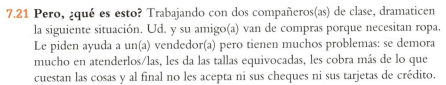

Modelo	ESTUDIANTE 1	*Señor, por favor, me parece que ha habido un error. Yo pedí un impermeable pero este es un sobretodo.*
	ESTUDIANTE 2	*¡Cuánto lo siento! Ya regreso con un impermeable.*
	ESTUDIANTE 3	*Señor, esto no me queda bien. Necesito una talla más grande.*

ESTRUCTURAS

Denying and Contradicting

INDEFINITE AND NEGATIVE EXPRESSIONS

Negative words such as *no*, *never*, *no one*, *nothing*, or *neither* are used to contradict previous statements or deny the existence of people, things, or ideas. These negatives are frequently contrasted with indefinite expressions such as *someone*, *something*, or *either* that refer to non-specific people and things.

Indefinite Expressions		Negative Expressions	
algo	something	nada	nothing
alguien	someone	nadie	no one, nobody

algún
  alguno(a)
  algunos(as)
	any, some, someone	ningún
		  ninguno(a)
		  ningunos(as)
			no, none, no one

alguna vez	sometime	nunca jamás }	never
siempre	always	ni	nor
o	or	ni... ni	neither . . . nor
o... o	either ... or	tampoco	neither, not . . . either
también	also, too	de ningún modo	by no means
de algún modo	somehow	de ninguna manera	no way
de alguna manera	some way		

> Spanish frequently uses a double negative where English does not. **No quiero comprar nada.** = *I don't want to buy anything.* Look for other uses of the double negative in the examples of this section.

a. To negate or contradict a sentence, **no** is placed before the verb.

No vamos de compras hoy. — *We aren't (are not) going shopping today.*

b. There are two patterns for use with negative expressions:

1. NEGATIVE + VERB PHRASE

Julio **nunca** está a la moda. — *Julio is never in style.*

Nadie tiene tanta ropa como Ana. — *No one has as many clothes as Ana.*

2. **No** + VERB PHRASE + NEGATIVE

Julio **no está** a la moda **nunca.** — *Julio is never in style.*

No compro nada en aquella tienda. — *I don't buy anything in that store.*

c. Indefinite expressions frequently occur in questions while negatives occur in answers.

—¿Quieres probarte el suéter **o** el chaleco? — *Do you want to try on the sweater or the vest?*

—No quiero probarme **ni** el suéter **ni** el chaleco. — *I don't want to try on either the sweater or the vest.*

d. Algún and **ningún** are used before masculine singular nouns.

Compraré ese vestido de **algún modo.** *I will buy that dress somehow.*

Ninguno is generally used in the singular unless the noun it modifies is always plural.

—¿Tienes algunas camisas limpias? *Do you have any clean shirts?*

—No, no tengo **ninguna.** Y no tengo **ningunos** pantalones limpios tampoco. *No, I don't have any. And I don't have any clean pants either.*

e. The personal **a** is used before **alguien / nadie** and **alguno / ninguno** when used as direct objects.

—¿Viste **a alguien** en el centro comercial? *Did you see anyone at the mall?*

—No, no vi **a nadie.** *No, I didn't see anyone.*

f. The Spanish word **no** cannot be used as an adjective: *no problem* = **ningún problema;** *no person* = **ninguna persona.**

- -

Supplemental Grammar. Algo / nada can be used to modify adjectives. **Este traje es algo nuevo.** = *This suit is somewhat new.* **Aquel vestido no es nada bonito.** = *That dress isn't pretty at all.*

- -

PRÁCTICA Y CONVERSACIÓN

7.22 **¡No quiero nada de nada!** Su compañero(a) le hace algunas preguntas, pero Ud. está de mal humor y le contesta negativamente a todo.

Modelo **ESTUDIANTE 1** *¿Le compraste un regalo a Rodrigo?*

ESTUDIANTE 2 *No, no le compré ningún regalo.*

1. ¿Viste a alguien en la tienda?
2. ¿Te encontraste con alguien en el café?
3. ¿Comiste algo?
4. ¿Te compraste pantalones o un suéter?
5. ¿Fuiste al cine también?
6. ¿Alguna vez has estado de tan mal humor como ahora?

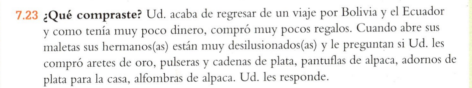

7.23 **¿Qué compraste?** Ud. acaba de regresar de un viaje por Bolivia y el Ecuador y como tenía muy poco dinero, compró muy pocos regalos. Cuando abre sus maletas sus hermanos(as) están muy desilusionados(as) y le preguntan si Ud. les compró aretes de oro, pulseras y cadenas de plata, pantuflas de alpaca, adornos de plata para la casa, alfombras de alpaca. Ud. les responde.

7.24 **Necesito zapatos.** Con dos compañeros(as), dramaticen la siguiente situación. Ud. habla con sus padres y les dice que necesita comprar varios tipos de zapatos para las diferentes actividades que Ud. tiene en la universidad. Sus padres, sin embargo, no están de acuerdo con Ud. y rechazan todo lo que les dice. Trate de llegar a un acuerdo con ellos.

Modelo **ESTUDIANTE 1** *Papá, necesito comprar zapatos de tenis para practicar mi deporte favorito, botas para montar a caballo, zapatos de…*

ESTUDIANTE 2 *¡Espera, hijo! Yo no tengo tanto dinero. El próximo mes te doy dinero para un par de zapatos.*

ESTUDIANTE 1 *¡Pero, papá! ¡No es justo!*

Avoiding Repetition of Previously Mentioned People and Things

DOUBLE OBJECT PRONOUNS

In conversation we avoid the repetition of previously mentioned people and things by using direct and indirect object pronouns; for example: *Did you give Charles that sweater? No, his parents gave it to him.* These double object pronouns are also used in Spanish.

a. When both an indirect object pronoun and a direct object pronoun are used with the same verb, the indirect object pronoun precedes the direct object pronoun.

—¿Quién te regaló esa pulsera?	*Who gave you that bracelet?*
—Mi hermano **me la** dio para mi cumpleaños.	*My brother gave it to me for my birthday.*

> Both object pronouns will precede an affirmative or negative conjugated verb. The order is always indirect object pronoun before direct object pronoun.

b. Double object pronouns follow the rules for placement of single object pronouns; that is, both pronouns must attach to the end of affirmative commands and precede negative commands.

—¿Quiere ver esta camisa?	*Do you want to see this shirt?*
—Sí, muéstre**mela**, por favor, pero no **me la** envuelva todavía.	*Yes, show it to me please, but don't wrap it for me yet.*

> When two pronouns are attached to an affirmative command, a written accent mark is placed over the stressed vowel of that command.

c. When both a conjugated verb and infinitive are used, both object pronouns can precede the conjugated verb or attach to the end of the infinitive.

—Me gustaría ver tu traje nuevo.	*I would like to see your new suit.*
—Bueno, voy a mostrár**telo.**	
—Bueno, **te lo** voy a mostrar.	*Okay, I'm going to show it to you.*

Note that when two pronouns are attached to an infinitive, a written accent mark is placed over the stressed vowel of that infinitive.

d. When both pronouns are in the third person, the indirect object pronoun **le / les** becomes **se.**

—¿Les enviaste el regalo a tus padres?	*Did you send the gift to your parents?*
—Sí, **se** lo envié ayer.	*Yes, I sent it to them yesterday.*

e. The pronoun **se** can be clarified by adding the phrase **a** + *prepositional pronoun.*

—¿Le diste la chaqueta a tu hermano?	*Did you give the jacket to your brother?*
—Sí, **se** la di **a él** ayer.	*Yes, I gave it to him yesterday.*

PRÁCTICA Y CONVERSACIÓN

7.25 Las compras. Explique si Ud. les compró o no los siguientes regalos a estas personas.

Modelo   a Pepe / la camiseta
            Sí, se la compré. / No, no se la compré.

1. a Felipe / un iPad
2. a ti / las novelas
3. a Rosana / un calentador
4. a nosotros / los guantes
5. a su hermana / la bufanda
6. a Ud. / las camisas
7. a Luis / los calcetines
8. a Cristina y a Diego / los suéteres

7.26 Y por fin, ¿compraste… ? Ud. se encuentra con un(a) amigo(a) que quiere saber acerca de sus compras en el centro comercial. Conteste las preguntas con **Sí** o **No**, como Ud. desee.

> *Modelo*   **ESTUDIANTE 1**   *¿Te compraste los zapatos de cuero?*
> **ESTUDIANTE 2**   *Sí, (No, no) me los compré.*

1. ¿Te compraste una guitarra eléctrica?
2. ¿Te mostraron las joyas?
3. ¿Te dieron crédito?
4. ¿Les compraste regalos a tus padres?
5. ¿Le compraste los juguetes a tu hermanito?
6. ¿Me compraste algo a mí?
7. ¿Le enviaste flores a tu novia(o)?
8. ¿?

7.27 ¿Me los compraron? Ud. y uno(a) de sus compañeros(as) de cuarto fueron a comprar diferentes cosas que necesitaban. Su tercer(a) compañero(a) no quiso ir con Uds. pero sí les hizo una serie de encargos. Al regresar, él/ella les pregunta si le compraron todo lo que él/ella quería y quiere que Uds. se lo den.

> *Modelo*   **ESTUDIANTE 1**   *¿Me compraron mis discos?*
> **ESTUDIANTES 2 Y 3**   *No, no te los compramos.*
> **ESTUDIANTE 1**   *¿Por qué?*

Linking Ideas

y → e; o → u

The words **y** *(and)* and **o** *(or)* undergo changes before certain words so they will be heard distinctly and understood.

a. When the word **y**, meaning *and,* is followed by a word beginning with **i** or **hi**, the **y** changes to **e**.

suéteres **e** impermeables	*sweaters and raincoats*
padres **e** hijos	*fathers and sons*

Exceptions: words beginning with **hie** as in **hielo** or **hierro**

b. When the word **o**, meaning *or,* is followed by a word beginning with **o** or **ho**, the word **o** changes to **u**.

plata **u** oro	*silver or gold*
ayer **u** hoy	*yesterday or today*

PRÁCTICA Y CONVERSACIÓN

7.28 De moda. Complete el siguiente diálogo utilizando **y / e** u **o / u**, según corresponda.

USTED   Tengo un abrigo nuevo, muy elegante. ¡Ah! _____ además es impermeable.

AMIGO(A)   ¡Oye, qué bien! ¿Pagaste mucho _____ poco por él?

USTED   La verdad es que no me acuerdo si pagué mil _____ ochocientos bolivianos por él. Algo así, pero sí sé que fue una verdadera ganga.

AMIGO(A)   No está mal el precio, pero dime, ¿es pesado _____ liviano?

USTED   Es un poco pesado porque tiene un forro muy grueso, pero lo voy a usar todo el tiempo porque abriga mucho. No sé si es Joaquín _____ Óscar el que tiene uno parecido.

AMIGO(A)   No sé. ¿Y lo compraste, ayer _____ hoy? Porque sé que hoy había una rebaja.

USTED   Hoy. ¿Quieres que te lo enseñe ahora _____ tienes que irte a tu casa?

AMIGO(A)   No, no. Enséñamelo que yo también necesito comprarme _____ un abrigo _____ un impermeable uno de estos días, y si me gusta el tuyo me compro uno parecido hoy mismo. ¿Qué te parece?

USTED   Bueno… no sé qué decirte… si quieres… bueno…

TERCERA SITUACIÓN

DIÁLOGOS EN VÍDEO

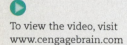

To view the video, visit
www.cengagebrain.com

© Anna Pérez

Para comprender lo que ve

OBSERVING DRESS CODES

By observing what people wear in different situations, you will be better able to understand their social practices. In the United States, people tend to dress casually for many situations which in other cultures may require professional or more formal clothing. By paying attention to how people dress, you will be able to determine the level of informality or formality of clothing you need in a given context.

Para comprender lo que escucha

MAKING INFERENCES

When you are participating in a conversation, there might be instances when either you or the person you are talking to does not say exactly what is meant. For example, if someone asks you if you want to eat some pizza and you say, "Uh . . . well . . . uh . . . ," the person might rightly infer that you don't want any or at least that you don't want any at that particular moment. When someone asks you something, you may not always answer the question directly. For example, someone asks you, "Do you want to go to the movies?" and you answer "I have an exam tomorrow." Based on your answer, the person will think that you would probably like to go to the movies, but you can't because of your exam. Thus, the person has inferred the real meaning of what you said.

Antes de ver y escuchar

7.29 La foto y el vídeo. Con un(a) compañero(a) de clase hagan las siguientes actividades.

1. Describan a las personas en la foto y el lugar donde se encuentran. ¿Qué están haciendo estas personas?
2. Describan ahora en detalle cómo están vestidas las personas en el vídeo.
3. Viendo la forma cómo estas personas están vestidas, digan qué pueden aprender de las costumbres de este grupo cultural y cómo se parecen / diferencian a las costumbres en los Estados Unidos. Justifiquen su respuesta.

Al ver y escuchar

7.30 Los apuntes. Mire el vídeo y escuche la conversación entre Graciela y la vendedora. Tome los apuntes que considere necesarios y complete las siguientes oraciones.

1. Graciela busca un vestido _____ porque tiene que ir a _____.
2. La vendedora quiere saber si Graciela prefiere algo _____.
3. Graciela prefiere algo _____.
4. La vendedora le enseña _____.
5. Graciela piensa que el precio es _____ y _____.

Después de ver y escuchar

7.31 Resumen. Con un(a) compañero(a) de clase, resuma la conversación entre Graciela y la vendedora.

7.32 Algunos detalles. Complete las siguientes oraciones con la mejor respuesta.

1. Graciela…
   a. tiene una vida social muy interesante.
   b. es una mujer muy sofisticada y rica.
   c. tiene muy buen gusto y no le importa gastar mucho.

2. Sabemos que la vendedora…
   a. está muy ocupada con otros clientes.
   b. es amable y tiene paciencia.
   c. no sabe hacer su trabajo muy bien.

3. Según la conversación, podemos inferir que a Graciela…
   a. no le gusta ir de compras.
   b. solo le gustan las liquidaciones.
   c. le gustan los vestidos elegantes.

4. Probablemente Graciela…
   a. no va a poder comprar lo que quiere.
   b. va a pedir crédito en la tienda.
   c. va a conseguir una rebaja.

PERSPECTIVAS

De compras en el mundo hispano

Ir de compras en el mundo hispano es una experiencia singular, ya que hay gran variedad de alternativas para todos los gustos y bolsillos, desde las tiendas pequeñas en el centro de la ciudad y lujosos centros comerciales en los suburbios hasta los vendedores ambulantes que se encuentran en todos los lugares.

Las tiendas y los centros comerciales

En el centro de la ciudad generalmente proliferan tiendas pequeñas especializadas en un producto u otro, ya sean joyas, ropa, telas, zapatos, carteras, anteojos o libros, revistas, artículos de escritorio, muebles o artefactos eléctricos. La ventaja de estas tiendas es la atención personal que recibe el cliente de los empleados o del mismo dueño.

También existen, sin embargo, los centros comerciales, grandes y pequeños, sencillos y lujosos. Quito, por ejemplo, tiene el centro comercial Quicentro que es muy moderno y cómodo.

En Lima hay muchos centros comerciales muy populares, como el Centro Comercial Jockey Plaza, que es uno de los más grandes y caros del Perú. Ahí puede encontrar no solo tiendas de ropa sino restaurantes, tiendas por departamentos y cines. Otros centros comerciales grandes e importantes incluyen Galerías Pacífico en Buenos Aires, Argentina, el Centro Santa Fe (el centro comercial más grande de México) y la Plaza Las Américas en Puerto Rico (el más grande del Caribe).

© Chad Ehlers/Alamy

↑ **FOTO** Buenos Aires, Argentina: Galerías Pacífico

Por último hay que mencionar los vendedores ambulantes que se sitúan en diferentes lugares de la ciudad para vender todo lo imaginable. Así, venden no solo comida, ropa y cosméticos, sino todo tipo de artículos para el hogar, herramientas, pinturas, productos para la construcción de viviendas, etcétera. La calidad de sus productos varía pero sus precios son más económicos y generalmente se puede regatear.

Los mercados

handicrafts

Por otro lado, están los mercados artesanales. Si uno está interesado en comprar artesanía°, puede ir a los muchos mercados artesanales que existen en muchos países pero especialmente en los países con una población indígena grande como Bolivia, Guatemala, el Ecuador, México, Perú o Paraguay. En estos mercados los mismos artesanos venden sus productos a muy buenos precios. Se puede conseguir, por ejemplo, todo tipo de ropa de lana y alpaca, joyas y adornos de oro y plata, pinturas, muebles tallados de cuero y madera, cerámica, alfombras y tapices°.

tapestries

En Bolivia y el Ecuador hay muchos mercados artesanales por todas partes, pero en el Ecuador no hay mejor lugar que el Mercado de Otavalo para comprar artículos artesanales.

© Peter Crighton/Alamy

↑ **FOTO** Otavalo, Ecuador: vendedora de tapices

En resumen, ir de compras en los países hispanos es una experiencia inolvidable.

PRÁCTICA Y CONVERSACIÓN

7.33 Práctica intercultural. Con un(a) compañero(a) de clase, contesten las siguientes preguntas acerca de las compras en los Estados Unidos.

1. En una semana típica, ¿a cuántos lugares va Ud. para comprar algo?
2. ¿Adónde va Ud. para comprar carne / frutas / vegetales / pan / comida preparada?
3. ¿Adónde va Ud. para comprar ropa?
4. ¿Se puede regatear *(to bargain)* en los lugares donde Ud. hace compras?
5. Para Ud. y sus amigos(as), ¿es la compra una actividad social? Explique.

7.34 De compras. Utilizando la información presentada anteriormente, conteste las siguientes preguntas.

1. Si Ud. quiere comprar ropa deportiva o ropa elegante, ¿qué alternativas tiene en el mundo hispano? ¿Cuál preferiría Ud. y por qué?
2. ¿A qué sitios iría Ud. si quisiera comprar productos típicos del Perú, Bolivia o el Ecuador? ¿Qué le gustaría comprar?
3. ¿Cuál cree Ud. es la ventaja / desventaja de comprar productos a los vendedores ambulantes? Justifique su respuesta.

7.35 Comparaciones. Con un(a) compañero(a) de clase, comparen los lugares donde se puede ir de compras en los Estados Unidos con los del mundo hispano. ¿Qué diferencias y semejanzas hay?

ASÍ SE ESCRIBE

Para escribir bien

MESSAGES AND LETTERS OF COMPLAINT

If you are dissatisfied with a product or service, it is sometimes necessary to write an e-mail message or letter of complaint in order to resolve the problem. E-mail messages and letters of complaint are different from complaining directly to a person, for you cannot ask or answer questions or negotiate a settlement quickly. To complain effectively by letter or e-mail message, you will first need to give a brief history of the problem, then state what is still unsatisfactory, and finally explain what you would like the person(s) or company to do. You can use the phrases below or adapt phrases from the previous **Así se habla** section.

Historia breve del problema

Hace dos meses / El 20 de junio / La semana pasada compré un traje nuevo en su tienda. Al llevarlo la primera vez / En casa / Más tarde descubrí algunos problemas.

Two months ago / On June 20 / Last week I bought a new suit in your store. When I wore it for the first time / At home / Later I discovered various problems.

El problema específico

La blusa me queda demasiado pequeña / grande / corta / larga.

The blouse is too small / large / short / long for me.

Los pantalones están sucios / rotos / descosidos.

The pants are dirty / torn / unsewn.

Remedio deseado

Quisiera cambiarlo/la por otro(a).

I would like to exchange it for another.

Quisiera devolverlos/las y que me devuelvan el dinero.

I would like to return them and get my money back.

Saludos y despedidas para las cartas comerciales

Note that business letters and messages have a different salutation and closing from personal letters.

Estimado(s) señor(es):

Dear Sir(s):

Atentamente,

Sincerely yours,

Antes de escribir

A **Una carta o mensaje de correo electrónico.** Lea las descripciones de las composiciones dadas en la sección **Al escribir** y escoja el tema que sea más compatible con sus intereses y habilidades. Después, cree el formato para un mensaje de correo electrónico o una carta utilizando el saludo y la despedida para una carta comercial.

B **El problema.** Utilizando uno de los temas de **Al escribir,** escriba una lista de los detalles del problema que Ud. quiere resolver. Incluya una lista de la ropa incluida en su queja, la información sobre la historia del problema y una descripción del problema específico.

Al escribir

C **La composición.** Utilizando **uno** de los temas de abajo, escriba su composición utilizando el formato de la carta que Ud. hizo en **Antes de escribir A** y la lista de vocabulario e información que Ud. preparó en **B.** Trate de incorporar el nuevo vocabulario y las nuevas estructuras gramaticales de este capítulo.

Tema 1:

Un pedido equivocado. Ud. vive en Quito, Ecuador. Hace un mes pidió un abrigo gris, talla 40 del catálogo de Almacenes Alcalá de Guayaquil, Ecuador. Ayer recibió un paquete con un abrigo azul oscuro, talla 42. Escríbale una carta a la compañía, describiendo el problema y explicando que Ud. todavía quiere el abrigo gris, talla 40.

Tema 2:

Una maleta perdida. En un vuelo reciente la aereolínea perdió su maleta con toda su ropa para las vacaciones. Ud. habló con el gerente en el aeropuerto pero él no pudo encontrar la maleta; tampoco le dio dinero para comprar ropa nueva. Escríbale una carta al presidente de la compañía. Explíquele el problema y pídale dinero para comprar una maleta nueva y más ropa. Incluya una lista de la ropa perdida.

Después de escribir

Antes de entregarle su composición a su profesor(a), Ud. debe leerla de nuevo y corregir los errores.

☐ ¿Presenta su composición una breve historia del problema, la descripción del problema y la solución deseada?

☐ ¿Contiene su composición todos los detalles necesarios y están en orden cronológico?

☐ ¿Utiliza vocabulario acerca de la ropa y los adjetivos para describir la ropa?

☐ ¿Está correcto el uso de los verbos en el pretérito?

INTERACCIONES

The communicative tasks of the **Interacciones** section recombine and review the vocabulary, grammar, culture, and communicative goals presented within the chapter. To help you prepare the tasks, review the specific items listed next to each activity.

To help you prepare «Un regalo de compleaños», review the following:
Topics: articles of clothing, expressions for making a routine purchase;
Estructuras: double object pronouns

To help you prepare «El/La dependiente(a) desagradable», review the following: **Topics:** articles of clothing, expressions for complaining; **Estructuras:** double object pronouns, uses of definite articles

To help you prepare «Un(a) hijo(a) rebelde», review the following: **Topics:** articles of clothing; **Estructuras:** indefinite and negative expressions

To help you prepare «Un(a) reportero(a) social», review the following: **Topics:** articles of clothing; party activities; **Estructuras:** progressive tenses

A. Un regalo de cumpleaños

Communicative Tasks: Making a routine purchase; asking and answering questions

Role Play. Your sister/brother asks you to buy a birthday gift for a new boyfriend/girlfriend. Unfortunately you don't know him/her well, but your brother/sister tells you to buy him/her clothing and that he/she is the same size as you. Go to the store and ask the salesperson (played by a classmate) for suggestions for a gift. Ask to try on the clothing items and purchase one. Have it wrapped, then pay and leave.

B. El/La dependiente(a) desagradable

Communicative Tasks: Complaining; asking and answering questions

Role Play. You received a new sweater as a gift from your aunt. The sweater doesn't fit, and you want to return it and get money back. You go to the store. The salesperson (played by a classmate) is not at all pleasant. You can't get your money back, but you can exchange the sweater for something else. Resolve the situation.

C. Un(a) hijo(a) rebelde

Communicative Tasks: Giving instructions; denying and contradicting

Role Play. You are the parent of a teenager. Your son/daughter (played by a classmate) is packing for a two-week trip to Bolivia to visit friends. You tell him/her what to pack and wear at various occasions. Your son/daughter is feeling very negative and rebellious, refuses to follow your advice, and contradicts everything you say. Try to resolve the situation.

D. Un(a) reportero(a) social

Communicative Tasks: Expressing actions in progress; describing clothing

Oral Presentation. You are the reporter for the social scene for a Hispanic TV station in Miami. You are covering a **quinceañera** party for the daughter of a prominent local family. As the TV camera closes in on various

© Tony Freeman/PhotoEdit

guests at the party, describe what they are doing at this very moment. Inform your audience who the people are and what they are wearing. Among the guests are the following people: an aunt and uncle, various cousins, and the grandparents of the girl being honored; a local businessman and his wife; several neighbors of the family; several girlfriends of the girl being honored.

CAPÍTULO 8

En la ciudad

Cultural Themes
→ Peru
→ Cities in the Spanish-speaking world

Topics and Situations
→ ¿Dónde está el museo?
→ ¿Qué vamos a hacer hoy?

Communicative Goals
→ Asking for, understanding, and giving directions
→ Telling others what to do
→ Asking for and giving information
→ Talking about other people
→ Persuading
→ Discussing future activities
→ Expressing probability
→ Suggesting group activities

↑ **FOTO** Lima, Perú: Plaza San Martín con el Monumento a José de San Martín

© Bettmann/CORBIS

PRESENTACIÓN

¿Dónde está el museo?

- -

PRÁCTICA Y CONVERSACIÓN

8.1 Situaciones. Pregúntele a su compañero(a) de clase adónde Ud. debe ir en las siguientes situaciones y su compañero(a) contestará.

1. Ud. quiere información sobre los puntos de interés histórico en Cuzco.
2. Ud. necesita comprar aspirina.
3. Ud. quiere ir al centro pero está demasiado lejos para caminar.
4. Ud. se da cuenta de que perdió el pasaporte.
5. Ud. desea comprar un periódico.
6. Ud. tiene que averiguar cuándo sale el autobús para Chosica.
7. Ud. necesita cambiar cheques de viajero.
8. Ud. quiere hacer un recorrido turístico por Lima.
9. Ud. desea comprar regalos.
10. Ud. necesita llenar el tanque de su coche.

8.2 Una excursión a Lima. Las siguientes personas van a pasar un día visitando Lima. Con un(a) compañero(a) de clase, decidan qué puntos de interés deben visitar y por qué.

> una familia con tres hijos / cuatro estudiantes norteamericanos / un matrimonio joven / un venezolano que visita Lima por primera vez / Ud. y su compañero(a)

 8.3 Calendario turístico. Trabajando en parejas, decidan cuándo van a visitar Lima y a qué actividades turísticas van a asistir. Justifiquen sus respuestas.

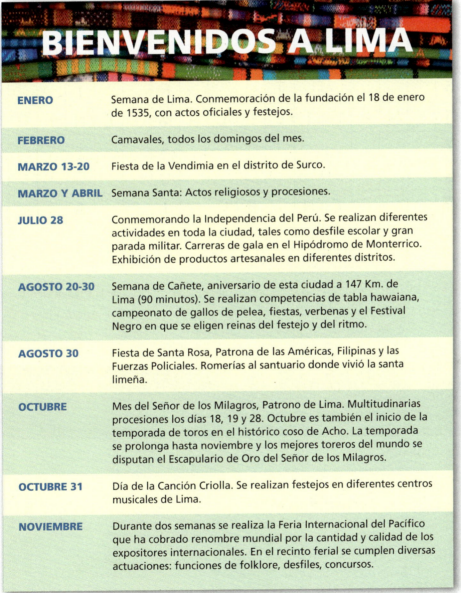

BIENVENIDOS A LIMA

ENERO	Semana de Lima. Conmemoración de la fundación el 18 de enero de 1535, con actos oficiales y festejos.
FEBRERO	Camavales, todos los domingos del mes.
MARZO 13-20	Fiesta de la Vendimia en el distrito de Surco.
MARZO Y ABRIL	Semana Santa: Actos religiosos y procesiones.
JULIO 28	Conmemorando la Independencia del Perú. Se realizan diferentes actividades en toda la ciudad, tales como desfile escolar y gran parada militar. Carreras de gala en el Hipódromo de Monterrico. Exhibición de productos artesanales en diferentes distritos.
AGOSTO 20-30	Semana de Cañete, aniversario de esta ciudad a 147 Km. de Lima (90 minutos). Se realizan competencias de tabla hawaiana, campeonato de gallos de pelea, fiestas, verbenas y el Festival Negro en que se eligen reinas del festejo y del ritmo.
AGOSTO 30	Fiesta de Santa Rosa, Patrona de las Américas, Filipinas y las Fuerzas Policiales. Romerías al santuario donde vivió la santa limeña.
OCTUBRE	Mes del Señor de los Milagros, Patrono de Lima. Multitudinarias procesiones los días 18, 19 y 28. Octubre es también el inicio de la temporada de toros en el histórico coso de Acho. La temporada se prolonga hasta noviembre y los mejores toreros del mundo se disputan el Escapulario de Oro del Señor de los Milagros.
OCTUBRE 31	Día de la Canción Criolla. Se realizan festejos en diferentes centros musicales de Lima.
NOVIEMBRE	Durante dos semanas se realiza la Feria Internacional del Pacífico que ha cobrado renombre mundial por la cantidad y calidad de los expositores internacionales. En el recinto ferial se cumplen diversas actuaciones: funciones de folklore, desfiles, concursos.

The alternate drawing that corresponds to this activity can be found in **Appendix A**.

8.4 ¿Qué me dices? Ud. y su compañero(a) están haciendo una sopa de letras *(word search).* Él/Ella tiene una mitad del rompecabezas *(puzzle)* y Ud. tiene la otra mitad. Conversen para descubrir las palabras que faltan.

Modelo   **SU COMPAÑERO(A)**   *1F*

UD.   *Lo que se usa para ir al otro lado de un río.*

	A	B	C	D	E	F	G	H	I	J	K	L	M	N	O
1						P									
2						U									
3						E				F			C		
4						N				A			L		
5						T				R			I		
6	E	M	B	O	T	E	L	L	A	M	I	E	N	T	O
7										A			I		
8										C			C		
9			C	E	N	T	R	O		I			A		
10										A					

8.5 Creación. Cuente en una narración lo que pasa en el dibujo de la **Presentación**.

Modelo   *Esta es una ciudad de un país hispano. Hay mucho tráfico, algunos turistas y gente en la calle.*

CONEXIONES. Utilizando Internet, busque información sobre las regiones del Perú que están fuera de las ciudades grandes. Por ejemplo, ¿qué puede Ud. encontrar sobre Arequipa, Machu Picchu o Iquitos? Con la información que encuentra, planee un recorrido turístico.

vocabulario

En la calle *On the street*

la acera *sidewalk*

el autobús *bus*

la avenida *avenue*

la bocacalle *intersection*
  el cruce

el/la conductor(a) *driver*

la cuadra (A) *block*
  la manzana (E)

el edificio de *building of*
  cemento *cement*
  ladrillo *brick*
  madera *wood*
  piedra *stone*
  vidrio *glass*

el embotellamiento *traffic jam*

la esquina *corner*

el estacionamiento *parking*

la fuente *fountain*

el letrero *sign, billboard*
  el rótulo

el metro *subway*

el peatón *pedestrian*
  (la peatona)

el rascacielos *skyscraper*

el semáforo *traffic light*

la señal de tráfico *traffic sign*

el taxi *taxi*

el tranvía *trolley*

Lugares *Places*

el banco *bank*

el centro *downtown*

la clínica *private hospital*

la comisaría *police station*
  el cuartel de policía

la estación de bomberos *fire station*
  taxi *taxi stand*
  trenes *train station*

la farmacia *pharmacy*

la gasolinera *gas station*

el hospital *hospital*

la oficina de turismo *tourist bureau*

la parada de autobuses *bus stop*

el quiosco *newsstand*

Puntos de interés *Points of interest*

el ayuntamiento *city hall*

el barrio colonial *colonial section*
  histórico *historic section*

la catedral *cathedral*

el jardín zoológico *zoo*

el museo *museum*

el palacio presidencial *presidential palace*

el parque *park*

la plaza mayor *main square*

la plaza de toros *bullring*

el puente *bridge*

hacer un recorrido turístico *to take a tour, to sightsee*

ASÍ SE HABLA

Track 2-4

Asking for, Understanding, and Giving Directions

ADRIÁN Disculpe, señor, pero quiero ir al Museo Pedro de Osma. ¿Me podría decir dónde se toma el autobús que va para allá?

SEÑOR GÓMEZ Cómo no. Siga derecho por esta cuadra hasta llegar a la calle San Martín. Luego, doble a la izquierda. Por ahí pasan los autobuses que pasan por el Museo. Es un autobús blanco con letras rojas.

ADRIÁN Muchas gracias, señor. Muy amable.

SEÑOR GÓMEZ ¡Qué ocurrencia! Espero que le guste el museo. ¡Se dicen maravillas de ese museo!

PERSPECTIVAS LINGÜÍSTICAS

As you can observe in the dialogue above, you can easily ask for directions to get from one place to another when visiting Spanish-speaking countries. Show politeness by using a title when addressing a person older than you *(Señor(a)/Señorita)*, explain where you want to go *(quiero ir al Museo Pedro de Osma)* and thank people for their help *(Gracias. Muy amable)*. As you can see, Señor Gómez in the dialogue above responded to the initial request saying *Cómo no*, which means he is willing to help; after he receives the expression of gratitude, he responds with a polite dismissal *(¡Qué ocurrencia!)* and well-wishing *(Espero que le guste el museo)*.

Phrases to ask, understand, or give directions

Asking for directions

¿Me podría(s) decir +	Could you tell me +
cómo se llega / va a... ?	how to get to . . . ?
dónde está... ?	where . . . is?
qué autobús tomo para ir a... ?	what bus I should take to go to . . . ?
dónde para el autobús que va para... ?	where the bus going to . . . stops?

Giving directions

Tome / Toma el autobús / un taxi.	Take the bus / a taxi.
El autobús pasa por la otra cuadra.	The bus goes by the other block.
Camine / Camina / Vaya / Ve / Siga / Sigue derecho.	Go straight.
Doble / Dobla a la derecha / izquierda.	Turn right / left.
Al llegar a... siga / sigue / doble / dobla...	When you get to . . . go / turn . . .

8.6 ¿Cómo voy a... ? Ud. está en el Gran Hotel Bolívar de Lima y quiere ir a diferentes sitios de la ciudad. Pida direcciones a distintos(as) compañeros(as) de clase para ir a los siguientes sitios.

1. el Santuario de Santa Rosa de Lima
2. el Museo de la Inquisición
3. la Iglesia de la Merced
4. la Catedral
5. ¿?

Vocabulario regional: In Lima you might see the abbreviation **Jr.,** which means **el jirón,** another word for **la calle.**

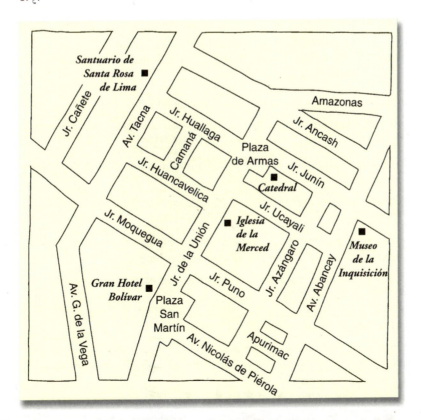

ESTRUCTURAS

Telling Others What to Do

FORMAL COMMANDS

Commands are used to give orders and directions. You will need to use formal commands when giving orders to one person you address with **usted,** or more than one person you address with **ustedes.**

	Verbos en **–AR**		Verbos en **–ER**		Verbos en **–IR**	
	tomar		**comer**		**abrir**	
(Ud.)	**tome**	take	**coma**	eat	**abra**	open
(Uds.)	**tomen**	take	**coman**	eat	**abran**	open

a. To form the formal commands of regular verbs, obtain the stem by dropping the **-o** from the first-person singular of the present tense: **paso → pas-; hago → hag-.** To the stem, add the endings **-e / -en** for **-ar** verbs or **-a / -an** for **-er** and **-ir** verbs: **pas → pase / pasen; hag → haga / hagan.**

b. Some regular commands will have spelling changes in the stem to preserve the consonant sound of the infinitive.

1. With verbs ending in **-car,** the **c → qu: buscar → busque / busquen**
2. With verbs ending in **-gar,** the **g → gu: llegar → llegue / lleguen**
3. With verbs ending in **-zar,** the **z → c: cruzar → cruce / crucen**
4. With verbs ending in **-ger,** the **g → j: escoger → escoja / escojan**

c. Dar, estar, ir, saber, and **ser** have irregular formal command stems.

DAR	**dé / den**	SABER	**sepa / sepan**
ESTAR	**esté / estén**	SER	**sea / sean**
IR	**vaya / vayan**		

d. Formal commands become negative by placing **no** before the verb.

Doble Ud. en la esquina pero **no cruce** la calle.	*Turn at the corner but don't cross the street.*

e. The pronouns **Ud. / Uds.** may be placed after the command form to make it more polite.

Sigan Uds. derecho y verán el museo.	*Go straight ahead and you will see the museum.*

f. Direct object, indirect object, and reflexive pronouns follow and are attached to affirmative commands. They precede negative commands.

—¿Cuándo debemos visitar la catedral?	*When should we visit the cathedral?*
—**Visítenla** por la mañana, pero **no la visiten** durante la misa.	*Visit it in the morning, but don't visit it during Mass.*

When adding pronouns to commands of two or more syllables, a written accent mark is placed over the stressed vowel of the affirmative command.

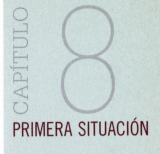
PRÁCTICA Y CONVERSACIÓN

8.7 Una visita a Lima. Dígale a un(a) turista lo que debe hacer para disfrutar de una visita a Lima.

Modelo   empezar el día temprano
Empiece el día temprano.

1. llegar al aeropuerto a tiempo
2. tener cuidado con el pasaporte
3. saber el nombre de su hotel
4. dar un paseo por la Plaza de Armas
5. tomar un autobús al centro
6. ir a la Plaza San Martín

8.8 Más consejos. En Lima su compañero(a) le pide algunos consejos. Contéstele.

Modelo   visitar la catedral / sí

ESTUDIANTE 1   *¿Debemos visitar la catedral?*

ESTUDIANTE 2   *Sí, visítenla.*

1. comprar regalos / sí
2. quedarse en el hotel / no
3. almorzar en un café típico / sí
4. sacar fotos en el museo / no
5. mandar tarjetas postales / sí
6. llevar los pasaportes a la plaza / no
7. ver la catedral / sí
8. ¿?

8.9 Mi pueblo. Sus compañeros(as) de clase piensan hacer una excursión a su ciudad o pueblo. Dígales tres lugares que deben visitar y tres lugares que no deben visitar. Explíqueles por qué deben o no deben visitar estos lugares.

Modelo   *En mi pueblo visiten los museos de arte y de historia.*
También vayan a los parques y visiten el zoológico, que es muy grande.

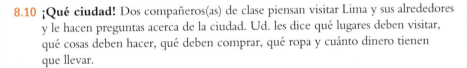

8.10 ¡Qué ciudad! Dos compañeros(as) de clase piensan visitar Lima y sus alrededores y le hacen preguntas acerca de la ciudad. Ud. les dice qué lugares deben visitar, qué cosas deben hacer, qué deben comprar, qué ropa y cuánto dinero tienen que llevar.

Sitios de interés: Plaza de Armas / el Jirón de la Unión / Plaza San Martín / Palacio de Gobierno / Parque de la Exposición / Palacio Torre Tagle / Iglesia San Pedro / Campo de Marte / Museo de Antropología y Arqueología / Museo de Oro

Modelo   **ESTUDIANTE 1**   *¿Debemos visitar el centro de Lima y sus edificios coloniales?*

ESTUDIANTE 2   *Me parece muy interesante, pero vayan también a los mercados indígenas.*

Asking for and Giving Information

PASSIVE *SE* AND THIRD-PERSON PLURAL PASSIVE

When giving information, you often use an impersonal subject such as *one, they, you,* or *people* rather than referring to a specific person. In this way, the information or action is stressed rather than the person doing the action.

> *People* say that Lima is very interesting.

> *You* can take a bus or a taxi downtown.

a. The Spanish equivalent of these *impersonal subjects + verb* is **se** + *third-person singular verb.*

—¿Dónde **se come** bien por aquí?	*Where can you get good food (eat well) around here?*
! —**Se dice** que el Restaurante Miraflores es muy bueno.	*They say that the Miraflores Restaurant is very good.*

To make these expressions negative, place **no** before **se: No se permite fumar.**

b. The impersonal **se** can also be used to express an action in the passive voice when no agent is expressed. In such cases the following format is used:

Se + THIRD-PERSON SINGULAR VERB + SINGULAR SUBJECT

Se + THIRD-PERSON PLURAL VERB + PLURAL SUBJECT

Se abre la oficina de turismo a las 8.30 pero no **se abren** las tiendas hasta las 10.	*The tourism bureau opens at 8:30 but the stores don't open until 10:00.*

c. The passive **se** is a very common construction and is frequently seen in signs giving information or warning.

Se alquila.	*For rent.*
Se arreglan (relojes).	*(Watches) repaired here.*
Se habla español.	*Spanish spoken (here).*
Se necesita camarero.	*Waiter needed.*
Se prohíbe fumar.	*No smoking.*
Se ruega no tocar.	*Please don't touch.*
Se vende(n).	*For sale.*

d. The third-person plural of a verb may also be used to express an action in the passive voice when no agent is expressed.

Venden periódicos en el quiosco.

Newspapers are sold in the kiosk.

Construyeron el ayuntamiento en el siglo XVIII.

The city hall was built in the 18th century.

PRÁCTICA Y CONVERSACIÓN

8.11 **¿En qué lugar de la ciudad?** Conteste las siguientes preguntas acerca de sitios y servicios dentro de la ciudad de una manera lógica. Luego, compare sus respuestas con las de su compañero(a).

1. ¿Dónde se consigue información turística?
2. ¿Dónde se vende gasolina?
3. ¿Dónde se venden periódicos?
4. ¿Adónde se lleva a una persona herida?
5. ¿Dónde se ven muchos animales?
6. ¿Dónde se espera el autobús?
7. ¿Dónde se deposita el dinero?
8. ¿Dónde se compran aspirinas?

8.12 **Diviértase.** Indique qué se puede hacer para divertirse en la ciudad de Lima.

Modelo   Toman el autobús al centro.
Se toma el autobús al centro.

1. Piden un plano de la ciudad en la oficina de turismo.
2. Visitan el Palacio Presidencial.
3. Caminan por el parque.
4. Toman un refresco en un café al aire libre.
5. Ven la nueva exposición en el museo.
6. Admiran la arquitectura colonial.
7. Visitan el parque Las Leyendas.

8.13 **Conduzca con cuidado.** Explíquele a su compañero(a) lo que se debe hacer cuando se conduce en el extranjero.

Modelo   **ESTUDIANTE 1**   *¿Qué se debe hacer cuando se conduce en el extranjero?*

ESTUDIANTE 2   *Primero, se debe tener una licencia internacional. También…*

Talking about Other People

USES OF THE INDEFINITE ARTICLE

The indefinite article in Spanish and English is used to point out one or several nouns that are not specific.

a. The indefinite article **un / una** = *a, an;* **unos / unas** = *some, a few,* or *about.*

En **unas** ciudades de Latinoamérica hay **un** barrio histórico.	*In some Latin American cities there is a historic section.*

b. The masculine, singular form **un** is used before feminine nouns beginning with a stressed **a-** or **ha-**: **un águila** = *an eagle;* **un hacha** = *a hatchet.* The plural forms of such nouns use **unas: unas águilas.**

c. Sometimes the indefinite article is not used in Spanish as in English.

   1. The indefinite article is usually required before each noun in a list.

Hay **una** catedral, **un** museo y **un** ayuntamiento en el centro de la ciudad.	*There is a cathedral, museum, and town hall in the downtown area.*

   2. After forms of **ser** or **hacerse,** meaning *to become,* the indefinite article is omitted before an unmodified noun denoting profession, nationality, religion, or political beliefs.

Guadalupe y Manolo son peruanos. Ellos son católicos. Manolo es carpintero y Guadalupe es profesora en una escuela secundaria.	*Guadalupe and Manolo are Peruvian. They are Catholic. Manolo is a carpenter and Guadalupe is a teacher in a high school.*

    When such nouns are modified, the indefinite article is used.

En unos años Manolo se hizo **un** carpintero bastante rico.	*In a few years, Manolo became a rather wealthy carpenter.*

   3. The indefinite article is omitted before the words **cien(to), mil, otro, medio,** and **cierto** even though English includes it in such cases.

—Hay más de mil niños en ese barrio.	*There are more than a thousand children in that neighborhood.*
—Sí, y creo que necesitan otra escuela.	*Yes, and I think that they need another school.*

4. The indefinite article is generally omitted after **sin, con,** and the verbs **tener** and **buscar.**

Los turistas llegaron a Cuzco **sin reservación** pero ya **tienen hotel.**	*The tourists arrived in Cuzco without a reservation but they already have a hotel.*

Note: Tener will be followed by an indefinite article when **un(a)** refers to how many items a person has.

—¿Cuántas residencias tienen?	*How many residences do they have?*
—Tienen **un** apartamento y **una** casa.	*They have an apartment and a house.*

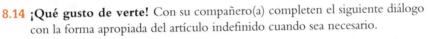

PRÁCTICA Y CONVERSACIÓN

8.14 ¡Qué gusto de verte! Con su compañero(a) completen el siguiente diálogo con la forma apropiada del artículo indefinido cuando sea necesario.

ELISA   Hola, Susana. ¿Cómo estás? ¡Tanto tiempo sin verte!

SUSANA   Sí, hija, ando muy ocupada todo el tiempo. Ahora vengo de ver a _____ amigos que acaban de llegar de Noruega.

ELISA   ¡No me digas! ¿Y se van a quedar mucho tiempo por aquí? ¿O solo se van a quedar _____ días?

SUSANA   Bueno, él es _____ ingeniero y ella es _____ arquitecta, y piensan mudarse aquí a Lima. Quieren _____ clima cálido y además han recibido _____ contrato fabuloso de _____ compañía internacional para trabajar aquí.

ELISA   ¡Qué suerte! ¿Cuántos hijos tienen?

SUSANA   Dos: _____ hijo y _____ hija.

ELISA   ¡Qué bien!

SUSANA   Sí. Si quieres, _____ día de estos vienes a mi casa para que los conozcas. Son _____ personas muy agradables.

ELISA   ¡Maravilloso! Dame _____ llamada cuando quieras.

SUSANA   ¡Perfecto! Te llamo entonces.

8.15 Mi ciudad. Cuéntele a su compañero(a) de clase acerca de su ciudad o pueblo. Dígale dónde está, cuánto tiempo hace que vive allá, qué hay en el centro, qué puntos de interés hay. Su compañero(a) mostrará interés y le hará preguntas.

Modelo	**ESTUDIANTE 1**	*Yo soy de Lima. Lima es una ciudad muy grande y hermosa. El centro de la ciudad es una zona histórica. Hay una catedral y muchos edificios coloniales.*
	ESTUDIANTE 2	*Me parece que Lima es una ciudad muy interesante. Dime, ¿hay una playa cerca?*
	ESTUDIANTE 1	*¿Una? No. ¡Hay muchísimas playas!*

SEGUNDA SITUACIÓN

PRESENTACIÓN

¿Qué vamos a hacer hoy?

PRÁCTICA Y CONVERSACIÓN

8.16 **¡Vamos a divertirnos!** Complete Ud. las oraciones de una manera lógica.

1. Este domingo podemos ver _____.

2. Si hace buen tiempo, podemos ir _____ o _____.

3. Compramos las entradas en _____.

4. Si queremos asientos buenos, es necesario _____.

5. Si nos gusta mucho lo que vemos, al final vamos a _____.

6. Y si no nos gusta, vamos a _____.

8.17 **¿Por qué no vamos a… ?** Imagine que Ud. y dos compañeros(as) de clase son los tres amigos del dibujo de la **Presentación.** Escoja una actividad y trate de convencer a sus compañeros(as) de hacer lo que Ud. quiere. Mencione las ventajas y desventajas de la actividad. Luego, sus compañeros(as) van a tratar de convencerlo(la) a Ud. de hacer lo que ellos/ellas quieren.

8.18 Un día en Lima. ¿Qué lugares de interés turístico visitaría Ud. si tuviera un día libre en Lima? Utilice las fotos a continuación y también el calendario turístico de la **Presentación** de la **Primera situación.**

Palacio Torre Tagle, construido en 1753 por la familia Torre Tagle, es un edificio típico de la arquitectura colonial.

El Jirón de la Unión es una calle principal con tiendas, boutiques y restaurantes.

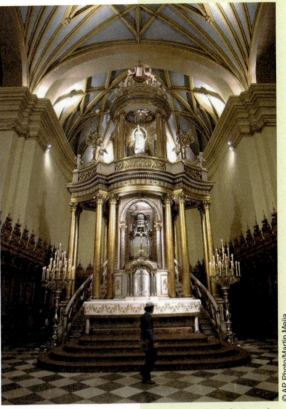

La Catedral con su magnífico altar es el edificio más antiguo de la Plaza de Armas de Lima. Fue destruida por un terremoto en 1746 pero la reconstruyeron después.

En el centro de la Plaza San Martín está el Monumento a José de San Martín, el general y héroe nacional que proclamó la independencia del Perú el 28 de julio de 1821.

8.19 Creación. En una narración cuente lo que pasa en el dibujo de la **Presentación.**

Modelo   *Hay tres jóvenes y cada uno piensa hacer cosas diferentes. Uno, por ejemplo,*
quiere ir al parque de atracciones.

CONEXIONES. Utilizando Internet, busque información sobre los parques acuáticos y los parques de atracciones en el mundo hispano. Compare estos parques con los que hay en su comunidad. ¿Qué diferencias o semejanzas nota Ud.?

vocabulario

El centro cultural *Cultural center*

los billetes *tickets*
  los boletos
  las entradas

los cuadros *paintings, pictures*
  las pinturas

los dibujos *drawings*

el espectáculo de variedades *variety show*

la exposición de arte *art exhibit*

la galería *art gallery*

las obras de arte *works of art*

los retratos *portraits*

admirar *to admire*

aplaudir *to applaud*

comentar sobre *to comment on*

criticar *to criticize*

discutir *to discuss*

escuchar *to listen to*
  a los cantantes *the singers*
  a los músicos *the musicians*
  al grupo musical *the musical group*

reservar los asientos *to reserve seats*

salir de marcha *to go out to have fun*

ver una exposición *to see an exhibit*

El parque acuático *Water park*

la catarata *waterfall*

la montaña rusa acuática *water roller coaster*

la piscina de olas *wave pool*

el río lento *lazy river*

el tobogán acuático *water slide*

chapotear *to play in the water*

darse un chapuzón *to take a dip*

salpicar *to splash*

El parque de atracciones *Amusement park*

el algodón de azúcar *cotton candy*

la atracción *ride*

la casa de *house of*
  espejos *mirrors*
  fantasmas *horrors*

el globo *balloon*

la gran rueda *Ferris wheel*

el juego de suerte *game of chance*

la montaña rusa *roller coaster*

las palomitas *popcorn*

el puesto *booth, stand*

asustado(a) *scared*

peligroso(a) *dangerous*

tímido(a) *shy, timid*

valiente *brave, courageous*

ASÍ SE HABLA

© Caterina Bernardi/Corbis

Track 2-5

Persuading

IGNACIO	Humberto, ¿qué haces estudiando un domingo? Vámonos a la playa, arréglate.
HUMBERTO	No, no puedo. Tengo que terminar este trabajo.
IGNACIO	¿No crees que sería mejor si descansaras un poco? Si vas, podrás trabajar mejor después. Ya verás.
HUMBERTO	¿A qué hora crees que regresarán?
IGNACIO	Como a las seis.
HUMBERTO	No, creo que mejor no… estoy muy atrasado.
IGNACIO	Haz lo que quieras, pero si no descansas te vas a enfermar. Mira, Elena, Teresa y Leonor se reunirán con nosotros a mediodía.
HUMBERTO	¡Umm!… Este… bueno… entonces… espérame, ya voy.
IGNACIO	¡Así se habla, hermano!

PERSPECTIVAS LINGÜÍSTICAS

As you can observe in the dialogue above, to persuade a friend to go have fun, Ignacio uses a number of strong strategies that prove to be successful. He first starts with a light criticism of what his friend is doing (*¿qué haces estudiando un domingo?*), and then uses a series of commands (*Vámonos a la playa, arréglate*). Although he pseudo-accepts his refusal (*Haz lo que quieras*), he keeps on insisting, warning him of the negative consequences if he does not accept (*pero si no descansas te vas a enfermar*), offering a number of incentives to convince him to go with him and his friends (*Mira, Elena, Teresa y Leonor se reunirán con nosotros a mediodía*). Far from being perceived as imposing, this type of interaction reflects a common interchange between friends.

8.20 ¡Vamos! Ud. y sus compañeros(as) de cuarto tienen que hacer una serie de cosas pero nadie se decide. Ud. toma la iniciativa. ¿Qué les dice si tiene que… ?

1. estudiar para el examen de física
2. hacer la tarea de español
3. comer temprano
4. comprar entradas para un concierto

8.21 ¡Cuidémonos! Ud. y su compañero(a) han empezado un régimen de dieta y ejercicio. ¿Qué dicen?

1. no comer muchos dulces
2. hacer gimnasia todos los días
3. no acostarse tarde
4. no tomar gaseosas
5. comer comida saludable
6. no darse por vencidos(as)

© Andresr/Shutterstock.com

ESTRUCTURAS

Discussing Future Activities

FUTURE TENSE

The future tense in English is formed with the auxiliary verb *will + main verb: I will work.* Although the Spanish future tense is also used to discuss future activities, it is not formed with an auxiliary verb.

Verbos en –**AR**	*Verbos en* –**ER**	*Verbos en* –**IR**
visitar	**leer**	**asistir**
visitaré	leeré	asistiré
visitarás	leerás	asistirás
visitará	leerá	asistirá
visitaremos	leeremos	asistiremos
visitaréis	leeréis	asistiréis
visitarán	leerán	asistirán

a. The future tense of regular verbs is formed by adding the endings **-é, -ás, -á, -emos, -éis, -án** to the infinitive.

Mañana **visitaremos** el Palacio Torre Tagle.   *Tomorrow we will visit Torre Tagle Palace.*

b. A few common Spanish verbs do not use the infinitive as a stem for the future tense. These verbs fall into three categories.

Drop the infinitive vowel		*Replace infinitive vowel with* –**d**		*Irregular form*	
haber	habr-	poner	pondr-	decir	dir-
poder	podr-	salir	saldr-	hacer	har-
querer	querr-	tener	tendr-		
saber	sabr-	valer	valdr-		
		venir	vendr-		

The future tense of **hay (haber)** is **habrá** = *there will be.*

c. There are three ways to express a future idea or action in Spanish.

1. The construction **ir a** + *infinitive* corresponds to the English *to be going + infinitive.*

Voy a comprar las entradas.   *I'm going to buy the tickets.*

The English auxiliary verb *will* does not always indicate a Spanish future tense. Frequently the word *will* is used as a translation for the subjunctive. *I hope they will visit Peru.* = **Espero que visiten el Perú.**

2. The present tense can be used to express an action that will take place in the very near future.

Esta tarde **voy** al teatro y **compro** las entradas.
This afternoon I'm going to the theater and I'll buy the tickets.

3. The future tense can express actions that will take place in the near or distant future. The future tense is not used as frequently as the other two constructions. Often it implies a stronger commitment on the part of the speaker than the **ir a** + *infinitive* construction.

Compraré las entradas si tú me das el dinero.
I will buy the tickets if you give me the money.

PRÁCTICA Y CONVERSACIÓN

8.22 Planes de un(a) turista. ¿Qué hará Ud. para divertirse en una ciudad grande?

Modelo   leer la guía turística
Leeré la guía turística.

> **ir al museo de arte moderno / admirar la arquitectura / reservar asientos para el teatro / asistir a un concierto / ver los jardines públicos / volver al hotel tarde**

8.23 La ciudad en 2025. ¿Cómo será la ciudad en el año 2025?

Modelo   la tecnología / resolver muchos problemas
La tecnología resolverá muchos problemas.

1. todos nosotros / conducir coches eléctricos
2. las computadoras / controlar el tráfico
3. no haber crimen
4. tú / poder caminar por todas partes
5. la policía / tener poco trabajo
6. las tiendas y los restaurantes / nunca cerrarse
7. yo / estar contento(a) de vivir en el centro de la ciudad

8.24 ¿Qué vas a hacer? Con un(a) compañero(a), hagan planes para el fin de semana. Discutan sus obligaciones, compromisos, fiestas y todo lo que van a hacer.

Modelo   **ESTUDIANTE 1**   *¿Qué harás este fin de semana?*

                  ESTUDIANTE 2   *Creo que estudiaré todo el tiempo.*

8.25 ¡Quién sabe! En grupos, hablen de lo que piensan hacer después de su graduación. Otro(a) estudiante reportará a la clase lo discutido.

Modelo   **ESTUDIANTE 1**   *Iré a América del Sur a trabajar. Me interesa mucho el Perú.*

                  ESTUDIANTE 2   *¡Qué bien! Yo no viajaré a ninguna parte. Buscaré un trabajo en una compañía de mi ciudad.*

                  ESTUDIANTE 3   *Yo seguiré estudiando. Quiero sacar mi maestría en arqueología.*

Expressing Probability

FUTURE OF PROBABILITY

In order to express probability in Spanish, you can use the future tense. The English equivalents for the future of probability include *wonder, bet, can, could, must, might,* and *probably*.

—¿Qué **será** esto?   *I wonder what this is?*

—**Será** una entrada para el concierto de mañana.   *It must be a ticket for tomorrow's concert.*

—¿Dónde **estará** Lucía?   *Where could Lucía be?*

—Pues, **llegará** tarde, como siempre.   *Well, she will probably arrive late, as usual.*

PRÁCTICA Y CONVERSACIÓN

8.26 Un viaje al Perú. Un(a) amigo(a) suyo(a) está de viaje en el Perú. Ud. piensa en sus actividades y trata de imaginar dónde estará y que hará.

Modelo   visitar muchos lugares interesantes
    Visitará muchos lugares interesantes.

conseguir reservaciones para la excursión a Cuzco / ir al mercado de Huancayo / sacar muchas fotos de las ruinas incaicas en Cajamarquilla / visitar Iquitos y el río Amazonas / tener tiempo para ir a Machu Picchu / viajar a Arequipa / ver las líneas de Nazca

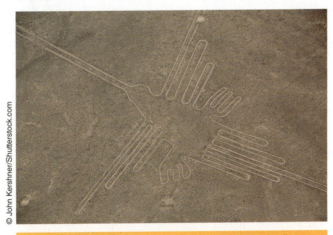

↑ **FOTO** Las líneas de Nazca: el colibrí *(hummingbird)*

8.27 ¿Cómo estará Cristina? Con sus compañeros(as), hablen acerca de Cristina, su compañera de clase que ha estado ausente las dos últimas semanas.

ESTUDIANTE 1	ESTUDIANTE 2	ESTUDIANTE 3
1. ¿Qué (pasar) con Cristina?	2. Yo creo que (estar) muy enferma.	3. ¿(Estar) en el hospital?
4. Sí, seguro (estar) en el hospital.	5. ¿Cuándo (regresar)?	6. Pues, (volver) pronto, espero…
7. Probablemente la (llamar) a su casa.	8. Seguramente te (contestar) sus padres.	9. (Estar) bien muy pronto, sin duda.

8.28 Compañeros del pasado. Con dos compañeros(as) de clase, hablen sobre los individuos de su pasado y especulen dónde vivirán, cómo estarán, lo que harán, etcétera. Incluyan por lo menos los siguientes individuos: un(a) maestro(a) favorito(a), su mejor amigo(a) de la escuela primaria, un(a) vecino(a), un(a) entrenador(a).

Suggesting Group Activities

NOSOTROS COMMANDS

When suggesting group activities, the speaker often includes himself/herself in the plans. In English these suggestions are expressed with the phrase *let's + verb: Let's go to the amusement park.* In Spanish these suggestions can be expressed using:

a. the phrase **vamos a** + *infinitive.*

Primero **vamos a comer** y después **vamos a ir** al cine.	*First, let's eat and then let's go to the movies.*

b. the **nosotros** or first-person command.

Salgamos a las 7 y **regresemos** a las 10.	*Let's leave at 7:00 and let's return at 10:00.*

c. To form the **nosotros** command, drop the **-o** from the first-person singular of the present tense: **bailo → bail-; salgo → salg-.** To the stem add the ending **-emos** for **-ar** verbs or **-amos** for **-er** and **-ir** verbs: **bail- → bailemos; salg- → salgamos.**

1. The **nosotros** commands will show the same spelling changes as formal commands

Verbs ending in **-car**	c → qu:	**practicar → practiquemos**
Verbs ending in **-gar**	g → gu:	**pagar → paguemos**
Verbs ending in **-zar**	z → c:	**almorzar → almorcemos**
Verbs ending in **-ger** or **-gir**	g → j:	**escoger → escojamos**
		dirigir → dirijamos

2. The following verbs have irregular stems as in the formal commands: **dar → demos; estar → estemos; saber → sepamos; ser → seamos.**

The verb **ir** has the following forms:

Affirmative	**Vamos** al cine.	*Let's go to the movies.*
Negative	**No vayamos** a la exposición.	*Let's not go to the exhibit.*

3. Stem-changing **-ir** verbs undergo the same changes in the **nosotros** command as in the **nosotros** form of the present subjunctive, that is, **e → i** and **o → u: seguir → sigamos; dormir → durmamos.** However, **-ar** and **-er** stem-changing verbs follow a regular pattern and do not change the stem in the **nosotros** command: **cerrar → cerremos; volver → volvamos.**

Supplemental Grammar: English has only one way to suggest group activities *(let's + verb)* while Spanish has two forms (**ir a** + *infinitive* and **nosotros** commands).

Nosotros commands are subjunctive forms and show the same basic irregularities as the first-person plural of the present subjunctive.

d. Pronouns follow and attach to the end of affirmative **nosotros** commands and precede the negative forms.

—¿Quieres regalarle este disco a Antonio?

Do you want to give this CD to Antonio?

—Sí, **comprémoslo** ahora pero **no se lo demos** hasta su fiesta.

Yes, let's buy it now but let's not give it to him until his party.

1. When adding pronouns to commands of two or more syllables, a written accent mark is placed over the stressed vowel of the affirmative command.

2. The final **-s** is dropped from the **nosotros** command before adding the pronouns **-se** or **-nos.**

—¿Cuándo vamos a enviarle una tarjeta a Roberto?

When are we going to send a card to Roberto?

—**Sentémonos** con Mariana y **escribámosela** ahora.

Let's sit down with Mariana and let's write it to him now.

PRÁCTICA Y CONVERSACIÓN

8.29 ¿Qué vamos a hacer? Ud. y su compañero(a) hacen sugerencias de lo que pueden hacer este fin de semana.

> **mirar la tele / dar un paseo / ir de compras / jugar a Wii / cenar en un restaurante / organizar una fiesta / ¿?**

8.30 Unas sugerencias. Ud. sigue haciendo sugerencias para mañana, pero su compañero(a) no está de acuerdo. Cada vez que Ud. sugiere algo, su compañero(a) responde con una idea diferente.

Modelo   caminar / subir al metro

ESTUDIANTE 1   *Caminemos.*

ESTUDIANTE 2   *No, mejor subamos al metro.*

1. estudiar / divertirnos
2. ir al cine / ir al concierto
3. comprar las entradas más baratas / escoger buenos asientos
4. llamar a Carlos / invitar a Susana y a José
5. llevar jeans / ponernos algo más elegante
6. comer en casa / cenar en un restaurante

8.31 Vamos al concierto. Ud. y su compañero(a) deciden ir al concierto. ¿Qué deben hacer o no hacer?

> **arreglarse con cuidado / reunirse temprano / olvidarse de las entradas / sentarse en la primera fila / despedirse tarde / ¿?**

8.32 Una sorpresa. Ud. y su compañero(a) van a organizar una fiesta sorpresa para su mejor amigo(a). Mencione por lo menos cinco actividades que pueden hacer en la fiesta.

TERCERA SITUACIÓN

DIÁLOGOS EN VÍDEO

To view the video, visit
www.cengagebrain.com

© Anna Pérez

Para comprender lo que ve

OBSERVING FACIAL EXPRESSIONS

By paying attention to the facial expressions people make during their interactions, you will be able to infer whether their interaction is friendly or unfriendly, and consequently, to understand better what they say.

Para comprender lo que escucha

TAKING NOTES

When you attend a class or conference or when you ask a friend for a recipe or directions, it is important to take notes about what you hear. Taking notes helps you remember what was said and improves your writing skills in Spanish.

Antes de ver y escuchar

8.33 La foto y el vídeo. Con un(a) compañero(a) de clase, hagan las siguientes actividades.

1. Describan a las personas en la foto y el lugar donde se encuentran. Expliquen lo que están haciendo.
2. Describan ahora en detalle los gestos faciales que hacen las personas en el vídeo y digan cómo estos se relacionan con lo que están diciendo.
3. ¿Qué problemas piensan Uds. que tienen estas personas? Justifiquen su respuesta.

Al ver y escuchar

8.34 Los apuntes. Mire el vídeo y escuche la conversación entre Abril, Mireya y Celina. Tome los apuntes que considere necesarios y complete las siguientes oraciones.

1. Abril sugiere ir o _____ o _____.
2. Mireya prefiere _____.
3. Celina dice que es mejor _____.
4. Abril rechaza la sugerencia de Celina porque _____
   _____.
5. Las amigas deciden ir _____ porque
   _____.

Después de ver y escuchar

8.35 Resumen. Con un(a) compañero(a) de clase, resuman la conversación entre Abril, Mireya y Celina.

8.36 Algunos detalles. Complete las siguientes oraciones con la mejor respuesta.

1. Abril y Celina son…
   a. un poco frívolas y egoístas.
   b. muy fáciles de complacer.
   c. admiradoras de las artes.
2. Podemos pensar que Abril, Mireya y Celina…
   a. siempre se ponen de acuerdo fácilmente.
   b. son solteras y no tienen hijos.
   c. tienen los mismos gustos.
3. Según la conversación, podemos inferir que a las tres amigas les…
   a. interesa ver la exposición en el museo.
   b. gusta quedarse en la casa discutiendo.
   c. encanta divertirse todos los días.
4. Después de escuchar la conversación, sabemos que las tres amigas…
   a. van a disfrutar de sus actividades ese sábado.
   b. van a salir solas al día siguiente.
   c. van a tener muchos más problemas ese día.

PERSPECTIVAS

Las ciudades del mundo hispano

La historia de las ciudades

Las ciudades del mundo hispano suelen ser antiguas especialmente en comparación con las ciudades de los Estados Unidos. Muchas tienen una historia larga e interesante. Algunas ciudades de España datan de la época griega o romana y en aquellas ciudades se puede ver los restos de las antiguas civilizaciones. En Barcelona, por ejemplo, algunas secciones de las murallas *(city walls)* romanas forman parte de los edificios del centro histórico de la ciudad mientras en Segovia se conserva el acueducto romano que todavía trae agua a la ciudad desde las montañas cercanas.

En la América Latina varias ciudades de México y de Perú son una extensión de una ciudad indígena. México, D.F., está ubicado en el mismo lugar donde los aztecas

tenían su capital Tenochtitlán y en varias partes de la ciudad contemporánea se puede ver ruinas de la capital azteca. En otras ciudades de la América Latina que datan del siglo XVI o XVII es normal ver edificios muy antiguos pero bien conservados junto a otros edificios contemporáneos. A veces en los países andinos donde vivían los incas, los nuevos habitantes que vinieron de Europa construyeron sus edificios utilizando las ruinas incaicas como parte de la nueva estructura.

← FOTO México, D.F.: Plaza de las Tres Culturas con unas ruinas aztecas, una iglesia colonial y un edificio contemporáneo

El concepto de la plaza

Mientras la típica ciudad estadounidense está construida a lo largo de una calle principal que se llama muchas veces *Main Street,* la ciudad hispana está construida alrededor de una plaza. En muchas ciudades de España esta plaza principal se llama la «Plaza Mayor»; en Perú, Ecuador y Bolivia es la «Plaza de Armas», y el «Zócalo» en México, D.F. Alrededor de la plaza se concentran los

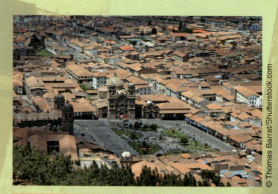

↑ FOTO Cuzco, Perú: vista aérea de la Plaza de Armas

edificios del gobierno, como el palacio nacional o el ayuntamiento, la catedral metropolitana, los bancos y negocios importantes y los hoteles de lujo. En las ciudades grandes hay varias plazas importantes y en otras partes de la ciudad se encuentran plazas menos grandes que forman el centro de los barrios residenciales.

La plaza es el centro geográfico y social de la ciudad. Es el lugar donde se reúnen los amigos y donde la gente se pasea o descansa. Cuando pasa algo de importancia dentro de la ciudad o del país, los habitantes de la ciudad suelen ir a la plaza para estar con otros, para conversar acerca del acontecimiento *(happening),* para celebrar o para llorar.

Como el centro de las ciudades hispanas es tan animado de día y noche, los hispanos que viven en una ciudad prefieren vivir en el centro cerca de la plaza principal donde se encuentran las diversiones, las escuelas y el trabajo. Al contrario de la mayoría de las ciudades de los Estados Unidos, son los de la clase media y alta que viven en el centro de la ciudad mientras los más pobres viven en las afueras.

La población y el tamaño

La mayoría de las ciudades del mundo hispano tienen una población muy grande especialmente cuando se incluye toda la región metropolitana. Entre las cien ciudades más grandes del mundo once son ciudades de habla española y tres están en México.

REGIÓN METROPOLITANA	POBLACIÓN	CLASIFICACIÓN DENTRO DEL MUNDO
México, D.F.	21.000.000	3
Buenos Aires, Argentina	14.000.000	17
Lima, Perú	7.500.000	26
Bogotá, Colombia	6.800.000	30
Santiago, Chile	5.300.000	43
Madrid, España	4.000.000	59
Guadalajara, México	3.900.000	65
Medellín, Colombia	3.800.000	67
Santo Domingo, República Dominicana	3.600.000	74
Monterrey, México	3.400.000	80
Caracas, Venezuela	3.150.000	94

Las ciudades más grandes de esta lista tienen que enfrentar muchos problemas asociados con la vida urbana incluyendo la contaminación del aire, la pobreza, el tráfico y el crimen. Es interesante notar que aunque la población de las ciudades del mundo hispano puede ser grande, la mayoría de las ciudades del mundo hispano tienen menos extensión geográfica que las ciudades estadounidenses. Así parecen ser más pequeñas de lo que son en realidad.

PRÁCTICA Y CONVERSACIÓN

8.37 Práctica intercultural. Con un(a) compañero(a) de clase, contesten las siguientes preguntas acerca de las ciudades estadounidenses que Uds. conocen o han visitado.

1. ¿Tienen todas las ciudades una configuración semejante o hay diferencias entre las ciudades viejas y las más modernas?
2. ¿Se parece la distribución *(design)* de las ciudades de Nueva Inglaterra a la de las ciudades de Texas? ¿Por qué?
3. ¿Hay diferencias en la arquitectura de los edificios dentro de las ciudades de distintas partes del país?
4. ¿Hay diferencias en las actividades y deportes de las ciudades de distintas partes del país? ¿Hay diferencias en la comida?

8.38 ¿Qué se puede ver? Explique lo que se puede ver en los siguientes lugares.

> Barcelona / Segovia / los países andinos / una plaza típica / la Plaza de las Tres Culturas

8.39 Comparaciones. Trabajando en parejas, preparen una lista de las semejanzas y diferencias entre las ciudades del mundo hispano y las de los Estados Unidos. Incluyan información sobre las ventajas y desventajas de las ciudades de cada cultura.

ASÍ SE ESCRIBE

Para escribir bien

KEEPING A JOURNAL

There are many situations in both private and professional life for which journal entries are useful. In the business or professional world, journals are used for logging phone calls and discussions with clients, remembering content of meetings, and recording travel expenses.

In private life journals and diaries provide interesting personal records of daily events, travel experiences, special occasions, and family and school activities. Keeping a personal journal is an effective tool for improving your writing in Spanish for it provides writing practice on a daily basis. These suggestions will help you:

- Keep your entries in a special notebook (or computer file) you use only for this purpose.
- Set aside a period each day for journal writing, such as each evening before going to bed.
- Try to develop a natural, personal style with emphasis on content.
- Learn to rephrase and circumlocute in order to express meaning.
- Spanish diary entries have a format similar to that of letters, as seen in the model below.

DATE	*el 27 de abril de 1942*
SALUTATION	*Querido diario:*
PRE-CLOSINGS	*Bueno, querido diario, mi mamá / papá, / amigo me llama.*
	Como siempre, querido diario, tengo que irme / ir a dormir.
CLOSINGS	*Hasta mañana, Susana. (your name)*
	Hasta pronto, Jaime. (your name)

Antes de escribir

A **Un apunte** *(diary entry).* Prepare el formato para un apunte, incluyendo la fecha, la salutación, la pre-despedida y la despedida.

B **Las actividades.** Lea las descripciones de las composiciones dadas en la sección **Al escribir** y escoja el tema que sea más compatible con sus intereses y habilidades. Después, haga una lista de todas las actividades que Ud. quiere incluir en el apunte. Ponga las actividades en orden cronológico, utilizando o la primera persona singular del futuro para Tema 1 o el **se** pasivo en Tema 2.

Al escribir

C **La composición.** Escriba su composición, utilizando el formato para un apunte que Ud. creó en la actividad **A** y la lista de actividades de **B.**

Tema 1:

Un viaje. En su diario personal, escriba un apunte para tres días de un viaje a una ciudad grande que Ud. va a hacer dentro de dos meses. Incluya una descripción de la ciudad, sus puntos de interés y lo que Ud. hará en la ciudad.

Tema 2:

Un(a) guía turístico(a). Ud. es el/la guía para un grupo de estudiantes peruanos que van a estudiar en su universidad. Recientemente Ud. pasó tres días en la universidad preparándose para esta visita. Escriba un apunte para cada uno de los días explicando la vida universitaria. Incluya la información básica acerca de la universidad: explique dónde, qué y cuándo se come; dónde está la biblioteca y sus horas de operación; y otra información importante.

Después de escribir

D **Revisión.** Antes de entregarle su composición a su profesor(a), Ud. debe leerla de nuevo y corregir los errores.

☐ ¿Están incluidas todas las secciones del formato?

☐ ¿Está completa su lista de actividades? ¿Están todas las actividades en orden cronológico?

☐ ¿Utiliza su apunte vocabulario de la ciudad y las actividades relacionadas con la ciudad?

☐ ¿Está correcto el uso de los verbos del futuro o del **se** pasivo?

INTERACCIONES

A. Un sábado libre

Communicative Tasks: Suggesting group activities; persuading; discussing future activities

Discussion: It is late Saturday morning. You and three friends have the entire afternoon and evening free. Discuss what you will do and suggest group activities. Try to persuade others to do what you want to do. Decide where you will eat and what you will do in the afternoon and evening. After you have made your decisions, inform your classmates of your plans.

B. Un viaje especial

Communicative Tasks: Discussing future activities; giving information

Oral Presentation: After you graduate, you plan to take a special trip. Explain when and where you will go, with whom you will travel, what cities you will see, what special sites you will visit, and what activities you will participate in while there.

C. «El/La turista alegre»

Communicative Tasks: Giving information; telling others what to do; persuading

Oral Presentation: As «El/La turista alegre» you have a weekly five-minute travel segment on a morning television news show. Discuss your favorite city. Describe the famous buildings and sites and explain when they were constructed. Explain what one can see and do there; provide opening and closing hours for museums and events. Explain where one should shop, what one can buy, and where and what one can eat. Include other information you find interesting.

To help you prepare «**Un sábado libre**», review the following: **Topics:** cultural activities, leisure-time activities; **Estructuras:** future tense, **nosotros** commands

To help you prepare «**Un viaje especial**», review the following: **Topics:** tourist attractions, cultural activities, leisure-time activities; **Estructuras:** future tense

To help you prepare «**El/La turista alegre**», review the following: **Topics:** vocabulary of the city, cultural activities; leisure-time activities; **Estructuras:** passive **se** and third-person plural passive

D. El quiosco turístico.

Communicative Tasks: Asking for and giving information; asking for, understanding, and giving directions

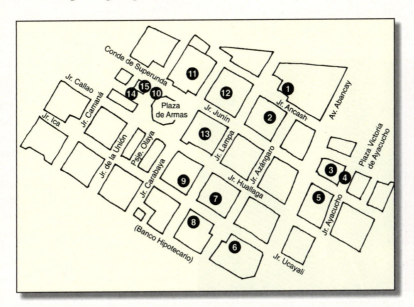

To help you prepare «El quiosco turístico», review the following: **Topics:** vocabulary of the city, expressions for giving directions; **Estructuras:** formal commands

CLAVE

1. Iglesia y Convento de San Francisco
2. Casa de Pilatos
3. Plaza Bolívar
4. Congreso de la República
5. Museo de la Inquisición
6. Iglesia y Convento de San Pedro
7. Palacio de Torre Tagle
8. Casa de Goyeneche
9. Museo del Banco Central de Reserva
10. Monumento a Pizarro
11. Palacio de Gobierno
12. Casa del Oidor
13. Catedral
14. Monumento a Tauli Chusco
15. Palacio Municipal

Role Play and Oral Instructions: You work in a tourist information booth located in the Plaza de Armas in Lima, Perú. Two tourists (played by your classmates) come to the booth to obtain information on how to get to various sites in Lima. Using the map above, tell them how to get to **la Plaza Bolívar, el Palacio Torre Tagle, el Museo del Banco Central de Reserva, el Congreso de la República,** and **la Casa de Pilatos.**

Bolivia, Ecuador y Perú

HERENCIA CULTURAL

PERSONALIDADES

© Susana Gonzalez/dpa/Corbis

Literatura

El peruano **Mario Vargas Llosa** (n. 1936) es uno de los autores contemporáneos más importantes de la América del Sur. Es un escritor prolífico y es conocido en todo el mundo por sus novelas, dramas, ensayos y artículos periodísticos. Ha escrito muchas novelas que describen la vida social peruana; algunas han sido adaptadas y llevadas al cine. A lo largo de su carrera Vargas Llosa ha participado en la política y en 1990 fue candidato a la presidencia del Perú. Ha recibido varios premios literarios incluyendo el premio Nobel de Literatura que recibió en 2010.

© STR/AFP/Getty Images

Arte y pintura

Roberto Mamani Mamani (n. 1962) es el artista boliviano más conocido en el mundo actualmente. Es de origen aymara y a la edad de cinco años fue a vivir con sus abuelos en un pueblo indígena en los Andes. Su abuela le inculcó *(instilled)* un amor y respeto por las antiguas tradiciones y costumbres de su pueblo y le animó a seguir pintando y dibujando. Sus obras son muy coloridas y contienen símbolos que reflejan la historia de la cultura aymara. A partir de 1983 ha realizado más de cincuenta exposiciones y su obra ha merecido numerosos premios nacionales e internacionales.

268   CAPÍTULO 8

Música

© AP Photo/Martin Mejia

La peruana **Susana Baca** (n. 1944) es una de las cantantes más famosas de la América del Sur y también una investigadora de la música afroperuana. Fundó el Centro Experimental de Música Negro Contínuo dedicado a estudiar, conservar y enseñar la música y danza afroperuanas. En 2002 ganó el Grammy Latino al mejor álbum folclórico titulado *Lamento negro*. Durante su larga carrera ha realizado más de 500 conciertos en diversos lugares del mundo. La canción «María Landó» que trata el tema de la vida difícil de una mujer, está basada en el poema del mismo título de César Calvo, poeta y compositor peruano.

COMPRENSIÓN

A. María Landó. Escuche la canción «María Landó» en el sitio web. Después de escuchar la canción, conteste las siguientes preguntas.

1. ¿De qué se trata la canción «María Landó»?
2. ¿Por qué no tiene tiempo María?
3. ¿Cómo son los ojos de María? ¿Por qué?
4. En su opinión, ¿cuál es el trabajo de María?

B. Personalidades. Conteste las siguientes preguntas sobre las personalidades andinas.

1. ¿Quién es Vargas Llosa? ¿Qué describe él en la mayoría de sus novelas?
2. ¿Qué premio importante recibió Vargas Llosa y cuándo lo recibió?
3. ¿Quién es Roberto Mamani Mamani? ¿De qué origen es?
4. ¿Cómo son las obras de Mamani Mamani? ¿Qué reflejan?
5. ¿Quién es Susana Baca? ¿Qué premio recibió en 2002?
6. ¿Qué fundó Susana Baca y a qué se dedica?

CONEXIONES. Primero, escoja una de las categorías de las personalidades de esta sección: la literatura, el arte y la pintura o la música. Después, haga una investigación utilizando un sitio web en español para encontrar a otra personalidad de la misma categoría. Finalmente, preséntele a la clase un informe oral sobre la nueva personalidad. **Unas posibilidades:** La literatura: César Calvo, Alejandro Carrión Aguirre; El arte y la pintura: Oswaldo Guayasamín, Graciela Rodo Boulanger; La música: Daniela Guzmán, Nilo Soruco.

ARTE Y ARQUITECTURA

La arquitectura colonial de Lima

↑ **FOTO** La Plaza de Armas con la Catedral y el Palacio Arzobispal

En la historia de Hispanoamérica, la época que va desde la conquista española en el siglo XVI hasta las guerras de independencia en el siglo XIX se llama la época colonial. Durante este período, los reyes de España dividieron la región en cuatro subdivisiones llamadas virreinatos *(viceroyalties)*. El virreinato del Perú fue la región más rica y su capital Lima —la Ciudad de los Reyes— fue el centro político y social del territorio. Lima fue una ciudad acaudalada *(affluent)* con numerosos conventos, monasterios e iglesias y opulentos palacios y mansiones. La primera y más antigua universidad de las Américas, San Marcos, fue establecida en Lima en 1551.

El trazado *(layout)* de las ciudades y la arquitectura virreinal reflejan los estilos de España y Europa de aquella época. Los españoles siempre pusieron la plaza mayor en el centro de las ciudades en el Nuevo Mundo y a su alrededor construyeron la catedral y los edificios municipales.

El estilo predominante de la arquitectura colonial fue el barroco, caracterizado por la profusión de adornos y decoración, la línea curva, columnas torcidas *(twisted)* y espacios grandiosos. Muchas iglesias contienen magníficos ejemplos de la decoración barroca, con altares dorados, coros de madera labrada *(carved)* y techos embellecidos con escenas del paraíso.

↑ **FOTO** Interior de la Iglesia de San Pedro, consagrada en 1638

© Charles & Josette Lenars/Corbis

Otra característica de la arquitectura colonial de Lima son los balcones. Mientras los balcones en otras ciudades son lugares abiertos, los balcones de Lima son cerrados y son únicos en el mundo. Los edificios coloniales de Lima contienen un gran número de estos balcones que son de influencia española y morisca *(Moorish).* La mayoría son de madera labrada pero los hay de vidrio también. Estos notables balcones, que datan del siglo XVI a mediados del siglo XIX, parecen flotar sobre las calles de Lima y constituyeron en otra época una especie de vínculo *(link)* entre las casas y las calles de la ciudad. También son el símbolo fácilmente identificable de la ciudad.

← FOTO Un típico balcón de «la ciudad de los balcones»

COMPRENSIÓN

A. **La arquitectura.** Complete la tabla con información acerca de las características de la arquitectura colonial de Lima.

	Las características
Trazado de las ciudades coloniales	
Estilo barroco	
Interior de las iglesias barrocas	
Balcones	

B. **Lima.** Trabajando en parejas, describan la ciudad colonial de Lima, Perú. Incluyan información sobre los edificios y la arquitectura.

C. **La época colonial.** Trabajando en parejas, comparen la época colonial de los Estados Unidos con la época colonial del Perú. Incluyan las fechas de la época, el estilo de arquitectura predominante, la vida diaria y otros hechos *(facts)* históricos.

CONEXIONES. Utilizando un sitio web en español, busque más información sobre uno de los edificios de las fotos de esta sección. Después, preséntales un informe oral a sus compañeros(as) de clase explicándoles lo que aprendió.

LECTURA LITERARIA

«*La camisa de Margarita*» de Ricardo Palma

Para leer bien

Identifying Literary Themes In order to help you comprehend literary works, you will need to learn to identify and understand themes. The literary theme (**el tema**) is generally defined as the central concept, main idea, or fundamental meaning of a literary selection. Some common general literary themes include love, death, the meaning of life, and the human condition. Often a general theme can be broken down into more specific sub-themes. For example, the general theme of love can be further described as unrequited love, maternal love, love of family, love of country, or love of a supreme being.

A literary theme can be *explicit*, expressed in a direct manner, or *implicit*, expressed in an indirect or subtle manner. While the main idea of a journalistic article is generally explicit, the main theme of a literary selection is generally implicit. The reader needs to analyze a variety of items within the text in order to establish the main theme of a work of literature. The reader should attempt to formulate the theme according to the effect created by items such as the actions of the characters, the relationships among the characters, the comments made by the main characters, and the comments made by the narrator or author. With a close reading, it should become clear that the author is emphasizing a particular concept or idea; the concept or idea that the author is emphasizing is the main theme of the literary work.

The following work, «La camisa de Margarita» by Ricardo Palma, takes place in eighteenth-century Peru. When approaching this reading, it is important to keep in mind the historical setting in order to establish the theme. Remember to use the reading strategies you have learned as well as the literary terminology presented in previous sections.

Antes de leer

© Courtesy of OAS

← **FOTO Ricardo Palma** (1833–1919), uno de los más célebres autores del Perú, fue escritor, lingüista y político. Nació en Lima y fue director de la Biblioteca Nacional. Pasó mucho tiempo coleccionando anécdotas y leyendas *(legends)* históricas del Perú. Publicó estos cuentos en una serie de diez volúmenes con el título de *Tradiciones peruanas*. La «tradición» es un nuevo género literario creado por Palma. Es una narración generalmente basada en una anécdota, una leyenda o un documento histórico; pero, a veces las tradiciones son pura ficción. Las tradiciones tienen elementos de un cuento y también de un «cuadro de costumbres», una descripción de las costumbres locales. Las tradiciones suelen ser divertidas; muchas son sátiras sociales.

A. **El autor y sus obras.** Conteste las siguientes preguntas acerca del autor de «La camisa de Margarita».

1. ¿Quién es el autor de «La camisa de Margarita» y de dónde es? ¿Qué puesto ocupó en su país?

2. ¿Qué cosas coleccionó?

3. ¿Qué es una «tradición» y en qué está basada? ¿Cómo son las tradiciones?

4. Utilizando la información sobre Ricardo Palma y sus tradiciones peruanas, en su opinión, ¿cómo va a ser la tradición «La camisa de Margarita»?

B. **El título.** Dé un vistazo al título de la siguiente lectura (**la camisa** = *gown*). ¿Cuáles son las características de una camisa? ¿En qué ocasiones se lleva una camisa? Ahora, mire el dibujo del cuento y conteste estas preguntas: ¿Qué lleva la chica? ¿Quiénes son los dos personajes? ¿Cuál es la ocasión?

C. **El escenario.** El cuento tiene lugar en Lima en el año 1765. ¿Cómo era Lima en aquella época? Si es necesario, repase la información de **La arquitectura colonial del Perú** en las páginas 270–271.

D. **Una dote** *(dowry)*. El cuento que sigue es la historia de la joven Margarita, que logró contribuir una dote a pesar de las protestas del tío del novio. ¿Qué es una dote y en qué consiste generalmente? ¿Existe el concepto de la dote en nuestra sociedad? ¿Cuándo se usaban las dotes?

E. **Un viejo refrán.** El cuento «La camisa de Margarita» está escrito con base en un refrán *(saying)* popular peruano: «¡Esto es más caro que la camisa de Margarita Pareja!» ¿En qué situación se puede usar este refrán?

La camisa de Margarita

Entre las viejas de Lima existe la tradición de quejarse del precio alto de un artículo diciendo:

This is —¡Qué! Si esto es° más caro que la camisa de Margarita Pareja.

Yo tenía mucha curiosidad de saber algo de esa Margarita y un día encontré un artículo en un periódico de Madrid que hablaba de la niña y su famosa camisa. Ahora Uds. van a leer su historia.

DON LUIS Y MARGARITA SE CONOCEN

pampered Margarita Pareja era (por los años de 1765) la hija más mimada° de don Raimundo Pareja,
tax collector / caballero y colector general° del Callao°.
el puerto de Lima

señoritas de La muchacha era una de esas limeñitas° que, por su belleza, cautivan al mismo diablo°. Tenía un
Lima / captivate par de ojos negros que eran como dos torpedos cargados con dinamita y que hacían explosión en el
the devil himself corazón de los galanes° limeños.
señores jóvenes y
elegantes

Llegó por entonces de España un arrogante joven de Madrid, llamado don Luis Alcázar. Tenía éste
rico / proud en Lima un tío solterón y acaudalado°, de una familia antigua e importante, y muy orgulloso°.

Por supuesto que, mientras le llegaba la ocasión de heredar al tío, vivía nuestro don Luis tan pobre como una rata y sufriendo mucho.

Alcázar conoció a la linda Margarita en una procesión religiosa. La muchacha le llenó el ojo y le
(fig) wounded flechó el corazón°. Le echó flores°, y aunque ella no le contestó ni sí ni no, dio a entender con
his heart / He sonrisitas y demás armas del arsenal femenino que el galán era muy de su gusto. La verdad es que
courted her se enamoraron muchísimo.

PROBLEMAS EN LA RELACIÓN

Don Luis no creía que su pobreza sería obstáculo para casarse con Margarita. Así, fue al padre de Margarita y le pidió la mano de su hija.

A don Raimundo no le cayó en gracia la petición y cortésmente despidió al joven, diciéndole que Margarita era aún muy niña para tomar marido, pues, a pesar de sus diez y ocho años, todavía jugaba a las muñecas.

Pero no era ésta la verdadera razón. La verdad era que don Raimundo no quería ser suegro de un pobretón y les dijo eso en confianza a sus amigos, uno de los que fue con el chisme° a don Honorato, que así se llamaba el tío. Éste, que era más arrogante que el Cid°, se enojó y dijo:

—¡Cómo se entiende! ¡Desairar° a mi sobrino! A muchas les encantaría casarse con el muchacho, porque no hay mejor en todo Lima. Pero, ¿adónde ha de ir conmigo ese colectorcito°?

gossip

héroe nacional de España / Reject

Who does this little tax collector think he is?

MARGARITA SE ENFERMA

Margarita, pues era nerviosa como una damisela de hoy, gritó y se arrancó° el pelo, y tuvo convulsiones. Perdía colores y carnes°, se enfermaba a vista de ojos, hablaba de meterse monja° y no hacía nada en concierto.

—¡O de Luis o de Dios!° gritaba cada vez que los nervios se le sublevaban, cosa que pasaba con mucha frecuencia. Su padre se alarmó, llamó a médicos y a curanderas, y todos declararon que la única medicina salvadora no se vendía en la farmacia. O casarla con el varón de su gusto, o enterrarla°. Tal fue el ultimátum médico.

pulled out

weight / become a nun

¡Voy a ser la esposa o de Luis o de Dios!

bury her

LA REUNIÓN ENTRE DON RAIMUNDO Y DON HONORATO

Don Raimundo se encaminó como loco a casa de don Honorato, y le dijo:

—Vengo a que consienta usted en que mañana mismo se case su sobrino con Margarita, porque si no, la muchacha se va a morir.

—No puede ser —contestó sin interés el tío—. Mi sobrino es un *pobretón* y lo que usted debe buscar para su hija es un hombre con mucha plata°.

dinero

El diálogo fue violento. Mientras más rogaba don Raimundo, más se enojaba el tío y ya aquél iba a retirarse cuando don Luis entrando en la cuestión, dijo:

—Pero, tío, no es justo que matemos a quien no tiene la culpa.

—¿Tú te das por satisfecho?

—De todo corazón, tío y señor.

—Pues bien, muchacho, consiento en darte gusto; pero con una condición, y es ésta: don Raimundo me ha de jurar ante la Hostia consagrada° que no regalará un centavo a su hija ni le dejará un real° en la herencia°.

sacred Communion Host (wafer) / moneda colonial / inheritance

Aquí empezó nuevo y más agitado litigio.

moneda colonial

—Pero, hombre —arguyó don Raimundo—, mi hija tiene veinte mil duros° de dote.

—Renunciamos a la dote. La niña vendrá a casa de su marido nada más que con la ropa que lleva.

las joyas y ropa que lleva la novia en el matrimonio / pin

—Concédame usted entonces regalarle los muebles y el ajuar° de novia.

—Ni un alfiler°. Si no está de acuerdo, dejarlo y que se muera la chica.

—Sea usted razonable, don Honorato. Mi hija necesita llevar por lo menos una camisa para reemplazar la puesta°.

replace the one she's wearing

—Bien. Consiento en que le regale la camisa de novia y eso es todo.

Al día siguiente don Raimundo y don Honorato se dirigieron muy de mañana a la iglesia de San Francisco, arrodillándose° para oír misa, y, según lo pactado, en el momento en que el sacerdote elevaba la Hostia divina, dijo el padre de Margarita: —Juro no dar a mi hija más que la camisa de novia. Así Dios me condene si perjurare°.

kneeling down

I lie

LA SOLUCIÓN DEL PROBLEMA

Y don Raimundo Pareja cumplió su juramento, porque ni en vida ni en muerte dio después a su hija cosa que valiera un centavo. Pero los encajes° de Flandes que adornaban la camisa de la novia costaron dos mil setecientos duros. Y en el cordoncillo° al cuello había una cadena de brillantes° que valían aun más. Los recién casados hicieron creer al tío que la camisa no era muy costosa porque don Honorato era tan testarudo° que habría forzado al sobrino a divorciarse. Convengamos° en que fue muy merecida la fama que alcanzó la camisa nupcial de Margarita Pareja.

lace

embroidery / diamonds

stubborn / Let's agree

Después de leer

F. Los personajes. Complete la siguiente tabla con información del cuento.

	Descripción	Relación con los otros personajes
Margarita Pareja		
Don Raimundo Pareja		
Don Honorato		
Luis Alcázar		

G. ¿En qué orden? Ponga en orden cronológico los siguientes eventos del cuento.

_____ Luis y Margarita se enamoran.

_____ Don Raimundo jura no darle a su hija más que la camisa de novia.

_____ Don Honorato dice que don Raimundo no puede darle dinero a su hija y rechaza la dote.

_____ Don Raimundo le pide permiso a don Honorato para que los novios se casen.

_____ Luis conoce a Margarita en una procesión.

_____ Margarita dice que quiere hacerse monja.

_____ Don Raimundo prohíbe el matrimonio entre Luis y Margarita.

_____ Llega Luis Alcázar de España.

_____ Luis le pide la mano de Margarita a don Raimundo.

_____ Los dos novios reciben dinero de don Raimundo en forma de una camisa muy costosa.

H. Los temas. Trabajando en parejas, decidan cuál es el tema principal del cuento. Recuerden que el honor era uno de los valores más importantes en la sociedad colonial. ¿Cómo se ve el tema del honor en los cuatro personajes principales? Además del honor, ¿hay otros temas importantes? Explique.

5

BIENVENIDOS A LA COMUNIDAD HISPANA EN LOS ESTADOS UNIDOS

© Andresr/Shutterstock.com

↓ IN THIS UNIT YOU WILL LEARN ABOUT THE FOLLOWING CULTURAL THEMES...

THE HISPANIC COMMUNITY IN THE UNITED STATES	**OFFICES AND THE WORKPLACE**	**THE HISPANIC HERITAGE IN THE UNITED STATES**
THE CONCEPT OF WORK IN THE HISPANIC WORLD	**BANKING IN THE SPANISH-SPEAKING WORLD**	**SPANISH COLONIAL ARCHITECTURE IN THE UNITED STATES**
EMPLOYMENT AGENCIES AND JOB INTERVIEWS	**FAMOUS HISPANICS IN THE UNITED STATES**	

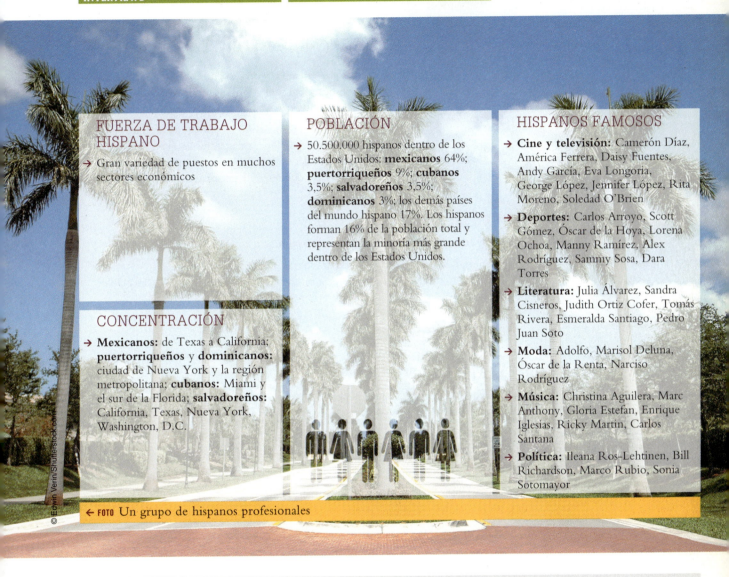

© Edwin Verin/Shutterstock.com

FUERZA DE TRABAJO HISPANO

→ Gran variedad de puestos en muchos sectores económicos

CONCENTRACIÓN

→ **Mexicanos:** de Texas a California; **puertorriqueños** y **dominicanos:** ciudad de Nueva York y la región metropolitana; **cubanos:** Miami y el sur de la Florida; **salvadoreños:** California, Texas, Nueva York, Washington, D.C.

POBLACIÓN

→ 50.500.000 hispanos dentro de los Estados Unidos: **mexicanos** 64%; **puertorriqueños** 9%; **cubanos** 3,5%; **salvadoreños** 3,5%; **dominicanos** 3%; los demás países del mundo hispano 17%. Los hispanos forman 16% de la población total y representan la minoría más grande dentro de los Estados Unidos.

HISPANOS FAMOSOS

→ **Cine y televisión:** Camerón Díaz, América Ferrera, Daisy Fuentes, Andy García, Eva Longoria, George López, Jennifer López, Rita Moreno, Soledad O'Brien

→ **Deportes:** Carlos Arroyo, Scott Gómez, Óscar de la Hoya, Lorena Ochoa, Manny Ramírez, Alex Rodríguez, Sammy Sosa, Dara Torres

→ **Literatura:** Julia Álvarez, Sandra Cisneros, Judith Ortiz Cofer, Tomás Rivera, Esmeralda Santiago, Pedro Juan Soto

→ **Moda:** Adolfo, Marisol Deluna, Óscar de la Renta, Narciso Rodríguez

→ **Música:** Christina Aguilera, Marc Anthony, Gloria Estefan, Enrique Iglesias, Ricky Martin, Carlos Santana

→ **Política:** Ileana Ros-Lehtinen, Bill Richardson, Marco Rubio, Sonia Sotomayor

← FOTO Un grupo de hispanos profesionales

INTRODUCCIÓN GEOGRÁFICA

Conteste las siguientes preguntas usando mapas de Cuba, Centroamérica, México, Puerto Rico, la República Dominicana y los Estados Unidos.

1. ¿De dónde son los chicanos? ¿En qué región de los Estados Unidos se encuentran principalmente? ¿Por qué?
2. ¿En qué región de los Estados Unidos se encuentra una gran concentración de cubanos? ¿Y de puertorriqueños? ¿Y de dominicanos? ¿Por qué salen del Caribe?
3. ¿De dónde son los salvadoreños? ¿En qué región de los Estados Unidos se encuentran principalmente?
4. ¿Hay una presencia hispana en la ciudad o el pueblo donde Ud. vive? ¿Cómo se nota esta presencia?

CORTOMETRAJES

Victoria para Chino directed by Cary Fukunaga.

VICTORIA PARA CHINO

Este cortometraje está dedicado a todos los que han perdido la vida en busca del sueño americano. Relata la historia trágica que ocurrió en Victoria, Texas, en mayo de 2003.

Cuando la policía tejana abrió las puertas de un tráiler abandonado, encontró a 19 personas atrapadas que ya habían muerto a causa del calor y del hacinamiento *(overcrowding)*. Fue el peor caso de tráfico de personas de los Estados Unidos.

Antes de ver

To view the film, visit www.cengagebrain.com

A. Arriesgarse. Conteste las siguientes preguntas.

1. ¿Pondría Ud. su vida en peligro para lograr una meta? Explique.
2. ¿Hay circunstancias bajo las cuales la inmigración indocumentada sea aceptable? Explique.

Después de ver

Vocabulario. el retén = *police post, checkpoint*

B. Un resumen del cortometraje. Complete las oraciones utilizando las frases de abajo para dar un resumen del cortometraje.

> agua / coyote / documentación / emigrar / frontera / Houston / México / personas / retén / Victoria

1. Las personas que suben al camión quieren _____ a los Estados Unidos.
2. Tienen que viajar en el tráiler del camión porque les falta la _____ para entrar en los Estados Unidos.
3. En el retén se revisa cada coche y cada camión que quiere cruzar la _____.
4. Una persona que ayuda a otros a entrar ilegalmente en los Estados Unidos es un _____.
5. El coyote les dice que es imprescindible mantener el silencio cuando el camión pasa por el _____.
6. Viajar en el tráiler es difícil debido al calor y a la gran cantidad de _____.
7. Los viajeros piensan que van a llegar a _____.
8. Sin embargo, el tráiler es abandonado en _____.

C. La defensa de una opinión. ¿Es irónico el título de este cortometraje? Justifique su opinión.

En la agencia de empleos

CAPÍTULO

9

Cultural Themes

→ The Hispanic community: Cubans and Puerto Ricans

→ The concept of work in the Hispanic world

Topics and Situations

→ ¿Dónde trabajaría Ud.?

→ Necesito un(a) asistente ejecutivo(a)

Communicative Goals

→ Changing directions in a conversation

→ Explaining what one would do under certain conditions

→ Describing how actions are done

→ Indicating quantity

→ Double-checking comprehension

→ Talking about unknown or nonexistent people and things

→ Explaining what you want others to do

→ Expressing exceptional qualities

© AVAVA/Shutterstock.com

↑ **FOTO** El aspirante sale de una entrevista existosa.

CAPÍTULO 9   281

PRIMERA SITUACIÓN

PRESENTACIÓN

¿Dónde trabajaría Ud.?

PRÁCTICA Y CONVERSACIÓN

9.1 Conseguir empleo. ¿Qué hay que hacer para conseguir empleo? Ordene las oraciones en forma lógica, escribiendo delante de la oración un número del 1 al 10. Los números 6 y 7 ya están escritos.

_____ Se acepta la oferta de empleo.

_____7_____ Se habla de las aptitudes personales.

_____ Se leen los anuncios clasificados.

_____ Se consigue una entrevista.

_____ Se toma una decisión.

_____6_____ Se entera de las condiciones del trabajo.

_____ Se manda un currículum vitae con cartas de recomendación.

_____ Se busca información sobre la empresa que ofrece el puesto.

_____ Se llena una solicitud.

_____ Se explica cómo uno es la persona idónea para el trabajo.

9.2 Los requisitos. ¿Cuáles empleos requieren que el/la aspirante tenga… ?

> habilidades técnicas / experiencia / licenciatura / referencias /
> permiso de conducir / buena personalidad

SOLICITO CHOFER
Para manejar Van, trabajo laundry. Buen salario, beneficios marginales. Entrevista: Calle Quiñones 550 Esq. San Antonio Pda. 26 Bo. Obrero, Santurce.

NECESITO MODISTA
Que sepa cortar y coser. TEL. 724-7456.

HOGAR DE ANCIANOS. Solicita persona con experiencia para trabajar turno nocturno. 756-9332.

SOLICITO BARTENDER
sin experiencia. Ofrecemos entrenamiento. $5.00 hora comenzando. Solicitar personalmente Calle Cacique 3388 Esq. Loiza 8AM-12AM. 726-2341.

SOLICITO GERENTE TIENDA Conocimiento música latina y americana. Resumé al fax: 710-3726.

ESTILISTA CON EXPERIENCIA
En corte y blower. $50 diarios. TÉCNICA DE UÑAS Experiencia en todo tipo de uñas. 760-0567.

REPARADO(A) DE COMPUTADORAS
Exp. en P/C Compatible y Ensamblaje. Referencias necesarias. Area Hato Rey 786-1145.

CABLE TV Se solicita Linemen en construcción aérea de cable tv y personal con experiencia en construcción soterrada. Posiciones disponibles inmediatamente. Enviar resumé PO BOX 555, Luquillo PR 00776

GUARDIA DE SEGURIDAD Tiempo completo. Buen salario, plan médico, se requiere referencias y fotos. Entrevistarse Hotel Castillo Alonso Torres 1404 Santiago Iglesias, Río Piedras. LU a VI 8am-4pm.

CONTABLE Bilingüe. Ciclo contabilidad completo. 2 a 3 años experiencia en manufactura, conocimientos computadoras, exper. de oficina. Enviar resumé al 741-6000.

BURGER KING Busca Asistente Gerente para Plaza Cervantes. Enviar resumé a Marisol Gutierrez. PO Box 8790, Carolina PR 00899

PANADERÍA ARIZONA tiene plazas para empleo general en línea de producción. Turno nocturno $4.25 hra. Reqs: Lic. Conducir, Cert. Salud y Buena Conducta. 728-4200.

9.3 El empleo ideal. En grupos, preparen una descripción del empleo ideal. Mencionen por lo menos cinco características.

> *Modelo* *Para mí, el empleo ideal ofrece un buen horario de trabajo, buen sueldo, un ambiente de trabajo agradable,…*

9.4 ¿Qué me dices? Ud. y un(a) compañero(a) de clase tienen que crear un Manual de Personal en el que describen todos los puestos de su compañía. Hablen de lo que está en cada hoja de apuntes hasta que Uds. tengan una lista completa de los puestos y las características de los empleados que ocupan esos puestos. A continuación está su hoja de apuntes; la de su compañero(a) de clase está en el **Apéndice A.**

> *Modelo* *Hay varios puestos en nuestra compañía. El jefe ejecutivo principal tiene buen sentido para los negocios y… La recepcionista es una persona que…*

PUESTOS
1. Jefe ejecutivo principal
2. Recepcionista
3. Contador

CARACTERÍSTICAS
* Tiene mucho talento artístico y entiende bien a nuestros clientes.
* Entiende todos los reglamentos del comercio. Es experto en cuestiones legales.
* En cuanto a la tecnología avanzada es experto. Crea y mantiene nuestros portales de la Web.
* Se lleva muy bien con los clientes y conoce bien todos nuestros productos.

The alternate drawing that corresponds to this activity can be found in **Appendix A.**

9.5 Creación. Cuente en una narración lo que pasa en el dibujo de la **Presentación.**

Modelo *Hay dos personas en una oficina, un hombre y una mujer. El hombre está entrevistando a la mujer.*

CONEXIONES. Utilizando Internet, busque información sobre los puestos en los Estados Unidos que requieren que el/la aspirante pueda hablar y entender el español. ¿Qué tipos de empleo puede Ud. encontrar? ¿En qué estados están ubicados estos puestos? ¿Le gustaría solicitar uno de estos puestos? ¿Por qué?

vocabulario

La solicitud de trabajo *Job application*

el anuncio clasificado *classified ad*

el/la aspirante *applicant*

la compañía (Cía.) *company (Co.)*
  la empresa

el desempleo *unemployment*

la destreza *skill*

el empleo *job, position*
  el puesto

el personal *personnel*

el/la supervisor(a) *supervisor*

cuidadoso(a) *careful*

maduro(a) *mature*

responsable *responsible*

encargarse de *to be in charge of*

enterarse de *to find out about*

llenar una solicitud *to fill out a job application*

mantener el equilibrio entre la vida laboral y la vida personal *to maintain a balance between work and personal life*

solicitar *to apply for a job*

La entrevista de trabajo *Job interview*

las aptitudes personales *personal skills*

el ascenso *promotion*

los beneficios sociales *(fringe) benefits*

la carrera *career*

la carta de recomendación *letter of recommendation*

la confianza *confidence, trust*

el currículum vitae *résumé*

el horario del trabajo *work schedule*

la jornada laboral *work day*

el sueldo *salary*

conseguir (i, i) una entrevista *to get an interview*

desempeñar bien un trabajo *to do a job well*

despedir (i, i) *to fire (from a job)*

emplear *to employ, to hire*

ofrecer un puesto *to offer a job*

ser la persona idónea para el trabajo *to be the right person for the job*

ser un(a) adicto(a) al trabajo *to be a workaholic*
  un(a) trabajólico(a)

tener *to have*
  buen sentido para los negocios *good business sense*
  conocimientos técnicos *technical knowledge*
  experiencia *experience*
  iniciativa *initiative*
  talento artístico *artistic talent*

tomar una decisión *to make a decision*

Globalización *Globalization*

desarrollar el uso *to develop the use*
  de la energía eólica *of wind energy*
    nuclear *nuclear*
    renovable *renewable*
  del etanol *ethanol*
  de las pilas de combustible de hidrógeno *hydrogen fuel cells*

resolver el problema del calentamiento global *to solve the problem of global warming*
  de los cambios climáticos *climate changes*

ASÍ SE HABLA

© Stephen Coburn/Shutterstock.com

Track 2-6

Changing Directions in a Conversation

SR. CÁCERES Nuestro personal está creciendo día a día y cada vez es más especializado.

SRA. FIGUEROA Jorge, ya que estamos en el tema de personal, no te olvides que necesitamos contratar un buen supervisor técnico para la agencia. Con treinta empleados y con todo el trabajo que tenemos, tú y yo necesitamos alguien que nos ayude.

SR. CÁCERES Sí, lo sé, y tenemos que hacerlo inmediatamente. Voy a anunciarlo en nuestro portal de la Web y en los periódicos locales.

SRA. FIGUEROA Perfecto, y hablando del anuncio, me gustaría que saliera rápidamente. No te descuides.

SR. CÁCERES No se preocupe, Sra. Figueroa.

PERSPECTIVAS LINGÜÍSTICAS

As you can observe in the dialogue above, people with higher authority within a company (male or female) usually address their employees using their first name and the *tú* pronoun (*Jorge, ya que estamos en el tema de personal, no te olvides…*) while those with less authority respond with the title and last name (*Sra. Figueroa*) and the *Ud.* pronoun (*No se preocupe*). Again, the use of the command form is not unusual (*no te olvides, no te descuides*) to make a request or to assure compliance (*No te descuides*).

Phrases to introduce an idea

Tengo otra idea.	*I have another idea.*
Ya que estamos en el tema...	*Since we are on the topic . . .*
Yo propongo...	*I propose . . .*
Hablando de...	*Speaking of / about . . .*
Yo quisiera decir que...	*I would like to say that . . .*

Phrases to change the subject

Cambiando de tema...	*Changing the subject . . .*
Pasemos a otro punto.	*Let's move on to something else.*
Por otro lado...	*On the other hand . . .*

Phrases to interrupt

Un momento.	*Wait a minute.*
Escuche(n).	*Listen.*
Antes que me olvide...	*Before I forget . . .*
Perdón, pero yo...	*Excuse me, but I . . .*

Phrases to return to the topic

Volviendo a...	*Going back to . . .*
Como decía...	*As I / he / she was saying . . .*

 9.6 **Con amigos.** Ud. está hablando con unos amigos acerca de su trabajo. ¿Qué dicen Ud. y sus amigos en las siguientes situaciones?

1. Ud. tiene una idea maravillosa para obtener mejores beneficios sociales.
2. Ud. quiere proponer la idea de pedir una entrevista con el supervisor.
3. Su amigo(a) piensa que su idea es peligrosa y presenta otra alternativa.
4. Ud. defiende su proposición.
5. Su amigo(a) lo/la interrumpe.
6. Ud. quiere añadir algo.

 9.7 **¡Ya estoy cansado de trabajar tanto!** Ud. ha estado trabajando muchísimo y está muy cansado(a). Por eso quiere comer algo y divertirse un poco. Con un compañero(a), completen el siguiente diálogo.

USTED

1. _____ tengo una idea. ¿Qué te parece si... ?
3. Ya que estamos en el tema...
5. Perdón, pero yo...

SU COMPAÑERO(A)

2. Bueno, pero... Tengo otra idea...
4. Un momento...
6. Bueno, como tú digas. ¡Vamos, pues!

 9.8 **¿Cómo buscamos trabajo?** Ud. y su amigo(a) están hablando de qué van a hacer para encontrar trabajo el próximo verano ya que quieren trabajar en un país hispano. Ud. prefiere ir a los diferentes consulados o a agencias internacionales, pero su amigo(a) prefiere consultar en Internet. Discutan qué van a hacer. Luego, informen a la clase su decisión y justifíquenla.

Modelo   **ESTUDIANTE 1**   *Yo creo que lo primero que tengo que hacer es visitar los diferentes consulados y preguntar si tienen una lista de trabajos en sus países para alguien que tenga mis aptitudes personales.*

ESTUDIANTE 2   *Perdón, pero yo creo que puedes buscar en Internet.*

ESTRUCTURAS

Explaining What You Would Do Under Certain Conditions

CONDITIONAL

The conditional tense is used to explain what you would do when certain conditions are present. The English conditional tense is formed with the auxiliary verb *would + main verb: Given your low salary, I would apply for a different job.*

a. In Spanish the conditional of regular verbs is formed by adding the endings of the imperfect tense of **-er** and **-ir** verbs to the infinitive: **-ía, -ías, -ía, -íamos, -íais, -ían.**

Verbos en –AR	Verbos en –ER	Verbos en –IR
trabajar	**ofrecer**	**conseguir**
trabajar**ía**	ofrecer**ía**	conseguir**ía**
trabajar**ías**	ofrecer**ías**	conseguir**ías**
trabajar**ía**	ofrecer**ía**	conseguir**ía**
trabajar**íamos**	ofrecer**íamos**	conseguir**íamos**
trabajar**íais**	ofrecer**íais**	conseguir**íais**
trabajar**ían**	ofrecer**ían**	conseguir**ían**

b. Irregular conditional stems are the same as irregular future stems.

Drop the infinitive vowel		Replace infinitive vowel with -d		Irregular form	
haber	habr-	**poner**	pondr-	**decir**	dir-
poder	podr-	**salir**	saldr-	**hacer**	har-
querer	querr-	**tener**	tendr-		
saber	sabr-	**valer**	valdr-		
		venir	vendr-		

The conditional of **hay (haber)** is **habría** = *there would be.*

c. The conditional is generally used to explain what someone would do in a certain situation or under certain conditions.

—Con tantos aspirantes, ¿**solicitarías** este puesto?

With so many applicants, would you apply for this job?

—Problamente sí, pero primero **trataría** de enterarme del sueldo.

Probably yes, but I would first try to find out about the salary.

d. The conditional can also be used to soften a request or criticism.

—Perdone, señor. ¿**Podría** Ud. decirme dónde se encuentra la Compañía Suárez?

Pardon me, sir. Could you tell me where Suárez Company is located?

Even though the endings used for the conditional tense are the same as the imperfect endings for **-er** and **-ir** verbs, the stems are different. For regular verbs, the stem for the conditional is the entire infinitive while the stem for the imperfect tense is the infinitive minus the **-ar, -er,** or **-ir** ending.

Sometimes the word *would* does not indicate a conditional tense but, rather, *used to*. When *would = used to*, the imperfect tense is used. *When I was younger, I would (used to) go to the park a lot.*

Verbs frequently used to soften a request or criticism include **me gustaría** (*I would like*), **¿querría Ud.?** (*would you want?*), **¿podría Ud.?** (*could you?*), **debería** (*you should*), **sería mejor** (*it would be better*).

9.9 Un(a) aspirante perfecto(a). ¿Cómo sería un(a) aspirante perfecto(a)?

Modelo   conseguir la entrevista
Conseguiría la entrevista.

> ser responsable / ofrecer recomendaciones excelentes / demostrar iniciativa /
> trabajar cuidadosamente / tener conocimientos técnicos / estar listo(a) para
> empezar a trabajar inmediatamente / mantener el equilibrio entre la vida laboral y
> la vida personal / ser la persona idónea para el trabajo

9.10 ¿Qué haría Ud.? Explique lo que Ud. haría si tuviera *(if you had)* una entrevista de trabajo.

Modelo   llegar a tiempo
Llegaría a tiempo.

1. vestirse bien
2. enterarse de la empresa que ofrece el trabajo
3. llenar una solicitud
4. traer las cartas de referencia
5. hablar de mis aptitudes personales
6. preguntar sobre el horario del trabajo
7. discutir el sueldo y los beneficios sociales
8. pensar en las responsabilidades del puesto
9. tomar una decisión pronto
10. aceptar la oferta del trabajo

9.11 Haríamos muchas cosas buenas. Trabajen en grupos de tres. Supongan que Uds. tienen un puesto dentro de la universidad que les permite mejorar la vida de los estudiantes. Preparen una lista de lo que Uds. harían para mejorar su vida financiera, académica y social y un plan de cómo implementar sus sugerencias. Informen luego al resto de la clase sobre su plan de acción.

Modelo   **ESTUDIANTE 1**   *Una de las cosas que podríamos hacer es ofrecer mejores préstamos a los estudiantes para que puedan pagar sus estudios.*

ESTUDIANTE 2   *Eso me parece muy importante, pero también podríamos mejorar su vida social. Sería bueno ampliar el centro estudiantil y construir un gimnasio con todos los equipos necesarios.*

ESTUDIANTE 3   *Estoy de acuerdo. Los estudiantes estarían felices así.*

Describing How Actions Are Done

ADVERB FORMATION

Adverbs are words that modify or describe a verb, an adjective, or another adverb such as those in the following phrases: *he always works* = trabaja **siempre**; *rather pretty* = **bastante** bonita; *very rapidly* = **muy** rápidamente.

a. Some adverbs are formed by adding **-mente** to an adjective. The **-mente** ending corresponds to *-ly* in English: **finalmente** = *finally.*

> 1. The suffix **-mente** is attached to the end of an adjective having only one singular form: **final → finalmente; elegante → elegantemente.**
> 2. The suffix **-mente** is attached to the feminine form of adjectives that have both a masculine and feminine singular form: **rápido → rápida → rápidamente.**
> 3. Adjectives that have a written accent mark will retain it in the adverb form: **fácil → fácilmente.**

b. Adverbs are usually placed after the verb. When two or more adverbs are used to modify the same verb, only the last adverb in the series will have the suffix **-mente.**

> Ricardo terminó su trabajo **rápida y eficazmente.**
>
> *Ricardo finished his work rapidly and efficiently.*

c. Adverbs generally precede the adjective or adverb they modify.

> Esta solicitud es **demasiado** larga. No voy a llenarla **muy** rápidamente.
>
> *This application is too long. I'm not going to fill it out very quickly.*

d. The preposition **con** + *noun* are often used in place of very long adverbs: *affectionately* = **cariñosamente, con cariño;** *responsibly* = **responsablemente, con responsabilidad.**

> Berta siempre trabaja **con cuidado.** *Berta always works carefully.*

Adverbs ending in **-mente** explain or describe *how* something is done.

PRÁCTICA Y CONVERSACIÓN

9.12 Los nuevos trabajos. ¿Cómo trabajarían estas personas en un nuevo trabajo?

Modelo   Carlota / rápido
Carlota trabajaría rápidamente.

1. Juan / eficaz
2. Anita / lento
3. Esteban / cuidadoso
4. Mercedes / atento
5. Gerardo / paciente
6. Marcos / feliz
7. Elisa / claro y conciso
8. yo / ¿?

9.13 Yo trabajaría eficazmente. Ud. está hablando con su compañero(a) y le cuenta acerca de sus planes de establecer un pequeño negocio. Dígale de qué se trata y por qué quiere hacerlo, cómo piensa empezarlo, cómo va a seleccionar a sus empleados, cómo va a administrarlo, etcétera.

Modelo   **ESTUDIANTE 1**   *Yo quiero poner un negocio para organizar las fiestas de los estudiantes, incluyendo comida, música, decoración y todo lo demás. Quiero que sea un lugar que funcione eficaz y responsablemente.*

Indicating Quantity

ADJECTIVES OF QUANTITY

In order to talk about the number or size of people, places, and things, you will need to learn to use adjectives of quantity.

alguno	some	**numerosos**	numerous
bastante	enough	**otro**	other, another
cada	each, every	**poco**	little, few
demasiado	too much / many	**tanto**	so much / many
más	more	**todo**	all, every
menos	less	**varios**	several, some, various
mucho	much, many, a lot		

a. Adjectives of quantity precede the nouns they modify.

Recibimos **muchas** solicitudes para el nuevo puesto.	*We received a lot of applications for the new position.*

b. Some of these adjectives of quantity have special forms and/or usage.

1. **Alguno** is shortened to **algún** before a masculine singular noun: **algún puesto.**

2. **Cada** is invariable; it is used with singular nouns only: **cada anuncio; cada entrevista.**

3. Forms of **todo** are followed by the corresponding article + noun: **toda la carta** = *the whole letter;* **todos los beneficios** = *all the benefits, every benefit.*

4. **Más** and **menos** are invariable.

En mi opinión, ese empleado merece **más** dinero.	*In my opinion, that employee deserves more money.*

5. **Numerosos(as)** and **varios(as)** are used only in the plural.

Esta compañía ofrece **varios** beneficios sociales.	*This company offers several fringe benefits.*

6. The forms of **otro** are never preceded by **un / una.**

¿Vas a **otra** entrevista esta tarde?	*Are you going to another interview this afternoon?*

PRÁCTICA Y CONVERSACIÓN

9.14 Estas entrevistas. Ud. tiene que tomar muchas decisiones antes de ofrecer varios puestos a algunos aspirantes. Para decir lo que tiene que hacer primero, reemplace las palabras en negrilla con las palabras dadas.

1. Quiero ver todos los **anuncios clasificados.**
   solicitudes / cartas de recomendación / aspirantes.

2. Tengo que hablar con mi jefe sobre algunos **puestos.**
   beneficios sociales / aptitudes personales / decisiones.

3. Quiero hablar con otro **aspirante.**
   supervisor / empleada de personal / gerente.

9.15 Deseos y quejas. Complete las siguientes oraciones de una manera lógica.

1. Quiero otro(a) _____.

2. Nunca hay bastante(s) _____.

3. Compro poco(a) _____.

4. Tengo que hacer mucho(a) _____.

5. Algunos(as) _____ son interesantes.

6. Siempre hay demasiado(a) _____ en esta universidad.

 9.16 Entrevista personal. Hágale preguntas a un(a) compañero(a) de clase.

Pregúntele…

1. qué hace para buscar trabajo.
2. si puede recomendar una agencia de empleos.
3. si quiere trabajar en un país de habla hispana.
4. si habla catalán o portugués.
5. si quiere ganar mucho dinero.
6. si puede desempeñar bien un trabajo.
7. si va a mantener un equilibrio entre la vida laboral y la vida personal.

SEGUNDA SITUACIÓN

PRESENTACIÓN

Necesito un(a) asistente ejecutivo(a)

PRÁCTICA Y CONVERSACIÓN

9.17 **¿Qué sección?** Indique qué sección de una empresa tiene las siguientes responsabilidades.

1. Se decide dónde y cómo se venden los productos.
2. Se preocupa de la planificación y la coordinación de todas las responsabilidades.
3. Se pagan las obligaciones financieras.
4. Se compran las acciones y los bonos.
5. Se preocupa de los pedidos, los vendedores y las zonas de ventas.
6. Se controla el presupuesto.
7. Se coordina el uso de las computadoras.

9.18 Definiciones. Dé las palabras que corresponden a estas definiciones.

1. las personas que usan Internet
2. comunicarse con un enlace
3. un programa que ofrece sonido, animación, películas, música, etcétera
4. la red mundial de computadoras
5. una máquina que entra las fotos, el texto, etcétera, en la computadora
6. lo que permite comunicarse con la computadora
7. aparato que hace los cálculos matemáticos
8. lo que se usa para sacar fotos
9. donde se pone la basura
10. un teléfono que cabe en la mochila
11. el correo que se recibe por computadora
12. memoria portátil

9.19 La tecnología personal. Ud. y un(a) compañero(a) de clase tienen un pequeño negocio donde venden productos útiles y baratos para estudiantes. Trabajando en parejas, decidan cuáles de los siguientes productos van a vender en su negocio. Justifiquen su respuesta.

© William Berry/Shutterstock.com

© Yuriyza/iStockphoto.com

© Elnur/Shutterstock.com

© Reinhold Foeger/Shutterstock.com

9.20 Creación. Cuente en una narración lo que pasa en el dibujo de la **Presentación.**

Modelo   *Hay una mujer de negocios en su oficina. Trabaja en la sección de publicidad.*
Hay muchos papeles, periódicos y anuncios en su escritorio.

The word **multimedia** is an adjective; it does not change form to agree with the noun it modifies: **el software multimedia, la programación multimedia, los programas multimedia, las oficinas multimedia.**

The Spanish equivalent of *the Internet* = **Internet** (used without an article) or **la Red.** The equivalent of the *World Wide Web* = **la Web.**

vocabulario

Las secciones *Departments*

la administración *management*

la contabilidad *accounting*

las finanzas *finance*

la informática *computer science, information technology*

el mercadeo *marketing*

la publicidad *advertising*

las relaciones públicas *public relations*

las ventas *sales*

La oficina comercial *Business office*

el aparato Blackberry *Blackberry*

el archivo *file cabinet*

la calculadora *calculator*

la cámara digital *digital camera*

la carpeta *file folder*

el celular (A) *cell phone*
  el móvil (E)

la cinta adhesiva *tape*

la engrapadora *stapler*

la grapa *staple*

el informe *report*

la papelera *wastebasket*

el quitagrapas *staple remover*

el sacapuntas *pencil sharpener*

Internet *The Internet*

los cibernautas *people who use the Internet*

los enlaces *links*

la página base *home page*

el portal de la Web *website*

la realidad virtual *virtual reality*

la red *network*

hacer clic *to click*

interconectar *to network*

navegar Internet / la Red *to surf the Internet*

La economía *The economy*

la acción *stock, share of stock*

la bolsa *stock market*
  (de acciones)
  (de valores)

el bono *bond*

los valores *securities, assets*

La computadora (A) *Personal computer*

la carpeta predeterminada *default folder*

el chip *microchip*

el correo electrónico *e-mail*

el disco *disk*

el disco duro *hard drive*

el documento *file*

el escáner *scanner*

el escritorio de la computadora *desktop*

el hardware *hardware*

la impresora *printer*

el lector *drive*
  CD-ROM *CD-ROM drive*
  de discos *disk drive*
  DVD *DVD drive*

la memoria USB *flash drive*
  el pendrive

el monitor *monitor*

el ordenador (E) *personal computer*

la pantalla *screen*

la portátil (A) *laptop computer*
  el portátil (E)

el programa *program*

el servidor *server*

el software multimedia *multimedia software*

la tecla *key*

el teclado *keyboard*

estar fuera de servicio *to be down*

ASÍ SE HABLA

© StockLite/Shutterstock.com

Double-Checking Comprehension

Track 2-7

SRA. SANTAMARÍA   Bueno, tenemos que encontrar el secretario o la secretaria ideal.

SR. ECHEVARRÍA   Sí, queremos que sea una persona que hable español, pero que también sepa portugués y catalán para poder comunicarse con nuestros clientes. ¿De acuerdo?

SRA. SANTAMARÍA   Sí, claro que sí, pero no se olviden que también queremos alguien que pueda usar las nuevas computadoras y todo el equipo que tenemos y manejar los programas que usamos, porque si no, vamos a tener problemas.

SRA. GUTIÉRREZ   Sí, tienes razón. También tiene que saber cómo diseñar y mantener nuestra página base. En resumen, necesitamos una persona que esté muy bien preparada. ¿Les parece?

SRA. SANTAMARÍA   Claro que sí. ¿Y cuánto le vamos a pagar?

PERSPECTIVAS LINGÜÍSTICAS

As it can be seen in the dialogue above, speakers may use a series of expressions such as *¿De acuerdo? ¿Les parece?* to check understanding and assure compliance with suggestions. These phrases also request feedback from the listeners and open the floor to further suggestions thus maintaining a harmonious environment. Speakers from different Spanish-speaking backgrounds may use other phrases such as *¿oíste? ¿viste? ¿ya?* for the same purpose. Agreement with suggestions can be expressed as well in different forms *(tienes razón, claro que sí, exactamente, así es, vale, ya).*

Expressions to check comprehension

¿Oyó? / ¿Oíste?	Did you hear (me)?
¿Me ha(s) oído bien?	Did you hear me well?
¿Ya?	Okay?
¿Comprende(s)?	Do you understand?
¿Se da cuenta Ud.? / ¿Te das cuenta?	Do you realize (it)?
¿Está(s) seguro(a)?	Are you sure?
¿De acuerdo? ¿Conforme?	Do you agree?
¿Le / Te parece bien?	Does it seem okay to you?
¿Qué le / te parece?	What do you think?
¿Vale? (*España*) ¿Está bien?	Is it okay?

9.21 ¿Qué te parece? Ud. y su esposo(a) tienen mucho trabajo y necesitan ayuda. ¿Qué dicen en las siguientes situaciones?

ESTUDIANTE 1

1. Ud. ha sugerido contratar una persona para que limpie la casa dos veces por semana. Su esposo(a) no contesta: Ud. le dice:

_____

3. Ud. tiene mucho trabajo y está muy cansado(a). No quiere más obligaciones. Por eso insiste en contratar otra persona. Quiere saber si su esposo(a) comprende. Ud. le dice: _____

ESTUDIANTE 2

2. Ud. prefiere que su esposo(a) haga la limpieza de la casa y así no gastar dinero. Quiere saber si su esposo(a) está de acuerdo. Ud. le dice:

_____

4. Ud. sugiere que los dos hagan la limpieza juntos una vez por semana. Ud. quiere saber si su esposo(a) acepta su sugerencia. Ud. le dice:

_____

9.22 Por favor, no agarres mis cosas. Con un compañero(a), dramaticen la siguiente situación. Ud. y su compañero(a) son secretarios(as) en una empresa y Ud. ha notado que él/ella ha estado usando su computadora para navegar la Red. Además ha estado revisando sus archivos y ha borrado una serie de documentos importantes en su computadora. Ud. le habla pero él/ella parece no prestarle atención.

Modelo **ESTUDIANTE 1** *Mira, Elena, ¿por qué has usado mi computadora?*

ESTUDIANTE 2 *¿Qué dices? No te entiendo.*

ESTUDIANTE 1 *¿Te das cuenta de lo que has hecho? ¡Me has borrado mis archivos!*

ESTRUCTURAS

Talking About Unknown or Nonexistent People and Things

SUBJUNCTIVE IN ADJECTIVE CLAUSES

Adjective clauses are used to describe preceding nouns or pronouns: *I need a secretary* **who speaks Spanish.** *I'm looking for a job* **that pays well.**

a. In Spanish, when the verb in the adjective clause describes something that may not exist or has not yet happened, the verb must be in the subjunctive. When the adjective clause describes a factual situation, the indicative is used. Compare the following examples.

Subjunctive: Unknown or Indefinite Antecedent

Busco una secretaria que **hable** español.

I'm looking for a secretary who speaks Spanish.
(Such a person may not exist.)

Indicative: Existing Antecedent

Busco a la secretaria que **habla** español.

I'm looking for the secretary who speaks Spanish.
(Such a person exists.)

b. Likewise, when the verb in the adjective clause describes something that does not exist, the subjunctive is used.

Subjunctive: Negative Antecedent

—Necesitamos alguien que **comprenda** este nuevo programa de computadoras.

We need someone who understands this new computer program.

—Lo siento, pero en nuestra sección no hay nadie que lo **comprenda.**

I'm sorry, but in our department there isn't anyone who understands it.

Indicative: Existing Antecedent

—Pero en la sección de contabilidad hay dos o tres secretarias que lo **usan** y lo **comprenden** bien.

But in the accounting department there are two or three secretaries who use it and understand it well.

c. Remember that it is the meaning of the entire main clause and not a particular word that signals the use of the subjunctive. When the main clause indicates that a person or thing mentioned is outside the speaker's knowledge or experience, then the subjunctive is used.

1. The speaker is looking for a specific computer and knows that it exists.

Buscamos una computadora que **tiene** un teclado español.

We are looking for a computer that has a Spanish keyboard.

2. The speaker is not looking for a specific computer and doesn't know if such a computer exists.

Buscamos una computadora que **tenga** un teclado español.

We are looking for a computer that has a Spanish keyboard.

PRÁCTICA Y CONVERSACIÓN

9.23 **Otro contador.** Ud. es el/la gerente del departamento de finanzas en una pequeña empresa que necesita otro contador. Explique las calificaciones necesarias de este nuevo empleado.

1. Buscamos un contador que…

   conocer nuestro programa de computadoras / saber mucho de contabilidad / ser inteligente / aprender rápidamente / resolver problemas eficazmente / desempeñar bien el trabajo / poder mantener el equilibrio entre la vida laboral y la vida personal

2. No necesitamos ninguna persona que…

   perder tiempo / dormirse en su oficina / siempre estar de mal humor / equivocarse mucho / salir temprano / ser perezosa / ser una adicta al trabajo

9.24 **Las fantasías.** Complete las oraciones de una manera lógica, explicando sus ideas.

1. Quiero un trabajo que _____.
2. Quiero un(a) novio(a) que _____.
3. Deseo una casa que _____.
4. Quiero comprar un coche que _____.
5. Busco un(a) profesor(a) que _____.

9.25 **Se necesitan empleados(as).** Ud. es el/la jefe(a) de personal de una compañía y necesita contratar un(a) contador(a), un(a) secretario(a) y un(a) mensajero(a). Hable con su asistente y discuta las características que deben tener estos empleados.

Modelo   **ESTUDIANTE 1**   *Sra. Gómez, necesitamos contratar un contador. Quiero que sea una persona que trabaje bien con números.*

   ESTUDIANTE 2   *Sí, pero también es necesario que se lleve bien con los otros empleados.*

Explaining What You Want Others to Do

INDIRECT COMMANDS

Indirect commands are used when one person tells another person what a third person (or persons) should do. *Srta. Guzmán, have the new secretary file these documents.*

a. The subjunctive form is always used in Spanish indirect commands.

Que lo **haga** Tomás.	*Let Tomás do it.*
Que **escriba** las cartas la nueva secretaria.	*Have the new secretary write the letters.*

Word order in Spanish indirect commands is very different from the English equivalent.

				REFLEXIVE or		VERB		
Que	+	(no)	+	OBJECT PRONOUNS	+	(in present (subjunctive)	+	SUBJECT
Que				las		escriba		la nueva secretaria.
Que		(no)		se		preocupen		los empleados.

b. The indirect command is frequently used to express good wishes directly to another person.

¡Que **te mejores** pronto!	*Get well soon!*
¡Que **se diviertan**!	*Have a good time!*

c. The introductory **que** will generally mean *let* but it can also mean *may* or *have.*

Que seas muy feliz
En tu cumpleaños
y que cada nuevo cumpleaños
te traiga la dulce satisfacción
de nuevos logros alcanzados.

© Heinle/Cengage Learning. Photo.: © Ladybuggy/Shutterstock.com

¿Qué le desean a la persona que celebra su cumpleaños?

PRÁCTICA Y CONVERSACIÓN

9.26 En la oficina. Use un mandato indirecto para explicar las responsabilidades de las siguientes personas.

Modelo contestar el teléfono / la recepcionista
Que lo conteste la recepcionista.

1. mandar las cartas / el secretario
2. hacer publicidad / la publicista
3. tomar decisiones importantes / el gerente
4. pagar las cuentas / el contador
5. ayudar a los clientes / el representante de ventas
6. explicar las leyes / la abogada
7. decidir cómo vender los productos / el gerente del mercadeo
8. invertir dinero en la Bolsa / el financista
9. mantener las computadoras / el jefe de la informática
10. controlar el presupuesto / el contador

 9.27 Que tenga suerte. Expréseles sus buenos deseos a las siguientes personas cuando digan lo que hacen o van a hacer.

Modelo Su amigo busca trabajo. / tener suerte

ESTUDIANTE 1 *Busco trabajo.*

ESTUDIANTE 2 *Que tengas suerte.*

1. Su hermano llena una solicitud. / conseguir una entrevista
2. Sus amigos salen en viaje de negocios. / tener buen viaje
3. Su jefe está enfermo. / mejorarse pronto
4. Su novio(a) empieza un nuevo empleo. / tener éxito
5. Sus compañeros(as) de trabajo van de vacaciones. / divertirse
6. Su amigo(a) necesita dinero. / encontrar un empleo pronto

 9.28 ¡Que haga todo esto! Ud. es el/la jefe(a) de personal y se va de vacaciones, pero hay un problema: un(a) nuevo(a) técnico(a) de computadoras va a llegar al día siguiente y Ud. no va a poder darle las instrucciones personalmente. Llame a su asistente y dígale lo que tiene que decirle a esta nueva persona. Él/Ella le hará una serie de preguntas sobre las órdenes que Ud. deja, dónde lo/la puede localizar en caso que sea necesario, etcétera. Finalmente, Ud. se despide y él/ella le desea unas buenas vacaciones.

Modelo ESTUDIANTE 1 *Sra. Pereda, dígale al nuevo técnico que revise todas las computadoras porque hay muchas que tienen problemas.*

ESTUDIANTE 2 *Bien. ¿Y que escriba un informe sobre cada una de ellas?*

ESTUDIANTE 1 *Sí. Que ayude a los empleados a solucionar los problemas que tienen.*

Expressing Exceptional Qualities

ABSOLUTE SUPERLATIVE

The absolute superlative is an adjective ending in **-ísimo;** it is used to describe exceptional qualities or to denote a high degree of the quality described. The Spanish forms have the English meaning *very, extremely,* or *exceptionally + adjective.*

To form the absolute superlative of adjectives that

1. end in a consonant, add **-ísimo** to the singular form: **difícil → dificilísimo.**
2. end in a vowel, drop the final vowel and then add **-ísimo: lindo → lindísimo; grande → grandísimo.**
3. end in **-co** or **-go,** make the following spelling changes: **c → qu: rico → riquísimo; g → gu: largo → larguísimo.**

Note that the suffix changes form to agree in number and gender with the noun modified.

Se puede encontrar información **interesantísima** navegando la Red, pero requiere **muchísimo** tiempo.	*You can find very, very interesting information by surfing the Internet, but it requires a lot of time.*

- -
Accent marks on the adjective stem are dropped when **-ísimo** is added: **difícil → dificilísimo; rápido → rapidísimo.**

Spelling changes occur in the feminine and plural forms as well: **riquísima; larguísimos.**
- -

PRÁCTICA Y CONVERSACIÓN

9.29 **Una compañía moderna.** Complete las siguientes oraciones utilizando el superlativo absoluto de los adjetivos presentados entre paréntesis.

1. En una compañía moderna hay (muchas) secciones con empleados (buenos).
2. Casi todos los empleados tienen un sentido (bueno) para los negocios y son (inteligentes).
3. Trabajan (largas) horas para mejorar la compañía; a veces el trabajo es (difícil).
4. Los empleados que tienen una iniciativa fuerte se hacen (ricos).
5. En las compañías modernas utilizan una variedad (grande) de tecnología.

9.30 **Mis amigos.** Cuéntele a su compañero(a) acerca de sus amigos(as). Dígale quién es muy…

> pobre / rico / callado / alto / simpático / antipático / inteligente / liberal / responsable / cuidadoso / maduro / trabajador / ¿?

TERCERA SITUACIÓN

DIÁLOGOS EN VÍDEO

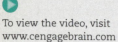
To view the video, visit
www.cengagebrain.com

© Anna Pérez

Para comprender lo que ve

OBSERVING PROXEMICS AND BODY LANGUAGE IN BUSINESS INTERACTIONS

The physical distance between people in business interactions is usually greater than in friendly conversations. By paying attention to this physical distance, as well as facial expressions, hand gestures, and body language, you will be able to infer which person has the most authority, if the speakers are holding a pleasant or unpleasant conversation, and consequently, better understand what they say.

Para comprender lo que escucha

SUMMARIZING

When you listen to a conversation or lecture, you may have to summarize what you heard. A summary can be written in the form of an outline, chart, or paragraph. To write an outline, chart, or paragraph you have to recall factual information and categorize it logically in the proper format.

Antes de ver y escuchar

 9.31 **La foto y el vídeo.** Con un(a) compañero(a) de clase, hagan las siguientes actividades.

1. Describan a las personas en la foto, el lugar donde se encuentran y lo que están haciendo.
2. Describan ahora en detalle la distancia física entre las diferentes personas en el vídeo, su postura física, los gestos faciales que hacen, los movimientos de sus manos y digan cómo estos se relacionan con lo que están diciendo.
3. ¿Qué problemas piensan Uds. que tienen estas personas? Justifiquen su respuesta.

Al ver y escuchar

9.32 **Los apuntes.** Escuche la conversación entre Mario y Carlos. Tome los apuntes que considere necesarios y complete las siguientes oraciones.

1. Mario está preocupado porque _____. Sugiere _____.

2. Para solucionar el problema Mario quiere una persona que _____.

3. Necesitan una persona que sea _____, que sepa _____ y que tenga algún conocimiento de _____.

4. La secretaria que tenían antes era _____, _____ y _____.

5. Carlos va a _____, ofrecer _____ y luego los dos van a _____.

Después de ver y escuchar

 9.33 **Resumen.** Con un(a) compañero(a) de clase, resuman la conversación entre Mario y Carlos.

9.34 **Algunos detalles.** Complete las siguientes oraciones con la mejor respuesta.

1. Mario y Carlos quieren…
   a. que la empresa funcione más eficientemente.
   b. tener más tiempo para usar la computadora.
   c. la secretaria que tenían antes.

2. Es necesario que la persona que trabaje con ellos sea…
   a. eficiente, seria y casada.
   b. trabajadora y responsable.
   c. especialista en contabilidad.

3. Para conseguir a un(a) buen(a) empleado(a), van a…
   a. llamar a la antigua secretaria.
   b. poner un aviso en el periódico.
   c. ponerse en contacto con sus amistades.

4. Podemos pensar que después de que contraten a la persona correcta…
   a. las cosas van a seguir estando atrasadas.
   b. Carlos va a dejar su trabajo.
   c. no van a tener más problemas.

PERSPECTIVAS

El concepto del trabajo

Tradicionalmente el trabajo no ha tenido el mismo valor en la cultura hispana como en la cultura de los Estados Unidos. Un dicho popular afirma que «Los gringos viven para trabajar mientras los hispanos trabajan para vivir». Eso significa que en la cultura hispana el trabajo es una necesidad que se hace para ganarse la vida pero no es una obsesión. También significa que hay otros valores que tienen más importancia que el trabajo. Pasar tiempo con la familia o con amigos y celebrar la vida son dos de los valores con más influencia que el trabajo.

© Photobank.cn/Shutterstock.com

Los beneficios sociales y las vacaciones

En la mayoría de los países del mundo hispano, los trabajadores reciben un salario o sueldo y los complementos que incluyen las pagas extraordinarias *(bonuses)*, la participación en beneficios, la indemnización por accidentes del trabajo y la Seguridad Social. Generalmente reciben dos pagas extraordinarias al año: normalmente una por Navidad y otra en junio.

En algunos de los países hispanos los trabajadores reciben cuatro semanas de vacaciones al año más los días feriados tradicionales. Si la familia tiene suficiente dinero, viaja a la playa o a las montañas y pasan casi un mes juntos descansando y divirtiéndose. Los trabajadores también reciben otros días pagados para asistir a bodas, bautismos, funerales y otros eventos familiares.

Los estudiantes y el trabajo

Como la matrícula universitaria es gratis o cuesta muy poco en la mayoría de los países de habla española, los estudiantes no suelen trabajar como en los Estados Unidos. Para los estudiantes hispanos la carrera universitaria es su trabajo y así tienen tiempo para dedicar más horas a sus estudios. Este concepto está cambiando y actualmente no es tan raro encontrar a estudiantes trabajando a tiempo parcial en cafés y restaurantes de comida rápida o como dependientes en tiendas y centros comerciales.

El trabajo y la economía global

Con el avance de la economía global, el concepto del trabajo en el mundo hispano está cambiando. Los hispanos, especialmente los que viven en las grandes ciudades y los que trabajan en una compañía multinacional, trabajan tantas horas como los trabajadores en los Estados Unidos. Como muchas tiendas, oficinas y fábricas ya no se cierran durante la siesta, los trabajadores tienen menos tiempo para el almuerzo; por eso, no van a casa durante el día y muchos comen dentro del lugar del trabajo. Otro cambio es que actualmente muchos necesitan trasladarse a otra ciudad o región para encontrar un buen puesto y así viven lejos de los padres y la familia. Todos estos cambios tienen consecuencias. Aunque pueden ganar más dinero en la economía global, a la vez tienen menos tiempo que pueden pasar con la familia o con amigos. Y también empiezan a sufrir síntomas físicos y emocionales relacionados con el estrés y el desgaste profesional *(burnout)*.

PRÁCTICA Y CONVERSACIÓN

 9.35 Práctica intercultural. Con un(a) compañero(a) de clase, contesten las siguientes preguntas acerca de su concepto del trabajo.

1. ¿Trabaja Ud.? ¿Cuántas horas a la semana trabaja Ud.? ¿Trabaja más durante el verano? ¿Por qué?
2. ¿Qué tipo de trabajo espera tener después de graduarse? ¿Dónde espera trabajar?
3. En su primer trabajo después de graduarse, ¿qué beneficios espera recibir? ¿Cuántas horas a la semana tendrá Ud. que trabajar? ¿Por qué?

 9.36 El trabajo y la economía global. Trabajando en parejas, hagan una lista de los cambios en el concepto del trabajo que se nota en el mundo hispano con el avance de la economía global. ¿Cuáles cambios de su lista también se notan dentro de los Estados Unidos?

9.37 Comparaciones. Trabajando en parejas, preparen una lista de las semejanzas y diferencias entre el concepto del trabajo en el mundo hispano y el de los Estados Unidos. Incluyan información sobre las ventajas y las desventajas del trabajo en cada cultura.

ASÍ SE ESCRIBE

Para escribir bien

APPLYING FOR A JOB AND FILLING OUT AN APPLICATION

When applying for a job it is often necessary to complete an application form. While the writing of letters, reports, papers, and compositions requires connected text, the completion of forms requires only individual words and phrases. Thus, the accuracy of filling out forms is largely dependent on your ability to read the phrases requesting information. Knowledge of the following vocabulary items should help you in most forms.

Antigüedad: Número de años que ha trabajado en el mismo lugar

Apellido(s): El nombre de familia, como Gómez, García Fernández, Smith

Código postal (C.P.): Unos números que indican la zona postal donde Ud. vive

Colonia: Un pequeño pueblo en las afueras de una ciudad mexicana

Cónyuge: El/La esposo(a)

Dependencia: En México es un barrio dentro de una colonia

Dirección / Direcciones / Domicilio actual: El lugar donde Ud. vive actualmente

Empresa: Una compañía

Estado civil (Edo. civil): Casado(a), soltero(a), viudo(a), divorciado(a), separado(a)

Ingreso: El sueldo o el salario; el dinero que recibe de su trabajo

Núm.: Número

Solicitante: La persona que llena la solicitud

Teléfono: El número de teléfono

Antes de escribir

A **Habilidades necesarias.** Lea los temas para composiciones dadas en la sección **Al escribir** y escoja una según sus intereses y habilidades. Después, haga una lista de las aptitudes y habilidades necesarias para el puesto mencionado en el tema que Ud. escogió.

B **Una solicitud personal.** Llene la siguiente solicitud utilizando información personal.

AGENCIA MARTÍN

Especialistas en puestos ejecutivos y administrativos

SOLICITUD DE EMPLEO

Datos generales del solicitante

Apellido(s): Paterno_____

Materno_____

Nombre(s)_____

Domicilio Actual

  Calle_____ Núm_____

  Col._____

  C.P._____

  Ciudad_____ Estado_____

  Teléfono_____

  Tiempo en residencia_____

Núm Licencia o Pasaporte_____

Empleo que solicita

Profesión_____

Empresa_____

Puesto_____

Sueldo/Salario_____

Empleo actual

Nombre de la empresa actual_____

Puesto_____

Antigüedad_____

Calle_____ Núm_____

C.P._____

Ciudad_____ Estado_____

Referencias personales

Nombre, domicilio y teléfono de tres referencias que no vivan con Ud.

1. _____
   _____

2. _____
   _____

3. _____
   _____

© Heinle/Cengage Learning

Al escribir

C Escriba su composición, utilizando la lista de habilidades creada en la **Práctica A Habilidades necesarias.**

Tema 1:

Una carta de solicitud. Ud. acaba de leer un aviso para un puesto ideal. Escríbale una carta a la Oficina de Personal de la empresa en la que describa sus habilidades y aptitudes para el puesto. También explique lo que Ud. haría para la empresa. Incluya la información general pedida en una solicitud.

Tema 2:

Una carta de recomendación. Su mejor amigo(a) solicita empleo en una compañía que fabrica y vende computadoras. Escríbale una carta de recomendación para su amigo(a) a la Oficina de Personal. Explique lo que su amigo(a) haría para la compañía. Incluya la información general pedida en una solicitud de empleo y también una descripción de las aptitudes de su amigo(a).

Después de escribir

D Antes de entregarle su composición a su profesor(a), Ud. debe leerla de nuevo y corregir los errores.

☐ ¿Está correcto el formato de la carta incluyendo la fecha, el saludo, la pre-despedida y la despedida?

☐ ¿Incluye la carta la información sobre las habilidades y aptitudes necesarias para el puesto solicitado?

☐ ¿Incluye la carta el vocabulario adecuado para el puesto, la oficina y la empresa?

☐ ¿Están correctos las formas de los verbos del condicional?

INTERACCIONES

The communicative tasks of the **Interacciones** section recombine and review the vocabulary, grammar, culture, and communicative goals presented within this chapter. To help you prepare the tasks, review the specific items listed next to each activity.

To help you prepare **«La agencia de empleos»**, review the following: **Topics:** job application and interview vocabulary, job qualifications; **Estructuras:** subjunctive in adjective clauses, adverb formation, adjectives of quantity

To help you prepare **«El/La nuevo(a) supervisor(a)»**, review the following: **Topics:** job application and interview vocabulary, departments within a firm; **Estructuras:** conditional tense, absolute superlative

To help you prepare **«El/La consejero(a)»**, review the following: **Topics:** job application and interview vocabulary, job qualifications; **Estructuras:** absolute superlative, subjunctive in adjective clauses

To help you prepare **«El trabajo ideal»**, review the following: **Topics:** job application vocabulary, office equipment, departments within a firm; **Estructuras:** conditional tense, subjunctive in adjective clauses

A. La agencia de empleos

Communicative Tasks: Asking and answering questions; explaining what you want others to do; expressing exceptional qualities

Interview: Your agency has placed an ad in the paper for openings in a large corporation specializing in electronics and appliances. The openings include a sales manager, advertising director, accountant, and computer programmer. Interview four classmates for the positions. Find out if they have the necessary qualifications, experience, and personality for one of the four jobs.

B. El/La nuevo(a) supervisor(a)

Communicative Tasks: Explaining what one would do under certain circumstances; expressing exceptional qualities

Oral Presentation: You have applied for a new position as supervisor of a large department in an important company. Explain to the interview team (played by your classmates) what you would do as their new supervisor to improve the company. Explain your personal skills and exceptional qualities.

C. El/La consejero(a)

Communicative Tasks: Asking and answering questions; talking about unknown or nonexistent people and things; expressing exceptional qualities

Interview: You are a job counselor for undergraduates who are trying to finalize career plans. Interview a classmate and discuss the type of job he/she would like as well as the exceptional qualities he/she has that would be appropriate for the job.

D. El trabajo ideal

Communicative Tasks: Explaining what one would do under certain circumstances; talking about unknown or nonexistent people and things

Oral Presentation: Explain what your ideal job would be like. Explain where the job would be located, what your boss and other employees would be like, what type of salary and benefits you would receive, what responsibilities you would have, and what tasks you would perform.

CAPÍTULO 10

En la empresa multinacional

Cultural Themes

→ The Hispanic community: Mexican Americans

→ Hispanic business and banking

Topics and Situations

→ Quisiera hablar con el jefe

→ En el banco

Communicative Goals

→ Making a business phone call

→ Discussing completed past actions

→ Explaining what you hope has happened

→ Discussing reciprocal actions

→ Doing the banking

→ Talking about actions completed before other actions

→ Explaining duration of actions

→ Expressing quantity

↑ FOTO Una empresa multinacional

© Yuri Arcurs/Shutterstock.com

PRESENTACIÓN

Quisiera hablar con el jefe

- -

PRÁCTICA Y CONVERSACIÓN

10.1 ¿Quién lo hace? ¿Quién hace las siguientes actividades?

1. Crea los anuncios comerciales.
2. Explica los reglamentos de comercio.
3. Ejecuta los pedidos.
4. Atiende al público.
5. Trabaja con números.
6. Archiva los documentos.
7. Resuelve los problemas legales.
8. Crea los programas para la computadora.
9. Compra y vende las acciones en la Bolsa.
10. Ayuda al ejecutivo.
11. Mantiene las computadoras.

10.2 En la oficina. En el dibujo de la **Presentación** hay varios grupos de personas. Trabajando en parejas, escojan un grupo y dramaticen su conversación a la clase.

CONEXIONES. Ud. y un(a) compañero(a) de clase trabajan en los Estados Unidos para una empresa multinacional con oficinas en varias ciudades mexicanas. Diariamente Uds. necesitan comunicarse con el personal mexicano y de vez en cuando necesitan viajar a México y comunicarse con las oficinas en los Estados Unidos. Utilizando Internet, lean sobre varios teléfonos celulares y planes de llamadas. Escojan un teléfono y un plan de llamadas y expliquen por qué son buenos para su trabajo. Justifiquen su respuesta.

10.3 ¿Qué me dices? Aquí tiene Ud. unos anuncios clasificados. Su compañero(a) tiene otros anuncios en el **Apéndice A.** Conversen para encontrar los tres anuncios que tienen pareja.

The alternate drawing that corresponds to this activity can be found in **Appendix A.**

1 Se ofrece autómovil SEAT Ibiza en buenas condiciones, pocos kilómetros. Llame al 61–25–34.

2 Tengo iPod Touch 32 GB para vender. Haga una oferta. imapple@mundo.com

3 Vendemos computadora portátil con maletín. Precio negociable. Tel 41–39–54.

4 Quiero cámara digital. Si Ud. la ofrece a un buen precio, llámeme 75–68–22.

5 Busco servicio de limpieza para diez oficinas. Para más detalles llamar al 79–20–73.

6 Necesitamos especialista en computadoras con experiencia e iniciativa. Llamar al 55–34–80 entre 10 y 18 h.

© Heinle/Cengage Learning

10.4 Creación. En una narración cuente lo que pasa en el dibujo de la **Presentación.**

Modelo   *Podemos ver una oficina grande donde hay muchas personas y mucha actividad. En primer lugar, hay una mujer hablando por teléfono y un hombre que le quiere hablar. Más allá se ve…*

vocabulario

El personal *Personnel*

el/la abogado(a) *lawyer*

el/la accionista *stockbroker*

el/la asistente ejecutivo(a) *executive assistant*

el/la contador(a) *accountant*

el/la ejecutivo(a) *executive*

el/la especialista en computadoras *computer specialist*

el/la financista *financier*

el/la gerente *manager*

el hombre/la mujer de negocios *businessman, businesswoman*

el/la jefe(a) *boss*

el/la oficinista *office worker*

el/la operador(a) de computadoras *computer operator*

el/la programador(a) *programmer*

el/la publicista *advertising person*

el/la recepcionista *receptionist*

el/la representante de ventas *sales representative*

Las responsabilidades *Responsibilities*

archivar los documentos *to file documents*

atender (ie) al público *to attend to the public*

cumplir pedidos *to fill order*

delegar *to delegate*

entender (ie) los reglamentos del comercio de exportación y de importación *to understand the regulations of export and import trade*

exportar productos *to export products*

hacer publicidad *to advertise*

importar productos *to import products*

ofrecer servicios *to offer services*

pagar los derechos de aduana *to pay duty taxes*

resolver (ue) los problemas *to solve problems*

trabajar con números *to work with numbers*

  tecnología avanzada *advanced technology*

Making a Business Phone Call

Track 2-8

OPERADORA	Petróleos del Suroeste, buenas tardes.
SR. ROBLES	Buenas tardes. Quisiera hablar con el Sr. Gamarra, por favor.
OPERADORA	El Sr. Gamarra está en una reunión. ¿Quisiera dejar algún mensaje?
SR. ROBLES	Sí, por favor. Dígale que llamó el Sr. Robles y que ya he cumplido con todos sus pedidos. Me hubiera gustado hablar con él, pero si no es posible ahora, por favor dígale que me llame tan pronto como pueda.
OPERADORA	Le haré presente.
SR. ROBLES	Muchas gracias, señorita.

PERSPECTIVAS LINGÜÍSTICAS

As you can observe in the dialogue above, business telephone conversations are held at a formal level. The telephone operator responds by identifying the company followed by a greeting formula (*Petróleos del Suroeste, buenas tardes*), and, when requesting a message, she addresses the caller with polite forms (*Ud.* pronoun and *quisiera* vs. *quiere* as in ¿*Quisiera dejar algún mensaje?*). By the same token, the caller must express politeness using the *Ud.* form to address the receptionist, polite phrases (*Sí, por favor*) and express gratitude (*Muchas gracias*).

Phrases to make a business telephone call

Con el/la señor(a)... , por favor.	*(I'd like to talk to) Mr. / Mrs. . . . , please.*
Quisiera hacer una cita con... , por favor.	*I would like to make an appointment with . . . , please.*
¿Podría dejarle un mensaje?	*Could I leave him / her a message?*
Dígale por favor que...	*Please tell him / her that . . .*
Llamaré más tarde.	*I'll call later.*
Se lo agradezco.	*I appreciate it.*

Phrases to answer a business telephone call

El/La señor(a) no se encuentra / está en la otra línea / está en una reunión.	*Mr./Mrs. . . . is not in / is on the other line / is in a meeting.*
¿Quisiera dejar algún mensaje?	*Would you like to leave a message?*
Muy bien, le daré su mensaje.	*Very well, I'll leave him/her your message.*
¿Para cuándo quisiera la cita?	*When would you like your appointment for?*
¿El... a las... estaría bien?	*Would . . . at . . . be convenient for you?*

PRÁCTICA Y CONVERSACIÓN

10.6 Por favor con... Con un(a) compañero(a), dramaticen la siguiente situación.

RECEPCIONISTA

1. ¡Riiiin! ¡Riiiin! Ud. responde.
3. El Sr. Retes está ocupado.
5. Ud. responde.

CLIENTE

2. Ud. quiere hablar con el Sr. Retes.
4. Ud. quiere dejar un mensaje.
6. Ud. agradece y se despide.

10.7 ¿Con la Dra. Astete, por favor? En grupos, un(a) estudiante hace el papel de recepcionista, otro(a) el papel de la Dra. Astete y otro(a) el papel de paciente.

Situación:

Ud. quiere pedir una cita con la Dra. Astete, pero solo puede ir a la consulta en las tardes. Como la recepcionista no puede conseguirle nada que le convenga, Ud. pide hablar con la doctora y le presenta su problema.

Modelo

ESTUDIANTE 1	*Oficina de la Dra. Astete. Buenas tardes.*
ESTUDIANTE 2	*Buenas tardes. Como no puedo conseguir una cita con la Dra. Astete, quisiera hablar con ella, por favor.*
ESTUDIANTE 1	*Un momento, por favor.*
ESTUDIANTE 3	*Habla la Dra. Astete. ¿En qué puedo ayudarle?*

ESTRUCTURAS

Discussing Completed Past Actions

PRESENT PERFECT TENSE

The present perfect tense is used to express a completed action in the past in both Spanish and English. In English this tense is formed with the present tense of the auxiliary verb *to have + the past participle: I **have** already **solved** the problem and Enrique **has filled** the order.*

Present Perfect Tense

haber	+	past participle
he		-AR
has		pagado
ha		-ER
hemos		vendido
habéis		-IR
han		decidido

a. In Spanish the present perfect indicative is formed with the present tense of the auxiliary verb **haber** followed by the past participle of the main verb. The past participle used in a perfect tense is invariable; it never changes form regardless of the gender or number of the subject.

b. The past participle of regular **-ar** verbs is formed by adding **-ado** to the stem: **trabajar → trabaj → trabajado.** The past participle of regular **-er** and **-ir** verbs is formed by adding **-ido** to the stem: **comprender → comprend → comprendido; cumplir → cumpl → cumplido.**

c. Some common verbs have irregular past participles.

abrir	abierto	poner	puesto
cubrir	cubierto	resolver	resuelto
decir	dicho	romper	roto
escribir	escrito	ver	visto
hacer	hecho	volver	vuelto
morir	muerto		

Note that compound verbs formed from the verbs in the above chart will show the same irregularities in the past participle: **envolver → envuelto** = *wrapped;* **descubrir → descubierto** = *discovered.*

d. Past participles of **-er** and **-ir** verbs whose stem ends with **-a**, **-e**, or **-o** use a written accent over the **i** of the participle ending: **traer → traído; leer → leído; oír → oído.**

e. Reflexive and object pronouns must precede the conjugated verb **haber.**

—¿**Le has hablado** al Sr. Ruiz esta mañana?

Have you spoken to Mr. Ruiz this morning?

—No, no **le he hablado** pero **le he escrito** una carta.

No, I haven't spoken to him but I have written him a letter.

f. The present perfect is often used to express an action that was very recently completed or an event that is still affecting the present. In Spain this tense is often used as a substitute for the preterite.

—¿**Has resuelto** el problema con la aduana?

Have you solved the problem with customs?

—Todavía no. Pero **he hablado** con el agente muchas veces.

Not yet. But I have talked with the agent many times.

PRÁCTICA Y CONVERSACIÓN

10.8 Mi último empleo. Su compañero(a) de clase hace el papel de jefe y quiere saber lo que Ud. ha hecho en su último empleo. Conteste sus preguntas.

Modelo   trabajar con números

    ESTUDIANTE 1   *¿Ha trabajado Ud. con números?*

    ESTUDIANTE 2   *Sí, he trabajado con números.*

> archivar documentos / hacer publicidad / resolver problemas / trabajar con tecnología avanzada / atender al público / escribir informes / importar productos / despedir a un empleado

10.9 Antes de llegar. Diga seis cosas que Ud. ha hecho hoy antes de llegar a la universidad.

10.10 Entrevista. Hágale preguntas a su compañero(a) de clase sobre sus experiencias.

Pregúntele...

1. dónde ha trabajado antes.
2. si ha atendido al público.
3. si se ha llevado bien con los clientes.
4. si ha cumplido pedidos.
5. si ha trabajado horas extra.
6. si ha sido despedido(a) por alguna compañía.
7. si ha escrito informes.
8. ¿?

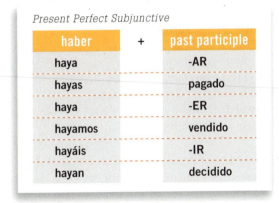

Explaining What You Hope or Doubt Has Happened

PRESENT PERFECT SUBJUNCTIVE

When you explain what you hope or doubt has already happened, you will need to use the present perfect subjunctive.

Present Perfect Subjunctive

haber	+	past participle
haya		-AR
hayas		pagado
haya		-ER
hayamos		vendido
hayáis		-IR
hayan		decidido

a. The present perfect subjunctive is formed with the present subjunctive of the auxiliary verb **haber** followed by the past participle.

b. The same expressions that require the use of the present subjunctive can also require the use of the present perfect subjunctive.

Me alegro / Espero / Dudo / Es mejor que **hayan pagado** los derechos de aduana.	*I'm happy / I hope / I doubt / It's better that they have paid the duty taxes.*

c. The present perfect subjunctive is used instead of the present subjunctive when the action of the subjunctive clause occurred before the action of the main clause.

Compare the following examples.

Espero que **archives** los documentos.	*I hope that you (will) file the documents.*
Espero que ya **hayas archivado** los documentos.	*I hope that you have already filed the documents.*
No creo que **tengan** problemas con la computadora; es nueva.	*I don't think that they are having problems with the computer—it's new.*
No creo que **hayan tenido** problemas con la computadora; solo con la fotocopiadora.	*I don't think that they have had problems with the computer—only with the photocopier.*

You can review the expressions that require the subjunctive as follows: expressions of hope, desire, command, and request: **Capítulo 5, Segunda situación;** expressions of judgment, doubt, and uncertainty: **Capítulo 6, Segunda situación.**

10.11 En la oficina. Las siguientes personas están trabajando en un proyecto importantísimo. Diga lo que Ud. espera que ellos ya hayan hecho.

Modelo   la ejecutiva / tomar decisiones importantes
Espero que la ejecutiva haya tomado decisiones importantes.

1. el programador / poner el nuevo software multimedia en todas las computadoras
2. la financista / hacer el presupuesto
3. el publicista / crear los anuncios
4. el abogado / resolver los problemas legales
5. el oficinista / archivar todos los documentos
6. la representante de ventas / cumplir los pedidos
7. el gerente / conseguir el dinero para el proyecto
8. el contador / pagar los derechos de aduana

10.12 Espero… Ud. acaba de salir de una entrevista de trabajo y ahora está pensando en el puesto. Complete las siguientes frases usando el presente perfecto del subjuntivo de los verbos que se presentan a continuación.

dar	decidir	demostrar	hablar	hacer	leer

1. Espero que el jefe _____ las cartas de recomendación.

2. Ojalá que yo _____ bastante confianza.

3. Ojalá que yo _____ demasiadas preguntas.

4. Dudo que _____ con mi último supervisor.

5. No creo que le _____ el puesto a otro aspirante.

6. Espero que _____ ofrecerme el puesto.

10.13 Los dueños. Ud. y un(a) amigo(a) quieren fundar una compañía nueva. Uds. ya se han dividido las responsabilidades, pero hay dificultades. Diga lo que Ud. espera que ya haya hecho la otra persona.

Modelo   ESTUDIANTE 1   *Mira, José, espero que el abogado ya haya escrito el contrato de alquiler. ¿Qué sabes tú?*
ESTUDIANTE 2   *No sé nada, pero espero que ya lo haya hecho, así como también que el publicista haya terminado los anuncios.*

10.14 Los hombres y las mujeres de negocios. Ud. es un(a) ejecutivo(a) de una empresa multinacional y dos de sus empleados(as) han ido en viaje de negocios a Latinoamérica. Uno(a) de ellos(as) tenía que resolver los problemas de aduana y el/la otro(a) tenía que entrevistarse con los financistas de los diferentes países. Ud. los/las llama por teléfono para saber lo que han hecho y para decirles lo que Ud. espera que ya hayan hecho.

Modelo   ESTUDIANTE 1   *Alejandro, no creo que hayas tenido dificultades para arreglar los problemas de aduana, ¿verdad?*
ESTUDIANTE 2   *Bueno, no, en realidad no he tenido problemas, pero el proceso es bastante lento y voy a tener que quedarme una semana más.*

Discussing Reciprocal Actions

RECIPROCAL *NOS* AND *SE*

English uses the phrases *each other* or *one another* to express reciprocal actions. *The couple **met each other** while working in a firm in Los Angeles.*

a. Spanish uses the plural reflexive pronouns **nos, os, se** to express reciprocal or mutual actions.

   1. nos + *1st-person plural verb:* **nos escribimos** = *we write to each other.*

   2. os + *2nd-person plural verb:* **os escribís** = *you write to each other.*

   3. se + *3rd-person plural verb:* **se escriben** = *they/you write to each other.*

Armando y Dolores **se conocieron** en la oficina. Ahora **se ven** a menudo.	*Armando and Dolores met at the office. Now they see each other frequently.*

b. Because the reflexive and reciprocal forms are identical, confusions can arise. Compare the following examples.

Armando y Dolores **se conocen** bien.	*Armando and Dolores know themselves well.* *Armando and Dolores know each other well.*

c. The forms **el uno al otro, la una a la otra, los unos a los otros, las unas a las otras** are used to clarify or emphasize a reciprocal action. Note that the masculine forms are used unless both persons are female.

Armando y Dolores se conocen bien **el uno al otro.**	*Armando and Dolores know each other well.*
Cada semana Anita y Marta se escriben **la una a la otra.**	*Anita and Marta write each other every week.*

PRÁCTICA Y CONVERSACIÓN

10.15 Las amigas. Melinda y Cristina son secretarias de una oficina muy grande. Explique lo que hacen y cuándo lo hacen.

Modelo   escribir notas
           Melinda y Cristina se escriben notas a menudo.

> **hablar / ver / enviar mensajes de texto / ayudar / llamar por teléfono / entender / reunir / ¿?**

10.16 ¡Mis compañeros son terribles! Ud. está en un hotel en Texas en un viaje de negocios con dos compañeros(as) de trabajo. Desafortunadamente, ellos/ellas tienen un carácter terrible y se han peleado todo el tiempo. Ud. habla con ellos/ellas y les reclama. Ellos/Ellas niegan todo.

Modelo **ESTUDIANTE 1** *¡No aguanto más! Uds. se pelean todo el tiempo.*
            ESTUDIANTES 2 Y 3 *¡Eso es falso! Nosotros no nos peleamos.*

> **gritar / mirar con desdén / mentir / ignorar / insultar / ¿?**

10.17 En la empresa. Ud. es un(a) empleado(a) en una empresa y su amigo(a) quiere saber cómo es la relación que tiene Ud. con sus compañeros(as) de trabajo. Ud. le explica.

Modelo **ESTUDIANTE 1** *¿Cómo se llevan Uds. en la oficina? Aquí nosotros nos peleamos todo el tiempo y las personas se miran con desdén. ¡Es horrible!*
            ESTUDIANTE 2 *¡Qué pena, Emilio! Aquí nosotros nos respetamos mucho. Nos reunimos a menudo, nos escribimos notas por correo electrónico y nunca nos insultamos.*

SEGUNDA SITUACIÓN

PRESENTACIÓN

En el banco

PRÁCTICA Y CONVERSACIÓN

10.18 Situaciones. ¿Qué debe hacer Ud. en las siguientes situaciones? Usted…

1. quiere pagar con cheques pero solo tiene cuenta de ahorros.
2. necesita comprar una casa pero no tiene suficiente dinero.
3. gasta más dinero de lo que gana.
4. no quiere pagar con dinero en efectivo.
5. tiene muchos documentos importantes que deben estar en un lugar seguro.
6. necesita suelto pero solo tiene billetes.
7. necesita pesos pero solo tiene dólares.
8. necesita dinero en efectivo pero el banco está cerrado.
9. quiere mandar dinero a una empresa fuera de los Estados Unidos.
10. le falta dinero al final de cada mes.

10.19 Préstamos. Utilizando la lista a continuación, diga qué tipo de préstamo van a pedir los siguientes clientes.

> una hipoteca / una mejora al hogar / un préstamo para automóviles /
> una línea de crédito / un préstamo sobre el valor neto de la vivienda

1. La cocina de la casa de los Hernández es muy vieja y necesitan renovarla.
2. Celia Prieto necesita un coche nuevo para ir a su trabajo.
3. José Roque va a casarse y necesita dinero para la luna de miel.
4. Manuel Castellanos y su esposa viven en un apartamento pero quieren comprar una casa.
5. Fernando y Marta Torres necesitan dinero para pagar la matrícula universitaria de sus hijos. No tienen dinero en una cuenta de ahorros pero sí tienen una casa.

© Ariel Skelley/Blend Images/Corbis

 10.20 En el banco. Trabajando en parejas, dramaticen la conversación entre la cajera y el cliente en el dibujo de la **Presentación.**

> *Modelo*   **ESTUDIANTE 1**   *Quisiera cambiar estos dólares a pesos, por favor.*
>
> **ESTUDIANTE 2**   *Necesito ver su pasaporte, señor.*
>
> **ESTUDIANTE 1**   *Muy bien. Aquí está.*

10.21 Creación. En una narración cuente lo que pasa en el dibujo de la **Presentación.**

> *Modelo*   *Un hombre le pide un préstamo a un banquero que revisa unos documentos. Otro hombre habla con una banquera mientras tres clientes hacen cola. Hay un policía en el banco que lee el periódico. Un ladrón…*

vocabulario

El dinero *Money*

el billete *bill*

el cajero automático *ATM*

la chequera (A) *checkbook*
 el talonario (E)

la cuenta corriente *checking account*
 de ahorros *savings account*

el dinero en efectivo *cash*

el giro al extranjero *foreign draft*

la moneda *coin*

el sencillo *loose change*
 el suelto

la tarjeta de crédito *credit card*
 débito *debit card*

el vuelto *change returned*

El préstamo *Loan*

la clasificación de crédito *credit rating*

la fecha de vencimiento *due date*

la línea de crédito *line of credit*

la mejora al hogar *home improvement loan*

el pago inicial *down payment*
 mensual *monthly payment*

el préstamo para automóviles *auto loan*

el préstamo sobre el valor neto de la vivienda *home equity loan*

la tasa de interés *interest rate*

declararse en quiebra *to file for bankruptcy*

encontrarse (ue) de mora *to default*

pagar a plazos *to pay in installments*

pedir (i, i) prestado *to borrow*

Actividades bancarias *Banking activities*

ahorrar *to save*

alquilar una caja de seguridad *to rent a safety deposit box*

cambiar dinero *to exchange currency*

cobrar un cheque *to cash a check*

depositar *to deposit*
 ingresar

invertir (ie, i) *to invest*

pedir (i, i) consejo financiero *to ask for financial advice*

rebotar un cheque *to bounce a check*

retirar dinero *to withdraw money*
 sacar dinero

saber la tasa de cambio *to find out the rate of exchange*

solicitar una hipoteca *to apply for a mortgage*

verificar el saldo de la cuenta bancaria *to verify the bank account balance*

La economía *Economy*

la balanza de pagos *balance of payments*

el consumo *consumption*

el costo de vida *cost of living*

el desarrollo *development*

la evasión fiscal *tax evasion*

la inflación *inflation*

el presupuesto *budget*

el reajuste de salarios *salary adjustment*

la reducción de personal *reduction of the workforce*

la reforma fiscal *tax reform*

la renta *income*

el subdesarrollo *underdevelopment*

estar sin trabajo *to be out of work*

© axel leschinski/Alamy

Track 2-9

Doing the Banking

XANDRA No lo puedo creer, Mario. Había encontrado mi chequera pero la he vuelto a perder.

MARIO ¿Otra vez, Xandra? Pero, ¿dónde tienes la cabeza? Pierdes la chequera quinientas veces al día. ¿Qué te pasa? Voy a tener que cancelar nuestra cuenta mancomunada y abrir una personal.

XANDRA ¡No sé, no sé, no sé! No me atormentes. Hace dos horas que la busco pero no la encuentro.

MARIO Bueno, cálmate, pues. A ver, dime, ¿cuándo fue la última vez que la viste?

XANDRA Ayer. Yo había planeado ir al banco esta tarde y sacar dinero para pagarle a Marianita. ¡Ay, Dios mío, me voy a morir!

MARIO No te vas a morir. A ver piensa, piensa.

XANDRA A ver, a ver… creo que la puse aquí… no, no está…

PERSPECTIVAS LINGÜÍSTICAS

As you can observe in the dialogue above, when people are facing a difficult situation they tend to exaggerate its gravity. This can be seen when Mario says *pierdes la billetera quinientas veces al día* or when Xandra says *No me atormentes. Me voy a morir.* These phrases cannot be understood literally (that Xandra indeed loses her checking book 500 times a day or that she is being tormented by her husband or that she is going to die), but rather as exaggerations to express distress and maybe to receive some support.

Phrases used when doing the banking

Quisiera abrir una cuenta corriente / de ahorros.	*I would like to open a checking / savings account.*
Quisiera cerrar mi cuenta corriente / de ahorros.	*I would like to close my checking / savings account.*
¿Qué interés paga una cuenta a plazo fijo?	*What is the interest rate on a fixed account?*
He perdido mi libreta / chequera.	*I have lost my savings book / checkbook.*
Quisiera retirar... de mi cuenta.	*I would like to withdraw . . . from my account.*
Quisiera depositar... en mi cuenta.	*I would like to deposit . . . in my account.*
¿Me podría dar mi estado de cuenta?	*Could you give me my bank statement?*
Quiero una cuenta personal / mancomunada.	*I want a personal / joint account.*
¿Me van a dar una chequera provisional?	*Are you going to give me a temporary checkbook?*

PRÁCTICA Y CONVERSACIÓN

10.22 En el banco. Ud. va al banco a hacer varias cosas. ¿Qué le dice al/a la empleado(a) si Ud. quiere… ?

1. saber cuánto dinero tiene en su cuenta de ahorros
2. retirar $5.000 dólares de su cuenta de ahorros
3. abrir una cuenta corriente nueva a nombre suyo y de su hermano
4. depositar $5.000 dólares en esa cuenta
5. una chequera provisional
6. saber cuánto interés gana una cuenta de ahorros a plazo fijo

 10.23 Banco «La Seguridad». Trabajen en parejas. Ud. se va a casar y necesita mucho dinero. Por eso, va al banco La Seguridad para pedir información acerca de los préstamos que dan (tasa de interés, fecha de vencimiento, pago mensual, etcétera) y para abrir una nueva cuenta de ahorros. Hable con un(a) empleado(a). Él/Ella lo/la ayudará en todo.

Modelo　**ESTUDIANTE 1**　*Buenas tardes, quisiera que me dé información acerca de los préstamos que da este banco.*

　　　　　　ESTUDIANTE 2　*Muy bien, señor. Pase a hablar con la señora Rosales. Ella le explicará los diferentes préstamos, las tasas de interés y todo lo que Ud. necesite.*

ESTRUCTURAS

Talking about Actions Completed Before Other Actions

PAST PERFECT TENSE

The perfect tenses describe actions that are already completed. The past perfect tense (sometimes called the pluperfect tense) is used to describe or discuss actions completed before another action. *I **had** already **gone** to the bank when Sr. Fonseca called.*

Past Perfect Tense

haber	+	past participle
había		-AR
habías		prestado
había		-ER
habíamos		aprendido
habíais		-IR
habían		invertido

Reminder. In English, the present perfect tense = *have / has* + past participle; the past perfect tense = *had* + *past participle.*

a. In Spanish the past perfect indicative is formed with the imperfect of **haber** + *past participle* of the main verb.

b. The past perfect is used in a similar manner in both English and Spanish. It expresses an action that was completed before another action, event, or time in the past. The expressions **antes, nunca, todavía,** and **ya** may help indicate that one action was completed prior to others.

Reminder. The perfect tenses are all formed in the same manner: **haber** + *past participle.* The name of the tense is determined by the tense of the auxiliary verb **haber;** when **haber** is in the imperfect tense, the tense is called the *past perfect.*

Todavía no habíamos depositado todos los cheques.

We still had not deposited all the checks.

Mario **ya había sacado** el dinero cuando llegó el jefe.

Mario had already withdrawn the money when the boss arrived.

10.24 En el banco. ¿Qué habían hecho ya estas personas en el banco ayer a las cinco?

1. Consuelo / sacar dinero en efectivo
2. nosotros / cobrar un cheque
3. tú / alquilar una caja de seguridad
4. Uds. / verificar el saldo de la cuenta corriente
5. Tomás / pedir consejo financiero
6. yo / depositar dinero en la cuenta de ahorros
7. el Sr. Ochoa / solicitar una hipoteca

10.25 Actividades bancarias. El Sr. Solís tiene mucho cuidado con los asuntos financieros. Explique cuándo había hecho las siguientes actividades.

Modelo   Verificó el saldo de la cuenta de ahorros. Retiró dinero.
Ya había verificado el saldo de la cuenta de ahorros cuando retiró dinero.

1. Averiguó la tasa de interés. Pidió un préstamo.
2. Depositó el dinero. Cobró un cheque.
3. Pidió consejo financiero. Invirtió mucho dinero.
4. Averiguó la tasa de cambio. Cambió dinero.
5. Verificó su clasificación de crédito. Solicitó una hipoteca.

 10.26 Averiguaciones. Ud. tiene un(a) amigo(a) que ha tenido muchos problemas financieros. Pregúntele si había hecho las siguientes cosas antes de tener problemas. Él/Ella le contesta.

> pedir consejo financiero / solicitar una hipoteca / pedir dinero prestado / pagar a plazos / pedir una tarjeta de crédito / rebotar un cheque / invertir dinero / ¿?

Explaining Duration of Actions

HACE AND *LLEVAR* IN TIME EXPRESSIONS

In Spanish there are two basic constructions to discuss the duration of actions or situations. These constructions are very different from their English equivalents.

a. Hace + *expressions of time*

Question

¿Cuánto tiempo hace que... **(no) +** *present tense verb?*	*(For) How long + has / have + subject + been + -ing form of verb?*
¿Cuánto tiempo hace que tu novio ahorra para un coche?	*How long has your boyfriend been saving for a car?*

Answer

1. **Hace** + *unit of time* + **que** *subject* + (**no**) + *present tense of verb*	*Subject + has / have + been + -ing for + subject + of verb + for + unit of time*
Hace dos años que Jorge ahorra y todavía no tiene suficiente dinero.	*Jorge has been saving for two years and he still doesn't have enough money.*
2. *Subject* + (**no**) + *present tense* + **desde hace** + *unit of time*	*Subject + has / have + been + -ing form of verb + for + unit of time*
Jorge ahorra **desde hace** dos años.	*Jorge has been saving for two years.*

Note that either variation of the Spanish answer has the same English equivalent.

b. Llevar + *expression of time*

Question

¿Cuánto tiempo + *present tense of* **llevar** + *(subject)* + *gerund?*	*(For) How long + has / have + subject + been + -ing form of verb?*
¿Cuánto tiempo llevas trabajando en este banco?	*How long have you been working in this bank?*

Affirmative answer

(Subject) + **Llevar** *in present tense* + *unit of time* + *gerund*	*Subject + has / have + been + -ing form + of verb + unit of time*
Llevo seis meses trabajando aquí.	*I have been working here for six months.*

Negative answer

Llevar *in present tense* + *unit of time* + **sin** + *infinitive*	*Subject + has / have + not + past participle + for + unit of time*
Llevo tres años **sin** ahorrar dinero.	*I haven't saved money for three years.*

Note. In the Spanish expressions the verb is in the present tense, while in the English expression the verb is in the present perfect progressive. **Hace dos años que Roberto trabaja en el banco** = *Roberto has been working in the bank for two years.*

10.27 **¿Cuánto tiempo?** Su compañero(a) de clase quiere saber cuánto tiempo hace que Ud. hace las siguientes actividades. Conteste sus preguntas.

Modelo trabajar en este banco / 5 años

ESTUDIANTE 1 *¿Cuánto tiempo hace que trabajas en este banco?*

ESTUDIANTE 2 *Hace cinco años que trabajo en este banco.*

1. esperar para hablar con el cajero / media hora
2. tener una cuenta corriente / 4 años
3. depositar dinero en este banco / un año
4. recibir los pagos mensuales / 10 meses
5. pagar a plazos / 3 años
6. invertir en las acciones / 2 meses
7. ahorrar dinero / 2 años

10.28 **Mucho tiempo.** ¿Cuánto tiempo llevan las siguientes personas en las actividades mencionadas?

Modelo el Sr. Lado / 6 años / alquilar una caja de seguridad

El Sr. Lado lleva seis años alquilando una caja de seguridad.

1. los empleados / 2 años / no recibir un reajuste de salarios
2. Roberto / 3 meses / buscar otro empleo
3. mis padres / 5 años / pedir consejo financiero
4. nosotros / muchos años / pagar impuestos sobre la renta
5. tú / 3 años / pagar la hipoteca
6. la compañía / 6 meses / no resolver los problemas financieros

10.29 **Entrevista.** Ud. es un(a) empleado(a) bancario(a) y necesita información acerca de un(a) cliente que solicita un préstamo.

Pregúntele cuánto tiempo hace que...

1. vive en la ciudad.
2. está casado(a).
3. trabaja en la compañía Petróleos Sudamericanos.
4. tiene cuenta en el banco.
5. paga una hipoteca.
6. tiene tarjetas de crédito.

Expressing Quantity

USING NUMBERS

Numbers are used for many important situations and functions such as counting, expressing age, time, dates, addresses, and phone numbers as well as in making purchases and doing the banking.

100	cien, ciento	1.000	mil
200	doscientos	1.001	mil uno
300	trescientos	1992	mil novecientos noventa y dos
400	cuatrocientos	100.000	cien mil
500	quinientos	1.000.000	un millón
600	seiscientos	2.000.000	dos millones
700	setecientos	100.000.000	cien millones
800	ochocientos		
900	novecientos		

Note: In some Spanish-speaking countries a decimal point is used in numbers where English uses a comma and vice versa.

a. Cien is used instead of **ciento**

  1. before any noun.

   cien pesos   cien cajas

  2. before **mil** and **millones.**

   100.000 = cien mil   100.000.000 = cien millones

b. The word **ciento** is used with the numbers 101–199.

   101 = ciento uno   175 = ciento setenta y cinco

c. The masculine forms of the numbers 200–999 are used in counting and before masculine nouns. The feminine forms are used before feminine nouns.

   361 pesos = trescient**os** sesenta y **un** pesos

   741 cajas = setecient**as** cuarenta y **una** cajas

d. The word **mil =** *one thousand* or *a thousand:* 20.000 = **veinte mil. Mil** becomes **miles** only when it is used as a noun; in such cases, it is usually followed by **de.**

   En el banco hay **miles de** monedas. *In the bank there are thousands of coins.*

e. The Spanish equivalent of *one million* is **un millón;** the plural form is **millones.** *One billion* is **mil millones. Millón** and **millones** are followed by **de** when they immediately precede a noun.

   $1.000.000 = un millón **de** dólares

   $2.100.000 = dos millones cien mil dólares

   $25.000.000 = veinticinco millones **de** dólares

PRÁCTICA Y CONVERSACIÓN

10.30 **Vamos a contar.** Cuente en español de 100 a 1.000, de cien en cien. Ahora, cuente de 1.000 a 10.000, de mil en mil.

10.31 **En el banco.** Ud. trabaja en el departamento internacional de un banco. ¿Cuánto dinero recibe el banco hoy?

1. 2.000.000 (euros)
2. 17.000.000 (quetzales)
3. 23.000.000 (bolívares)
4. 47.000.000 (pesos)
5. 61.000.000 (colones)
6. 83.000.000 (guaraníes)
7. 54.000.000 (dólares)
8. 72.000.000 (nuevos soles)

10.32 **El inventario.** Cada año hay que contar lo que hay en la empresa multinacional. Telefonee a su colega en la oficina de Caracas y léale su inventario.

1. 867 escritorios
2. 571 teléfonos
3. 1.727 sillas
4. 690 engrapadoras
5. 2.253 carpetas
6. 441 calculadoras
7. 381 impresoras
8. 1.137 computadoras

10.33 **Inversiones.** Ud. es asesor(a) financiero(a) y está hablando con uno de los gerentes de una compañía multinacional. Dígale cómo, dónde y qué cantidades de dinero debe invertir. Él/Ella tendrá sus propias ideas.

Modelo   **ESTUDIANTE 1**   *Definitivamente con los intereses que está pagando le aconsejo que invierta dos millones en una cuenta a plazo fijo en el Banco La Nación.*

            ESTUDIANTE 2   *Dos millones es mucho. Quizás solo cien mil dólares.*

TERCERA SITUACIÓN

DIÁLOGOS EN VÍDEO

To view the video, visit
www.cengagebrain.com

© Anna Pérez

Para comprender lo que ve

INFERRING BUSINESS PRACTICES

By paying attention to what goes on in a business environment and to people's behavior (dress codes, use of electronic equipment, interactions between the people
doing business and the other people in the locale), you will be able to understand the
business practices in that culture and infer if they are similar or different to the ones
you are used to. Consequently, you will be better prepared to understand what they
say and how they do business.

Para comprender lo que escucha

REPORTING WHAT WAS SAID

Sometimes when you listen to a conversation or message, you have to report what
you have heard to another person. You do this by retelling what happened or by
reporting what was said in the third-person singular and plural. For example, "John
said he would come to the meeting." If you are telling one person what a second
person must do in Spanish, you will generally use **que** + subjunctive as in an indirect command. For example: **Que lo haga María.**

Antes de ver y escuchar

10.34 **La foto y el vídeo.** Con un(a) compañero(a) de clase, hagan las siguientes actividades.

1. Primero, describan a las personas en la foto, el lugar donde se encuentran y lo que están haciendo.
2. En su opinión, ¿qué tipo de relación existe entre estas personas? Justifique su respuesta.

Al ver y escuchar

10.35 **Los apuntes.** Escuche la conversación entre Nerio y el empleado del banco. Tome los apuntes que considere necesarios y complete las siguientes oraciones.

1. Nerio va al banco porque quiere _____.
2. Él vive en Tucson _____.
3. Nerio trabaja para _____ y lleva ahí _____.
4. Nerio necesita depositar _____ dólares.
5. El número de su cuenta es _____.

Después de ver y escuchar

10.36 **Resumen.** Con un(a) compañero(a) de clase, resuman la conversación entre Nerio y el empleado del banco.

10.37 **Algunos detalles.** Escoja entre las alternativas que se presentan a continuación las que mejor recuenten lo que ocurrió.

1. Nerio quería que…
   a. el empleado lo ayudara a abrir una cuenta corriente.
   b. le dieran un préstamo personal y una hipoteca.
   c. el banco le prestara $345,789.00.

2. El empleado le dijo a Nerio que…
   a. presentara muchos documentos de identidad.
   b. le diera algunos datos personales.
   c. el proceso era muy complicado.

3. Nerio pensaba que el proceso iba a ser…
   a. imposible de realizar.
   b. mucho más sencillo.
   c. más complicado de lo que fue.

4. Podemos pensar que después de que Nerio termine su conversación con el empleado del banco…
   a. él se va a mudar a otra ciudad.
   b. él va a seguir depositando dinero en ese banco.
   c. va a conseguir un mejor trabajo.

PERSPECTIVAS

Las comunidades hispanas

En muchas ciudades de los Estados Unidos existen comunidades hispanas donde vive gente de diversos lugares de la América Latina, pero principalmente de Cuba, El Salvador, México, Puerto Rico y la República Dominicana. Los hispanos que viven dentro de una comunidad hispana la llaman «el barrio» y es común que la población en general también refiere a la comunidad en esta manera. Es muy interesante visitar estas comunidades, ya que en ellas hay iglesias, tiendas y mercados, restaurantes, periódicos y agencias de servicios sociales, todo para el público latino.

Los servicios de la comunidad hispana

Además de revistas en español, los mercados latinos venden discos de música latina y también una serie de productos alimenticios típicos que las amas de casa compran para su dieta diaria. Los restaurantes sirven comidas y bebidas típicas de distintos países y son muy visitados por la población latina. Muchas comunidades tienen también periódicos locales donde los profesionales anuncian sus servicios y donde se publican las noticias de la comunidad. Las comunidades más grandes cuentan con una estación de radio que toca preferentemente música latina y que anuncia las noticias locales y mundiales en español. Algunas comunidades también tienen un canal de televisión.

Las celebraciones de la comunidad hispana

Durante el año los hispanos dentro de estas comunidades tratan de mantener el idioma español y la cultura de su país de origen mientras se asimilan a la nueva cultura estadounidense. Por eso, suelen celebrar las fiestas de los Estados Unidos así como las fiestas típicas de su patria. Dentro de estas celebraciones se puede encontrar desfiles, comida y bebida típicas, música y baile que representan su herencia. Una de estas celebraciones es Cinco de Mayo que conmemora la Batalla de Puebla en la cual el ejército mexicano derrotó el ejército francés. El Cinco de Mayo es celebrado por los mexicanos en los Estados Unidos como el Día del Orgullo Mexicano, con desfiles, mariachis y mucha comida típica.

Visite una comunidad latina si tiene la oportunidad de hacerlo. No solo podrá practicar su español con personas de distintos países hispanos, sino que podrá disfrutar de su cultura desde muy cerca.

© Visions of America, LLC/Alamy

↑ **FOTO** San Francisco, CA: Celebraciones del Cinco de Mayo

PRÁCTICA Y CONVERSACIÓN

 10.38 Práctica intercultural. Con un(a) compañero(a) de clase, contesten las siguientes preguntas acerca de las comunidades hispanas dentro de los Estados Unidos.

1. ¿Hay algún barrio hispano en la ciudad o cerca de la ciudad donde Ud. vive? ¿Lo ha visitado?
2. ¿Qué se puede hacer dentro de una comunidad hispana? ¿Qué haría Ud.?
3. Como estudiante de español, ¿cómo lo/la ayudaría a Ud. una visita a una comunidad hispana?

 10.39 Vamos al barrio latino. Trabajando en parejas, hagan planes para visitar un barrio latino. Usando los anuncios en esta sección, digan qué piensa hacer, qué van a comprar y si van a comer en un restaurante. Luego, explíquenle sus planes a la clase.

DISCOTECA SABINAS
Música mexicana

Salsa
Merengue
Bachata
Mariachi
Ritmos tropicales

Horario
Mar-Vie 10:00 AM – 7:00 PM
Sáb-Dom 10:00 AM – 9:00 PM
Se habla español

SUPERMERCADO GIGANTE
Desde 1945

CARNES
FRUTAS Y VERDURAS
PRODUCTOS ENLATADOS
PAN Y BOLILLO

Envíenos su dirección para recibir cupones mensuales

Visítenos en el centro del barrio

RESTAURANTE LA POBLANA

Tacos, Tortas, Chimichangas, Quesadillas, Burritos y más

Ven y disfruta de un nuevo concepto de comida mexicana

Lun-Sáb 11:00 AM – 11:00 PM

Música en vivo todo el fin de semana

FARMACIA BUENA VIDA

La farmacia de la familia latina
¡Recetas listas en 10 minutos!
Tu salud es primordial para nosotros

Abierta 24 horas,
7 días de la semana

Diseños Laura

Vestidos para toda ocasión

Los mejores vestidos de fiesta

Se confecciona ropa al estilo que te guste

Lun-Dom
10:00 AM – 9:00 PM

 10.40 Comparaciones. Trabajando en parejas, preparen una lista de las semejanzas y diferencias entre una comunidad hispana y una comunidad anglosajona. Incluyan información sobre el tipo de restaurantes, servicios y tiendas que hay, lo que se vende dentro de las tiendas, las celebraciones, etcétera. Incluyan información sobre las ventajas y desventajas de las comunidades de cada cultura.

ASÍ SE ESCRIBE

Para escribir bien

WRITING A BUSINESS LETTER

The language used in Spanish business letters is quite different from that used in personal letters. There are certain standard phrases that must be used in the salutation, opening, pre-closing, and closing. In the past Spanish business letters were often quite lengthy because of the use of many formulaic courtesy expressions and very "flowery" language. Today, however, most Spanish business letters reflect the concise, clear style typical of business letters in the international market.

Salutations

Estimado(a) señor(a) + apellido:	
Muy estimado(a) señor(a) + apellido:	*Dear Mr. (Mrs.) + last name:*
Distinguido(a) señor(a) + apellido:	
Muy señor(es) mío(s):	
Muy señor(es) nuestro(es):	*Dear Sir(s):*

Pre-closings

En espera de sus gratas noticias	*Awaiting your (kind) reply*
Le reiteramos nuestro agradecimiento y quedamos de Ud.	*We thank you again and we remain*
Su afmo. (afectísimo) amigo y S.S. (seguro servidor)	*Your devoted friend and servant* (This pre-closing is passing from use.)

Closings

(Muy) Atentamente,	*Sincerely yours,*
(Muy) Respetuosamente,	*Respectfully yours,*
Cordialmente,	*Cordially yours,*

Other Expressions

acusar recibo	*to acknowledge receipt*
a la mayor brevedad posible	*as soon as possible*
a vuelta de correo	*by return mail*
adjuntar	*to enclose*
me es grato + *infinitive*	*I am happy + infinitive*

Abbreviations

Hnos. (Hermanos)	*Brothers*
S.A. (Sociedad Anónima)	*Inc. (Incorporated)*
Cía. (Compañía)	*Co. (Company)*

(continued on next page)

Shortened Phrases

el corriente	el mes en corriente	*this month*
el pasado	el mes pasado	*last month*
atenta	la atenta carta	*letter*
grata	la grata carta	*letter*
la presente	la carta presente	*this letter*
el p. pdo	el mes próximo pasado	*last month*

Antes de escribir

Lea las descripciones de los temas dados en la sección **Al escribir** y escoja el tema que sea más compatible con sus intereses y habilidades.

A El formato. Prepare el formato para una carta comercial incluyendo las frases para el saludo, el espacio para el texto, la pre-despedida y la despedida. Trate de incorporar frases nuevas.

B La presentación. Escriba la primera oración de su carta comercial en la cual Ud. presenta su explicación para escribir la carta.

Al escribir

C Escriba su composición utilizando el formato para la carta comercial creado en la actividad **A** y la primera oración creada en **B**.

Tema 1:

Un nuevo puesto. Ud. acaba de obtener un puesto como gerente general de una empresa multinacional en Los Ángeles. Su jefe quiere saber qué tipo de personal Ud. necesita para su departamento. Escríbale una carta al jefe describiendo el personal que necesita. Explíquele también las responsabilidades para cada puesto.

Tema 2:

El Banco Madrileño. Ud. es un estudiante de intercambio en Madrid y acaba de recibir el estado de cuenta mensual *(monthly statement)* de su banco. Pero hay un error muy grave. Según el banco Ud. tiene solo 19,79 euros en su cuenta corriente pero Ud. está seguro(a) de que tiene 1.979 euros. Escríbale al banco y trate de resolver el problema. Banco Madrileño; Gran Vía 38; 28032 Madrid, España.

Después de escribir

D Antes de entregarle su composición a su profesor(a), Ud. debe leerla de nuevo y corregir los errores.

☐ ¿Contiene su carta todas las secciones de una carta comercial? ¿Está correcto el formato?

☐ ¿Está en orden lógico toda la información?

☐ ¿Incluye la carta el vocabulario adecuado para un puesto en una empresa multinacional (Tema 1) o para un banco (Tema 2)?

☐ ¿Están correctos las formas de los verbos?

INTERACCIONES

The communicative tasks of the **Interacciones** section recombine and review the vocabulary, grammar, culture, and communicative goals presented within this chapter. To help you prepare the tasks, review the specific items listed next to each activity.

A. Compañía Méléndez, S.A.

Communicative Tasks: Making a business phone call; discussing completed past actions

Telephone Conversation: You are the secretary for Claudio Meléndez, the president of Compañía Meléndez, S.A., a large clothing firm; you must handle all incoming phone calls. With your classmates, play the following roles.

SR. SOTO: Sales manager who wants to talk to the president about slow sales of the new winter suits. The president doesn't want to talk to Sr. Soto. Offer to take a message.

DRA. GUZMÁN: Designer of women's dresses. She wants to talk to the president about her designs for spring. Put her through to the president. She talks to the president about what she has done for her new collection.

SRA. MELÉNDEZ: Wants to talk to her husband about a dinner party he should attend tomorrow evening. Put her through to the president even though he doesn't want to talk with his wife.

B. En el Banco Nacional

Communicative Tasks: Doing the banking; discussing completed past actions

Role Play: A classmate will play the role of the teller in the bank where you have your account. You go to the window with your monthly paycheck. Get cash for the weekend and deposit the rest into your checking account. Explain that you're about to buy a new car. You want some information on an auto loan including the necessary down payment, interest rate, and monthly payment on the car of your choice. Then withdraw the amount for the down payment from your savings account.

C. Una reunión de la junta directiva

Communicative Tasks: Discussing completed past actions; explaining what you hope has happened; using numbers

Role Play: You are the president of a large multinational firm based in San Antonio, Texas. The firm deals with the importation of coffee and fruit from Central and South America. You hold a meeting with three members of the Board of Directors, played by your classmates. Find out how various departments are doing in terms of sales. Explain what you hope the other members of the firm have done to obtain better quality products and sales. Use specific numbers.

D. En la ocasión de su jubilación

Communicative Tasks: Discussing completed past actions; explaining duration of actions

Oral Presentation: You are retiring after many years as president of a firm that sells imported furniture and accessories. Explain your history with the firm and how long you have worked in various areas. Explain what you have done to help make the firm what it is today.

To help you prepare **«Compañía Mélendez, S.A.»**, review the following: **Topics:** expressions for making a business phone call, office personnel, office tasks; **Estructuras:** present perfect tense, using numbers.

To help you prepare **«En el Banco Nacional»**, review the following: **Topics:** expressions for doing the banking, money-related vocabulary; **Estructuras:** present perfect tense, using numbers.

To help you prepare **«Una reunión de la junta directiva»**, review the following: **Topics:** numbers, office tasks; **Estructuras:** present perfect, present perfect subjunctive, using numbers.

To help you prepare **«En la ocasión de su jubilación»**, review the following: **Topics:** office tasks, economics vocabulary; **Estructuras:** present perfect, **hace** and **llevar** in expressions of time.

HERENCIA CULTURAL

PERSONALIDADES

© Jim Lo Scalzo/epa/corbis

Política y gobierno

Sonia Sotomayor (n. 1954) nació en Nueva York de padres puertorriqueños. Su padre se murió cuando ella tenía solamente ocho años y su madre la crió. Sotomayor le da crédito a su madre por ser la inspiración de su vida. Después de obtener su título de la Facultad de Derecho de la Universidad de Yale, se hizo socia en una empresa de litigación. En 1991 fue nominada y confirmada para el cargo de juez federal en la corte del distrito sur de Nueva York. En 2009 fue confirmada como Juez Asociada de la Corte Suprema; es la tercera mujer en ocupar un sillón en la Corte Suprema y la primera hispana.

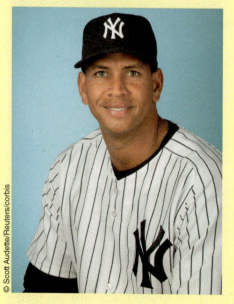

© Scott Audette/Reuters/corbis

Deportes

El dominicano-estadounidense **Alex Rodríguez** (n. 1975), uno de los mejores jugadores de béisbol de la actualidad, juega con los Yanquis de Nueva York. «A-Rod» es conocido por su talento versátil; ha tenido mucho éxito como bateador, torpedero *(short stop)* y en la posición de tercera base. Ha ganado numerosos premios como el Jugador Más Valioso de la Liga Americana (2003, 2005, 2007), el Jugador del Año (2000) y el jugador más joven en conseguir 300 jonrones. En 2010 se convirtió en el séptimo jugador y el jugador más joven de la historia en llegar a los 600 jonrones.

© Pete Souza/White House/Handout/CNP/corbis

Música

Los Lobos es una banda formada por cinco hijos de inmigrantes mexicanos que vivían en Los Ángeles, California. Su música es conocida por la fusión de numerosas influencias, tales como *Tex-Mex, blues* y música tradicional mexicana. Su primer éxito vino en 1984 cuando ganaron un Grammy por el disco *Anselma*. Después, interpretaron las canciones para varias películas incluyendo *La Bamba* y muchas películas de Disney. En 2009 lanzaron un álbum *Goes Disney* que incluye muchas de esas canciones. Una de sus canciones más conocidas es «Cumbia raza» en la cual Los Lobos cantan de la importancia de la herencia cultural y de su influencia en la vida de cada individuo.

COMPRENSIÓN

A. Notas musicales. Escuche la canción «Cumbia raza» en el sitio **www.cengagebrain.com** Después de escuchar la canción, conteste las siguientes preguntas.

1. ¿Cómo se llama la banda que canta «Cumbia raza»? ¿De dónde es?
2. ¿A qué se refiere «la tierra de mis padres»?
3. ¿Cuál es el ritmo que se oye y que se baila?
4. ¿Qué significan las palabras «patria» y «raza»? ¿Qué importancia tienen?

B. Personalidades. Conteste las preguntas sobre las personalidades hispanas.

1. ¿Qué le pasó a Sonia Sotomayor cuando tenía ocho años? ¿Por qué le da crédito Sonia Sotomayor a su madre?
2. ¿Qué logró Sonia Sotomayor en 1991? ¿Y en 2009?
3. ¿Con qué equipo juega Alex Rodríguez actualmente? ¿Cuál es su apodo?
4. ¿Cuáles son algunos de los premios que ha ganado Alex Rodríguez?

CONEXIONES. Primero, escoja una de las personas hispanas mencionadas en esta sección o en la sección *Bienvenidos* en las páginas 278–280. Después, haga una investigación sobre la personalidad utilizando un sitio web en español. Finalmente, preséntele a su clase un informe oral sobre la personalidad.

ARTE Y ARQUITECTURA

La arquitectura colonial española de los Estados Unidos

↑ **FOTO** San Antonio, Texas: El Álamo

Cuarenta y dos años antes que los ingleses fundaron Jamestown y cincuenta y cinco años antes de la llegada de los *Pilgrims*, los españoles fundaron el primer pueblo en los Estados Unidos: San Agustín, en la Florida. La fundación de San Agustín marcó el comienzo de una época conocida como la época colonial española que duró más de dos siglos.

Durante la época colonial los españoles exploraron y poblaron muchos sitios dentro de los Estados Unidos especialmente en el sur y el suroeste. Allá construyeron sus casas, escuelas, iglesias, fortalezas y edificios municipales de estilo colonial español. Este estilo se caracteriza por el uso de paredes gruesas *(thick)* de adobe, techos de tejas *(tiles)*, vigas *(beams)* de madera y rejas *(iron grillwork)* sobre las ventanas y las puertas. Además estos edificios suelen tener un patio interior y un decorado sencillo. Generalmente la construcción es de un solo piso pero los edificios municipales pueden ser más altos. Algunos de estos edificios todavía existen en forma preservada o restaurada.

En California se puede ver buenos ejemplos de esta arquitectura colonial española en las misiones. En el siglo XVIII el rey español Carlos III mandó que los franciscanos fueran a California para evangelizar y educar a los indígenas. Bajo la dirección de Fray Junípero Serra los franciscanos fundaron una serie de misiones a lo largo de la costa del Pacífico. Las misiones incluían una iglesia, un campanario *(bell tower)*, la residencia de los frailes y un patio grande con un jardín. La mayoría de ellas ha sobrevivido los desastres naturales y el desarrollo moderno. Muchas de las ciudades importantes de California son una extensión de esas antiguas misiones.

Aunque se comenzó a utilizar el estilo colonial español hace unos cuatrocientos años, todavía se construyen edificios de este estilo en la Florida y el suroeste de los Estados Unidos. Así, el legado *(legacy)* español e hispánico sigue como una fuerza importante en la arquitectura.

↑ **FOTO** Carmel, California: Misión San Carlos Borromeo de Carmelo

COMPRENSIÓN

A. Los edificios. Complete la siguiente tabla con información acerca de los edificios de estilo colonial español que se puede ver en unas ciudades estadounidenses fundadas por los españoles.

Nombre de la ciudad	Estado	Edificios de arquitectura colonial española
San Agustín		
San Antonio		
Carmel		

B. **La arquitectura colonial española.** ¿Cuáles son las características de la arquitectura colonial española? ¿Qué características se puede ver en la foto de San Antonio y de la misión? ¿Dónde se puede ver buenos ejemplos de la arquitectura española en los Estados Unidos? ¿Hay ejemplos de este estilo en su ciudad o estado? ¿Dónde?

C. **Comparaciones.** Complete la siguiente tabla con información comparando las casas de estilo colonial estadounidense con las casas de estilo colonial español. Si la característica es igual en las dos culturas, escriba *igual* en el espacio en blanco. Si la característica no es igual, escriba una frase describiendo la característica en el estilo colonial español.

LAS CASAS DE ESTILO COLONIAL ESTADOUNIDENSE	LAS CASAS DE ESTILO COLONIAL ESPAÑOL
casas de dos pisos	
construcción de madera o de ladrillos	
un patio en el jardín	
un decorado sencillo	
persianas *(shutters)* sobre las ventanas	

CONEXIONES. Trabajando en parejas y utilizando un sitio web en español, preparen una lista de los estados y las ciudades de los Estados Unidos que tienen nombre español. Incluyan también nombres de ríos, montañas y otros rasgos geográficos en su lista.

LECTURA LITERARIA

Casi una mujer de Esmeralda Santiago

Para leer bien

Identifying Point of View in Literature In order to comprehend and interpret literary sections, you will need to learn to identify the point of view presented. The following techniques will aid you in this process.

1. **Identify the main theme.** Decide if the author is merely relaying information or is trying to present an idea and convince you of his/her point of view.

2. **Identify the point of view.** When the author is trying to present a point of view and convince you of its worth, you as the reader must identify that point of view using some of the following techniques.

   a. Find out information about the author that will provide clues as to his/her beliefs. Ask yourself: Who is the author? Where is he/she from? Where and for whom does he/she work? With what political / religious / social group(s) is he/she associated?

   b. As you decode, make a mental list or outline of the main points or ideas of the article.

3. **Evaluate the point of view.** As a reader, you need to decide if the author's point of view is valid.

   a. Decide if the main points are presented logically and clearly.

b. Decide if the author is trying to convince you through emotional appeal or logic and reasoning.

c. Ask if the main points are supported with legitimate examples, statistics, or research.

4. Agree or disagree with the point of view.

a. Does the author's point of view depend on special circumstances or cultural background?

b. Does the author's point of view correspond to your background, experience, and beliefs?

c. Does the article reinforce or change your opinion?

The following work is written by a Hispanic living in the United States. The point of view represented by immigrants is different from that of native U.S. citizens and it is no longer the viewpoint of a native of a Hispanic country.

© Emily Spinelli

Antes de leer

La literatura de los hispanos en los Estados Unidos Durante las últimas décadas el número de hispanos que vive en los Estados Unidos ha crecido rápidamente y representa una fuerza importante tanto económica como política. Su importante y rica cultura se refleja en su literatura escrita en español o a veces traducida al español. Los temas generalmente están relacionados a la situación particular de los inmigrantes: la pobreza, el aislamiento *(isolation),* la nostalgia por la patria. Aquí les presentamos un buen ejemplo de esta literatura que ilustra muchos de los temas de los inmigrantes.

Esmeralda Santiago es escritora de cuentos, memorias y ensayos. Nació en el campo en Puerto Rico, pero en 1961 vino a vivir en Nueva York con sus seis hermanos y hermanas, su abuela y su madre. Se graduó del prestigioso Performing Arts High School de Nueva York y más tarde de la Universidad de Harvard. También tiene una maestría de Sarah Lawrence College. Ganó la fama con su libro *Cuando era puertorriqueña,* publicado en 1993. En otra memoria, *Casi una mujer,* Santiago sigue describiendo sus experiencias como inmigrante en los barrios de Brooklyn. En la siguiente selección de *Casi una mujer,* Santiago nos habla de las dificultades de ser inmigrante y el deseo de hablar bien el inglés.

 A. Punto de vista. Trabajando en parejas, contesten las siguientes preguntas.

1. ¿Cuáles son los temas relacionados a la situación particular de los inmigrantes?
2. ¿Cuáles son las ideas y los pensamientos de los inmigrantes acerca de los Estados Unidos?
3. ¿Qué punto de vista cree Ud. que van a presentar en sus obras literarias?

 B. La autora y sus obras. Trabajando en parejas, contesten las siguientes preguntas acerca de la autora de *Casi una mujer.*

1. ¿Quién es la autora de *Casi una mujer* y dónde nació? ¿Cuándo y con quiénes vino a los Estados Unidos?
2. ¿De qué escuelas y universidades se graduó?
3. ¿Cuáles son los títulos de dos de sus libros? ¿Cuáles son sus temas literarios?
4. Utilizando la información sobre Esmeralda Santiago y el dibujo que acompaña la selección de *Casi una mujer,* en su opinión, ¿cuál será la idea principal de la selección que sigue?

C. El aislamiento *(isolation).* Trabajando en parejas, discutan y describan una experiencia o situación en la cual Ud. no conocía a nadie. ¿Cómo se sentía? ¿Qué hizo? ¿Qué pensaba?

D. La lectura. Trabajando en parejas, describan cómo Uds. aprendieron a leer en inglés. ¿Cuántos años tenían? ¿Qué libros o materiales usaban? ¿Era fácil o difícil? ¿Iban Uds. a la biblioteca?

E. La biblioteca. Utilizando el dibujo al principio de la siguiente lectura, describa a la chica y la biblioteca. ¿Por qué está ella en la biblioteca? ¿Qué va a leer?

Casi una mujer

EL PRIMER DÍA DE CLASES

Yo no hablaba inglés, así es que el orientador escolar° me ubicó° en una clase para estudiantes que habían obtenido puntuaciones° bajas en los exámenes de inteligencia, que tenían problemas de disciplina o que estaban matando el tiempo hasta que cumplieran dieciséis años° y podían salirse de la escuela. La maestra, una linda mujer un par de años mayor que sus estudiantes, me señaló° un asiento en el medio del salón. No me atreví a° mirar a nadie a los ojos. Unos gruñidos y murmullos° me seguían y aunque yo no tenía idea de lo que significaban, no me sonaron nada amistosos°.

Me apreté las manos° debajo de la mesa para controlar el temblor y me puse a examinar las líneas sobre el pupitre. Me concentré en la voz de la maestra, en las ondas de sonidos extraños que pululaban° sobre mi cabeza. Hubiera querido salir flotando de ese salón, alejarme° de ese ambiente hostil que permeaba cada rincón, cada grieta°. Pero mientras más trataba de desaparecer más presente me sentía hasta que, exhausta, me dejé ir, y floté con las palabras, convencida de que si no lo hacía me ahogaría° en ellas.

director of orientation / placed me scores

became sixteen years old

pointed out to me

I didn't dare / grunts and murmurs / friendly

I clenched my hands together

swarmed / to go far away
crack

I would drown

UNA VISITA A LA BIBLIOTECA

En la escuela, me hice amiga de Yolanda, una nena que hablaba bien el inglés pero que conmigo hablaba español. Yolanda era la única puertorriqueña que yo conocía que era hija única°. A ella le daba curiosidad saber cómo era eso de tener seis hermanos y hermanas y yo a ella le preguntaba qué hacía todo el día sin tener a nadie con quién jugar o pelear.

only child

Un día Yolanda me pidió que la acompañara a la biblioteca. Le dije que no podía porque Mami nos tenía prohibido que nos quedáramos en ningún sitio, sin permiso, de regreso a casa. «Pídele permiso y vamos mañana. Si traes un papel que diga dónde vives, te pueden dar una tarjeta», me sugirió Yolanda, «y puedes sacar libros prestados. Gratis°», añadió cuando titubeé°.

Sin pagar / I hesitated

Yo había pasado por la Biblioteca Pública de Bushwick muchas veces y me habían llamado la atención sus pesadas puertas de entrada enmarcadas por columnas y las anchas ventanas que miraban desde lo alto al vecindario°. Alejada de la calle, detrás de un cantito de grama seca°, la estructura de ladrillos rojos parecía estar fuera de lugar en una calle de edificios de apartamentos en ruinas, y enormes e intimidantes proyectos de viviendas. Adentro, los techos eran altos con lámparas colgantes° sobre largas mesas marrón, colocadas° en el centro del salón y cerca de las ventanas. Los estantes alrededor del área estaban llenos de libros cubiertos de plástico. Cogí° uno, de una de las tablillas° de arriba, lo hojeé° y lo devolví a su sitio. Caminé todos los pasillos° de arriba a abajo. Todos los libros eran en inglés. Frustrada, busqué a Yolanda, me despedí en voz baja y me dirigí a la salida. Cuando iba saliendo, pasé por el Salón de los Niños, en donde una bibliotecaria estaba leyéndole a un grupo de niños y niñas. Leía despacio y con expresividad, y después de leer cada página, viraba° el libro hacia nosotros para que pudiéramos verlo. Cada página tenía sólo unas pocas palabras y una ilustración que clarificaba su sentido. Si los americanitos podían aprender inglés con esos libros, yo también podría.

Después de la sesión de lectura, busqué en los estantes los libros ilustrados que contenían las palabras que necesitaría para mi nueva vida en Brooklyn. Escogí libros del alfabeto, de páginas coloridas donde encontré: *car, dog, house, mailman*. No podía admitirle a la biliotecaria que esos libros tan elementales eran para mí. *«For leettle seesters»*, le dije, y ella asintió°, me sonrió y estampó la fecha de entrega° en la parte de atrás del libro.

EL ESTUDIO DE INGLÉS

Paraba en la biblioteca todos los días después de clase y en casa me memorizaba las palabras que iban con las ilustraciones en las enormes páginas.

Mis hermanas y hermanos también estudiaban los libros y nos leíamos en voz alta las palabras tratando de adivinar° la pronunciación.

‹‹Ehr-rahs-ser››, decíamos en lugar de *‹‹eraser››. ‹‹Keh-neef-eh››,* por *‹‹knife›› ‹‹Dees››,* por *‹‹this››* y *‹‹dem››* por *‹‹them››* y *‹‹dunt››* por *‹‹don't››.*

En la escuela, escuchaba con cuidado y trataba de reconocer° aquellas palabras que sonaban como las que habíamos leído la noche anterior. Pero el inglés hablado, a diferencia del español, no se pronuncia como se escribe. *‹‹Water››* se convertía en *‹‹waddah››, ‹‹work››* en *‹‹woik››* y las palabraschocabanunasconotras°* en un torrente° de sonidos confusos que no guardaban ninguna relación con las letras cuidadosamente organizadas en las páginas de los libros. En clase, casi nunca levantaba la mano porque mi acento provocaba burlas° en el salón cada vez que abría la boca.

Delsa°, que tenía el mismo problema, sugirió que habláramos inglés en casa. Al principio nos destornillábamos de la risa° cada vez que nos hablábamos en inglés. Las caras se nos contorsionaban en muecas°, nuestras voces cambiaban y las lenguas se nos trababan° al tratar de reproducir los sonidos. Pero, según los demás, se nos fueron uniendo y practicábamos entre nosotros, se nos fue

neighborhood / a border of dry grass

hanging / arranged

I took

small shelves / I glanced through / aisles

she turned

agreed

due date

to guess

to recognize

words ran together / stream

jeers, laughter

nombre de una hermana / we laughed like crazy / grimaces / our tongues got twisted

haciendo más fácil y ya no nos reíamos tanto. Si no sabíamos la traducción para lo que estábamos tratando de decir, nos inventábamos la palabra, hasta que formábamos nuestro propio idioma, ni español ni inglés, sino ambos en la misma oración, y a veces, en la misma palabra.

nombre de un hermano / nombre de una hermana / sheet / whispered / nombre de una hermana / su abuela / increased / bond / perplexed / pride / envy

«Pasa mí esa sabaneichon›», le decía Héctor° a Edna° para pedirle que le pasara una sábana°.

«No molestándomi›», le soplaba° Edna a Norma° cuando ésta la molestaba.

Veíamos la televisión con el volumen bien alto aunque Tata° se quejaba de que oír tanto inglés le daba dolor de cabeza. Poco a poco, según aumentaba° nuestro vocabulario, se fue convirtiendo en un vínculo° entre nosotras, uno que nos separaba de Tata y de Mami que nos observaba perpleja°, mientras su expresión pasaba del orgullo°, a la envidia°, a la preocupación.

Excerpts adapted from Esmeralda Santiago, *Casi una mujer* (Vintage, 1999). Used with permission.

Después de leer

F. Los personajes. Identifique los siguientes personajes que aparecen en la selección de *Casi una mujer*.

Nombre	Descripción	Relación con Esmeralda
Mami		
Tata		
Yolanda		
la maestra		
Delsa, Edna, Héctor y Norma		

G. El primer día de clases. Describa el primer día de clases de Esmeralda en los Estados Unidos. ¿Cómo se sentía? ¿Qué hacía? ¿Qué pensaba? Compare la experiencia de Esmeralda con su propia experiencia en una situación nueva.

H. Varios puntos de vista. Describa la reacción de la madre, la abuela y los hijos al uso del inglés. ¿Por qué dice Esmeralda al final «Mami… nos observaba perpleja, mientras su expresión pasaba del orgullo, a la envidia, a la preocupación»? ¿Qué cambios suceden en la familia a causa del inglés?

I. Comparaciones. Compare sus experiencias como estudiante de español con las experiencias de Esmeralda y su deseo de aprender inglés.

UNIDAD

6 BIENVENIDOS AL CONO SUR: ARGENTINA, CHILE, PARAGUAY Y URUGUAY

© Jason Maehl/Shutterstock.com

IN THIS UNIT YOU WILL LEARN ABOUT THE FOLLOWING CULTURAL THEMES...

THE SOUTHERN CONE: ARGENTINA, CHILE, PARAGUAY, AND URUGUAY

TRAVEL AND TRANSPORTATION IN THE SPANISH-SPEAKING WORLD

SPORTS AND GAMES IN THE SPANISH-SPEAKING WORLD

DOCTORS AND MEDICINE

FAMOUS PEOPLE OF THE SOUTHERN CONE

ARCHITECTURE OF BUENOS AIRES

CHILEAN POETRY

GEOGRAFÍA Y CLIMA

→ *Argentina:* Grandes variaciones geográficas. Parte central: la pampa *(grasslands);* norte: el Chaco, con ríos y árboles; sur: Patagonia, con lagos y glaciares. *Chile:* país largo y angosto entre el Pacífico y los Andes. Casi 3.000 kilómetros de costa. Norte: desierto de Atacama, la región más seca del mundo; valle central: tierras fértiles y clima templado; montañas: centros de esquí. *Paraguay:* uno de los dos países de Sudamérica sin salida directa al mar. El río Paraguay divide el país en dos regiones distintas. Este: tierra fértil donde vive la mayoría de la población; oeste: el Gran Chaco, una región infértil y árida que ocupa 60% del territorio del país. *Uruguay:* el más pequeño de los países de habla española de Sudamérica. Terreno llano con muchas estancias de ganado (ovejas y vacas).

POBLACIÓN

→ *Argentina:* 41.400.000 habitantes; *Chile:* 16.750.000 habitantes; *Paraguay:* 6.375.000 habitantes; *Uruguay:* 3.500.000 habitantes

LENGUAS

→ *Argentina:* el español (oficial); alemán, francés, inglés, italiano; *Chile:* el español; *Paraguay:* el español y el guaraní (dos lenguas oficiales); *Uruguay:* el español (oficial) y portuñol o brasilero (una mezcla de portugués y español)

ECONOMÍA

→ *Argentina:* El peso (argentino) es la moneda oficial. La economía se basa en productos agrícolas como carne, soja *(soybeans),* trigo y lana, automóviles y textiles. *Chile:* el peso (chileno) es la moneda oficial. La economía se basa en cobre, productos agrícolas como trigo, fruta y vino, pescado y mariscos. *Paraguay:* El guaraní es la moneda oficial. La economía se basa en carne, algodón, azúcar y madera. *Uruguay:* el peso (uruguayo) es la moneda oficial. La economía se basa en carne, lana, pieles y artículos de cuero.

← FOTO Las cataratas de Iguazú en la frontera entre Argentina, Brasil y Paraguay

INTRODUCCIÓN GEOGRÁFICA

Conteste las siguientes preguntas usando los mapas de Argentina, Chile, Paraguay y Uruguay.

1. ¿Cuáles son las capitales y otras ciudades importantes de Argentina, Chile, Paraguay y Uruguay?

2. ¿Qué rasgos geográficos tienen en común estos cuatro países? ¿Cuáles son otros rasgos geográficos importantes en cada país?

3. ¿Qué ventajas y desventajas ofrece la geografía de estos países?

CORTOMETRAJES

Lo importante directed by Manuel Calvo, Encanta Films S. L.

LO IMPORTANTE

Este cortometraje dirigido por Alauda Ruiz de Azúa trata la historia de un niño de 10 años que se llama Lucas. Lucas es el portero suplente *(back-up goalie)* de un equipo de fútbol y lo que quiere más en este mundo es jugar en un partido. Aunque Lucas es un personaje de pocas palabras al final sus acciones hablan por él.

Antes de ver

To view the film, visit www.cengagebrain.com

A. La foto. Examine la foto que acompaña esta sección y descríbala. ¿Cuántas personas se ven? ¿Cómo son? ¿Cuántos años tendrán? En su opinión, ¿dónde están y quiénes son? ¿Cómo es la relación entre estos dos individuos?

B. Los entrenadores. Trabajando en parejas, contesten las siguientes preguntas acerca de los deportes y los entrenadores.

1. En su opinión, ¿cómo debe ser un entrenador de deportes para niños(as)?
2. ¿Cómo debe tratar a todos(as) los/las niños(as)?
3. ¿Qué debe enseñarles a los/las niños(as)?
4. En su opinión, ¿qué es lo importante de participar en deportes?

Después de ver

C. El resumen del cortometraje. Complete las oraciones utilizando las frases de abajo para dar un resumen del cortometraje.

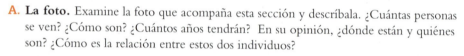

balones / formas / compañeros / ganar / oportunidad / participar / el pie / portero / practica / el próximo / sale

1. Al principio el entrenador dice que lo importante es _____.
2. El entrenador añade que hay muchas _____ de participar: animar a los _____ o recoger _____.
3. Según el entrenador, Lucas tiene que esperar otra _____. Quizás puede jugar en _____ partido.
4. Lo que Lucas quiere es obtener la posición de _____. Por eso, Lucas _____ con un amigo por la noche.
5. Lo que el entrenador quiere es _____ la final. Por eso, Lucas no puede jugar.
6. Durante la final el portero se lastima _____ y Lucas tiene su oportunidad de jugar.
7. Pero en vez de jugar Lucas _____ de la cancha sin participar.

D. La defensa de una opinión. ¿Es efectiva la decisión de Lucas de no participar en la final? Justifique su opinión.

De viaje

Cultural Themes
→ Chile
→ Travel in the Spanish-speaking world

Topics and Situations
→ En el aeropuerto
→ Una habitación doble, por favor

Communicative Goals
→ Buying a ticket and boarding a plane
→ Explaining previous wants, advice, and doubts
→ Making polite requests
→ Discussing contrary-to-fact situations
→ Getting a hotel room
→ Explaining when actions will occur
→ Describing future actions that will take place before other future actions

© Megapress / Alamy

↑ FOTO Viña del Mar, Chile

PRIMERA SITUACIÓN

PRESENTACIÓN

En el aeropuerto

- -

PRÁCTICA Y CONVERSACIÓN

11.1 Definiciones. Explíquele las siguientes palabras a un(a) compañero(a) de clase.

> la pista / la etiqueta / el boleto de ida y vuelta / el despegue / la aeromoza /
> la tarjeta de embarque / un vuelo sin escalas / el tablero electrónico de llegadas /
> el cambio de horario / un vuelo retrasado / estar atrapado(a) en el aeropuerto

11.2 ¡Buen viaje! ¿Qué hace Ud. cuando viaja en avión? Ordene las oraciones del 1 al 9 en forma lógica.

_____ Sube al avión.

_____ Reclama el equipaje.

_____ Compra un boleto.

_____ Se abrocha el cinturón.

_____ Llega a la puerta de su vuelo.

_____ Confirma la reservación.

_____ Factura el equipaje.

_____ Desembarca.

_____ Pasa por el control de seguridad.

11.3 Datos prácticos. Ud. hace un viaje de negocios a Santiago de Chile y necesita información sobre la ciudad. Conteste las siguientes preguntas utilizando la información a continuación.

1. ¿Cómo se llama el aeropuerto internacional? ¿Dónde está?
2. ¿Qué formas de transporte se usan para viajar dentro de la ciudad? ¿Y de Santiago al resto de Chile?
3. ¿Qué idiomas se hablan en los establecimientos turísticos?
4. ¿Cuál es la diferencia entre la hora local en Santiago y la hora local en su región de los Estados Unidos? (Cuando son las ocho en Nueva York, son las siete en Santiago.)
5. ¿Cuánto cuesta una habitación doble en un hotel de cinco estrellas?
6. ¿Dónde se puede conseguir información turística?
7. ¿Dónde se puede cambiar dinero?
8. ¿Cuándo están abiertos los grandes centros comerciales?
9. ¿A qué agencia se debe llamar si se pierde la Tarjeta de Turismo?

Santiago
INFORMACIÓN PRÁCTICA

Información general
Santiago está ubicado a 543 mts. sobre el nivel del mar, en la zona central de Chile.

Clima
La capital del país presenta clima templado con una temperatura media anual de 14,5° C.

Población
El país tiene más de 13 millones de habitantes, de los cuales 5 millones viven en Santiago.

Idioma
El idioma oficial es el español. En los establecimientos y empresas turísticas el personal superior habla inglés y/o francés.

Hora
Invierno -4 horas GMT
Verano   -5 horas GMT

Aeropuerto Internacional Comodoro Arturo Merino Benítez
Está a 17 km del centro de la ciudad. El transporte a Santiago es efectuado por buses y taxis.

Transportes
En el transporte urbano destaca el METRO que cruza la ciudad. Buses, colectivos y taxis recorren la ciudad.
La ciudad está conectada al resto del país a través de
Aviones: Dos líneas aéreas nacionales cubren diariamente rutas nacionales con vuelos regulares.
Buses: Recorren todo el territorio con servicios a bordo de comida, bar, video y teléfono.
Trenes: Corren desde Santiago hacia el sur.

Cambio de moneda y uso de tarjetas de crédito
Se puede realizar en bancos, casas de cambio y principales hoteles. La mayoría de las tarjetas de crédito son aceptadas en tiendas, hoteles y agencias de viaje.

Comercio
Los locales comerciales están abiertos de 10:00 a 20:00 hrs. de lunes a viernes y 10:00 a 14:00 hrs. los sábados.
Los grandes centros comerciales permanecen abiertos de lunes a domingo de 10:00 a 21:00 hrs.

Información turística
SENATUR (Servicio Nacional de Turismo). Oficina en Aeropuerto Internacional y en Providencia 1550. Tel 236.05.31 Horario: 8:30 a 18:30 hrs. de lunes a viernes y sábado de 9:00 a 13:00 hrs.

Hoteles: Valores referenciales, habitación doble: 5★ desde US$180 4★ desde US$100 3★ desde US$40

Servicio de extranjería:
Por pérdida de Tarjeta de Turismo Policía Internacional, Depto Fronteras Tel 38.12.29.

 11.4 Entrevista personal. Hágale preguntas a su compañero(a) de clase.

Pregúntele…

1. si le gusta viajar en avión. ¿Por qué?
2. qué línea aérea prefiere.
3. si prefiere un vuelo directo. ¿Por qué?
4. dónde prefiere sentarse en el avión.
5. si lleva mucho equipaje cuando viaja. ¿Por qué?

6. qué hace si pierde el avión.
7. qué puede hacer si Ud. sufre del cambio de horario.
8. qué hace si está atrapado(a) en el aeropuerto.

11.5 Creación. En una narración cuente lo que pasa en el dibujo de la **Presentación.**

Modelo   *Es un aeropuerto y hay varias personas. Algunas están esperando para hablar con el agente de la línea Buen Viaje. También hay una familia…*

vocabulario

En el aeropuerto *At the airport*

el/la aduanero(a) *customs agent*

el billete de clase turista *economy-class ticket*
  de clase negocios *business-class ticket*
  de primera clase *first-class ticket*

el boleto de ida y vuelta *round-trip ticket*

el control de seguridad *security check*

la etiqueta *luggage tag*

la línea aérea *airline*

la maleta *suitcase*

el maletero *porter*

el maletín *briefcase*

el pasaje (A) *fare*

el/la pasajero(a) *passenger*

la pista *runway*

la puerta *gate*

la sala de reclamación de equipaje *baggage claim area*

el tablero electrónico de llegadas de salidas *electronic flight arrival board departure board*

el talón *baggage claim check*

la tarifa (E) *fare*

el terminal *terminal*

el vuelo *flight*
  cancelado *cancelled flight*
  internacional *international flight*
  nacional *domestic flight*
  retrasado *delayed flight*

andar con cambio de horario *to have jet lag*

confirmar una reservación *to confirm a reservation*

estar atrapado(a) en el aeropuerto *to be stuck at the airport*

facturar el equipaje *to check luggage*

hacer una reservación *to make a reservation*

pasar por la aduana *to go through customs*

perder el avión *to miss the plane*

reclamar el equipaje *to claim luggage*

A bordo *On board*

el/la aeromozo(a) (A) *flight attendant*
  el/la auxiliar de vuelo (E)

el asiento al lado de la ventanilla *window seat*
  en el pasillo *aisle seat*

el aterrizaje *landing*

el despegue *take-off*

el equipaje de mano *carry-on luggage*

la fila *row*

la tarjeta de embarque *boarding pass*

un vuelo directo sin escalas *direct flight*

abordar el avión *to board*

abrocharse el cinturón de seguridad *to fasten the seatbelt*

aterrizar *to land*

bajar del avión *to get off of the plane*
  desembarcar

caber debajo del asiento *to fit under the seat*

desabrocharse *to unfasten*

despegar *to take off*

hacer escala *to stop over*

subir al avión *to get on the plane*

volar (ue) *to fly*

ASÍ SE HABLA

© Ocean/Corbis

Track 2-10

Buying a Ticket and Boarding a Plane

MIREYA   Señor, tengo una emergencia personal y quisiera saber si podría comprar un pasaje para el vuelo de esta tarde o de esta noche a Valparaíso.

EMPLEADO   A ver, déjeme ver.

MIREYA   Gracias, señor. Ojalá tenga suerte porque en realidad…

EMPLEADO   Sí, sí, tiene suerte, no se preocupe. Aquí hay un asiento disponible en el vuelo de esta mañana, el de las doce. ¿Le conviene o prefiere más tarde?

MIREYA   No, no, está bien, mejor aún.

EMPLEADO   Muy bien, entonces, ¿tiene sus maletas para facturárselas?

MIREYA   Un momentito, por favor. Anabela, si fueras tan amable, ¿me podrías pasar mis maletas? Me voy en el vuelo de las doce.

ANABELA   ¡Que suerte! Aquí están. ¿Las pongo aquí?

EMPLEADO   Sí, gracias. Muy bien… ya está todo listo. Su vuelo sale a las doce por la puerta 8A. Aquí tiene su tarjeta de embarque. No se olvide que tiene que pasar por Seguridad primero.

MIREYA   Sí, no se preocupe. Gracias, señor.

PERSPECTIVAS LINGÜÍSTICAS

As you can observe in the dialogue above, it is not unusual to request a special favor in case of emergency *(Señor, tengo una emergencia personal y quisiera saber si podría comprar un pasaje para el vuelo de esta tarde o de esta noche a Valparaíso)*. To do so, however, it might be necessary for the speaker to reveal some personal information to justify the imposition. This type of personal request is understood most of the time and the hearer will usually make an effort to comply, as the employee did. *(A ver, déjeme ver. ¿Le conviene o prefiere más tarde?)* Needless to say, this type of personal appeal cannot be used everywhere and with everybody; the speaker has to be aware of the context and the interlocutor before doing so.

Phrases to use when traveling by plane

Quiero un pasaje de ida y vuelta a...	I want a round-trip ticket to . . .
Quiero sentarme al lado de la ventanilla / del pasillo / en el medio.	I want to sit by the window / aisle / in the middle.
¿A qué hora sale el vuelo?	At what time does the flight leave?
¿A qué hora empiezan a abordar?	At what time do you start boarding?
El vuelo está retrasado / sale a la hora.	The flight is late / is leaving on time.
El vuelo número... sale por la puerta número...	Flight number . . . leaves through gate number . . .
Facture su equipaje.	Check your luggage.
Muestre su tarjeta de embarque.	Show your boarding pass.
Cargue su equipaje de mano.	Take your hand luggage.
Ponga su equipaje de mano debajo del asiento delantero.	Put your hand luggage under the seat in front (of you).
Abróchese el cinturón.	Fasten your seatbelt.
Observe el aviso de no fumar.	Observe the no-smoking sign.
Ubique las salidas de emergencia.	Find the emergency exits.

PRÁCTICA Y CONVERSACIÓN

11.6 De viaje. ¿Qué dice Ud. si está en un aeropuerto y necesita lo siguiente?

1. Quiere comprar un pasaje de Nueva York a Valparaíso.
2. Necesita un pasaje de Nueva York a Santiago con regreso a Nueva York.
3. Prefiere un asiento que le permita mirar por la ventana durante el vuelo.
4. Tiene que llevar dos maletas.
5. No sabe por qué puerta sale su avión.
6. Quiere hacer algunas compras pero no sabe si tiene tiempo antes de que salga su avión.

11.7 ¡Voy a Santiago! Con un(a) compañero(a), completen el siguiente diálogo.

VIAJERO(A)	Buenos días, necesito comprar un pasaje para Santiago de Chile para salir el día de hoy.
EMPLEADO(A)	Muy bien... Déjeme ver... Solo tenemos espacio en primera clase. ¿Le parece bien?
VIAJERO(A)	Sí, no hay problema, pero ¿cuánto me va a costar más o menos?
EMPLEADO(A)	Bueno, depende. ¿Quiere de _____ o solo de _____?
VIAJERO(A)	No, de _____ porque tengo que regresar aquí a los Estados Unidos.
EMPLEADO(A)	Y, ¿cuándo desea regresar?
VIAJERO(A)	_____.
EMPLEADO(A)	En ese caso le va a costar $6.500.
VIAJERO(A)	Es mucho dinero, pero bueno, ¡qué se va a hacer!
EMPLEADO(A)	Yo le puedo arreglar todo ahora mismo. ¿Dónde quisiera sentarse? ¿Prefiere _____ o _____?
VIAJERO(A)	Preferiría _____ si fuera posible.
EMPLEADO(A)	Muy bien. Aquí tiene su _____ y su _____. ¡Que tenga buen viaje!

ESTRUCTURAS

Explaining Previous Wants, Advice, and Doubts

IMPERFECT SUBJUNCTIVE

The imperfect subjunctive is used to express the same functions as the present subjunctive; the main difference is that the situations requiring the use of the imperfect subjunctive occurred in the past.

Imperfect Subjunctive of Regular Verbs

volar	perder	subir
volara	perdiera	subiera
volaras	perdieras	subieras
volara	perdiera	subiera
voláramos	perdiéramos	subiéramos
volarais	perdierais	subierais
volaran	perdieran	subieran

a. To obtain the stem for the imperfect subjunctive, drop the **-ron** ending from the third-person plural form of the preterite: **volaron → vola-; perdieron → perdie-; subieron → subie-.** To this stem, add the endings that correspond to the subject: **-ra, -ras, -ra, -ramos, -rais, -ran.** Note the written accent on the first-person plural form.

b. There are no exceptions to this method of formation of the imperfect subjunctive. Thus, the imperfect subjunctive will show the same irregularities as the preterite.

Imperfect Subjunctive of Irregular Verbs

-i- stem	
hacer	hiciera
querer	quisiera
venir	viniera

-j- stem	
decir	dijera
traer	trajera

-u- stem	
andar	anduviera
estar	estuviera
poder	pudiera
poner	pusiera
saber	supiera
tener	tuviera

-y- stem	
caer	cayera
creer	creyera
leer	leyera
oír	oyera

-cir verbs	
traducir	tradujera

-uir verbs	
construir	construyera

Other Irregular Stems

dar	diera
haber	hubiera

ir	fuera
ser	fuera

The imperfect subjunctive of **hay (haber)** is **hubiera.**

Stem-Changing Verbs

e → i		o → u	
pedir	pidiera	**dormir**	durmiera

c. The same expressions that require the use of the present subjunctive also require the use of the imperfect subjunctive. The present subjunctive is used when the verb in the main clause is in the present tense. When the verb in the main clause is in a past tense, then the imperfect subjunctive is used.

Dudan que despeguemos a tiempo.	*They doubt that we will take off on time.*
Dudaban que **despegáramos** a tiempo.	*They doubted that we would take off on time.*
La aeromoza les dice a todos los pasajeros que se abrochen el cinturón.	*The flight attendant tells all the passengers to fasten their seatbelts.*
La aeromoza les **dijo** a todos los pasajeros que **se abrocharan** el cinturón.	*The flight attendant told all the passengers to fasten their seatbelts.*

d. In Spain and in certain other Spanish dialects, an alternate set of endings for the imperfect subjunctive is commonly used: **-se, -ses, -se, -semos, -seis, -sen.** You will see these forms frequently in reading selections and will need to recognize them.

PRÁCTICA Y CONVERSACIÓN

11.8 Mi primer viaje. ¿Recuerda su primer viaje en avión? Explique lo que era necesario hacer.

Modelo   comprar los boletos dos semanas antes del viaje
  Era necesario que yo comprara los boletos dos semanas antes del viaje.

1. hacer una reservación
2. estar en el aeropuerto con una hora de anticipación
3. ir al terminal internacional
4. tener el pasaporte
5. pasar por el control de seguridad
6. mirar el tablero electrónico de salidas
7. saber el número del vuelo
8. encontrar la puerta del vuelo
9. oír el anuncio del vuelo
10. poner el equipaje de mano debajo del asiento

11.9 En el terminal. Explique lo que un empleado de la línea aérea les aconsejó a los pasajeros

Les aconsejó que...

poner las etiquetas en las maletas / facturar todo el equipaje / pasar por el control de seguridad / mirar el tablero electrónico de salidas / averiguar el número del vuelo / tener lista la tarjeta de embarque / abordar el avión a tiempo / apagar los móviles y otros aparatos electrónicos / abrocharse el cinturón de seguridad

11.10 A bordo. Ud. acaba de regresar de un viaje por la América del Sur. Cuéntele a un(a) compañero(a) qué fue necesario hacer antes de salir de viaje y qué consejos le dieron sus familiares.

Modelo   ESTUDIANTE 1   *Acabo de regresar de un viaje y disfruté mucho, pero antes de salir tuve que sacar las visas y renovar mi pasaporte. Mis padres dudaban que yo pudiera hacer todo en tan corto tiempo, pero lo hice.*
ESTUDIANTE 2   *¿Y qué consejos te dieron tus padres?*
ESTUDIANTE 1   *¡Imagínate! Ellos querían que no saliera en la noche…*

Making Polite Requests

OTHER USES OF THE IMPERFECT SUBJUNCTIVE

In addition to expressing past wants, advice, and doubts, the imperfect subjunctive has other uses.

a. The imperfect subjunctive forms of **deber, poder,** and **querer** are often used to soften a statement or request so that it is more polite. In such cases, the imperfect subjunctive is the main verb of the sentence. Compare the translations of the following sentences.

EL ADUANERO BRUSCO
Quiero revisar su equipaje.   *I want to look through your luggage.*
Pase por aquí. Abra sus maletas.   *Come through here. Open your suitcases.*

EL ADUANERO CORTÉS
Quisiera revisar su equipaje.   *I would like to look through your luggage.*
¿Pudiera Ud. pasar por aquí y abrir sus maletas?   *Could you step through here and open your suitcases?*

b. The imperfect subjunctive is always used after the expression **como si** meaning *as if.*

Esa mujer se comporta **como si pasara** algo de contrabando.   *That woman behaves as if she were smuggling something.*

Gramática suplementaria. The conditional of **deber, poder,** and **querer** can also be used to soften a request. **¿Podría Ud. ayudarme?** *(Could you help me?)* **Uds. no deberían hacer eso.** *(You shouldn't do that.)* **¿Querría Ud. ir conmigo?** *(Would you like to go with me?)*

11.11 El aduanero brusco. Ayude a este aduanero a ser más cortés. Dígale otra manera de expresar las siguientes frases.

1. Ud. debe pasar por aquí.
2. Quiero ver su declaración de aduana.
3. Quiero ver su pasaporte.
4. Ud. debe abrir su equipaje.
5. Quiero revisar sus maletas.
6. ¿Puede Ud. cerrar sus maletas?

11.12 Como si… Complete las siguientes oraciones de una manera lógica.

1. Siempre trabajo como si _____.
2. Mi novio(a) maneja como si _____.
3. Mi mejor amigo(a) gasta dinero como si _____.
4. Mi profesor(a) nos da tarea como si _____.
5. Mis padres me tratan como si yo _____.

11.13 Quisiera… Ud. es un(a) estudiante de intercambio en Chile y quiere invitar a sus padres chilenos a cenar en un restaurante muy elegante. Invítelos; ellos aceptan. Luego, en el restaurante, el mesero les pregunta qué quieren comer y beber; pidan la comida. Mientras están comiendo, agradézcales toda su generosidad y hospitalidad. Ellos responden.

CAPÍTULO 11
PRIMERA SITUACIÓN

CAPÍTULO 11   **357**

Discussing Contrary-to-Fact Situations

IF CLAUSES WITH THE IMPERFECT SUBJUNCTIVE AND THE CONDITIONAL

Reminder. When the verb of the **si** clause is in the present tense, the verb of the result clause is often in the future tense. Compare the verbs of the following examples: **Si tengo dinero, iré a Chile. Si tuviera dinero, iría a Chile.**

Gramática suplementaria. The **si** clause can be the first or second clause of the sentence. **Si tuviera dinero, iría a Chile. Iría a Chile si tuviera dinero.**

Contrary-to-fact ideas are often joined with another idea expressing what would or would not be done if a certain situation were true. *If I had the money, I would go to Chile.* When a clause introduced by **si** *(if)* expresses a contrary-to-fact situation or an improbable idea, the verb in the **si** clause must be in the imperfect subjunctive. The verb in the main or result clause must be in the conditional.

CONTRARY-TO-FACT SITUATION

Si tuviera tiempo, te **llevaría** al aeropuerto.

If I had time (which I don't), I would take you to the airport.

IMPROBABLE SITUATION

Si abordáramos ahora mismo, no **llegaríamos** a Santiago sino hasta las 10.

If we were to board right now (which is unlikely), we wouldn't arrive in Santiago until 10:00.

PRÁCTICA Y CONVERSACIÓN

11.14 **Si yo fuera aeromozo(a)…** Si Ud. fuera aeromozo(a), ¿qué haría?

Si yo fuera aeromozo(a)…

> **recoger las tarjetas de embarque / ayudar a los pasajeros / servir refrescos / hablar con los pilotos / contestar las preguntas de los pasajeros / trabajar muchas horas / prepararles las comidas a los pasajeros / viajar mucho / andar con cambio de horario**

11.15 **Un viaje a Latinoamérica.** Explique bajo qué condiciones Ud. iría a Latinoamérica.

Iría a Latinoamérica si…

> **hablar mejor el español / ganar mucho dinero en la lotería / no preocuparme por los estudios / tener más tiempo / conocer a alguien que quisiera viajar conmigo / no conseguir trabajo / encontrar un pasaje económico / tener dos meses de vacaciones / ¿?**

11.16 **¿Qué haría Ud.?** Complete las siguientes oraciones de una manera lógica. Luego, compare sus respuestas con las de su compañero(a).

1. Si pudiera viajar a un lugar, _____.
2. _____ si tuviera mucho dinero.
3. Si pudiera ser otra persona, _____.
4. Me gustaría _____ si _____.
5. Si tuviera mucho tiempo libre, _____.
6. Si no tuviera que trabajar, _____.
7. _____ si fuera a Latinoamérica.

11.17 **¿Qué harían Uds.?** En grupos, dos estudiantes hablan de lo que harían si pudieran viajar a un país extranjero. El/La tercer(a) estudiante toma apuntes y después informa a la clase lo discutido.

Modelo **ESTUDIANTE 1** *Mira, Javier, si pudiera ir a un país extranjero, me gustaría ir a Chile. Si fuera en enero, haría calor y podría ir a las playas.*

ESTUDIANTE 2 *Suena maravilloso. Yo quisiera ir a la Argentina. Visitaría Buenos Aires y luego iría a Bariloche.*

SEGUNDA SITUACIÓN

PRESENTACIÓN

Una habitación doble, por favor

PRÁCTICA Y CONVERSACIÓN

11.18 ¿Quién lo ayuda? ¿Qué empleado del hotel lo/la ayuda a Ud. en las siguientes situaciones?

1. Ud. tiene muchas maletas pesadas.
2. Quiere un plano de la ciudad.
3. Necesita cobrar cheques de viajero.
4. Los huéspedes de una habitación vecina hacen mucho ruido.
5. Necesita un taxi.
6. Le faltan toallas y jabón.
7. Quiere reservaciones en un restaurante de lujo.
8. Quiere otra llave para su habitación.
9. Espera recibir un paquete importante.
10. Necesita conectar al wifi del hotel.

The alternate drawing that corresponds to this activity can be found in **Appendix A.**

11.19 ¿Qué me dices? Ud. y su compañero(a) de clase están ayudando a su amigo(a) que trabaja de recepcionista en el Hotel Alay. Las hojas que contienen las quejas de algunos huéspedes están en desorden. ¿Pueden Uds. juntar cada queja con el nombre del huésped que la puso? A continuación está su hoja; la de su compañero(a) está en el **Apéndice A.** Conversen para descubrir la información que falta.

> *Se necesita limpiar la habitación 223.*
> *El señor Sánchez quiere ducharse*
> *   pero no puede.*
> *Los enchufes en la habitación 418 no*
> *   funcionan.*
> *Hace mucho frío en la habitación de*
> *   la señora Cirre.*
> *En la habitación 614 el aire*
> *   acondicionado está descompuesto.*

11.20 La reunión anual. Ud. trabaja en Santiago de Chile para una compañía multi-nacional con oficinas en España y en las capitales de la América del Sur. Ud. está encargado(a) de organizar su próxima reunión y pidió información en varios hoteles. Trabajando en parejas, discutan los servicios de estos dos hoteles y decidan cuál es el mejor para la reunión de los 300 empleados de su compañía. Justifique su decisión.

Modelo   *Pienso que para la reunión de la compañía es mejor que vayamos al hotel Miramar porque tiene…*

↑ **FOTO** Hotel Miramar está situado al borde del mar en Viña del Mar y tiene gran selección de salones para seminarios y congresos equipados con la tecnología más avanzada, tres restaurantes, servicio de lavandería y transporte al aeropuerto.

↑ **FOTO** Hotel Central les ofrece ubicación excelente cerca del centro de Santiago, salas de conferencias para ejecutivos, vídeo conferencia y servicio de mensajería, restaurantes, salones sociales, sauna y gimnasio, pista de tenis, servicio de lavandería y limpieza en seco.

CONEXIONES. Utilizando Internet, busque sitios web dedicados a viajes. Con la información que encuentre, planee un viaje. Incluya todos los detalles —vuelo al destino, hotel, restaurantes, actividades turísticas— y crea un presupuesto para este viaje.

11.21 Creación. En una narración cuente lo que pasa en el dibujo de la **Presentación.**

Modelo   *Es un dibujo del vestíbulo (del salón de entrada) de un hotel muy grande y lujoso. En el centro del dibujo hay una familia con el padre, la madre y tres hijos. Tienen mucho equipaje…*

vocabulario

Los hoteles *Hotels*

el albergue juvenil *youth hostel*

el hotel de lujo con *luxury hotel with*
  piscina *swimming pool*
  salón de cóctel *cocktail lounge*
  terraza *terrace*

el motel *motel*

el parador *government-run historic inn*

la pensión *boarding house*

alojarse *to stay*

Registrarse *To check in*

la caja de seguridad *safety box*

la estancia *stay*

la habitación *(hotel) room*
  doble *double room*
  sencilla *single room*

el/la huésped *guest*

la pensión completa *full board*

la recepción *registration desk*

el salón de entrada *lobby*
  el vestíbulo

bajar el equipaje *to bring down the luggage*

cargar *to carry*

hacer *to make a reservation*
  una reserva (E)
  una reservación (A)

llenar la tarjeta de recepción *to fill out the registration form*

completo(a) (E) *full*
  lleno(a) (A)

disponible *available*

La habitación *Room*

necesitar *to need*
  jabón *soap*
  papel higiénico *toilet paper*

una almohada *a pillow*
una manta *a blanket*
una toalla de baño *a bath towel*
unos ganchos (A) *some hangers*
  unas perchas de colgar (E)

tener *to have*
  aire acondicionado *air conditioning*
  balcón *a balcony*
  baño *a bathroom*
  calefacción *heat*
  ducha *a shower*

tener problemas con el enchufe *to have problems with the electric outlet*
  el grifo *the faucet*
  el inodoro *the toilet*
  el lavabo *the sink*
  el voltaje *the voltage*

cómodo(a) *comfortable*

incómodo(a) *uncomfortable*

Los empleados *Employees*

el botones *bellhop*

la camarera *chambermaid*
  la criada

el/la conserje *concierge*

el portero *doorman*

el/la recepcionista *desk clerk*

La cuenta *The bill*

el recargo por las llamadas telefónicas *additional charge for telephone calls*

el servicio de habitación *room service*

el servicio de lavandería *laundry service*

desocupar la habitación *to vacate the room*

© Frank Herholdt/Alamy

Track 2-11

Getting a Hotel Room

SRA. MENÉNDEZ ¿No te habrás olvidado lo que te pedí, Juan?

SR. MENÉNDEZ ¿Qué me pediste, querida?

SRA. MENÉNDEZ Que reservaras una habitación doble de lujo. ¡No me digas que te olvidaste!

SR. MENÉNDEZ ¿Doble? Este… por supuesto que no, querida.

SRA. MENÉNDEZ Y en un piso alto, supongo.

SR. MENÉNDEZ Este… sí, sí, sí… por supuesto…

SRA. MENÉNDEZ A menos que te hayas olvidado…

SR. MENÉNDEZ No, no querida, ¿cómo se me iba a olvidar?… Este… mira… este… ¿Por qué no esperas mejor en el saloncito mientras yo… este… lleno la tarjeta de recepción?

SRA. MENÉNDEZ ¿Esperar? ¿En el saloncito? ¿Por qué?

SR. MENÉNDEZ Este… para que… para que no te canses, mi amor, por supuesto.

PERSPECTIVAS LINGÜÍSTICAS

As you can observe in the dialogue above, Spanish speakers use *Este… mira… este…* to stall or to express hesitation, very much like English speakers use *uh . . . uh . . . .* It is also not unusual to hear couples addressing each other in public using terms of endearment (*querida, mi amor*). Very close friends also use these terms among each other when greeting, saying good-bye or thanking for a special favor.

Phrases to register in a hotel

Quisiera una habitación doble/ sencilla con baño.	*I would like a double/single room with a bath(room).*
Prefiero una habitación que dé a la calle / atrás / al patio.	*I prefer a room facing the street / the back part / the patio.*
¿Acepta tarjetas de crédito / cheques de viajero / dinero en efectivo?	*Do you accept credit cards / traveler's checks / cash?*
Por favor, llene la tarjeta de recepción.	*Please fill out the registration form.*
Tengo que registrarme.	*I have to check in.*
¿A qué hora tengo que pagar la cuenta?	*At what time do I have to check out?*
Necesito un recibo, por favor.	*I need a receipt, please.*
¿Me podría enviar el equipaje a la habitación?	*Could you send my luggage to my room?*

PRÁCTICA Y CONVERSACIÓN

11.22 En el hotel. Un(a) estudiante hace el papel de viajero(a) y otro(a) el de recepcionista. ¿Qué dicen en la siguiente situación?

VIAJERO(A)	Necesita una habitación.
RECEPCIONISTA	Quiere saber si el/la viajero(a) tiene reservación.
VIAJERO(A)	Contesta negativamente.
RECEPCIONISTA	Tiene habitaciones, pero quiere saber qué tipo de habitación necesita el/la viajero(a).
VIAJERO(A)	Responde.
RECEPCIONISTA	Quiere saber en qué sección del hotel prefiere la habitación.
VIAJERO(A)	Responde.
RECEPCIONISTA	Le da la información necesaria: número de habitación, piso, precio por día, hora de salida.
VIAJERO(A)	Quiere saber qué facilidades hay: aire acondicionado, televisor con cable o satélite, servicio de habitación, restaurantes, etcétera.
RECEPCIONISTA	Le da la información.
VIAJERO(A)	Decide quedarse en ese hotel.
RECEPCIONISTA	Le da la tarjeta de recepción.
VIAJERO(A)	Quiere que le lleven el equipaje a la habitación.
RECEPCIONISTA	Responde. Le desea al/a la viajero(a) una buena estadía en la ciudad.
VIAJERO(A)	Responde.

11.23 Necesito una habitación. Con un(a) compañero(a), dramaticen la siguiente situación. Ud. acaba de llegar a Santiago de Chile. Son las doce de la noche y está muy cansado(a) y no tiene reservación en ningún hotel. Del aeropuerto Ud. llama a un hotel y pide la información que necesita. El/La otro(a) estudiante es el/la recepcionista del hotel.

Modelo	**ESTUDIANTE 1**	*Buenas noches, Hotel Cortijo.*
	ESTUDIANTE 2	*Mi nombre es Alejandro Tudela y quisiera saber si tienen una habitación para esta noche.*
	ESTUDIANTE 1	*¿Para cuántas personas?*

ESTRUCTURAS

Explaining When Future Actions Will Take Place

SUBJUNCTIVE IN ADVERBIAL CLAUSES

In Spanish the subjunctive is used in clauses when it is not certain when or if an action will take place: *We will spend our vacation in Viña del Mar provided that we can get a room in a good hotel.*

a. The subjunctive is always used in adverbial clauses introduced by the following phrases:

a menos que	*unless*	**en caso que**	*in case that*
antes que	*before*	**para que**	*so that*
con tal que	*provided that*	**sin que**	*without*

Nos alojaremos en un hotel con piscina **con tal que tengan** una habitación disponible.   *We will stay in a hotel with a pool provided that they have an available room.*

Note that the future activity (**nos alojaremos**) is dependent upon the outcome of another uncertain action (**tengan**).

b. The subjunctive is used with the following adverbs of time when a future and uncertain action is implied.

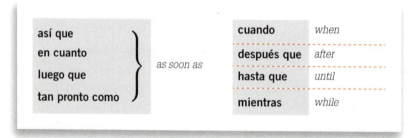

así que		**cuando**	*when*
en cuanto	*as soon as*	**después que**	*after*
luego que		**hasta que**	*until*
tan pronto como		**mientras**	*while*

Subirán el equipaje **después que Uds. llenen** la tarjeta de recepción.   *They will take your luggage up after you fill out the registration form.*

When these adverbs of time express a completed action in the past or habitual action in the present, they are followed by verbs in the indicative. Compare the following examples.

Future action

Saldremos para el aeropuerto **tan pronto como llegue** tu papá.   *We will leave for the airport as soon as your dad arrives.*

Past action

Salimos para el aeropuerto **tan pronto como llegó** tu papá.   *We left for the airport as soon as your dad arrived.*

Habitual action

Siempre salimos para el aeropuerto **tan pronto como llega** tu papá.   *We always leave for the airport as soon as your dad arrives.*

c. The subjunctive is used with the following expressions of purpose if they point to an event that is still in the future or uncertain.

a pesar de que	in spite of	**aunque**	although / even if
aun cuando	even when	**de manera que** **de modo que**	so that

Nos alojaremos en el Hotel Pacífico **aunque no tenga** aire acondicionado.

We will stay in the Hotel Pacífico even if it doesn't have air conditioning.

When these adverbs express a certainty, the indicative is used.

Nos alojamos en el Hotel Pacífico **aunque no tenía** aire acondicionado.

We stayed in the Hotel Pacífico although it didn't have air conditioning.

PRÁCTICA Y CONVERSACIÓN

11.24 Vacaciones en Chile. Un(a) compañero(a) de clase le hace preguntas a Ud. sobre unas vacaciones que Uds. piensan pasar en Chile. Conteste según el modelo.

Modelo pasar por El Arrayán: cuando / ir a Farellones para esquiar

ESTUDIANTE 1 *¿Pasaremos por El Arrayán?*

ESTUDIANTE 2 *Pasaremos por El Arrayán cuando vayamos a Farellones para esquiar.*

1. visitar Viña del Mar: cuando / ir a Valparaíso
2. ir a Portillo: a menos que / no querer esquiar
3. hacer una excursión a La Serena: mientras / estar en ruta a Antofagasta
4. pasar por Concepción: a menos que / ser la época de la lluvia
5. viajar a Punta Arenas: sin que / olvidar que es la ciudad más al sur del continente
6. volar a la isla de Pascua: tan pronto como / tener suficiente tiempo
7. pasar tiempo en el Parque Metropolita: a menos que / hacer mal tiempo
8. bañarnos en la playa Reñaca: con tal que / no haber mucha gente
9. jugar en el Casino Municipal: hasta que / empezar a perder

11.25 Los viajeros. Combine las dos oraciones que se presentan a continuación, usando las frases adverbiales que correspondan.

a menos que	**hasta que**	**cuando**	**tan pronto como**
en cuanto	**aun cuando**	**aunque**	**luego que**

Modelo Los viajeros generalmente facturan su equipaje. Solo llevan una maleta pequeña.
Los viajeros generalmente facturan su equipaje a menos que solo lleven una maleta pequeña.

1. Generalmente las personas pagan su pasaje al extranjero. Han sido enviadas por su compañía o lugar de trabajo.
2. Saben que tendrán que volver a trabajar. Regresan a la oficina.
3. Saben también que tendrán que administrar su dinero muy bien. Regresan a su país.
4. Los estudiantes prefieren los albergues juveniles. Tienen muchísimo dinero.
5. Muchas veces los viajeros piensan quedarse a vivir en el extranjero. Saben que solo se trata de un sueño.

11.26 ¿Cómo podemos ayudarlo/la? Un(a) estudiante hace el papel de un(a) empleado(a) de un hotel y otro(a) el de un(a) viajero(a) que tiene muchos problemas en su habitación (la calefacción no funciona, necesita toallas, ganchos, jabón, no han subido su equipaje, la habitación no está limpia, el teléfono no funciona, etcétera). El/La tercer(a) estudiante toma apuntes de la conversación y luego informa a la clase.

Modelo   **ESTUDIANTE 1**   *Disculpe, señor, pero quisiera que mandara a alguien para arreglar la calefacción.*

          ESTUDIANTE 2   *Muy bien, señor Morales, tan pronto como llegue el técnico, lo mando a su habitación.*

Describing Future Actions That Will Take Place Before Other Future Actions

FUTURE PERFECT TENSE

The future perfect tense expresses an action that will be completed by some future time or before another future action. *We will have checked into the hotel before our friends do.*

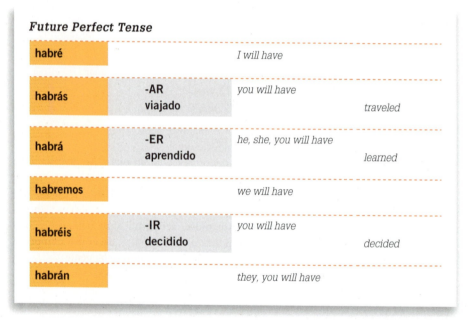

Future Perfect Tense

habré		*I will have*
habrás	**-AR** viajado	*you will have* *traveled*
habrá	**-ER** aprendido	*he, she, you will have* *learned*
habremos		*we will have*
habréis	**-IR** decidido	*you will have* *decided*
habrán		*they, you will have*

> **Reminder.** The past participle does not change form: **Marta habrá salido para las 7. Ramón habrá salido para las 7.**

a. The future perfect tense is formed with the future tense of the auxiliary verb **haber** + *past participle* of the main verb.

b. The future perfect tense expresses actions that will be completed before an anticipated time in the future.

Habré salido cuando Uds. lleguen.   *I will have gone when you arrive.*
Habré salido para las 5.   *I will have gone by 5:00.*

c. As is the case with the other perfect tenses, reflexive and object pronouns precede the conjugated forms of **haber.**

Me habré graduado para el año 2017.   *I will have graduated by 2017.*

PRÁCTICA Y CONVERSACIÓN

11.27 Para el año 2020. Explique lo que las siguientes personas habrán hecho para el año 2020.

> *Modelo* Mi hermano / terminar sus estudios
> *Mi hermano habrá terminado sus estudios.*

1. Alberto / viajar a Chile
2. Bárbara y Bernardo / casarse
3. tú / conseguir un buen trabajo
4. Elena / escribir una novela
5. nosotros / aprender a hablar español
6. Ángela / hacerse médica
7. mis amigos y yo / graduarse de la universidad
8. mi amigo / ser propietario de un negocio exitoso
9. tú / comprarte un coche deportivo
10. mi equipo favorito / ganar el campeonato

11.28 Para este fin de semana. Ud. y su compañero(a) hablan sobre lo que Uds. habrán hecho para este fin de semana. Mencionen por lo menos cinco actividades.

> *Modelo* **ESTUDIANTE 1** *Para este fin de semana habré terminado de estudiar para mi examen de economía y habré escrito mi trabajo para la clase de literatura inglesa.*
>
> **ESTUDIANTE 2** *Yo no habré terminado de estudiar. ¡Qué problema!*

11.29 Planes personales. Trabajando en parejas, dramaticen la siguiente situación. Ud. es un(a) empleado(a) de un hotel y hoy llegó a trabajar muy tarde. Su jefe le explica que todo está muy atrasado y le dice todo lo que tiene que hacer. Ud. le da un plan detallado de lo que piensa haber terminado para el mediodía, para las cuatro de la tarde y para las ocho de la noche. Él/Ella se muestra muy sorprendido(a).

> *Modelo* **ESTUDIANTE 1** *¡Gutiérrez! ¡Ha llegado tarde y tiene muchas cosas que hacer hoy!*
>
> **ESTUDIANTE 2** *No se preocupe, señor Palacios. Para mediodía habré terminado de limpiar todo el hotel y habré arreglado la calefacción de todos los cuartos. Para las tres de la tarde habré escrito todos los informes.*
>
> **ESTUDIANTE 1** *¿Qué? ¡Eso es imposible!*

TERCERA SITUACIÓN

DIÁLOGOS EN VÍDEO

To view the video, visit
www.cengagebrain.com

© Anna Pérez

Para comprender lo que ve

OBSERVING PEOPLE'S DEMEANOR

By paying attention to people's demeanor when walking and talking in different contexts or situations—the way they relate to others (hugging and kissing, holding hands, standing away from the other persons, looking aloof, crying, fidgeting, for example)—you will be able to infer the type of relationship they have and how they feel towards others, and this will help you to understand what they say, how they say it, and why they say it.

Para comprender lo que escucha

IDENTIFYING THE MAIN TOPIC

After you listen to a conversation, you are sometimes required to answer questions about what happened. You might be asked to explain how you perceive the situation: fair or unfair, expected or unexpected. You might also be asked about the attitude of the people involved: calm or nervous, selfish or generous, upfront or dubious, arrogant or humble. To make these judgments, you rely on the factual information you hear, the words and expressions the speaker uses, and your own personal background information concerning the topic or situation.

Antes de ver y escuchar

11.30 **La foto y el vídeo.** Con un(a) compañero(a) de clase, hagan las siguientes actividades.

1. Describan el lugar, las personas y las cosas que se ven en la fotografía.
2. Describan en detalle a todas las personas en el vídeo: qué gestos hacen, cómo se relacionan entre ellos, etcétera.
3. En su opinión, ¿qué tipo de relación existe entre estas personas?

Al ver y escuchar

11.31 **Los apuntes.** Escuche la conversación entre Isis y Leila. Tome los apuntes que considere necesario y complete las siguientes oraciones.

1. Como Isis nunca ha viajado en avión, está _____ y _____.

2. Su amiga Leila le dice que lo primero que tiene que hacer al llegar al aeropuerto es _____, y entregar su _____ y _____.

3. Isis dice que ella prefiere sentarse en la parte _____ del avión y prefiere un asiento en _____.

4. Isis quisiera tener tiempo para poder _____.

Después de ver y escuchar

11.32 **Resumen.** Con un(a) compañero(a) de clase, resuman la conversación entre Isis y su amiga Leila.

11.33 **Algunos detalles.** Escoja entre las alternativas que se presentan a continuación las que mejor reflejen lo que ocurrió.

1. La conversación se trata de…
   a. lo que tiene que hacer Isis antes de subir al avión.
   b. los nuevos reglamentos del aeropuerto.
   c. las compras que se pueden hacer en el aeropuerto.

2. Isis está fastidiada porque…
   a. hay mucha gente haciendo cola en Seguridad.
   b. no hay asientos disponibles al lado de la ventana.
   c. quiere que Leila le haga todo.

3. Lo primero que tiene que hacer Isis es…
   a. comprar regalos para sus familiares.
   b. ir al mostrador de la línea aérea.
   c. ir a la puerta de embarque.

4. Podemos pensar que después de que Isis pase por Inmigración ella…
   a. subirá al avión inmediatamente.
   b. irá a comer algo en una cafetería.
   c. comprará muchos regalos.

PERSPECTIVAS

El transporte en el mundo hispano

Hay una gran variedad de medios de transporte en el mundo hispano y cada uno tiene sus ventajas y desventajas. El uso de un medio en vez de otro depende de las características geográficas del lugar y de su situación económica.

El autobús y el metro

El autobús es un medio de transporte muy común en todo el mundo hispano pero especialmente en Hispanoamérica. Los autobuses tienen nombres distintos según el país o la región. En México lo llaman «el camión»; en la Argentina, «el colectivo»; en Cuba y Puerto Rico, «la guagua»; y en Chile, «el bus». Generalmente los autobuses interurbanos son grandes y muy cómodos; a veces tienen televisores y servicio de comida.

En la mayoría de las ciudades del mundo hispano, el transporte público está bien desarrollado y generalmente es mucho más eficaz utilizarlo que manejar y tratar de encontrar un lugar para estacionar el coche. En las ciudades de Barcelona, Buenos Aires, Caracas, Madrid, México, D.F., y Santiago los habitantes y los turistas pueden utilizar el sistema de trenes subterráneos, llamado el metro (excepto en Buenos Aires donde lo llaman «el subte»), para ir de un lugar a otro. Pero a pesar de tener buenos sistemas de transporte público, muchas personas prefieren la conveniencia de manejar su propia motocicleta o su propio coche.

Los trenes

En muchos países hay sistemas nacionales de a trenes. En España RENFE, la Red Nacional de Ferrocarriles Españoles, mantiene un sistema de trenes de muchas categorías, entre ellos el AVE, el tren de Alta Velocidad Española. Después de abrir la línea entre Madrid-Sevilla en 1992, han construido varias

↑ **FOTO** Madrid, España: los pasajeros suben al AVE en la estación de Atocha

© Alberto Paredes/Alamy

otras líneas que van entre las ciudades principales como Madrid-Barcelona, Madrid-Málaga, Madrid-Valencia o Madrid-Valladolid.

El avión y el buque

En Hispanoamérica la naturaleza dificulta el transporte. En México y Centroamérica las montañas separan los países y las regiones dentro de los países. En Sudamérica los Andes forman una barrera natural entre las regiones de la costa del Pacífico y el interior del continente. A causa de las montañas es difícil construir carreteras o vías ferroviarias; por eso dependen del transporte aéreo. No debe ser sorprendente saber que la primera línea aérea nacional fue Avianca de Colombia ni que hay más aeropuertos que estaciones de tren en Bolivia.

© Emiliano Rodriguez/Alamy

↑ FOTO Buenos Aires, Argentina: el Buquebus de Uruguay llega al puerto

En Latinoamérica hay una larga tradición de utilizar barcos o buques *(ships)* para viajar empezando en las culturas indígenas. La ciudad de Tenochtitlán, la antigua capital de los aztecas, fue construida sobre un lago y los habitantes usaban canoas y barcos para transportar a los habitantes y la mercancía. En el lago Titicaca en los Andes y a lo largo de la cuenca del río Amazonas los indígenas todavía van y vienen en barcos. Hoy en día los argentinos y los uruguayos utilizan los servicios de la empresa Buquebus para cruzar el ancho Río de la Plata entre los dos países. Los buques son grandes y transportan a los pasajeros con su equipaje y sus coches.

Además del transporte público anteriormente mencionado, también existen taxis o la posibilidad de alquilar un coche para viajar dentro y fuera de las ciudades.

PRÁCTICA Y CONVERSACIÓN

11.34 Práctica intercultural. Con un(a) compañero(a) de clase, contesten las siguientes preguntas acerca del transporte en los Estados Unidos.

1. ¿Qué medios de transporte público existen en su comunidad?
2. ¿Cuáles son las ventajas y desventajas de los varios medios de transporte público?
3. ¿Qué medios de transporte son más cómodos / económicos / rápidos?
4. ¿Qué medio(s) de transporte utiliza Ud. con más frecuencia? ¿Por qué?

11.35 Los medios de transporte. Explique qué medio de transporte van a utilizar las siguientes personas.

1. Un turista en Madrid quiere ir de su hotel al otro lado de la ciudad.
2. Una familia mexicana quiere viajar de Guadalajara a la capital.
3. Un argentino quiere viajar de Buenos Aires a Montevideo, Uruguay.
4. Una colombiana quiere ir de Bogotá a Cali.
5. Un turista en Santiago, Chile, no quiere usar el transporte público para trasladarse dentro de la ciudad.

11.36 Comparaciones. Trabajando en parejas, preparen una lista de las semejanzas y diferencias entre el transporte en el mundo hispano y el de los Estados Unidos. Incluyan información sobre las ventajas y desventajas del transporte de cada cultura. Justifiquen sus respuestas.

ASÍ SE ESCRIBE

Para escribir bien

EXPLAINING AND HYPOTHESIZING

When supporting an opinion in a memo, letter, essay, or term paper, it is frequently necessary to explain and hypothesize. Hypothesizing involves expressing improbabilities and explaining under what conditions certain events would take place. As a result, the use of contrary-to-fact *if* clauses is common in hypothesizing. Study the examples of explaining and hypothesizing found in the following letter.

Explanation

Thank you for inviting me to spend time with you in Chile this summer. However, I don't think that I can come because I have to work.

Hypothesis

I have applied for a scholarship this semester. If I receive it, then I would quit my job. Under these circumstances, I would be able to visit you. Even if I were to receive a full tuition scholarship, I would not be able to spend the entire summer with you, since I also need to take one course in order to graduate on time.

The following phrases used to express conditions and cause will help you explain and hypothesize.

Expressions of Condition and Cause

Si yo tuviera la oportunidad / más tiempo / más dinero…	*If I had the opportunity / more time / more money…*
Si yo fuera + *adjective:* **Si yo fuera (más) rico(a) / joven / viejo(a)…**	*If I were + adjective: If I were rich(er) / young(er) / old(er)…*
Si yo fuera + *noun:* **Si yo fuera el/ la presidente(a) / el/la jefe(a) / el/la dueño(a)… /**	*If I were + noun: If I were the president / the boss / the owner…*
a causa de / por + *noun:* **No viajaría allá a causa del / por el calor.**	*because of + noun: I wouldn't travel there because of the heat.*
porque + *clause:* **No viajaría allí porque siempre hace mucho calor.**	*because + clause: I wouldn't travel there because it's always very hot.*
puesto que: Puesto que no pagan bien, no trabajaría allí.	*since (used at the beginning of a sentence) Since they don't pay well, I wouldn't work there.*

Antes de escribir

Lea las descripciones de las composiciones dadas en la sección **Al escribir** y escoja el tema que sea más compatible con sus intereses y habilidades.

A **Las condiciones.** Para aprender a apoyar una opinión y expresar condiciones, escriba una lista de las condiciones bajo las cuales Ud. puede hacer un viaje al extranjero este verano. Utilice la frase dada a continuación para empezar su lista y ponga los verbos de la segunda cláusula en el imperfecto del subjuntivo.

> Viajaría al extranjero este verano si…

B **Un año sin vacaciones.** Escriba una lista explicando lo que pasaría si la universidad eliminara las vacaciones. Utilice la frase dada a continuación para empezar su lista; ponga los verbos de la segunda cláusula en el condicional.

> Si la universidad eliminara las vacaciones…

Al escribir

C Escriba su composición utilizando las frases para expresar condiciones y causas y una de las listas creadas en Prácticas **A** o **B**.

Tema 1:

Un viaje a Santiago. Un(a) amigo(a) suyo(a) estudia en Santiago, Chile, este año y lo/la invita a Ud. a pasar el mes de junio con él/ella. Escríbale una carta explicándole bajo qué condiciones podría visitarlo/la.

Tema 2:

Las vacaciones de primavera. El presidente de la universidad piensa que los estudiantes no son serios y deben estudiar más. Por eso quiere eliminar las vacaciones de primavera este año y dice que todos los alumnos tienen que pasar ese tiempo en la biblioteca o en los laboratorios. Ud. tiene que hablar en nombre de *(on behalf of)* los estudiantes en una reunión con el presidente. Escriba su discurso *(speech)* describiendo su posición, explicándole al presidente lo que pasaría si él eliminara las vacaciones. También explique lo que los estudiantes querrían que hiciera el presidente.

Después de escribir

D Antes de entregarle su composición a su profesor(a), Ud. debe leerla de nuevo y corregir los errores.

☐ ¿Contiene su composición las frases para expresar condiciones y causas?

☐ ¿Incluye su composición el vocabulario adecuado para describir viajes y vacaciones?

☐ ¿Están todos los verbos en la cláusula empezando con **si** en el imperfecto del subjuntivo?

☐ ¿Están todos los verbos en la cláusula principal en el condicional?

INTERACCIONES

To help you prepare **«En el aeropuerto de Santiago»**, review the following: **Topics:** airport vocabulary; **Estructuras:** subjunctive in adverbial clauses.

To help you prepare **«Una reservación»,** review the following: **Topics:** hotel vocabulary, expressions for obtaining a hotel room; **Estructuras:** subjunctive in adverbial clauses, if clauses with imperfect subjunctive and conditional.

To help you prepare **«Para el año 2020»,** review the following: **Topics:** travel, general activities; **Estructuras:** subjunctive in adverbial clauses, future perfect tense.

To help you prepare **«El viaje de sus sueños»,** review the following: **Topics:** travel, airport, hotel vocabulary; **Estructuras:** if clauses with imperfect subjunctive and conditional.

A. En el aeropuerto de Santiago

Communicative Tasks: Boarding a plane; making polite requests; explaining when actions will occur

Role Play: You are in the airport in Santiago waiting for your return flight to the United States. Role-play the following situation with a classmate who is the ticket agent in the airport. You go to the LanChile check-in counter. Confirm that your ticket is correct and check in two suitcases. Obtain the seat of your choice, find out when the plane leaves and the gate number; then get your boarding pass. Ask if you have time to do some shopping before departure. Find out when and where to go through customs.

B. Una reservación

Communicative Tasks: Getting a hotel room; making polite requests; discussing contrary-to-fact situations

Telephone Conversation: You and your family are going to spend a week's vacation in Viña del Mar. Call Hotel Solimar to obtain a room reservation. Talk with the reservation clerk (played by a classmate). Find out if there are rooms available when you want to arrive and the price for the type of room(s) you want. Describe any special room items or characteristics you need. Arrange a payment method and confirm your reservation.

C. Para el año 2020

Communicative Tasks: Explaining when actions will occur; describing future actions that will take place before other future actions

Interview and Survey: Interview at least five classmates to find out three things they will have done by the year 2020. Compile the results and explain what the majority of the class will have done by that date.

D. «El viaje de sus sueños»

Communicative Tasks: Discussing contrary-to-fact situations

Oral Presentation: You are a contestant on the TV quiz show «El viaje de sus sueños». In order to win the trip of your dreams, you must explain in three minutes or less where and with whom you would go and what you would do if you were to win the trip. You also need to explain under what conditions you would travel or engage in certain activities. After listening to all the contestants, the class should decide on the winner.

CAPÍTULO 12

Los deportes

Cultural Themes

→ Argentina, Paraguay, and Uruguay
→ Sports in the Spanish-speaking world

Topics and Situations

→ ¿Fuiste al partido del domingo?
→ En el consultorio del médico

Communicative Goals

→ Discussing sports and games
→ Explaining what you would have done under certain conditions
→ Discussing what you hoped would have happened
→ Discussing contrary-to-fact situations
→ Describing illnesses
→ Expressing sympathy and good wishes
→ Discussing unexpected events
→ Linking ideas

© Galen Rowell/CORBIS

↑ FOTO Patagonia, Argentina: practicando el montañismo en el Parque Nacional Los Glaciares

PRIMERA SITUACIÓN

PRESENTACIÓN

¿Fuiste al partido del domingo?

PRÁCTICA Y CONVERSACIÓN

12.1 El equipo deportivo. ¿Qué equipo deportivo necesita Ud. para practicar los siguientes deportes?

1. el golf
2. el béisbol
3. el básquetbol
4. el tenis
5. el fútbol
6. el volibol
7. el hockey
8. el boxeo

12.2 De compras. ¿De qué hablan las personas que están en el dibujo de la Presentación? Trabajando en parejas, dramaticen una de las conversaciones.

12.3 Póngase en forma. ¿Qué servicios ofrece el Señor Músculos para que Ud. se ponga en forma? ¿Qué piensa Ud. de estos servicios?

Señor MÚSCULOS

El gimnasio Señor Músculos ofrece consulta médico-deportiva y nutricional, servicio de entrenadores personales y estaciones múltiples de ejercico. Se vende ropa deportiva y dietética especializada.

© Heinle/Cengage Learning. Photo: © Andres Rodriguez/Alamy

12.4 Creación. En una narración cuente lo que pasa en el dibujo de la **Presentación.**

Modelo   *Es una tienda de equipo deportivo. Hay muchos niños jugando con el equipo deportivo. Algunos adultos hablan con los vendedores.*

CONEXIONES. El pato es un deporte que se practica en la Argentina desde hace casi cuatrocientos años. Utilizando Internet, busque información sobre este deporte argentino.

vocabulario

En el estadio *At the stadium*

el/la árbitro(a) *referee, umpire*

el/la campeón(ona) *champion*

el deporte *sport*

el/la entrenador(a) *coach*

el equipo *team*

el juego *game*

el partido *game, match*

el puntaje *score*

batear *to bat*

coger la pelota *to catch the ball*

dar una patada *to kick*
  patear

entrenar *to coach*

ganar el campeonato *to win the championship*

jugar (ue) *to play*
  al baloncesto (E) *basketball*
  al básquetbol (A)
  al fútbol *soccer*
  al volibol *volleyball*

lanzar *to throw*
  tirar

En el campo deportivo *On the field*

la cancha *playing area*

la pista *track*

correr *to run*

hacer jogging *to jog*

jugar al béisbol *to play baseball*
  al golf *golf*
  al hockey *hockey*
  al tenis *tennis*

saltar *to jump*

En el gimnasio *In the gym*

entrenarse *to train*

hacer ejercicios *to exercise*
  ejercicios aeróbicos *to do aerobic exercises*
  ejercicios de calentamiento *to do warm-up exercises*

ponerse en forma *to get in shape*

practicar el boxeo *to box*
  la gimnasia *to do gymnastics*
  la lucha libre *to wrestle*

sudar *to sweat*

El equipo deportivo *Sports equipment*

el bate *bat*

la canasta *basket*

el casco *helmet*

el disco *hockey puck*

los guantes de boxeo *boxing gloves*

el marcador *scoreboard*

el palo de golf *golf club*
  de hockey *hockey stick*

los patines de hielo *ice skates*

la pelota *ball*

la raqueta *tennis racquet*

la red *net*

© Gogo Images Corporation/Alamy

Track 2-12

Discussing Sports and Games

ELISA	Y, ¿qué tal tu partido de tenis, Felipe?
FELIPE	Hubiera podido ser mejor.
ELISA	Pero, ¿qué pasó?
FELIPE	Nada, sino que al final me cansé y no pude jugar tan bien.
ELISA	¿Quién ganó?
FELIPE	Javier.
ELISA	¡Qué lástima! Lo siento.
FELIPE	Está bien, no te preocupes. Si hubiera practicado más y me hubiera mantenido en forma, no habría perdido.
ELISA	Pero si practicaste bastante, mi amor. Todos los días ibas al Club.
FELIPE	Evidentemente no fue suficiente.
ELISA	Bueno, ojalá que ganes la próxima semana.

PERSPECTIVAS LINGÜÍSTICAS

As you can observe in the dialogue above, you can give an indirect response to avoid a painful negative answer. Instead of saying, for example, *perdí el partido de tenis*, Felipe chooses to say *hubiera podido ser mejor* so that his wife understands he didn't do that well and might have lost. Later on he also says *al final me cansé y no pude jugar tan bien* instead of saying something more critical of himself like *jugué muy mal, estoy fuera de forma*. People frequently use indirect forms of communication to avoid imposition and/or offend the interlocutor, but in order to understand what they say, the hearer has to be familiar with the situation and know at least something about the speaker.

Phrases to discuss sports

Para informarse:

¿Qué tal el partido?	*How was the game?*
¿Quién ganó?	*Who won?*

Comentarios negativos:

Perdimos.	*We lost.*
Nos derrotaron.	*They defeated us.*
¡Qué desastre!	*What a disaster!*
¡Qué horrible / terrible / espantoso!	*How horrible / terrible / dreadful!*
¡Ni me cuentes!	*Don't tell me!*
No quiero oír nada más.	*I don't want to hear any more.*
Lo siento.	*I'm sorry.*

Comentarios positivos:

Increíble.	*Incredible.*
Buenísimo.	*Very good.*
Fantástico.	*Fantastic.*
¡Qué bien!	*Great!*

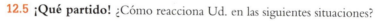

PRÁCTICA Y CONVERSACIÓN

12.5 ¡Qué partido! ¿Cómo reacciona Ud. en las siguientes situaciones?

1. Su equipo favorito de fútbol ganó el último partido.
2. Su equipo favorito de hockey perdió.
3. Su equipo favorito de básquetbol perdió 88 a 53.
4. Ud. quiere saber el puntaje final.
5. Ud. no quiere oír nada más.
6. Ud. espera que la situación mejore en el futuro.

12.6 Un partido de fútbol. El equipo de fútbol/básquetbol de su universidad jugó hoy contra uno de los más fuertes rivales. Ud. no pudo ir. Pregúntele a un(a) compañero(a) qué pasó.

Modelo	**ESTUDIANTE 1**	*Dime, Carlos, ¿qué tal el partido de fútbol?*
	ESTUDIANTE 2	*Hubiera preferido no haber ido.*

© Larry St. Pierre/Shutterstock.com

ESTRUCTURAS

Explaining What You Would Have Done Under Certain Circumstances

CONDITIONAL PERFECT

In English the conditional perfect tense is expressed with *would have + the past participle* of the main verb. It is used to express what you would have done under certain conditions or circumstances. *With your height and athletic abilities, I would have been a professional basketball player.*

Conditional Perfect Tense

haber	+	past participle
habría		-AR
habrías		jugado
habría		-ER
habríamos		corrido
habríais		-IR
habrían		asistido

a. The conditional perfect tense is formed with the conditional of the auxiliary verb **haber** + *past participle* of the main verb.

b. The conditional perfect is used to express something that would have or might have happened if certain other conditions had been met.

Con más tiempo **habría asistido** al campeonato en Buenos Aires.

With more time I would have attended the championship in Buenos Aires.

> **Reminder.** The formation of the conditional perfect is consistent with the formation of other perfect tenses: auxiliary verb **haber** + the past participle.
>
> **Reminder.** The past participle does not change form: **Con más experiencia, Marta habría ganado su partido. Con más experiencia, los tenistas habrían ganado su partido.**

PRÁCTICA Y CONVERSACIÓN

12.7 Con más tiempo. Forme por lo menos seis oraciones describiendo lo que habrían hecho las siguientes personas con más tiempo.

el equipo de la universidad	jugar al tenis
yo	entrenarse cada día
mi novio(a)	hacer ejercicios aeróbicos
tú	ganar el campeonato
mis amigos	ponerse en forma
Elena y yo	practicar el boxeo

12.8 Entrevista personal. Pregúntele a su compañero(a) de clase lo que habría hecho con más tiempo y bajo condiciones ideales.

Pregúntele...

1. qué deportes habría practicado. ¿Por qué?
2. cómo se habría puesto en forma.
3. cuándo se habría entrenado.
4. dónde se habría entrenado.
5. qué equipo deportivo habría necesitado comprar.
6. ¿?

12.9 Yo creo que... Su equipo favorito perdió un partido importantísimo ayer. Trabajando en parejas, hablen de lo que Uds. habrían hecho para ganar.

Modelo   ESTUDIANTE 1   *Oye, Felipe, ¿qué pasó que perdimos el juego ayer?*

            ESTUDIANTE 2   *Bueno, es que el entrenador les dijo a los jugadores que no pasaran mucho la pelota y así se perdieron muchas oportunidades.*

            ESTUDIANTE 1   *¡Caramba! Yo les habría dicho todo lo contrario.*

Discussing What You Hoped Would Have Happened

PAST PERFECT SUBJUNCTIVE

When you explain what you hoped or doubted had already happened, you use the past perfect subjunctive.

Past Perfect Subjunctive

haber	+	past participle
hubiera		-AR
hubieras		practicado
hubiera		-ER
hubiéramos		corrido
hubierais		-IR
hubieran		salido

a. The past perfect subjunctive (sometimes called the pluperfect subjunctive) is formed with the imperfect subjunctive of the auxiliary verb **haber** + *past participle* of the main verb.

b. The same expressions that require the use of the other subjunctive tenses can also require the use of the past perfect subjunctive.

Esperaba / Dudaba / Era mejor que ya **hubieran terminado** el partido.
     I hoped / I doubted / It was better that they had already finished the game.

Note that the phrases requiring the use of the past perfect subjunctive are also in a past tense.

c. The past perfect subjunctive is used instead of the imperfect subjunctive when the action of the subjunctive clause occurred before the action of the main clause. Compare the following examples.

Esperaba que los Tigres **ganaran** el campeonato.
     I hoped that the Tigers would win the championship.

Esperaba que los Tigres ya **hubieran ganado** el campeonato.
     I hoped that the Tigers had already won the championship.

Reminder. To review the expressions that require the use of the subjunctive in noun clauses, see the following: **Capítulo 5, Segunda situación:** Expressions of wishing, hoping, commanding, and requesting; **Capítulo 6, Segunda situación:** Expressions of emotion, judgment, and doubt.

Gramática suplementaria. There is a great deal of variation in the way that the past perfect subjunctive will translate into English.

PRÁCTICA Y CONVERSACIÓN

12.10 ¡No ganamos! El equipo de fútbol ha perdido el campeonato. Explique lo que Ud. dudaba que el equipo hubiera hecho antes de llegar a los partidos finales.

Dudaba que el equipo…

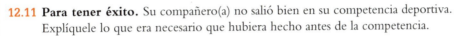

hacer ejercicios / escuchar al entrenador / entrenarse bien / ponerse en forma / querer ganar / correr bastante

12.11 Para tener éxito. Su compañero(a) no salió bien en su competencia deportiva. Explíquele lo que era necesario que hubiera hecho antes de la competencia.

Modelo	hacer ejercicios
ESTUDIANTE 1	*No hice ejercicios.*
ESTUDIANTE 2	*Era necesario que hubieras hecho ejercicios.*

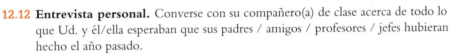

llegar al gimnasio a tiempo / hacer ejercicios de calentamiento / sudar mucho / hacer jogging / ponerse en forma / entrenarse todos los días

12.12 Entrevista personal. Converse con su compañero(a) de clase acerca de todo lo que Ud. y él/ella esperaban que sus padres / amigos / profesores / jefes hubieran hecho el año pasado.

Modelo	**ESTUDIANTE 1**	*Javier, estoy muy triste. Yo esperaba que mis padres hubieran ahorrado dinero suficiente para ir todos a España este verano.*
	ESTUDIANTE 2	*Yo también estoy desilusionado. Yo hubiera preferido que me hubieran dicho antes que no viajaría con el equipo.*

Discussing Contrary-to-Fact Situations

IF CLAUSES WITH THE CONDITIONAL PERFECT AND THE PAST PERFECT SUBJUNCTIVE

Contrary-to-fact ideas, such as *If I had been more careful*, are often joined with another idea expressing what would have or would not have been done. *If I had been more careful, I would not have broken my arm.*

a. When a clause introduced by **si** *(if)* expresses a contrary-to-fact situation that occurred in the past, the verb in the **si** clause must be in the past perfect subjunctive. The verb in the main or result clause is in the conditional perfect tense.

Si **nos hubiéramos entrenado** más, **habríamos ganado** el campeonato.	*If we had trained more* (but we didn't), *we would have won the championship.*

b. The following will help clarify the sequence of tenses in *if* clauses.

    1. **Si** + *present indicative* + *present indicative* or *future*

Si **haces** ejercicios, **te pondrás** en forma.	*If you exercise, you will get in shape.*

> **Reminder.** The **si** clause can be the first or the second clause of the sentence. **Si hubiera tenido más tiempo, habría jugado al tenis todos los días. Habría jugado al tenis todos los días si hubiera tenido más tiempo.**

2. **Si** + *imperfect subjunctive* + *conditional*

Si **hicieras** ejercicios, **te pondrías** en forma.

If you exercised, you would get in shape.

3. **Si** + *past perfect subjunctive* + *conditional perfect*

Si **hubieras hecho** ejercicios, **te habrías puesto** en forma.

If you had exercised, you would have gotten in shape.

PRÁCTICA Y CONVERSACIÓN

12.13 Mejor entrenado(a). Explique lo que no habría ocurrido si Ud. hubiera podido evitarlo *(avoid it).*

Si yo hubiera podido evitarlo,…

el entrenador no ser tan débil / los jugadores no llegar tarde al gimnasio / los jugadores no estar en mala forma / las prácticas no ser tan cortas / el equipo no perder / ¿?

12.14 Más consejos. Explíquele a su compañero(a) que él/ella habría ganado la competencia si hubiera escuchado sus consejos.

Habrías ganado la competencia si …

hacer ejercicios de calentamiento / practicar más horas / dormir más / comer comidas más nutritivas / tomar tus vitaminas / prestar atención / ¿?

© Kelly Boreson/Shutterstock.com

12.15 ¡Te lo dije! Su amigo(a) es capitán/capitana de un equipo deportivo de su universidad y está muy triste porque su equipo perdió el campeonato nacional. Ud. cree que es porque el equipo no practicó, no descansó, no se alimentó lo suficiente, etcétera. Dígale que no habría perdido si hubiera seguido sus consejos.

Modelo **ESTUDIANTE 1** *Oye, Armando, comprende la situación. Tu equipo no habría perdido si hubiera tenido más disciplina y hubiera entrenado más.*

ESTUDIANTE 2 *No, Fernando. Ellos sí entrenaron bastante.*

ESTUDIANTE 1 *Bueno, pero tu equipo no habría perdido si tú hubieras seguido mis consejos.*

SEGUNDA SITUACIÓN

PRESENTACIÓN

En el consultorio del médico

PRÁCTICA Y CONVERSACIÓN

12.16 Los síntomas. Describa los síntomas de las siguientes enfermedades.

> la gripe / la mononucleosis / el catarro / la bronquitis / la pulmonía /
> la jaqueca / la depresión / la intoxicación por alimentos

12.17 Los consejos. ¿Qué consejos le da Ud. a su compañero(a) de clase en las siguientes situaciones?

1. No puede dormirse.
2. Tiene dolor de estómago.
3. Se ha fracturado el brazo.
4. Tiene el tobillo hinchado.
5. Sufre de dolores musculares.
6. Tiene escalofríos.
7. Le duele la garganta.
8. Tiene dolor de cabeza.
9. Tiene una erupción.
10. Está muy cansado(a) porque anda con cambio de horario.

12.18 Entrevista personal. Pregúntele a su compañero(a) de clase sobre su salud.

Pregúntele...

1. qué hace cuando tiene dolor de cabeza.
2. si sufre de alergias.
3. qué hace si se siente deprimido(a).
4. qué toma para una tos fuerte.
5. qué hace si sufre de insomnio.
6. qué hace cuando tiene fiebre.
7. qué hace cuando tiene una erupción.
8. qué toma para los dolores musculares.
9. qué hace si tiene un ataque de asma.

12.19 PierdePeso. Según el anuncio, ¿qué ventajas ofrece el programa PierdePeso para controlar el peso? ¿Hay desventajas? ¿Cuáles?

CONTROLAR SU PESO
CON EL PROGRAMA

PierdePeso

Somos una compañía internacional con 15 años de experiencia. Controle su peso y volumen comiendo sus platos favoritos con un buen programa nutricional. Inscríbase hoy y le mandamos gratis nuestra crema anticelulítica.

Satisfacción garantizada o le devolvemos su dinero.

PierdePeso
(23) 535 79 90   www.pierdepeso.com

12.20 ¿Qué me dices? Ud. y su compañero(a) trabajan como voluntarios en un hospital. Cada uno de Uds. tiene una lista incompleta de los pacientes que llegaron a la sala de emergencia. Uds. tienen que combinar las dos listas. Su lista está a continuación y la lista incompleta de su compañero(a) está en el **Apéndice A.** Conversen para completar la lista con los nombres de todos los pacientes, sus problemas y la hora en que llegaron.

The alternate drawing that corresponds to this activity can be found in **Appendix A.**

PACIENTE	PROBLEMA	HORA
Mónica García		
Tomás Zapatero		
Pilar Díaz	Ataque severo de asma	3:10
Francisco Sánchez		
Carmen Llaneras	Infección de garganta	5:30
Susana Aznar		
Ricardo Acebes	Mareos y fiebre alta	7:00
Omar Pérez	Se cortó la mano	10:30

12.21 Creación. En una narración cuente lo que pasa en el dibujo de la **Presentación.**

Modelo   *Es una escena en el consultorio de un médico. Hay varios pacientes enfermos o heridos. En el centro hay una enfermera ayudando a un hombre desmayado...*

vocabulario

Los síntomas *Symptoms*

castañetear los dientes *to have one's teeth chatter*

desmayarse *to faint*

estar deprimido(a) *to feel depressed*

estar mal *to feel sick*
  no estar bien
  sentirse (ie) mal

estornudar *to sneeze*

gotearle la nariz *to have a runny nose*

marearse *to feel dizzy, seasick*

mejorarse *to get better*

padecer de *to suffer from*
  alergia *an allergy*
  asma *asthma*
  dolores musculares *muscular aches*
  insomnio *insomnia*
  mareos *dizziness*

sonarse (ue) la nariz *to blow one's nose*

sufrir *to suffer*

tener dolor de *to have a*
  cabeza *headache*
  estómago *stomachache*
  garganta *sore throat*

tiritar *to shiver*
  temblar

toser *to cough*

vomitar *to vomit*

Las enfermedades *Diseases*

la apoplejía *stroke*

el cáncer *cancer*

la cardiopatía isquémica *coronary heart disease*

el catarro *cold*
  el resfriado

la depresión mayor *clinical depression*

la gripe *flu*

la intoxicación por alimentos *food poisoning*

la migraña *migraine*
  la jaqueca

la pulmonía *pneumonia*

Los remedios *Medicines*

el analgésico *analgesic, painkiller*

los antibióticos *antibiotics*

la aspirina *aspirin*

las gotas *drops*

el jarabe para la tos *cough syrup*

las pastillas *tablets*

la penicilina *penicillin*

las píldoras *pills*

la receta *prescription*

las vitaminas *vitamins*

la vacuna contra la gripe *flu shot*

operar a alguien *to operate on someone*

ponerse una inyección *to get a shot*

recetar un remedio *to prescribe medicine*

Las heridas *Injuries*

la curita *band-aid*

las muletas *crutches*

la venda *bandage*

el yeso *cast*

cortarse el dedo *to cut one's finger*

dislocarse la rodilla *to dislocate one's knee*

enyesar el brazo *to put one's arm in a cast*

fracturarse la muñeca *to fracture one's wrist*

golpearse la cabeza *to hit one's head*

herirse (ie, i) *to hurt oneself*

lastimarse el hombro *to hurt one's shoulder*

dar puntos en la mano *to get stitches in one's hand*

romperse la pierna *to break one's leg*

tener una contusión *to be bruised*

torcerse (ue) el tobillo *to sprain one's ankle*

vendar el dedo del pie *to bandage one's toe*

Vocabulario adicional.
auscultar *(to listen with a stethoscope)*, **hacerse una radiografía** *(to have an X-ray taken)*, **ir al médico de cabecera** *(to go to family doctor)*, **un médico de familia** *(a family doctor)*, **un médico especialista** *(a specialist)*, **tener una erupción** *(to have a rash)*, **los escalofríos** *(chills)*, **una fiebre** *(a fever)*, **la nariz tapada** *(a stuffy nose)*, **los ojos llorosos** *(watery eyes)*

© Jennifer Byron/iStockphoto.com

Track 2-13

Expressing Sympathy and Good Wishes

ANA MARÍA Carmencita, cuánto lamento la muerte de tu padre. Mi sentido pésame.

CARMENCITA Gracias, Ana María. En realidad ha sido horrible. Tan inesperado.

ANA MARÍA Sí, ha sido una cosa tan violenta. Francamente ha sido una impresión muy fuerte para todos.

CARMENCITA Un hombre tan fuerte, tan lleno de vida y entusiasmo, se muere de un momento al otro. Si hubiera estado enfermo o si lo hubiéramos visto deteriorarse poco a poco, quizás el choque no habría sido tan fuerte. ¿Pero morirse así? Es espantoso. No se lo deseo a nadie.

ANA MARÍA Mira, aquí estamos, ya sabes. Si necesitas cualquier cosa, por favor, avísanos, que para eso somos las amigas.

CARMENCITA Sí, claro. Muchas gracias por venir, Ana María. Muchas gracias por todo. De repente te tomo la palabra y te llamo un día de estos.

ANA MARÍA Por favor, hazlo.

PERSPECTIVAS LINGÜÍSTICAS

As you can observe in the dialogue above, it is not unusual when receiving expressions of sympathy from close friends to openly talk about one's pain and feelings. *(En realidad ha sido horrible. Tan inesperado. Es espantoso. No se lo deseo a nadie.)* On the other hand, when expressing sympathy one is expected to offer help and support *(Si necesitas cualquier cosa, por favor, avísanos)* in the name of friendship *(que para eso somos las amigas).*

Phrases to express sympathy

¡Cuánto lo siento!	*I'm so sorry!*
Lo siento mucho.	*I'm very sorry!*
Mi (más) sentido pésame.	*Receive my (deepest) sympathies.*

Phrases to express good wishes

Que se/te mejore(s).	*I hope you get better.*
Que Dios le/te bendiga.	*May God bless you.*
Le/Te deseo lo mejor.	*I wish you the best.*
¡Feliz cumpleaños!	*Happy birthday!*
¡Feliz Navidad / Año Nuevo!	*Merry Christmas! / Happy New Year!*
¡Felices vacaciones!	*Enjoy your vacation!*

PRÁCTICA Y CONVERSACIÓN

12.22 ¡Qué vida esta! ¿Qué dice Ud. en las siguientes situaciones?

1. Su compañero(a) de cuarto está muy triste porque su abuelo está muy enfermo.
2. Su novio(a) está muy contento(a) porque consiguió el trabajo que quería.
3. Su padre recibió un ascenso.
4. Su mejor amigo(a) se va de vacaciones al Caribe.
5. Su compañero(a) de clase cumple veintiún años.
6. Su vecino(a) se siente muy enfermo(a).

12.23 ¡Buena suerte! Con un(a) compañero(a), dramaticen la siguiente situación. Su compañero(a) está en el hospital y lo/la van a operar. Él/Ella está muy preocupado(a) y asustado(a). Ud. le hace una visita y trata de darle ánimo.

Modelo   **ESTUDIANTE 1**   *Mira, Rosalinda, esta es una operación sencilla. No te preocupes.*

        ESTUDIANTE 2   *Sí, lo sé, pero estoy muy preocupada y asustada.*

        ESTUDIANTE 1   *Comprendo, pero si necesitas cualquier cosa, por favor, avísame.*

ESTRUCTURAS

Discussing Unexpected Events

REFLEXIVE FOR UNPLANNED OCCURRENCES

In English we often describe accidents, unintentional actions, and unexpected events with the words *slipped* or *got*. For example: *The pills slipped out of my hands; The prescription got lost.* Spanish uses a very different construction to convey these ideas.

a. To express when something happens to someone accidentally or unexpectedly, Spanish uses **se** + *indirect object pronoun* + *verb* in the third person.

Se me perdió la receta.	*My prescription got lost.*
Se me perdieron las píldoras.	*My pills got lost.*

b. In these constructions, the subject normally follows the verb. When the subject is singular, the verb is third-person singular; when the subject is plural, the verb is third-person plural.

Se le cayó la botella de aspirinas.	*The aspirin bottle slipped out of his hands.*
Se le cayeron las vitaminas.	*The vitamins slipped out of his hands.*

c. The indirect object pronoun refers to the person who experienced the action. The indirect object pronoun can be clarified with the phrase **a** + *noun* or *pronoun*.

A Eduardo se le cayó la botella de aspirinas.	*The aspirin bottle slipped out of Eduardo's hands.*

d. Verbs frequently used in this construction are

acabar	to finish, run out of		**ocurrir**	to occur
caer	to fall, slip away		**olvidar**	to forget, slip one's mind
escapar	to escape		**perder**	to lose
ir	to go, run away		**quedar**	to remain, have left
morir	to die		**romper**	to break

> **Gramática suplementaria.** The indirect object pronoun can be translated as the subject of the sentence or even as a possessive: **Se me olvidó la receta.** = *I forgot the prescription.* Here the indirect object pronoun **me** = the subject *I* in the English sentence. **Se le olvidaron las llaves.** = *He forgot his keys* or *His keys slipped his mind.* Here the indirect object **le** = the subject *He* in the English sentence as well as the possessive *his*.

PRÁCTICA Y CONVERSACIÓN

12.24 Las cosas perdidas. ¿Qué se les perdieron a las siguientes personas?

Modelo el Dr. Cáceres / las pastillas
Al Dr. Cáceres se le perdieron las pastillas.

1. la enfermera / las píldoras
2. yo / la receta
3. el Dr. Gómez / los antibióticos
4. Joaquín y yo / el jarabe para la tos
5. tú / las gotas
6. la Dra. Valle / la aspirina
7. Uds. / las vitaminas
8. los pacientes / las muletas

12.25 ¡Qué mala suerte! Forme por lo menos seis oraciones explicando lo que les pasó a las siguientes personas.

yo	acabar	la botella de jarabe
tú	caer	el dinero
los doctores	olvidar	las gafas
mi mejor amigo(a)	perder	las recetas
nosotras	romper	la muñeca
mi compañero(a)		los antibióticos

 12.26 ¡Se me cayó! Con un(a) compañero(a), dramatice la siguiente situación. Ud. no sabe dónde está la receta que el/la médico(a) le había dado y ya no tiene más pastillas. Explíquele al/a la médico(a) que no es culpa suya.

Modelo   **ESTUDIANTE 1**   *Disculpe, doctor, pero se me ha perdido la receta.*

 ESTUDIANTE 2   *¿Y se le han acabado las pastillas?*

 ESTUDIANTE 1   *Sí, ya se me acabaron.*

Linking Ideas

RELATIVE PRONOUNS: *QUE* AND *QUIEN*

Relative pronouns are used to link short sentences and clauses together in order to provide smooth transitions from one idea to another. The most common English relative pronouns, *that, which, who,* and *whom,* are often expressed in Spanish with **que** and **quien(es).**

a. Que = *that, which, who*

1. **Que** is the most commonly used relative pronoun; it may be used as a subject or object of a verb and may refer to a person or thing.

Primero debes tomar la penicilina, **que** es un remedio común para la pulmonía. El médico **que** conocí esta mañana me dijo **que** no vas a sufrir mucho más.

First you should take penicillin, which is a common medicine for pneumonia. The doctor that I met this morning told me that you're not going to suffer much longer.

2. **Que** may also be used after short prepositions such as **a, con, de,** or **en** to refer to a place or thing.

No sé **de que** te quejas.

I don't know what you are complaining about.

b. Quien(es) = *who, whom*

1. The relative pronoun **quien(es)** is used after prepositions to refer to people.

Las dos enfermeras **con quienes** hablabas son mis primas.

The two nurses with whom you were talking are my cousins.

2. **Quien(es)** may also be used to introduce a nonrestrictive clause, that is, a clause set off by commas that is almost an aside and not essential to the meaning of the sentence.

El Dr. Rivas, **quien** es nuestro médico, dijo que vas a mejorarte pronto.

Dr. Rivas, who is our doctor, said that you will get better soon.

In spoken language, **que** is generally used in these nonrestrictive clauses; **quien(es)** is normally used in written language.

Gramática suplementaria. In most cases, the English word *who* will not translate as **quien(es).** Generally *who* = **que:** *The doctor who gave me these pills . . .* = **El doctor que me dio estas píldoras…**

The English word *whom* will generally translate as **quien(es);** *whom* is an object and will often follow a preposition, as in *for whom, by whom, to whom, from whom.*

Gramática suplementaria. In Spanish the relative pronoun always follows the preposition, as in **con quienes.** The word order in spoken English is often quite different from the Spanish equivalent. *The doctor I talked with . . . = **El doctor con quien hablé...***

c. The relative pronoun is often omitted in English. In Spanish the relative pronoun must be used to join two clauses.

Esos edificios **que** ves a la derecha son los hospitales de la universidad.	*Those buildings (that) you see on the right are the university hospitals.*
¿Conoces a todas las personas **con quienes** trabajas en la clínica?	*Do you know all the people (that) you work with in the clinic?*

PRÁCTICA Y CONVERSACIÓN

12.27 ¿Quiénes son? Explique quiénes son las siguientes personas dentro del hospital.

Modelo José / el médico / recetarnos un remedio
José es el médico que nos recetó un remedio.

1. Susana / la chica / estornudar todo el tiempo
2. el Sr. Vargas / el trabajador / romperse la pierna
3. Carlos / el joven / estar deprimido
4. la Sra. Fernández / la doctora / padecer de insomnio
5. Laura / la enfermera / poner inyecciones

12.28 Enfermeros y pacientes. Explique quiénes son estas personas. Siga el modelo. Luego, compare sus respuestas con las de su compañero(a).

Modelo El Dr. Ochoa es el médico. Hablé con el Dr. Ochoa ayer.
El Dr. Ochoa es el médico con quien hablé ayer.

1. Julio es un muchacho muy activo. Le enyesé la pierna a Julio.
2. Susana es una enfermera muy eficiente. Yo trabajé con Susana.
3. Mario es el estudiante. Le operé la mano a Mario.
4. La Sra. Blanca es la enfermera. Compré un regalo para la Sra. Blanca.
5. Mariano es el jugador de fútbol. Le di puntos en la cabeza a Mariano.

12.29 ¿Quién es? Complete las siguientes oraciones, utilizando pronombres relativos.

1. Mi mejor amigo(a) es la persona _____.
2. El capitán del equipo de fútbol es la persona _____.
3. Los enfermos son las personas _____.
4. El entrenador es la persona _____.
5. El campeón de boxeo es la persona _____.

12.30 ¡No conozco nada ni a nadie! Con un(a) compañero(a) de clase, dramaticen esta situación. Un(a) amigo(a) de Buenos Aires está visitándole a Ud. y Ud. lo/la lleva a conocer varios lugares y personas en su ciudad. Su amigo(a) le hace preguntas y Ud. le contesta.

Modelo
ESTUDIANTE 1 *¿Qué edificio es este?*
ESTUDIANTE 2 *Este es un edificio que es muy importante para nosotros. Es el estadio de béisbol profesional.*

Linking Ideas

RELATIVE PRONOUNS: FORMS OF *EL QUE, EL CUAL,* AND *CUYO*

The relative pronouns **que** and **quien(es)** are most often used in the spoken language. In more formal written and spoken Spanish other relative pronouns are often used.

a. **el que, la que, los que, las que** = *who, whom, that, which*

Forms of **el que** agree in gender and number with their antecedent; that is, the person or thing they refer back to.

b. **el cual, la cual, los cuales, las cuales** = *who, whom, that, which*

Forms of **el cual** also agree in number and gender with their antecedent.

c. Forms of **el que** and **el cual** are used only after a preposition or after a comma. When there is no preposition or comma, the relative **que** is used. The choice between forms of **el que** or **el cual** is often just a matter of personal preference similar to *that* or *which* in most cases in English.

1. Forms of **el que** or **el cual** are used to avoid confusion when there are two possible antecedents.

El primo de mi mamá, **el que (el cual)** vive en Buenos Aires, es un cirujano famoso.	*My mother's cousin, who [the cousin] lives in Buenos Aires, is a famous surgeon.*

2. Forms of **el que** are generally used after short prepositions such as **a, con, de, en.**

La alergia **de la que** sufre Amalia produce síntomas terribles.	*The allergy from which Amalia suffers produces terrible symptoms.*

3. Forms of **el cual** are preferred after prepositions of more than one syllable and after the short prepositions **por, para,** and **sin.**

El remedio **por el cual** pagué muchísimo me dio dolores por todas partes.	*The medicine for which I paid a lot made me ache all over.*

d. Forms of **el que** are also used as the equivalent of *the one(s) that.*

Estas pastillas son buenas, pero **las que** el médico me recetó el mes pasado eran mejores.	*These pills are good, but the ones that the doctor prescribed for me last month were better.*

e. **lo que** and **lo cual** = *what, that, which*

Lo que / lo cual refers back to a situation, a previously stated idea or sentence, or something that hasn't yet been mentioned.

El tobillo roto me duele un poco, pero **lo que** me molesta más es el yeso.	*My broken ankle hurts me a little, but what bothers me most is the cast.*

f. **cuyo** = *whose*

Cuyo is a relative adjective; it agrees in number and gender with the item possessed.

Eduardo, **cuya madre** es médica, piensa hacerse médico también.	*Eduardo, whose mother is a doctor, plans to become a doctor also.*

12.31 ¿Qué es esto? Explique qué son las siguientes cosas. Combine las dos oraciones en una nueva oración, usando una preposición y una forma de **el que** o **el cual.**

Modelo   Este es el consultorio. El doctor Milagros trabaja en este consultorio.
Este es el consultorio en el que (el cual) trabaja el doctor Milagros.

1. Estos son los antibióticos. Curan la infección con estos antibióticos.
2. Este es el papel. El doctor escribe la receta en este papel.
3. Estas son las vitaminas. La enfermera me habló de estas vitaminas.
4. Este es el jarabe para la tos. Paco se puso mejor con este jarabe para la tos.
5. Estas son las píldoras. Perdí mucho peso con estas píldoras.

12.32 Reacciones. Describa la reacción del paciente en las siguientes situaciones.

Modelo   No le dio puntos. Esto le gustó.
Lo que le gustó fue que no le dio puntos.

1. Se torció el tobillo. Esto le enojó.
2. No se rompió la pierna. Esto le pareció increíble.
3. Padeció de alergias. Esto no le importó.
4. Se cortó el dedo. Esto le molestó.
5. Le puso una inyección. Esto le puso furioso.

12.33 Más reacciones. Complete las siguientes oraciones de una manera lógica.

1. Lo que me gusta más es _____.
2. Lo que necesito es _____.
3. Lo que no me gusta es _____.
4. Lo que me enoja es _____.
5. Lo que me parece ridículo es _____.

12.34 ¡Qué suerte! Forme por lo menos cuatro oraciones usando una frase de cada columna para describir cómo se sienten estas personas. Luego, compare sus respuestas con las de su compañero(a).

Esta chica	cuyo	herida no sana	está frustrado(a)
Aquel señor	cuya	píldoras se perdieron	está contento(a)
Ese hombre	cuyos	hermano tiene gripe	está triste
Esa médica	cuyas	pacientes vinieron ayer	está furioso(a)

12.35 Mi opinión de mis clases. Con un(a) compañero(a) discuta lo que más le gustó / no le gustó de sus clases este semestre, lo que le pareció más / menos interesante, lo que necesita hacer, lo que quiere hacer.

Modelo   **ESTUDIANTE 1**   *¿Sabes qué? Lo que más me gustó de mis clases fue aprender sobre los países hispanos, sobre todo sobre aquellos cuyas culturas indígenas son tan interesantes.*

ESTUDIANTE 2   *A mí también. Lo que quiero hacer ahora es viajar para conocer esos países.*

ESTUDIANTE 3   *Sí, yo también. Tengo que buscar a mi amigo cuyo hermano ha estado allá.*

TERCERA SITUACIÓN

DIÁLOGOS EN VÍDEO

To view the video, visit
www.cengagebrain.com

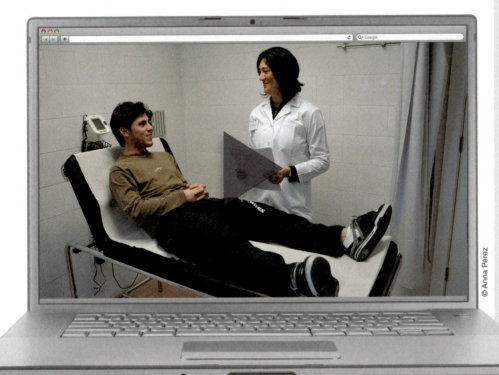

© Anna Pérez

Para comprender lo que ve

OBSERVING CULTURAL PROTOCOLS

By paying attention to what goes on in a health care environment and people's behavior (proxemics, face gestures and body language, how busy they are, what they do, etc.), you will be able to understand the health practices in that culture and infer whether they are similar or different from the ones you are used to. Consequently, you will be better prepared to understand what they say and how they take care of their patients.

Para comprender lo que escucha

IDENTIFYING LEVELS OF POLITENESS

You have probably heard the expression, "It is not what he said, but the way he said it." Sometimes the way people say something, that is, the intonation of the voice and grammatical structures they use, affects the way you respond to them. In English, for example, you would respond differently to each of the following: "Come here!"; "Could you please come here?;" "Do you mind coming here?"; and "Do you think you could come here, please?" The same phenomenon occurs in Spanish where different levels of politeness are used in different circumstances and with different people. Note the difference between the following: **«Ven acá»; «¿Puedes venir acá, por favor?»; «¿Podrías venir acá, por favor?»;** and **«¿Serías tan amable de venir acá, por favor?».**

Antes de ver y escuchar

12.36 **La fotografía y el vídeo.** Con un(a) compañero(a) de clase, hagan las siguientes actividades.

1. Describan en detalle a las personas que se ven en la fotografía (cómo están vestidas, qué hacen).
2. Describan ahora el lugar en el vídeo y lo que se ve en el lugar.
3. En su opinión, ¿qué tipo de relación existe entre estas personas? Justifique su respuesta.

Al ver y escuchar

12.37 **Los apuntes.** Escuche la conversación entre Ricardo y la Dra. Velásquez. Tome los apuntes que considere necesarios y complete las siguientes oraciones.

1. Ricardo va a ver a la Dra. Velásquez porque _____.
2. La doctora le había dicho que no _____.
3. Ricardo cree que _____.
4. La doctora no cree que _____ sino que solamente _____.
5. La doctora está _____ con Ricardo porque él no le hizo caso.

Después de ver y escuchar

12.38 **Resumen.** Con un(a) compañero(a) de clase, resuman la conversación entre Ricardo y la Dra. Velásquez.

12.39 **Algunos detalles.** Escoja entre las alternativas que se presentan a continuación las que mejor recuenten lo que ocurrió.

1. Sabemos que la Dra. Velásquez está molesta con Ricardo porque le dice…
   a. «¿Qué pasó? ¿Se te olvidó?»
   b. «¡Que te mejores!»
   c. «¡Qué mala suerte!»

2. Sabemos que Ricardo es amable con la Dra. Velásquez porque dice:
   a. «Aquí me tiene otra vez».
   b. «¡Gracias, doctora!»
   c. «Se lo prometo».

3. Cuando la Dra. Velásquez le dice a Ricardo: «Y que no se te vuelva a olvidar, porque a mí se me va a acabar la paciencia», sabemos que ella está…
   a. molesta.
   b. impaciente.
   c. decepcionada.

4. Podemos suponer que después de ver a la Dra. Velásquez, Ricardo…
   a. se irá con sus amigos.
   b. va a jugar al fútbol y al básquetbol.
   c. se va a cuidar mucho.

PERSPECTIVAS

Los deportes del mundo hispano

En España y los países latinoamericanos, existen una gran variedad de deportes que son diversiones populares para los hombres y las mujeres. Unos de estos deportes se juegan en equipos como el fútbol pero otros son deportes individuales como el ciclismo o la pesca. Y hay deportes que utilizan animales como la corrida de toros, el polo o la charreada.

El fútbol

El fútbol es el deporte preferido en todo el mundo hispano. En todos los países del mundo hispano se puede ver a las personas de casi todas las edades improvisando una cancha de fútbol en cualquier lugar para jugar un partido con amigos o familiares. Los que no quieren jugar al fútbol lo miran en la televisión o en un estadio. En el mundo hispano los equipos de fútbol compiten en campeonatos regionales, nacionales e internacionales. Cada cuatro años el Campeonato Mundial de Fútbol tiene lugar en un país diferente y los mejores equipos de todo el mundo compiten. Entre los mejores muchas veces se puede encontrar los equipos de la Argentina, España y México.

© Omar Torres/AFP/Getty Images

↑ FOTO Un partido de fútbol

A diferencia de los Estados Unidos, donde los deportes universitarios juegan un papel muy importante, la mayoría de las universidades del mundo hispano no patrocinan *(sponsor)* equipos de deportes. Por eso, no hay mucha rivalidad entre universidades en cuanto a los deportes y la mayoría de los equipos de fútbol son patrocinados por negocios y asociaciones.

Los deportes que utilizan animales

Aunque muchos piensan que la corrida de toros es muy popular en todo el mundo hispano, solamente se puede ver este espectáculo en Colombia, España, México, Perú y Venezuela. Muchos dicen que no es un deporte sino un arte en el cual se puede ver el triunfo de la inteligencia humana sobre la fuerza del animal. Actualmente la corrida pierde su popularidad y aun en España es el segundo deporte más popular después del fútbol.

En México la charreada es más popular que la corrida de toros. En una charreada los hombres y las mujeres en trajes tradicionales demuestran sus habilidades de montar a caballo. En Argentina, Chile y Uruguay, el polo atrae a muchos atletas. Argentina ha sido el dominador absoluto de este deporte a lo largo de la historia y cuenta con los mejores jugadores del mundo.

© Chad Ehlers/Alamy

↑ FOTO Un partido en el Campo de Polo de la ciudad de Buenos Aires, Argentina

Otros deportes

En México, Centroamérica y el Caribe muchos juegan al béisbol. A veces los jugadores de béisbol en estas regiones llegan a ser miembros de los equipos profesionales de los Estados Unidos. El básquetbol también es popular en estas regiones.

Actualmente el golf es el deporte que crece más rápidamente en popularidad en España y hay muchas nuevas canchas de golf en todas partes del país. En España también se practica el jai alai o la pelota vasca que es un deporte semejante al *squash* o al ráquetbol. En vez de una raqueta los jugadores utilizan una pequeña canasta *(basket)* para agarrar *(catch)* y lanzar la pelota. También practican el jai alai en México, Cuba y la Florida.

Además de los deportes arriba mencionados, los hispanos practican muchísimos otros deportes como el ciclismo, el esquí, la natación, el tenis, la pesca y la caza.

PRÁCTICA Y CONVERSACIÓN

12.41 Práctica intercultural. Con un(a) compañero(a) de clase, completen las siguientes actividades acerca de los deportes en los Estados Unidos.

1. Describa un partido universitario de fútbol americano. ¿Dónde tienen lugar estos partidos? ¿Quiénes participan y quiénes asisten? ¿Cuál es la importancia de este deporte dentro de la universidad?
2. Describa un partido profesional de fútbol americano. ¿Dónde tienen lugar estos partidos? ¿Quiénes participan y quiénes asisten? ¿Cuál es la importancia de este deporte profesional?
3. ¿Cuáles son las diferencias entre los partidos profesionales y los universitarios?
4. ¿Qué otros deportes son populares en los Estados Unidos?

12.42 El fútbol. Trabajando en parejas, discutan las diferencias entre el fútbol y el fútbol americano incluyendo información acerca de la manera de jugar el deporte, los equipos y los campeonatos.

12.43 Comparaciones. Trabajando en parejas, preparen una lista de los deportes populares en el mundo hispano indicando el país o la región donde se practica. Después indiquen las semejanzas y diferencias entre los deportes del mundo hispano y los de Estados Unidos.

ASÍ SE ESCRIBE

Para escribir bien

WRITING PERSONAL NOTES AND MESSAGES

You frequently need to write brief notes on a card or in an e-mail message to family, friends, neighbors, and co-workers to wish them well or to express sympathy. Such notes are a more courteous and lasting way of expressing personal sentiments.

In reality, a note is a brief personal letter and, thus, consists of a salutation, brief body, and closing.

When expressing good wishes or sympathy in person, you have the opportunity to react to facial expressions, tone of voice, and the person's responses. However, in a personal note you need to include all the information you want the person to receive since there is no conversational give and take. In the body of the note you will need to explain why you are writing (i.e., you have just heard the good/bad news; you know it is the person's birthday; etc.). Then express your personal feelings and reactions.

The oral expressions taught in the **Así se habla** for the **Segunda situación** of this chapter are also appropriate for written notes. Other ways of expressing good wishes and sympathy include the following.

Indirect Commands

Que tenga(s) un buen viaje.   *Have a good trip.*

Que se/te mejore(s) pronto.   *Get well soon.*

Subjunctive Phrases

Me alegro que + *subjunctive*   *I'm very happy that . . .*

Siento que + *subjunctive*   *I'm sorry that . . .*

Exclamatory Phrases with *qué*

Qué + *noun*
  ¡Qué suerte / lástima!   *What luck / a pity!*

Qué + *adjective*
  ¡Qué bueno / terrible!   *How nice / terrible!*

Qué + *noun* and *adjective*
  ¡Qué noticias más buenas!   *What good news!*

Antes de escribir

Lea los temas para composiciones dadas en la sección **Al escribir** y escoja el tema que sea más compatible con sus intereses y habilidades.

A **Un mensaje personal.** Cree el formato para un mensaje personal a un(a) amigo(a) incluyendo el saludo, el espacio para el texto, la pre-despedida y la despedida.

B **Frases de conmiseración** *(sympathy)* **y para dar ánimo** *(encouragement).* Primero, cree una lista de frases para expresar conmiseración a la persona mencionada en el tema que Ud. escogió: **Tema 1:** una persona enferma; **Tema 2:** un(a) estudiante con malas notas. Después cree otra lista de frases para darle ánimo a la misma persona.

Al escribir

C Escriba su composición utilizando el formato para su mensaje, su lista de frases de conmiseración y su lista de frases para dar ánimo.

Tema 1:

Su mejor amigo(a). Su mejor amigo(a) asiste a otra universidad e iba a venir a vistarlo/la este fin de semana. Desgraciadamente, Ud. acaba de hablar por teléfono con su compañero(a) de cuarto y él/ella le dijo que su amigo(a) tiene gripe y no puede venir. Escríbale un mensaje por correo electrónico a su amigo(a) expresando su conmiseración y dándole ánimo. Explíquele lo que Uds. habrían hecho si lo/la hubiera visitado. También explíquele que puede venir otro fin de semana y pueden hacer las mismas actividades.

Tema 2:

Un examen de química. Suspendieron a un(a) amigo(a) de otra universidad en un importante examen de química y ahora no quiere estudiar más. Escríbale un mensaje por correo electrónico a su amigo(a) expresando su conmiseración y dándole ánimo. Explíquele cómo lo/la habría ayudado si hubiera estudiado con él/ella.

Después de escribir

D Antes de entregarle su composición a su profesor(a), Ud. debe leerla de nuevo y corregir los errores.

☐ ¿Están incluidas todas las secciones del formato de un mensaje?

☐ ¿Contiene su mensaje frases para expresar conmiseración y también para darle ánimo a la otra persona?

☐ ¿Contiene su mensaje el vocabulario adecuado acerca del cuerpo, la salud y/o la universidad?

☐ ¿Está correcto el uso de los verbos en las cláusulas con **si**?

The communicative tasks of the **Interacciones** section recombine and review the vocabulary, grammar, culture, and communicative goals presented within this chapter. To help you prepare the tasks, review the specific items listed next to each activity.

A. Una llamada al/a la doctor(a)

Communicative Tasks: Describing illnesses; discussing unexpected events; expressing sympathy and good wishes

Telephone Conversation: You aren't feeling well. You probably have the flu—you have a fever and a sore throat, you ache all over, and you've been coughing a lot. You call your doctor and speak briefly with the receptionist (played by a classmate). You ask him/her to let you speak with the doctor (played by another classmate). Describe your symptoms to the doctor. Find out if you need to come in to the office. Ask the doctor to prescribe something for your cough.

B. ¡Si lo hubiera sabido!

Communicative Tasks: Explaining what you would have done under certain conditions; linking ideas

Survey and Oral Presentation: Take a survey of at least five of your classmates. Find out two things from each of them that they would have done differently in their university career if they had only known as beginning students what they know now. After completing the survey, report back to your classmates. As a group, you should draw up a list of the most important ideas that come from the surveys.

C. Unos accidentes de tenis

Communicative Tasks: Discussing illnesses; discussing unexpected events; expressing sympathy and good wishes

Role Play: You and three friends (played by classmates) decided to play tennis for the first time since last summer. Since you were all out of shape, you suffered some minor injuries. One person fell and hurt an ankle, another cut a hand on some broken glass on the court, a third sprained a wrist, and you bruised your leg rather badly. You go to the university clinic. A doctor (played by a classmate) will talk to each of you and help you individually.

D. Un(a) jugador(a) importante

Communicative Tasks: Discussing sports and games; describing illnesses and injuries; expressing sympathy and good wishes; explaining what you would have done under certain conditions

Interview: You are the sports reporter for the school newspaper. You must interview the star basketball player of your school and ask him/her about his/her basketball career. Discuss his/her best and worst games. Find out about his/her injuries and when and how they occurred. Ask him/her what he/she would have done differently if he had had the opportunity. Express good wishes and sympathy where appropriate.

To help you prepare «Una llamada al/a la doctor(a)», review the following: **Topics:** illnesses and their symptoms, expressions for making a telephone call; **Estructuras:** reflexive for unplanned occurrences, relative pronouns.

To help you prepare «¡Si lo hubiera sabido!», review the following: **Topics:** expressions for health and keeping in shape; **Estructuras:** if clauses with conditional perfect and past perfect subjunctive.

To help you prepare «Unos accidentes de tenis», review the following: **Topics:** accidents and illnesses, parts of the body; **Estructuras:** reflexive for unplanned occurrences.

To help you prepare «Un(a) jugador(a) importante», review the following: **Topics:** sports and games, expressions of good will and sympathy; **Estructuras:** if clauses with conditional perfect and past perfect subjunctive; relative pronouns.

El Cono Sur: Argentina, Chile, Paraguay y Uruguay

HERENCIA CULTURAL

PERSONALIDADES

© KOEN VAN WEEL/epa/Corbis Wire/Corbis

Literatura

La famosa escritora chilena, **Isabel Allende** (n. 1942), es una de las primeras novelistas latinoamericanas que ha alcanzado fama mundial por sus novelas, libros autobiográficos, cuentos y obras de teatro. Es considerada la escritora de lengua española más leída del mundo. Ha vendido más de 51 millones de ejemplares y sus obras han sido traducidas a más de 27 idiomas. La primera de sus novelas, *La casa de los espíritus,* ha sido llevada al cine; es una crónica familiar que trata de su país natal. Allende ha recibido varios premios de los Estados Unidos, Inglaterra y de Italia. En 2010 recibió el Premio Nacional de Literatura de Chile.

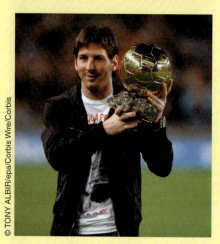

© TONY ALBIR/epa/Corbis Wire/Corbis

Deportes

El futbolista **Lionel Andrés Messi** (n. 1987), llamado Leo, nació en Rosario, Argentina, pero a la edad de once años su familia se trasladó a Barcelona, España, y Leo comenzó a jugar al fútbol con equipos juveniles. Entre 2004 y 2005 debutó con el Fútbol Club Barcelona y a los dieciséis años fue el jugador más joven en jugar en un partido de liga y de marcar un gol. Todavía juega con el FC Barcelona y también en la Selección de fútbol de Argentina y sigue ganando partidos y premios. Durante los Juegos Olímpicos de 2008 fue parte del equipo argentino que ganó la Medalla de Oro. Actualmente se le considera el mejor futbolista del mundo.

↑ FOTO El bandoneonista del grupo Bajofondo Tango Club

Música

Bajofondo Tango Club es un grupo musical formado por músicos argentinos y uruguayos. Su sonido tiene su origen en el tango, la música y el baile que se originaron en Buenos Aires y en Montevideo a fines del siglo XIX. Este grupo quería crear una visión nueva de la música de la vida urbana de Argentina y Uruguay. Así, nació el «neotango» de Bajofondo que es una fusión de música electrónica con el tango tradicional. Su canción «Perfume» es una obra romántica en que el perfume de una mujer le recuerda al hombre un amor apasionado.

COMPRENSIÓN

A. **Notas musicales.** Escuche la canción «Perfume» en el sitio web. Después de escuchar la canción, conteste las siguientes preguntas.

1. ¿Cuál es el tema de la canción «Perfume»?

2. ¿Qué simboliza el perfume en la canción?

3. ¿Dónde y cuándo se originó el tango?

4. ¿Por qué la música de Bajofondo Tango Club se considera «neotango» y no simplemente «tango»?

B. **Personalidades.** Conteste las siguientes preguntas sobre las personalidades del Cono Sur.

1. ¿Quién es la escritora de lengua española más leída del mundo? ¿Por qué?

2. ¿Cuál es su primera novela y de qué se trata?

3. ¿Dónde nació Leo Messi y después adónde se trasladó la familia?

4. ¿Cuáles son algunos de sus distinciones o premios?

5. ¿Cómo se llama el grupo que canta «Perfume»? ¿De dónde es?

6. ¿Cómo se caracteriza la música de este grupo?

CONEXIONES. Primero, escoja una de las categorías presentadas en esta sección: literatura, deportes, música. Después, utilizando un sitio web en español, haga una investigación de otra personalidad de la categoría que también es del Cono Sur. Finalmente, preséntele a su clase un informe oral sobre la personalidad.

ARTE Y ARQUITECTURA

Buenos Aires: una ciudad grande y cosmopolita

Buenos Aires, la capital de la Argentina con catorce millones de habitantes, es una de las ciudades más grandes del mundo. Fue fundada en 1536 y llegó a ser una ciudad importante en el siglo XVIII por tener un puerto para la importación y exportación de mercancías. Hoy en día es un gran centro comercial e industrial cuyo puerto tiene las dársenas *(wharves)* más grandes de Latinoamérica. A los habitantes de Buenos Aires se les llama «porteños» por la proximidad de Buenos Aires al puerto.

La arquitectura de Buenos Aires es muy variada y refleja los países de origen de los inmigrantes que poblaron la ciudad. El corazón de la ciudad es la Plaza de Mayo donde se puede encontrar el Cabildo *(town hall)* y otros históricos edificios de estilo colonial español. Al final de la Plaza está la Casa Rosada, la sede oficial del presidente de la República. Este edificio ha sido renovado y reformado varias veces durante los siglos y es en realidad una combinación de varios edificios antiguos.

↑ **FOTO** Buenos Aires, Argentina: la Plaza de Mayo y la Casa Rosada

Durante el siglo XIX Buenos Aires estimuló la inmigración europea y miles de inmigrantes llegaron a la ciudad y fundaron sus barrios étnicos que todavía existen. En el elegante barrio de La Recoleta se puede ver casas y palacios con una arquitectura al estilo francés del siglo XIX. El barrio de La Boca, fundado por los inmigrantes italianos, es conocido por sus casas y edificios de colores llamativos. Como los inmigrantes eran pobres, pintaban sus casas con los sobrantes *(leftovers)* de pintura para los barcos. Cuando la pintura no alcanzaba para pintar una casa de un mismo color, se utilizaban diversos colores para pintarlas.

↑ **FOTO** La Avenida 9 de julio, la Plaza de la República y el Obelisco son tres íconos de la arquitectura porteña.

Al final del siglo XIX empezaron a agrandar las calles de Buenos Aires para el uso de los automóviles y construyeron nuevos edificios modernos a lo largo de calles y paseos abiertos y amplios como la Avenida 9 de Julio. Como consecuencia el trazado *(layout)* del centro de Buenos Aires representa lo mejor de la arquitectura urbana con avenidas anchas, muchos parques públicos y una variedad de árboles, flores y plantas.

COMPRENSIÓN

A. Lugares de interés. Complete la siguiente tabla con información acerca de los lugares de interés en Buenos Aires.

LUGAR	CARACTERÍSTICAS / DESCRIPCIÓN / OTRAS COSAS DE INTERÉS
el puerto	
la Avenida 9 de Julio y la Plaza de la República	
la Plaza de Mayo	
la Recoleta	
La Boca	
el trazado del centro	

B. La historia. Utilizando información de la lectura, conteste las siguientes preguntas acerca de la historia de Buenos Aires.

1. ¿Cuándo fue fundada la ciudad de Buenos Aires? ¿Cuándo llegó a ser importante?

2. ¿Qué tipo de inmigración tuvo Buenos Aires en el siglo XIX? ¿Qué evidencia de esta inmigración se nota todavía?

3. ¿Qué cambios ocurrieron en Buenos Aires al final del siglo XIX? ¿Cuáles son las consecuencias de estos cambios?

C. Comparaciones. Trabajando en parejas, comparen Buenos Aires con Nueva York, Washington, D.C., Chicago, San Francisco u otra ciudad de los Estados Unidos que Uds. conocen.

D. En defensa de una opinión. ¿Qué evidencia hay en la lectura que confirma la siguiente idea? «Buenos Aires es una ciudad grande y cosmopolita».

CONEXIONES. Utilizando un sitio web en español, busque información sobre uno de los sitios de Buenos Aires presentados en esta sección. Después, presénteles un informe oral a sus compañeros(as) de clase explicándoles lo que aprendió.

LECTURA LITERARIA

Poemas de Pablo Neruda

Para leer bien

Elements of Poetry Many of the techniques that you have already learned to apply to works of fiction, such as short stories, can also be applied to the reading of poetry. In poetry, just as in fiction, you will need to identify the literary themes, the point of view of the author, and the setting and tone of the work. In addition, you will need to look for and understand the symbols used.

Generally, poetry employs fewer words to express an idea than does narrative fiction. Poets choose each word with great care in order to provide a great many ideas and evoke a maximum amount of feeling. As readers of poetry, we need to study each word and phrase carefully in order to capture all the possible meanings and emotions conveyed. Even though poems contain fewer words than a short story, it may take longer to read a poem because of the multiple meanings of each word and phrase.

Poetry is written and printed in a different format than prose. Each line of poetry is called **un verso** in Spanish, and **una estrofa** *(strophe* or *stanza)* is a grouping or block of lines of poetry. The length of each line of poetry and of each strophe contributes to the overall rhythm **(el ritmo)** of the poem as does the length of individual words. Some poetry contains rhyme **(la rima)** although modern poetry tends not to use this poetic device. Another important characteristic of poetry is repetition, including the repetition of certain words or phrases as well as the repetition of certain vowels or consonants.

Práctica

A. Los elementos de un poema. Complete las oraciones utilizando las frases de abajo.

una estrofa / palabra / punto de vista / la rima / el tema / un verso

1. La idea general de un poema es _____.

2. Los valores y las opiniones del escritor representan su _____.

3. Una línea de poesía se llama _____.

4. Un grupo de líneas de poesía se llama _____.

5. En la poesía moderna no se usa mucho _____.

6. Cada _____ de un poema puede evocar muchas emociones y tener muchos sentidos.

B. Los poemas de Neruda. Al leer los siguientes poemas, trate de identificar los elementos utilizados por Neruda.

Antes de leer

El chileno **Pablo Neruda** (1904–1973) fue tal
vez el poeta más prestigioso de Hispanoamérica en
el siglo XX. Trabajó como diplomático y viajó a
muchos países de Latinoamérica, Europa y Asia.
Durante sus viajes empezó a identificarse con las
víctimas de la guerra, la injusticia social y la tiranía.
Más tarde estas ideas aparecieron como temas de
su poesía. Otros temas suyos incluyen el amor y
la existencia humana. Ganó el Premio Nobel de
Literatura en 1971.

© Michel Lipchitz/AP Photo

El primero de los poemas de la **Lectura literaria** es el «Poema 20». Es una de las
primeras obras de Neruda y forma parte de la colección *Veinte poemas de amor y una
canción desesperada,* publicada en 1924. En el poema Neruda describe las emociones
confusas de un amor perdido. El segundo poema, «Oda a unas flores amarillas», es
de una colección llamada *Odas elementales* (1954) que se caracteriza por el lenguaje
sencillo con temas dirigidos al pueblo.

C. **El autor y sus obras.** Conteste las siguientes preguntas acerca del autor de «Poema 20»
y «Oda a unas flores amarillas».

1. ¿Quién es el autor de «Poema 20» y «Oda a unas flores amarillas" y de dónde es?
   ¿Qué premio ganó?

2. ¿Qué puesto ocupó y qué hizo en este puesto?

3. ¿Con quiénes empezó a identificarse durante sus muchos viajes?

4. ¿Qué pasó con sus ideas sobre las víctimas?

5. ¿Cuáles son otros de sus temas poéticos?

D. **El escenario, el tono y el formato.** Complete las siguientes actividades acerca de
la poesía de Pablo Neruda.

1. Dé un vistazo a los cuatro primeros versos de «Poema 20» y al dibujo presentado al
   principio del poema. Después, describa el escenario y el tono general del poema.

2. Estudie el formato del «Poema 20» y conteste las siguientes preguntas. ¿Son largos
   o cortos los versos del poema? ¿Son largas o cortas las estrofas? ¿Hay versos que se
   repiten? ¿Cuáles?

Poema 20

Puedo escribir los versos más tristes esta noche.

full of stars   Escribir, por ejemplo: «La noche está estrellada°»
shiver / stars   y tiritan° «azules, los astros°» a lo lejos.»

spins   El viento de la noche gira° en el cielo y canta.

Puedo escribir los versos más tristes esta noche.
Yo la quise, y a veces ella también me quiso.

En las noches como ésta la tuve entre mis brazos.
La besé tantas veces bajo el cielo infinito.

Ella me quiso, a veces yo también la quería.
¡Cómo no haber amado sus grandes ojos fijos!

Puedo escribir los versos más tristes esta noche.
Pensar que no la tengo. Sentir que la he perdido.

Oír la noche inmensa, más inmensa sin ella.
like dew on grass   Y el verso cae al alma como al pasto el rocío°.

Qué importa que mi amor no pudiera guardarla.
La noche está estrellada y ella no está conmigo.

Eso es todo. A lo lejos alguien canta. A lo lejos.
Mi alma no se contenta con haberla perdido.

to approach her   Como para acercarla° mi mirada la busca.
Mi corazón la busca, y ella no está conmigo.

to whiten   La misma noche que hace blanquear° los mismos árboles.
Nosotros, los de entonces, ya no somos los mismos.

Ya no la quiero, es cierto, pero cuánto la quise.
Mi voz buscaba el viento para tocar su oído.

De otro. Será de otro. Como antes de mis besos.
Su voz, su cuerpo claro. Sus ojos infinitos.

Ya no la quiero, es cierto, pero tal vez la quiero.
act of forgetting   Es tan corto el amor, y es tan largo el olvido°.

Porque en noches como ésta la tuve entre mis brazos,
mi alma no se contenta con haberla perdido.

Aunque éste sea el último dolor que ella me causa,
y éstos sean los últimos versos que yo le escribo.

Oda a unas flores amarillas

Contra el azul moviendo sus azules,
el mar, y contra el cielo,
unas flores amarillas.

Octubre llega.

Y aunque sea tan importante el mar desarrollando
su mito, su misión, su levadura
bursts estalla°
sobre la arena el oro
de una sola
planta amarilla
fasten y se amarran°
tus ojos
a la tierra,
heartbeats huyen del magno mar y sus latidos°.

Dust Polvo° somos, seremos.

Ni aire, ni fuego, ni agua
sino
tierra,
sólo tierra
seremos
y tal vez
unas flores amarillas.

Después de leer

E. «Poema 20»

1. **La noche.** Aunque es una noche hermosa, Neruda está muy triste. Con un(a) compañero(a) de clase, contesten las siguientes preguntas. ¿Cuál es el origen de la tristeza de Neruda? ¿Qué relación hay entre la noche y la tristeza de Neruda? Justifique su respuesta con palabras o versos del poema.

2. **La historia de su amor.** Trabajando en parejas, hagan una lista de los versos con verbos en un tiempo _(tense)_ pasado. Después, hagan un resumen del amor de Neruda.

3. **Sentimientos confusos.** Parece que Neruda no está seguro de sus sentimientos hacia la amada. Trabajando en parejas, den ejemplos de esta confusión usando palabras o versos del poema.

F. «Oda a unas flores amarillas»

1. **El escenario.** Describa el escenario, incluyendo la estación del año.

2. **El tema.** ¿Qué significa el verso «Polvo somos, seremos»? ¿Cuál es el tema central del poema?

3. **Los símbolos.** ¿Qué simbolizan las siguientes cosas en el poema? el otoño / el polvo / las flores amarillas

APPENDIXES

APPENDIX A

¿QUÉ ME DICES?

INFORMATION GAP ACTIVITIES

ALTERNATE VERSIONS OF DRAWINGS

Capítulo 1

Primera situación; Actividad 1.3; Página 7

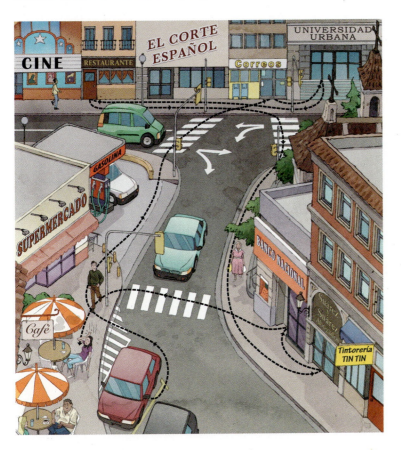

Capítulo 2

Primera situación; Actividad 2.3; Página 33

	Susana	Mario y Juan
el viernes por la noche		
el sábado por la mañana		
el sábado por la noche		
el domingo		

Capítulo 3

Primera situación; Actividad 3.11; Página 79

Capítulo 4

Primera situación; Actividad 4.4; Página 100

Paco

María

Fernando

Teresa

José

Isabel

Capítulo 5

Segunda situación; Actividad 5.15; Página 150

8:00	
9:00	
9:30	
10:00	Clase de biología
11:00	
12:30	Almuerzo con Elisa
2:00	
3:00	Trabajar con Paco en un trabajo de ciencias
4:00	
5:00	Pasar por la biblioteca
8:00	

Capítulo 6

Primera situación; Actividad 6.11; Página 174

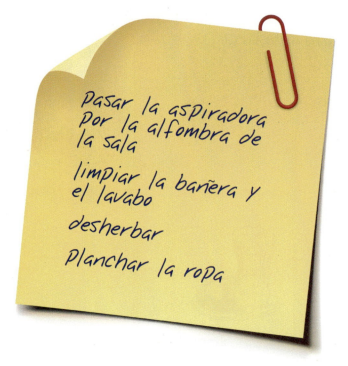

Capítulo 7

Primera situación; Actividad 7.1; Página 210

El Corte Inglés   un collar de esmeraldas
La Zapatería Toledo   un lavaplatos
Grandes Liquidaciones   un regalo de boda
                        unas botas

Capítulo 8

Primera situación; Actividad 8.4; Página 240

	A	B	C	D	E	F	G	H	I	J	K	L	M	N	O
1						P	A	R	Q	U	E				
2															M
3															U
4															S
5															E
6			B												O
7			A												
8			N												
9			C												
10			O												

Capítulo 9

Primera situación; Actividad 9.4; Página 283

1. Publicista
2. Abogado
3. Especialista en computadoras
4. Representante de ventas
* Tiene buen sentido para los negocios y mucha experiencia en manejar diversas empresas.
* Se lleva bien con otras personas y nunca falta al trabajo.
* Trabaja bien con los números.

Capítulo 10

Primera situación; Actividad 10.3; Página 311

a

Se vende aparato Blackberry. Precio negociable. tecno@red.com

b

Busco empleo como especialista en computadoras. Tengo experiencia y talento artístico. enparo@ayudame.com

c

Necesito empleo en ventas. Salario negociable. Llame 54-76-90.

d

Quiero reproductor de mp3 a un buen precio. jose@tecla.com

e

Se necesita computadora portátil usada pero en buenas condiciones. Tel. 48-12-00

f

Contratamos abogados expertos en los reglamentos del comercio de exportación y de importación. Mande curriculum vitae a Gómez y Gómez 8

Capítulo 11

Segunda situación; Actividad 11.19; Página 360

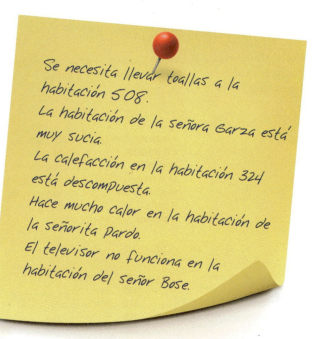

Se necesita llevar toallas a la habitación 508.

La habitación de la señora Garza está muy sucia.

La calefacción en la habitación 324 está descompuesta.

Hace mucho calor en la habitación de la señorita Pardo.

El televisor no funciona en la habitación del señor Bose.

Capítulo 12

Segunda situación; Actividad 12.20; Página 386

PACIENTE	PROBLEMA	HORA
Mónica García	Está muy deprimida.	8:30
Tomás Zapatero	Se rompió el pie.	1:45
Pilar Díaz		
Francisco Sánchez	Se torció la rodilla.	4:00
Carmen Llaneras		
Susana Aznar	Tiene jaqueca severa.	6:50
Ricardo Acebes		
Omar Pérez		

APPENDIX B
VOCABULARY AT A GLANCE

The following lists of common vocabulary items are provided to aid you in describing the art and photo scenes in the textbook. For further vocabulary lists or explanations of vocabulary use, see the index under the appropriate topic heading.

Terms to Describe a Picture

el cuadro	*painting*	**a la derecha**	*on the right*
el dibujo	*drawing*	**a la izquierda**	*on the left*
la escena	*scene*	**en el centro**	*in the middle*
la foto(grafía)	*photo(graph)*	**en el fondo**	*in the background*
el animal	*animal*	**en primer plano**	*in the foreground*
el árbol	*tree*	**la gente**	*people*
el edificio	*building*	**la persona**	*person*

Cardinal Numbers

0	cero	19	diecinueve	90	noventa
1	uno	20	veinte	100	cien, ciento
2	dos	21	veintiuno	110	ciento diez
3	tres	22	veintidós	160	ciento sesenta
4	cuatro	23	veintitrés	200	doscientos
5	cinco	24	veinticuatro	300	trescientos
6	seis	25	veinticinco	400	cuatrocientos
7	siete	26	veintiséis	500	quinientos
8	ocho	27	veintisiete	600	seiscientos
9	nueve	28	veintiocho	700	setecientos
10	diez	29	veintinueve	800	ochocientos
11	once	30	treinta	900	novecientos
12	doce	31	treinta y uno	1.000	mil
13	trece	32	treinta y dos	2.000	dos mil
14	catorce	40	cuarenta	100.000	cien mil
15	quince	50	cincuenta	200.000	doscientos mil
16	dieciséis	60	sesenta	1.000.000	un millón
17	diecisiete	70	setenta	2.000.000	dos millones
18	dieciocho	80	ochenta	1.000.000.000	mil millones

Ordinal Numbers

primer(o)	*first*	**sexto**	*sixth*
segundo	*second*	**séptimo**	*seventh*
tercer(o)	*third*	**octavo**	*eighth*
cuarto	*fourth*	**noveno**	*ninth*
quinto	*fifth*	**décimo**	*tenth*

Physical Description

llevar	anteojos	to wear glasses
	lentes (m.) de contacto	contact lenses
ser	alto(a)	to be tall
	bajo(a)	short
	de talla media	of average height
ser	atlético(a)	to be athletic
	delgado(a)	thin
	gordo(a)	fat
ser	calvo(a)	to be bald
	moreno(a)	brunette
	pelirrojo(a)	red-haired
	rubio(a)	blond
tener los ojos azules		to have blue eyes
	de color café	brown eyes
tener el pelo castaño		to have chestnut hair
	negro	black hair
	rubio	blond hair
	corto	short hair
	largo	long hair
tener barba		to have a beard
	bigote (m.)	a moustache
	una cicatriz	a scar
	un lunar	a beauty mark
	pecas	freckles

Colors

amarillo	yellow		gris	gray
anaranjado	orange		morado	purple
azul	blue		negro	black
blanco	white		pardo	brown
de color café	coffee-colored		rojo	red
de color fresa	strawberry-colored		rosado	pink
de color melón	melon-colored		verde	green

Articles of Clothing

la blusa	blouse		los pantalones	pants, slacks
los calcetines	socks		el sombrero	hat
la camisa	shirt		el suéter	sweater
la chaqueta	jacket		el traje	suit
la corbata	tie		el vestido	dress
la falda	skirt		los zapatos	shoes

Days of the Week

lunes	Monday		viernes	Friday
martes	Tuesday		sábado	Saturday
miércoles	Wednesday		domingo	Sunday
jueves	Thursday			

Months of the Year

enero	January		julio	July
febrero	February		agosto	August
marzo	March		se(p)tiembre	September
abril	April		octubre	October
mayo	May		noviembre	November
junio	June		diciembre	December

Seasons

la primavera	spring	el otoño	autumn
el verano	summer	el invierno	winter

Telling Time

¿Qué hora es?	What time is it?
Es la una (1:00).	It's one o'clock (1:00).
Son las tres y cuarto (3:15).	It's three fifteen (3:15).
Son las tres y quince (3:15).	
Son las seis y veintidós (6:22).	It's six twenty-two (6:22).
Son las ocho y media (8:30).	It's eight thirty (8:30).
Son las diez menos veinte (9:40).	It's twenty of ten (9:40).
Son las once menos cinco (10:55).	It's five of eleven (10:55).
Son las dos en punto.	It's two o'clock sharp (on the dot).
Son las tres de la mañana / tarde.	It's 3:00 AM / PM.
Es mediodía / medianoche.	It's noon / midnight.

Geography Terms

el este	east	el oeste	west
el norte	north	el sur	south
el lago	lake	el océano	ocean
el mar	sea	el río	river
el bosque	forest	la selva	jungle
la montaña	mountain	el valle	valley

Leisure Time Activities

bailar	to dance
charlar con amigos(as)	to talk with friends
contar (ue) chistes	to tell jokes
dar un paseo	to take a walk
descargar canciones	to download songs
entrar en un chat (en línea)	to chat online
enviar (mandar) mensajes de texto	to text someone, to send a text message
hacer crucigramas	to solve crossword puzzles
hacer ejercicios	to exercise
ir a un concierto	to go to a concert
ir de compras	to go shopping
jugar (ue) al fútbol	to play soccer
al golf	golf
al tenis	tennis
leer una novela	to read a novel
el periódico	the newspaper
una revista	a magazine
mirar (ver) la televisión	to watch television
poner un CD	to play a CD
un DVD	a DVD
un vídeo	a video
practicar deportes	to participate in sports
tocar la guitarra	to play the guitar
el piano	the piano

APPENDIX C
METRIC UNITS OF MEASUREMENT

Measurement of Length and Distance

1 centímetro	=	.3937 inch (less than 1/2 inch)
1 metro	=	39.37 inches (about 1 yard, 3 inches)
1 kilómetro (1.000 metros)	=	.6213 mile (about 5/8 mile)

Measurement of Weight

1 gramo	=	.03527 ounce
100 gramos	=	3.527 ounces (less than 1/4 pound)
1 kilogramo (1.000 gramos)	=	35.27 ounces (2.2 pounds)

Measurement of Liquid

1 litro	=	1.0567 quarts (slightly more than a quart)

Measurement of Land Area

1 hectárea	=	2.471 acres

Measurement of Temperature

C = centígrado o Celsius; F = Fahrenheit

0° C	=	32° F (freezing point of water)
37° C	=	98.6° F (normal body temperature)
100° C	=	212° F (boiling point of water)

Conversion of Fahrenheit to Celsius

$C = \frac{5}{9}(F - 32)$ *OR* $(F - 32) \div 1.8$

Conversion of Celsius to Fahrenheit

$F = \frac{9}{5}(C + 32)$ *OR* $(C \times 1.8) + 32$

APPENDIX D

ADDRESSING OTHER PEOPLE IN THE SPANISH-SPEAKING WORLD

The selection of the words and phrases you use to address other persons depends upon the level of formality of the relationship between you and the person(s) you are addressing.

English Examples

In English in formal situations, you would address others by using a title followed by a last name: *Good morning, Dr. Russell / Ms. Montgomery*. When you address a family member or a friend, you would use a first name: *Hi, Bill / Carol*. The greeting *Good morning* used in a formal situation would change to *Hi* in an informal situation.

In English there is only one pronoun used to address other people: *you*. The pronoun *you* is used with one person or more than one as well as in formal and informal situations.

Spanish Examples

In the Spanish-speaking world, however, there are several words used as an equivalent for the word *you*. The selection of the correct form of *you* depends upon three elements: (1) the level of formality of the relationship between you and the persons you are addressing, (2) the number of persons you are addressing, and (3) the area of the Spanish-speaking world in which you live. Each form of *you* has specific corresponding verb endings.

Tú

Tú is the familiar, singular form of *you* used to address one person that you would call by a first name, such as a relative, friend, or child. It is also used with pets.

Usted

Usted is the formal, singular form used to address one person that you do not know well or to whom you would show respect. In general, **usted** is used with a person with whom you would use a title such as **profesora, señor,** or **doctor.** When addressing a native speaker, it is better to use **usted;** he or she will tell you if it is appropriate to use the **tú** form. In writing, **usted** is generally abbreviated **Ud.**

Ustedes

In Hispanic America and the United States, **ustedes** is the plural of both **tú** and **usted.** It is used to address two or more persons regardless of your relationship to them. In Spain, **ustedes** serves only as the plural of **usted** and thus is a formal, plural form. In writing, **ustedes** is generally abbreviated **Uds.**

Vosotros(as)

In Spain the familiar, plural forms **vosotros** and **vosotras** are used as the plural of **tú.**

Vos

In Argentina, Uruguay, and other parts of Hispanic America, the pronoun **vos** replaces **tú** as a familiar, singular pronoun.

In the *Interacciones* program only the forms **tú, Ud.,** and **Uds.** are practiced in exercises and activities since they are the most widely used forms. However, when living in areas where **vos** or **vosotros** forms are used, it is relatively easy to understand the forms you hear other people using.

APPENDIX E
THE WRITING AND SPELLING SYSTEM

The Alphabet

Letter	Name		Letter	Name		Letter	Name
a	a		k	ka		s	ese
b	be		l	ele		t	te
c	ce		m	eme		u	u
d	de		n	ene		v	ve, ve corta, uve
e	e		ñ	eñe		w	doble ve, uve doble
f	efe		o	o		x	equis
g	ge		p	pe		y	i griega
h	hache		q	cu		z	zeta
i	i		r	ere			
j	jota		rr	erre			

Some Guidelines for Spelling

Spanish has a more phonetic spelling system than English; in general most Spanish sounds correspond to just one written symbol.

1. There are a few sounds that can be spelled with more than one letter. The spelling of individual words containing these sounds must be memorized since there are no rules for the sound-letter correspondence.

Sound	Spelling	Example
/ b /	b, v	bolsa, verano
/ y /	ll, y, i + vowel	calle, leyes, bien
/ s /	s, z, ce, ci	salsa, zapato, cena, cinco
/ x /	j, ge, gi	jardín, gente, gitano

2. When an unstressed **i** occurs between vowels, then **i → y.** This is a frequent change in verb forms: **creyó; trayendo; leyeron.**

3. The letter **z** generally changes to **c** before **e: lápiz → lápices; vez → veces; empieza → empiece.**

4. The sound / g / is spelled with the letter **g** before **a, o, u,** and all consonants. Before **e** and **i** the / g / sound is spelled **gu.**

garaje	gordo	gusto	Gloria	grande
guerra	guía			

5. The sound / k / is spelled with the letter **c** before **a, o, u,** and all consonants. Before **e** and **i** the / k / sound is spelled **qu.**

carta	cosa	curso	clase	criado
que	quien			

6. The sound / gw / is spelled with the letters **gu** before **a** and **o.** Before **e** and **i** the / gw / sound is spelled **gü.**

guapo   antiguo   vergüenza   pingüino

Syllabication

In dividing a word at the end of a written line, you must follow rules for syllabication. Spanish speakers generally pronounce consonants with the syllable that follows. English speakers generally pronounce consonants with the preceding syllable.

English: A mer i ca   English: pho tog ra phy
Spanish: A mé ri ca   Spanish: fo to gra fí a

The stress of a Spanish word is governed by rules that involve syllables. Unless you know how to divide a word into syllables, you cannot be certain where to place the spoken stress or written accent mark.

The following rules determine the division of Spanish words into syllables.

1. Most syllables in Spanish end with a vowel.

me-sa   to-ma   li-bro

2. A single consonant between two vowels begins a syllable.

u-na   pe-ro   ca-mi-sa

3. Generally two consonants are separated so that one ends a syllable and the second begins the next syllable. The consonants clusters **ch, ll,** and **rr** do not separate and will begin a syllable. Double **c** and double **n** will separate.

par-que   tam-bién   gran-de   cul-tu-ra
mu-cho   ca-lle   pe-rro
lec-ción   in-nato

4. When any consonant except **s** is followed by **l** or **r,** both consonants form a cluster that will begin a syllable.

ha-blar   si-glo   a-brir   ma-dre   o-tro   is-la

5. Combinations of three or four consonants will divide according to the above rules. The letter **s** will end the preceding syllable.

cen-tral   san-grí-a   siem-pre   ex-tra-ño
in-dus-trial   ins-truc-ción   es-cri-bir

6. A combination of two strong vowels (**a, e, o**) will form two separate syllables.

mu-se-o   cre-e   ma-es-tro

7. A combination of a strong vowel (**a, e, o**) and a weak vowel (**i, u**) or two weak vowels is called a diphthong. A diphthong forms one syllable.

cui-dad   cau-sa   bue-no   pien-sa

NOTE: A written accent mark over a weak vowel in combination with another vowel will divide a diphthong into two syllables.

rí-o   dí-a   Ra-úl

Written accent marks on other vowels will not affect syllabication: lec-ción.

Accentuation

Two basic rules of stress determine how to pronounce individual Spanish words.

1. For words ending in a consonant other than **n** or **s,** the stress falls on the last syllable.

to**mar**   invi**tar**   pa**pel**   re**loj**   universi**dad**

2. For words ending in a vowel, **-n,** or **-s,** the stress falls on the next-to-last syllable.

clase	**to**man	**ca**sas
to**ma**mos	cor**ba**ta	som**bre**ro

3. A written accent mark is used to indicate an exception to the ordinary rules of stress.

sábado	to**mé**	lec**ción**	**fá**cil

NOTE: Words stressed on any syllable except the last or next-to-last will always carry a written accent mark. Verb forms with attached pronouns are frequently found in this category.

ex**plí**quemelo	levan**tán**dose	prepa**rár**noslas

4. A diphthong is any combination of a weak vowel (**i, u**) and a strong vowel (**a, e, o**) or two weak vowels. In a diphthong the two vowels are pronounced as a single sound with the strong vowel (or the second of the two weak vowels) receiving slightly more emphasis than the other.

p**ie**nsa	alm**ue**rzo	c**iu**dad	f**ui**mos

A written accent mark can be used to eliminate the natural diphthong so that two separate vowel sounds will be heard.

cafetería	tío	continúe

5. Written accent marks can also be used to distinguish two words with similar spelling and pronunciation but with different meanings.

   a. Interrogative and exclamatory words have a written accent.

cómo	*how*	por qué	*why*
cuándo	*when*	qué	*what, how*
dónde	*where*	quién(es)	*who, whom*

   b. In several common word pairs, the written accent mark is the only distinction between the two words.

aun	*even*	aún	*still, yet*
el	*the*	él	*he*
mas	*but*	más	*more*
mi	*my*	mí	*me*
se	*himself*	sé	*I know*
si	*if*	sí	*yes*
solo	*alone*	sólo*	*only*
te	*you*	té	*tea*
tu	*your*	tú	*you*

   c. Following the rules established by the Real Academia Española, the ***Interacciones*** program no longer uses written accent marks on demonstrative pronouns or on the command form of **dar.** However, the accent marks on demonstrative pronouns or certain verb forms may still be encountered in other printed materials.

Capitalization

In Spanish, capital letters are used less frequently than in English. Small letters are used in the following instances where English uses capitals.

   1. **yo** *(I)* except when it begins a sentence

      Manolo y **yo** vamos a España.   *Manolo and I are going to Spain.*

   2. names of the days of the week and months of the year

      Saldremos el **martes** 26 de **abril.**   *We will leave on Tuesday, April 26.*

   3. nouns or adjectives of nationality and names of languages

      Susana es **argentina;** habla   *Susan is Argentinian; she speaks*
         español y estudia **inglés.**   *Spanish and is studying English.*

*The written accent on "**solo**" is now used just in cases of ambiguity of meaning per RAE.

4. words in the title of a book except for the first word and proper nouns

Cien años de soledad	*One Hundred Years of Solitude*
La casa de Bernarda Alba	*The House of Bernarda Alba*

5. titles of address except when abbreviated: **don, doña, usted, ustedes, señor, señora, señorita, doctor,** but **Ud., Uds., Sr., Sra., Srta., Dr., Dra.**

Aquí viene el **doctor** Robles con **doña** Mercedes y la **Srta.** Guzmán.	*Here comes Doctor Robles with Doña Mercedes and Miss Guzmán.*

APPENDIX F VERB CONJUGATIONS

Los verbos regulares

Infinitive	Present Indicative	Imperfect	Preterite	Future	Conditional	Present Subjunctive	Imperfect Subjunctive	Commands Familiar/ Formal
hablar to speak	hablo	hablaba	hablé	hablaré	hablaría	hable	hablara	
	hablas	hablabas	hablaste	hablarás	hablarías	hables	hablaras	habla (no hables)
	habla	hablaba	habló	hablará	hablaría	hable	hablara	hable
	hablamos	hablábamos	hablamos	hablaremos	hablaríamos	hablemos	habláramos	hablad
	habláis	hablabais	hablasteis	hablaréis	hablaríais	habléis	hablarais	(no habléis)
	hablan	hablaban	hablaron	hablarán	hablarían	hablen	hablaran	hablen
aprender to learn	aprendo	aprendía	aprendí	aprenderé	aprendería	aprenda	aprendiera	
	aprendes	aprendías	aprendiste	aprenderás	aprenderías	aprendas	aprendieras	aprende (no aprendas)
	aprende	aprendía	aprendió	aprenderá	aprendería	aprenda	aprendiera	aprenda
	aprendemos	aprendíamos	aprendimos	aprenderemos	aprenderíamos	aprendamos	aprendiéramos	aprended
	aprendéis	aprendíais	aprendisteis	aprenderéis	aprenderíais	aprendáis	aprendierais	(no aprendáis)
	aprenden	aprendían	aprendieron	aprenderán	aprenderían	aprendan	aprendieran	aprendan
vivir to live	vivo	vivía	viví	viviré	viviría	viva	viviera	
	vives	vivías	viviste	vivirás	vivirías	vivas	vivieras	vive (no vivas)
	vive	vivía	vivió	vivirá	viviría	viva	viviera	viva
	vivimos	vivíamos	vivimos	viviremos	viviríamos	vivamos	viviéramos	vivid
	vivís	vivíais	vivisteis	viviréis	viviríais	viváis	vivierais	(no viváis)
	viven	vivían	vivieron	vivirán	vivirían	vivan	vivieran	vivan

Present progressive	estoy estás está estamos estáis están	hablando	aprendiendo	viviendo
Present perfect	he has ha hemos habéis han	hablado	aprendido	vivido
Past perfect	había habías había habíamos habíais habían	hablado	aprendido	vivido
Future perfect	habré habrás habrá habremos habréis habrán	hablado	aprendido	vivido
Conditional perfect	habría habrías habría habríamos habríais habrían	hablado	aprendido	vivido
Present perfect subjunctive	haya hayas haya hayamos hayáis hayan	hablado	aprendido	vivido
Past perfect subjunctive	hubiera hubieras hubiera hubiéramos hubierais hubieran	hablado	aprendido	vivido

Los verbos con cambios en la raíz

pensar — *to think* (e → ie) · pensando · pensado

Present Indicative	Imperfect	Preterite	Future	Conditional	Present Subjunctive	Imperfect Subjunctive	Commands Familiar/Formal
pienso	pensaba	pensé	pensaré	pensaría	piense	pensara	
piensas	pensabas	pensaste	pensarás	pensarías	pienses	pensaras	piensa (no pienses)
piensa	pensaba	pensó	pensará	pensaría	piense	pensara	piense
pensamos	pensábamos	pensamos	pensaremos	pensaríamos	pensemos	pensáramos	pensad (no penséis)
pensáis	pensabais	pensasteis	pensaréis	pensaríais	penséis	pensarais	
piensan	pensaban	pensaron	pensarán	pensarían	piensen	pensaran	piensen

acostarse — *to go to bed* (o → ue) · acostándose · acostado

Present Indicative	Imperfect	Preterite	Future	Conditional	Present Subjunctive	Imperfect Subjunctive	Commands Familiar/Formal
me acuesto	me acostaba	me acosté	me acostaré	me acostaría	me acueste	me acostara	
te acuestas	te acostabas	te acostaste	te acostarás	te acostarías	te acuestes	te acostaras	acuéstate (no te acuestes)
se acuesta	se acostaba	se acostó	se acostará	se acostaría	se acueste	se acostara	acuéstese
nos acostamos	nos acostábamos	nos acostamos	nos acostaremos	nos acostaríamos	nos acostemos	nos acostáramos	acostaos (no os acostéis)
os acostáis	os acostabais	os acostasteis	os acostaréis	os acostaríais	os acostéis	os acostarais	
se acuestan	se acostaban	se acostaron	se acostarán	se acostarían	se acuesten	se acostaran	acuéstense

sentir — *to be sorry* (e → ie, i) · sintiendo · sentido

Present Indicative	Imperfect	Preterite	Future	Conditional	Present Subjunctive	Imperfect Subjunctive	Commands Familiar/Formal
siento	sentía	sentí	sentiré	sentiría	sienta	sintiera	
sientes	sentías	sentiste	sentirás	sentirías	sientas	sintieras	siente (no sientas)
siente	sentía	sintió	sentirá	sentiría	sienta	sintiera	sienta
sentimos	sentíamos	sentimos	sentiremos	sentiríamos	sintamos	sintiéramos	sentid (no sintáis)
sentís	sentíais	sentisteis	sentiréis	sentiríais	sintáis	sintierais	
sienten	sentían	sintieron	sentirán	sentirían	sientan	sintieran	sientan

pedir — *to ask for* (e → i, i) · pidiendo · pedido

Present Indicative	Imperfect	Preterite	Future	Conditional	Present Subjunctive	Imperfect Subjunctive	Commands Familiar/Formal
pido	pedía	pedí	pediré	pediría	pida	pidiera	
pides	pedías	pediste	pedirás	pedirías	pidas	pidieras	pide (no pidas)
pide	pedía	pidió	pedirá	pediría	pida	pidiera	pida
pedimos	pedíamos	pedimos	pediremos	pediríamos	pidamos	pidiéramos	pedid (no pidáis)
pedís	pedíais	pedisteis	pediréis	pediríais	pidáis	pidierais	
piden	pedían	pidieron	pedirán	pedirían	pidan	pidieran	pidan

dormir — *to sleep* (o → ue, u) · durmiendo · dormido

Present Indicative	Imperfect	Preterite	Future	Conditional	Present Subjunctive	Imperfect Subjunctive	Commands Familiar/Formal
duermo	dormía	dormí	dormiré	dormiría	duerma	durmiera	
duermes	dormías	dormiste	dormirás	dormirías	duermas	durmieras	duerme (no duermas)
duerme	dormía	durmió	dormirá	dormiría	duerma	durmiera	duerma
dormimos	dormíamos	dormimos	dormiremos	dormiríamos	durmamos	durmiéramos	dormid (no durmáis)
dormís	dormíais	dormisteis	dormiréis	dormiríais	durmáis	durmierais	
duermen	dormían	durmieron	dormirán	dormirían	duerman	durmieran	duerman

Los verbos con cambios de ortografía

Infinitive Present Participle/ Past Participle	Present Indicative	Imperfect	Preterite	Future	Conditional	Present Subjunctive	Imperfect Subjunctive	Commands Familiar/ Formal
comenzar (e → ie) to begin z → c before e comenzando comenzado	comienzo comienzas comienza comenzamos comenzáis comienzan	comenzaba comenzabas comenzaba comenzábamos comenzabais comenzaban	comencé comenzaste comenzó comenzamos comenzasteis comenzaron	comenzaré comenzarás comenzará comenzaremos comenzaréis comenzarán	comenzaría comenzarías comenzaría comenzaríamos comenzaríais comenzarían	comience comiences comience comencemos comencéis comiencen	comenzara comenzaras comenzara comenzáramos comenzarais comenzaran	comienza (no comiences) comience comenzad (no comencéis) comiencen
conocer to know c → zc before a, o conociendo conocido	conozco conoces conoce conocemos conocéis conocen	conocía conocías conocía conocíamos conocíais conocían	conocí conociste conoció conocimos conocisteis conocieron	conoceré conocerás conocerá conoceremos conoceréis conocerán	conocería conocerías conocería conoceríamos conoceríais conocerían	conozca conozcas conozca conozcamos conozcáis conozcan	conociera conocieras conociera conociéramos conocierais conocieran	conoce (no conozcas) conozca conoced (no conozcáis) conozcan
construir to build i → y, y inserted before a, e, o construyendo construido	construyo construyes construye construimos construís construyen	construía construías construía construíamos construíais construían	construí construiste construyó construimos construisteis construyeron	construiré construirás construirá construiremos construiréis construirán	construiría construirías construiría construiríamos construiríais construirían	construya construyas construya construyamos construyáis construyan	construyera construyeras construyera construyéramos construyerais construyeran	construye (no construyas) construya construid (no construyáis) construyan
leer to read i → y; stressed i → í leyendo leído	leo lees lee leemos leéis leen	leía leías leía leíamos leíais leían	leí leíste leyó leímos leísteis leyeron	leeré leerás leerá leeremos leeréis leerán	leería leerías leería leeríamos leeríais leerían	lea leas lea leamos leáis lean	leyera leyeras leyera leyéramos leyerais leyeran	lee (no leas) lea leed (no leáis) lean

Los verbos con cambios de ortografía

Infinitive Present Participle/ Past Participle	Present Indicative	Imperfect	Preterite	Future	Conditional	Present Subjunctive	Imperfect Subjunctive	Commands Familiar/ Formal
pagar *to pay* g → gu before e pagando pagado	pago pagas paga pagamos pagáis pagan	pagaba pagabas pagaba pagábamos pagabais pagaban	pagué pagaste pagó pagamos pagasteis pagaron	pagaré pagarás pagará pagaremos pagaréis pagarán	pagaría pagarías pagaría pagaríamos pagaríais pagarían	pague pagues pague paguemos paguéis paguen	pagara pagaras pagara pagáramos pagarais pagaran	paga (no pagues) pague pagad (no paguéis) paguen
seguir (e → i, i) *to follow* gu → g before a, o siguiendo seguido	sigo sigues sigue seguimos seguís siguen	seguía seguías seguía seguíamos seguíais seguían	seguí seguiste siguió seguimos seguisteis siguieron	seguiré seguirás seguirá seguiremos seguiréis seguirán	seguiría seguirías seguiría seguiríamos seguiríais seguirían	siga sigas siga sigamos sigáis sigan	siguiera siguieras siguiera siguiéramos siguierais siguieran	sigue (no sigas) siga seguid (no sigáis) sigan
tocar *to play, to touch* c → qu before e tocando tocado	toco tocas toca tocamos tocáis tocan	tocaba tocabas tocaba tocábamos tocabais tocaban	toqué tocaste tocó tocamos tocasteis tocaron	tocaré tocarás tocará tocaremos tocaréis tocarán	tocaría tocarías tocaría tocaríamos tocaríais tocarían	toque toques toque toquemos toquéis toquen	tocara tocaras tocara tocáramos tocarais tocaran	toca (no toques) toque tocad (no toquéis) toquen

Los verbos irregulars

Infinitive Present Participle/ Past Participle	Present Indicative	Imperfect	Preterite	Future	Conditional	Present Subjunctive	Imperfect Subjunctive	Commands Familiar/ Formal
andar to walk andando andado	ando andas anda andamos andáis andan	andaba andabas andaba andábamos andabais andaban	anduve anduviste anduvo anduvimos anduvisteis anduvieron	andaré andarás andará andaremos andaréis andarán	andaría andarías andaría andaríamos andaríais andarían	ande andes ande andemos andéis anden	anduviera anduvieras anduviera anduviéramos anduvierais anduvieran	anda (no andes) ande andad (no andéis) anden
caer to fall cayendo caído	caigo caes cae caemos caéis caen	caía caías caía caíamos caíais caían	caí caíste cayó caímos caísteis cayeron	caeré caerás caerá caeremos caeréis caerán	caería caerías caería caeríamos caeríais caerían	caiga caigas caiga caigamos caigáis caigan	cayera cayeras cayera cayéramos cayerais cayeran	cae (no caigas) caiga caed (no caigáis) caigan
dar to give dando dado	doy das da damos dais dan	daba dabas daba dábamos dabais daban	di diste dio dimos disteis dieron	daré darás dará daremos daréis darán	daría darías daría daríamos daríais darían	dé des dé demos deis den	diera dieras diera diéramos dierais dieran	da (no des) de dad (no deis) den
decir to say, tell diciendo dicho	digo dices dice decimos decís dicen	decía decías decía decíamos decíais decían	dije dijiste dijo dijimos dijisteis dijeron	diré dirás dirá diremos diréis dirán	diría dirías diría diríamos diríais dirían	diga digas diga digamos digáis digan	dijera dijeras dijera dijéramos dijerais dijeran	di (no digas) diga decid (no digáis) digan
estar to be estando estado	estoy estás está estamos estáis están	estaba estabas estaba estábamos estabais estaban	estuve estuviste estuvo estuvimos estuvisteis estuvieron	estaré estarás estará estaremos estaréis estarán	estaría estarías estaría estaríamos estaríais estarían	esté estés esté estemos estéis estén	estuviera estuvieras estuviera estuviéramos estuvierais estuvieran	está (no estés) esté estad (no estéis) estén

Los verbos irregulars

Infinitive / Present Participle / Past Participle	Present Indicative	Imperfect	Preterite	Future	Conditional	Present Subjunctive	Imperfect Subjunctive	Commands Familiar/ Formal
haber *to have* habiendo habido	he has ha [hay] hemos habéis han	había habías había habíamos habíais habían	hube hubiste hubo hubimos hubisteis hubieron	habré habrás habrá habremos habréis habrán	habría habrías habría habríamos habríais habrían	haya hayas haya hayamos hayáis hayan	hubiera hubieras hubiera hubiéramos hubierais hubieran	
hacer *to make, do* haciendo hecho	hago haces hace hacemos hacéis hacen	hacía hacías hacía hacíamos hacíais hacían	hice hiciste hizo hicimos hicisteis hicieron	haré harás hará haremos haréis harán	haría harías haría haríamos haríais harían	haga hagas haga hagamos hagáis hagan	hiciera hicieras hiciera hiciéramos hiciérais hicieran	haz (no hagas) haga haced (no hagáis) hagan
ir *to go* yendo ido	voy vas va vamos vais van	iba ibas iba íbamos ibais iban	fui fuiste fue fuimos fuisteis fueron	iré irás irá iremos iréis irán	iría irías iría iríamos iríais irían	vaya vayas vaya vayamos vayáis vayan	fuera fueras fuera fuéramos fuerais fueran	ve (no vayas) vaya id (no vayáis) vayan
oír *to hear* oyendo oído	oigo oyes oye oímos oís oyen	oía oías oía oíamos oíais oían	oí oíste oyó oímos oísteis oyeron	oiré oirás oirá oiremos oiréis oirán	oiría oirías oiría oiríamos oiríais oirían	oiga oigas oiga oigamos oigáis oigan	oyera oyeras oyera oyéramos oyerais oyeran	oye (no oigas) oiga oíd (no oigáis) oigan

Los verbos irregulares

Infinitive Present Participle/ Past Participle	Present Indicative	Imperfect	Preterite	Future	Conditional	Present Subjunctive	Imperfect Subjunctive	Commands Familiar/ Formal
poder (o → ue) can, to be able pudiendo podido	puedo puedes puede podemos podéis pueden	podía podías podía podíamos podíais podían	pude pudiste pudo pudimos pudisteis pudieron	podré podrás podrá podremos podréis podrán	podría podrías podría podríamos podríais podrían	pueda puedas pueda podamos podáis puedan	pudiera pudieras pudiera pudiéramos pudierais pudieran	puede (no puedas) pueda poded (no podáis) puedan
poner to place, put poniendo puesto	pongo pones pone ponemos ponéis ponen	ponía ponías ponía poníamos poníais ponían	puse pusiste puso pusimos pusisteis pusieron	pondré pondrás pondrá pondremos pondréis pondrán	pondría pondrías pondría pondríamos pondríais pondrían	ponga pongas ponga pongamos pongáis pongan	pusiera pusieras pusiera pusiéramos pusierais pusieran	pon (no pongas) ponga poned (no pongáis) pongan
querer (e → ie) to want, wish queriendo querido	quiero quieres quiere queremos queréis quieren	quería querías quería queríamos queríais querían	quise quisiste quiso quisimos quisisteis quisieron	querré querrás querrá querremos querréis querrán	querría querrías querría querríamos querríais querrían	quiera quieras quiera queramos queráis quieran	quisiera quisieras quisiera quisiéramos quisierais quisieran	quiere (no quieras) quiera quered (no queráis) quieran
reír to laugh riendo reído	río ríes ríe reímos reís ríen	reía reías reía reíamos reíais reían	reí reíste rió reímos reísteis rieron	reiré reirás reirá reiremos reiréis reirán	reiría reirías reiría reiríamos reiríais reirían	ría rías ría riamos riáis rían	riera rieras riera riéramos rierais rieran	ríe (no rías) ría reíd (no riáis) rían

Los verbos irregulares

Infinitive / Present Participle / Past Participle	Present Indicative	Imperfect	Preterite	Future	Conditional	Present Subjunctive	Imperfect Subjunctive	Commands Familiar/Formal
saber *to know* sabiendo sabido	sé sabes sabe sabemos sabéis saben	sabía sabías sabía sabíamos sabíais sabían	supe supiste supo supimos supisteis supieron	sabré sabrás sabrá sabremos sabréis sabrán	sabría sabrías sabría sabríamos sabríais sabrían	sepa sepas sepa sepamos sepáis sepan	supiera supieras supiera supiéramos supierais supieran	sabe (no sepas) sepa sabed (no sepáis) sepan
salir *to go out* saliendo salido	salgo sales sale salimos salís salen	salía salías salía salíamos salíais salían	salí saliste salió salimos salisteis salieron	saldré saldrás saldrá saldremos saldréis saldrán	saldría saldrías saldría saldríamos saldríais saldrían	salga salgas salga salgamos salgáis salgan	saliera salieras saliera saliéramos salierais salieran	sal (no salgas) salga salid (no salgáis) salgan
ser *to be* siendo sido	soy eres es somos sois son	era eras era éramos erais eran	fui fuiste fue fuimos fuisteis fueron	seré serás será seremos seréis serán	sería serías sería seríamos seríais serían	sea seas sea seamos seáis sean	fuera fueras fuera fuéramos fuerais fueran	sé (no seas) sea sed (no seáis) sean
tener *to have* teniendo tenido	tengo tienes tiene tenemos tenéis tienen	tenía tenías tenía teníamos teníais tenían	tuve tuviste tuvo tuvimos tuvisteis tuvieron	tendré tendrás tendrá tendremos tendréis tendrán	tendría tendrías tendría tendríamos tendríais tendrían	tenga tengas tenga tengamos tengáis tengan	tuviera tuvieras tuviera tuviéramos tuvierais tuvieran	ten (no tengas) tenga tened (no tengáis) tengan

Los verbos irregulares

Infinitive Present Participle/ Past Participle	Present Indicative	Imperfect	Preterite	Future	Conditional	Present Subjunctive	Imperfect Subjunctive	Commands Familiar/ Formal
traer	traigo	traía	traje	traeré	traería	traiga	trajera	trae (no traigas)
to bring	traes	traías	trajiste	traerás	traerías	traigas	trajeras	traiga
trayendo	trae	traía	trajo	traerá	traería	traiga	trajera	traed (no traigáis)
traído	traemos	traíamos	trajimos	traeremos	traeríamos	traigamos	trajéramos	traigan
	traéis	traíais	trajisteis	traeréis	traeríais	traigáis	trajerais	
	traen	traían	trajeron	traerán	traerían	traigan	trajeran	
venir	vengo	venía	vine	vendré	vendría	venga	viniera	ven (no vengas)
to come	vienes	venías	viniste	vendrás	vendrías	vengas	vinieras	venga
viniendo	viene	venía	vino	vendrá	vendría	venga	viniera	venid (no vengáis)
venido	venimos	veníamos	vinimos	vendremos	vendríamos	vengamos	viniéramos	vengan
	venís	veníais	vinisteis	vendréis	vendríais	vengáis	vinierais	
	vienen	venían	vinieron	vendrán	vendrían	vengan	vinieran	
ver	veo	veía	vi	veré	vería	vea	viera	ve (no veas)
to see	ves	veías	viste	verás	verías	veas	vieras	vea
viendo	ve	veía	vio	verá	vería	vea	viera	ved (no veáis)
visto	vemos	veíamos	vimos	veremos	veríamos	veamos	viéramos	vean
	veis	veíais	visteis	veréis	veríais	veáis	vierais	
	ven	veían	vieron	verán	verían	vean	vieran	

SPANISH–ENGLISH VOCABULARY

This vocabulary includes the meanings of all Spanish words and expressions which have been glossed or listed as active vocabulary in this textbook. Most proper nouns, conjugated verb forms, and cognates used as passive vocabulary are not included here.

The Spanish style of alphabetization has been followed: **n** precedes **ñ**. A word without a written accent mark appears before the form with a written accent: i.e., **si** precedes **sí**.

Stem-changing verbs appear with the change in parentheses following the infinitive: (**ie**), (**ue**), or (**i**). A second vowel in parentheses (**ie, i**) indicates a preterite stem change.

The number following the English meaning refers to the chapter in which the vocabulary item was first introduced actively.

The following abbreviations are used:

A	Americas	*fam*	familiar	*poss*	possessive
abb	abbreviation	*form*	formal	*prep*	preposition
adv	adverb	*indir obj*	indirect object	*pron*	pronoun
adj	adjective	*inf*	infinitive	*refl*	reflexive
art	article	*m*	masculine	*rel*	relative
conj	conjunction	*n*	noun	*s*	singular
dir obj	direct object	*obj*	object	*subj*	subject
E	Spain	*pl*	plural		
f	feminine	*pp*	past participle		

A

a to, at, toward; **a bordo** on board **11**; **a casa** home; **a causa de** because of, as a consequence of; **a continuación** following; **a cuadros** plaid, checkered **7**; **a la derecha** to (on) the right; **a la izquierda** to (on) the left; **a menos que** unless; **a menudo** often; **a rayas** striped **7**; **a tiempo** on time; **a través de** through, across; **a veces** sometimes

abierto *pp* opened

abogado(a) lawyer **10**

abonar to pay in installments

abordar to board **11**

abrazar to hug, embrace

abrazo hug

abrigo coat **7**

abril *m* April

abrir to open

abrocharse to fasten **11**

absurdo absurd

abuelo(a) grandfather(mother) **3**; **abuelos** grandparents **3**

aburrido bored, boring

aburrir to bore

aburrirse to get bored

acá here

acabar to finish; *refl* run out of; **acabar de** + *inf* to have just (done something)

acantilado cliff

acaso perhaps

acceso access

accidente *m* accident

acción *f* stock **9**

accionista *m/f* stockbroker **10**

aceite *m* oil; salad oil

aceituna olive

acento accent

acentuar to accent

aceptar to accept

acera sidewalk **8**

acerca de about, concerning

acercarse a to approach

acero steel

acetona nail polish remover

ácido graso tran trans fatty acid

aclarar to clear up

acomodar to accommodate

aconsejable advisable

aconsejar to advise **3**

acontecimiento event

acordarse (ue) de to remember

acortar to shorten **7**

acostarse (ue) to go to bed

acostumbrarse to become accustomed, get used to

actitud *f* attitude

actividad *f* activity

activo active

actual *adj* current, present-day

actualmente nowadays, at the present time

actuar to act

acuerdo agreement; **de acuerdo** I agree; **estar de acuerdo** to agree, be in agreement; **llegar a un acuerdo** to reach an agreement

acusado(a) accused person **6**
adelantado early
adelante forward; come in
adelanto advance, advancement
además besides, furthermore
adentro inside
adicto(a) al trabajo workaholic **9**
adiós good-bye
adivinanza riddle
adivinar to guess
adjetivo adjective
administración *f* management **9**; **administración de empresas** business administration **5**
admirar to admire **8**
adolescente *m/f* teenager
¿adónde? where? (used with verbs of motion)
adornar to decorate, adorn
adorno decoration, ornament
aduana customs **10**; **derechos de aduana** duty taxes **10**; **pasar por la aduana** to go through customs **11**
aduanero(a) customs agent **11**
adverbio adverb
advertir (ie, i) to warn
aéreo *adj* air **11**
aeróbico aerobic **12**
aeromozo(a) *(A)* flight attendant **11**
aeropuerto airport **11**
afeitadora shaver **1**
afeitarse to shave **1**
aficionado(a) fan, sports fan
afuera outside **4**; **afueras** outskirts, suburbs
agarrar to take
agencia agency **1**; **agencia de empleos** employment agency; **agencia de viajes** travel agency
agente *m/f* agent
agosto August
agradable pleasant
agradecer to appreciate, thank
agrado pleasure
agresivo aggressive
agrícola agricultural
agrio sour
agua water **1**; **agua mineral** mineral water, bottled water
aguacate *m* avocado **4**
aguacero heavy shower, downpour
ahí there (near person addressed)

ahijado(a) godson(daughter); **ahijados** godchildren
ahogarse to drown **6**
ahora now
ahorrar to save money **10**
ahorros *pl* savings **10**; **cuenta** *f* **de ahorros** savings account **10**
aire *m* air; **aire acondicionado** *m* air conditioning **11**; **al aire libre** outdoor **2**
aislado isolated
aislamiento isolation
ajedrez *m* chess
al (a + el) to the + *ms noun*; **al día** per day; **al +** *inf* on, upon; **al lado de** beside, next to; **al principio** in the beginning
albergue *m* hostel **11**; **albergue juvenil** *m* youth hostel **11**
albóndigas meatballs **4**
alcalde *m* mayor
alcance *m* reach; **estar al alcance** to be within reach
alcanzar to gain, obtain
alcohólico alcoholic
alegrarse to be happy
alegre happy, cheerful **3**
alegría happiness
alemán(ana) German
alergia allergy **12**
alérgico allergic; **ser alérgico a** to be allergic to
alfabetización *f* literacy
alfombra rug, carpet **6**
algarabía hustle-bustle
algo something
algodón *m* cotton **7**; **algodón de azúcar** cotton candy **8**
alguien someone
algunas veces sometimes
alguno, algún, alguna any, some, someone; *pl* a few
alimentarse to feed oneself
alimento food, nourishment
alivio relief
allá there
allí there
almacén *m* department store **1**; **(grandes) almacenes** *(E)* *m pl*
almeja clam **4**
almohada pillow **11**
almorzar (ue) to have lunch **3**
almuerzo lunch **4**
alojarse to stay in a hotel **11**
alpargata espadrille shoe
alquilar to rent **10**
alquiler *m* rent
alrededor de around
altavoz *m* loud-speaker

alternativa alternative
altiplano high plateau
altitud *f* altitude
alto tall, high
altura altitude
alumno(a) student
alzar to raise, lift
ama de casa housewife
amabilidad *f* kindness
amable nice, kind
amanecer *m* dawn; **del amanecer al anochecer** from dawn to dusk
amar to love **3**
amargo bitter
amarillo yellow
amatista amethyst
ambiente *m* environment, atmosphere
amigable friendly
amigo(a) friend **1**
ampliar to extend
amplio extensive
amoblar (ue); amueblar to furnish
amor *m* love
analgésico analgesic, painkiller **12**
análisis *m* analysis
anaranjado *adj* orange
ancho wide **7**
andar to walk; **andar con cambio de horario** to have jet lag **11**
anécdota anecdote
anfitrión(ona) host (hostess)
ángel *m* angel
angosto narrow
anillo ring **3**; **anillo de boda** wedding ring **3**; **anillo de compromiso** engagement ring **3**
anoche last night
anochecer *m* dusk
ansioso anxious
ante *m* suede; *prep* before, in the presence of
anteayer day before yesterday
anteojos *pl* eyeglasses
anterior before
antes de *prep* before
antes que *conj* before
antibiótico antibiotics **12**
anticipar to anticipate; **con anticipación** in advance
antiguo former, ancient
anunciar to announce **6**
anuncio advertisement; **anuncio clasificado** classified ad **9**; **anuncio comercial** commercial **6**
añadir to add

año year; **tener...años** to be ... years old; **primer año** freshman year 5

aparato appliance; **aparato Blackberry** Blackberry 9; **aparato de gimnasio** exercise machine

aparcar to park

aparecer to appear

apartamento apartment

apellido last name

apenas hardly

aperitivo appetizer 4

apertura de clases beginning of the term 5

apetecer to have an appetite for

apetito appetite 4

aplaudir to applaud 8

aplicado studious 5

apogeo peak; **en pleno apogeo** at the height of

apoplejía stroke 12

aprender to learn 5; **aprender de memoria** to memorize 5

apretado tight 7

apretar (ie) to pinch, be too tight 7

aprobar (ue) to pass (an exam) 5

apropiado appropriate

aprovechar to take advantage of

aptitud *f* aptitude, skill 9

apuntes notes, classnotes; **tomar apuntes** to take notes

apurado in a hurry

apurarse to hurry

aquel, aquella *adj* that (distant); **aquellos, aquellas** *adj* those (distant); **aquél, aquélla** *pron* that (one), former; **aquéllos, aquéllas** *pron* those, former

aquello *neuter pron* that

aquí here

árbitro referee, umpire 12

árbol *m* tree 6

archivar to file 10

archivo file cabinet 9

arco arch

arena sand 2

arete *m* earring 7

argentino *adj* Argentinian

arquitecto(a) arquitect

arquitectura architecture 5

arreglar to arrange, to repair, to straighten up 6; **arreglarse** to get ready 1

arreglo care 1; arrangement, repair

arrepentirse (ie, i) to repent

arrestar to arrest 6

arroz rice 4

arrugado wrinkled

arte *m* art 5; **bellas artes** fine arts 5

artesanía craftsmanship

artículo article, item

artista *m/f* artist

artístico artistic 9

asado roast(ed)

ascenso promotion 9

ascensor elevator

asegurar to assure, to insure 7

asesinar to murder

asesinato murder 6

asesino(a) murderer 6

así in this way, thus; **así que** as soon as

asiduo frequent

asiento seat 8

asignatura subject 5

asistencia attendance

asistente *m/f* **ejecutivo** executive assistant 10

asistente social *m/f* social worker

asistir a to attend 2

asma asthma 12

asociarse to associate

asombrar to astonish

aspecto aspect

áspero rough

aspiradora vacuum cleaner 6; **pasar la aspiradora** to vacuum 6

aspirante *m/f* applicant 9

aspirina aspirin 12

asunto subject matter

asustadizo easily scared

asustado scared 8

asustarse to get scared

atacar to attack

atar to tie

atender (ie) to take care of 10

atentado terrorista terrorist attack 6

atento attentive

aterrizaje *m* landing 11

aterrizar to land 11

atleta *m/f* athlete

atlético athletic

atracción *f* amusement park ride, attraction 8; **parque acuático** water park 8; **parque** *m* **de atracciones** amusement park 8

atraer to attract

atrapado trapped, stuck 11

atrás *adv* back; **de atrás** behind

atrasarse to be late

atravesar (ie) to cross

atribuir to attribute to

atún *m* tuna 4

aumento raise

aun even; **aun cuando** even when

aún still, yet

aunque although

auscultar to listen with a stethoscope 12

ausente absent

austral *m* previous currency of Argentina

autobús *m* bus 8

automóvil *m* automobile

autopista highway

autoridad *f* authority

autorretrato self-portrait

auxiliar de vuelo *m/f* flight attendant 11

avance *m* advance; **avance rápido** fast forward on a CD/DVD player

avanzado advanced 10

avanzar to advance, move forward

ave *f* bird

avenida avenue 8

aventura adventure; **de aventura** *adj* adventure

averiguar to verify, find out

avión *m* airplane 11

avisar to advise, to inform

aviso notice, sign

ayer yesterday

ayuda help

ayudar to help

ayuntamiento city hall 8

azúcar sugar

azucarera sugar bowl

azul blue

B

bacalao cod

bachillerato high-school diploma 5

bailar to dance 2

bailarín(ina) dancer

baile *m* dance

bajar to lower, to get off 11; **bajar el equipaje** to take the luggage down 11; **bajarse** to get off

bajo short

balanza balance; **balanza de pagos** balance of payments 10

balcón *m* balcony 11

baloncesto *(E)* basketball 12

bancario *adj* banking 10

banco bank 1

banda band 2; **banda emergente** an up-and-coming band 2

banda terrorista terrorist organization 6

banquero banker

bañarse to bathe 1

bañera bathtub 6

baño bathroom 11; **cuarto de baño** bathroom 6; **toalla de baño** bath towel 11

bar *m* bar 2

barato inexpensive, cheap

barba beard

barco boat

barrer to sweep 6

barrio neighborhood 8

básquetbol *m (A)* basketball 12

¡basta! enough

bastante *adj* enough; **bastante** *adv* rather

basura garbage, trash 6; **sacar la basura** to take out the garbage 6

bata robe 7

bate *m* bat 12

batear to bat 12

batido milk shake

batir to beat

bautismo baptism

bebé *m* baby

beber to drink

bebida beverage 4

beca scholarship 5

béisbol *m* baseball 12

bellas artes fine arts 5

belleza beauty

beneficiar to benefit

beneficio benefit; **beneficio social** fringe benefit 9

besar to kiss

biblioteca library 5

bicicleta bicycle; **bicicleta estacionaria** stationary bike; **montar (en) bicicleta** to ride a bicycle 2

bien well, very

bienvenido welcome

bigote *m* moustache

billete *m* ticket 8; bill 10; **billete de clase negocios** business class ticket 11; **billete de primera clase** first class ticket 11; **billete de clase turista** economy class ticket 11; **de ida y vuelta** round-trip ticket 11

billetera wallet

biología biology 5

bisabuelo(a) great-grandfather (mother) 3; **bisabuelos** great-grandparents 3

bistec *m* steak

bisutería costume jewelry 7

blanco white

blando soft

bloqueador *m* sunblock

blusa blouse

boca mouth

bocacalle *f* intersection 8

bocadillo sandwich

boda wedding, wedding ceremony 3; **regalo de bodas** wedding gift 3; **torta de bodas** wedding cake 3

bol *m* bowl 4

boletería ticket office

boleto ticket 8; **boleto de ida y vuelta** round-trip ticket 11

bolígrafo pen, ballpoint pen

bolívar *m* currency of Venezuela

bolsa *(E)* purse 7; **bolsa (de acciones) (de valores)** stock market 9

bombero(a) firefighter 8

bonito nice, pretty

bono bond 9

borracho drunk

borrador *m* rough draft

bosque *m* forest, woods

bota boot 7

botones *m s* bellman 11

boutique *f* boutique 7

boxeo boxing 12; **guantes de boxeo** *m* boxing gloves 12; **practicar el boxeo** to box 12

brazo arm 12

brillante *m* diamond 7

brillar to shine

bromear to joke

bronceado suntan, suntanned

bronceador *m* sun lotion

bronceador solar con filtro sunscreen

broncearse to tan 2

bruja witch

bueno, buen, buena *adj* good

bueno *adv* well, all right; **buena suerte** good luck; **lo bueno** the good thing; **buenos días** good morning; **buenas noches** good evening; **buenas tardes** good afternoon

bufanda scarf 7

buscar to look for; **en busca de** in search of

C

caballero gentleman

caballitos *m pl* carousel

caballo horse; **montar a caballo** to ride horseback 2

caber to fit 11

cabeza head 12

cada *m/f adj* each, every; **cada dos días** every other day

cadena chain 7; network

cadera hip

caer to fall, slip away; **caer bien (mal)** to suit (not to suit); to get along well (poorly); **caer un aguacero** to rain cats and dogs

café *m* café, coffee 4; coffee shop; **café al aire libre** outdoor café 2; **café con leche** coffee with warmed milk; **café solo** black coffee

caja box, cash register; **caja de seguridad** safety-deposit box 10

cajero(a) cashier 7; **cajero automático** ATM 10

cajón *m* drawer

calamar *m* squid

calcetín *m* sock 7

calculadora calculator 9

calcular to calculate

cálculo calculus

caldo soup, broth 4; **caldo de pollo con fideos** chicken noodle soup

calefacción *f* heating system 11

calendario calendar

calentador *m (A)* jogging suit 7

calentamiento global global warming 9

calentar (ie) to heat

calidad *f* quality

cálido warm

caliente hot 1

calificación *f* qualification (skill)

callado quiet

callarse to be quiet

calle *f* street 8

calmar to calm, ease

calor *m* heat; **hace calor** it's hot; **tener calor** to be hot

caloría calorie 4

calvo bald

calzado footwear 7

calzar to wear shoes 7

cama bed 6

cámara camera; **cámara digital** digital camera 9

camarero(a) waiter (waitress) 4; chambermaid 11

camarones *m pl (A)* shrimp 4

cambiar to change; **cambiar dinero** to exchange currency 10; **cambiarse de ropa** to change clothes 1

cambio change 9; **cambio climático** climate change 9; **cambio de horario** jet lag 11; **en cambio** on the other hand

caminadora treadmill 2

caminar to walk

camino road; **en camino** on the way to

camión *m* truck; **camión de juguete** toy truck

camisa shirt 1; **camisa de noche** nightgown 7

camiseta tee-shirt 7

campaña electoral electoral campaign 6

campeón(ona) *m* champion 12

campeonato championship 12

campesino(a) rural person

campo country, rural area, field 3; **campo de estudio** field of study 5; **campo de golf** golf course 2; **campo deportivo** sports field 5

campus *m* campus 5

canadiense *m/f adj* Canadian

canal *m* channel 6

canasta basket 12

cancelado cancelled 11

cáncer *m* cancer 12

cancha playing area, court, field 12; **cancha de tenis** tennis court 2

canción *f* song

canoso *adj* gray hair

cansado tired

cantante *m/f* singer 8

cantar to sing

cantidad *f* quantity

caña de pescar fishing rod

capital *f* capital (city); *m* capital (money)

capítulo chapter

cara face

caracol *m* snail

característica characteristic

caramelo caramel

carbohidrato carbohydrate 4

cárcel *f* jail 6

cardiopatía isquémica coronary heart disease 12

carecer to be in need of, lack

cargar to carry 11

cariño affection 3; **tener cariño a** to be fond of 3

cariñoso affectionate 3

carne *f* meat 4; **carne de cerdo** pork 4; **carne de res** beef

carnet estudiantil *m* student I.D. card

caro expensive 4

carpeta file folder 9; **carpeta predeterminada** default folder 9

carpintero(a) carpenter

carrera career 9; race

carro *(A)* car

carta letter 1; **carta de recomendación** letter of recommendation 9; **cartas** *(A)* playing cards

cartel *m* poster, sign

cartelera listing of movies 2

cartera wallet, *(A)* purse 7

cartero(a) mail carrier

casa house; **a casa** home; **en casa** at home; **casa de espejos** house of mirrors 8; **casa de fantasmas** house of horrors 8; **casa de muñecas** dollhouse

casado married

casamiento wedding, wedding ceremony

casarse to get married 3; **casarse con** to marry 3

casco helmet 12

casi almost

castañetear los dientes to have one's teeth chatter 12

castaño chestnut

castellano Spanish

castillo castle

catalán(ana) Catalan

catarata waterfall 8

catarro cold 12

catedral *f* cathedral 8

catedrático(a) university professor 5

católico Catholic

catorce fourteen

causar to cause

cazar to hunt

CD *m* CD; **poner un CD** to play a CD

cebolla onion

celebración *f* celebration

célebre famous

celos *m* jealousy; **tener celos** to be jealous 3

celular cellular 9

cemento cement 8

cena dinner 4; wedding reception 3

cenar to eat dinner 2

centígrado centigrade

centro center, downtown 8; **centro comercial** shopping center, mall 1; **centro cultural** cultural center 8;

centro estudiantil student center 5

cepillarse to brush (one's teeth, hair) 1

cepillo brush 1; **cepillo de dientes** toothbrush 1

cerca *adv* next to, near, close

cerca de *prep* near

cercano *adj* near, close

cerdo pig; **carne de cerdo** pork 4

ceremonia de enlace wedding ceremony 3

cero zero

cerrar (ie) to close

cerveza beer 4

césped *m* lawn, grass 6

ceviche *m* marinated fish and seafood 4

chaleco vest 7

chamaco(a) *(A)* kid, youngster

champú *m* shampoo 1

chancletas flip-flops 2

chandal *m (E)* jogging suit 7

chapotear to play in the water 8

chapuzón *m* dip, plunge, dive 8

chaqueta jacket

charlar to chat 2

chat *m* chat; **chat a tiempo** *m* real-time chat; **sala de chat** chat room

chau good-bye

chaval(a) *(E)* kid, youngster

cheque *m* check; **cheque de viajero** traveler's check; **cobrar un cheque** to cash a check 10; **rebotar un cheque** to bounce a check 10

chequear to check

chequera *(A)* checkbook 10

chévere wonderful

chicano(a) Mexican-American

chicle *m* chewing gum

chico(a) kid, youngster; **chico** *adj* small 7

chiflar to boo, hiss

chile *m* chili pepper 4; **chiles rellenos** stuffed peppers

chimenea chimney

chino(a) Chinese

chip *m* microchip 9

chisme *m* gossip

chismear to gossip

chiste *m* joke

chistoso funny, amusing

chocolate *m* chocolate, hot chocolate 4

choque *m* shock

chorizo hard sausage

cibernauta *m/f* person who uses the Internet 9

cicatriz *m* scar

ciclismo biking, cycling

cien, ciento hundred

ciencia science; **ciencias de educación** education (course of study) 5; **ciencias económicas** economics 5; **ciencias exactas** natural science 5; **ciencias políticas** political science 5; **ciencias sociales** social sciences 5

científico(a) scientist; *adj* scientific

cierto certain, definite, right, true

cigarrillo cigarette

cinco five

cincuenta fifty

cine *m* movie theater 2

cinta tape; **cinta adhesiva** utility tape 9

cinturón *m* belt; **cinturón** *m* **de seguridad** seatbelt 11; **(des-)abrocharse el cinturón de seguridad** to (un-)fasten the seatbelt 11

cita appointment, date

ciudad *f* city; **ciudad universitaria** campus 5

claro light (in color), clear; of course

clase *f* class 5; **clase alta** upper class; **de clase negocios** business class (travel) 11; **de primera clase** first class (travel) 11; **de clase turista** economy clase (travel) 11

clásico classical

clasificación de crédito *f* credit rating 10

clavel *m* carnation

cliente *m/f* customer 1

clima *m* climate

climático *adj* climate 9

clínica private hospital 8

club *m* club

cobrar to charge, collect money;

cobrar un cheque to cash a check 10

cobre *m* copper

cocina kitchen 6

cocinar to cook

cocinero(a) cook, chef

cóctel *m* cocktail 4; **cóctel de camarones** shrimp cocktail; **cóctel de mariscos** seafood cocktail

coche *m* car

código code; **código postal** zip code

coger to take, seize; to catch 12

coincidir to coincide

cola line; **hacer cola** to stand in line

colaborar to collaborate

colesterol *m* cholesterol 4

colchón neumático *m* air mattress

colegio elementary school, boarding school, college preparatory high school

colgar (ue) to hang, to hang up 6

colina hill

collar *m* necklace 7; **collar de brillantes** diamond necklace 7

colocar to place, put

colombiano(a) Colombian

colonial colonial 8

color *m* color; **de color café** brown; **de color melón** melon-colored; **de un solo color** solid color 7

combinar to match, combine 7

comedia comedy 2

comedor *m* dining room 6

comentar to comment 8

comenzar (ie) to begin

comer to eat

comercio trade 10; **comercio de exportación** export trade 10; **comercio de importación** import trade 10

comestibles *m* food, foodstuffs, unprepared food; **tienda de comestibles** grocery store

cometa *m* comet; *f* kite

cómico funny

comida food, meal, main meal 4; **comida chatarra** junk food 4; **comida completa** complete meal 4; **comida criolla** native or regional food 4; **comida ligera** light meal 4; **comida para llevar** carry out (food) 4; **comida rápida** fast food 4; **comida típica** typical meal 4

comisaría police station 8

comité *m* committee

como as, like, since; **¡Cómo no!** Of course!; **como si** as if; **tan+** *adj* or *adv* + **como** as + *adj* or *adv* + as; **tanto como** as much as

¿cómo? how?

comodidad *f* comfort

cómodo comfortable 11

compañero(a) companion; **compañero(a) de clase** classmate; **compañero(a)**

de cuarto roommate; **compañero(a) de juegos** playmate

compañía (Cía.) company (Co.) 1

comparar to compare 7

compartir to share, divide 6

competir (i, i) to compete

complacer to please

complacerse to take pleasure

complejo turístico tourist resort 2

completamente completely

completar to complete

completo full 11

complicado complicated

complicarse to become complicated

comportamiento behavior

comportarse to behave 3

compra purchase; **hacer compras** to shop, purchase 1; **hacer compras por Internet** to shop online 7; **ir de compras** to go shopping

comprador(a) buyer, shopper; **tienda de compras por Internet** Internet store 7

comprar to buy 1

comprender to understand; **comprender lo más básico** to have a fundamental understanding 5

comprensivo understanding

comprometerse con to become engaged to 3

compromiso engagement, commitment 3

compuesto *pp* composed

computadora *(A)* computer 1; **computadora portátil** laptop computer 9

comunicarse to communicate

comunidad *f* community

con with; **con tal que** provided that; **conmigo** with me; **contigo** with you *fam s*

concha shell

concierto concert 2

conciliatorio conciliatory

conciso concise

concluir to conclude

condimentado spicy

condimento dressing, condiment

conducir to drive

conductor(a) driver 8

conectar to connect

conferencia lecture 5; **dar una conferencia** to give a lecture 5

confesar (ie) to confess

confianza trust, confidence 9; **ser de confianza** to be close friends

confiar en to confide in, trust 3
confirmar to confirm 11
confitería sweetshop, tea shop
conflictivo conflictive
confundirse to be confused
confusión *f* confusion
conjunto band, musical group
conocer to know, to meet, to make an acquaintance of, to recognize 2
conocido(a) acquaintance; *adj* familiar, well-known
conocimiento knowledge 9
conquistador *m* conqueror
consciente aware
conseguir (i, i) to get, obtain 9
consejero(a) advisor, counselor
consejo advice 3; **consejo financiero** financial advice 10
consentir (ie, i) to consent to, agree
conserje *m* concierge 11
conservar to keep, preserve
considerar to consider
consistir en to consist of
constituir to constitute
construcción *f* construction
construir to construct
consultorio doctor's or dentist's office
consumo consumption 10
contabilidad *f* accounting 5
contador(a) accountant 10
contaminación *f* pollution; **contaminación del aire** air pollution
contar (ue) to count, tell
contenido content
contento content, happy
contestar answer
continuar to continue; **a continuación** following
contra against
contratar to hire
contrato contract
contribuir to contribute
control *m* control; **control de seguridad** *m* security check 11; **control remoto** *m* remote control
controlar to control
contusión *f* bruise 12; **tener una contusión** to be bruised 12
convencer to convince
conveniente convenient
convenir to agree, be suitable
conversación *f* conversation
conversar to converse, talk
convertir (ie, i) to convert; to become
cooperación *f* cooperation
cooperador cooperative

cooperar to cooperate
coordinación *f* coordination
copa drink 2; goblet, glass with a stem 4
coqueta flirt, flirtatious
corazón *m* heart
corbata tie
cordero lamb
cordillera mountain range
correcto correct, right
corregir (i, i) to correct
correo post office, mail 1; **correo electrónico** e-mail 1
correr to run 2
correspondencia mail
corresponder to correspond
corrida de toros bullfight
cortacésped *m* lawnmower 6; **carro cortacésped** *m* riding lawnmower; **cortacésped de motor** *m* power lawnmower
cortar to cut 6; **cortar el césped** to cut the grass 6
cortarse to cut oneself 12
corte *f* court; *m* cut
cortés courteous, polite
cortesía courtesy, politeness
corto short 7
cosa thing
cosmopolita cosmopolitan
costa coast
costar (ue) to cost
costo cost 10; **costo de vida** cost of living 10
costumbre *f* custom 3; **de costumbre** usual
creación *f* creation
crear to create
crecer to grow
crédito credit 10; **clasificación** *f* **de crédito** credit rating 10; **tarjeta de crédito** credit card 10
creer to believe
crema antisolar sunblock 2
crema de afeitar shaving cream 1
crema dental *(A)* toothpaste
criada maid, chambermaid 11
criar to bring up (children), raise (animals); to look after
crimen *m* crime 6
crisis *f* crisis
crisol *m* melting pot
criticar to criticize 8
cruce *m* intersection 8
crucero cruise
crucigrama *m* crossword puzzle; **hacer crucigramas** solve crossword puzzles
cruzar to cross

cuaderno notebook
cuadra *(A)* (street) block 8
cuadrado square
cuadro painting 8
¿cuál(es)? which one(s)?
cualidad *f* quality
cualquier(a) any
cuando *conj* when
¿cuándo? when?
¿cuánto? how much? *pl* how many?
cuarenta forty
cuartel *m* de policía police station 8
cuarto room, quarter; *adj* fourth; **cuarto de baño** bathroom 6
cuatro four
cuatrocientos four hundred
cubano(a) Cuban
cubierto place setting 4; *pp* covered
cubo bucket, pail; **cubos de letras** blocks
cubrir to cover
cuchara soup spoon 4
cucharita teaspoon 4
cuchillo knife 4
cuello neck
cuenta account, bill, check 11; **cuenta a plazo fijo** fixed account; **cuenta corriente** checking account 10; **cuenta de ahorros** savings account 10; **cuenta mancomunada** joint account
cuento story, tale
cuero leather 7
cuerpo body
cuidado care; **con cuidado** carefully; **tener cuidado** be careful
cuidadoso careful 9
cuidar to look after, to care for
cuidarse to take care of oneself
culpable guilty 6
cultivar to grow plants
cultura culture; **centro cultural** cultural center 8
cumpleaños *m* birthday
cumplir to carry out, to fulfill, execute 5; **cumplir...años** to turn ... years old
cuñado(a) brother(sister)-in law 3
cura *m* priest 3; *f* cure
curandero(a) healer
curar to cure
curita band-aid 12
curriculum vitae *m* résumé 9
cursar to take courses

curso course 5; **curso electivo** elective class 5; **curso obligatorio** required class 5
cuyo whose

D

dama de honor bridesmaid 3
damas checkers
dar to give; **dar a** to face; **dar a luz** to give birth; **dar ánimo** to encourage; **dar consejos** to give advice 3; **dar puntos** to get stitches 12; **dar un paseo** to take a walk; **dar una patada** to kick 12; **dar vueltas** to turn around and around; **darse cuenta de** to realize, become aware; **darse por vencido** to give up, acknowledge defeat; **darse un chapuzón** to take a dip 8
dato fact, a piece of information
de of, from, about; **de acuerdo** I agree; **de alguna manera** some way; **de algún modo** some how; **de atrás** behind; **de casualidad** by chance; **de flores** flowered 7; **de la mañana** A.M.; **de la noche** P.M.; **de la tarde** P.M.; **de lujo** luxurious; **de lunares** polka dot 7; **de nada** you are welcome; **de ninguna manera** no way; **de ningún modo** by no means; **de película** out of the ordinary, incredible; **de repente** suddenly; **de retraso** delayed; **de talla media** of average height; **de un solo color** solid color 7; **de vez en cuando** from time to time
debajo de under, underneath
deber to have to do something, must
débil weak, soft (sound)
decidir to decide
décimo tenth
decir to say, to tell
decisión _f_ decision; **tomar una decisión** to make a decision 9
declaración _f_ declaration
declararse en quiebra to file for bankruptcy 10
decorar to decorate
dedicarse a to devote oneself to

dedo finger 12; **dedo de pie** toe 12
defender (ie) to defend
dejar to leave, let, allow, to leave something; **dejar la piel en** to put a lot of effort in something 5; **dejar una clase** to drop a class 5
del (de + el) of the + _ms noun_
delante de in front of
delegar to delegate 10
delgado slender
delicado delicate
delicioso delicious
delito crime, offense 6
demás _adj_ rest (of a quantity)
demasiado too much
demora delay
demorarse to delay
demostrar (ue) to demonstrate
dentífrico _(E)_ toothpaste
dentista _m /f_ dentist
dentro de in, inside of
departamento department
depender de to depend on
dependiente(a) salesclerk 7
deporte _m_ sport 1
deportivo _adj_ sport 12
depositar to deposit 10
depresión mayor _f_ clinical depression 12
deprimente depressing
deprimido depressed 12
derecha right; **a la derecha** to the right
derecho law (course of study) 5; _adv_ straight; **derechos de aduana** duty taxes 10; **seguir (i, i) derecho** to go straight
derrotar to defeat
desabrocharse to unfasten 11
desafortunado unfortunate
desagradable unpleasant
desaparecer to disappear
desarrollar to develop 9
desarrollo development 10
desastre _m_ disaster 6
desatar to untie
desayunar to have breakfast
desayuno breakfast 4
descansar to relax, rest
descargar to download
desconocido unknown
descontar (ue) to discount
descortés discourteous, impolite
describir to describe
descripción _f_ description 3
descubierto _pp_ discovered
descubrir to discover
descuento discount
desde from, since

desdén _m_ scorn
desear to want, desire
desembarcar to get off 11
desempeñar to do a job 9
desempleo unemployment 9
desfile _m_ parade
desierto desert
desinfectante _m_ disinfectant
desmayarse to faint 12
desmoralizado demoralized
desocupado unoccupied
desocupar to vacate 11
desodorante _m_ deodorant 1
desorden _m_ disorder
desorganizado unorganized
despacio slowly
despedida farewell
despedir (i, i) to fire, to dismiss 9; to see someone off; **despedirse (i, i)** to say good-bye
despegar to take off 11
despegue _m_ takeoff 11
despejarse to clear up (weather)
despertador _m_ alarm clock 1
despertarse (ie) to wake up 1
después _adv_ afterwards, later; **después de** _prep_ after; **después que** _conj_ after
destacar to stand out
destreza skill 9
destruir to destroy
desventaja disadvantage
desvestirse (i, i) to get undressed 1
detalle _m_ detail
detener to detain, to stop on a CD/DVD player
detergente _m_ detergent
deteriorarse to deteriorate
detrás de behind, in back of
deuda debt
devolución _f_ return (of something)
devolver (ue) to return something 7
día _m_ day; **día de la boda** wedding day 3; **al día** per day; up to date; **día feriado** holiday
diamante _m_ diamond
diálogo dialogue
diario daily
dibujo drawing, sketch 8; **dibujo animado** cartoon
diciembre _m_ December
dictar una conferencia to give a lecture
dicho _pp_ said
diecinueve nineteen
dieciocho eighteen

dieciséis sixteen

diecisiete seventeen

diente *m* tooth 1; **castañetear los dientes** to have one´s teeth chatter 12; **cepillo de dientes** toothbrush 1

dieta diet 4; **dieta alta en proteínas** high protein diet; **dieta baja en calorías, en grasa, en sal, en carbohidratos** a low calorie / fat / salt / carb diet; **estar a dieta** to be on a diet 4

diez ten

diferente different

difícil difficult

dificultad *f* difficulty

diligencia errand 1; **hacer diligencias** run errands 1

dinero money 10; **dinero en efectivo** cash 10; **cambiar dinero** to exchange currency 10

diputado(a) representative 6

dirección *f* direction, address

directo direct 11

director(a) de personal director of personnel

dirigir to direct

discar to dial (a telephone)

disco record, computer disk 9; hockey puck 12; **disco compacto** CD; **disco duro** hard drive 9

discoteca discotheque 2

disculpar to excuse

discurso speech 6

discusión *f* discussion

discutir to discuss 8

diseño design 7

disfraz *m* costume; **fiesta de disfraces** costume party

disfrutar de to enjoy, to make the best out of something, to have 2

disgustar to displease

dislocarse to dislocate 12

disminuir to diminish

disponible available 11

distinguir to distinguish

distracción *f* distraction

distraído distracted

distribuir to distribute

distrito district; **distrito postal** zip code

diversión *f* hobby, amusement, recreation

diverso diverse; **diversos** various

divertido fun, amusing

divertirse (ie, i) to enjoy oneself, to have fun 2

dividirse to be divided

divorciado divorced

doblar to turn

doce twelve

doctorado doctorate 5

documento document, official paper; computer file 9

dólar *m* dollar

doler (ue) to ache, feel pain (emotional or physical)

dolor *m* ache, pain 12; **dolor muscular** muscular ache 12

doméstico domestic 6

domicilio residence

domingo Sunday

dominó dominoes

don sir, male title of respect

¿dónde? where?

doña lady, female title of respect

dormilón(ona) heavy sleeper 1

dormir (ue, u) to sleep; **dormirse (ue, u)** to fall asleep

dormitorio bedroom 6

dos two; **dos veces** twice

doscientos two hundred

drama *m* drama

dramatizar to dramatize

ducha shower 11

ducharse to shower 1

duda doubt

dudar to doubt

dudoso doubtful

dueño(a) owner

dulce *adj* sweet; *n m pl* candy

durante during

durar to last

duro hard

DVD *m* DVD; **poner un DVD** to play a DVD

E

e and (replaces **y** before words beginning with **i-** and **hi-**)

economía economy 9

económico inexpensive 4; **ciencias económicas** economics 5

echar: echar de menos to miss someone; **echar una carta** to mail a letter; **echar una siesta** to take a nap 1; **echarles flores y arroz** to throw flowers and rice; **echarse** to put on 2

edad *f* age

edificio building 8

educación *f* education; **ciencias de educación** education (course of study) 5

efectivo *n* cash

efecto effect; **efectos personales** personal effects

eficaz efficient

egoísta selfish

ejecutar to fill, execute

ejecutivo(a) executive 10

ejemplo example; **por ejemplo** for example

ejercer to exercise

ejercicio exercise; **ejercicio aeróbico** aerobic exercise 12; **ejercicio de calentamiento** warm-up exercise 12; **hacer ejercicios** to exercise 12

el the

él *subj pron* he; *prep pron* him

elecciones *f pl* election 6

electricista *m/f* electrician

eléctrico electric 1

electrodoméstico appliance

elegante dressy, elegant 7

elegir (i, i) to choose, elect 5

elíptica elliptical machine

ella *subj pron* she; *prep pron* her

ellos(as) *subj pron* they; *prep pron* them

embajada embassy

embarazada pregnant

embarcar to board

emborracharse to get drunk

embotellamiento traffic jam 8

emitir to broadcast

empanada turnover 4

empeorar to make worse

empezar (ie) to begin

empleado(a) employee 11

emplear to employ, hire 9

empleo employment, job 1; **agencia de empleos** employment agency

empresa company 9; **administración** *f* **de empresas** business administration 5

en in, on, at; **en casa** at home; **en caso que** in case that; **en cuanto** as soon as; **en grupo** in a group; **en línea** online; **en parejas** in pairs; **en punto** on the dot, exactly; **en vez de** instead of

enamorarse de to fall in love with 3

encaje *m* lace 7

encantador charming

encantar to adore, love, delight

encanto charm

encargado in charge of

encargarse de to be in charge of 9

encargo message

encender (ie) to light

enchilada cheese or meat filled tortilla **4**

enchufe *m* electric outlet **11**

enciclopedia encyclopedia

encima de on top of, over

encontrar (ue) to find, meet; **encontrarse (ue) con** to meet; **encontrarse (ue) de mora** to default **10**

energía energy **9**; **energía écolica** wind energy **9**; **energía nuclear** nuclear energy **9**; **energía renovable** renewable energy **9**

enérgico energetic

enero January

enfadarse to get angry

enfatizar to emphasize

enfermarse to get sick

enfermedad *f* disease, illness **12**

enfermero(a) nurse

enfermizo sickly

enfermo sick

enfrentarse to face

enfrente de in front of

engordar to gain weight **4**

engrapadora stapler **9**

enlace *m* link **9**

enojado angry **3**

enojarse to get angry

enriquecer to enrich

ensalada salad **4**

ensaladera salad bowl

enseñanza teaching **5**

enseñar to teach, show

entender (ie) to understand **10**

enterarse de to find out about **9**

entero entire

entidad *f* entity

entonces then, at that time

entrada *(E)* entrée, main course; *(A)* first course; ticket **2**; entrance; **salón** *m* **de entrada** lobby **11**

entrar (en) to enter; **entrar en un chat (en línea)** to chat online

entre between, among

entregar to hand in, deliver **5**

entremés *m (E)* appetizer; hors d'oeuvre

entrenador(a) coach **12**

entrenar to coach **12**; **entrenarse** to train **12**

entrevista interview **9**

entrevistar to interview **6**

entusiasmado enthusiastic

enviar to mail, send **1**; **enviar mensajes de texto** to send a text messages

envolver (ue) to wrap **7**

envuelto *pp* wrapped

enyesar to put a cast on **12**

equilibrio balance **9**

equipaje *m* baggage, luggage **11**; **equipaje de mano** carry-on luggage, hand luggage **11**; **bajar el equipaje** to bring the luggage down; **subir el equipaje** to bring the luggage up

equipo team, equipment **12**

equivocado mistaken

equivocarse to be mistaken

error *m* mistake, error

erupción *f* rash **12**

esbelto slender

escala stop(over); **hacer una escala** to make a stop(over) **11**; **sin escala** direct (flight) **11**

escaladora stairclimber

escalofrío chill **12**

escáner *m* scanner **1**

escaparate *m* store window (E), display case (A) **7**

escaparse to escape

escaso scarce

escena scene

escoba broom

escocés(esa) Scottish

escoger to choose

escribir to write; **escribir a máquina** to type

escrito *pp* written

escritorio desk; **escritorio de la computadora** desktop **9**

escuchar to listen to **2**

escuela school; **escuela primaria** elementary school; **escuela secundaria** high school

ese, esa *adj* that; **esos, esas** *adj* those

ése, ésa *pron* that (one); **ésos, ésas** *pron* those; **eso** *neuter pron* that

esforzarse (ue) to make an effort **5**

esfuerzo effort

esmeralda emerald

espacio space

espalda back

espantoso awful

España Spain

español(a) Spanish

espárragos *m pl* asparagus

especial special

especialidad *f* specialty; **especialidad de la casa** restaurant specialty; **especialidad del día** today's special

especialista *m/f* specialist

especialista en computadoras computer specialist **10**

especialización *f* major area of study

especializarse en to major in **5**

específico specific

espectáculo show, floorshow, variety show **2**; **espectáculo de variedades** variety show **8**

espejo mirror **1**; **casa de espejos** house of mirrors **8**

esperanza hope

esperar to hope, wait for, expect

espiar to spy

esponja sponge

esponsales *m* engagement announcement **3**

esposo(a) husband (wife) **3**

esquema *m* chart

esquí *m* ski; **esquí acuático** *m* water-skiing **2**; **practicar el esquí acuático** to waterski **2**

esquiar to ski

esquina corner **8**

establecer to establish

establecerse to settle

estación *f* season, station **8**; **estación de servicio** gas station **1**; **estación de taxi** taxi stand **8**; **estación de trenes** train station **8**

estacionamiento parking **8**

estadio stadium **5**

estado state; **estado civil** marital status; **estado de cuenta** bank statement

Estados Unidos (EE.UU.) United States

estadounidense *m/f adj* of or from the United States

estampado printed (fabric) **7**

estampilla *(A)* stamp **1**

estancia stay **11**

estar to be **1**; **estar a dieta** to be on a diet **4**; **estar al alcance** to be within reach; **estar bien (mal) educado** to be well (poorly) brought up **3**; **estar de** + profession to work as; **estar de acuerdo** to be in agreement; **estar de huelga** to be on strike; **estar de moda** to be in style **7**; **estar de pie** to stand; **estar de vacaciones** to be on vacation **2**; **estar embarazada** to be pregnant; **estar en liquidación** to be on sale **7**; **estar en oferta** to be on sale; **estar loco por** to be crazy about **4**; **estar mal** to feel sick **12**; **estar muy puesto(a) en** to know a lot about **5**; **estar pendiente** to be hanging

estatura height

este *m* east

este, esta *adj* this; **estos, estas** *adj* these

éste, ésta *pron* this (one), latter; **éstos, éstas** *pron* these (ones), latter; **esto** *neuter pron* this

estómago stomach **12**

estornudar to sneeze **12**

estrecho narrow **7**

estricto strict

estuche *m* box

estudiante *m/f* student; **estudiante de intercambio** exchange student

estudiantil *adj* student

estudiar to study **1**; **estudiar en el extranjero** to study abroad **5**

estudio study

estudioso studious

estupendo terrific, marvelous

etanol *m* ethanol **9**

etiqueta label **7**; luggage tag **11**

étnico ethnic

europeo European

evasión fiscal *f* tax evasion **10**

evento event

evidente evident

evitar to avoid **6**

evocar to evoke

exacto exact; **ciencias exactas** natural sciences **5**

examen *m* exam **1**; **examen de ingreso** entrance exam **5**

examinar to examine, give a test

excluir to exclude

excursión *f* outing **3**

excusa excuse

exhausto exhausted

exhibición *f* display

exhibir to exhibit, display

exigente demanding

exigir to demand

existir to exist

éxito success; **tener éxito** to be successful

exótico exotic

experiencia experience **9**

experimentar to experience, undergo

explicar to explain

exportar to export **10**

exposición *f* exhibit **8**

expresar to express

expulsar to eject on a CD/DVD player

extranjero(a) *adj.* foreign; n. foreigner; **al extranjero** abroad **10**; **estudiar en el extranjero** to study abroad **5**

extrañar to miss someone, something, or some place

F

fábrica factory **1**

fabricación *f* manufacturing

fabuloso fabulous

fácil easy

factura bill, receipt

facturar to check (luggage) **11**

facultad *f* school, college **5**

falda skirt

falso false

falta lack

faltar to be missing, lacking; to need; **faltar a** to miss, be absent from **5**

familia family **3**

familiar *adj* family **3**; *n* relative

famoso famous

fantasía fantasy

fantasma *m* ghost **8**

fantástico fantastic

farmacéutico(a) pharmacist

farmacia pharmacy (course of study) **5**; pharmacy, drugstore **8**

fascinar to fascinate

favor *m* favor; **por favor** please

favorito favorite

febrero February

fecha date; **fecha de nacimiento** date of birth; **fecha de vencimiento** due date **10**

felicidades *f* congratulations

felicitaciones *f* congratulations

felicitar to congratulate

feliz happy **3**

feo ugly **7**

feria festival, holiday

fértil fertile

fideo noodle **4**

fiebre *f* fever **12**

figura figure

fijarse en to notice, pay attention to

fijo fixed, steady

fila row **11**

filosofía y letras liberal arts **5**

fin *m* end; **fin de semana** weekend

final final

finalmente finally

financiero financial **10**; **consejo financiero** financial advice **10**

financista *m/f* financier **10**

finanzas *f pl* finance **9**

fingir to pretend

fino of good quality

firmar to sign

física physics **5**

físico physical

flaco skinny

flan *m* caramel custard **4**

flexible flexible

flojo lax, weak **5**; loose fitting **7**

flor *f* flower **6**

folleto brochure

folklórico folkloric

fondo background; bottom; fund

forma form, shape

formidable splendid

formulario form

forzar (ue) to force

foto *f* photo

(foto)copia (photo)copy

(foto)copiadora copying machine **1**

fotocopiar to photocopy

foto(grafía) photo(graph)

fracturarse to fracture **12**

francamente frankly

francés(esa) *adj* French

frase *f* sentence, phrase

frecuencia frequency

frecuentemente frequently

fregadero sink **6**

fregar (ie) to clean, scrub, wash **6**

fregona mop; **pasarle la fregona al suelo** to mop

fresa strawberry

fresco coolness, cool temperature; **hace fresco** it's cool

frijol *m* bean

frío cold; **hace frío** it's cold; **tener frío** to be cold

frito *pp* fried

frontera border

fruta fruit **4**; **fruta del tiempo** fruit in season

frutero fruit bowl

fuego fire; **fuegos artificiales** fireworks

fuente *f* fountain **8**; source

fuera de outside of; **estar fuera de servicio** to be down (not working) **9**

fuerte strong **5**

fuerza force

fumar to smoke; **sección de (no) fumar** (no) smoking section

funcionar to work, operate, function
funcionario(a) official
fundar to found, establish
furioso furious
fútbol *m* soccer **12**

G

gafas *f pl* eyeglasses; **gafas de sol** sunglasses **2**
galería art gallery **8**
gallego(a) Galician
gambas *pl (E)* shrimp
gana desire, wish, longing; **tener ganas de** + *inf* to feel like (doing something)
ganar to win **12**
gancho *(A)* clothes hanger **11**
ganga bargain **7**
garganta throat **12**
gaseosa mineral (soda) water **2**
gasolina gasoline
gasolinera gas station **8**
gastar to spend (money)
gato cat
gazpacho chilled vegetable soup **4**
gemelos(as) twins **3**
generalmente generally
gente *f* people
gentil nice, kind
gentileza kindness
geografía geography
geográfico geographical
gerente *m/f* manager **10**
gimnasia gymnastics **12**; **practicar la gimnasia** do gymnastics **12**
gimnasio gymnasium **2**
giro bank draft **10**; **giro al extranjero** foreign draft **10**; **giro postal** money order
gitano gypsy
glaciar *m* glacier
global global **9**
globalización *f* globalization **9**
globo balloon **8**
gobierno government
golf *m* golf **2**; **campo de golf** golf course **2**; **palos de golf** golf clubs **12**
golpear to hit
golpearse to hit oneself **12**
gordinflón chubby
gordo fat
gota drop **12**
gotearle la nariz to have a runny nose **12**
gozar de to enjoy, to make the best out of something, to have **2**

gozoso enjoyable
grabar to record; **grabar un DVD/CD** to burn a DVD/CD
gracia grace, wit; **tener gracia** to be witty
gracias thanks
gracioso funny, amusing
graduación graduation
graduado(a) graduate
graduarse to graduate **5**
gran (before *s n*) great; **grande** big, large **7**; **gran rueda** Ferris wheel **8**
granate *m* garnet
grapa staple **9**
grapadora stapler
grasa dietary fat **4**; **grasa no saturada** unsaturated fat; **grasa poliinsaturada** poly unsaturated fat; **grasa saturada** saturated fat
gratis free (of charge)
grifo faucet **11**
gripe *f* flu **12**
gris gray
gritar to shout
grupo group **8**; **en grupo** in a group
guacamole *m* avocado dip **4**
guante *m* glove **7**; **guantes de boxeo** *m* boxing gloves **12**
guapo handsome
guardar to keep, save, put away
guerra war **6**
guía *m/f* guide; **guía de televisión** *f* TV guide **6**
guitarra guitar
gustar to like, to be pleasing
gusto pleasure, taste; **de buen (mal) gusto** in good (bad) taste **7**

H

haber there to be; **hay** there is, there are; **hubo** there was, there were; **haber** to have (auxiliary verb)
habilidad *f* skill **1**
habitación *f* room **11**; **habitación doble** double room **11**; **habitación sencilla** single room **11**
habitante *m/f* inhabitant
hablador talkative
hablar to talk
hacer to do, make **1**; **hacer + unit of time + preterite** ago; **hacer clic** to click **9**; **hacer cola** to stand in line; **hacer**

compras to purchase **1**; **hacer daño** to harm, injure; **hacer de niñero(a)** to babysit; **hacer diligencias** to run errands **1**; **hacer ejercicios** to exercise; **hacer el favor** to do the favor; **hacer el papel** to play the part; **hacer escala** to make a stop(over); **hacer jogging** to jog **12**; **hacer juego con** to match **7**; **hacer la cama** to make the bed **6**; **hacer la sobremesa** to have after-dinner conversation **3**; **hacer las maletas** to pack; **hacer pilates** to exercise using the Pilates Method **2**; **hacer un brindis** to propose a toast; **hacer un picnic** to go on a picnic; **hacer un recorrido turístico** to go sightseeing **8**; **hacer un viaje** to take a trip; **hacer una presentación** to make a presentation **5**
hacerse to become
hacha hatchet
hambre hunger **4**; **tener hambre** to be hungry **4**; **morirse de hambre** to be starving **4**
hardware *m* hardware **9**
harina flour
hasta *prep* until, as far as, even; **hasta luego** good-bye; **hasta pronto** good-bye
hasta que *conj* until
hay there is, there are; **hay que** + *inf* it is necessary + *inf* **no hay de qué** you are welcome
hecho *pp* done, made
helado ice cream **4**
herida injury, wound **12**
herido *pp* wounded
herir (ie, i) to hurt
herirse (ie, i) to get hurt **12**
hermanastro(a) stepbrother (sister) **3**
hermano(a) brother (sister) **3**
hermoso beautiful, pretty
hervir (ie, i) to boil
hielo ice
hijastro(a) stepson (daughter) **3**
hijo(a) son (daughter) **3**; *pl* children **3**
hinchado swollen
hipoteca mortgage **10**
historia history **5**
histórico historic **8**
hockey *m* hockey **12**; **disco de hockey** hockey puck; **palo de hockey** hockey stick **12**

hoja de papel sheet of paper

¡hola! hi!

holandés(esa) Dutch

hombre *m* man; **hombre de negocios** businessman 10

hombro shoulder 12

honrado honorable, honest

hora hour, time of day; **horas extras** overtime 1; **horas pico** *(A)*, **horas punta** *(E)* rush hours; **media hora** half hour

horario schedule 5

horno oven 6

hospedarse to stay as a guest

hospital *m* hospital 8

hotel *m* hotel 2

hoy today; **hoy (en) día** nowadays, at the present time

huachinango red snapper 4

hubo there was, there were

huelga strike 6

huésped *m/f* guest 11

hueso bone

huevo egg

huir to run away

humedad *f* humidity

húmedo humid, damp

I

idea idea

ideal ideal

identidad *f* identity

identificar to identify

idioma *m* language used by a cultural group; **idioma extranjero** foreign language 5

idóneo right, apt 9

iglesia church 3

igual equal

ilustrar to illustrate

imaginación *f* imagination

imaginarse to imagine

impaciente impatient

impedir (i, i) to impede, obstruct, prevent

importante important

impermeable *m* raincoat 7; **impermeable** *adj* waterproof

importar to be important, to matter; to import 10

imposible impossible

impresión *f* impression

impresora printer 1

impuesto tax

incendio fire 6

incluir to include

incómodo uncomfortable 11

increíble incredible

independencia independence

indicar to indicate

indiferencia indifference

indiferente indifferent

indígena indigenous

indio(a) Indian

individuo individual

industria industry

inesperado unexpected

infeliz unhappy 3

inferior inferior

inferir (ie, i) to infer

inflación *f* inflation 10

influir to influence

información *f* information

informar to inform 6

informática computer science 5; information technology 9

informe *m* report 9

ingeniería engineering 5

ingeniero(a) engineer

inglés(esa) English

ingresar to enter; to deposit 10

ingreso admission 5; income; **examen de ingreso** entrance exam 5

inicial initial; **pago inicial** down payment 10

iniciativa initiative 9

inicio beginning

injusticia injustice

inmediato immediate

inocencia innocence

inodoro toilet 6

inolvidable unforgettable

insatisfecho unsatisfied

inscribirse to enroll in a class 5

inscripción *f* registration

insistir en to insist on

insomnio insomnia 12

insoportable intolerable

instalar to install

instituto high school

instruir to instruct

intentar to try, make an attempt

interacción *f* interaction

intercambiar to exchange

intercambio exchange; **estudiante de intercambio** exchange student

interconectar to network 9

interés *m* interest; **punto de interés** point of interest 8; **tasa de interés** interest rate 10

interesante interesting

interesar to be interesting, to interest

internacional international 6

Internet (used without an article) Internet 9; **hacer compras por Internet** to shop online 7; **tienda de compras por Internet** Internet store 7

interno internal

interrumpir to interrupt

íntimo close, intimate 3

intoxicación por alimentos *f* food poisoning 12

intranquilo uneasy

inundación *f* flood 6

inútil useless

invertir (ie, i) to invest 10

investigación *f* research 5

invierno winter

invitación *f* invitation

invitado(a) guest 3

invitar to invite

inyección *f* injection 12

iPod *m* iPod

ir to go 1; **ir de compras** to go shopping; **ir a misa** to attend Mass

irlandés(esa) Irish

irse to go away, leave, run away

isla island

-ísimo very, extremely

italiano(a) Italian

izquierda left; **a la izquierda** to (on) the left

J

jabón *m* soap 1

jamás never

jamón *m* ham

japonés(esa) Japanese

jaqueca migraine headache 12

jarabe *m* syrup; **jarabe para la tos** cough syrup 12

jardín *m* yard 6; **jardín zoológico** zoo 8

jefe(a) boss 10; **jefe(a) de ventas** sales manager

jícama jicama 4

jornada work day 9

jornal *m* day's wages

joven *m/f adj* young 3

joya jewel; *pl* jewels, jewelry 7; **joyas de fantasía** costume jewelry

joyería jewelry shop 7

juego game 12; **hacer juego con** to match 7; **juego de suerte** game of chance 8

jueves *m* Thursday

juez(a) *m/f* judge 6

jugar (ue) to play (a sport, game) 3; **jugar a la casita, jugar a la mamá** to play house; **jugar a ladrones y policías** to play cops and robbers; **jugar al escondite** to play hide and seek; **jugar a las visitas** to have a tea party

jugo *(A)* juice
juguete *m* toy 3; **de juguete** *adj* toy
julio July
junio June
junto together; **junto a** next to
justificar to justify
justo *adj* fair, just; *adv* coincidentally
juventud *f* youth
juzgar to judge

L

la the; *dir obj pron* it, her, you *(form s)*
labio lip
labor *f* work
laboral *adj* work 9
laboratorio laboratory; **laboratorio de lenguas** language lab 5
laca hair spray 1
lado side; **al lado de** next to, beside 11; **por otro lado** on the other hand
ladrillo brick 8
ladrón(ona) thief 6
lago lake
lamentar to be sorry
lámpara lamp
lana wool 7
lancha motorboat, launch 2
langosta lobster
lanzar to throw 12
lápiz *m* pencil; **lápiz de labios** lipstick 1
largo long 7
las the; *dir obj pron* them, you *(form pl)*
lástima pity; **¡Qué lástima!** That's too bad!
lastimar to injure, hurt, offend
lastimarse to get hurt 12
lavabo sink 6
lavadora washing machine 6
lavandería laundry room 6
lavaplatos dishwasher 6
lavar to wash
lavarse to wash oneself 1; **lavarse los dientes** to brush one's teeth 1
le *indir obj pron* (to, for) him, her, you *(form s)*
lección *f* lesson
leche *f* milk
lechón *m* **asado** roast suckling pig
lechuga lettuce

lector(a) reader; **lector de discos** disk drive 9; **lector de CD-ROM** CD-ROM drive 9; **lector de DVD** DVD drive 9
lectura reading
leer to read
legal legal
legumbre *f* vegetable
lejos *adv* far
lejos de *prep* far from
lema *m* slogan
lengua language, tongue
lenguado sole 4
lenguaje *m* specialized language
lentes *(A)* *m* eyeglasses; **lentes de contacto** *m pl* contact lenses
les *indir obj pron* (to, for) them, you *(form pl)*
letrero sign, billboard 8
levantar to raise, lift; **levantar pesas** to lift weights 2
levantarse to get up 1
ley *f* law 6
libertad *f* freedom
libre free; **libre de derechos de aduana** duty free
librería bookstore 5
libreta (de ahorros) savings book
libro book
licenciado having a university degree
licenciarse en to receive a bachelor's degree 5
licenciatura bachelor's degree 5
liceo high school
licor *m* liquor
ligero light in weight
limón *m* lemon
limonada lemonade
limpiar to clean 6
limpieza cleaning, cleanliness; **productos de limpieza** cleaning products
limpio clean
lindar to border
lindo nice, pretty 7
línea line; **línea aérea** airline 11; **línea de crédito** line of credit 10; **en línea** online; **tienda en línea** online store 7
lingüística linguistics
lino linen 7
liquidación *f* sale 7; **estar en liquidación** to be on sale 7; **tienda de liquidaciones** discount store 7
líquido liquid

liso smooth
lista list; **lista de vinos** wine list 4
listo ready (with **estar**), clever, smart (with **ser**)
liviano light
llamada call 11
llamar to call
llamarse to be called
llano plain
llave *f* key
llegada arrival 11; **tablero electrónico de llegadas** electronic flight arrival board 11
llegar to arrive; **llegar a ser** to become; **llegar de visita** to visit; **llegar tarde** to arrive late, be tardy
llenar to fill, fill out 1
lleno full 11
llevar to carry, to take, to wear 1; **llevar a cabo** to carry out, accomplish; **llevar una vida feliz** to lead a happy life 3; **llevarse bien** to get along well 1; **comida para llevar** carry-out (food) 4
llorar to cry 3; **ojos llorosos** watery eyes 12
llover (ue) to rain; **llover a cántaros** to rain heavily, to pour
lluvia rain
lo *dir obj pron* it, him, you *(form s)*; **lo** *neuter def art* the; **lo mejor** the best thing; **lo mismo** the same thing; **lo peor** the worst thing; **lo que** what, that which
local local 6; *m* place, quarters
loción *f* lotion; **loción solar** sunscreen
loco crazy; **estar loco por** to be crazy about 4
locura craziness
locutor(a) announcer 6
lógico logical
lograr to achieve, obtain
lomo loin 4
los the; *dir obj pron* them, you *(form pl)*
lotería lottery
lucir traje de novia y velo to wear a wedding gown and veil
lucha libre wrestling 12; **practicar la lucha libre** to wrestle 12
luego later, then, afterwards; **luego que** as soon as
lugar *m* place 8; **lugar de nacimiento** birthplace

lujo luxury **4**; **de lujo** luxurious, deluxe **4**; **tienda de lujo** expensive store **7**
luna de miel honeymoon **3**
lunar *m* beauty mark
lunes *m* Monday
luz *f* light

M

macanudo wonderful
madera wood **8**
madrastra stepmother **3**
madre *f* mother **3**
madrina maid of honor; godmother **3**
madrugada dawn
madrugador(a) early riser **1**
madrugar to get up early
maduro mature **9**
maestría master's degree **5**
maestro(a) teacher
magnífico wonderful
mal *adv* bad, sick **12**; *adj before m s noun* bad, evil; **mal educado** bad-mannered
mala hierba weeds **6**
maleta suitcase **11**; **hacer las maletas** to pack
maletero porter **11**
maletín *m* briefcase **11**
malhumorado bad humored
malo *adj* sick (with **estar**), bad, evil (with **ser**); **lo malo** the bad thing
mancha stain
mandar to mail, send **1**; **mandar mensajes de texto** to send text messages; **¿mande?** what?
mando a distancia *(E)* remote control
manejar to drive
manera manner; **de alguna manera** somehow, some way; **de manera que** so that; **de ninguna manera** by no means, no way; **de todas maneras** at any rate
manguera hose **6**
manifestación *f* demonstration **6**
mano *f* hand **12**
manta blanket **11**
mantener to maintain **6**
manzana apple; *(E)* (street) block **8**
mañana *f* morning; **de la mañana** A.M.; **pasado mañana** day after tomorrow; **por la mañana** in the morning; *adv* tomorrow

mapa *m* map
maquillaje *m* make-up **1**
maquillarse to put on make-up **1**
máquina machine; **máquina de escribir** typewriter; **máquina de fax** fax machine **1**; **escribir a máquina** to type
maquinaria machinery; computer hardware
mar *m* sea **2**
maravilloso wonderful
marca brand **7**
marcador *m* scoreboard **12**
marearse to feel dizzy, seasick **12**
mareo dizziness **12**
marido husband **3**
mariscos seafood **4**; **cóctel de mariscos** seafood cocktail
marítimo maritime, marine
martes *m* Tuesday
marzo March
más more; **más o menos** more or less; **más tarde** later
masticar to chew
matemáticas *f* mathematics **5**
materia material; subject **5**; **materia prima** raw material
materno maternal
matrícula tuition **5**
matricularse to register **5**
matrimonio married couple
maya Mayan
mayo May
mayor older; **la mayor parte** most
me *dir obj pron* me; *indir obj pron* (to, for) me; *refl pron* myself
medianoche *f* midnight
medias *f pl* stockings **7**
medicina medicine (course of study) **5**
médico(a) doctor; **médico de cabecera** family doctor **12**; **médico de familia** family doctor **12**; **médico especialista** specialist **12**
medio middle, average; **media hora** half hour; **medio tiempo** half-time, part-time **1**; **mediodía** *m* noon
medir (i, i) to measure
mejillón *m* mussel **4**
mejor better, best; **lo mejor** the best thing
mejora al hogar home improvement loan **10**
mejorar to improve
mejorarse to get better, improve **12**

memoria memory; **memoria USB** flash drive **9**; **aprender de memoria** to memorize **5**
mencionar to mention
menor younger
menos less, except; **a menos que** unless; **menos mal** thank goodness
mensaje *m* message; **mensaje de texto** text message
mensajero(a) messenger
mensual monthly **10**; **pago mensual** monthly payment **10**
mentir (ie, i) to lie
mentira lie
menú *m* menu **4**; **menú del día** special menu of the day **4**; **menú turístico** tourist menu **4**
menudo tripe soup **4**; **a menudo** often
mercadeo marketing **9**
mercado market
mercancía merchandise **7**
merecer to merit, deserve
merienda snack **4**
mes *m* month
mesa table **4**; **poner la mesa** to set the table **6**; **recoger la mesa** to clear the table **6**
mesero(a) *(A)* waiter, waitress **4**
meta goal
metal *m* metal
meter to put, place
metro subway **8**
mexicano(a) Mexican
mi *poss adj* my
mí *prep pron* me
microondas *m* microwave oven **6**
miedo fear; **dar miedo a** to scare; **tener miedo de** to be scared of
miembro member
mientras while
miércoles *m* Wednesday
migraña migraine **12**
mil thousand
milagro miracle, surprise
millón *m* million
mimado spoiled **3**
mineral *m* mineral; **agua mineral** mineral water
minero *adj* mining
mínimo minimum
minuto minute
mío *poss adj and pron* my, mine
mirar to watch, look at **1**
misa Mass

mismo same; **lo mismo** the same thing

mitad _f_ half

mixto mixed, tossed; **ensalada mixta** tossed salad

mocasín _m_ loafer shoe

mochila backpack

moda style, fashion; **estar de moda** to be in style **7**; **estar pasado de moda** out of style **7**; **ir a la moda** to be fashionable **7**

moderado moderate

moderno modern

modo manner, way; **de algún modo** some way, somehow; **de modo que** so that; **de ningún modo** by no means; **de todos modos** at any rate

molestar to annoy, to bother

molestia bother, nuisance

molesto annoyed **3**

monarquía monarchy

moneda coin, currency **10**

monitor _m_ monitor **9**

mono cute **3**

monótono monotonous

montaña mountain; **montaña rusa** roller coaster **8**; **montaña rusa acuática** water roller coaster **8**

montañoso mountainous

montar to ride **2**; **montar a caballo** to ride horseback **2**; **montar (en) bicicleta** to ride a bicycle **2**

morado purple

moreno brunette

morir (ue, u) to die; **morirse de hambre** to be starving **4**

mostrador _m_ counter

mostrar (ue) to show **7**

motel _m_ motel **11**

moto(cicleta) motorcycle

mover (ue) to move

móvil _m (E)_ cell phone **9**

movimiento movement

mozo(a) _(A)_ waiter, waitress

muchacho(a) boy (girl) **3**

mucho _adv_ much, a lot; _adj_ much, _pl_ many, a lot

mudarse to move (change residence)

mueble _m_ piece of furniture; _pl_ furniture **6**

muerto _pp_ dead

mujer _f_ woman; **mujer de negocios** businesswoman **10**

muleta crutch **12**

multicine multiscreen movie complex **2**

multimedia _m/f adj_ multimedia **9**

multinacional international

mundial _adj_ worldwide

muñeca doll **3**; wrist **12**

museo museum **3**

música music **2**; **música alternativa** alternative music; **música clásica** classical music; **música country** country music; **música hip/hop** hip hop music; **música jazz** jazz; **música rap** rap music; **música reaggeton** reaggeton music; **música tecno** electronic music **2**; **tienda de música** music store **7**

musical musical **8**

músico(a) musician **8**

muy very

N

nacer to be born

nacimiento birth

nacional national **6**

nacionalidad _f_ nationality

nada nothing; **de nada** you are welcome

nadar to swim **2**

nadie no one, nobody

naipe _m_ playing card

naranja _n_ orange

nariz _f_ nose **12**; **gotearle la nariz** to have a runny nose **12**; **nariz tapada** stuffy nose **12**; **sonarse (ue) la nariz** to blow one's nose **12**

narración _f_ narration

narrar to narrate

natación _f_ swimming

navegar to sail **2**; **navegar Internet / la red** to surf the Internet **9**

Navidad _f_ Christmas

neblina fog

necesario necessary

necesitar to need **11**

negar (ie) to deny

negocio transaction, deal; _pl_ business **9**; **hombre(mujer) de negocios** businessman (woman) **10**

negro black

nervioso nervous

nevar (ie) to snow

ni nor; **ni...ni** neither ... nor; **ni siquiera** not even

nieto(a) grandson (daughter); _pl_ grandchildren **3**

nieve snow

ninguno, ningún, ninguna no, none, no one, (not) ... any

niñero(a) babysitter

niño(a) child; boy(girl); _pl_ children

no no, not

noche _f_ night, evening; **camisa de noche** nightgown **7**; **de la noche** P.M.; **esta noche** tonight; **Nochebuena** Christmas Eve; **Nochevieja** New Year's Eve; **por la noche** in the evening

nombrar to name

nombre _m_ first name; **a nombre de** in the name of **4**

noreste _m_ northeast

noroeste _m_ northwest

norte _m_ north

nos _dir obj pron_ us; _indir obj pron_ (to, for) us; _refl pron_ ourselves

nosotros _subj pron_ we; _prep pron_ us

nostalgia nostalgia

nota grade, note **5**

noticia news item **6**; _pl_ news **1**

noticiero news program **6**

novecientos nine hundred

novedad _f_ novelty

novela novel

noveno ninth

noventa ninety

noviazgo engagement period **3**

noviembre _m_ November

novio(a) boyfriend(girlfriend), fiancé(e) **3**; _pl_ engaged couple, bride and groom **3**

nublado cloudy

nuera daughter-in-law **3**

nuestro _poss adj_ our; _poss pron_ our, ours

nueve nine

nuevo new

nuez _f_ nut

número number **10**; size (clothing) **7**

numerosos numerous

nunca never

nutrición _f_ nutrition **4**

O

o or; **o...o** either ... or

obedecer to obey

obligación _f_ obligation

obligar to oblige, force

obligatorio obligatory

objeto object

obra (literary, artistic or charitable) work **8**; **obra de teatro** play **2**

obrero(a) worker

observar to observe
obtener to obtain
obvio obvious
ocasión occasion
ocasionar to cause
océano ocean
ochenta eighty
ocho eight
ochocientos eight hundred
octavo eighth
octubre *m* October
ocupación *f* occupation
ocupado busy
ocupar to occupy
ocurrencia occurrence, idea;
  ¡Qué ocurrencia! What a
  crazy idea!
ocurrir to occur
oeste *m* west
ofender to offend
oferta offer, sale item; **estar en
  oferta** to be on sale
oficina office **1**; **oficina
  administrativa** administrative
  office **5**; **oficina
  comercial** business office **9**;
  oficina de correos post office;
  oficina de turismo tourist
  bureau **8**
oficinista *m/f* office
  worker **10**
ofrecer to offer **9**
oír to hear, listen to
ojalá (que) I hope that
ojo eye; **¡ojo!** be careful!
  ojos llorosos watery
  eyes **12**
ola wave **2**; **piscina de
  olas** wave pool **8**
oler (ue) to smell
olor *m* aroma, smell
olvidar to forget
ómnibus *m* bus
once eleven
ondulado wavy
ópalo opal
ópera opera **2**
operador(a) operator **10**;
  operador(a) de computadoras
  computer operator **10**
operarle a uno to operate on
  someone **12**
opinar to have an opinion
oponerse to be opposed
oportunidad *f* chance
oración *f* sentence
orden *f* order
ordenador *m (E)* computer
ordenar to order
organizar to organize, arrange
orgullo pride
orgulloso proud

oro gold **7**
orquesta orchestra
orquídea orchid
os *dir obj pron* you *(fam pl)*; *indir
  obj pron* (to, for) you *(fam pl)*;
  refl pron yourselves *(fam pl)*
otoño autumn
otro other, another
oyente *m/f* listener; **ser
  oyente** to audit **5**

P

paciencia patience
paciente *adj* patient; *m/f*
  patient
padecer to suffer **12**
padrastro stepfather **3**
padre *m* father, priest **3**; *pl*
  parents **3**
padrino best man, godfather,
  pl godparents **3**
paella seafood, meat and rice
  casserole
pagar to pay **10**; **pagar a
  plazos** to pay in installments
  10; **pagar al contado** to pay
  in cash
página page; **página
  base** Home Page **9**
pago payment **10**; **balanza
  de pagos** balance of
  payments **10**; **pago
  inicial** down payment **10**;
  pago mensual monthly
  payment **10**
país *m* country
pájaro bird
palabra word
palacio palace **8**
palo stick, club; **palo de
  golf** golf club **12**; **palo de
  hockey** hockey stick **12**
palomitas *f pl* popcorn **8**
palta *(A)* avocado
pampa grassy plain in
  Argentina
pan *m* bread
pantalones *m pl* pants **1**
pantalla screen **9**
pantufla slipper **7**
papa potato
papá *m* father
papel *m* paper, role; **hacer el
  papel** to play the role; **papel
  higiénico** toilet paper **11**
  papelera wastebasket **6**
paquete *m* package **1**
par *m* pair **7**
para *prep* for, in order to; **para
  que** *conj* so that
parada de autobús bus stop **8**

parador *m* government-run
  historic inn **11**
parafrasear to paraphrase
paraguas *m s* umbrella **7**
parar to stop
pardo brown
parecer to seem; **parecerse
  a** to look like
parecido similar
pareja *f* couple **3**; **en parejas**
  in pairs
pariente *m* relative **3**; **parientes
  políticos** in-laws **3**
parque *m* park **8**; **parque de
  atracciones** amusement
  park **8**
parte *f* part; *m* report; **¿de
  parte de quién?** who is
  calling?; **la mayor parte** the
  greater part; **parte** *m* **de las
  carreteras** traffic report; **todas
  partes** everywhere
participar en to participate
particular particular
partido game, match **12**
partir to leave, depart, set off
párrafo paragraph
pasado *pp* last, past; **pasado
  de moda** out of style; **pasado
  mañana** day after tomorrow
pasaje *m (A)* fare **11**
pasajero(a) passenger **11**
pasantía internship **5**
pasaporte *m* passport
pasar to come in, pass; to
  happen; to spend time;
  pasar la aspiradora to
  vacuum **6**; **pasar lista** to
  take attendance **5**; **pasar
  por la aduana** to go through
  customs **11**; **pasarle la fregona
  al suelo** to mop; **pasarlo
  bien** to have a good time **2**
pasatiempo *m* leisure-time
  activity
Pascua Easter
pasearse to take a walk
paseo walk, outing; **dar un
  paseo** to take a walk
pasillo aisle **11**
pasta de dientes toothpaste **1**;
  pasta dental *(A)*
  toothpaste; **pasta
  dentífrica** *(E)* toothpaste
pastel *m* pastry
pastilla tablet **12**
patada kick **12**
patata *(E)* potato
patear to kick **12**
paterno paternal
patín *m* skates **12**; **patines de
  hielo** ice skates **12**

patinaje *m* skating
patinar to skate
patio patio 4
patria native country
patriótico patriotic
pausar to pause on a CD/DVD player
paz *f* peace 6
peatón(ona) pedestrian 8
peca freckle
pecho chest
pedazo piece
pedido order 10
pedir (i, i) to ask for something, to request, to order 4; **pedir prestado** to borrow 10
peinarse to comb one's hair 1
peine *m* comb 1
pelear to fight
película movie, film 2; **película de acción** action movie 2; **película documental** documentary; **película de estreno** newly released movie 2; **película de terror** horror movie; **película de vaqueros** western
peligroso dangerous 8
pelirrojo red-haired
pelo hair 1
pelota ball 12
peluquería beauty shop; barber shop
pena shame
pendrive *m* flash drive 9
penicilina penicillin 12
península peninsula
pensar (ie) to think; **pensar +** *inf* to plan; **pensar de** to think of, think about; **pensar en** to think of, think about someone or something
pensión *f* boarding house 11; **pensión completa** full board 11
peor worse; **lo peor** the worst thing
pequeñito(a) toddler
pequeño small in size; young
percha *(E)* clothes hanger 11
perder (ie) to lose; to waste; to miss something, to fail to get something; **perder el avión** to miss the plane 11; **perder peso** to lose weight 4
perderse to get lost
perdido lost
perezoso lazy 5
perfumarse to put on perfume 1
periódico newspaper

periodismo journalism 5
periodista *m/f* journalist
perla pearl 7
permiso permission; **permiso de conducir** driver's license
permitir to permit, allow
pero but
perro(a) dog
persecución *f* persecution
perseguir (i, i) to pursue
persona person 2
personaje *m* character (in literary work)
personal *adj* personal 1; *m n* personnel 9; **reducción de personal** *f* reduction of the workforce 10
personalidad *f* personality
pertenecer to belong
pesa weight; **pesas libres** free weights; **levantar pesas** to lift weights 2
pesado heavy; **ser pesado** to be boring, to be unpleasant
pésame condolence
pesar to weigh; **a pesar de que** in spite of
pesca fishing
pescado fish (as food) 4
pescar to fish 2; **caña de pescar** fishing rod
peseta previous currency of Spain
peso weight; currency in Mexico and several Latin-American countries; **perder peso** to lose weight 4
petición *f* **de mano** marriage proposal 3
petróleo oil
pez *m* fish
piano piano
picante spicy
picar to snack
picnic *m* picnic; **hacer un picnic** to go on a picnic
pie *m* foot; **a pie** on foot; **dedo del pie** toe 12; **estar de pie** to stand
piedra stone 8; **piedra preciosa** precious stone 7
piel *f* fur 7; skin; **dejar la piel en** to put a lot of effort in something 5
pierna leg 12
pieza piece
pijama pajamas 7
pila battery; **pila de combustible de hidrógeno** hydrogen fuel cell 9
pilates *m* Pilates Method of exercise 2

píldora pill 12
pimentero pepper shaker 4
pimienta pepper
pintura painting 8
piña pineapple
piscina swimming pool 2; **piscina de olas** wave pool 8
piso floor 6
pista runway 11; track 12; **pista anterior** back on a CD/DVD player; **pista siguiente** forward on a CD/DVD player
pistola de juguete toy gun
placer *m* pleasure
plan *m* plan
plancha iron 6
planchar to iron 6
planear to plan
planificación *f* planning
planificar to plan
plano map
plantar to plant 6
plata silver
platillo saucer 4
plato plate, course 4; **plato de la casa** restaurant's specialty; **plato del día** today's specialty; **plato principal** entrée, main course 4
playa beach 2
plaza square; **plaza de toros** bullring 8; **plaza mayor** main square 8
plazo installment 10
plomero(a) plumber
plomo lead
población *f* population
pobre poor; (precedes noun) unfortunate
pobreza poverty
poco *adj* little, small (quantity), slight; *pl* few; *adv* little, not much; **un poco de** a little, a little bit of
poder *m* power; **poder (ue)** to be able, can
política politics 6; **ciencias políticas** political science 5
político(a) politician 6
policía *m* policeman; *f* police; **mujer policía** policewoman
policíaca *adj* mystery
pollo chicken 4
polvo dust
poner to put, place; **poner el despertador** to set the alarm clock 1; **poner fin** to end; **poner la mesa** to set the table 6; **poner la tele** to turn on the TV; **poner un DVD/ CD** to play a DVD/CD; **poner**

un vídeo to play a video; **poner una inyección** to get a shot **12**

ponerse to put on **1**; to become; **ponerse en forma** to get in shape **12**

popular popular

por for, by, in, through; **por aquí / allí** around here / there; **por ciento** percent; **por desgracia** unfortunately; **por ejemplo** for example; **por eso** therefore, for that reason; **por favor** please; **por fin** finally; **por la mañana / noche / tarde** in the morning / evening / afternoon; **por lo general** generally; **por lo menos** at least; **por medio** through, by means of; **por otro lado** on the other hand; **¿por qué?** why?; **por supuesto** of course; **por último** finally

porque because

portal de la Web *m* Web site **9**

portarse to behave

portátil *(A) f* laptop computer; *(E) m* laptop computer **9**

portero doorman **11**

portugués(esa) Portuguese

poseer to own; to possess

posgrado post graduate

posteriormente finally

postre *m* dessert **4**

practicar to practice, participate in (sports) **2**

precio price **7**

precioso lovely, precious **7**; **piedra preciosa** precious stone **7**

preciso necessary

predecir to predict

preferencia preference **4**

preferentemente preferably

preferir (ie, i) to prefer

pregunta question; **hacer preguntas** to ask questions

preguntar to ask a question; **preguntar por** to ask about

premio prize

prenda de vestir article of clothing **7**

preocupado preoccupied, worried

preocuparse (por) to worry (about)

preparar to prepare; **prepararse** to prepare oneself **1**

preparativo preparation

presentador(a) show host

presentación *f* presentation **5**; **hacer una presentación** to make a presentation **5**

presentar to introduce, present; **presentarse** to appear

presente present

presidencial presidential **8**

presidente *m/f* president

préstamo loan **10**; **préstamo sobre el valor neto de la vivienda** home equity loan **10**

prestar to lend; **prestar atención** to pay attention **5**

presupuesto budget **10**

pretender to claim, pretend

pretexto pretext

previo previous

primavera spring

primero, primer, primera *adj* first; **primer año** freshman year **5**

primo(a) cousin **3**; **primo(a) hermano(a)** first cousin; **primo(a) segundo(a)** second cousin

principio beginning; **al principio** in the beginning

probador *m* dressing room **7**

probar (ue) to prove; to try; to taste, to test something; **probarse (ue)** to try on **7**

problema *m* problem **9**; **¡Ningún problema!** No problem!

procedimiento procedure

procesador *m* **de textos** word processor

producir to produce

producto product **10**

profesión *f* profession, job

profesional professional **1**

profesor(a) teacher in secondary school, professor

profesorado faculty **5**

programa *m* program **9**; **programa de concursos** game show **6**

programación *f* **de computadoras** computer programming

programador(a) programmer **10**

progreso progress

prohibir to prohibit

prometer to promise

prometido(a) fiancé(e)

pronóstico forecast

pronto soon

propiedad *f* property

proponer to propose

protector solar *m* sunscreen **2**

proteger to protect

proteína protein **4**

protestar to protest **6**

provisional temporary

provocar to tempt

próximo next

proyecto plan, project

prueba test, quiz

publicidad *f* advertising **9**; **hacer publicidad** to advertise **10**

publicista *m/f* advertising person **10**

público audience, public **10**

pueblo town; people

puente *m* bridge **8**

puerta door, gate **11**

puertorriqueño(a) Puerto Rican

pues well...

puesto booth, stand **8**; position, job **9**; *pp* put, placed; **estar muy puesto(a) en** to know a lot about **5**

puesto que because, since

pulmonía pneumonia **12**

pulpo octopus

pulsera bracelet **7**

puntaje *m* score **12**

punto point; stitch **12**; **punto de interés** point of interest **8**; **dar puntos** to get stitches **12**; **en punto** exactly, on the dot

Q

que *rel pron* that, which, who

¡qué! how! what (a)!; **¡qué barbaridad!** how awful!; **¡qué va!** no way! **¿qué?** what?, which?; **¿qué hay de nuevo?** what's new?; **¿qué tal?** how are things?; **¿qué tiempo hace?** what's the weather like?

quedar to be located; to be left, be remaining; to fit **7**; **quedarle bien** to fit **7**; **quedar viudo(a)** to be widowed; **quedarse** to remain, stay; **quedarse con** to keep for oneself

quehacer *m* **doméstico** task, chore, *pl* housework **6**

quejarse (de) to complain (about)

quemar to burn **6**; **quemar un DVD/CD** to burn a DVD/CD **6**; **quemarse** to burn oneself **2**; **quemarse las pestañas** to burn the midnight oil **5**

querer (ie) to want, wish; to love **3**; **querer decir** to mean

querido dear (greeting for a personal letter)

queso cheese

quiebra bankruptcy **10**; **declararse en quiebra** to file for bankruptcy **10**

¿quién(es)? who?
química chemistry 5
químico(a) chemist
quince fifteen
quinientos five hundred
quinto fifth
quiosco newsstand 8
quitagrapas *m s* staple remover 9
quitarse to take off (clothing) 1
quizás perhaps, maybe

R

radio *f* radio (sound from); *m* radio (set)
radiografía X-ray 12; **hacerse una radiografía** to have an X-ray taken 12
ramo bouquet
rápido rapid; **comida rápida** fast food 4
raqueta racquet 12
raro strange, rare
rascacielos *m* skyscraper 8
rastrillo rake
rato short time, while; **ratos libres** free time
ratón mouse
raza race
razón *f* reason; **tener razón** to be right
reacción *f* reaction
reaccionar to react
reajuste *m* adjustment 10
real actual, true
realidad *f* reality; **en realidad** actually, as a matter of fact
realidad *f* **virtual** virtual reality 9
rebaja reduction, sale 7; **en rebaja** on sale
rebajar to reduce, lower
rebobinar to rewind on a CD/ DVD player
rebotar un cheque to bounce a check 10
recado message
recambio parts (of machinery)
recargo additional charge 11
recepción *f* registration desk 11
recepcionista *m/f* receptionist 10; desk clerk 11
receta prescription 12; recipe
recetar to prescribe a medicine 12
recibir to receive
recién recently; **recién casados** newlyweds 3
recientemente recently
reclamar el equipaje to claim luggage 11

recoger to pick up, put away 1
recomendación *f* recommendation
recomendar (ie) to recommend 4
reconocer to recognize
recontar (ue) to recount, tell
recordar (ue) to remember
recorrido distance traveled; **recorrido turístico** sightseeing tour 8
recuento recount; inventory
recurso resource
red *f* net 12; network 9
redactar to write, draft
redondo round
reducción *f* reduction 10; **reducción de personal** *f* reduction of workforce 10
referirse (ie, i) to refer
reforma fiscal tax reform 10
refresco soft drink 2
refrigerador *m* refrigerator 6
refugio shelter
regalar to give (a present) 7
regalo gift, present; **regalo de bodas** wedding gift; **tienda de regalos** gift store 7
regañar to scold 3
regar (ie) to water 6
regadera watering can
regador giratorio *m* sprinkler
región *f* region
registrarse to check in 11
reglamento regulation 10
regordete chubby
regresar to return; **de regreso** *adj* return
regular all right, so-so
reina queen; **reyes** king and queen
reintegrar to reimburse
reír (i, i) to laugh 3
relación *f* relationship; **relaciones públicas** public relations 9
relajado relaxed
relajarse to relax 1
religioso religious
rellenito chubby
reloj *m* watch, clock 7; **reloj de pulsera** wristwatch 7
remedio remedy, medicine 12
rendirse (i, i) to give oneself up 6
renta income 10
reñir (i, i) to quarrel 3
reparar to repair
repartir to deliver
repasar to review 5
repetir (i, i) to repeat
reportar to report
reportero(a) reporter 6

representante *m/f* representative; **representante de ventas** *m/f* sales representative 10
reproducir to play on a CD/ DVD player
reproductor *m* player; **reproductor** *m* **de mp3** mp3 player; **reproductor** *m* **de DVD/CD** DVD/CD player 6
república republic
requerido required
requerir (ie, i) to require 5
requisito requirement 5
res; carne *f* **de res** beef
rescatar to rescue 6
reserva *(E)* reservation 11
reservación *f (A)* reservation 4
reservar to reserve 8
resfriado *m* cold; **estar resfriado** to have a cold 12
residencia home, dormitory; **lugar** *m* **de residencia** city or area of residence; **residencia estudiantil** dormitory 5
resolver (ue) to resolve 9
respetar to respect 3
respetuoso respectful
responder to respond
responsabilidad *f* responsibility 10
responsable responsible 9
respuesta answer
restaurante restaurant 4
resto rest
resuelto *pp* resolved
resultado result
resumen *m* summary
retirar dinero to withdraw money 10
retrasado delayed 11
retrato portrait 8
reunión *f* meeting
reunirse to get together 1
revisar to check
revista magazine
rey *m* king; *pl* king and queen
rezar to pray
rico rich, delicious 4
ridículo ridiculous
rímel *m* mascara 1
rincón *m* corner 4
río river; **río lento** lazy river 8
risa laughter
rizado curly
rizar to curl 1
robar to rob 6
robo robbery 6
robot *m* robot
roca rock
rodeado surrounded
rodear to surround
rodilla knee 12

rogar (ue) to beg, implore
rojizo reddish
rojo red
romántico romantic
romper to break 12
ron *m* rum
ropa clothing 1; **cambiarse de ropa** to change clothing 1; **ropa de hombres** men's clothing 7; **ropa de mujeres** women's clothing 7
rosa rose
rosado pink
roto *pp* broken, torn
rótulo sign, billboard 8
rubí *m* ruby
rubio blond
ruido noise
ruidoso noisy
ruinas *f pl* ruins
ruso(a) Russian; **montaña rusa** roller coaster 8; **montaña rusa acuática** water roller coaster 8
ruta route
rutina routine

S

sábado Saturday
saber to know; to taste; **saber + inf** to know how to
sabor *m* flavor, taste
sabroso delicious 4
sacapuntas *m s* pencil sharpener 9
sacar to take out, to get, to withdraw 6; **sacar buenas (malas) notas** to get good (bad) grades 5; **sacar fotos** to take pictures; **sacar la basura** to take out the garbage 6; **sacar la mala hierba** to weed 6; **sacar prestado un libro** to check out a book 5
sacudir to dust 6
sal *f* salt
sala living room 6; **sala de chat** chat room; **sala de reclamación de equipaje** baggage claim area 11
salado salty
salario salary 10
salchicha sausage
salchichón *m* salami
saldo de la cuenta bancaria bank account balance 10
salero salt shaker 4
salida departure; exit 11; **tablero electrónico de salidas** electronic flight departure board 11

salir (de) to leave; to turn out to be, to come out; **salir con** to date, go out with 2; **salir de marcha** to go out to have fun 8; **salir mal** fail 5
salón *m* large room; **salón de cóctel** cocktail lounge 11; **salón de entrada** lobby 11
salpicar to splash 8
salsa sauce
saltar to jump 12
salud *f* cheers, health
saludable healthy
saludar to greet
saludo greeting
salvar to rescue something or someone
sandalias sandals 7
sandwich, sándwich *m* sandwich
sangre *f* blood
sangría wine punch
santo saint; **santo patrón** patron saint
satisfacer to satisfy
satisfecho *pp* satisfied
se *refl pron* himself, herself, itself, yourself(selves), themselves
secador *m* hair dryer 1
secadora clothes dryer 6
secar to dry; **secarse** to dry off 1
sección *f* department; section 9; **sección de (no) fumar** (no) smoking section
secretario(a) secretary
secuestrar to kidnap, hijack
sed *f* thirst; **tener sed** to be thirsty
seda silk 7
seguido often
seguir (i, i) to follow, pursue; **seguir derecho** to go straight; **seguir un curso** to take a course 5
según according to
segundo second
seguridad *f* security; **caja de seguridad** safety deposit box 10; **cinturón** *m* **de seguridad** seatbelt 11; **control** *m* **de seguridad** security check 11
seguro certain, sure
seis six
seiscientos six hundred
seleccionar to choose
sello *(E)* stamp, seal
selva jungle
semáforo traffic light 8
semana week; **fin de semana** weekend

semejante similar
semejanza similarity
semestre *m* semester 5
sencillo *adj* simple, plain; *n* loose change 10
sentarse (ie) to sit down
sentido sense 9; **sentido de humor** sense of humor; **tener sentido** to make sense
sentir (ie, i) to be sorry, regret; to feel; **sentirse a gusto** to feel at ease; **sentirse mal** to feel sick 12
señal *f* **de tráfico** traffic sign 8
señalar indicate
señor *m* Mr., sir, gentleman, *abb* **Sr.**
señora Mrs., lady, *abb* **Sra.**
señorita Miss, young lady, unmarried lady, *abb* **Srta.**
separado separated
separar to separate
septiembre, setiembre *m* September
séptimo seventh
ser to be 1; **ser indulgente con** to be soft on 6
serie *f* series
serio serious
servicio service 10; **estar fuera de servicio** to be down (not working) 9; **servicio de habitación** room service 11; **servicio de lavandería** laundry service 11
servidor *m* network server 9
servilleta napkin 4
servir (i, i) to serve
sesenta sixty
sesión *f* showing 2; **sesión de tarde** late afternoon showing 2
setecientos seven hundred
setenta seventy
sexto sixth
si if
sí yes
sicología psychology 5
sicológico psychological
sicólogo(a) psychologist
sidra cider
siempre always
sierra mountain range
siesta nap 1
siete seven
siglo century
significado meaning
siguiente following
silla chair
sillón armchair
símbolo symbol
similar similar

simpático nice

simplificado simplified

sin *prep* without; **sin embargo** however; **sin que** *conj* without

singular singular

sino but, but rather

síntoma *m* symptom 12

sitio place

situación *f* situation

situar to put, place

SMS *m* text message

sobre on top of, over

sobremesa after-dinner conversation 3

sobresaliente outstanding 5

sobresalir to excel 5

sobretodo overcoat 7

sobrino(a) nephew (niece) 3

sociable sociable

sociología sociology 5

software *m* software 9

sol *m* sun 2; **hace sol** it's sunny; **el nuevo sol** Peruvian currency; **tomar el sol** to sunbathe 2

soldadito de juguete toy soldier

soler (ue) to be accustomed to

solicitar to apply 9

solicitud *f* job application 9

solo *adj* alone

sólo *adv* only

solomillo sirloin

soltero *adj* unmarried *n* bachelor

solución *f* solution

solucionar to solve

sombra shade, shadow 2

sombra de ojos eye shadow 1

sombrero hat 2

sombrilla beach umbrella 2

sonar (ue) to sound; **sonarse (ue) la nariz** to blow one's nose 12

sonreír (i, i) to smile 3

sonriente smiling

soñar (ue) to dream

sopa soup 4

soportar to tolerate 4

sorprendente surprising

sorprender to surprise

sorpresa surprise

sortija ring

sospechoso suspect 6

sótano basement

su *poss adj* his, her, its, your *(form s)*, their, your *(pl)*

suave smooth, soft

subdesarrollo underdevelopment 10

subir to go up(stairs); **subir el equipaje** to take the luggage up; **subir al avión** to board the plane 11

subscribirse to subscribe

suceder to follow or succeed (someone in a post), happen

sucio dirty

sucre *m* currency in Ecuador

sudadera sweatshirt 7; **sudadera con capucha** hoodie 7

sudar to sweat 12

suegro(a) father(mother)-in-law 3

sueldo salary 9

suelo floor

suelto *adj* light in consistency; *n* loose change 10

sueño dream, sleep; **tener sueño** to be sleepy

suerte *f* luck; **buena (mala) suerte** good (bad) luck; **juego de suerte** game of chance; **tener suerte** to be lucky

suéter *m* sweater

sufrir to suffer 12

sugerencia suggestion

sugerir (ie, i) to suggest 4

supermercado supermarket 1

supervisor(a) supervisor 9

suponer to suppose

supuesto *pp* supposed; **¡por supuesto!** of course!

sur *m* south

sureste *m* southeast

suroeste *m* southwest

sustituir to substitute

suyo *poss adj and pron* his, her, hers, its, your, yours *(form s and pl)*, their, theirs

T

tabla board; **tabla de planchar** ironing board 6; **tabla de windsurf** windsurfing board 2 **tablero electrónico de llegadas** electronic flight arrrival board 11; **tablero electrónico de salidas** electronic flight departure board 11

taco crisp tortilla filled with meat, lettuce, tomatoes, cheese 4

tacón *m* heel 7; **zapatos de tacón** high-heel shoes 7

tal such; **tal vez** maybe, perhaps

talento talent 9

talón *m* baggage claim check 11; heel; **zapatos con el talón descubierto** mule shoes

talonario *(E)* checkbook 10

talla size 7; **de talla media** of average height

taller *m* garage, repair shop, workshop

también also, too

tampoco neither, not ... either

tan so; **tan...como** as ... as; **tan pronto como** as soon as

tanque *m* automobile gasoline tank 1

tanto(a) so much, as much; **tantos(as)** so many, as many; **tanto...como** as... as

taquilla ticket window

tapa *(E)* appetizer 2

tardar to take time; **tarde** late 1; **más tarde** later

tarde *f* afternoon; **de la tarde** P.M.; **por la tarde** in the afternoon

tarea task; homework 1

tarifa *(E)* fare 11

tarjeta card; **tarjeta de crédito** credit card 10; **tarjeta de débito** debit card 10; **tarjeta de embarque** boarding pass 11; **tarjeta de identidad** I.D. card; **tarjeta de recepción** registration form 11; **tarjeta postal** postcard

tasa rate; **tasa de cambio** rate of exchange 10; **tasa de interés** interest rate 10

tatarabuelo(a) great-great-grandfather(mother); *pl* great-great-grandparents

tataranieto(a) great-great-grandchild

taxi *m* taxi 8

taza cup 4

tazón *m* bowl

te *dir obj* you *(fam s)*; *indir obj pron* (to, for) you *(fam s)* *refl pron* yourself *(fam s)*

té *m* tea 4

teatro theater 2

tecla key 9

teclado keyboard 9

técnico technical 9

tecnología technology 10

tecnológico technological

tela fabric, material 7

tele *f* TV 6

telefónico *adj* telephone

telefonista *m/f* telephone operator

teléfono telephone; **teléfono celular** cellular phone

telegrama *m* telegram

telenovela soap opera 1

telepromoción *f* infomercial

televidente *m/f* television viewer

televisión *f* television

televisor *m* television set 6

tema *m* topic, theme

temblar to shiver 12

temer to fear

temeroso fearful

temperatura temperature

templado moderate

temporada season, period; **temporada de exámenes** examination period 5

temprano early 1

tenacillas de rizar *(E)* (hair) curler 1

tender (ie) a + *inf* to have a tendency

tenedor *m* fork 4

tener to have 1; **tener… años** to be … years old; **tener calor** to be hot; **tener celos** to be jealous 3; **tener dolor de…** to have a … ache, to have a pain in… 12; **tener en cuenta** to take into account; **tener frío** to be cold; **tener ganas de** + *inf* to feel like (doing something); **tener hambre** to be hungry; **tener la bondad de** + *inf* to be so kind as to (do something); **tener miedo de** to be afraid of; **tener que** + *inf* to have to (do something); **tener pinta de** to look like; **tener razón** to be right; **tener sed** to be thirsty; **tener sueño** to be sleepy; **tener suerte** to be lucky

tenis *m* tennis 12; **zapatos de tenis** tennis shoes 7

tercero, tercer, tercera third

terminal *f* terminal 11

terminar to finish

termómetro thermometer

ternera veal

terraza terrace 11

terremoto earthquake 6

territorio territory

terrorismo terrorism 6

testigo *m/f* witness 6

texto textbook 5; **libro de texto** textbook 5; **mensaje de texto** text message

ti *prep pron* you *(fam s)*

tiempo time, period of time, weather; **a tiempo** on time; **chat a tiempo** *m* real-time chat; **tiempo completo** full time 1

tienda store, shop 1; **tienda de compras por Internet** Internet store 7; **tienda de ropa de hombres** men's clothing store 7; **tienda de ropa de mujeres** women's clothing store 7; **tienda en línea** online store 7

tierra land; soil; earth

timbre *m (A)* stamp

tímido shy, timid 8

tintorería dry cleaner 1

tío(a) uncle (aunt) 3; *pl* uncle and aunt 3; **tío(a) abuelo(a)** great uncle(aunt)

tiovivo carousel

típico typical

tipo type, kind

tira cómica comic strip

tirar to throw 12

tiritar to shiver 12

titular *m* headline 6

título degree 5; title

toalla towel 1; **toalla de baño** bath towel 11

tobillo ankle 12

tobogán acuático *m* water slide 8

tocadiscos *m* disk player, record player

tocar to play (a musical instrument); to knock; to be one's turn

todavía still, yet; **todavía no** not yet

todo all, every; **todos los días** every day; **todas partes** everywhere

tomar to take, eat, drink 2; **tomar el sol** to sunbathe 2; **tomar un curso** take a course 5; **tomar un examen** to take an exam 5; **tomar una decisión** to make a decision 9

tomate *m* tomato

topacio topaz

torcerse (ue) to sprain 12

torero bullfighter

tormenta storm

toro bull

torta cake

torturar to torture

tos *f* cough

toser to cough 12

trabajador *adj* hard-working 5; *n* worker

trabajar to work 1

trabajo work, job 9; **estar sin trabajo** to be out of work 10

trabajólico(a) workaholic 9

traducir to translate

traer to bring; to carry

tráfico traffic

trágico sad, tragic

traje *m* suit; **traje de baño** bathing suit 2; **traje de novia** wedding gown 3

tranquilizar to calm

tranquilo calm

transmitir to transmit

tranvía trolley 8

trapeador *m* mop; **trapear el suelo** to mop

trapo rag

trasnochar to stay up all night 5

tratar to handle or treat something or somebody; **tratar de** to try, make an attempt; **tratarse de** to be about, deal with

trato treatment, relation 3

travieso naughty, mischievous 3

trayecto route, way

trece thirteen

treinta thirty

tren *m* train 8

tres three

trescientos three hundred

trigo wheat

trimestre *m* quarter

triste sad 3

tristeza sadness

triunfar to triumph, win

tropical tropical

tu *poss adj* your *(fam s)*

tú *subject pron* you *(fam s)*

tumbona lounge chair, beach chair 2

tumulto commotion

turismo tourism 8

turista *m/f* tourist

turístico *adj* tourist 2

turquesa turquoise

tuyo *poss adj and pron* your, yours *(fam s)*

U

u or (replaces **o** in words beginning with **o-** or **ho-**)

ubicar to locate

último last; **por último** finally

un(a) a, an, one; **unos(as)** some, a few, several

único only, unique

unido close-knit, united 3

universidad *f* college, university 5

universitario *adj* university 5

uno one

uña fingernail

usar to use 1; **usar talla** to wear size 7

uso use 9
usted *subj pron* you *(form s)*; *abb;* **Ud.;** *prep pron* you *(form s)*
ustedes *subj pron* you *(fam and form pl); abb* **Uds.;** *prep pron* you *(fam and form pl)*
útil useful
utilizar to use
uva grape
¡uy! Oh!

V

vacaciones *f pl* vacation 2; **estar de vacaciones** to be on vacation 2
vaciar to empty 6
vacío empty
vacuna contra la gripe flu shot 12
valer to be worth
valiente brave, courageous 8
valle *m* valley
valor *m* value; *pl* securities, assets 9
valorar to appraise 7
variación *f* variation
variado assorted, varied
variar to vary
variedad *f* variety
varios *pl* various
vasco(a) Basque
vascuense *m* Basque language
vaso (drinking) glass 4
vecino(a) neighbor
vegetal *m* vegetable
vehículo vehicle
veinte twenty
veinticinco twenty-five
veinticuatro twenty-four
veintidós twenty-two
veintinueve twenty-nine
veintiocho twenty-eight
veintiséis twenty-six
veintisiete twenty-seven
veintitrés twenty-three
veintiún, veintiuno(a) twenty-one
velero sailboat 2
velo veil
vencer to defeat
venda bandage 12
vendar to bandage 12
vendedor(a) salesperson
vender to sell
venezolano(a) Venezuelan
venir to come
venta sale 9
ventaja advantage
ventana window 4

ventanilla small window, ticket window 11
ver to see 2
verano summer
verdad *f* truth; **¿verdad?** right?, true?
verdadero actual, true
verde green; **tarjeta verde** resident visa, green card
verduras *f pl* vegetables
verificar to verify 10
vestíbulo lobby 11
vestido dress 1
vestirse (i, i) to get dressed 1
vez *f* time (in a series), occasion, instance; **a veces** sometimes, at times; **algunas veces** sometimes; **de vez en cuando** from time to time; **dos veces** twice; **en vez de** instead of; **muchas veces** often; **otra vez** again; **una vez** once
viajar to travel
viaje *m* trip; **hacer un viaje** to take a trip
viajero *adj and n* traveler; **cheque** *m* **de viajero** traveler's check
victoria victory
vida life
vídeo video; **poner un vídeo** to play a video
videocasetera VCR
videocinta videotape 6
vidrio glass (material) 8
viejo old 3
viento wind; **hace viento** it's windy
viernes *m* Friday
vino wine 2; **vino blanco** white wine; **vino tinto** red wine
violencia violence
violento violent
violín *m* violin
visitar to visit 3
visto *pp* seen
vistoso bright, colorful, flashy 7
vitamina vitamin 12
vitrina *(E)* display case 7; *(A)* store window 7
viudo(a) widower(widow)
vivir to live
vivo alive (with **estar**), lively, alert (with **ser**)
vocabulario vocabulary
volar (ue) to fly 11
volibol *m* volleyball 12
voltaje *m* voltage 11

volumen *m* volume
volver (ue) to return; **volver a +** *inf* to do something again
volverse to become
vomitar to vomit 12
vos *subj pron* you *(fam s)* in Argentina, Uruguay, and other parts of Hispanic America
vosotros(as) *subj pron* you *(fam pl, E); prep pron* you *(fam pl, E)*
voz *f* voice; **en voz alta** out loud
vuelo flight 11; **vuelo cancelado** cancelled flight 11; **vuelo retrasado** delayed flight 11
vuelto *pp* returned; *n* money returned as change 10
vuestro *poss adj* your *(fam pl, E); poss adj and pron* your, yours *(fam pl, E)*

W

Web *f* World Wide Web 9
whisky *m* whisky
windsurf *m* windsurfing; **tabla de windsurf** windsurfing board 2

Y

y and
ya already; **ya no** not any more, no longer
yate *m* yacht 2
yerno son-in-law 3
yeso cast 12
yo I
yoga *m* yoga 2
yugoslavo(a) Yugoslavian

Z

zafiro sapphire
zapatería shoe store 7
zapato shoe 7; **zapatos bajos** low-heeled shoes 7; **zapatos con el talón descubierto** mules; **zapatos de plataforma** platform shoes; **zapatos de punta descubierta** open-toed shoes; **zapatos de tacón** high heels 7; **zapatos de tenis** tennis shoes 7; **zapatos deportivos** athletic shoes 7
zona de ventas sales zone
zumo *(E)* juice

INDEX

work, concept of **304–305**
writing
    business letters **335–336**
    e-mail messages **28–29**
    explaining, hypothesizing **372–373**
    filling out an application **306–307**
    improving accuracy **123–124**
    invitations **94–95**
    keeping a journal **264–265**
    messages, letters of complaint **234–235**
    personal letters **28–29**
    personal notes **399–400**
    preparation for **193–194**

replies to invitations **94–95**
sequencing events **9–10**
summarizing **164–165**

X

Xcaret (México) **71**

Y

y changed to **e 229**
yes/no questions **22**